서정주 시의 근대와 반근대

Modernism and Anti-Modernism in Seo Jung-Joo's poetry

최현식(崔賢植)

1967년 충남 당진 출생
문학박사, 문학평론가
연세대학교 국어국문학과 및 동 대학원 국어국문학과 졸업
일본 도쿄외대 대학원 연구과정 수료. 1997년 조선일보 신춘문예 평론 부분 당선
현재 연세대학교 강사 및 연세대 근대한국학연구소 전임연구원
주요 논문으로 「서정주와 영원성의 시학」·「불화와 상실을 견디는 내면의 힘–이용악론」·「혼혈/혼성과 주체의 문제」 등이, 주요 평론으로 「질문의 실종과 포에지의 응고」·「꽃의 의미–김수영 시에서의 미와 진리」·「흐르는 풍경의 깊이–최하림론」 등이 있으며, 평론집으로 『말 속의 침묵』(문학과지성사, 2002)이 있다.

서정주 시의 근대와 반근대

1판 1쇄 인쇄 2003년 12월 10일
1판 1쇄 발행 2003년 12월 15일

지은이 / 최현식
펴낸이 / 박성모
펴낸곳 / 소명출판
출판고문 / 김호영
등록 / 제13-522호
주소 / 137-878 서울시 서초구 서초동 1621-18 (란빌딩 1층)
대표전화 / (02) 585-7840
팩시밀리 / (02) 585-7848
somyong@korea.com / www.somyong.com

값 20,000원

ISBN 89-5626-060-5 93810

서정주 시의 근대와 반근대

Modernism and Anti-Modernism in Seo Jung-Joo's poetry

최현식

소명출판

책머리에

꼭 10년 전의 일이다. 그때 나는 1980년대의 감수성으로 무장한 채 대학원에 들어왔던 터였고, 문학을 연구의 대상이 아닌 실천의 문제로 여전히 사유하고 있었다. 그런 만큼 내가 맞씨름할 문학과 작가들은 너무나 분명했고 그 외의 것들은 문학사적 지식의 대상 정도로밖에 여기지를 않았다.

그러던 어느 날이었다. 과외 준비를 하다가 우연히 문제로 출제된 어느 시의 한 구절을 만났고 나는 바로 미학적 쇼크 상태에 빠져버렸다. 수소문 끝에 알아낸 그 시는 서정주의 「귀촉도」였다. 지금 생각하면 부끄러워 숨기고 싶은 에피소드이지만, 당시 내가 아는 미당은 그 정도에 불과했다. 그때부터 미당은 나에게 반드시 갚아야 할 부채가 되었다. 10년이 지난 지금, 그러니까 그에 대한 학위논문을 제출한 올해에 들어서야 비로소 그 빚으로부터 약간이나마 자유로워졌음을 느낀다.

서정주는 내게 즐거움이기도 했지만 아픔이기도 했다. 우선, 그의 시와 삶에 제기되는 숱한 회의와 비판을 외면하기에는 나는 아직 젊었다. 그러면서도 나는 그가 보여주는 부족 방언의 마술에 감염되기를 마다하지 않았다, 아니 오히려 바랬다. 나는 지금도 스스로의 이 모순된 심사를 즐기고 있다. 공부를 해갈수록 절감한 바이지만, 미당의 시를 포함한 여타의 1차 텍스트에 대해 잘 안다는 착각과 안이함에 사로잡혀 있는 경우가 의외로 많았다. 그러나 어쩌다 그렇게 되었는지는 자세히 알 길이 없지만, 1차 텍스트에 대한 부실 공사에 분노를 넘어 허망함을 느꼈던 적이 한두 번이 아니었다. 고백컨대, 나는 이를 계기로 그를 둘러싼 논쟁을 얼마간 무심한 심정으로 관조하게 되었다. 그리고 부족한 대로나마 1차 텍스트의 진상에 다가서기 위해 여러 대학 도서관을 비롯한 이곳 저곳을 뛰어다녔는데, 이것이 연구자에게 큰 기쁨일 수 있음을 새삼 알았다.

미당에 대해 그간 쓴 글을 따져보니, 두 편의 학위논문을 포함하여 10여 편 정도가 된다. 이 글들을 쓰면서 가장 주의를 기울인 대목은 그의 시에 내가 얼마나 녹아들 수 있는가 하는 점이었다. 물론 그렇다고 대체로 동의 가능한 해석이나 문학사적 평가 문제를 소홀히 다룬 것은 아니다. 그러나 공감을 배제한 글에 대해서는 텍스트 자체가 그것이 가진 전체의 극히 일부밖에는 보여주지 않는다는 사실은 내가 얻은 가장 큰 체험적 진실이었다. 그래서 나는 그간 써온 미당론의 일부를 모은 이 책이 무엇보다 그의 시에 대한 성실한 읽기와 대화의 노력으로 읽히기를 소망한다.

이 책의 제1부 '서정주와 영원성의 시학'은 그런 고민과 의지를 중간 결산한다는 생각으로 써냈던 박사학위논문을 일부 수정하고 보완한 글이다. 사실 텍스트의 잘못된 인용과 오·탈자, 어색하고 잘못된 문장 등을 바르게 고친 것이 대부분이니 수정·보완이란 말이 영 어색하다. 이 글에서는 서정주 시의 핵심을 '영원성'의 시간의식에 두고, 그것의 본질과 내용, 그리고 기원과 역사, 변화를 『질마재 신화』까지를 대상으로 하여 다루었다. 주로 문학과 관련된 '영원성' 문제와 씨름하다 보니 종교나 철학 상의 그것에 대한 논의에는 소홀할 수밖에 없었다. 미당의 '영원성' 의식에서 이 부분이 차지하는 비중이 적지 않은 바, 이후의 작업을 약속하는 것으로 이 글의 미진함과 아쉬움을 달랜다.

제2부 '서정주 시의 숨겨진 차원'은 말 그대로 서정주 시의 어떤 숨겨진 국면을 드러내고 밝히기 위해 씌어진 3편의 글을 모은 것이다. 「숨겨진 목소리의 진상 : 영향의 불안과 낭만적 격정」과 「전통의 변용과 현실의 굴절」은 미당의 시집 미수록 시 37편을 각각 해방 이전과 이후로 나누어 소개하고 그 의미와 가치를 밝힌 글이다. 발로 뛰어 얻어진 성과물이란 점에서 애착이 많이 가는 글들이다. 「서정주 시 텍스트의 몇 가지 문제」는 우리가 현재 접하고 있는 서정주의 문학전집과 시전집, 시선집들에 게재된 서지 및 문학사적 오류에 대한 비판적 검토와 함께, 쟁점의 여지가 많은 몇몇 1차 텍스트에 대해 원전비평을 시도한 글이다. 오히려 때늦은 감이 없지 않은데, 나를 포함한 연구자들에게 문학연구의 출발점은 1차 텍스트의 정확성에 있다는 평범한 진실을 되돌아보는 계기가 되었으면 한다.

'부록'에서는 그간 이런저런 사정으로 우리가 미처 거두지 못했던 미당의 시와 산문을 찾아내어 실었다. 1933~1955년 사이의 시집 미수록 시 37편과 1935~1950년 사이의 전집 미수록 산문 6편이 그것이다. 시의 경우는 이미 두 차례에 걸쳐 그 전모를 공개한 바 있는데, 이번에 한 자리에 모으게 되었다. 시든 산문이든 미당의 시의식 및 그 변화, 그리고 시와 삶의 '영원'에 대한 인식을 파악하는 데 적잖은 도움을 주기에 충분한 글들로 생각된다. 보다 깊이 있는 미당 문학 연구를 위해 소용되길 바란다.

이상의 내용과 나의 미당론의 궁극적 지향 및 목적을 포괄할 수 있는 제목은 무얼까를 생각하다 조금은 거창하지만 『서정주 시의 근대와 반근대』로 정했다. 기실 '영원성'을 둘러싼 미당 시의 모험은 미적 근대성의 완미한 성취와 역사적 근대성에 대한 미학적 성찰의 이중주라고 해도 과히 그르지 않다. 나는 그동안 여러 미당론을 쓰는 내내 이런 문제의식과 구도를 놓치지 않으려고 늘 안간힘을 써왔다. 물론 이 책에서 그것을 얼마나 이루어냈는가에 대한 판단은 전적으로 눈 밝은 독자의 몫이다. 매섭고도 애정 어린 질정을 부탁드린다.

두 번째 내는 책이지만 여전히 감사의 말씀을 드려야 할 분들이 너무나 많다. 부족함 투성이인 박사학위논문을 너그럽게 읽어주시고 여러 도움말을 주신 유종호·정현종·김철·신형기·정과리 선생님께 무슨 말로 송구함과 고마움을 표해야 할지 모르겠다. 이선영, 김영민 선생님을 비롯한 회강학사 식구들은 지금까지 내가 초심을 잃지 않고 공부할 수 있도록 이끌고 밀어 주셨다. 그분들과의 생산적인 대화와 치열한 토론 속에서 이 책은 씌어진 것이나 다름없다. 게다가 김영민 선생님은 이 책이 연세대학교의 근대한국학연구 총서의 하나로 자리잡도록 온갖 편의와 도움을 제공해 주셨다. 그 외 여기서 이름을 채 기록하지 못한 선후배 동학들께도 따뜻한 연대의 정을 올린다.

제대로 보듬어주지도 함께 있어주지도 못하는 나를 항상 믿고 응원해주는 아내 김영란과 이제 막 한 돌을 맞은 딸 성민은 이 책의 또 다른 저자들이다. 사랑하는 이들이 있어 오늘도 나는 이 글을 쓰며 또한 내일을 살아갈 힘을 얻는다. 이 책을 보고 나보다 좋아하실 것임에 틀림없는 부모님을 생각하니 가슴이 또 먹먹해진다. 부디 건강하시길.

마지막으로 IMF 때보다 더 불경기라는 경제상황에도 아랑곳하지 않고 이 책의 출판을 흔쾌히 허락해주신 소명출판의 박성모 사장님과 어지러운 글들을 반듯하게 가다듬어주신 편집부 식구들께도 깊이 머리 숙여 감사드린다.

2003년 초겨울
꽃우물(花井) 언저리에서
최 현 식 적음

서정주 시의 근대와 반근대

차례

1부

서정주와 영원성의 시학

제 1 장

서정주 시의 시간의식과 영원성

1. 서정주 시에서 시간의 문제

미당(未堂) 서정주(徐廷柱, 1915~2000)의 시는 언뜻 보기에는 그 언어적 개성과 상상력의 활달함 때문에 천재의 소산으로 읽히는 경우가 다반사이다. 그러나 실상은 미당만큼 시어가 가져올 인지의 충격을 주도면밀하게 계산하여 말을 선택·가공하며, 또한 근현대시사에서 문제가 될 만한 새로운 시의 광맥을 끊임없이 찾아 나선 시인은 그리 흔하지 않다.[1] 부족 방언의 요술사로 불리기에 모자람 없는 언어적 천품(天稟)에 간단

1) 미당의 실험정신을 일찌감치 주목하고 고평한 이로는 김종길(「실험과 재능—우리 시의 현황과 문제점」, 『문학춘추』, 1964.6)이, 미당의 언어적 독창성과 창의성이 새로운 인지의 충격과 지각의 갱신에 대한 욕구와 동행하는 것이었음을 치밀하고 명쾌하게 논증한 이로는 유종호(「소리지향과 산문지향」, 『작가세계』, 1994년 봄)가 손꼽힌다.

없는 실험의식이 가려진 형국이라 하겠다.

가령 자신의 고향 '질마재'를 똑같이 다룬 경우라도, 관능적 에로티시즘으로 넘쳐나는 『화사집(花蛇集)』(1941)에서의 풍경과 예술적 인간형들이 반성반속(半聖半俗)의 삶을 거침없이 누리는 『질마재 신화(神話)』(1975)에서의 풍경은 얼마나 다른가. 또한 많은 이들의 기억 속에 여전히 남아 있을 학교 수업에서의 미당 시에 대한 의외로운 경험은 어떤가. 돌아보건대, 특정한 주제적 국면과 형상화 방법을 함께 묶어 개별 시집마다의 성격과 특징을 외곤 하던 재미는 미당 시를 빼고는 거의 없었지 싶다. 한 평론가는 이런 국면들을 가능케 한 미당의 시적 고투를 "한 시적 영혼의 가열찬 자기계발을 보여주는 것이면서, 근대적 자기정체성을 향해 역사를 포복해간 한국 현대시사의 고행을 상징적으로 그려주고 있다"는 매우 간명하고도 예리한 말로 정의 내린 바 있다.[2)]

그렇다면 미당을 쉼 없는 자기계발과 시적 갱신에 저토록 나서게 한 원동력은 무엇인가. 여러 요인을 들 수 있겠지만, 존재의 영원성에 대한 관심과 욕망을 첫손에 꼽지 않을 수가 없다. 이때의 영원성은 『귀촉도(歸蜀途)』(1948) 이후 전면화되는 것으로 이해되는, 불교적 사유에 기댄 미당 특유의 '영원성'만을 가리키지는 않는다. 그보다는 시간의 영원회귀에 대한 절대적 신뢰를 바탕으로 존재의 동일성과 연속성을 구하는 형이상학적이며 초월적인 시간관념으로서의 영원성을 뜻한다. 기실 미당이 등단(1936) 이후 몇 년간 집중적으로 추구했던 관능적이고 육체적인 '생명력' 역시 존재의 영원에 대한 욕구의 산물임은 그것이 인간성을 신성으로까지 고양하려는 의지에서 비롯되었다는 고백에 잘 나타나 있다.[3)] 그런 점에서 미당이 추구한 바의 '생명력'과 '영원성'은 그 표면적

---

2) 이광호, 「영원의 시간, 봉인된 시간―서정주 중기시의 <영원성> 문제」, 『작가세계』, 1994년 봄, 115면.

3) "지금의 나는 물론 한 단순한 헬레니스트였던 걸 지양한 지 오래지만, 지금도 오히려 내게 있는, 성질 다른 신성의 추구도 '신성의 추구'라는 그 점에 있어서는 이때 이미 그 맛을 들인 셈이 된다. 나는 이후 계속해서, 인간성을 신성으로까지 추구할 줄 모르던

차별성에도 불구하고 물리적 시간을 영원의 시간으로 초극하려는 인간 보편의 욕망의 특수한 형태들이라 할 수 있다.

'생명력'과 '영원성'을 연속적인 것으로 파악하는 시각은 이 글의 핵심적인 문제의식 가운데 하나인 만큼, 그에 대한 자세한 검토와 해명은 본문의 몫이다. 지금부터는 '영원성'을 포함한 미당의 시간의식 또는 시간경험에 대한 기존 연구를 살펴봄으로써 이 글이 지향하고 또한 지양해야 하는 바에 대한 소중한 이해를 얻고자 한다.

서정주 시의 시간의식은 거의 1990년대에 이르러서야 연구자들의 본격적인 관심을 받게 된다.[4] 그 이전에는 미당 시의 특정한 테마 가운데 하나로 취급되거나, 그것을 직접 문제삼는 경우라도 논의의 단순성과 소박성을 면치 못하는 경우가 대부분이었다.[5] 1990년대 들어 미당 시의

시인들은 존경하지 못하는 정신습성을 지녀오고 있는 셈이다."(「고대 그리이스적 육체성—나의 처녀작을 말한다」, 『서정주문학전집』 5, 일지사, 1972, 266면. 이하 『전집』으로 약칭하며, 여기에 실린 글들을 짧게 인용할 때는 본문에 권수와 면수를 직접 적는다)

4) 참고로 말해, 한 조사에 따르면 2000년 현재 서정주에 관한 연구는 420여 편에 이르고 있다. 이는 한국근현대문인 가운데 7번째에 해당하는 수치이다. 그를 앞지른 작가들(시인으로는 김소월과 한용운)은 이미 수십 년 전에 작고한 선배문인들뿐이다(이선영, 「20세기 한국문학에 대한 전문가의 반응」, 『실천문학』, 2001년 겨울, 233~244면 참조). 특히 대학에서의 문학연구가 역사적 거리감의 확보 문제 때문에 작고문인들을 대상으로 삼는 경우가 많다는 것을 생각하면 놀랄만한 관심이 아닐 수 없다. 그가 남긴 불미스런 행적 때문에 부진을 면치 못하던 미당 시 연구가 급증하기 시작한 때가 1990년대 들어서부터이며, 이제는 그 또한 작고문인의 대열에 합류한 점을 감안할 때, 앞으로 미당 시 연구가 더욱 큰 폭으로 확대되리라는 전망은 그리 어렵지 않다. 미당 시 연구사에 대한 비교적 자세한 검토로는 윤재웅의 「미당 연구사 개관」(『시와 시학』, 1996년 가을), 김수이의 「서정주 시의 변천 과정 연구」(경희대 박사논문, 1997), 허윤회의 「서정주 시 연구」(성균관대 박사논문, 2000), 최현식의 「서정주 초기시의 미적 특성 연구」(연세대 석사논문, 1995) 등을 참조할 수 있다.

5) 예컨대 최하림은 미당 시의 '시간성'을 본격적으로 문제삼은 최초의 논자이지만, '시간성'을 시대의식으로 규정함으로써 미당 시의 몰역사성만을 확인하고 있을 따름이다(최하림, 「체험의 문제—서정주에게 있어서의 시간성과 장소성」, 『시문학』, 1973, 1~2). 한편 이영희는 미당 시에서 '영원성'이 차지하는 비중과 의미를 독립된 화제로 처음 끌어들였지만, 미당이 주장한 바를 긍정적으로 추인하는 선에 그치고 있다(이영희, 「서정주 시의 시간성 연구」, 『국어국문학』 95(국어국문학회 편), 1986).

시간의식에 대한 관심이 커지게 된 이유로는, 첫째, 1990년을 전후하여 미적 모더니티 또는 문학의 자율성에 대한 새로운 인식을 등에 업고 불어닥친 미당에 대한 재평가 움직임, 둘째, 시적 담론에 대한 보다 심화된 구조적 이해와 해명을 위해 해석학·현상학의 방법을 적극 도입한 대학 내의 연구 분위기, 셋째, 근대성의 경험에서 시간이 차지하는 결정적 역할[6]에 대한 새로운 자각 등을 들어야겠다.

대체로 서정주 시의 시간에 대한 논의는, 문학에서의 시간 논의란 현실의 물리적 시간이 아니라 '인간적 시간'이라 불리는 주관적·경험적 시간의 탐구에 중심을 두어야 한다는 암묵적 규약을 충실히 따르고 있다. 이 논의들은 '인간적 시간'의 질적 양상에 대한 관심과 해석의 차이에 따라 다음의 두 방향으로 나뉜다. 하나는 외부현실과의 연관을 되도록 배제한 채 미당의 내면적 시간의식을 해명하는 데 집중하는 현상학적 논의다. 다른 하나는 시간경험을 개인 단독의 것이 아닌 일종의 사회적·역사적 차원의 것으로 이해하면서, 미당의 시간의식이 지닌 현실적·문화적 의미 맥락의 해명을 강조하는 논의다.

먼저 변해숙과 엄경희의 글은 시에 나타난 시간의식의 탐구를 통해 시인의 지향성과 미의식을 밝히는 현상학적 방법을 택하고 있다. 변해숙은 서정시의 시간 개념과, '지속' 및 '순간'에 관련된 현상학적 시간 개념을 토대로 서정주의 시가 과거·현재·미래의 연속성과 자연의 순환적 질서를 적극적으로 내면화하고 있음을 밝힌다.[7] 이 작업을 위해 그는 미당 시의 시간의식이 어떻게 심상화되고 있는가와 '영원성'의 관

6) 근대에서 시간이 차지하는 절대적 비중은, "역사상 자신을 주장한 모더니티는 다음 두 가지의 시간관에 대응하는 가치체계들 간의 화해할 수 없는 대립 속에서 나타난다. 즉 자본주의 문명의 객관화된, 사회적으로 측정 가능한 시간(시장에서 사고 파는 다소 귀중한 상품으로서의 시간)과 개인적·주관적·상상적 지속, 즉 '자아'의 전개에 의해 창조된 사적 시간이다. 후자의 시간과 자아의 동일성은 모더니즘 문화의 기초를 이룬다"는 칼리니스쿠의 지적에 잘 나타나 있다(M. Calinescu, 이영욱 외역, 『모더니티의 다섯 얼굴』, 시각과언어, 1993, iii면).

7) 변해숙, 「서정주 시의 시간성 연구」, 이화여대 석사논문, 1987.

념이 어떻게 감각화·사물화되고 있는가를 아울러 검토하고 있다. 이를 통해 그는 미당 시에서 시간과 의식의 변화 과정이 하나의 대상(이미지) 속에 함축되고 있다는 것, 그리고 시간의 감각화 속에서 시간과 자아의 상응이 보다 구체적이고 직접적인 관계로 현상된다는 것을 밝혀낸다.

엄경희의 글은 시간뿐 아니라 시적 자아, 공간의 문제를 동시에 논의하고 있다.[8] 이런 태도는 그것들이 시의 상상적 틀을 결정하는 근원적 요인이며, 한편 그것들은 서로의 상호작용 속에서 스스로의 의미를 완성한다는 판단에 따른 것이다. '시간'에 대한 관심에 논의를 한정한다면, 그는 무엇보다도 미당이 경험한 시간의 질과 독자성을 밝히는 데에 주력한다. 이를 위해 시간의식의 공시적 구조에 대한 해명에 집중했던 변해숙과는 달리, 시간의식 자체의 통시적 전개와 변화의 규명에 초점을 맞춘다. 이때 시간의 정지와 정체 그리고 그것의 반복을 특징으로 하는 서정주 초기시의 시간경험이 삶의 무력화와 고착화를 증폭시키고 있다는 해석은 특히 신선하고 흥미롭다.

손진은이나 심재휘 역시 서정주의 의식의 지향성을 '시간성' 탐구를 통해 밝히려 한다는 점에서 현상학적 방법을 벗어나지 않는다. 이들은 주로 베르자예프(Berdyaev)의 시간론[9]을 원용하여 미당의 시간의식의 특징과 변모 과정을 설명한다. 손진은은 서정주의 시간의식을 극심한 체험의 모순을 극복하고 자아의 연속성과 동일성을 회복하려는 정신적 투쟁으로 간주한다.[10] 이를 구체화하기 위해 그는 서정주 시의 변모를 베

---

8) 엄경희, 「서정주 시의 자아와 공간·시간 연구」, 이화여대 박사논문, 1999.

9) 베르자예프는 시간을 자연과 세계의 변화를 나타내는 우주적(원형적) 시간, 인간의 활동과 밀접한 관련이 있는 것으로, 전통과 기억에 의해 구성되며 현재가 아닌 과거와 미래에서 삶의 완전함이나 진보를 구하는 역사적(직선적) 시간, 존재의 수직적 돌파를 통해 역사적 시간을 초월하는 동시에 영원의 순간에 참여하는 실존적(수직적) 시간으로 구분한다. 그는 역사상 의미 있고 위대하며 새로운 모든 것과 인간의 창조적 삶은 실존적 시간에의 참여를 통해서만 생성될 수 있다고 본다(N. Berdyaev, 이신 역, 『노예냐 자유냐』, 인간, 1979, 323~331면 참조).

10) 손진은, 「서정주 시의 시간성 연구」, 경북대 박사논문, 1995.

르쟈예프의 시간 개념들을 약간 변형한 범주들인 선형적 시간, 신화적 시간, 수직적 시간으로 나누어 검토한다. 그것의 주요 골자를 간추려 보면, 서정주 시는 무자비하게 흐르는 선형적(역사적) 시간에 대한 반발에서 출발하여 종국에는 신화적 시간으로 나아가며, 그럼으로써 연대기적 시간질서에서 해방됨은 물론 자아의 연속성과 동일성 확보에도 성공하게 된다는 것이다.

심재휘의 글은 1930년대 후반에 왕성한 활동을 펼쳤던 신진시인들의 시간의식을 밝히는 데 초점을 두고 있다.[11] 우선 시간 일반론에 대한 검토에 더해 한국현대문학과 관련된 기존의 시간 논의까지도 꼼꼼히 정리한 수고로움이 눈에 띈다. 그는 서정주와 유치환을 수직적 시간으로, 백석과 이용악을 수평적(역사적) 시간으로 나누어 검토한다. 서정주의 초기시는 사유화되고 사물화된 시간감각에, 그리고 연속성보다는 순간성에 의존한다는 점에서 수직적인 시간 논리에 해당한다. 서정주는 수직적 시간의식을 바탕으로 첫째, 실존적 생명력으로 가득 찬 세계내의 존재를 추구하고, 둘째, 현대문명, 특히 일제에 의해 왜곡된 식민지 근대를 초극하려 했다는 것이 글쓴이의 핵심 전언이다.

임재서와 송기한은 근대성과 시간의식의 다양한 관련과 교섭에 대한 이론적·역사적 검토를 배경으로 삼으면서 서정주의 시간의식을 근대 극복의 관점에서 다루고 있다. 이들은 미당의 시간의식이 온갖 모순이 뒤엉킨 한국적 모더니티의 위기국면들, 이를테면 식민지경험이나 한국전쟁 따위가 초래한 불안과 공포, 소외, 무질서, 인간적 가치의 타락에 대한 적극적인 대응과 성찰이란 것을 일관되게 강조한다. 매우 정당하고 적절한 지적이 아닐 수 없다.

임재서는 서정주의 시간의식에 내재된 탈근대적 계기를 특히 주목한다.[12] 그는 『화사집』 시대의 서정주가 니체(Nietzsche)적 의미의 비극적 세

11) 심재휘, 「1930년대 후반기 시와 시간」, 『한국 현대시와 시간』, 월인, 1998.
12) 임재서, 「서정주 시에 나타난 세계 인식에 관한 연구」, 서울대 석사논문, 1996.

계관, 즉 세계가 오직 가상으로만 존재하며 어떤 이념도 그 허무의 상태를 정당화할 수 없을 때 발생하는 능동적 허무주의를 내면화하고 있다고 본다. 이런 허무주의에 대한 함몰 혹은 도취는 직선적 시간관에 내재된 과거–현재–미래라는 시간적 계기의 필연성을 분쇄하고 순간의 우연성을 극대화한다. 이것은 성적 엑스타시나 신성에의 도취가 강하게 표현된 시들에 잘 드러나 있으며, 거기서 경험하는 환각은 세계의 허무에서 단숨에 벗어나려는 심적 표현이다. 하지만 이후 미당은 적극적 허무주의를 끝까지 밀고 나가는 대신, '영원성'을 주체성의 강화와 현실 초극의 내적 이념으로 수용하게 된다. 그럼으로써 비극적 세계관을 해소하고 신화적·순환적 시간관을 완전히 내면화하게 된다는 것이다.

송기한의 글은 전근대와는 구별되는 근대의 시간의식 혹은 시간경험의 본질을 요령 있게 검토·정리하고 있는 점이 우선 눈에 띈다.[13] 이것은 한국전쟁이 가져다 준 부정성들을 근대적 시간성의 의미망 속에서 추출하려는 연구 태도에서 얻어진 결과이다. 한국전쟁은 시간을 오로지 진보와 상품의 관점에서 파악하는 근대의 직선적이고 도구적인 시간관의 부정성을 확연히 노출시킨 계기가 되었다. 한국 전후시는 이런 근대적 시간관의 한계를 넘어서는 새로운 시간관을 적극 모색하였는 바, 서정주·전봉건·박인환은 대표적 존재들이다.

그는 서정주에 대해서는 『화사집』 시대와 전후 시대의 시간의식을 각기 구분하여 검토한다. 『화사집』 시기의 경우는, 미래를 선취하고자 하는 유토피아의식을 철저히 배제한 현재의식 그 자체로 완결되는 시간의식이 도드라진다. 현재의 우연성을 읽어냈던 임재서의 견해와 유사한 셈이다. 전후의 경우에는 신화적·자연적 영원주의의 내면화를 통해 자아의 파편화된 의식을 치유하고, 더 나아가서는 근대에 대한 초극을 시도한 것으로 파악한다. 그에게 미당의 영원주의는 박재삼·이동주·이

13) 송기한, 『한국 전후시의 시간의식』, 태학사, 1996.

원섭 등 전통주의자들은 말할 것도 없고, 전봉건 같은 모더니스트에게까지 깊은 영향을 미쳤다는 점에서 더욱 의미 깊다.

이광호 역시 송기한과 마찬가지로 시간의식 혹은 시간경험의 문제를 철저하게 역사적·문화적 관점에서 파악한다.[14] 그는 『서정주시선(徐廷柱詩選)』(1956)에서 『동천(冬天)』(1968)에 집중적으로 표현된, 불교적 사유에 기댄 '영원성'의 본질과 표출 양상을 섬세하고도 구체적인 텍스트 분석을 통해 제시하고 있다. 그에 따르면, 미당의 '영원성'은 신화적·순환적 시간의 내면화를 통해 존재의 안정감과 지속감만을 도모하는 데 그치지 않고, 인간과 생명, 우주의 역사를 동시에 보려는 매우 역동적인 시간의식이다. 그러나 미당은 일종의 관념의 산물인 신라 정신과 '영원성'을 무반성적으로 절대화함으로써 경험세계의 모순을 시 속에서 배제하고 추방하는 한계에 빠져들고 만다. 그 결과 그의 시에는 역사의 기각과 신화의 재현이라는 문맥만이 불거지게 된다. 이런 약점에도 불구하고 '영원성'에 다가섬으로써 언어의 우주적 열림을 경험하려 했던 미당의 시적 역정은 도저한 반근대적 지향을 통해 한국문학의 근대적 자기정체성을 이룩하는 모순과 비밀 자체에 해당한다는 것이 이광호의 최종적인 결론이다.

전체적으로 볼 때, 이상의 논의들은 미당 시 전체보다는 특정시기에 국한하여 시간의식을 점검하고 있다. 그러다 보니 서정주의 시간의식의 본질과 시적 구현 양상, 그리고 그 변모의 계기와 과정을 체계적으로 밝히는 데에는 여러모로 미흡한 게 사실이다. 그러나 이런 제약은 개별 연구자들의 관심과 취향이라든지 미당의 시간의식에 대한 연구가 불과 십 수년 전에야 본격화되었다는 사실 등을 고려할 때 그리 큰 문제는 아니다. 아니 비록 그 수효는 적지만, 특히 근대성과 관련한 '시간' 논의

14) 이광호, 「영원의 시간, 봉인된 시간—서정주 중기시의 <영원성> 문제」, 『작가세계』, 1994년 봄,.

는 미당 시의 사회적 맥락과 문화적 의미를 다른 어떤 연구 방법보다도 정확하고 풍부하게 밝히는 데 기여하고 있다.

이것은 '문학적 시간'의 본래적 속성을 생각하면 당연한 결과인지도 모른다. 마이어호프(Meyerhoff)에 따르면, 문학적 시간은 '인간적 시간', 즉 우리 경험의 한 배경이 되며 또한 인간의 생활구조 속에 포함되어 있는 시간의식이다. 따라서 그것의 의미는 경험세계라는 맥락 속에서 또는 이런 경험의 총화인 인간생애(문화—인용자)의 맥락 속에서만 터득 가능하다.[15] 이 말은 우리의 시간의식이 마치 문학의 본성이 그러하듯이 마냥 주관적인 것이 아니라 세계와의 관계 속에서 형성되고 조직되는 일종의 지향적 운동임을 분명히 한다. 한 개인의 시간의식에 대한 탐구는 따라서 그의 내면으로 파고드는 현미경이기도 하지만, 그의 대 현실관계를 엿보는 망원경이기도 한 것이다.

그렇지만 다음과 같은 문제들은 반드시 짚고 넘어갈 필요가 있다. 우선 대부분의 논의가 『화사집』 시기와 그 이후의 시간의식을 지나치게 단절적으로 파악하고 있다는 사실이다. 잘 아는 대로, 미당의 초기시는 강렬한 에로티시즘에 바탕한 육체적 생명력의 추구를, 『귀촉도』 이후는 시간적 영원과 우주적 무한을 근거로 한 '영원성', 다시 말해 영생주의의 지향을 시정신의 핵심으로 삼고 있다. 우리는 그것들에서 영혼과 육체, 현세와 내세, 생명의 약동과 정신의 안정 등과 같은 대립쌍을 손쉽게 조립해낼 수 있다. 이 때문에 그것들의 차이와 단절은 한층 커 보이는 것인지도 모른다.

그러나 그것들은 생의 긍정과 의지를 통해 존재의 동일성과 삶의 지속을 의도하는 적극적인 생명의식이라는 점에서는 전혀 동일하다.[16] 이

15) H. Meyerhoff, 김준오 역, 『문학과 시간 현상학』, 삼영사, 1987, 15면.

16) 윤재웅은 미당 초기시의 '생명'에 대한 열정과 이후의 '영원성'의 지향을 단절이 아닌 연속의 관점으로 파악하면서 몇몇 이미지를 축으로 생명과 영원성의 대위적 구성을 통해 미당 시 전체에 대한 해명을 시도하고 있는 드문 경우이다(윤재웅, 『미당 서정주』, 태학사, 1998 참조).

생명의식은 앞서 말한 대로 인간성을 신성(神性)으로까지 추구하는 정신이다. 이것이 미당 필생의 의지였음은 그의 갑년(甲年)에 출간된 『질마재 신화』에 등장하는 주변부 삶들의 인신(人神)적 면모를 떠올리는 것으로 충분하다. 이런 신성 지향의 생명의식이 미당 시 전체를 아우르는 시간의식의 물적 기초이자 실질적 내용임은 두말 할 나위 없다. 왜냐하면 그 생명의식 자체가 시간적 존재인 인간의 한계를 뛰어넘으려는 또 다른 시간의 기획으로 주어지고 있기 때문이다. 매 시집에서 예외 없이 시도된 미당의 지침 없는 정신적·미학적 자기계발의 실상은 이런 시간의식의 연속성에 대한 이해 속에서야 보다 체계적이고 객관적으로 조명될 수 있을 것이다.

다음으로는 미당의 시간의식을 분석하기 위해 동원된 시간이론들이 편의적으로 적용됨으로써 생겨나는 시 이해와 해석상의 어떤 교란과 모순을 지적하지 않을 수 없다. 이런 상황은 베르쟈예프의 시간론을 적용하는 논의에서 가장 심각하게 불거지고 있다. 특히 '실존적 시간'은 손진은의 경우 『신라초(新羅抄)』(1961) 이후 '영원성'의 한 성질을, 심재휘의 경우 『화사집』 시기의 '순간성'을 지시하는 개념으로 원용되고 있다. 이런 낙차는 시를 바라보는 관점의 차이나 명쾌하게 규정하기 힘든 시간론 자체의 복잡성 따위에서 기인하는 것으로 파악할 수도 있겠다. 하지만 이들의 경우는 그런 것과는 차원이 다른 문제를 안고 있다.

가령 베르쟈예프에게 '실존적 시간'은 단순히 주체가 영원에 참여하는 어떤 순간을 의미하지 않는다. 엄격히 말해서 그것은 예수의 재림을 통한 역사의 종말과 구원에 의해 달성되는 종교적 영원을 의미한다. 물론 그는 이것이 종말, 다시 말해 신적 구원의 수동적 대망이 아니라 세계를 변화시키는 능동적인 인간 정신의 분출을 통해 창조되어야함을 역설하고 있다. 그렇다 해도 모든 것이 주체와 정신의 진정한 현실(the authentic reality) 속에 수렴되고 신적-인간적 생명 안으로 진입하는 진정한 실존의 자유는 이른바 '부름 받은 소명'을 실행할 때야 비로소 시작될

수 있다는 사실에는 전혀 변함이 없다.[17)]

이를 통해 우리는 손진은과 심재휘가 '실존적 시간'을 이해하고 적용함에 있어 그것의 핵심인 기독교적 구원 관념을 도외시한 채 연대기적 시간질서에서 일시적으로 해방되는 '순간' 체험만을 고려에 넣고 있음을 알게 된다. 이런 편의적 적용은 미당의 순간 체험에 어떤 보편성을 부여하는 한편, 미당이 존재의 수직적 돌파를 위해 벌이는 의식의 고투를 강조하기 위해 취해진 것일 가능성이 크다. 그러나 그 구체적 맥락이 제거된 개념의 보편화는 추상적이고 단편적일 수밖에 없다. 실제로 이들의 '실존적 시간'은 미당이 체험한 '순간'의 특수한 질감, 다시 말해 그것의 역사적·문화적 의미를 구체적으로 해명하지는 못하고 있다.

이런 점들을 고려할 때, 우리는 미당 시의 시간의식을 그 변화와 지속을 아우르면서 체계화할 수 있는 준거점의 필요성을 절실히 느낀다. 시간의식이 개인과 사회의 역동적인 교섭의 결과물이란 관점을 수용한다면, 이런 체계화는 곧 미당이 역사현실에 개입하는 양상에 대한 규명도 된다. 거듭되는 지적이지만, 존재의 생의 의지와 영원에 대한 관심은 미당 시 전체를 관통하는 시적 기투의 핵심이다. 미당은 매 시집마다 다른 세계와 그것을 형상화하는 데 적합한 창작방법을 새롭게 끌어들이지만, 그 세계의 본질은 그가 애호하는 몇몇 이미지의 반복적 채용이나 보충에 의해 표상되곤 한다. 이를 통해 개별 시집은 그것 고유의 자질을 획득하면서도 영원성이라는 주제의 연속성을 보장받는다. 물론 나선형의 궤적으로 보아야 하겠지만, 이것은 미당 시가 통시적 전개에서도 영원성의 본질적 내용이자 형식인 반복적 순환과 지속을 그대로 따르고 있음을 여실히 보여준다. 이런 사정들은 이제는 문학사의 몫으로 완전히 귀속된 미당 시를 객관적으로 조망하고 역사화함에 있어 영원성을 가장 긴요한 준거점 가운데 하나로 내세우기에 충분한 조건들이다.

---

17) 이상의 내용은 N. Berdyaev, 『노예냐 자유냐』, 인간, 1979, 331~337면 참조.

2. 영원성의 시간의식과 서정주 문학

파스(Paz)는 시간과 인간의 관계에 대해 다음과 같은 의미심장한 규정을 내린다. "시간은 우리 밖에 있지 않으며 시계 바늘처럼 우리 눈앞을 지나가는 어떤 것도 아니다. 우리가 바로 시간이며, 지나가는 것은 시간이 아니라 우리 자신이다. 시간이 방향성, 느낌을 갖는 것은 시간이 우리 자신이기 때문이다."[18] 시간이 우리 자신이라는 말, 여기에는 시간과 관련된 인간존재의 피할 수 없는 본질과 방향성 두 가지가 내포되어 있다.

하나가 인간은 시간을 삶으로써 자신의 존재의미를 실현하고 완성한다는 생의 측면이라면, 다른 하나는 시간이 무자비하게 휘두르는 소멸의 힘에 의해 존재는 무로 돌려진다는 것, 즉 죽음의 측면이다. 둘 가운데 인간의 사유와 행위를 저 밑바닥에서부터 규정해온 것을 꼽으라면 당연히도 죽음 쪽이겠다. 죽음에 따른 사멸에의 공포가 인간존재 최후의 허무적 심연을 구성하며, 시간의 절대적 폭력에 맞서 존재의 영원한 동일성과 무한한 연속성을 상상하는 일로부터 인간 문화의 기초가 닦이기 시작했다는 것은 대체로 동의할 만한 사실이다.[19]

시간의 니힐리즘을 길들이고 정복하는 방법으로 인간이 가장 먼저 고안한 것은 부단히 순환 반복하는 신화적 · 원초적 시간에의 참여를 통해 자아의 연속성에 대한 감각을 유지하는 일이었다. 이런 영원성의 시간의식은 자연 특히 천체의 운행 및 사계절의 순환적 변화와 지속을 동일화함으로써 성립한 것이다. 순환적 시간의식의 가장 특징은 과거와 현재, 그리고 미래를 전혀 동일한 가치를 지닌 시간들로 사유한다는 점이다. 여기에서 인간을 포함한 모든 존재의 삶과 역사는 끝없이 원점으로 회귀하는 영원한 순환과 반복의 운동에 지나지 않는다는 생각, 다시

18) O. Paz, 김홍근 외역, 『활과 리라』, 솔, 1998, 72면.
19) 眞木悠介, 『時間の比較社會學』(岩波書店, 1997)의 序章 '時間意識と社會構造' 참조.

말해 죽음과 재생, 흥망성쇠를 영원히 반복한다는 영원회귀의 관념이 탄생한다.

영원회귀의 시간의식은 인간의 삶이 역사적이 아니라 제의적이며, 계속적인 변화로 이루어지는 것이 아니라 시간 너머에 있는 과거의 주기적인 반복으로 이루어진다는 규칙성과 동일성의 감각을 생산한다. 또한 그럼으로써 죽음의 공포로부터 인간존재를 해방한다. 바꿔 말해 순환적 시간은 흐르면서 역사가 되지만, 그와 동시에 순환의 지속적 반복을 통해 시간의 흐름과 역사를 부정함으로써, 즉 끊임없이 흐르면서도 동일한 상태를 유지함으로써 존재의 동일성과 연속성을 결정적으로 보장한다.[20)]

그런데 고대의 순환적 시간은 과거를 향한 현재의 부단한 갱신만을 고려에 넣고 있기 때문에 미래의식의 결락을 피할 수 없다. 미래의식이 부재하다는 말은 발전과 완성의 개념 역시 존재하지 않는다는 말과 같다. 이로 인해 생기는 가장 큰 문제는 어떤 순간이나 어떤 역사적 사건에도 심각한 의미를 부여하는 것이 원천적으로 불가능해진다는 사실이다. 이런 의미의 무상성 내지 허무주의는 인간이 여전히 시간의 둘레를 벗어나지 못하고 있다는 또 다른 시간의 니힐리즘을 낳는 계기가 된다. 그리스(특히 플라톤)와 인도의 영원성 관념, 즉 시간과 변화를 초월한 영원불변의 이데아를 모방하거나 시간과 존재로부터 완전히 해탈(nirvana)함으로써 시간에서의 해방을 구하는 태도는 고대적 영원성의 한계를 극복하려는 시간기획을 대표한다.[21)]

그러나 이들에 보이는 시간 없는 시간의 관념 역시 고대의 영원회귀 의식과 마찬가지로 시간의 진행에서 발생하는 변화와 모순을 소멸시키

---

20) O. Paz, 김은중 역, 『흙의 자식들』, 솔, 1999, 25~27면.

21) 보다 자세한 내용은, O. Paz, 위의 책, 28~29면; M. Eliade, 이동하 역, 『성과 속—종교의 본질』, 학민사, 1983, 83~85면; R. Bultmann, 서남동 역, 『역사와 종말론』, 대한기독교서회, 1993, 12~15면 참조. 엘리아데는 그리스와 인도에서의 시간의 니힐리즘이 순환적 시간이 더 이상 원초적 상황의 회복을 위한, 따라서 신들의 신비적 현존을 위한 매개체가 아니게 됨으로써, 즉 탈신성화됨으로써 발생한 것으로 본다.

거나 최소화시키려는 시도임에는 변함이 없다. 그러니까 이 둘은 실제적 시간의 복합성을 거부하는 이상적이고 원형적인 시간의 단일성을 꿈꾸며 시간의 연속성이 표명하는 이질성을 거부한 채 언제나 자기 동일성을 유지하는 시간 너머의 시간을 응시한다는 점에서 전혀 공통적이다. 이런 영원성의 사유방식에 결정적인 변화, 아니 돌이킬 수 없는 파괴를 초래하는 것은 기독교의 직선적이며 회귀 불가능한 종말론적 시간관을 유산으로 상속받은 근대의 진보적·계량적 시간관이다.[22)]

근대 기획의 핵심이 이성과 역사의 진보에 대한 절대적 신뢰를 바탕으로 주술적 세계로부터 인간을 해방하는 것, 곧 탈마법화를 통한 인간 삶의 합리화에 있다는 것은 널리 알려진 사실이다. 이런 목적론적·진보적 세계관에서 가장 중요한 것은 과거도 현재도 아닌, 역사의 합리성이 궁극적으로 실현되는 시공간인 미래이다. 진보의 완성이자 역사의 파국으로서 미래를 향한 의지는, 미래를 선취하여 현재에 편입시키며 또 미래를 편입시킨 현재에서 계획을 세우고 다시 미래를 향해 모험적으로 도박을 수행해 가는 기획(project)의 정신을 근대적 시간의식의 핵심으로 정착시킨다.[23)]

그러나 미래는 파스의 말대로 아직 오지 않은 시간이며 항상 이제 막 존재하려는 시간이다. 따라서 그것은 상상에서는 빛의 세계이지만 현실에서는 우연성과 불확실성으로 가득 찬 어둠의 세계에 지나지 않는다.

---

22) 기독교에서 타락한 역사의 종말과 진정한 시간, 곧 존재가 영원히 구원받는 시간의 도래는 일치한다. '구원'이라는 절대사건은, 오로지 신이 수육(受肉)됨으로써, 다시 말해 하느님이 그리스도의 재림을 통해 역사적으로 조건지어진 인간 존재를 받아들임으로써 일어나는 일회적이며 미래적인 사건이다. 근대의 역사철학, 특히 헤겔의 역사철학은 이런 기독교의 종말론적 세계관을 채용하여 그것을 총체로서의 우주적 역사에 적응시켰다. 이때 신의 자리를 대치하는 것은 절대정신(이성)인데, 그것은 역사적 사건들 속에 계속적으로 자신을 현현시키며 오로지 역사적 사건들 속에만 자신을 현현시킨다. 따라서 역사 전체가 하나로서 신의 시현(theophany)이 된다. 보다 자세한 내용은 M. Eliade, 『성과 속—종교의 본질』, 학민사, 1983, 86~87면 및 R. Bultmann, 『역사와 종말론』, 대한기독교서회, 1993, 33~88면 참조.

23) 今村仁司, 이수정 역, 『근대성의 구조』, 민음사, 1999, 72~76면·129~136면 참조.

근대적 이성이 시간을 계량과 예측이 가능하며, 등질의 단위로 추상화할 수 있는 양적 대상물로 세속화할 수밖에 없는 이유가 여기에 있다. 요컨대 시간은 공식화와 수량화를 통해 인간이 통제 가능한 유순한 동반자, 아니 요술램프 속의 거인 노예가 된다.

그런데 이것은 시간이 양적 등질성을 발판 삼아 화폐로 환전 가능한 상품으로 거듭나는 과정이기도 하다는 점에서 한결 심각한 문제를 노정한다. 시간이 상품으로 인식되면서 발생한 현상으로는 다음 두 가지가 대표적이다. 첫째, 시간의 절약이 곧 돈의 절약이 된다는 것. 그에 따라 시간을 절약하려는 계획은 산업상의 숙달과 진보의 상징이 되었는데, 기차로 상징되는 교통수단의 발달과 생산라인의 표준화를 통해 대량생산의 길을 튼 포디즘(Fordism) 등은 그 대표적인 경우에 해당한다. 둘째, 시간의 새로움에 대한 강박증의 증가. 유행을 지난 옷이 쓸모를 잃는 것과 마찬가지로 시간도 일단 소비하고 나면 그 가치를 아주 상실하고 만다. 이는 확대하자면 과거가 더 이상 아무런 의미를 지닐 수 없게 되었다는 말과 같다.

자기 자신과 역사를 되돌아보는 행위가 시간의 낭비이게 되었다는 것, 오로지 현재와 미래만이 시간적 가치를 갖게 되었다는 것, 바로 여기에 근대적 진보의 야만과 퇴폐의 핵심이 숨겨져 있다. 우리 삶에서 과거의 삭제는 시간의 규모와 전망이 1/3쯤 단축되는 데 그치고 마는 재앙이 아니다. '과거'에 대한 지식 혹은 과거의 기억은 개인과 사회를 막론하고 그것들에 존재론적 혹은 구조론적 안정성과 항구성, 동일성을 보장하는 데 결코 없어서는 안될 요소들이다. 왜냐하면 거기에 현재의 기원과 토대가 존재하며, 또한 분열되고 파편화되기 이전의 자아의 동일성과 전체성, 연속성의 감각이 묻혀 있기 때문이다. 그러나 인간은 상품 시간의 충실한 충복이 되면서, 과거의 회감(回感)을 통해 성취되는 영원한 현재로 해방될 기회를 빼앗김은 물론, 오로지 자기 자신을 도구로 이용하는 양적 시간단위로서의 영원한 현재라는 쇠우리에 스스로를 가

두게 된다.[24)]

이처럼 진보적·상품적 시간의식에 의한 미래의 특권화, 그에 따른 시간의 파편화는 시간적 존재인 우리 삶의 경험마저 통합 불가능한 어떤 것으로 분열시킨다. 이것은 인간존재가 더 이상 조화롭고 안정된 전체적 개성을 소유할 수 없게 되었음을, 다시 말해 자아의 동일성과 연속성의 감각에 치명적인 훼손과 장애를 입게 되었음을 의미한다. 이제는 시간이 생성의 계기가 아니라 자아의 죽음에 이르는 병 자체가 된 것이다. 이런 시간의 메커니즘 속에서 존재의 위기감과 허무감은 더욱 심화되며, 또한 피할 수 없는 일상의 보편적 경험으로 구조화된다는 것은 재론의 여지가 없다.

그러나 위기 국면이 심화될수록 그것을 극복하거나 피할 수 있는 비책 혹은 방법에 대한 열망 역시 커지기 마련이다. 그렇지 않고서는 자아의 안전과 보존이 전혀 무망해지는 까닭이다. 이때 문제의 해결에 가장 많은 도움을 주는 것은 아무래도 과거의 경험이나 그것의 확장으로서의 공동체의 전통일 수밖에 없다. 고대의 순환적·신화적 시간의식, 다시 말해 영원회귀의 시간의식이 근대의 직선적 시간을 대체할 진정한 시간의 모델로 떠오르는 것은 이런 점에서 필연적이다. 그러나 문제는 그것이 탈마법화된 시대에서는 그 유효성과 적실성을 적잖이 상실할 수밖에 없다는 것, 그러니까 세계를 질서 짓는 어떤 선험적이고 절대적인 원리로 다시 기능하기에는 역부족이라는 사실이다. 이런 상황은 고대의 영원성이 하나의 참조 사항에 지나지 않는다는 것, 따라서 개인은 자아

24) 이상의 논의에 대해서는, H. Meyerhoff, 『문학과 시간 현상학』, 삼영사, 1987, 147~164면 참조. 한편 그는 역사주의와 결탁한 근대적 시간이 가져온 결정적 폐해를 다음 세 가지로 정리한다. 첫째, 영원성의 붕괴로 시간이 역사의 차원에 한정됨으로써, 오로지 역사적 시간만이 인간생활을 전개하고 종결하는 유일한 시간이 되었다. 둘째, 그로 말미암아 인간은 시간을 단지 냉혹한 변화와 무상성으로만 대면하게 되었다. 셋째, 역사적 관점에서의 시간의 재구성이 실패로 끝나게 됨으로써 현실역사는 의미 있는 패턴을 만들어내지 못하고 단지 파편들의 연속이 되어 버렸다(같은 책, 133~134면).

와 공동체의 경험 속에 저장되거나 떠다니는 시간의 파편들을 모아 자기 동일성과 연속성 유지에 필요한 유의미하며 진정한 시간을 스스로 창출해야만 하는 어려움에 처하게 되었음을 의미한다.

그런 노력의 산물로는 흔히 '지속(durée)'이라 불리는 시간개념을 먼저 떠올릴 수 있다. 이것은 근대적 현실에서 자아의 사적 전개, 즉 상상력에 의해 창조된 주관적이며 개인적인 영원성의 시간경험을 대표한다. 베르그송(Bergson)과 프루스트(Proust)에서 특권화된 '지속'은 시간의 무한성을 상정하는 고대적 영원성과는 달리 무시간성, 즉 물리적 시간을 초월하여 시간 밖에 존재하는 의식경험의 한 성질로서의 영원성을 뜻한다. 이때 영원의 시간경험은 과거의 경험에 대한 회상이란 기억의 작용에 의해 주어진다. 회상 행위는 다음 두 가지의 무시간적 성질을 통해 자아를 연대기적 시간질서에서 해방하여 영원에 참여케 한다.[25] 첫째, 회상은 특정한 시공간의 지표 없이 불시에 일어나는 의식의 움직임이라는 점에서 그 자체로 무시간적인 차원에 속한다. 둘째, 기억된 것, 즉 회상내용은 물리적 시간의 경과와 파괴작용에 영향을 받지 않는 원래의 상태로 보존된다. 다시 말해, 늘 '영원한 현재(정수)'로 체험된다. 베르그송의 "우리의 가장 먼 과거도 우리의 현재에 접목되어 있고 우리의 현재와 함께 유일하고 동일한 변화의 계속성을 이루고 있다"[26]는 말은 회상에 의해 부여되는 자아의 영원성, 곧 동일성과 연속성의 본질을 명쾌하게 보여준다.

'지속'이 창조하는 영원성은 그러나 의식의 생성과 변화, 지속의 원천을 오로지 과거에 한정하고 있다는 점에서 제한적이다. 물론 베르그송은 '삶에 대한 주의'라는 개념을 통해 현재와 미래의 기획과 설계에 도움을 줄 수 있는 특정한 과거를 창조적 회상의 진정한 대상으로 한정짓

---

25) H. Meyerhoff, 앞의 책, 80~85면.

26) H. Bergson, *La pensée et le mouvant*, Alcan, 1934, p.170. 여기서는 김형효, 『베르그송의 철학』(민음사, 1991), 50면에서 재인용.

고 있기는 하다. 하지만 그렇다고 해서 이제는 과거를 또 다시 특권화하는 시간의 서열화 문제가 말끔히 해결되는 것은 아니다. 이 점, 근대미학의 영원성 경험의 또 다른 핵을 이루는 시적 '순간'의 중요성과 가능성을 새삼 환기하는 요인이 아닐 수 없다.

'순간'의 시적 창출을 통한 '영원'으로의 몰입은 기실 서정시 장르의 본질이자 고유한 특권에 해당한다. '지속' 역시 회상의 순간에 번쩍이는 의식의 찰나적 방전에 의해 창조되는 영원의 양상이라는 점에서는 시적 '순간'과 다를 바 없는 의식경험이다. 그러나 시적 '순간'의 영원성은 단지 회상뿐만 아니라 교감과 유추를 통해서도 창출된다는 점에서 '지속'의 그것에 비해 훨씬 폭넓고 자유로우며 역동적이다. 남진우가 적절히 지적했듯이, '순간'은 지속적 흐름에서 떨어져 나온 시간의 파편에 불과한 것이 결코 아니다. 그것은 그 자체로 충만한 시간, 이미 지나간 과거와 막 지나가고 있는 현재와 아직 오지 않은 미래가 모여들었다가 다시 펴져 나오는, 응결과 파열이 하나의 몸을 이루는 시간의 한 지점을 의미한다.[27] 따라서 거기서는 시간의 계기적 흐름은 전혀 무효하며, 과거, 현재, 미래 어느 것도 자신의 우선권을 주장할 수 없다. 그것들은 다같이 순간의 영원성으로 언제든지 전화될 가능성을 품고 있는 동등한 시간의 다른 국면일 뿐이다(여기서 '순간'과 '지속'이 생산하는 영원성의 본질과 비전은 결정적으로 갈라선다).

'순간'은 그런 점에서 "역사 이전에 있지만 그러나 역사 밖에 있는 것이 아니다." 왜냐하면 그것은 "원형적 실재이며, 날짜를 붙일 수가 없고, 영원한 시작이며, 총체적이고 자족적인 시간이기 때문에" '역사 이전'이다. 그러나 동시에 "단지 시적인 교감의 순간에만 육화되고, 새롭게 육화되면서 반복되기 때문에, 그것은 역사 안에 있"다.[28] 이처럼 순간적

27) 남진우, 「미적 근대성과 순간의 시학 연구」, 중앙대 박사논문, 2000, 23면.

28) O. Paz, 『활과 리라』, 244면. 그는 시와, 시를 통해 창조되는 순간적 영원의 관계를 다음처럼 압축한다. "시는 항상 드러나는[現] 동시에 숨는[實] 현실의 두 부분이 화해하

영원은 '역사 / 시간' 안에서 '역사 / 시간'을 초극할 수 있게 함으로써 자아의 동일성과 연속성의 감각을 안정적으로 구조화한다. 그 뿐만 아니라 주체와 타자, 또는 이질적인 타자들끼리의 화해와 연대의 감각 역시 고양함으로써 존재의 새로운 도약에도 더할 나위 없는 계기를 만든다. 진정한 시간과 자아의 회복 및 확장이 모든 것을 오로지 도구적 효용성과 상품적 가치로 환원하여 평가하고 서열을 매기는 근대적 시간관, 아니 근대 문명 자체에 대한 의미 있는 비판과 저항, 부정의 시초를 이룬다는 것은 이런 이유 때문이다.

미당이 예외적 개성으로 난 길에 첫발을 디딘 때는 습작기까지 포함한다면 1930년대 전반이었다. 이 당시는 식민지 모더니티가 비록 기형적인 형태로나마 상당한 물적 토대를 갖추었으며, 적어도 도시에서는 갖가지 근대의 경험이 이미 일상적인 것으로 구조화되었던 때이다. 이상의 「날개」(1936)나 박태원의 「소설가 구보씨의 일일」(1934) 등에 점묘된 기이하게 흥분되면서도 서글픈 일상은 박래품으로서의 근대가 식민지에서 압축적으로 재현 또는 복제되는 과정에서 발생하는 속도의 쾌감과 멀미, 그리고 공포를 총체적으로 보여준다. 그들이 착잡하게 그려 보인 정오를 알리는 사이렌 소리, "금전과 시간이 주는 행복"에 대한 냉소와 동경, "나의 뇌수를 미신바늘처럼 쫏"는, 한밤에도 자지 않고 "일어나 쫑알거리는 시간"(정지용, 「시계를 죽임」)의 이미지는 근대의 계량적 상품적 시간이 일상을 규율하는 절대권력으로 이미 확고히 자리잡았음을 시사하고도 남는다.

그러나 이 시대는 또한 미래를 특권화한 역사적 모더니티에 대한 회의와 비판이 '서구문명의 몰락'과 '동양의 복권 / 부활'이란 대립적 담론의 형태로 가시화되기 시작하던 즈음이기도 하다. 미당 시의 출발이 어

는 순간에 포착되는 총체적 현존의 비전이었다" "(영원한—인용자) 현재는 현존에서 나타나며 현존은 과거, 현재, 미래의 화해다. 화해의 시는 날짜 없는 이 순간에 육화된 상상력이다."(O. Paz, 『흙의 자식들』, 솔, 1999, 262~263면)

떤 형태로든 이와 관련되어 있음은 비교적 분명하다. 가령 「화사(花蛇)」(1936)로 대변되는 조선적 토속성을 배경과 내용 삼은 미당의 생명 충동은, 원초적 생명의 충일한 '순간'을 창출함으로써 존재의 영원을 구현하려는 매우 의식적인 정신의 모험이었다. 이것이 시간에 결박된 존재 본연의 한계를 초극하기 위한 혼신의 몸부림일 뿐더러 추상적이고 비인간적인 근대적 시간에 대한 자각적 부정의 한 형식이라는 사실은 "덧없이 바래보든 벽(壁)에 지치어 / 불과 시계를 나란이 죽이고"(「벽」)란 구절로 미루어 알 수 있다.

그가 존재의 지속에 이르는 통로로 삼은 육체적 생명력, 곧 "인신(人神)주의적 육신현생"(『전집』 5, 266면)에 대한 시적 기투는 그러나 그다지 오래가지는 않았다.[29] "흰 무명옷 가라입고 난 마음"의 환희를 그리고 있는 「수대동시(水帶洞詩)」(1938)에 이르면 흔히 동양적 영원성으로 지칭되는 고대적 · 종교적 영원성으로의 선회와 귀향이 벌써 뚜렷해진다. 이후의 미당 시는 그것을 존재와 삶을 질서 짓는 절대적 가치체계로 심화하고 확장하는 일에 오롯이 바쳐졌다 해도 과언은 아니다. 다음 글은 그 결과 다다른 미당 특유의 '영원성'의 본질과 성격을 일목요연하게 보여준다.

> 내 시정신의 현황에 대해서는 최근 몇 군데 말해 보였지만, 간단히 말하여서 영원주의라는 말로써 제목할 수 있는 '역사의식의 자각' 그것이 중심이 되어 왔다. (……) 현실의식이라는 것을 종교적 관심 없는 현대인의 대다수는 목전의 현대를 상대로 해서만 일으켜 가지고 지내고 있는 듯하나, 내게 있어 현실의식이란 목전의 현대만을 상대하는 그것이 아니라, 인류사의 과거와 미래를 전체적으로 상대하는 '역사의식' 그것인 것이다. 그러고, 이것은 간헐적으로 역사적 기록을 가끔 생각해보는 그런 의식이 아니라, 역사의 중류(中流)에 처해 있는

29) 이 말이 이후 미당 시에서 시적 '순간'의 창조가 더 이상 이루어지지 않는다는 의미로 오해되어서는 곤란하다. 미당이 평생을 두고 시의 과제로 삼은 종교적 '영원성'의 회복과 현재화는 시적 '순간'의 힘을 빌려 그 육체를 입는 경우가 허다하다.

> 것이라는 항시 자각된 의식이다. (……) 그것은 살아있는 육신 안에 있는 것만 이 전부가 아니고, 육신을 이미 떠난 마음의 대집단(말하자면 귀신들)이 어제 보고 오늘은 안 뵈는 대하(大河)와 같이 우리에게 연결되어 있어 그것이 현재의 우리의 사색과 언어와 행동의 원류라는 자각이다. 즉 신은 있다는 자각인 것이다.[30] (강조는 인용자)

미당이 추구하는 영원주의, 곧 '영원성'은 우주적 무한과 시간적 영원을 본질로 하는 영생주의이자 자연주의이다. 그는 이것을 내면에서 일어나는 상상적 시간경험이 아니라 시공간을 초월하여 언제 어디서나 실재하는 현실태로 상정하고 있다. 이런 태도는 말할 것도 없이 '신'의 내재성에 대한 자각과 믿음의 회복에 따른 것이다. 고대적 영원성의 쇠퇴와 몰락이 종교성이 박탈됨으로써, 다시 말해 순환적 시간이 더 이상 원초적 상황의 회복을 위한, 따라서 신들의 신비적 현존을 위한 매개체가 아니게 됨으로써 초래되었다는 사실은 이미 지적했다. 그런데 미당은 시간에 종교성을 다시 도입함으로써 영원성의 실재성을 회복하고 그것을 존재와 역사의 원리로 절대화하는 것이다. 이때의 종교성은 당연히도 신 자체보다는 인간의 신성성 회복이라는 측면에 훨씬 강조점이 놓이게 된다.

미당의 '영원성'은 그러나 미래의식이 부재한 신화적 · 고대적 영원성으로의 회귀는 아니다. 그는 '영원성'의 2대 원류로 물활론과 영혼불멸설에 토대를 둔 영통(靈通) / 혼교(魂交) 신앙, 그리고 불교의 인연설과 윤회설을 든다. 전자가 고대적 영원성의 잔여임은 비교적 분명하다. 미당은 후자에서 원래 그것들에 내재된 염세적 비전, 즉 자신이 지은 카르마(業)에 따라 윤회전생을 계속해야 된다는 끔찍한 시간의 주박을 제거한 채 존재의 반복적 재생과 지속적 보존이란 초월적 국면만을 취한다. 요컨대 그는 고대 신앙과 불교적 사유에서 긍정적인 면만을 가려내어

30) 서정주, 「역사의식의 자각」, 『현대문학』, 1964.9, 38면.

종합함으로써, 고대의 순환적 시간에 결여된 미래의식을 보충한 동시에 불교적 시간관의 염세적 비전을 제거한 그 특유의 '영원성' 관념을 완성했던 것이다.

다른 한편 우리는 미당에게 '영원성' 추구와 시 자체의 영원성 추구가 결코 별개의 사업이 아니라는 사실 역시 각별히 유념할 필요가 있다.

> 나는 내 나이 20이 되기 좀 전에 문학소년이 되면서부터 이내 그 영원성이라는 것에 무엇보단도 더 많이 마음을 기울여 온 것만은 사실이다.
>
> 그러나 이때 의식하기 시작하여 장년기에 이르도록 집착해 온 그것은, 말하자면 내가 쓰는 문학작품이 담아 지녀야겠다고 생각하는 그 영원성이었다. 영원히 사람들에게 매력이 되고 문제거리가 될 수 있는 내용을 골라 써야 한다. 그러니 그럴러면 한 시대성의 한계 안에서 소멸되고 말 그런 내용이 아니라 어느 때가 되거나 거듭거듭 문제가 되는 그런 내용만을 골라 써야 한다. 일테면 남녀의 사랑을 비롯한 사람들 사이의 여러 사랑에서 파생하는 환희와 비애, 절망과 희망 이런 것들은 사람들이 살아 있는 한 언제나 문제거리일 것이니 그런 걸 써야 한다. (……) 그래 이걸 말하는 내 말의 매력만이 무능하지 않다면 나는 미래 영원 속에 이어서 내 독자를 가져 그들한테 작용할 수 있다. 간단히 말하자면 이런 영원성이었다.[31)]

한국 근대시사에서 미당만큼 시의 영원함을 집요하게 욕망한 사람도 드물다. 그는 이미 「자화상」에서 "시의 이슬"을 위해서라면 수치와 죄의식도 전혀 개의치 않겠다는 도저한 희생과 헌신의 정신을 서슴없이 약속한 바 있다. 그의 노년에 씌어진 이 글 역시 그것의 연장이다. 그는 시가 영원에 이르는 정도(正道)를 시공을 초월한 내용과 주제의 보편성에서 찾고 있다. 그것을 성공적으로 다루면 언어의 보편성과 영원성은 저절로 성취되리라는 게 그의 생각이다.[32)]

---

31) 서정주, 「봉산산방시화」, 『미당산문』, 민음사, 1993, 118면. 이하 이 책에 실린 글들을 짧게 인용할 때는 본문에 책이름과 면수를 직접 적는다.

32) 내용과 주제의 보편성에서 시적 영원의 가능성을 구하는 태도는 특히 해방 이후 한

미당은 인간사의 원초적이고 보편적인 사건과 감정들을 나열하고 있지만, 그것들의 최종 심급은 아무래도 삶의 일회성과 순간성, 그리고 그 삶마저 무로 돌리는 죽음에 대한 공포와 허무가 차지할 수밖에 없다. 따라서 우리 삶에서 존재의 근원적 한계와 시간의 니힐리즘을 무력화하는 시간 위의 시간으로서 영원성에 대한 관심만큼 보편적인 주제는 그리 흔하지 않다. 이것은 시의 영원과 존재의 영원에 대한 기대와 성찰이 미당의 미래의식의 두 축을 형성해왔음을 뜻한다. 그런 의미에서 미당의 '영원성'은 시성(詩性)과 종교성이 완미하게 통합되고 일치될 때 비로소 완성되고 성취되는 것으로 볼 수 있다. 매 시집에서 보여준 가열찬 자기계발과 부단한 시적 갱신은 바로 이를 목표한 것이겠다.

이처럼 미당에게 '영원성'은 궁극적 정신의 지향이자 시적 방법론의 총화이다. '영원성'의 시학이라는 명명이 가능한 것도 그래서이다. 미당의 '영원성' 시학은 주제의 연속성과 주제달성 방법의 지속적 갱신이란 지속과 변화의 문법을 통해 한국시사에 유례 없는 초시간적 비전의 제국을 형성해간다.

그러나 '영원성'의 형성과 안정적 구조화라는 측면에서 본다면, 미당 시의 행보는 발견과, 완성을 향한 의미심장한 보충의 계기적 반복으로 특징지을 수 있다. 이 글은 '영원성'의 발견 시점을 대략 「문」·「수대동시」 따위의 '귀향'의 열망을 담은 시들이 본격적으로 창작되는 1938년 무렵으로 본다. 이후의 시들은 거기서 발견된 기본 모티프, 이를테면 '문' '부활' '꽃' 등 생명의 재생과 연속에 관계된 이미지들을 변형·반

국문학사에서 강력한 이데올로기적 권위를 누려온 '순수문학'의 논리적 근거이기도 하다. 미당의 보편과 순수 지향은 그의 시적 출발과 연원을 같이한다 해도 좋다. 그가 집필한 『시인부락』 창간호(1936.11)의 후기는 이에 대한 적절한 예를 제공한다. "벌써 여기다가 꼭 무슨 빛갈잇는 기폭을 달아야만 멋인가? (……) 사람은 본래 개성과 구미가 각각 달러 억제를 당할 때에는 언제나 유쾌하지 못한 것이나 우리는 우리 부락에 되도록이면 여러 가지의 과실과 꽃과 이를 즐기는 여러 가지의 식구들이 모여 살기를 희망한다."

복하거나, 역시 '영원성'을 환기하는 '소리'와 '노래' 같은 이미지를 세밀하게 첨가하고 조합하는 다지기와 축성의 형식이라 해도 크게 틀리지 않는다.

이 말은 그러나 미당이 몇몇 상투적 내용과 형식을 통해 '영원성'을 손쉽거나 허술하게 구조화했다는 것을 뜻하지 않는다. 오히려 그런 변화적 반복을 통한 이미지의 지속적 채용은 개개의 사물들에 질적 풍부성과 독자성을 부여하게 됨은 물론, 그것들이 매 시집이 경험하는 삶의 깊이로 깊숙이 틈입하는 원동력이 된다. '영원성'의 발견만큼이나 그것에 대한 의미심장한 보충을 가능케 하는 반복적 구조화가 중요한 까닭이 여기에 있다.

'영원성'의 시학에 내장된 그런 구조적 특징은 '영원성'을 향한 미당의 시적 행보 전체를 일종의 '자아의 서사(narrative of self)'로 파악케 하는 직접적인 근거가 된다. '자아의 서사'는 간단히 말하면 자아의 동일성과 안정성을 성취하기 위해 한 개인이 자신의 삶의 경험들을 자아발전의 서사 또는 미래의 기획 속에 통합하는 작업을 말한다.[33] 과거와 현재에 대한 성찰 및 의미화를 목적하는 일기, 자서전 따위는 그것의 가장 비근한 형식을 이룬다. 본문에서 자세히 검토되겠지만, 미당의 시적 갱신은 그 자신과 당대 현실이 처한 모순과 부조리를 '영원성'의 심화와 확장을 통해 건너뛰려는 노력의 반영이자 결과물이다.

이런 자아 서사의 성격은 필연적으로 '영원성'의 기획을, 비록 보수적이고 과거 지향적이며 현실 초월적인 편향이 두드러지긴 하지만, 역사적 모더니티를 성찰하고 비판하는 반성적·미래적 행위로 위치시킨다.[34] 시대적 조건을 고려한다면, 『서정주시선』의 일부와 『신라초』는

---

33) A. Giddens, 권기돈 역, 『현대성과 자아정체성』, 새물결, 1997, 145면.

34) '영원성' 기획에 의한 미당의 반근대 지향을 바라보는 시각은 크게 두 가지로 대별된다. 하나는 그것을 역사적 모더니티에 대한 비판과 부정 속에서 근대적 자기정체성을 확립해 가는 역설적인 행보로 평가하는 견해이다. 앞서 본 이광호와 송기한의 글, 그리고 강경화의 「미당의 시정신과 근대문학 해명의 한 단서」(『반교어문연구』 7(반교어문

한국적 모더니티의 가장 추악한 발현인 한국전쟁과 그에 따른 삶의 황폐화에 대한 미당 나름의 미학적 응전이자 구원 행위에 해당한다. 그리고 『동천』과 『질마재 신화』는 1960년대 이후 '속도전'의 근대화가 야기하는 갖가지 소음과 "와사(가스–인용자)분출의 공해"(『미당산문』, 153면)를 심미적 삶을 구축함으로써 초극하려는 도저한 반근대 지향의 산물이다. 이런 사실이야말로 미당의 '영원성'을 내면적 시간경험으로 한정시키기보다는 그것이 당대 현실과의 교섭을 통해 생성하는 역사·문화적 의미의 차원으로 확장시켜 연구해야 하는 진정한 이유이다.

학회 편), 1996)가 대표적이다. 이에 반해 김윤식은 미당의 반근대 지향을 매우 일관되게 생리적인 것으로 파악한다. 왜냐하면 미당 시에는 처음부터 방향성으로서의 '모더니티'가 결여되어 있기 때문이다. 보다 자세한 내용은, 김윤식, 「역사의 예술화–신라정신이란 괴물을 폭로한다」, 『현대문학』, 1963.10; 「문학에 있어 전통계승의 문제」, 『세대』, 1973.8; 「문협 정통파의 정신사적 소묘–서정주를 중심으로」, 『펜문학』, 1993년 가을호 참조.

제 2 장

생명 충동 혹은 언어의 도약술

1. 서정주 시의 전사(前史) 혹은 「벽」의 기원적 위상

미당 서정주는 『동아일보』 문예란 일반 투고작으로 보냈던 「벽(壁)」이 우연찮게 같은 신문의 1936년 신춘현상모집 당선작으로 뽑히면서 등단한다.[1] 그는 훗날의 회고에서 이런 식의 등단을 마뜩찮아 했음은 물론, 「벽」을 한 시적 영혼의 탄생을 알리는 고고성으로, 다시 말해 처녀작으로 인정하기를 완강히 거부했다. 왜냐하면 「벽」을 당시의 습작기 문학청년들이 곧잘 그랬던 연습용 투고작으로, 더욱이는 초기시를 대표

1) 이 해의 시 당선작은 미당의 「벽」과 김혜숙(본명 : 허윤석)의 「밀밭 없는 동리(洞里)」 두 편이었다. 하지만 수위(首位)는 김혜숙이 차지했다. "신시(新詩)의 당선 2편중 서정주씨의 「벽」은 티는 없으나 너무나 단형이므로 김혜숙씨의 「밀밭 없는 동리」를 좀 엉성하고 거치른대로 수위에 노핫다"(「신춘문예선후감-시가(詩歌)」, 『동아일보』, 1936.1.11).

하는 「화사」에 비해 그 정신의 강렬성과 표현의 참신성, 대담성 따위가 모자라는 일종의 미숙련작으로 간주했기 때문이다.[2)]

그러나 미당의 엄격한 시정신을 충분히 존중한다 하더라도, 과연 「벽」이 주목할 만한 의미나 가치가 거의 없는 저열한 소품(小品)이자 부정적 유산에 불과한 작품인지는 좀더 따져볼 필요가 있다. 엄밀히 말해 미당 시의 기원과 형성, 그리고 전개를 해명하는 데에 여러모로 유용한 시사를 제공하는 작품은 「화사(花蛇)」가 아니라 「벽」이다. 특히 미당 시의 궁극적 지향과, 독창적 상상력을 지닌 '강한 시인'이라면 으레 겪기 마련인 '시적 영향에 대한 불안'[3)]을 뚜렷이 드러내고 있다는 점에서 그러하다. 요컨대 「벽」은 '서정주'라는 예외적 개성을 조감할 때 반드시 거치지 않으면 안될 기준점 가운데 하나다. 그리고 이런 관심은 「벽」이 탄생하게 된 개인적·시대적 토양과 환경, 그것의 의미 따위를 세심하게 점검하고 이해할 때 보다 명확하게 해명될 수 있을 터이다.

1930년대 신문이나 잡지들은 '문예란'에 기성 시인들의 작품뿐만 아니라 시인 지망생들의 투고작 역시 선별하여 게재하곤 했다. 거기서 서정주란 이름을 찾아내기는 그리 어렵지 않다. 「벽」 이전에 활자화된 습작시만 해도 10여 편에 이른다.[4)] 기실 미당은 그런 제도를 통해 앞선 시적 전통의 모방과 수정, 그리고 극복의 작업을 가장 성공적으로 수행한 시인 가운데 하나였다. 당시 신문과 잡지의 문예면이 대개 당대 일

---

2) 서정주, 「고대 그리이스적 육체성—나의 처녀작을 말한다」, 『전집』 5, 264면.

3) 해롤드 블룸에 따르면, '강한 시인'들은 '시적 기만행위', 다시 말해 선배 시인들로부터 받은 영향관계를 감추려는 일종의 범죄행위를 통해 자기 고유의 새로운 영역을 개척하고 수립해 나간다. 보다 자세한 내용, 특히 영향의 극복 과정을 체계화한 '여섯 단계의 수정비율' 이론에 대해서는 H. Bloom, 윤호병 역, 『시적 영향에 대한 불안』, 고려원, 1991, 13~25면 참조.

4) 습작시를 포함한 해방 이전에 발표된 시집 미수록 시의 전문(全文)과 서지는 이 책의 '부록—1933~1955년 서정주의 시집 미수록 시(37편)'를 참조. 그리고 그에 대한 의미 분석은, 이 책 제2부의 「숨겨진 목소리의 진상 : 영향의 불안과 낭만적 격정—해방 이전 서정주의 시집 미수록 시 연구」 참조.

급의 문인들에 의해 주관되었다는 사실을 감안하면, 그의 투고(投稿)는 그저 주어진 재능을 확인하는 소극적 행위가 아니라, '강한 시인'의 가능성을 적극 탐문하는 능동적 행위였을 가능성이 크다. 물론 투고작들은 시의 새로움과 완성도, 의식의 치열성과 의외성 등에서 상당한 약점을 노출하고 있다. 그러나 대상의 고유한 미감을 포착하여 자기화하는 예리한 언어감각만큼은 벌써 일정 수준에 오르고 있다.

일본은 ××의땅 몸조심 하라고
그러고 또한줄은 이러케 써주소
하니나 하니나 싸움에 갈세라고

어머니는 밤낮으로 그것이 심해라고
불상하게 생각하게 정신들여 써주소
장터에서 하든말 잊지를 말래소

착실히 하래소 고닥새 나오라소
「네」가 심은 동백나무 머믈엇다 하이소
이늙은년 궁한말은 쓰지도 마아소

—「그 어머니의 부탁」(『동아일보』, 1933.12.24) 부분

미당의 출현을 알리는 최초의 시로, 글을 모르는 종남 어머니가 일본에 품팔러 간 아들 종남에게 전하는 편지를 시적 자아가 대필하는 광경을 그리고 있다. 우선 기층언어를 바탕으로 일체의 형용 수식을 배제한 채 아들을 객지에 보낸 근심 많은 노모의 사연을 그대로 받아 전하는 언어전략이 눈길을 끈다. 이런 진술방식은 자칫 평면적인 사실의 나열로 그칠 위험성이 다분하다. 그러나 연결어미 '고'와 종결어미 '소'의 교묘한 변주와 배치, 4음보격의 채택, 사투리의 자유자재한 구사를 통해 오히려 풍부한 해조(諧調)를 얻고 있다. 우리가 종남 어머니의 고통과 슬픔을 식민지 민중 모두의 것으로 고쳐 읽을 수 있다면, 그것은 분명 저

와 같은 언어감각과 형식의지 덕분이다.

그런데 엄밀히 말해 개인사적 비극을 민족사적 비극으로 승화시킨 이 시의 성과는 미당이 주도면밀하게 선택한 시적 자아의 기능과 역할에 힘입은 바 크다. 미당은 그 자신의 주관적 개입을 엄격히 통제하고 사실의 객관성을 보장하기 위해 시적 자아를 사건의 전면에서 놓여나 노모의 걱정과 불안, 바램 등을 냉정히 전달만 하는 중계적 서술자로 설정하고 있다. 이런 자아의 형상은 1930년대 초반 객관적 서술자의 기능을 극대화하고 사건적 요소를 도입함으로써 식민지 현실의 모순을 충실히 재현하려던 '단편 서사시'를 떠올리게 한다.

이 시는 이를테면 이중의 고난을 받고 있는 식민지 노동자와 그 가족을 서간체의 형식을 통해 그려내고 있다는 점에서 임화의 「우리 오빠와 화로」(1929)와 상당히 닮아 있다. 물론 이 시에는 오빠의 체포라는 사건에 대한 객관적 진술을 넘어 현실의 모순을 인식하고 새로운 각성에 이르는 '누이'와 같은 적극적 인물이 존재하지는 않는다. 그러나 달리 보자면, 미당은 미래의 낙관적 전망에 성급히 손을 내미는 대신 주어진 현실의 제시에 집중함으로써 오히려 프로시류의 도식성과 공식성을 비껴가게 되었는지도 모른다.[5]

① 가을은 水晶盞을 넘처흐르는 마알간 물이어니
우리는 제마닥 한위치를 지키고
너무도 깨끗한 이祝杯를 기우리기전에 어디가 숨은지도모르는 그어여뿐 손을 부르지 안으려나

— 「가을」(『동아일보』, 1934.11.3) 부분

---

5) 미당은 「그 어머니의 부탁」 같은 시를 쓰게 된 배경으로 임화류의 '단편서사시'보다는 주요한, 김동환류의 향토서정시의 영향을 주로 꼽는다(서정주, 「나의 시인 생활 약전」, 『백민』, 1947.1. 여기서는 『전집』 4, 199면). 존중되어 마땅한 견해이지만, 그가 '단편서사시'와 같은 프로시의 영향에서도 결코 자유롭지 못했음은 '경향파 이데올로기'를 시적 극복의 대상으로 삼았던 사실에 잘 나타나 있다.

② 차고도 맑은 손의 손톱이 구을르는 줄의 소리의 마디
하늘 우러볼때 이는 찬 물거픔처럼 튀는 생각이여
빛의 끝이 동글동글 쪼각 뜬구름이냥 西으로 사라질때 ……

—「생각이여」(『학등』, 1935.1) 부분

세련된 비유를 통해 대상을 감각적으로 제시하려는 의도와 노력이 도드라지는 시들이다. '가을'을 수정잔을 넘쳐흐르는 '물'과 '축배'에, '생각'을 '찬 물거품'에 비유하는 상상력이나 그 이미지들이 방출하는 정감을 차분한 어조에 실어내는 솜씨는 범상함을 넘어선다. 하지만 시인이 정성껏 개발한 이미지들은 무언가 그럴듯한 몽환적이고 낭만적인 분위기의 형성에 기여할 뿐, 시적 대상에 대한 깊이 있는 탐구와 표현을 거의 보여주지 못하고 있다. 내면의 육성이 거세된 잘 만들어진 이미지들은 자족적이며 피상적인 감정 이상을 표현하기에는 역부족인 것이다.

그러나 이런 한계는 이즈음 미당의 관심상 불가피한 것이었는지도 모른다. 훗날의 회고에 따르면, 미당은 이 시기에 주요한의 『아름다운 새벽』, 요한·춘원·파인의 『삼인시가집』, 그리고 그가 당대 최고의 시인으로 추앙하던 영랑의 시에서 우리말의 정감을 극대화할 수 있는 조탁의 기교를 습득하는 데 진력했다. 이 시들은 저러한 시어의 가공과 혁신에 대한 관심에서 의식적으로 '제작'된 습작품이었던 것이다.[6)]

---

6) 서정주, 「내 시와 정신에 영향을 주신 이들」, 『전집』 5, 268~269면 참조. 미당은 이 글에서 영랑과 함께 『시문학』(1930)을 창간·주재하면서 조선 문단에 시어의 가공과 혁신의 중요성을 널리 일깨운 정지용의 영향에 대해서는 전혀 언급하지 않는다. 그러나 지용의 막대한 영향과 극복의 노력은 다음에 잘 나타나 있다. "내가 한동안 붙잡힌 것이 정지용류의 형용사의 수풀이었다. '무엇처럼, 무엇 모양'류의 수사의 허영에 한동안씩 사로잡힌 것은 비단 나 혼자만은 아닐 것이다. 그러나 마침내 나는 이러한 가식의 차원에 싫증이 났다. 그 뒤부터 나는 일부러 형용사를 피했고 문득 구투가 떠오른다 해도, 내 상념의 세계로부터 이것들을 추방하기에 노력하였다. 직정(直情)언어―수식 없이 바로 사람의 심장을 건드릴 수 있는 그러한 말들을 추구하는 것이 당시의 내 이상이었던 것이다. 그 결과로서 형용사 대신에 좋든 언짢든 행동을 표시하는 동사의 집단이 내 시에 등장하게 되었음은 물론이다."(서정주, 「나의 시인생활 약전」, 『전집』 4, 200면)

미당의 투고작들은 앞선 전통의 '수정주의적 모방'에 반드시 뒤따르기 마련인 두 성향을 적절히 반영한다. 개인의 기질과 취향, 미학적 신념에 적합한 전통에 기울어지는 것이 하나라면, 다른 하나는 그 자신이 속한 시대의 사회적·문화적 환경을 의식적이든 무의식적이든 참조하는 경향이다. 전자에서 영향관계는 '시란 무릇 민족어 예술이다'란 명제를 기준으로 형성되고 조절된다. 사실 미당은 이 명제를 평생동안 누구보다 열렬히 옹호하고 실천함으로써 스스로를 그 명제에 대한 최상의 '전통' 가운데 하나로 정립해 갔다. 한편 1930년대의 시문학은 소설문학이 그러했듯이 카프 계열의 리얼리즘과 '구인회'를 정점으로 한 모더니즘의 압도적인 영향 아래 전개되었다.[7] 미당이 이런 시사적 정황과 흐름에 매우 민감했음은 투고작들의 경향 변화에 충분히 시사되어 있다.

그러나 흥미롭게도 훗날 미당은 그것들의 영향을 인정하기는커녕 오히려 부정하는 듯한 태도를 취하면서 '시적 기만행위'의 까닭을 다음과 같이 진술했다.

> 1936년 11월에 간행된 『시인부락』지는 필자의 창간한 바로서 우리들의 중심과제는 늘 '생명'의 탐구와 이것의 집중적 표현에 있었다. '인간성'—그것은 늘 우리들의 뇌리와 심중에서 떠날 수 없는 것이었다. 오장환의 저 모든 육성의 통곡이나, 부족한 대로 필자의 고열한 생명 상태의 표백 등은, 모두 상실되어 가는 인간원형을 돌이키려는 의욕에서였던 것이다. 회고컨대, 이것은 정지용씨류의 감각적 기교와 경향파의 이데올로기의 어느 면에도 안착할 수 없는 심정의 필연한 발현이었든 듯이 기억된다. 하여간 우리가 잠복한 세계는 자연도 아니오 언어기교도 아니오, 다만 '사람' 그것 속이었다.[8]

---

7) 이런 경향은 1930년대 내내 지속되었다고 해도 그리 틀리지 않는다. 가령 홍효민은 1938년 초에 발표한 「신진시인론—속 현대조선시단의 수준」(『조선문학』, 1938.3)에서 신진시인들을 향해 하루 빨리 ① 위대한 낭만정신을 고집하는 사이비 독일류의 임화적인 시풍과 지성의 고조를 일삼고 있는 사이비 영국류의 김기림적 시풍을 극복할 것, ② 자의식에 입각한 시풍을 확립할 것, ③ 자국적인 이념으로 귀환할 것을 강력히 촉구하고 있다.

『시인부락』의 창간 계기와 '생명파'의 성립 배경을 중점적으로 설명한 글이다. 그러나 미당 자신에게 강한 영향력을 행사하던 당대의 주류 미학들을 부정하게 된 이유와, 앞선 투고작들과 성격이 전혀 다른 「벽」의 갑작스런 생산 경위를 파악하는 데도 적잖은 도움이 된다. 모더니즘을 '정지용씨류의 감각적 기교'로, 리얼리즘을 '경향파의 이데올로기'로 단순화하는 태도는 꽤나 투박하지만, 오히려 이런 시각에 의해 그것들의 시대적 · 미학적 한계가 한결 명료하게 제시되었다는 느낌도 없지 않다.

1930년대는 파시즘의 세계화와 일본의 군국주의화가 점차 심화되면서 '근대의 파국'이 눈앞의 현실로 떠오르던 위기의 시대였다. 이런 시대 폐색(閉塞)의 상황은 개항이래 지식인들의 지상목표였던 '완미한 근대'에 대한 기대를 결정적으로 좌절시켰다. 하지만 가장 심각한 사태는, 셰스토프(Shestov) 류의 '불안(비극) 철학'의 대대적 유행이 시사하듯이, 개인성의 위기가 전면화 · 일상화되었다는 점이었다. 주류미학들은 그러나 계급의식의 강화나 지성의 고양과 같은 주관성의 강조를 통해 '시대적 고민(김기림)'을 돌파하는 데 주력했을 뿐이다. 그런 만큼 당대의 현실이 개인들에게 강요했던 "온갖 압세와 회의와 균일품적 저가치(低價値)"(『전집』 5, 266면)의 적발과 성찰에는 거의 무력했다.

마냥 냉소적으로 들리는 '정지용씨류의 감각적 기교'와 '경향파의 이데올로기'라는 말은 바로 그런 결여와 맹목에 대한 비판을 위해 선택되었을 것이다. 물론 미당이 「벽」 이전에 이런 비판적 입장을 완전히 확립했다고 믿기는 어렵다. 그것은 오히려 그가 유력한 신인으로 성장하면서 갖게 되었을 선배세대에 대한 대타의식 속에서 형성, 강화된 것일 가능성이 크다.

그렇긴 해도, 「벽」이 성취한 내용과 형식상의 새로움은 불과 1년 전에 발표된 「생각이여」를 떠올려보면 가히 충격적이다. 자신을 '벙어리'로 규정하는 비극적 자기인식, 그럼에도 끊임없이 새로운 언어와 존재

---

8) 서정주, 「현대조선시약사」, 『현대조선명시선』(서정주 편), 온문사, 1950, 266면.

의 완전함을 기도하는 '아이러니컬한 의식'9)은 우리 근대시가 일찍이 경험하지 못한 매우 낯선 장면이다. 비극적 현재를 위반하고 파괴함으로써 새로운 자아를 실현하겠다는 욕망은 자신이 처한 현실과 무구(無垢)한 내적 욕구에 대한 이해 없이는 결코 생성될 수 없다.

미당이 이 당시 일상생활을 고통스런 자기방기 과정으로, 또한 자신을 적대적 세계 안에서 실현이 매우 어려운 가치를 안고 방황하는 일탈의 존재로 여겼음은 「필파라수초(畢波羅樹抄)」10)란 산문에 적절히 시사되어 있다. 이를테면 "실재(實在), 선(善)인가. 실재, 악(惡)인가. 영(靈)인가. 물(物)인가. 선이요, 악이요, 영이요, 물, 아닌가" "어디로 가든지 필경 우리는 인간이다. 오관(五官)과 정(情)과 욕(慾)을 가진 ……" 같은 구절을 보라. 내용상 위기의 시대에 내동댕이쳐진 무력한 개인의 불안과 고뇌보다는 청년기에 흔히 던지는 인간에 대한 실존적 회의를 토로한 글에 가깝다. 하지만 인간존재의 보편적 성격에 대한 질문을 제외한 채 개인성의 위기는 극복될 수 없다. 인간의 본성과 그 한계에 대한 회의는, 전쟁이 극단적인 예겠지만, 시대의 폐색이 강화될수록 심각해진다는 점을 생각하면 더욱 그렇다. 미당이 주류미학의 영향에서 급속히 이탈하여 그것의 극복에 골몰하게 되는 것도 결국은 그들로부터 이런 문제의 성찰과 해결에 필요한 도움을 거의 얻지 못했기 때문이겠다.

존재의 자명성에 대한 위기감은 그것을 극복할 수 있는 새로운 가치

---

9) 이것은 아이러니 일반이 아닌 '낭만적 아이러니'에 수반되는 주체의 자의식을 지칭하는 말이다. '낭만적 아이러니'는 보통 자기파괴와 자기창조의 반복적 변화를 통해 완전하고 절대적인 세계나 자아, 작품 따위의 성취를 기도하는 주체의 주관적이고 성찰적인 행위를 뜻한다. 이런 전통적인 이해와는 달리 최근에는 자기파괴와 자기창조의 변화가 거꾸로 초래하는 분열과 불일치의 생산성, 이를테면 의미의 미결정성, 단일적 주체와의 단절 등에 주목하는 견해도 힘을 얻고 있다. 보다 자세한 내용은, 최문규, 「독일 낭만주의와 "아이러니" 개념」(『문학이론과 현실 인식』, 문학동네, 2000)을 참조.

10) 역시 투고품인 이 글은 4회에 거쳐 『동아일보』(1935.10.30, 11.1, 11.3, 11.5) '수상(隨想)'란에 게재되었다. 단 11월 5일치는 「속(續)필파라수초」란 제목으로 실렸는데, 뒤의 인용은 여기서 가져왔다. 글의 전문은, 이 책의 '부록—1935~1950년 서정주의 전집 미수록 산문(6편)' 참조.

의 탐색을 적극적으로 요구한다. 이에 적절히 대응하지 못할 때 개인은 삶의 무의미함과 세계에 대한 환멸에 사로잡히게 된다. 미당은 인간 밖에서가 아니라 인간 안에서, 다시 말해 현실의 한계를 '원초적 생명력'에 기대어 돌파하는 인간형의 탐구를 통해 새로운 가치를 모색했다. 그에 대한 최초의 미학적 보상이 「벽」이었던 것이다. 이 작업의 진정성은 인간의 새로운 이해나 존재양식의 확장에 얼마나 기여했는가에 따라 판별될 텐데, 이것은 이후 논의될 과제이기도 하다.

말의 바른 의미에서, 당시의 시대정황을 고려하면 '인간원형' 혹은 '벌거벗은 내면'에 대한 관심은 개인의 특이한 취향쯤으로 호도되기 쉬운 것이었다. 미당은 그러나 그것을 『시인부락』 동인의 결성과 같은 이름의 동인지 발간을 통해 집단의 요구로 전환시킴으로써 당대의 긴요한 미학적 과제 가운데 하나로 안착시켰다. 물론 여러 한계가 있지만, 이것은 우리 시사에 미적 근대성의 세례가 본격화되었음을, 다시 말해 외부 현실의 간섭 없이 오로지 자신의 내적 명령과 미학적 취향에 따라 시를 짓는 시대가 본격적으로 도래했음을 알리는 역사적 장면이란 점에서 그 의미가 자못 중대하다.[11]

2. 비극적 세계인식과 생명 충동, 그리고 에로티시즘

우리는 앞에서 「벽」 이전의 전사(前史)를 미당 개인과 시대의 교섭작용, 특히 '강한 시인'의 탄생 과정과 결부시켜 살피면서, 「벽」의 출현에

11) 『시인부락』 동인, 특히 서정주와 김동리의 새로운 미의식이 갖는 시사적 의미와 한계에 대해서는 최현식, 「서정주 초기시의 미적 특성 연구」(연세대 석사논문, 1995) 제II장 2절 '『시인부락』의 출현과 미적 자율성에 대한 새로운 인식' 참조.

걸린 미학적 혁신의 의미와 하중까지를 물어왔다. 이것은 「벽」의 기원적 성격을 우회적으로 밝히는 작업이기도 했다. 하지만 거기서 검토된 내용들은 「벽」과 이후 미당 시의 전개에서 그 유효성을 확인 받을 때만 의미 있는 통찰이 될 수 있다. 그런 과제를 상정할 때, 미당 특유의 형식의지는 매우 유용한 논의 틀과 경로를 제공한다. 미당 초기시를 생명충동을 통한 인간한계의 돌파와 인간원형의 회복이란 테마만으로 설명하는 것은 꽤나 진부한 태도이다. 그것은 오히려 미당 시 최고의, 아니 최후의 과제였던 '시와 삶의 영원'에 대한 관심의 초기적 형태로 그 위상이 조정될 필요가 있다.

미당은 비록 관점이나 태도는 달리했을망정, 그것이 안정적인 궤도에 오르는 『신라초』 이전까지는 상실과 초월, 결여와 충만의 이중운동이란 공통감각을 통해 '시와 삶의 영원'에 대한 가능성을 타진했다. 이를테면 『화사집』의 경우, 그것은 대체로 시간과 운명의 횡포에 나포된 비극적 현재가 조장하는 생의 비참함과, 그런 삶의 조건을 오히려 신생의 열망으로 역전시킴으로써 기대되고 성취되는 생의 황홀함이 교차, 반복되는 구조로 현상한다. 물론 우리는 구조의 상동성 못지 않게 중요한 미당의 시의식 변전에 따른 '영원' 의식의 차이화 양상을 세밀히 체계화하는 작업 역시 소홀히 할 수는 없다. 그러면서도 시의식의 구조, 다시 말해 의식의 이중운동에 눈길이 머물 때 「벽」의 기원적 위상은 더욱 확고해진다는 사실만큼은 반듯하게 기억할 필요가 있다.

> 덧없이 바래보든 壁에 지치어
> 불과 時計를 나란이 죽이고
>
> 어제도 내일도 오늘도 아닌
> 여기도 저기도 거기도 아닌

꺼저드는 어둠속 반딧불처름 까물거려
靜止한 「나」의
「나」의 서름은 벙어리처럼 …….

이제 진달래꽃 벼랑 햇볓에 붉게 타오르는 봄날이 오면
壁차고 나가 목매어 울리라! 벙어리처럼,
오 — 壁아.

— 「벽」(『동아일보』, 1936.1.3) 전문[12)]

'벽'은 '나'가 처한 일종의 한계상황, 이를테면 자아의 훼손과 탈출구 없는 삶의 비참함 따위의 수난 상황을 표상하는 객관적 상관물이다. 따라서 '벽'은 세계와의 교통을 가로막을 뿐만 아니라 존재의 유한성에 덜미 잡히는 결정적인 계기("정지한 「나」의 서름")를 제공하는 그야말로 무서운 '막다른 골목'이다. 그런데 흥미롭게도 그 한계상황은 "불과 시계를 나란이 죽"임으로써 보다 선명히 인식되며, 그리고 그 결과 '무명(無明)'에 처해진 '나'는 '벙어리'와 동일시되기에 이른다. 이것은 자아의 의식이 위축되면서 발생, 강화된 수동성의 한 단면일 가능성이 크다.

그러나 수동성의 이면에는 완전한 자아나 세계와 소통하는 '참다운 언어'에 대한 무의식적인 요구와 발견이 숨어 있기도 하다.[13)] 이런 역설은 '불과 시계'의 이중성 때문에 가능하다. '불과 시계'는 자아의 결여와

---

12) 해방 이전의 시편에는 가능한 한 최초의 발표지면을 확인·병기해둔다. 변화와 굴절이 매우 심한 이즈음 미당의 시의식을 다소나마 체계화하여 검토하는 데 도움이 되리라는 판단 때문이다. 다음은 시의 인용에 관한 사항이다. 첫째, 이 글에서는 서정주의 개별 시집들을 1차 텍스트로, 민음사판 『미당서정주시전집』 1~2(1983·1991, 이하 『시전집』)를 보조 텍스트로 사용한다. 『시전집』의 경우, 시 원문이나 시집 출간연도에서 중대한 오류와 혼동을 적잖게 범하고 있어 신뢰성이 떨어지기 때문이다(『시전집』을 비롯한 대표적인 미당 시선집들이 범하고 있는 서지(書誌)와 옮겨 적기에서의 잘못, 그리고 미당 시에서 원전비평 및 텍스트 재확정이 필요한 부분에 대한 논의는, 이 책 제2부의 「서정주 시 텍스트의 몇 가지 문제」 참조). 둘째, 시집 미수록 시임을 밝히거나 인용할 때는 제목에 '*'를 붙여 수록시와 구분한다.

13) 김화영, 『미당 서정주의 시에 대하여』, 민음사, 1984, 21면.

유한성을 남김없이 드러내는 일종의 '빛'이다. 하지만 빛은 대상에 닿는 순간 그늘(어둠)을 만들며, 그늘은 빛이 강해질수록 오히려 짙어진다. 이런 양가성에 따른다면, '빛'은 자아의 원초적 결핍에 대한 통렬한 성찰을 제공하지만, 동시에 그 결핍이 강제하는 치부를 무차별적으로 폭로함으로써 수치심 역시 심화시킨다.

따라서 '불과 시계'를 죽이는 행위는, '정지한 나'란 구절이 시사하듯이, 그런 모순적 자기인식을 의도적으로 거부하는 일종의 '판단중지' 행위인 셈이다.[14] 그에 따른 "「나」의 서름"이 '벙어리'의 그것으로 치환될 수 있는 것은 '벙어리'의 경우 '불과 시계'의 이중성을 '말'이 떠맡고 있기 때문이다. '벙어리'는 '말(음성)'함으로써 오히려 '말(의미)'을 박탈당하고 거절당한다. 이런 비극은 당연히도 그 무엇과도 소통 가능한 '참다운 언어'를 획득함으로써만 초월될 수 있다. 또한 그런 언어적 사건이 들이닥칠 때야 비로소 '벙어리'의 신생과 광명은 겨우 가능해지는 것이다. 이런 일련의 연상 때문에 3연에서 비극적 현재('벽')를 초극하려는 '나'의 의지가 새로운 빛-불로 가득한 시공간("햇볕에 붉게 타오르는 봄날")과 원초적 육성("목매어 울리라")을 매개로 토로되는 것은 매우 자연스러워진다.

그러나 「벽」에 제시된 초월의 비전은 즉자적인 욕구 이상을 넘어서지 못한다. 자기 삶의 비극적 조건은 인식했으되, 그것의 원인이나 극복에 대한 진지한 성찰이 미비한 까닭이다. 3연에서 느끼는 정서적 당혹감, 즉 황홀한 미래에 대한 기대가 오히려 현재의 비참함을 더욱 부각시키

14) 미당의 '불과 시계'에 대한 살해 모티프는 정지용의 「시계를 죽임」(1933)에서 영향받았을 가능성이 크다. 이 시에서 지용은 근대의 계량화되고 평균화된 시간, 곧 상품으로서의 시간을 매우 시니컬하게 비판하고 있다. 가령 "오늘은 열시간 일하였노라. / 피로한 이지(理智)는 그대로 치차(齒車)를 돌리다"나 "어쨌던 정각(定刻)에 꼭 수면(睡眠)하는것이 / 고상한 무표정(無表情)이오 한취미로 하노라!" 같은 구절은 채플린의 영화 「Modern Times」를 연상시키는 바가 있다. 이런 점을 고려하면, 미당의 '불과 시계'를 죽이는 행위 역시 근대적 계몽이성에 대한 거부를 암암리에 표출한 것으로 읽힐 수 있다. 이 당시 그가 니체나 보들레르에 크게 경도되어 있었다는 사실 역시 이런 추측에 신빙성을 더한다.

는 듯한 느낌은 거기서 온다. 이 점, 「벽」이 「화사」에게 기원의 자리를 위협받는 주요한 원인 가운데 하나일 터이다. 그럼에도 「벽」은 미당이 시(언어)와 삶의 영원이란 테마를 결코 분리할 수 없는 동시적 과제로 추구하겠다는 것을 공식화한 시적 선언문임에는 변함이 없다.

어느 시인은 "만일 시를 쓴다는 것이 진실로 인간의 원초적이고 영원한 조건을 발견하는 것이라면, 그것은 결핍을 인정하는 것이다"라고 말한 적이 있다.[15] 「벽」의 '나'가 단적인 예겠으나, 미당 초기시에서 주체의 노출 방식을 이 말처럼 적절히 짚어주는 예는 없다. 이때의 '결핍'은 존재의 불완전함, 삶의 유한성 같은 불가항력의 근원적 결함을 의미한다. 미당은 비극적 운명의식의 텃밭인 그것을 강렬하게 인상짓기 위해 '불구자', 다시 말해 '훼손된 몸'의 소유자를 시의 주체로 곧잘 삼았다. '벙어리'(「벽」), '문둥이'(「문둥이」, 「달밤」*), '벙어리 앉은뱅이'(「안즌뱅이의 노래」*) 등이 대표적인 예다. 이들은 몸이 비정상적이기도 하지만, '문둥이'의 유아 약취(掠取)가 보여주듯이 그 행위 또한 매우 일탈적이고 비윤리적일 경우가 많다. 이 때문에 정상적인 입사(initiation)에서 영원히 배제되고 공동체에서 지속적으로 추방당하는 운명을 피할 길 없다.

물론 이런 '저주받은 자'의 형상은 존재의 결핍이 강요하는 참담한 비극을 단지 그로테스크하게 점묘하기 위해 취해진 것이 아니다. 다른 한편으로는 미당 자신의 선악성에 대한 문제제기와 '가장 밑바닥 삶의 참여자'라는 자기확인을 위한 실존적 기획이기도 했다. 이것은 적극적으로 해석한다면 자신은 세계의 희생자였다는 것, 그리고 그에 따른 자기 삶의 허위성과 허망함을 깨우치기 위한 전략적인 자기비하라 할 수 있다.

하지만 훼손된 몸에 대한 지나친 자각과 집착은 저 「자화상(自畵像)」에 선명한 수치("내입에서 천치를")와 죄의식("내눈에서 죄인을")의 내면화라

15) O. Paz, 『활과 리라』, 솔, 196면.

는 뜻밖의 사태까지 초래한다는 점에서 매우 위험한 자기이해 방법에 속한다.

① 해와 하늘 빛이
문둥이는 서러워

보리밭에 달 뜨면
애기 하나 먹고

꽃처럼 붉은 우름을 밤새 우렀다.

—「문둥이」(『시인부락』, 1936.11) 전문

② 이러났으면 …… 이러났으면 ……
나도 또한 이새벽을 젊은 나흰걸
이 풀섭 이 개고리 이 荒蕪地여
안즌뱅이 목우름을 누가 듯는가

(……)

이어인 地暗의 나일江변인가
소리 마저 빼앗긴 스핑스의 坐像—
이러났으면 …… 이러났으면 …… 오오 이러났으면 ……

—「안즌뱅이의 노래」*(『자오선』, 1937.1) 부분

일반적으로 죄의식은 자기의 생각이나 활동이 규범적인 기대와 일치하지 않을 경우 발생하는, 위반에 대한 공포가 낳은 불안으로 정의된다. 그에 반해 수치는 자기에 대한 부적절감이나 치욕감을 야기하는 경험에 의해 자극되는 불안이다. 요컨대 죄의식은 무언가 나쁜 짓을 저질렀다는 죄책감에서, 수치는 자아의 온전치 못함에 대한 걱정과 부끄러움에

서 발생하는 것이다.[16] 이것은 죄의식의 경우 사회적으로 규율화된 주체의 내부 시선에, 수치는 특히 가시적 외모나 신체에 대한 타자의 시선에 크게 지배되는 것임을 적절히 시사한다. 이를테면 「문둥이」에서는 유아살해 행위에 따른 죄의식과 함께 병든 몸의 노출에 대한 공포와 수치가, 「안즌뱅이의 노래」에서는 결핍된 몸과 언어에 대한 수치가 자아의 안정성을 위협·파괴하고 있다.

위의 시들의 '설움'과 '울음'은 그와 같은 수치와 죄의식이 날것 그대로의 육성으로 토해진 정서적 분비물이라 하겠다. 물론 그것들은 시인이 처한 실제 현실보다는 현재에 대한 불만과 미래에 대한 불안 때문에 더욱 격심해지는 상상적 피해의식의 일종이다. 그래서인지, 그의 시에서는 점차 현실의 금기 위반과 직접 관련이 있는 죄의식보다는, 이상적 자아의 성취 여부에 따라 의식의 향배가 결정되는 수치감에 대한 성찰이 우세를 점하게 된다. 생명력에 대한 열정적 탐구를 거쳐 궁극적으로는 시의 빈곤에 대한 불안의 극복으로 향하는 미당 시의 행보는 그런 점에서 매우 자연스런 귀결이다.[17]

미당의 수치와 죄의식은 의식의 조작이 얼마간은 과장되어 있다는 점에서, 그리고 그것을 통해 자신의 근원적 결핍과 현재의 비참함에 대한 근거를 확보하려 한다는 점에서 이른바 '추락한 자(the man who was fallen)의' 의 의식에 귀속될 수 있다. '추락한 자'란 그릇되고 응고된 현실에 갇혀 있는 경험적 자아에서 벗어나기 위해 스스로를 웃음거리로 만들거나 비정상적인 상태로 밀어 넣는 아이러니칼한 의식의 소유자를 지시하는 말

---

16) 수치와 죄의식의 발생 기제와 특성에 대한 보다 자세한 내용은, A. Giddens, 『현대성과 자아정체성』, 새물결, 1997, 127~133면 참조.

17) 미당의 수치심이 시와 시인에 대한 엄정한 자의식과 밀접히 관련되어 있다는 것은 「부흥이」와 「자화상」을 예로 들어 충분하다. "분명히 저놈은 무슨불평을 품고 있는 것이다. 무엇보단도 나의시(詩)를, 그다음에는 나의 표정(表情)을, 흐터진머리털 한가닥까지"(「부흥이」). 이러한 수치심은 「자화상」에서는 그것의 역설적 인정("어떤이는 내입에서 천치를 읽고가나 / 나는 아무것도 뉘우치진 않을란다")을 통해 '시의 이슬'로 상징되는 시성(poeticity)에 대한 적극적 의지로 반전된다.

이다.[18] 이런 희생 행위는 미래의 보다 나은 삶과 진정한 자아의 성취라는 궁극의 보상을 목적으로 하는 매우 의식적인 자아성찰이라 할 수 있다.

그러나 이 명석한 자아의 자기폭로는, 비록 잠정적일지라도 미래의 보상에 대한 일정한 상을 괘념치 않을 경우, 오히려 그것이 거꾸로 유포하는 니힐리즘에 쉽사리 감염될 위험성이 다분하다. 가령 저 '설움'과 '울음'에 겹으로 아로새겨진 자기비탄과 마냥 맹목적인 정상성에의 열망, 그리고 그런 의식이 한층 심화된 결과 웃자라게 되는 병적인 열패감("이제 나는 암흑의 사도/ 모든 밝은것 저주하는 새[鳥]")이나 유폐의식("종신금고(禁錮) 받은 페닉스의 집 / 언제 여기 목단(牧丹)꽃이 돋아") 등은 그 예가 되고도 남는다.[19]

이런 일련의 사정은 자칫 의식의 지나친 타락으로 진화할 수도 있는 수치와 죄의식을 억제하고 보상할 수 있는 기제의 절실함을 환기시킨다. 가장 긴급한 것은 이상적 자아까지는 아닐지라도 자신에 대한 자부심 정도는 제공할 수 있는 자아상의 계발이다. 이것은 스스로의 내부준거가 될 수 있는 자아에 대한 요청에 해당한다. 미당 시에서 현재의 비참함이 무엇보다 몸의 결여와 불구, 진정한 언어의 결핍 문제로 표상된다는 점을 생각하면, 새로운 자아상의 구성에 필요한 항목은 비교적 분명해진다. 현재의 결여를 보충하고 보상할 수 있는 '온전한 몸'과 '참다운 언어'가 그것이다. 이것들의 획득은, 결국 '지금 여기'의 초월과 깊이 관련되어 있다는 점에서, 외부현실의 "시계를 죽"이고 자기 고유의 내면적 시간을 확보하는 것이기도 하다.

---

18) '추락한 자'에 의해 발생되는 아이러니의 성격에 대해서는 P. de Man, "The Rhetoric of Temporality", *Blindness and Insight*, Methuen & Co. Ltd, 1983, pp.212~216 참조.

19) 인용은 순서대로 「절망의 노래—부흥이」*(『시건설』, 1936.11), 「옥야(獄夜)」*(『시인부락』, 1936.11)에서 가져왔다. 미당은 『시인부락』을 비롯한 여러 잡지에 발표한 시들 가운데 위와 같은 성격의 시(「방」·「달밤」·「안즌뱅이의 노래」)들은 대거 『화사집』에서 제외시켰다. 다만 일상화된 설움을 쉬지 않고 흐르는 '강물'에 비긴 1936년 작 「서름의 강물」만은 여러 해 지나 『조광』(1940.4)에 발표한 뒤 약간의 수정을 거쳐 『화사집』에 실었다. 「서름의 강물」 창작에 대해서는, 서정주, 「천지유정」, 『전집』 3, 186면 참조.

이때 시인이 성취해야 될 완전성의 높이를 생각하면, 현재의 자아가 처한 '부족한 몸'의 상징은 꽤나 징후적이다. 종교학자 엘리아데(Eliade)에 따르면, 어떤 사람의 추함이나 기형은 보통은 사람들이 그를 경원하고 조롱하는 근거가 되지만, 때로는 그를 신비한 힘의 소유자로 '성별(聖別)'하는 필요조건이 되기도 한다.[20] 미당이 자신을 추하고 부족한 몸의 소유자와 동일시한 것은, 비록 인간 내에서의 신성(神性) 추구로 제한했지만, 그런 '성별'의 기대와 효과를 미리 점쳤기 때문이라는 다소 성급한 발상은 그래서 가능해진다. 어쩌면 미당은 결여의 깊이를 회복과 충족의 높이로 급전시키는 존재의 극적 고양을 치밀하게 계산하고 있었는지도 모른다.

존재의 고양을 기도하는 자의 상실과 초월의 이중운동은 계기적으로 보다는 동시적으로 진행되기 마련이다. 이는 모든 존재는 자기 창조와 파괴, 자기 긍정과 부정의 동시적 실천을 반복함으로써 생명을 유지하고 지속한다는 생의 기초적인 원리를 생각하면 어렵지 않게 이해된다. 이런 이치에 걸맞게 미당 또한 '자기추락'의 맞은 편에 '자기고양'의 강력한 몸부림을 마주 세우고 있다. 이것은 그대로 그가 무서운 신인으로 이름을 내민 『시인부락』(1936.11~12) 활동을 전후한 시기의 미적 방법과 특질을 형성한다. 미당의 '자기추락'이 '결여된 몸'의 상상 및 그에 연동된 수치감·죄의식의 표출을 통해 수행되었음은 이미 지적했다.

그의 '자기고양'은 따라서 무엇보다 그에 대한 보상, 다시 말해 원초적 결핍의 해소와 자부심 회복에 힘이 되는, 생명력 왕성한 '보다 높은 몸'[21]의 추구로부터 시작될 수밖에 없다. 물론 이때 그렇다면 근원적 결

---

20) M. Eliade, 이은봉 역, 『종교형태론』, 한길사, 1996, 73면. '문둥이'나 '벙어리'는 성을 드러내는 성현(聖顯), 곧 히에로파니(hierophany)가 아니라 두려움과 경외를 동시에 주는 역현(力顯), 곧 크라토파니(kratophany)이다.

21) 이것은 단순히 이전의 결핍을 극복한 몸을 가리키는 말이 아니다. 그보다는 니체가 강조한 '건강한 몸의 성실성', 즉 '보다 높은 자기'를 이루기 위해서는 끊임없이 '보다 높은 몸'을 창출해야한다고 했을 때의 그것과 연관된다(김정현, 『니체의 몸 철학』, 지성

핍의 또 다른 축인 '참다운 언어'의 부재 문제는 어떻게 되는가 라는 질문이 나올 법도 하다. 우선은 그것이 '보다 높은 몸'의 추구와 느슨하게나마 연동되어 있다는 것, 그리고 이후의 「부흥이」나 「자화상」 같은 시에서 집중적으로 다뤄진다고 대답해도 되겠다. 하지만 '참다운 언어'는 일정한 소재나 이념, 의식의 문제로 환원될 성질의 것이 아니란 점에서 그것은 매우 안이한 대답에 지나지 않는다. 그보다는 끊임없는 시쓰기, 다시 말해 지속적인 '시성'의 모색 자체가 '참다운 언어'를 획득하고 실현하는 과정이라는 답변이 훨씬 생산적일 듯싶다.

미당의 '보다 높은 몸'에 대한 관심은 새삼 환기할 것도 없이 '에로티시즘'에 기댄 관능적 생명력의 기도를 통해 실천된다. 에로티시즘 혹은 에로스 충동은 삶의 본능 충족, 다시 말해 현실의 결핍이나 소멸의 위협으로부터 존재를 보호하고 지속하려는 연속성에 대한 기대에서 연유하는 것이다. 그런 만큼 그것은 육체적 에로티시즘, 곧 성적 충동은 물론, 시로 대표되는 예술적 충동, 그리고 인간현실과 신의 세계의 결합을 예고하는 신성(神性)의 경험까지도 그 권역으로 삼는다.

그것은 그러나 그 형태가 무엇이든 간에 현재의 파괴적 위반을 통해서만 새로운 연속성과 동일성을 허락한다는 점에서 매우 '치명적인 도약' 행위이다. 「화사」에서 보겠지만, 에로티시즘이 생명력의 약동과 분출, 존재의 팽창과 황홀의 짝으로 알 수 없는 불안과 초조, 심지어는 죄의식까지 함께 거느리는 것은 바로 그 때문이다.

> 麝香 薄荷의 뒤안길이다.
> 아름다운 배암……
> 을마나 크다란 슬픔으로 태여났기에, 저리도 징그라운 몸둥아리냐
>
> 꽃다님 같다.

의 샘, 1995, 177~190면 참조).

너의할아버지가 이브를 꼬여내든 達辯의 혓바닥이
소리잃은채 낼룽그리는 붉은 아가리로
푸른 하눌이다. …… 물어뜯어라. 원통히무러뜯어,

다라나거라. 저놈의 대가리!

돌 팔매를 쏘면서, 쏘면서, 麝香 芳草ㅅ길
저놈의 뒤를 따르는것은
우리 할아버지의안해가 이브라서 그러는게 아니라
石油 먹은듯 …… 石油 먹은듯 …… 가쁜 숨결이야

바눌에 꼬여 두를까부다. 꽃다님보단도 아름다운 빛 ……

크레오파투라의 피먹은양 붉게 타오르는
고흔 입설이다 …… 슴여라! 베암.

우리순네는 스믈난 색시, 고양이같이 고흔 입설 …… 슴여라! 베암.

—「화사」(『시인부락』, 1936.12) 전문

「화사」는 시인의 실제 체험을 다룬 것이 아닌, 오로지 상상력의 산물이다. 거기에는 식민지 현실과 존재의 모순이 강요하는 "비극의 조무래기들을 극복하고 강력한 의지로 태양과 가지런히 회생"(『전집』 3, 184면)하고 싶다는 강한 생명 의지가 투사되어 있다.[22] 미당은 시적 자아와 '화사'가 동화와 이화를 반복하다가 끝내는 하나 되는 과정의 심리와 행위 제시를 통해 그 의지를 표출하고 있다. 이런 식의 형상화는 무엇보다 '나'와 '화사'가 처한 존재적 본질의 유사성 때문에 가능하다. '화사'는 따라서 현실자아의 저 내면(무의식) 깊이 잠재되어 있는 심층자아로 보아도 무방하다. 이는 '화사'에 대한 동화와 이화의 반복, 그리고 통

22) 따라서 「화사」는 얼마든지 자기성찰의 성격을 띤 시로 읽히고 해석될 수 있다.

합 과정이 '나'의 현실자아와 심층자아의 그것이나 마찬가지라는 것을 뜻한다.

이때 전면화되는 '나'의 매혹과 거절, 순응과 거부 등 지극히 분열적인 심리 양태는 한편으로는 대상('화사')의 양가성에 의해 촉발되는 것이다. 그러나 다른 한편으로는 서로 이질적인 것이 새로운 하나로 거듭나려할 때 필연적으로 발생하는 '생성(연속)'에의 기대와 '파괴(단절)'의 불안에 따른 것이기도 하다. 이런 사실들을 염두에 두면서, 「화사」에 실현된 에로티시즘의 의미를 좀더 세밀하게 읽어본다.

'화사'는 시적 대상이기도 하지만, 시적 자아, 아니 인간일반을 대리하는 존재이기도 하다. 그것은 아름다우나 '크다란 슬픔'을 지녔기에 '징그라운' 양가적 존재이다. '화사'의 양가성은 아담과 이브를 '악'에 빠뜨린 결과 신에게서 받은 이중의 징벌, 즉 '에덴'에서의 추방과 '절대언어'(어떤 대상과도 소통 가능한, 신화세계의 언어라는 점에서)의 박탈 때문에 생겨난 것이다. '화사'의 저주받은 운명이 '뱀'과 사통함으로써 창조주와의 약속을 위반한 인간에게도 똑같이 내려졌음은 주지의 사실이다.

이처럼 이들 운명의 동질성은 자신들의 주재자인 신의 '말(계율)'을 위반하는 '말'의 조심성 없는 주고받음에서 비롯한 것이다. 따라서 "푸른 하늘이다. …… 물어뜯어라. 원통히무러뜯어"라는 '나'의 '화사'에 대한 명령은 무엇보다 원죄의식과 유한성, 선악성과 같은 인간의 비극적 운명을 기초한 신의 '언어박탈'에 대한 공격적 항변으로 이해된다. 하지만 '화사'의 소리 없는 아우성("소리잃은 채 낼롱거리는 붉은 아가리")은 그 저돌적인 공격성 속에 훼손 이전의 자아(언어)로 돌아가고 싶다는 원초적 욕망 역시 강하게 깃들어 있음을 역설적으로 암시한다.

이로써 급작스럽기조차 한 후반부의 강렬한 도취 욕구, 그러니까 느닷없는 성적 충동의 의미는 보다 분명해진다. '화사'로 표상되는 심층자아의 욕구를 충실히 따름으로써 현재의 결핍을 뛰어넘는 새 '생명력'과 '참다운 언어'를 성취하려는 절실한 의지가 그것이다. 미당은 그런 의지를 '화사'의 여성적 전유(專有), 즉 '클레오파트라(요부)'와 '순이(촌부)'로 대표되는 여성의 관능적이며 원시적인 '몸', 그 중에서도 '고흔 입설'에 스며들고 싶다는 동일화의 욕망에 담아내고 있다.

이런 성적 합일의 메타포는 매우 의미심장하다. '보다 높은 몸'에 대한 동경은, 현재의 우리를 의식과 언어, 존재가 완전히 융합되었던 시대로부터 전락한 존재로 이해하는 한편, 우리의 의식과 언어 속에 육체를 재통합하려고 노력함으로써 종국에는 태초의 충만함을 회복하겠다는 의지의 다른 이름이다.[23] 이것은 말할 것도 없이 '보다 높은 자기'의 실현과 직결되어 있다. 그러니까 미당은 몸과 영혼(언어)의 동시적 고양이란 내적 열망을 젊은 여성의 몸, 특히 건강하면서도 고혹적인 '고흔 입설'에 대한 가눌 수 없는 충동을 통해 열렬히 시위하고 있는 셈이다.

그러나 「화사」의 에로티시즘에는 무시할 수 없는 여러 약점 역시 도사리고 있다. 일찍이 송욱은 「화사」 시기 미당 시의 약점으로 강력한 육체적 정열을 제대로 들여다보고 처리할 수 있는 지성의 부족을 들었다.[24] 개인의 주관적 욕망을 현실원리에 비추어 통어할 수 있는 균형감각의 부족을 문제삼고 있는 것이다. 물론 그의 지성과 윤리 결핍 운운에는 서구미학, 특히 보들레르(Baudelaire)에의 필연적 미달을 부각시키려는 듯한 개운치 않은 의도가 엿보이기도 한다. 하지만 그의 지적은, 미당의 성적 충동이 사물의 핵심을 꿰뚫어봄으로써 세계의 보다 다양하고 새로운 가능성을 날렵하게 포착하려는 '형이상학적 충동'으로까지 미처 나아가지 못한 까닭을 그런 대로 짚어준다.

미당은 「화사」에서 '나'와 타자, 현실과 이상, 혹은 비참과 황홀 따위의 긴장과 불화를 끝까지 밀어붙이는 대신 후자 면으로 급속히 함몰되고 만다. 그럼으로써, 대립적인 것들이 밀고 당기고 뒤섞이면서 생성되는 새로운 존재와 세계, 그리고 '미'의 출현을 스스로 제약하고 있다.

---

23) P. Brooks, 이봉지 외역, 『육체와 예술』, 문학과지성사, 2000, 28~29면.
24) 송욱, 「서정주론」, 『미당연구』(조연현 외), 민음사, 1994, 19면.

'보다 높은' 몸과 자기의 실현은 이루어지지 않은 채 조급한 성적 충동만이 손쉽게 해소된 형국이다. 이런 까닭에 「화사」에서는 그것이 의도한 바의 에로티시즘 본래의 내적 삶에 대한 관심, 즉 '존재 자체를 위태롭게 하는 의식 내부의 어떤 것'[25]에 대한 의미 있는 통찰보다는, 성적 충동의 돌출성과 일방성, 그리고 일회적 소비와 같은 측면이 훨씬 도드라져 보인다.

이런 제약은 「화사」와 동일한 의미 연관체를 이루고 있는 다음 시들에서도 쉽게 찾아볼 수 있다.

① 따서 먹으면 자는듯이 죽는다는
붉은 꽃밭새이 길이 있어

핫슈 먹은듯 취해 나자빠진
능구렝이같은 등어릿길로,
님은 다라나며 나를 부르고……

强한 향기로 흐르는 코피
두손에 받으며 나는 쫓느니

밤처럼 고요한 끌른 대낮에
우리 둘이는 웬몸이 달어……

—「대낮」(『시인부락』, 1936.11) 전문

② 가시내두 가시내두 가시내두 가시내두
콩밭 속으로만 작구 다라나고
울타리는 막우 자빠트려 노코
오라고 오라고 오라고만 그러면

25) G. Bataille, 조한경 역, 『에로티즘』, 민음사, 1989, 31면.

(……)

땅에 긴 긴 입마춤은 오오 몸서리친
쑥니플 지근지근 니빨이 히허여케
즘생스런 우슴은 달드라 달드라 우름가치 달드라.

—「입마춤」(『자오선』, 1937.1) 부분

『계몽의 변증법』의 저자들은 '도취'를 자아가 정지되는 행복감을 맛보는 대가로 죽음과 같은 잠에 빠지게 하는 마약에 비유한 바 있다. 그러면서 '도취'의 본질을 자기유지(창조)와 자기절멸(파괴)을 매개시키는 가장 오래된 사회장치 가운데 하나로서 매 순간 자신의 한계를 넘어서 살아남으려는 자아의 시도로 규정했다.26) 이 시들이 그들의 말을 마치 눈앞의 현실인 양 펼쳐 보이고 있다고 하면 지나친 과장이 될까. 이 시들의 '도취'는 그 뜨거움이 지나쳐 때로는 '광기'의 기미조차 느껴지는데, 그것은 무엇보다 에로티시즘에 수반되는 위반의 과격성 때문이다. '대낮' '붉은 꽃밭'으로 대표되는 일탈적이며 퇴폐적인 시공간, "죄(罪) 있을 듯 보리 누른 더위" 속에 일은 내팽개친 채 "몰래 어듸로" 간 '오매'(「맥하(麥夏)」)의 의심스런 행동 등은 그 좋은 예다. 이것 또한 미당이 생명 충동을 극대화하기 위해 끌어들인 허구적 상상의 소산이다.

그러나 이와 같은 위반의 상상력은 오로지 생명력을 수혈하기 위해 자아는 물론 타자와 외부현실까지도 거리낌없이 변형・왜곡하고 있다는 점에서 매우 일방적이며 심지어는 폭력적이기까지 하다. 주체와 타자, 배경이 되는 시공간 모두가 이를테면 오로지 성적 충동을 강화하고 관능적 분위기를 조장하는 하나의 소품처럼 기능하고 있는 듯이 느껴진다.

「입마춤」의 "즘생스런 우슴은 달드라 달드라 우름가치 달드라"는 구절은 그런 위반의 상상력이 끝내 넘어서지 못한 어떤 의식의 약점을 집

26) M. Horkheimer & T. Adorno, 김유동 역, 『계몽의 변증법』, 문학과지성사, 2001, 67면.

약적으로 보여준다. 이 구절은 시인의 의도를 존중한다면 생명력에 충천한 자기충족의 상태를 표현한 것으로 보아야겠다. 하지만 그러기에 앞서 의식의 즉자성과 기만성이 먼저 감촉된다는 인상을 지울 수 없다. 왜냐하면 '보다 높은 자기'에의 열망이 고작 "즘생스런 우슴"의 성취에 그쳐버린 자기창조의 소극성이 크게 다가오기 때문이다. 이런 상황에서는 자아의 불완전함에서 비롯되는 수치와 죄의식이 다시금 갚지 않으면 안될 빚으로 시인을 옥죌 수밖에 없다. 따라서 그냥 '달지' 않고 "우름가치" 단 '웃음'의 아이러니는 어쩌면 수치와 죄의식을 끝내 벗어버리지 못한 자기 한계에 대한 예민한 자각에서 새어나오는 것인지도 모른다.

한편 관능적 생명력을 향한 맹목적인 질주는 타자를 배려하지 않는 자기중심적 행위 역시 은연중 내면화한다는 점에서 문제적이다. 앞서의 주체나 세계의 일방적인 '왜곡' 문제도 이와 밀접한 관련이 있을 텐데, 프로이트(Freud)의 '응시(gaze)' 개념은 주체의 그런 성향을 이해하는 데 적절한 참조가 된다. 그는 '응시'를 대상에 대한 가학적 지배욕을 담은 남근적 행위로 규정하면서, 이때 '응시'의 대상은 피학적이고 수동적이며 여성적인 위치에 놓이게 된다고 보았다.[27] 위의 시를 포함한 「화사」 시기의 에로티시즘은 대개 '달아나는'(물론 유혹 행위로 볼 수도 있지만) 여성을 남성 주체가 일방적으로 '쫓는' 방식으로 실천된다. 남성적 '응시'의 전형적인 구도인데, 이에 따라 여성은 '나'의 타자성 실현과는 거의 무관한 욕망 해소의 대상으로만 호출 당하게 된다.

이런 타자의 대상화·수단화 속에서 에로티시즘의 가장 생산적인 공헌, 즉 '나' 안에 타자를 받아들이고, 그럼으로써 '나'의 일부를 이루고 있는 무수한 '너'들을 자각하는 존재의 새로운 이해와 도약은 결코 일어나지 않는다. 따라서 '응시'는 타자의 지배와 억압일 뿐만 아니라 시선의 주고받음을 저지한다는 의미에서 타자의 배제와 금지이기도 하다.

---

27) T. Moi, 임옥희 외역, 『성과 텍스트의 정치학』, 한신문화사, 1994, 158면.

이와 같은 '응시'의 특권화 속에서 타자(특히 여성)가 관능의 대상이 아닌 관능의 주체로 자립하지 못하고, 또한 '나'의 '보다 높은 자기'의 실현이 좌절되고 마는 것은 이미 예정된 결과이다.[28)]

미당의 육체적 에로티시즘은 무엇보다 인간의 발가벗은 원형을 탐문하는 한편, 현재의 결핍된 존재를 더 크고 풍부하게 하려는 노력의 일환이었다. 그러나 생성의 기대는 그 열정에 비해 지향의 구체성이 부족한 탓인지 결과적으로 시적 자아와 대상세계 모두에 대한 왜곡을 적잖게 초래하였다. 전자에서는 생명 충동을 위반의 과격성으로 성급히 해소하는 감각의 즉흥성과 일방성의 웃자람이, 후자에서는 타자와 세계가 주체의 욕망 충족을 위한 도구로 편리하게 징발되고 변형되는 소외 현상이 발생했던 것이다.

거듭 말하거니와, 에로티시즘의 핵심은 자기 안의 이질성을 포함한 뭇 타자들과의 통합에 있다. 그리고 그것의 완성은 주체만이 아니라 타자 역시 새로운 존재로 거듭날 때 주어진다. 하지만 미당의 경우 오히려 그들 사이에 왜곡과 분리 현상이 벌어지는 위기상황에 봉착해버린 것이다. '보다 높은 자기'로의 도약은 이런 약점의 극복 없이는 거의 기대할 수 없다. 그래서 미당이 선택한 방법은 우선은 자기 자신에 충실하기, 이를테면 성적 일탈의 과장된 제시보다는 내적 욕망의 정직한 표현에, 즉흥적인 관능미보다는 각성된 자기동일성의 추구에 관심을 모으는 일이었다.

---

28) 오로지 생명 충동에 겨눠진 '응시'의 시점은, 「화사」를 포함한 위 시들의 패턴화 현상, 그러니까 몇몇 세부에서 차이를 보일 뿐 관능적인 느낌을 불러일으키는 비슷한 시공간적 배경과 행위들을 공유하게 되는 데에도 큰 영향을 미친 것으로 보인다. 이로 인해 '관능' 혹은 '생명력'은 구체적인 '몸'의 현상이 되지 못하고, 시인의 특정 관념에 봉사하는 '분위기'로 기능하게 된다. 이 때문에 "이 시들의 관능성은 오히려 신체를 관념적인 것으로 전락시키고 있"다는 비판도 가능해진다(문혜원, 「서정주 초기시에 나타나는 신체 이미지에 관한 고찰」, 『한국현대문학연구』 6(한국현대문학회 편), 1998, 165~166면).

3. 인간적 신성(神性)의 열망과 자기 희생의 이중성

미당이 처한 육체적 에로티시즘의 한계는 비참한 현재를 구체적인 초월의 비전 없이 오로지 성적 충동의 과격한 해소를 통해 넘어서려 했기 때문에 발생한 것이다. 그에게 '보다 높은 몸'의 실현이 '보다 높은 자기'로의 도약과 직결되는 문제였다고 할 때, 그런 한계로 인한 정신적·미학적 부담감은 결코 적지 않았을 터이다. 미당 자신 이런 위기를 얼마나 자각하고 있었는지에 대해 정확히 파악하기는 어렵다.

하지만 그것에 아주 무감각하지 않았던 것만큼은 분명해 보인다. 훗날 미당은 앞의 시들이 발표된 뒤인 1937년 초여름 "모든 비극의 하상(河床) 위에 늠름하고 좋은 육신으로 일어서 있는 한 수컷인 신(神)이고자 하는 마음"을 좇아 "비교적 태양이 더 뜨겁게 지글거린다는" 제주 남단의 작은 섬 '지귀도(地歸島)'를 찾게 되었다고 밝힌 바 있다.[29] 그의 '지귀도'행은 「화사」 등의 관능적 육체성보다 더 숭고하고 건전한 '양(陽)의 육체성'을 찾아가는 자기수정의 한 방편이었던 것이다.

아래 글에는 그즈음 미당이 지향하던 육체성과 생명력, 혹은 그것을 담지한 인간형의 본질이 선명하게 드러나 있어 좋은 참조가 된다.

> 왈(曰), 고대 그리이스적 육체성—그것도 그리이스 신화적 육체성의 중시, 고대 그리이스·로마의 황제들이 흔히 느끼고 살았던 바의, 최고로 정선된 사람에게서 신을 보는 바로 그 인신주의적 육신현생(肉身現生)의 중시. 아폴로적인, 디오니소스적인, 에로스적인, 그리이스 신화적 존재의식. 또, 그런 존재의

29) 서정주, 「천지유정」, 『전집』 3, 188~189면. 『화사집』에서 미당은 '지귀도'를 "신인(神人) 고을나(高乙那)의 손일족(孫一族)이 사러 맥작(麥作)에 종사"하는 반성반속(半聖半俗)의 경계적 공간으로 소개하고 있다. '지귀도'의 유래와 풍토, 그리고 '땅으로 돌아간다'는 이름 자체가 벌써 인신(人神)적 육체성을 추구하던 미당의 지향과 그럴싸하게 어울린다.

식을 기초로 하는 르네상스 휴머니즘. — 그러자니 자연 기독교적 신본주의와는 영 대립하는 그런 의미의 르네상스 휴머니즘. 여기에서 전개해서 저절로 도달한 니이체의 짜라투스트라의 영겁회귀자 — 초인(超人). 온갖 압세와 회의와 균일품적인 저질가의 극복과 아폴로적·디오니소스적 신성에의 회귀는 이 당시에 내 가장 큰 지향이기도 했던 것이다.[30] (강조는 인용자)

'육체성(몸)'을 매개로 '인간성을 신성으로까지 추구'하는 것은 미당의 초기시 전반을 아우르는 지향이라 해야 옳을 것이다. 하지만 신화적 존재의식 혹은 '초인'에의 지향을 바탕으로 훼손된 현재를 초월하려는 의지는 성적 충동에 함몰된 「화사」류의 시보다는 '지귀도 시(詩)' 연작에 훨씬 약여하다. 이들 인간형은 자아의 실재감과 동일성, 더욱이는 삶의 성화(聖化) 가능성을 '신성', '영원회귀'와 같은 무시간적인 관념에 기대어 모색한다는 점에서 이른바 '각성자(Enlightened one)'[31]의 속성을 지닌다. 사실 '각성자' 운운했지만, 신의 실재를 믿고 그들을 모방함으로써 현실의 물리적 한계를 벗어나 부동(不動)의 시간, 즉 '영원'을 회복하려는 노력은 보통의 인간이 취할 수 있는 거의 최대치의, 그리고 가장 현실적인 초월 행위에 속한다.

그러나 우리는 미당이 이때 벌써 '신은 있다'는 관념을 완전히 내면화한 채 신성이나 영원성의 달성을 삶과 시의 과제로 설정하지는 않았다는 사실을 유념할 필요가 있다. 그는 어디까지나 '양한 육체성'을 획득함으로써 현재의 결여를 초극하겠다는 지극히 '인간적인 신성'을 염두에 두고 있었다. 그런 점에서 그의 인간성을 신성으로까지 추구하는 태도는, 인간의 외재적 대상인 신을 섬기거나 신의 질서에 절대 순응함으로써 영성(靈性)을 획득, 초인간적 차원으로 도약하려는 종교적 헌신 행위와는 사뭇 다른 것이다. 그보다는 오히려 인간 내부에 잠재된 신성

30) 서정주, 「고대 그리이스적 육체성—나의 처녀작을 말한다」, 『전집』 5, 266면.
31) H. Meyerhoff, 『문학과 시간 현상학』, 삼영사, 1987, 107면.

화 성향, 다른 말로는 신적 존재의식이 발현될 수 있는 가능성과 계기를 적극적으로 계발하려는 태도에 가깝다.

이런 사실은 무엇보다 "인신주의적 육신현생의 중시"란 말에 잘 드러나 있다. 존재의 결여나 한계가 크면 클수록 존재의 성화(聖化) 정도는 더욱 높아지며, 효과와 영향 또한 훨씬 배가되기 마련이다. 인간에게서 시간에 속절없이 나포되어 있는 육체만큼 성별(聖別)의 변증법이 작동하기 좋은 토양은 따로 존재하지 않는다. 그런 까닭에 '보다 높은 몸'의 성취가 자기보존 기획에서 맨 앞자리를 차지하게 되는 것이며, 종교적 신성체험도 비합리적인 몸의 이변이나 제의(祭儀)적 사건을 통해 널리 전파되고 인정받는 것이다. 물론 미당의 육체성 중시에는 인간 한계를 벗어난 몸의 이미지, 이를테면 그것의 완전성과 대상 통합성, 혹은 강렬한 원초적 생명력 등이 자칫 관념화되기 쉬운 '인간적 신성'에 생생한 물질성과 현실감을 부여하는 데에 큰 도움이 되리라는 미학적 고려도 크게 작용했을 것이다.

보지마라 너 눈물어린 눈으로는……
소란한 哄笑의 正午 天心에
다붙은 내입설의 피묻은 입마춤과
無限 慾望의 그윽한 이戰慄을……

아— 어찌 참을것이냐!
슬픈이는 모다 巴蜀으로 갔어도,
웡웡그리는 불벌의 떼를
꿀과함께 나는 가슴으로 먹었노라.

시약시야 나는 아름답구나

내 살결은 樹皮의 검은빛

黃金 太陽을 머리에 달고

沒藥 麝香의 薰薰한 이꽃자리
내 숫사슴의 춤추며 뛰여 가자

우슴웃는 짐생, 짐생 속으로

—「정오의 언덕에서」(『조광』, 1939.3) 전문

이 시는 미당이 1937년 4월에서 6월까지 석 달간을 '지귀도'에 머물면서 "심신(心身)의 상흔(傷痕)을 말리우며 써 모흔" '지귀도시' 연작[32]의 첫 편에 해당한다. '도취'는 여기서도 시적 자아가 '양의 육체성'에 도달하는 핵심적 방편이다. 그것의 성격은 "보지마라 너 눈물어린 눈으로는"와 "시약시야 나는 아름답구나"라는 자아의 말에 얼추 드러나 있다. 자아의 소극성과 퇴행성을 조장하는 수치나 죄의식, 슬픔과 설움은 거부되고, 자기고양의 실질적 힘인 자긍심과 명랑성이 적극 수혈되고 있는 것이다.

이런 건강한 자아상은, 대상의 일방적 점유를 통해 자아의 실재성을 보상받으려던 이전의 태도에서 벗어나, "윙윙그리는 불벌의 떼"로 상징

32) 이 시들이 실제로 발표된 때는 1939년 봄이다. 3월에 「정오(正午)의 언덕에서」(『조광』)와 「웅계(雄鷄)」(『시학』, 뒷날 「웅계(하)」로 개제), 5월에 「고을나(高乙那)의 딸」(『조광』)과 「웅계(상)」(『시학』)을 발표했다. 그는 『조광』에서 '지귀도'란 큰 제목 아래 '1. 정오(正午)의 언덕에서'라고 적음으로써 그것이 연작시가 될 것임을 예고했으나, 다른 시들에까지 일련번호를 메기지는 않았다. 미당은 『화사집』에 이 시들을 실으면서 '지귀도시(地歸島詩)'란 부제(部題) 아래 '지귀도'의 간단한 연혁과 이 연작을 쓰게 된 까닭을 붙이는 한편, 크게는 제목을 일부 바꾸고 적게는 행갈이를 새로 하는 등의 수정을 가했다. 가장 많이 수정된 것은 「정오의 언덕에서」로, "향기로운 산우에 노루와 적은사슴같이있을지어다. — 아가(雅歌)"라는 에피그램이 추가되었고, "내 숫가슴의 춤추며 뛰여가자"가 "내 숫사슴의 춤추며 뛰여 가자"로 수정되었다. 후자는 시의 내용으로 볼 때 인쇄 과정의 오식을 바로 잡은 것으로 보인다. 사실 1939년은 미당 시에 있어 일종의 공백기였다. 필자가 확인한 바에 따르면, 미당은 「부활(復活)」(『조선일보』, 1939.7.19)과 「봄」(『인문평론』, 1939.11)을 제외하곤 이전에 써둔 시를 주로 발표하고 있다. 그 대표적 예가 '지귀도 시' 연작과 「자화상」(『시건설』, 1939.10)으로 모두 1937년 소작이다.

되는 타자의 생명력에 자기 몸을 개방함으로써 얻어진 것이다. 타자성의 수용이 자아에게 가져오는 존재의 도약은 실로 엄청나다. 자아가 하늘과 땅의 생명력을 동시에 육화(肉化)한("내 살결은 수피의 검은빛 / 황금 태양을 머리에 달고") 원초적 존재로 거듭난 모습, 이것은 현재의 결여를 일거에 초극한 인신적 육체성의 한 본질이 아닐 수 없다. 마지막 두 연에 보이는 현기증 나는 남성성의 발현과 자아의 타자('숫사슴')로의 역동적인 동화는 저와 같은 존재의 승화가 없었더라면 결코 일어나지 못했을 테다.

그러나 미당의 '인신주의적 육체성'에 대한 전율적인 '무한 욕망'을 감안한다 하더라도, 이 시에 에로스 충동이 지나치게 남발되고 있음을 모른 체할 수는 없다. 그것은 아마도 냉정한 자기 탐구에 기초하는 대신 이미 정해진 모델을 좇아 신화적 육체성을 건축하려 했기 때문에 발생한 잉여일 것이다. 「정오의 언덕에서」는 "향기로운 산우에 노루와 적은사슴같이있을지어다"란 아가(雅歌)의 일절을 에피그램으로 내걸고 있다. 솔로몬 시대에 지어진 아가는 남녀간의 사랑을 주요 소재로 취하고 있긴 해도, 그 사랑은 보통 그리스도와 교회의 사랑을 상징하는 것으로 해석된다. 그러니까 미당은 아가의 에로티시즘을 종교적 의미는 배제한 채 나와 너, 사람과 짐승, 대지와 하늘 등 상이한 것들이 뒤섞이고 하나되는 원초적 순간으로 바꿔놓은 것이다. 이런 상상력의 전도에는 미당 자신도 인정했듯이 헬레니즘과 헤브라이즘에 대한 어떤 혼동이 자리잡고 있다. 미당은 '숭고하고 양한 육체성'이란 그 둘의 공통적 속성에만 주목했을 뿐,[33] 그것들을 결정적으로 구분짓는 인간관과 시간관의 차이에는 비교적 둔감했던 것이다.

하지만 타자의 참조 과정에서 빚어진 이런 혼동은, 앞의 산문이 시사하듯이, 시인의 성숙 과정에서 무난히 해소되고 있다는 점에서 지적 홍

---

33) 서정주, 「고대 그리이스적 육체성—나의 처녀작을 말한다」, 『전집』 5, 266면.

역의 일종으로 간주해도 좋겠다. 문제는 너무나 가파른 자아의 도약이 나르시시즘의 혐의를 불러일으킨다는 데에 있다. 이런 약점은 적정한 거리의식 없이 자아를 아가의 세계에 직입(直入)했기 때문에 발생한 것으로 보인다. 그에 따른 자기충족의 비현실성은 자아가 현실에서의 패퇴를 오로지 자기애의 상상적인 구축을 통해 은폐하고 견디려 한다는 느낌을 주기에 충분하다.

나르시시즘의 심화는 자아에 대한 왜곡된 집착과 같은 병적 상태를 초래할 뿐더러, '보다 높은 자기'를 맹렬히 의욕하는 대신 편재된 무의미성 속에 자아를 가두도록 획책한다. 나르시시즘이 끝내는 자기 위안과 보상이란 즐거움보다 세계로부터의 소외와 현실감각의 상실이란 괴로움 면으로 길을 틀어버리는 것도 그 때문이다.[34] 따라서 '보다 높은 자기'로의 도약이 안정감과 실체감을 획득하려면, 내적 근거가 충분한 자부심 혹은 자아충족의 축적이 반드시 전제될 필요가 있다.

이런 점을 생각할 때, 다음 시에 보이는 희생제의는 결코 가볍게 보아 넘길 수 없는 중요한 의미를 내포하고 있는 것으로 보인다.

어찌하야 나는 사랑하는자의 피가 먹고싶습니까
「雲母石棺속에 막다아레에나!」

닭의벼슬은 心臟우에 피인꽃이라
구름이 왼통 젖어 흐르나……
막다아레에나의 薔薇 꽃다발.

傲慢히 휘둘러본 닭아 네눈에
創生 初年의 林檎이 瀟洒한가.

---

34) 소외 심리로서의 나르시시즘에 대해서는, A. Hauser, 김진욱 역, 『예술과 소외』(종로서적, 1981), 153~172면 참조.

임우 다다른 이 絶頂에서
사랑이 어떻게 兩立하느냐

해바래기 줄거리로 十字架를 엮어
죽이리로다. 고요히 침묵하는 내닭을죽여……

카인의 쌔빩안 囚衣를 입고
내 이제 호을로 열손까락이 오도도떤다.

愛鷄의生肝으로 매워오는 頭蓋骨에
맨드램이만한 벼슬이 하나 그윽히 솟아올라……

—「웅계(하)」(『시학』, 1939.3) 전문

여러모로 「문둥이」를 떠올리게 하는 시이다. 하지만 자아가 직접 파괴적 위반의 주인공으로 나서고 있다는 점, 그리고 자아의 위반이 일종의 희생제의를 통해 수행되고 있다는 점 등은 이 시만의 뚜렷한 특색에 해당한다. "사랑하는자의 피가 먹고싶"다는 전율적인 고백은 자아의 생명충동 혹은 타자와의 합일 욕망이 어느 정도인지를 짐작케 한다. 그러나 그것들은 금기의 위반, 다시 말해 자기와 타자의 동시적 파괴를 대가로 지불할 때야 달성될 수 있는 것이다. 이런 모순은 자아가 갈구하는 '피' 자체의 속성이기도 한데, 피는 이를테면 생명과 죽음, 서약(금기)에 관련된 권위와 형벌 따위를 늘 짝패로 거느린다.

2연에 갑자기 등장하는 '닭'은 그러므로 자아로 하여금 위반의 과격성과 파괴성은 줄이면서 그 욕망은 온전히 달성할 수 있게끔 도와주는 대속물(代贖物), 곧 희생양이라 하겠다. '닭'이 대속물로 선택된 것은 그 원초적 생명력("창생 초년의 임금(林檎)이 소쇄(瀟洒)한가")[35] 때문이며, '닭의

35) '소쇄'는 맑고 깨끗하다는 뜻이다. '닭'은 이육사의 「광야」에서도 세계의 시작을 알리는 원초적 존재로 등장하고 있다.

벼슬'은 생명력의 절정을 알리는 표징이라 하겠다. 이 시에서 희생제의는 4연 이후에 집중되어 있다. 희생제의는 보통 현실의 결핍과 모순을 무언가의 희생을 통해 충족과 화해로 전환시키려는 욕구의 산물로 이해된다. 이것은 때로는 죄에 대한 속죄의 방편이 되기도 하지만, 여기서는 자기보존과 도약의 방편으로만 기능하고 있다. 가령 '나'는 '내닭[愛鷄]'을 죽이고 취함으로써 그것의 생명력을 완전히 전유함과 동시에 '보다 높은 자기'로 한 발짝 올라서게 된다.

그런데 흥미롭게도 미당은 「웅계(상)」에서 '닭'과 자아를 "지귀천년(地歸千年)의 정오를" 함께 우는 "결의형제(結義兄弟)"로 표현하고 있다. 이는 '닭'이 타자지만 '나'이기도 하다는 것을 뜻하는 바, 따라서 닭의 처형은 곧 나의 처형도 된다. 이런 사실은, 대속물의 살해 역시 범죄이긴 하지만, 왜 닭의 죽임과 그 생명력의 전유, 그리고 '나'의 갱신이 '십자가', '카인'과 같은 성서 모티프의 차용 속에서 이뤄지는가를 밝히는 데에 큰 도움을 준다. 이 경우, 닭의 살해는 진정한 자아에 이르기 위해 현재의 자아를 버리는 자기희생 행위로 그 의미를 바꾸어 입는다. 말하자면 '나'는 "스스로 자기의 사형집행인(카인－인용자)이고 또 스스로 사형수(기독－인용자)"[36]가 되는 모순을 삶으로써 겨우 원초적 자아에 가닿고 또한 성별(聖別)된 셈이다. 그의 '신화적 존재의식'과 '인신주의적 육체성'이 이전과는 다른 확연한 음영과 내용적 충실성을 향유하게 된 것도 그런 정신의 모험에 힘입은 바 크다.

한편 자아의 성취가 갖는 의미를 생각할 때, "맨드램이만한 벼슬이 하나 그윽히 솟아올라……"에 선연한 에피파니(epiphany) 체험과 그것에 결부된 '순간'이란 특수한 시간경험은 충분히 주목되어 마땅하다. 에피파니는 초자연적 존재의 출현, 신성한 계시, 사물의 진수의 드러남 따위를 뜻한다. 그것은 균질적인 일상시간을 돌연 파열시키고 감춰진 사물

36) 서정주, 「내 시와 정신에 영향을 주신 이들」, 『전집』 5, 269면. 원래 이 표현은 미당이 보들레르의 극적인 삶을 환기하기 위해 쓴 것이다.

의 본질을 갑작스럽게 드러낸다는 점에서 초월성과 외재성을 속성으로 삼는다.[37] 서정시에서 에피파니는 장르의 본질상 외부세계와 내면의식이 순간적으로 통일되면서 발생하는 바, 우리는 이런 현상을 흔히 시적 '순간'이라 부른다.

이처럼 서정시는 '순간'에의 몰입을 통해 우리 의식 내부에 공존하는 다양한 시간체험들을 '영원한 현재'로 압축하고 재창조한다. 그럼으로써 시간의 직선적 흐름(과거－현재－미래)을 파괴할 뿐만 아니라, 죽음과 삶, 나와 너, 그것과 저것, 변화와 지속 등 전혀 이질적인 세계들을 화해시키고 통합한다. 요컨대 시적 '순간'은 시간 속에서 시간을 폐기하는 역설을 통해 현실의 시간질서에서 해방된 '영원'을 구가하는 것이다. 이런 점을 고려하면, "맨드램이만한 벼슬"은 새로운 자아의 실재성일 뿐만 아니라, '순간'의 외형적 구조물이기도 한 것이다.

그런데 문제는 '순간'이 말 그대로 찰나적이며 일회적인 내면의 시간경험일 뿐, 물리적 실체를 지닌 시간현상은 아니라는 사실이다. '순간'에 의한 '영원'의 성취를 그야말로 무한한 시간으로의 진입이 아니라, 일종의 무시간성의 경험, 다시 말해 물리적 시간을 뛰어넘어 그것의 밖에 놓이게 되는 주관적 시간경험으로 제한해서 이해해야 하는 까닭이 여기에 있다. 그것의 위력과 효과를 한껏 인정한다 해도, '순간'은 현실의 시간질서 속에 다시 편입되는 순간 무력화되고 만다는 점에서 늘 '임우 다다른 절정'이다. '절정'은 어떤 것의 가능성이 최대치로 발휘된 상태를 말하는 바, 그런 점에서 그것은 '한계'의 다른 이름이다. 미당이 '애계'를 죽인 것은 그것의 시원적 생명력(절정)을 취하기 위해서였지만, 한편으로는 그것이 울기는커녕 "고요히 침묵"(한계)하고 있었기 때문이다.

그렇게 보면, 자아의 "맨드람이만한 벼슬" 역시 '임우 다다른 절정'이 아닐 수 없다. 이런 '절정'의 아이러니 때문에 커모드(Kermode)는 '순간적

37) 남진우, 「미적 근대성과 순간의 시학 연구」, 중앙대 박사논문, 2000, 27면.

영원' 체험을 존재에 대한 영속적 위기의 형식이자 현대적 형식의 감옥으로 규정했는지도 모른다.[38] 그러나 문제는 이것으로 그치지 않는다. '영원'의 끝없는 지연은 자아의 연속성에 대한 심각한 회의와 위기를 불러오며, 결국에는 존재를 허무주의의 벼랑으로 내몬다.

이런 함정에 빠지지 않는 방법은 두 가지밖에 없다. 하나가 시간의 무한성과 순환성에 대한 믿음을 전제로 존재의 영원(영속성)을 추구하는 것이라면, 다른 하나는 그 추락과 상승의 긴장과 고통을 견디면서 '순간적 영원' 체험을 지속하는 것이다. 미당이 후자의 자리를 끈질기게 지키는 대신 전자의 자리로 서둘러 옮겨 앉았음은 주지의 사실이다.

미당은 이즈음의 '생명'이 "지나치게 건강하고 또 지나치게 병적이기도"(『전집』 4, 199~200면) 했다고 고백한 바 있다. 이것은 단순히는 육체성의 명랑성과 퇴폐성에 대한 자각을 의미하겠다. 하지만 궁극적으로는 「웅계(하)」에서 저도 모르게 고백한 시간의 황홀과 공포, 곧 '순간적 영원'의 아이러니에 대한 뼈아픈 깨침을 표현한 것으로 보아 무방하다. 이런 '무서운 시간'의 인식은 그의 시적 지향에 커다란 균열이 발생하게 되었음을 뜻한다.

가령 그는 '지귀도' 행의 목적을 다음과 같이 술회하고 있다 : "슬픔이라는 것은 어떤 종류의 것이건 듣지도 보지도 생각지도 않기로 했었다. 또, 자기의 사회 속의 형편도, 민족의 놓여 있는 형편도……"(『전집』 3, 190면). 현재의 자기는 물론 당대 현실과의 연관을 의도적으로 거부한 채 "감물듸린빛으로 지터만가는/내 나체(裸體)"(「웅계(상)」)로 거듭나기 위해 자기애의 패각(貝殼) 속으로 서둘러 숨어들었던 것이다. 하지만 그에게 돌아온 것은 '보다 높은 자기'로의 완전한 도약이 아니라 그 특유의 '생명'의식이 지닌 패러독스와 비현실성의 독한 호흡이었다.

관능과 신성에 기댄 미당의 '생명' 추구는 당대의 미학적 지형을 고

---

38) F. Kermode, 조초희 역, 『종말의식과 인간적 시간』, 문학과지성사, 1993, 180~189면 참조.

려하면 매우 독특하고 신선한 것이었음에 틀림없다. 그는 '생명'을 시화함에 있어서도 '전율' 혹은 '추'의 미학으로 불러도 좋을 만큼, 상식과 도덕, 규범과 정상 따위와는 거리가 먼 추하고 저주받은 존재의 형상이나 행위의 표현에 골몰하였다. 이런 일탈의 미학은 그 자체로 문명과 진보를 참칭하던 역사적 근대나 그것의 말단에 편입되어 점차 파행의 도를 높여가던 조선의 식민지 근대에 대한 반성과 저항의 의미를 얼마간 지닌다.

그러나 '지귀도'를 찾게 된 이유에서 보듯이, 미당의 '생명'과 '추'의 미학은 시대에 대한 치열한 경험 및 성찰 의지와 견고하게 맞물려 있지는 않다. 그것은 오히려 의심할 바 없는 삶의 정수로 전제한 '생명'의 실현을 가로막는 여러 한계들을 현실 자체와 규범미학의 거부를 통해 초극하려 한다는 점에서 심미주의적 편향마저 보이고 있다. 그가 '생명' 시학의 기획에서 주요하게 참조했던 니체나 보들레르가 역사적 모더니티에 대한 심도 깊은 탐구와 반성을 통해 시대를 충격하는 새로운 정신의 창출로 나아간 사실을 떠올리면, 미당의 소극적인 태도에 대한 아쉬움은 더욱 커진다.

하지만 보다 안타까운 일은 그가 '지귀도' 시편의 좌절을 계기로 '생명'에서 급속히 멀어짐으로써 생명의식의 또 다른 진면목을 스스로 제한해버렸다는 사실이다. 그럼으로써 한국시는 '신성' 지향이란 말을 빼고도 '생명' 혹은 '육체성'의 예외적 지대로 오랫동안 남게 되었다. 이는 곧 그것들에 관한 관심과 의식의 성장 중지를 의미했다.

제 3 장

탈향과 귀향 혹은 영원성의 발견술

1. 현재의 유기(遺棄)와 식민지 현실의 각성

한 개인에게 특정한 지향이나 목적의 갑작스런 좌절은, 작게는 자신의 향상심(向上心)을 살릴 기회가 봉쇄되었다는 상실감을, 크게는 자아와 세계에 대한 평가절하 혹은 부정을 수반한 환멸의식을 낳기 십상이다. 이에 따른 자아의 정당성 훼손은 존재의 불안감과 삶의 무의미성을 자극하고 조장함으로써 그 개인이 허무주의와 친화하지 않을 수 없도록 강제한다. 여기서 미당 역시 예외가 아니었음은 '지귀도'의 비참한 종말, 그러니까 "주피터도 아폴로도 뜻대로는 되지 못하고, 날마다 들이킨 벼락소주와 날카로운 신경쇠약 때문에 마지막엔 납작해"(『전집』 3, 189면)지고 말았다는 회고가 좋은 참조가 된다.

그러나 이보다 확실한 증거는 '지귀도 시' 연작과 지귀도에서 돌아와 지었다는 「자화상」은 묵혀둔 채,[1] 「부흥이」(『시건설』, 1937.9 : 원제는 「부흥아, 너는」)와 「와가(瓦家)의 전설」(『시건설』, 1937.12)을 발표하는 장면이다. 「부흥이」는 자기 시의 저조에 대한 불만의 표현에, 「와가의 전설」은 '생명' 시학에 대한 상징적 단절[2]에 그 중심이 놓여 있다. 같은 해 1월에 「입마춤」과 「맥하」가 발표되었던 사실을 감안하면, 당시 독자들에게 이런 단절과 전회의 진폭은 더욱 크게 느껴졌을 법하다. 그것을 예상 못했을 리 없는 미당이 표현의 밀도나 의식의 치열성 면에서도 더 뛰어난 '지귀도 시' 연작과 「자화상」을 뒤로 밀쳐 놓았다는 것은 그가 처했던 시적 곤경과 위기감이 상당했음을 입증하고도 남는다.

그러나 거꾸로 생각하면, 그는 시적 좌절에 따른 열패감이나 낡은 시를 대체할 새로운 미학의 모색 따위로 인해 발생할 법한 시적 공백을 거의 겪지 않은 셈이 된다. 오히려 「부흥이」와 「와가의 전설」을 통해 자기시의 실패를 공공연히 그리고 당당히 시위하는 것처럼 보이기까지 하는 것이다. 물론 현실로 외화된 적이 없는 미당 내면에서의 일이었지만, 그런 위기의식과 자긍심의 이상한 가역반응은 어째서 가능했을까. 이 비밀을 푸는 열쇠는 남몰래 숨겨둔 「자화상」이 쥐고 있다. 미리 말한다면, 그는 '추락하는 자'의 의식을 적극적으로 삶으로써 현재의 상실을 무색케 하는 자긍심과 절대미의 '벼슬'을 "그윽히 솟아올"리게 된다.

---

1) 지귀도에서 돌아와 「자화상」을 지었다는 말은 『팔할이 바람』(1988)의 「제주도에서」 참조. 그는 『시건설』지에 발표할 때는 없었던 "此一篇昭和十二年丁丑歲中秋作. 作者時年二十三也"라는 말을 『화사집』 출간 시 덧붙여 「자화상」의 창작시기(1937년 가을)를 확실히 해두고 있다. 「제주도에서」의 회고와 거의 일치한다.

2) 이 시는 여러모로 「화사」를 의식하고 썼다는 느낌을 준다. '청사(青蛇)' '숙이'란 이름의 부끄럼 많은 '계집애', 그 둘의 '번갯불' '천동(天動)' '쏘내기' 먹는 행위 따위는 「화사」의 '화사'와 '순네', 그리고 '생명'을 향한 저돌적인 성적 충동을 바로 연상시킨다. 그러나 미당은 "고요히 토혈(吐血)하며 소리없이 죽어갔다는 숙(淑)은, /유체 손톱이 아름다운 게집이었다한다"라고 담담하게 말함으로써, 「화사」류의 '생명' 시학에 대한 단절을 분명히 하고 있다.

애비는 종이었다. 밤이기퍼도 오지않었다.
파뿌리같이 늙은할머니와 대추꽃이 한주 서 있을뿐이었다.
어매는 달을두고 풋살구가 꼭하나만 먹고싶다하였으나…… 흙으로 바람벽한 호롱불밑에
손톱이 깜한 에미의아들.
甲午年이라든가 바다에 나가서는 도라오지않는다하는 外할아버지의 숯많은 머리털과
그 크다란눈이 나는 닮었다한다.

스믈세햇동안 나를 키운건 八割이 바람이다.
세상은 가도가도 부끄럽기만하드라
어떤이는 내눈에서 罪人을 읽고가고
어떤이는 내입에서 天痴를 읽고가나
나는 아무것도 뉘우치진 않을란다.

찰란히 티워오는 어느아침에도
이마우에 언친 詩의 이슬에는
멫방울의 피가 언제나 서껴있어
볓이거나 그늘이거나 혓바닥 느러트린
병든 숫개만양 헐덕어리며 나는 왔다.

—「자화상」(『시건설』, 1939.10)[3] 전문

---

3) 『시건설』에 발표된 「자화상」은 『화사집』에서 다음과 같이 수정되었다. ① 어머니는 → 어매는 ② 甲戌年이라든가 → 甲午年이라든가 ③ 세상은 가도 가도 부즈럽기만 하드라 → 세상은 가도가도 부끄럽기만하드라 ④ 멫방울의 피가 언제나 맺혀있어 → 멫방울의 피가 언제나 서껴있어. 그리고 『시건설』 분은 3연으로 구성되어 있는 바, 2연은 "스믈세해동안~뉘우치진 않으란다"이며 산문의 형태로 되어 있다. 이 부분은 5행의 정련된 형태로 수정되었다. 그런데 여기서 발생하는 문제가 있으니, 『화사집』 본 「자화상」의 연 구성을 어떻게 볼 것인가 하는 점이다. 『화사집』에서는 공교롭게도 "스믈세햇동안~"이 새로운 페이지의 시작을 이루고 있다. 『전집』이나 『시전집』의 경우, 이것을 행구분으로 처리함으로써 「자화상」을 2연 형태로 만들었다. 필자는 시의 형태나 내용의 흐름 상 원래의 3연 구성이 타당하다고 생각한다. 줄글과 정제된 운문이 한데 붙어 있는 것이 영 어색할뿐더러, 내용 또한 현재의 자기에 대한 진술로 바뀌고 있기 때문이다. 미당이 처음 자선(自選)한 『서정주시선』에 「자화상」을 실었다면 이런 혼돈은 비교

"애비는 종이었다"는 불순하고도 파격적인 고백, 그 뒤를 잇는 가난과 불행으로 점철된 비참한 가계사의 대담한 인정과 폭로가 매우 인상적이다. 이런 자아의 솔직성과 정황의 사실성 때문에 「자화상」은 곧잘 개인의 수난사이기를 넘어 식민지 현실에서 고통받던 민중의 수난사로 확장 해독되어 왔다. 이런 해석은 그것대로 존중될 필요가 있다. 그러나 시 전체를 조감할 때, 역시 「자화상」의 핵심은 자아의 새로운 도약을 둘러싸고 벌어지는 의식의 곡예이다. 미당 초기시의 전형적인 자아성찰 방식이 상실과 초월의 이중운동에 있음은 이미 지적했다. 이를 다시 증명하기라도 하듯이, 미당은 현재의 결여와 소외, 이를테면 가난과 불행, 수치와 죄의식을 뻔뻔하리만큼 당당하게 인정함으로써 오히려 그것을 시인으로서 자기 '존재의 유일성과 독자성을 나타내는 표지'[4]로 역전시킨다.

이런 의식의 전도는 "이마우에 언친 시의 이슬"로 상징되는 절대적 '시성(詩性)'에 대한 의지와 신뢰 때문에 가능하다. '시의 이슬'은 시인이 시간과 공간, 그리고 언어의 한계를 초월하여 '절대적 현존'을 살 수 있게 하는 처음이자 마지막이다. 요컨대 그것은 시와 삶의 영원으로 통하는 가장 확실한 길로, 시인이 어떤 희생과 고통을 치르고서라도 얻지 않으면 안될 절대가치이다. 이와 같은 시인의 저주받은 운명에 대한 예민한 통찰과 담담한 인정을 담고 있는 구절이 "볓이거나 그늘이거나 (……) 병든 숫개만양 헐덕어리며 나는 왔다"이다.

이 구절은 언뜻 보기에 현재의 시점에서 일정한 좌절을 겪은 '생명'을 반성하면서도, 결코 포기할 수 없는 '참다운 말'에 대한 강한 의지를

적 쉽게 해결되었을 텐데, 어찌된 일인지 「자화상」은 실리지 않았다. 물론 시인이 2연으로 고쳤을 가능성도 있으나, 『전집』들의 출판 과정에서 빚어진 출판사들의 오류일 가능성도 배제할 수 없다. 이런 점을 고려해 여기서는 3연으로 처리한다. 보다 자세한 논의는, 이 책 제2부의 「서정주 시 텍스트의 몇 가지 문제」, 327~330면 참조.

4) 남진우, 「집으로 가는 먼 길—서정주의 「자화상」을 중심으로」, 『그리고 신은 시인을 창조했다』, 문학동네, 2001, 17면.

주장하는 것처럼 읽힌다. 그러나 '시의 이슬'은 그 본질상 현실에서는 확증 불가능한 일종의 절대관념이라 해야 옳다. 따라서 그것은 김수영의 말을 빌린다면 "영원히 나 자신을 고쳐가야 할 운명과 사명"(「달나라의 장난」)을 적극 수용하고 실천하지 않으면 접근조차 불가능하다. 그런 점에서 '왔다'는 '시의 이슬'을 향한 모험과 관련된 모든 시간("찬란히 티워오는 **어느아침에도**"-강조는 인용자)을 포괄하고 지배하는 영원한 현재진행형 동사라 하겠다.

서정주는 「자화상」을 통해 삶의 절대가치로서 '시의 이슬'에 대한 의지를 널리 선포했다. 이것은 모든 것을 희생하고라도 자신의 미적 관심과 취향의 실현에 삶의 목표를 두며, 또한 거기서 진정한 자유를 구가하겠다는, '심미가(aesthete)'로서의 자기정체성 선언이 아닐 수 없다. 이런 심미적 자아의 출현은 우리 시사 초유의 경험에 해당하는 것으로, 정신의 단련, 언어의 세련과 조탁의 강조 정도에 머물러 있던 당대 시단의 미적 자율성에 대한 이해를 한 단계 끌어올린 미학적 사건이라 할 만하다.

이를 특기(特記)하면서도 다음과 같은 사실은 반드시 주의할 필요가 있다. 심미화된 예술과 삶은 현실에 대한 긴장과 성찰을 게을리 하게 될 때 그것 특유의 '자율성'을 잃어버린 채 자족과 위안의 형식으로 급속히 퇴각할 위험성이 커진다. 이런 위험에 노출되지 않기 위해서 자아는 초월적 지평에 입각해 오로지 자신의 동일성 유지와 확인에만 골몰하는 태도를 경계해야 한다. 또한 예술 속에서 심미적 능력을 충분히 발휘하면서도 어떤 억압들로부터 해방되기 위한 매개체로 작용하도록 애쓰지 않으면 안 된다.[5)]

여기에 비춰 보면, 미당의 '시의 이슬'에 대한 선언은 매우 징후적이

---

5) 앞의 문장에서 '자율성'은 보들레르가 말한 바 "상상력이 모든 창조물을 부수고 (……) 하나의 새로운 세계를 창조하며, 새로운 것의 센세이션을 창출한다"는 예술적 행위의 고유성과 깊이 연관된 말이다. 이런 예술의 자율성은 본문에서 언급한 자아의 태도에 의해서만이 실천되고 유지될 수 있다. 보다 자세한 내용은 최문규, 「예술지상주의의 비판적 심미적 현대성」(『탈현대성과 문학의 이해』, 민음사, 1996)을 참조.

다. 미당은 자기 시와 삶이 일정한 벽에 부딪칠 때면 대개 상실의 깊이와 초월의 높이를 동시에 부풀리는 미학적·심리적 과장을 통해 그 한계를 넘어서곤 한다. 이런 태도는 그가 내적 한계나 외부적 충격에 대해 자기동일성의 해체나 재구성으로 대응하기보다 그것의 재확인이나 역설적 강화로 맞섰음을 의미한다.[6] 거기서 미당이 동일성을 확증하는 절대적 잣대로 주로 활용한 것은 당연히도 '시의 이슬'이었다. '시의 이슬'은 이를테면 '사투리' '꽃' '노래' 따위로 변주되면서 미당 시 최고의 목적인 동시에 최후의 보루로 끝끝내 남았다. 「자화상」을 미당이 평생을 두고 참조한 자기수정 및 원점회귀 단위로 부를 수 있는 것도 그 때문이다.

이런 미당의 태도는 가령 "나는 뉘우침도 부탁도 아무것도 유언장에 적지 않으리라"(「다시 네거리에서」, 1935)라고 했던 임화와 유사하면서도 다르다. 임화가 이런 성찰과 다짐의 말을 한 곳은 언제나 '종로 네거리'였으며, 그때마다 꺼내들었던 거울은 "내일에의 커다란 노래" 곧 '혁명'이었다. 미당과 임화는 위기 때마다 주관성을 더욱 강조함으로써 동일성의 유지와 강화를 기도했다는 점에서 매우 닮아 있다. 그러나 미당은 내향적·미학적 인간으로 머물기를 원했고, 임화는 외향적·혁명적 인간으로 달려나가기를 고집했다. 그럼으로써 그들은 현대시사에서 제 분야의 가장 우뚝한 봉우리가 되었고, 또한 그렇게 마주 서 있다. 하지만 그런 편향의 결과, 두 시인 공히 자기 시의 다른 가능성을 제약하는 한편, 당대 현실을 일정하게 왜곡하고 배제하는 잘못에서 자유롭지 못하게 되었음 역시 부인할 수 없다.

자아의 확실성과 안정성은 그것을 저해하는 불확실성과 우연성을 발견하고 제거한 뒤에야 비로소 확보된다. 미당은 「자화상」을 통해 자기 시의 운명과 사명에는 확실히 눈뜬 셈이다. 그러나 그가 목적하는 '시의

---

6) 남진우, 「집으로 가는 먼 길—서정주의 「자화상」을 중심으로」, 『그리고 신은 시인을 창조했다』, 문학동네, 2001, 24면.

이슬'은 아직은 충분한 구체성과 현실성을 갖추지 못한 주관적 가상물(schein)로 남아 있다. 시인된 자에게 그것만한 불확실성은 없다. 이것은 '시의 이슬'의 구체성을 찾는 작업과 함께 그것을 제약하는 요소들을 찾아내고 없애는 작업이 병행될 때만이 해결될 수 있다. 실제로 「자화상」 이후의 미당 시는 이런 이중적 과제의 해결에 거의 바쳐지고 있다.

여기서는 먼저 후자를 살펴보기로 한다. 왜냐하면 미당은 '시의 이슬'을 위해 "자신의 현실에서 탈출하기를 바라면서도 그것을 다시 안아 가지는 방식"[7]을 취하는 독특성을 늘 발휘하기 때문이다. 우리는 미당에게 현실이 늘 제약이면서 초월의 근거이기도 하다는 것을 이미 「자화상」에서 보았다. 따라서 미당의 현실체험의 성격이 뚜렷해질수록 '시의 이슬'도 그 음영이 훨씬 분명해질 것이다.

무릇 모든 '편력'은 현재의 불만과 결핍을 뛰어넘어 보다 바람직하고 높은 자아와 세계를 성취하려는, 떠남과 돌아옴을 본질로 하는 모험의 형식이다. 미당에게 「자화상」이 '시의 이슬'을 향한 편력에 즈음한 출사표였다면, 「부흥이」와 「와가의 전설」은 편력에 앞서 취해지기 마련인 과거의 반성 혹은 단절을 표상하는 상징적 몸짓이었다. 그러나 '시의 이슬'의 절대성을 생각하면, 과거 미학과의 단절은 마땅히 거쳐야할 소소한 희생제의에 불과한 지도 모른다. 오히려 중요한 것은 '시의 이슬'을 삶의 최고 목적으로 삼은 만큼 그것을 훼손하고 방해하는 모든 물리적 조건을 거부하는 일이다.

시인에게 '시의 이슬'은 편력, 즉 '탐색'의 처음과 끝을 이루며, 그 자체로 최고의 진리이자 선(善)이기도 하다. 이와 관련하여 엘리아데의 "탐색(Quest)을, 중심에로 인도하는 길을 선택한 사람은 모든 종류의 가족과 사회적 상황, 모든 '둥지'를 포기해야 하며, 최고의 진리를 향하여 '걷는 일'에 전적으로 헌신해야 한다"[8]는 말은 여간 시사적이지 않다. 인류사

---

7) 황현산, 「서정주, 농경사회의 모더니즘」, 『미당연구』(조연현 외), 민음사, 1994, 483면.
8) M. Eliade, 『성과 속－종교의 본질』, 학민사, 1983, 139~140면.

에서 인간의 가장 보편적 가치인 진, 선, 미의 독보적 성취를 이룬 이들은 대체로 그런 포기와 헌신에 과감한 존재들이었다. 미당의 잘 알려져 있지 않은 산문 「배회(徘徊)」는 그가 이즈음 전형적인 '탐색자'의 행색을 띠고 있음을 흥미진진하게 보여준다.

「배회」는 1938년 8월 13 · 14일 양일에 걸쳐 『조선일보』 학예(學藝)면에 게재된 상화(想華), 즉 수필로, 「배회」와 「램보오의 두개골(頭蓋骨)」 두 편으로 구성되어 있다.[9] 앞의 글은 '시의 이슬'을 향한 스스로의 마음가짐과 태도를 고백한 것이다. '시의 이슬'을 탐색함에 있어 말라르메(Mallarmé)가 '유배된 천사'라 일컬었던 랭보(Rimbaud)의 견자(見者)의 미학을 모범으로 삼겠다는 의지를 천명한 것이 뒤의 글이다.

미당의 시선은 "영원의 일요일과가튼 내순수시(純粹詩)의 춘하추동"을 향해 있다. 그 순수시는 "마음이 상(傷)채기로 에리는 날이라도 언제나 시(詩)의 바탕은 일광(日光)에저즌 꼿이요 꼿노래여야하"는 그런 것이다. '순수시'라고는 했지만, 이것은 인식의 허무주의에 기대어 창작품들을 무(無) 속으로 투사시킴으로써 완전한 자유를 누리려는 발레리(Valéry)류의 '순수시'와는 거리가 있다.[10] 그에게는 여전히 비참한 현재를 초극할 수 있는 '명랑성'과 '건강성'을 갖춘 시가 '순수시'인 것이다. 그가 랭보에게서 그런 순수시의 전형을 보는 것은 다음과 같은 영혼의 고투 때문이다.

> 고독한 램보오……. 그의 의의는 다만 그의 현재의 보행(步行)과 그 유혈(流血)과 극복과 소생에만 잇다. 참으로 정열적인 어느새와가티 그부절(不絶)의 비상(飛翔)속에 자기를 연소(燃燒)하며 …… 통일하며, 분해하며, 망각하며, 수입(收入)하며, 날러가는정열로만 존재하는 정신. 아조죽어버리는일이 업는 풰닉스. 고독한 램보오.

---

9) 글의 전문은, 이 책의 '부록－1935～1950년 서정주의 전집 미수록 산문(6편)' 참조.
10) H. Friedrich, 장희창 역, 『현대시의 구조』, 한길사, 1996, 242면.

비극의 정점에 서서 인간 한계의 초월을 향한 비상에만 헌신하는 정신, 이것은 인간적 신성을 향한 기투의 요체이며, '시의 이슬'에 언제나 "몇방울의 피"가 섞이게 될 수밖에 없는 진정한 까닭이다. 그러나 저와 같은 정신의 비상은 자기를 둘러싼 모든 관계와 현실적 관심의 '저쪽'에 설 때만이, 그리고 한때의 쉼과 한곳에서의 머무름도 없는 고독한 편력('방황')의 당사자가 될 때만이 가능하다. 랭보는 그런 이유로 "토이기(土耳其 : 터키-인용자)와 인도와 아라비아와 아라스카의 좁고 너룬 산중(山中)이나 모랫벌을 헤"맸던 것이며, 미당 또한 "나의 시선은 언제나 목전(目前)의 현실에선 저쪽이다"라고 다짐했던 것이다.

그런데 정작 흥미로운 것은 '목전의 현실'이 "부모형제, 죽마고우, 단 하나뿐인 나의 애인" 등으로 대표되고 있다는 점이다. 이들은 개인의 정체성과 타자와의 친밀성, 그리고 대 사회적 관계 형성에 뿌리가 되는 존재들이다. 따라서 이들과의 '이별', 곧 관계 단절은 가장 극단적인 형태의 자발적 소외이자 고독 속으로의 침잠이라 할 수 있다.

또한 그것은 '고향'을 버리는 행위이기도 하다. '고향'은 자아에게 최초로 안정감과 소속감을 허락한다는 의미에서 장소귀속적 정체성(place-bound identity)의 핵심을 이룬다. 하지만 그것은 가족과 동무, 지역공동체와의 유대관계와 친밀성이 없다면 결코 형성될 수 없다. 그런 만큼 그들은 나의 포기와 헌신을 결정적으로 훼방놓는 '친밀한 적'이 아닐 수 없다. 이런 관계의 이중성 때문에 미당은 그 저돌적인 '탈향'과 '방랑'의 열망 속에 허무와 비통으로 얼룩진 육성을 흘려 넣어야만 했는지도 모른다.

이와 같은 미당의 심정을 가장 잘 반영한 시로는 단연 「바다」가 꼽히지만, 「역려(逆旅)」 또한 그냥 지나칠 수 없다. 「역려」는 해방 전 작품을 모은 『귀촉도』의 3부에 수록되어 있다. 그러나 원래 「역려」는 작품명도 장르명도 없이 「배회」 뒷부분에 덧붙여진 형태로 발표되었다. 말하자면 두 산문의 핵심적 내용을 시로 압축·형상화한 것이 「역려」인 셈이다. 가령 비참한 현재의 유기(遺棄)와 탈향 의지, '시의 이슬'을 향한 고독한 방랑의 열정은 다음처럼 시의 옷을 입고 있으니, 그 일부를 적어본다.

"이저버리자 이저버리자 / 히부얀 조이(종이—인용자) 등불미테 애비와 에미와 계집을 / 慟哭하는 고을 喪家와가튼 나라를 / 그들의 슬픈習慣 서러운言語를 / 찢긴 힌옷과가티 버서 던저버리고 / 이제 사실 나의 胃腸은 豹범을 닮어야한다. / 거리 거리 쇠窓살이 나를 한때 가두어도 / 나오면 다시 한결 날카로워지는 망자! / 열번 붉은옷을 다시이핀대도 / 나의 趣味는 赤熱의 砂漠저편에 불타오르는바다!"[11] 여기에 자세한 산문적 해석을 붙일 필요는 없을 터이다. 다만 1938, 1939년 무렵 미당 시에 반복해서 등장하는 가족과 동무, 애인, 더욱이는 그들의 언어(조선말)에 대한 유기의식의 기원이 어디였는가 하는 사실만큼은 각별히 기억해 두기로 하자.

그러나 "사막저편에 불타오르는", 그러니까 현실 저 너머의 초월적 지평에 위치한 '바다'가 무엇을 의미하는지는 따로 살펴볼 필요가 있다. 「바다」를 해석하는 데에 있어 중요한 열쇠가 되기 때문이다. 그 본질이 "칠향수해(七香水海)"인 '바다'는 첫째, "지극히고은님이 손저어나를 부르는듯한기미(氣味)"요, 둘째, '시의 이슬'이 맺히고 풀리기를 영원히 계속하는 "시의 고향"이자 시인의 "영혼의 파촉(巴蜀)"이다. 말하자면 시의 태고적 울림이요, 자아가 나아가고 돌아가야만 하는 '영원'의 또 다른 이름인 것이다.

이런 '바다'의 이미지는 현실의 고통과 수난, 죽음 따위를 상징하는 「자화상」이나 「수대동시(水帶洞詩)」의 그것과는 썩 다르다. 하지만 '바다'는 생명의 기원과 풍요의 상징으로도 널리 애용되어 왔다. 미당은 후기로 갈수록 '바다'의 긍정적 상징을 더욱 살려나가니, 예컨대 『질마재 신화』의 「신발」과 「해일(海溢)」 등이 그러하다. 특히 그가 어릴 적 잃어버린 '신발'

---

11) 『귀촉도』에 수록되면서 "慟哭하는 고을 喪家와가튼 나라를"은 아예 삭제되었고, '취미'는 '소망'으로 수정되었다. 또한 "거리 거리~" 부분이 한 연으로 독립되었다. 그 외에 뒷부분의 "오— 가리다 가리로다 나의 무수한 罪惡을 / 무수한 果實처럼 행락하며"가 "가리다 가리로다 꽃다운 이 年輪을 天心에 던저"로 수정되었다.

(원초적 자아로 읽어도 좋을)이 아직도 떠다니고 있을 "먼 바다"는 이미지의 본질상 「역려」의 '바다'를 상기시키고도 남는다.

귀기우려도 있는것은 역시 바다와 나뿐.
밀려왔다 밀려가는 무수한 물결우에 무수한 밤이 往來하나
길은 恒時 어데나 있고, 길은 결국 아무데도 없다.

아—반딧불만한 등불 하나도없이
우름에 젖은얼굴을 온전한 어둠속에 숨기어가지고…… 너는,
無言의 海心에 홀로 타오르는
한낫 꽃같은 心臟으로 沈沒하라.

아—스스로히 푸르른 情熱에 넘처
둥그란 하늘을 이고 웅얼거리는 바다,
바다의깊이우에
네구멍 뚤린 피리를 불고…… 청년아.
애비를 잊어버려
에미를 잊어버려
兄弟와 親戚과 동모를 잊어버려,
마지막 네 계집을 잊어버려,

아라스카로 가라 아니 아라비아로 가라 아니 아메리카로 가라 아니 아프리카로 가라 아니 沈沒하라. 沈沒하라. 沈沒하라!

오—어지러운 心臟의 무게우에 풀닢처럼 흣날리는 머리칼을 달고
이리도 괴로운나는 어찌 끝끝내 바다에 그득해야 하는가.
눈뜨라. 사랑하는 눈을뜨라…… 청년아,
산 바다의 어느 東西南北으로도
밤과 피에젖은 國土가 있다.

—「바다」(『사해공론』, 1938.10) 부분

'바다'는 시의 태초 혹은 시의 이슬이 고여 있는 어떤 초월적 지평을 상징한다. 그것의 자족성과 완결성을 드러낸 구절이 "스스로히 푸르른 정열에 넘처 / 둥그란 하늘을 이고 웅얼거리는 바다"이다. 그러나 '바다'는 오로지 상상 속에만 존재하는 하나의 가능성일 뿐이다. 이 때문에 '나'는 아직은 무명(無明)의 공포와 설움에 숨죽이고 있을 수밖에 없다. "길은 항시 어데나 있고, 길은 결국 아무데도 없다"는 '길'의 아이러니는 자아의 그런 불안정성과 불확실성을 드러내기에 모자람이 없다.

어느 비평가는 이 대목을 "관념의 열린 길과 현실의 막힌 길"로 바꿔 읽으면서, 두 길이 미당에게서는 자주 교체될 뿐만 아니라 뒤섞인다는 사실을 예리하게 지적한 바 있다.12) 이것은 '바다'의 이중성에 대한 해석에도 그대로 적용할 수 있는 통찰이다. 물론 이 시에서 자아는 오로지 현재의 막힌 길 — 바다를 버림으로써(3연) 절대 무한의 길 — 바다로 도약하기 위해 온 몸을 투기(投企)하고 있을 따름이다(4연). 따라서 '바다'에 맞춘 것이긴 해도 "침몰하라"는 동사는, 한편으로는 한계 투성이인 현재에 대한 단호한 단절과 거부를, 다른 한편으로는 절대 시와 삶을 상징하는 "꽃같은 심장"으로의 도약과 헌신을 동시에 명령하는 말이다.

이런 관점에서 본다면, 4연 후반부의 "산 바다의 어느 동서남북으로도 / 밤과 피에젖은 국토가 있다"에는 새로운 해석이 더해질 필요가 있다. 대개 이 구절은 식민지 현실에 대한 자각을 표현한 것으로 읽히곤 한다. "밤과 피에젖은 국토"가 강력하게 환기하는 리얼리즘 충동 때문이다. 그러나 이 시의 여러 정황과 이미지를 따져보면, '국토'는 무엇보다 '시의 국토'임이 드러난다. 가령 '밤'과 '심장', 지금, 여기의 저면에 존재하는 '바다'와 이토(異土)들은 모두 '시의 이슬', 곧 '순수시'가 거처하는 절대성의 영역이다. 그렇지 않고서는 "아라스카로 가라 아니 아라비아로 가라~"와 "눈뜨라. 사랑하는 눈을뜨라 …… 청년아"가 함께 놓

12) 황현산, 「서정주, 농경사회의 모더니즘」, 482면.

일 수 없다. 현실의 '국토'와는 전혀 상관없는 이토를 꿈꾸면서 말 그대로 "밤과 피에 젖은 국토"에 대한 자각과 사랑을 명령하는 태도는 아무래도 모순이기 때문이다.

따라서 우리가 「바다」에서 식민지 현실에 대한 진정한 자각을 읽으려면 하나의 전도가 필요할지도 모른다. '시의 이슬'의 절대영역으로서 "밤과 피에 젖은 국토"가 오히려 진짜 현실로서의 그것을 발견, 호명하고 있다는 의식의 역전 말이다. 이에 대한 훌륭한 예증이 어디에도 수록되지 않은 명편(名篇) 「풀밭에 누어서」이다. 이 시는 "무언의 해심에 홀로 타오르는" "꽃같은 심장"에 들려 있던 미당의 의식 저편을 생생히 방사하고 있다는 점에서 또 다른 「자화상」으로 불러 무방하다.

> 내게 인제 단한가지 期待가 남은것은 아는사람잇는 곳에서 하로바삐 떠나서, 안해야 너와나사이의 距離를 멀리하야, 낯선거리에 서보고싶은것이지(成功하시기만) …… 아무리 바래여도 인제 내마음은 서울에도 시골에도 조선에는 업슬란다.
>
> 차라리, 고등보통같은것 文科와같은것 도스터이엡스키 이와같은것 왼갖 飜譯物과같은것 안읽고 마럿스면 나도 그냥 正條植이나심으며 눈치나살피면서 石油호롱 키워노코 한代를 직혓을꺼나. 선량한나는 기어 무슨 犯罪라도 저즈럿슬것이다.
>
> 어머니의愛情을 모르는게아니다. 아마 고리키이作의 어머니보단 더하리라. 아버지의 마음을 모르는게아니다. 아마 그아들이 잘사는걸 기대리리라. 허나, 아들의知識이라는것은 고등관도 面小使도 돈버리도 그런것은 되지안흔것이다.
>
> 고향은 恒常 喪家와같드라. 父母와 兄弟들은 한결같이 얼골빛이 호박꽃처럼 누―러트라. 그들의 이러한體重을 가슴에언고서 어찌 내가 金剛酒도아니먹고 外上술도아니먹고 酒酊뱅이도 아니될수잇겟느냐!
>
> (……)
>
> 안해야 너잇는 全羅道로向하는것은 언제나 나의背面이리라. 나는 내 등뒤에다 너를버리리라.

그러나

오늘도 北向하는 瞳孔을달고 내疲困한肉體가 풀밭에누엇슬때, 내 등짝에 내 脊椎神經에, 담배불처럼 뜨겁게 와닷는것은 그 늘근어머니의 파뿌리 같은 머리털과 누―런잇발과 안해야 네 껌정손톱과 흰옷을입은무리조선말. 조선말.

―이저버리자!

―「풀밭에 누어서」*(『비판』, 1939.6) 부분

발표지에 '무인팔월(八月)'이란 부기(附記)가 보이니, 이 시는 1938년 8월경에 씌어졌다. 「역려」, 「바다」와 거의 비슷한 시기에 창작된 셈이다. 미당 시 어디에서도 보기 힘든 현실에 대한 도저한 환멸과 맥없는 체념이 놀라울 만큼 솔직하게 토로되고 있다. 연 구분과 띄어쓰기의 고의적 무시, 한자의 남발과 같은 형식의 파괴와 무질서가 오히려 자아가 처한 절망적인 상황을 더욱 선명하게 부각시키고 있다.

하지만 무엇보다 주목되는 것은 부모와 형제, 아내 같은 '친밀한 적'을 대하는 자아의 이중성이다. 자아가 보기에 이들은 시인으로서 그의 삶을 이해하고 응원하는 존재가 아니다. 오히려 속물적 근성으로 생활의 안정과 세속적 성공을 바란다. 이런 현실적 가치들은 식민지 질서에 대한 일정한 협력을 강요한다는 점에서 문제적이다. 그러나 문학을 포기한 삶에 비하면 그 정도의 타협과 순응은 그다지 큰 수치도, 좌절도 아니다. 가령 자아는 "아들의지식이라는것은 고등관도 면소사도 돈버리도 그런것은 되지안흔것이다"라고 하여 현실에서의 문학의 쓸모 없음을 인정한다. 그러나 이것은, "선량한나는 기어 무슨 범죄라도 저즈럿슬것이다"에 시사되어 있듯이, 문학의 절대성과 자기 목적성에 대한 완강하고도 굳건한 신뢰를 역설적으로 표현한 말일 따름이다. 그렇기 때문에 자아는 그들에게 연민을 보이면서도 내심으로는 그들로부터 벗어날 궁리만을 계속하는 것이다.

이때 그가 지향하는 새로운 이토가 「바다」에서와 같은 절대관념의 공간이 아니라 '봉천(奉天)' '외몽고' '상해(上海)' 따위의 구체적인 현실세계란 사실은 매우 주목할 만하다. 특히 봉천과 외몽고 지방은 일제가 오족협화(五族協和)의 이념적 실현체로 간주했던 저 만주국(滿洲國)의 영토였던 곳으로, 당시의 지식인들이 대개 한번쯤은 둘러보곤 하던 신개지(新開地)였다.[13] 실제로 미당은 1940년 가을 무렵 만주로 가 '만주양곡주식회사'라는 회사에서 잠깐 근무한 적도 있다. 그 경험을 담은 시가 『귀촉도』 소재의 「만주(滿洲)에서」(『인문평론』, 1941.2)와 「멈둘레꽃」(『삼천리』, 1941.4. 원제는 「문들레꽃」)임은 잘 알려져 있다.

그러나 자아의 딜레마는 '탈향'을 열망하면 할수록 가장 친밀한 이들의 곤핍함과 비참함, 더욱이는 조선말이 점점 "내 등짝에 내 척추신경에, 담배불처럼 뜨겁게 와닷는것"에 있다. 자아는 "— 이저버리자"라는 단호한 자기 명령과 다짐을 통해 딜레마의 극복을 의도하지만, 그것이 쉽게 이루어질 리 없다. 오히려 이 때문에 미당은 이후 보다 현실적인 감각으로 '시의 이슬'을 추구하는 한편, 비록 잠시일지라도 식민지 현실의 뼈아픈 각성과 대담한 표현에 나서게 되는 것처럼 보인다. 전자는 '귀향' 모티프를 동반한 동양적 '영원성'에 대한 각성으로 전면화된다.[14] 후자의 예로는 뒤에 따라올 「밤의 깊으면」을 단연 꼽아야겠다.

어쨌든 미당은 자신의 가장 현실적인 고뇌와 그에 대한 솔직하고도 절망스런 심정을 토로함으로써 '탈향'의 욕망을 북돋우려 했음에 틀림없다. 그러나 결국에는 그 '친밀한 적'들이, 그리고 '고쿠고'(국어(國語)의 일본어 발음) 아닌 일개 향토어 '조선말'이 '시의 이슬'을 맺는 가장 풍요로운 터전으로 끝내 남을 것임을 직감했는지도 모른다. 과도한 추측일지도 모르지만, 여기에 「풀밭에 누어서」가 성취한 가치의 핵심과 미당

13) 만주 혹은 만주국과 근대문인들의 관련 양상에 대해서는, 이경훈, 「하르빈의 푸른 하늘; 「벽공무한과 대동아공영」(김철 외, 『문학 속의 파시즘』, 삼인, 2001)과 「몸뻬와 야미, 총후(銃後)의 풍속」(『내일을 여는 작가』, 2002년 여름)을 참조.
14) 이에 대해서는 다음 절에서 자세히 다룬다.

의 절망이 거꾸로 펴 올린 현실각성의 최고치가 존재한다.

미당의 좌절과 절망, 그럴수록 배가되는 '탈향'의 열망은 그 자신의 미학적 불투명성 때문만으로 발생, 심화된 것은 아니다. 가령 아도르노(Adorno)는 아무리 개인적인 슬픔도 궁극적으로는 사회적 형식으로 귀속될 수밖에 없다고 갈파한 적이 있다. 기실 자기 시대의 긴장과 불화로부터 완전히 자유롭지 못한 사람들은 누구나 모순과 부조리로 관통되어 있는 인간현실을 어떤 식으로든 자기 내부에 반영하고 각인하게 마련이다.

상식의 차원에서 보더라도, 1930년대 후반은 일제의 파쇼적 식민지배, 이를테면 일체의 진보적 운동을 무력화하기 위한 일련의 사상통제, 중일전쟁(1938)을 기화로 한 총력전 체제로의 전환, 그리고 대동아공영권의 건설이란 미명아래 강요된 황국신민화 정책 따위가 점차 그 폭력성을 더해가던 위기와 환멸의 시대였다. 파시즘 체제로 급격히 재편된 시대의 야만성은 무엇보다 비판적 지성과 개인성의 자유로운 전개를 억압하고 금지한다는 점에서 문제적이다. 이런 상황에서 문학의 퇴조와 패배는 필연적이다. 이 당시를 풍미한 문학의 위기와 맞물린 담론들, 이를테면 전향론, 사실수리론, 교양론 등은 미학적 재난에 처한 작가들의 정신의 위축 혹은 기만을 충실히 반영한다.[15)]

이와 같은 식민지 현실에 미당 역시 깊이 관통되어 있음은 기층 민중의 암울한 일상과 비극적 운명을 소름끼칠 정도로 실감나게 부조하고 있는 「밤이 깊으면」을 참조하는 것으로 족하다. 여기에 묘사된 '숙(淑)'의 비참한 삶에 비하면, 「풀밭에 누어서」의 '나'와 가족들의 궁핍과 고통, 절망과 불만 따위는 사치에 지나지 않는다.

15) 이런 담론과 관련된 작가와 지식인 가운데 많은 수가 현실과의 긴장을 이기지 못한 채 일제의 '신체제론'과 그것의 미학적 상응인 '국민문학론'에 자진하여 투항해 갔음은 공공연한 사실이다. 보다 자세한 내용은 김윤식, 『한국근대문예비평사연구』(일지사, 1976)의 제II부 제7장 '신체제론' 참조.

女子야 너또한 쪼껴가는 사람의딸. 껌정거북표의 고무신짝 끄을고
그 다 찢어진 고무신짝을 질질질질 끄을고

억새풀닢 욱어진 峻嶺을 넘어가면
하늘밑에 길은 어데로나 있느니라.
그많은 三等客車의 步行客의 火輪船의 모이는곧
木浦나群山等地. 아무데거나

그런데 있는골목, 골목의數爻를,
크다란建物과 적은人家를, 불켰다불끄는모든人家를,
株式取引所를, 公私立金融組合, 聖潔教堂을, 미사의鍾소리를, 密賣淫窟을,
모여드는사람들, 사람들을, 사람들을,

결국은 너의自殺우에서 ……

鐵筋콩크리트의 鐵筋콩크리트의 그無數헌算板알과나사못과齒車를단鐵筋콩크리트의밑바닥에서

혹은 어느 人事紹介所의 어스컹컴한 房구석에서
속옷까지, 깨끗이 그 치마뒤에있는 속옷까지 베껴야만하는 그러헌 順序.
깜한 네 열개의손톱으로 쥐여뜨드며쥐여뜨드며
그래도 끝끝내는 끌려가야만하는 그러헌너의順序를.

―「밤이 깊으면」(『인문평론』, 1940.5) 부분

무려 16연 51행으로 구성된 이 시는, 자아가 '숙'이라는 여성의 비극적인 일생을 회고하는 부분(1~11연)과 그 회고의 막바지에 갑자기 들이닥친 의식의 신비적 체험을 고백하는 부분(12~16연)으로 크게 나뉜다. '숙'은 어미의 때 이른 죽음과 가난 때문에 어린 나이에 거리의 여인이 되어 밑바닥 생활을 전전하다 끝내 자살로 생을 마감하는 비극적 운명의 소유자이다. 말하자면 1980년대까지 우리 문학의 핵심 모티프 가운

데 하나였던, 저개발의 모더니티가 강요하는 수난과 희생을 그야말로 맨 몸으로 받아 안았던 '누이'들의 전형이다.

폭력적으로 강요된 '탈향'인 탓에 그녀에게 "하눌밑에 길은 어데로나 있"기는커녕, 그 길 모두가 막다른 골목이다. 이런 삶의 아이러니를 궁극적으로 완성하는 기제는 근대적 공간의 핵심인 도시이다. 셀 수 없을 만큼 숱한 '골목'과 '크다란건물', '주식취인소'와 '공사립금융조합', '성결성당'과 '밀매음굴'의 자연스런 동거는 근대 도시의 개방성과 오로지 자신의 관심과 취향에 따라 생활을 조직하고 영위하는 근대적 삶의 특징을 유감 없이 보여준다. 그러나 서로 상반되기조차 한 가치들을 좇는 그것들의 안정된 정립은 도시적 일상이 교묘히 은폐하면서도 적극 조장하는 관계단절과 소외에 대한 상징적 축도(縮圖)라 할 만하다. 그러니까 '숙'은 도시의 비인간적인 상황들이 자칫 야기할 수 있는 갑작스런 파괴와 혼란을 일정 부분 흡수하고 조정하는 '말하는' 완충장치, 아니 소모품인 셈이다.

이 당시 미당이 도시의 불모성과 그것이 개인에게 끼치는 폐해까지 정확하게 인식하고 있었는지를 확인하기는 어렵다. 하지만 이 시가 점차 활력을 잃고 전쟁의 배후기지로 급속히 재편되어 가던 식민지 조선의 수도 경성(京城)에서의 가난 체험을 상상적으로 재구성한 것임은 분명해 보인다.[16] 「밤이 깊으면」마저 없었더라면 해방 전 한국 근대시의 도시체험은, 생활현실과는 거리가 먼 문명비판의 도구(김기림), 공소하기 짝이 없는 이국(異國)풍 이미지(김광균), '화농(化膿)된 오점'만이 자욱한 퇴폐와 환락의 공간(오장환) 정도로밖에 남지 못했을지도 모른다.

그러나 이 시의 현실 환기력은 여기서 그친다. '숙'의 죽음이 현실과는 무관한, 아니 현실 저 너머에 위치한 미지의 '부르는 소리'로 급작스레 탈바꿈되기 때문이다. 가령 자아는 '숙'이 절명(絶命)하면서 내는 단

---

16) 서정주, 「천지유정」, 『전집』 3, 204~207면 참조.

말마의 비명에서 "내이름ㅅ字부르는소리를, 꽃의이름처럼연겊어연겊어서부르는소리를" 듣는다. 물론 환청이겠으나, 그것은 현실의 '나'만을 부르는 소리가 결코 아니다.

> 이 밤속에밤의 바람壁의 또밤속에서
> 한마리의 산 귀똘이와같이 가느다라ㄴ肉聲으로 나를 부르는것.
> 忠清道에서, 全羅道에서, 비나리는港口의어느内外酒店에서,
> 사실은 내 脊髓神經의 한가운대에서,
> 씻허연 두줄의잇발을내여노코 나를 부르는것.
> 늙은人類의 全身의소리로서 나를부르는것.
> 한개의鍾소리와같이 電線과같이 끊임없이부르는것.

에서 보듯이, 그녀는 '나'를 통해 세상에 편재하는 '어떤 것'을 부르는 것이다. 아니 '나'는 그녀를 통해 '어떤 것'의 부름 앞에 세워지고 있다. 따라서 '나'와 '숙'이는 서로의 영매(靈媒)가 되어 일종의 초혼(招魂) 행위를 벌이고 있는 셈이다. 미당은 '어떤 것', 그러니까 "나를부르는것"의 실체를 전혀 구체화하지 않고 있다. 그러나 이것이 「바다」의 "꽃같은 심장"에서 그리 멀지 않음은 "꽃의이름처럼"을 보아도 충분히 짐작할 수 있다. 기실 '꽃'을 사물의 정수 혹은 어떤 절대성을 표상하는 이미지로 애용하는 것은 미당 시의 주요 습벽 가운데 하나이다. 이를 고려하면, "나를부르는것"은 일단 '순수시'라 해도 되겠다.

그런데 "나를부르는것"은 의미심장하게도 현실 저 너머의 '바다'나 '이토'에서가 아니라 자아를 둘러싼 비근한 현실 속에 살아 숨쉬고 있다. 더군다나 그것은 '나'와 '숙'은 물론 타자('늙은인류')와 세계를 한데 잇고 모으는 미지의 '부름'이다. 다시 말해 이 '부름'을 통해 주체와 타자, 인간과 사물, 삶과 죽음 따위의 상이한 대상들은 같이 뒤섞이며 서로를 넘나들게 되는 것이다. 이런 혼융과 동화, 재생과 부활의 표정을 고려한다면, "나를부르는것"은 미당이 이즈음 막 눈뜨기 시작한 신화

적·정신적 초월관념으로서의 '영원성'일 가능성이 크다. 요컨대 그는 시와 삶의 영원에 대한 가없는 그리움을 죽은 '숙'과의 신비한 교감, 자세히는 영혼 교류(미당이 나중에 혼교(魂交)라 부른)에 기대어 펼쳐 놓은 것이다. 우리는 여기서도 그가 '현실의 막힌 길'을 '관념의 열린 길'로 매우 극적이면서도 능란하게 뒤바꿔 놓고 있음을 다시 한번 확인한다.

미당 시에서 이제껏 살펴온 작품들만큼 리얼리즘의 계기를 풍부하게 내포한 시들은 거의 없다. 그러나 이것은 현실에 대한 균형 잡힌 감각과 인식 때문에 획득된 것은 아니다. '시의 이슬', '순수시'와 같은 절대성의 경지를 탐문하려는 의욕이 낳은 현재의 유기와 '탈향'의 열망이 오히려 현실 각성의 계기로 작용한 결과이다. 그렇기 때문에 그의 현실 이해는 그것의 전체성 파악으로 심화되지 못한 채 현실의 부정성만을 확대해서 비추는 볼록거울의 상태에 머물게 되는 것이다. 미당이 평생을 두고 일관한 현실에 대한 이중적인 태도는 이런 편향이 심화된 결과라 할 수 있다. 그가 현실을 초월하기 위해 현실을 감싸 안는다는 지적은 이를 두고 한 말이다. 이때 전자가 실제 현실을 가리킨다면, 후자는 그의 관념에 봉사하는 주관적 현실을 의미한다.

그렇지만 미당은 이 시들을 통해 시의 사제로서 자신의 운명과 사명을 뼈저리게 깨달았으며, 그를 위한 헌신과 희생을 적극화했다. 그 아찔한 정신의 편력과 모험은 그의 '강한 시인'으로서의 천품(天稟)을 새삼 증거한다. 하지만 더욱 중요한 것은 그가 때 이르게 찾아온 시의 좌절을 오히려 시에의 기투를 통해 극복했으며, 그 과정에서 자신의 평생사업이 된 '영원성'의 비전과 조우하게 되었다는 사실이다. 게다가 이 시들은 미당 시의 앞자리에 놓아도 될 만큼 내용과 형식 모두에서 뛰어난 성취를 거두고 있기도 하다. 그의 '탈향'과 '방랑'을 시를 향한 '귀향'의 역정 그 자체였다고 해도 좋은 이유가 여기에 있다.

2. '익숙한 것'에의 귀향 혹은 억압된 '영원성'의 귀환

모든 떠남은 돌아옴을 전제로 한다. 이때의 '회귀'는 당연히도 떠남이 시작된 최초의 출발선 바로 그곳으로의 복귀를 뜻하지 않는다. 떠남의 주체는 떠도는 가운데의 성찰을 통해 자아와 세계의 현실과 한계를 자각하고 끝내는 그것을 넘어서고자 한다. 이에 따른 자아의 갱신과 보존은 대개 두 방향으로 전개되기 마련이다. 하나는 자아와 세계의 새로운 미래상에 보다 충실을 기하는 경향이다. 다른 하나는 그 가능성과 진정성을 인정받지 못한 채 자아와 세계 속에 은폐되고 억압되어 있는 어떤 본연의 것에 새로운 가치를 부여하는 일에 주력하는 경향이다.

사실 이 둘은 대립적이라기보다는 상호보완적이라고 해야 옳다. 되돌아봄 없는 미래의식은 맹목이 되기 쉽고, 미래의식 없는 되돌아봄은 안이한 회고주의에 빠질 위험이 크기 때문이다. 따라서 자아의 '회귀'는 그 형태가 무엇이든 미래를 향한 되돌아봄을 내적 원리로 삼지 않으면 안 된다. 이와 같은 '회귀'의 본질은 그것의 한 형태를 이루는 '귀향'에도 마찬가지로 적용된다.

'귀향'은 '탈향'이 그러하듯이 몇 겹의 의미를 갖는다. 가령 그것은 작게는 태어난 바로 그곳으로의 돌아옴이라는 지지(地誌)적 차원에서, 크게는 지금, 여기에서는 잃어버린 근원이나 본질에의 초월적 회귀라는 상징적 차원에 이르기까지 실로 다양하게 해석될 수 있다. 그러나 모든 '귀향'은 자아가 어떤 한계와 상실에 맞서 자신의 운명 혹은 본성에 합당한 것을 되찾으려는 보상 행위라는 점에서는 전혀 동일하다. 이 때문에 하이데거(Heidegger)는 '귀향'을 아직도 감추어진 채로 보류되어 있는 '고향', 즉 근원에 익숙해지는 행위라고 정의했던 것이다.[17] 물론 하이데거의

17) 보다 자세한 내용은 M. Heidegger, 소광희 역, 「『귀향-근친자에게』」(『시와 철학』, 박영사, 1975)를 참조.

'귀향'은, 원칙적으로는 시를 통한 근원적 존재의 설립, 다시 말해 시가 우리와 세계를 원래의 본질이나 진리 속으로 데려가며 그럼으로써 세계와 역사를 존재케 하는 그런 언어로서의 존재의 설립을 뜻한다.[18]

그러나 하이데거의 '귀향'의식은, 그 특유의 진리에의 의지를 제외한다면, 서정시가 목표하는 바 자아와 세계의 동일성이 보장되는 원초적 시공간에 대한 회귀 의지라고 해도 크게 틀리지 않는다. 기실 구체적 장소로서의 고향, 그것의 확장으로서 어머니나 민족, 조국 따위 역시 그런 역할을 하기는 마찬가지이다. 그것들이 개인의 정체성과 사회에 대한 친밀감 형성에 기반이 되는 장소귀속 정체성의 핵심적 터전임은 이미 말했다. 그래서 바슐라르(Bachelard)는 '생애 최대의 풍경'이란 말을 통해 자아와 세계의 통일성 혹은 완전성에 대한 감각을 환기하고 유지하는 데에 커다란 역할을 하는 유년 시절의 '고향' 체험을 특권화하고 있을 정도이다. 이런 점들을 고려하면, '귀향'은 비록 자아의 시선이 과거를 향하고는 있을지언정, 본원적 · 이상적 자아로의 도약과 지속을 위한 미래의 기획임이 분명해진다.

우리는 앞 절에서 미당 시의 현재에 대한 유기, 곧 '탈향' 의지가 시와 삶의 본원적 국면에 대한 가없는 그리움, 곧 '귀향'의 열망에 의해 촉발된 것임을 이미 보았다. 과감히 말해서, 「자화상」 이후의 모든 미당 시편은 '시와 삶의 영원'이란 고향으로 '헐덕어리며' 돌아오는 '귀향'의 역정으로 보아도 좋다. 이때 미당에게 귀향의 역정이 궁극적으로는 그의 물리적 고향 '질마재'를 성(聖)과 속(俗)이 하나로 통하는 '근원'의 세계로 성화(聖化), 아니 발명하는 과정이었음은 각별히 기억될 필요가 있다. 「자화상」이 시에서의 원점 회귀단위였다면, 장소에서의 그것은 '질마재'였던 셈이다.

미당 시를 일관하는 '귀향'의 사유는, 1930년대 후반으로 좁혀 그 의

---

18) O. Pöggeler, 이기상 역, 『하이데거 사유의 길』, 문예출판사, 1993, 249면.

미를 조감한다 해도 매우 중요한 논점과 시사를 적잖이 제공한다. 가령 1930년대 후반 한국시는 중진과 신진 가릴 것 없이 '귀향'의식을 주체의 성찰과 재정립에 없어서는 안될 정신적 거점으로 적극 활용했다.[19] 시대의 폐색이 초래한 주체와 시의 위기를 '귀향'의 모색을 통해 뛰어넘으려 했던 것이다. 이것은 '고향'이 제공하는 정신의 활력과 안정, 이를테면 크게는 새로운 세계상의 창출과 관련된 미래의식의 앙양, 작게는 친밀감의 충족에 따른 자아의 안정과 위안 같은 정서적 효용성을 높이 산 때문이다. 미당의 '귀향'의식 역시 이런 시대적 조류와 긴밀하게 맞물려 있는 것이다.

미당 개인으로 본다면, '귀향'은 이제까지 그의 미학에 중요한 참조를 제공했던 서양적인 것과의 결별을 뜻한다. 이것은 숨겨진 채 보류되어 있던 조선적인 것, 동양적인 것의 가치를 새롭게 인식하며 거기에 익숙해지는 과정이기도 하다. 조선 혹은 동양의 재발견에서 가치의 핵심은 시간의 무한과 순환에 의거한 '영원성'의 관념에 놓여 있다. 인간성을 신성으로까지 추구한다는 미당의 지향이 전혀 다른 의미를 입게 된 것이다. 이제 문제는 '양한 육체성'이 아니라 "언제나 역사의 전(全)시간인 영원(永遠)의 바로 중심에 위치한다는 각성된 의식"(『전집』 2, 43면)으로서의 '영원주의'이다.

그가 '영원성'을 시의 궁극적 목표이자 원리적 범주로 내세울 때, 이제껏 시의 원동력이었던 아이러니컬한 의식의 약화나 소거는 필연적이다. 왜냐하면 '영원주의'는 시간의 무한을 빌미 삼아 구체적 현재보다는

---

19) 1930년대 후반 시에서 탈향과 귀향의 변증법과 관련된 '고향'의식의 탐색은 주로 서정주 · 이용악 · 백석 · 오장환 같은 신진 시인에 국한되어 있었다. 이명찬은 이것을 김기림 · 정지용 · 임화 · 이육사와 같은 중진 · 김광균 · 노천명 · 유치환 · 윤동주와 같은 또 다른 신진들에까지 확대 · 적용하였다. 그러면서 이들의 '귀향'을 ① 과거로의 퇴행(서정주 · 백석 · 김광균 · 노천명) ② 장소 이탈(김기림 · 정지용 · 박남수) ③ 미래로의 투사(임화 · 이용악 · 오장환 · 이육사 · 윤동주)라는 세 유형으로 분류하여 검토했다(이명찬, 「1930년대 후반 한국시의 고향의식 연구」, 『1930년대 한국시의 근대성』, 소명출판, 2000 참조).

미래의 통합적 세계나 과거의 근원적 세계에 대해 관심을 집중하는 경향이 강하기 때문이다. 이런 태도는 자아의 진정한 실현을 위해 세계를 변화시키는 대신 세계에 대한 자신의 태도를 변화시키고 있다는 점에서 '실존적 수정' 행위가 아닐 수 없다.[20) "나의 시선은 언제나 목전의 현실에선 저쪽이다"(「배회」)라는 미당의 현실 초월의지가 더욱 가속도를 내게 되는 것은 그런 의식의 전도 아래서이다.

미당 시에서 '귀향'을 논할 때 각별히 주의해야 할 점은 그것이 '탈향'과 동시에 벌어지는 사건이라는 데에 있다. 요컨대 '상실'과 '초월'의 이중운동이 '탈향'과 '귀향'의 그것으로 모습을 바꿔 입은 것이다. '탈향'과 '귀향'의 동시성은 급격한 변화의 와중에 놓여 있던 시인의 자의식의 불안과 분열을 반영하고 있는 듯이 보인다. 하지만 그 동시성은 쉽사리 찾아지지 않는 어떤 본질에 대한 조급하고도 완강한 체험 열망의 발로일 가능성이 크다. 이는 「바다」의 자매시편이라 해도 좋을 「문(門)」에서 벌써 확인되고 있다.

> 밤에 홀로 눈뜨는건 무서운일이다
> 밤에 홀로 눈뜨는건 괴로운일이다
> 밤에 홀로 눈뜨는건 위태한일이다
>
> 아름다운 일이다. 아름다운일이다. 汪茫한 廢墟에 꽃이 되거라!.
> 屍體우에 불써 이러나야할, 머리털이 흔들 흔들 흔들리우는, 오—이時間. 아까운 時間.

---

20) 코지크에 따르면, 실존적 수정 속에서 개인은 일상성을 죽음의 상하(相下)에서 고찰함으로써 비본래적 실존으로부터 자신을 해방시키고 진정한 실존을 위해 결단한다고 한다. 또한 그리하여 개인은 소외를 지닌 일상성을 무가치하게 만들고 일상성을 넘어선다(K. Kosik, 박정호 역, 『구체성의 변증법』, 거름, 1985, 75~76면). 미당이 '탈향'과 '귀향'의 이중운동을 통해 시도하는 현재의 부정과 초월이 일상성의 폐기와 밀접히 관련되어 있음은 비교적 분명하다.

피와 빛으로 海溢한 神位에
肺와 발톱만 남겨 노코는
옷과 신발을 버서 던지자.
집과 이웃을 離別해 버리자.

오—少女와같은 눈瞳子를 그득이 뜨고
뉘우치지 않는사람, 뉘우치지않는사람아!

가슴속에 匕首감춘 서릿길에 타며 타며
오느라, 여긔 知慧의 뒤안깊이
祕藏한 네 荊棘의 門이 운다.

—「문」(『비판』, 1938.3) 전문

시의 모티프나 시간적 배경, 그리고 자아의 행위와 지향 따위가 「바다」와 매우 근친적이다. 따라서 비록 「바다」보다 7개월 가량 빨리 발표되긴 했어도, 「바다」에서 검토한 여러 사항은 이 시의 해석에도 거의 유효하다. 자아는 "밤에 홀로 눈뜨는건" 무섭고 괴로우며 위태한 일이라고 하면서도, 궁극에는 "아름다운일"로 규정하는 모순된 의식을 보이고 있다. 이것은 필시 '순수시'를 뜻할 '꽃'의 자각과 지향, 그리고 그에 대한 기투가 가져오는 매혹과 공포, 동경과 불안 따위의 이중의식이 노출된 것이다. 하지만 '꽃'에의 동경이 불안을 압도하고 있음은 "시체우에 불써 이러나야할" "오—이時間. 아까운 시간"이란 전율적인 시간의식에 잘 나타나 있다. 「바다」에서도 그랬지만, 자아가 "왕망한 폐허에 꽃"이 되려면 친밀한 세계를 "버서 던지"고 "이별해 버"려야만 한다.

「문」의 현재에 대한 단절의식은 그러나 「바다」에 비해 적잖이 제한적이다. 가령 그는 자신의 외면성("옷과 신발")이나 '친밀한 적'("집과 이웃")은 과감하게 버리자면서도, 존재의 실재성을 표상하는 "폐와 발톱만"은 남겨두려 한다. 여기서 미당 특유의 자기 정당화 방식, 즉 자기동일성의 해체나 재구성보다는 그것의 재확인과 강화를 통해 주어진 한계를 돌파하고 새로운 가능성을 모색하는 주관성의 태도를 읽어내기는 그리 어렵지 않다. 따라서 "뉘우치지 않는사람"에 대한 연이은 호명은 자아의 정당성을 확보하려는 자기 독려에 해당한다. 또한 이것은 멀리 본다면 '귀향'의 근거와 정당성을 마련하는 일이기도 하다.

「문」이 「바다」나 「역려」와 결정적으로 갈라지는 지점이 있다면, '꽃'으로 가는 길을 바라보는 자아의 태도이다. 「바다」와 「역려」에서 자아는 한치의 회의와 주저도 없이 현실 너머의 '이향'으로 가거나 '바다'로 침몰하기를 독려하기에 급급했다. 자기 행위에 뒤따를 희생과 고통을 전혀 계산에 넣지 않은 맹목적인 열정인 셈이다. 그러나 「문」에서 자아는 '꽃'으로 가기 위해 통과해야 될 '문'의 성격을 정확히 꿰뚫고 있다. 그에게 '문'은, '형극의 문'이 시사하듯이, 겹겹의 장벽과 장애를 "비장한" 불완전한 열림일 뿐이다. 이런 '문'의 성격은 어떤 본질이나 성스러운 존재로 가는 입구로서 그것이 지니는 특질과 정확히 일치한다. 시련과 희생, 헌신이 없고서는 '문'은 결코 열리지 않는 '벽'으로 남기 마련이다. 이런 연유로 "가슴속에 비수감춘 서릿길"을 타는 자아상은, 한편으로는 현재에 대한 단절의지를, 다른 한편으로는 자기희생의 의지를 과시하고 재차 다짐하는 자기확인 장치로 이해된다.

이런 정황을 고려하면, 미당은 '문'을 넘고 있거나 이미 넘은 것이 아니라 아직은 '문턱' 앞에서 서성대고 있을 따름이다. '문턱'은 그 이미지가 환기하듯이 어떤 한계점이요 경계선이며, 문밖과 문안, 성과 속 따위의 대립적 세계를 갈라놓는 구분선이다. 하지만 동시에 이들 세계가 서로 교섭하거나 상대방의 세계로 넘어갈 수 있게 하는 매개적 장소이기도 하다.[21] 따라서 '문턱' 너머에 피어 있는 '꽃', 즉 시와 존재의 절대성은 미당에게는 '아직 아닌' 것이다.

---

21) M. Eliade, 『성과 속—종교의 본질』, 학민사, 1983, 20~21면.

그렇지만 이런 '문'의 이미지 혹은 '문턱'의식은 그가 '영원성'의 관념에 완전히 '귀향'할 때까지 지속적으로 나타난다는 점에서 매우 중요하다. 이를테면 「부활(復活)」(『화사집』), 「문(門)열어라 정도령(鄭道令)아」(『귀촉도』), 「꽃밭의 독백(獨白)」(『신라초』)이 그렇다. 요컨대 '문턱'의식은 「화사」류의 아이러니칼한 의식을 대체하는 새로운 성찰의 감각이다.

'문' 모티프의 궁극적인 귀결에 눈감는다면, 「문」 역시 '순수시'에 대한 열망을 표현한 작품에 그치고 만다. 3개월 지나 발표된 「수대동시」를 '귀향' 시편의 실질적인 출발점으로 삼게 되는 까닭이 여기에 있다. 「수대동시」에는 '순수시'의 모태가 되는 '바다'와 같은 '근원' 세계가 뚜렷이 제시되어 있다. '수대동'이 거기인데, 이곳은 시인의 실제 고향이기도 하다.[22] 겨우 바깥문을 넘은 셈이지만, 시와 삶의 '귀향'이 행복한 일치를 이룬 최초의 풍경이라는 점에서 「수대동시」의 의미는 매우 각별하다.

> 흰 무명옷 가라입고 난 마음
> 싸늘한 돌담에 기대어 서면
> 사뭇 숫스러워지는생각, 高句麗에 사는듯
> 아스럼 눈감었든 내넋의 시골
> 별 생겨나듯 도라오는 사투리.
>
> 등잔불 벌서 키어 지는데……
> 오랫동안 나는 잘못 사렀구나.
> 샤알 · 보오드레-르처럼 설ㅅ고 괴로운 서울女子를
> 아조 아조 인제는 잊어버려,
>
> (……)

---

22) 보다 정확히 말한다면, '수대동'은 '질마재'의 옆 마을이다.

머잖어 봄은 다시 오리니
금女동생을 나는 얻으리
눈섭이 검은 금女 동생,
얻어선 새로 水帶洞 살리.

—「수대동시」(『시건설』, 1938.6) 부분

'수대동'은 '가족'과 죽은 '애인'의 기억으로 가득 한 자아의 '고향'이다. 하지만 이곳 또한 저들의 고단한 노동과 슬픈 운명으로 점철되어 있는 생활 현장이기는 마찬가지이다. '탈향' 시편을 참조한다면 '수대동'은 시와 삶의 새로운 도약을 위해서는 과감히 등뒤에 버려야 할 천형(天刑)의 땅에 지나지 않는다. 하지만 시인은 이곳을 비참한 현재의 갱신과 미래의 더 나은 삶을 가능하게 하는 '귀향' 장소로 적극 자리 매김하고 있다.

'수대동'의 재가치화는 자아가 죽은 '금녀'와의 재결합을 강력하게 기대하는 가운데 수행되고 있다는 점에서 한결 종요롭다. 물론 자아가 진짜 합일 대상으로 삼고 있는 것은 '금녀 동생'이다. 그러나 한국문학의 서사 전통에서 의좋은 자매가 그들을 음해하고 박해하는 적대자에 맞서 서로의 분신 역할을 충실히 수행함으로써 억울한 누명을 벗고 피맺힌 원한을 풀며, 결국은 적대자까지 징치하는 이야기는 그리 드물지 않다. 이를테면 고소설『장화홍련전』이나 이해조의 신소설『화의 혈(花의 血)』이 그러하다. 이 소설들에서 주인공들의 해원(解怨) 과정은 훼손되기 이전의 자아를 되찾고 자기 삶의 정당성을 영구히 확보하는 작업에 해당한다. 어쩌면 미당은 이런 서사적 전통을 '나'와 '꽃각시' 금녀의 관계와 두 사람의 "십년전" 보금자리였던 '수대동'의 재생 및 회복을 충족시키는 시적 상상력으로 과감히 변용한 것인지도 모른다.

이는 그의 '부활'과 '회귀'에의 기대가 존재의 연속성과 실재감을 확보함으로써 자아의 통합과 안정을 기하려는 욕망에서 비롯된 것임을 적절히 시사한다. "금녀동생을 나는 얻으리"란 에로스 충동은 따라서 시간과 생성에 의해 오염되지 않는 자아와 역사의 비전을 가능하게 하는 '영원회귀'의 시간, 곧 '영원성'을 향한 욕망과 전혀 다르지 않다.[23)] 이런 기대 지평을 참조하면, 그의 '탈향'이 자아와 현재에 대한 완전한 유기 혹은 해체로 급진화 되지 못한 채, 오히려 가족과 애인, '조선말'에 대한 강한 미련(「풀밭에 누어서」)을 거쳐 끝내는 그들의 귀환 명령에 적극 부응하는(「밤이 깊으면」) 때 이른 '귀향'으로 귀결되고 마는 까닭이 보다 쉽게 이해된다.

그런데 우리는 아직까지 미당이 존재의 영원한 '고향'으로서 '수대동'의 진정한 가치에 눈뜨게 된 연유를 헤아리지 못했다. 이에 대한 적절한 이해가 없다면, '수대동'의 재가치화는 한낱 허구의 소산에 지나지 않는다는 오해와 편견을 좀처럼 벗기 힘들다. '수대동'의 재발견이 자아의 '실존적 수정'과 밀접히 관련되어 있음은 "흰 무명옷 가라입고 난 마음"에 선연하다. 그는 세계의 변혁이 아니라 세계에 대한 자신의 태도를 바꿈으로써 진정한 자아를 발견함과 동시에 현재의 부정적 자아를 탈각하는 것이다. 이때 우리의 시선은 이제까지 숨겨진 채 보류되어 있던 진정한 동일성을 발견하고 확보하는 자기 수정의 방법에 제일 먼저가 닿는다.

가령 자아는 실존적 수정을 통해 "고구려에 사는 듯 / 아스럼 눈감었든 내넋의 시골 / 별 생겨나듯 도라오는 사투리"를 얻는 대신, "샤알・보오드레-르처럼 설ㅅ고 괴로운 서울여자를" 아주 잊어버리고자 한다. 이런 대립 구조가 의미하는 바는 매우 분명하다. 주체를 재구성함에 있어 근대적이고 서양적인 가치는 버리고 전근대적이고 전통적인 가치는 적극 옹호하고 수용하겠다는 의지이다. 기실 전자의 관점에서 본다면, 후자의 시간관과 영혼관("고구려에 사는 듯" "내넋의 시골"), 그리고 언어관("사

23) M. Eliade, 정진홍 역, 『우주와 역사-영원회귀의 신화』, 현대사상사, 1976, 128면.

투리")은 인간을 어둠과 마법의 세계에 가둬온 비합리성의 핵심 요소들로, 합리적 이성을 통해 철저하게 계몽되어야 할 타자에 지나지 않는다. 하지만 미당은 후자에 들씌워진 정신의 저급성과 단순성, 야만성 따위를 오히려 소박성과 원초성, 완전성('별')으로 재해석하여 자아의 고유성과 특수성의 표지로 다시 전유한다.

이와 같은 의식의 전도를 통한 전근대적 가치들의 새로운 발견과 이상화는 낭만주의이래 근대미학의 새로운 전통에 해당한다. 그것들은 이를테면 더 이상 존재하지 않음(Nicht-Mehr)이란 관점을 통해서 비로소 아름다운 것으로, 소박한 것에로의 감상적인 회고를 통해 비로소 본래적인 것으로 새롭게 경험되고 이상화된다.[24] 그리고 그것들의 재가치화 정도는 현재에서 시간적 거리가 멀면 멀수록, 현재의 한계와 결여가 크면 클수록 한층 배가된다. 따라서 "샤알・보오드레-르처럼 설ㅅ고 괴로운 서울여자"란 말은 단지 시인 자신의 미학적 성찰을 위해서 고안된 것만으로 보이지 않는다. 그보다는 근대와 이성의 권능에 억눌려 있는 전근대적・전통적 가치에 삶과 시의 근원적 터전이자 이상적 모델이란 기원성과 미래성을 확실히 부여하기 위한 반어적 비유로 이해된다.[25] 이런 미학적 각성과 소망을 구체화한 곳이 마지막 연이다.

한편 '귀향'의 전제 조건을 이루는 "고구려에 사는 (……) 내넋의 시골"과 "사투리"의 타자적 성격에 대한 새로운 각성은 이후 미당이 과거

---

24) 근대미학이 근대 민족국가의 이상적 기원으로 중세와 고대를 발견하는 메커니즘에 대해서는, H. Jauß, 장영태 역, 『도전으로서의 문학사』, 문학과지성사, 1983, 49~50면 참조.

25) 두 달 뒤에 발표된 「엽서(葉書)」(『비판』, 1938.8)의 "포올・베르레-느의 달밤이라도 / 복동(福童)이와 가치 나는 새끼를 꼰다"도 같은 맥락으로 해석될 수 있다. 자신의 초기시에 절대적 영향을 끼친 보들레르나 베를렌느(Verlaine) 같은 프랑스 상징주의자에 대한 미당의 공공연한 거부와 단절의식은 같은 달에 발표된 「배회」에서의 랭보에 대한 숭앙심과 꽤나 대조되는 것처럼 보인다. 그러나 그가 랭보에게서 정녕 배우고자 했던 것은 어떤 현실 아래서도 시를 삶의 최대 목표로 삼는 '저주받은 시인' 의식이었다. 따라서 그가 보들레르에서 거부한 것은 시인의 운명과 사명에 대한 각성을 제외한 나머지 부분, 이를테면 불협화와 추함, 비규범적・비윤리적 의식 상태 등이었을 가능성이 크다.

와 민족을 상상하고 내면화하는 방식에 지대한 영향을 미친다는 점에서 매우 중요하다. 이들 이미지는 훼손되기 이전의 민족의 원초성과 고유성, 독자성 따위를 환기시키고도 남는다.

가령 "고구려에 사는"과 같은 현재의 과거화는 '고구려'를 단순한 역사적 실체 이상의 것, 즉 민족의 시초와 절정기로서의 '절대과거'로 상상케 하는 정서 효과를 유발한다. 절대과거는 현실적 시간 범주가 아니라 '시초'나 '제일', '창시자', '앞서 일어났던 것' 따위의 기원성과 모범성을 본질로 하는 가치화된(valorized) 시간 범주이다.[26] 이런 절대과거의 내면화는 정말로 좋은 것들은 오직 과거에서만 일어나며, 후대의 역사란 그것의 모방과 추종에 지나지 않는다는 보수주의적 역사의식을 조장하고 강화한다. 미당 시에서 절대과거의 시간 범주가 점차 무소불위의 권력을 행사하게 된다는 사실은 저 '신라'와 '질마재'를 떠올리는 것으로 충분하다.

그렇다면 '사투리'는 어떤 의미를 지니고 있을까. 단적으로 말해, '사투리'는 근대 민족국가 형성에 핵심적 역할을 수행한 새로운 인공언어 '표준어'의 발명품이다. 도시와 교양의 언어인 '표준어'는 합리성과 정확성을 무기로 자족적이며 독립적인 지역공동체의 말들에 토착성과 비합리성, 정서의 미분화성 같은 부정적 면모를 각인한다. 그럼으로써 그것들을 계몽 또는 청산되어야 할 저급한 유산으로 내몬다. 그러니까 근대사회에서 표준어의 독점적 지위는 지방 언어를 '사투리'로 타자화·차별화하는 동시에, 그것들의 자리에 표준어를 대신 채워 넣는 균질화의 책략을 통해 확보되는 것이다.

이런 관점에서 본다면, 미당의 '사투리' 발견은 진정한 시어로서 자기에게 익숙한 지역어, 곧 토속어의 가치와 효용성을 재인식하게 되었음만을 의미하지 않는다. 당시 식민지 조선에서 '국어'이자 '표준어'는 일

---

26) M. Bakhtin, 전승희 외역, 『장편소설과 민중언어』, 창작과비평사, 1988, 32면.

본어였으며, 그가 잊자고 하면서도 끝내 버리지 못한 '조선말'은 '사투리'에 지나지 않았다. 그러나 '사투리'로서의 '조선말'에 대한 인식과 각성은 오히려 '조선말'에 한층 강고하고 단일한 민족어의 위상을 부여하는 계기가 된다. 또한 거기서 파생된 언어 민족주의는 '조선인'이란 민족주체의 형성과 아울러, 근대적 민족의식의 확충에 지대한 위력을 발휘하게 된다.27)

물론 미당의 '사투리' 재발견은 무엇보다 그것이 자신의 정서를 충실히 담아내기에 가장 적합하다는 체험적 각성의 결과이겠다. 하지만 당대의 식민지 현실과 동양적·조선적인 가치 추구에 열심이던 문화적 지형을 감안하면, 그것은 소멸의 운명으로 거세게 내몰리던 '조선말'에 대한 새로운 각성이기도 했다. 그러나 불행하게도 그의 '사투리'는 해방 이전까지는 그저 하나의 가능성으로 남을 수밖에 없었다. "언어미술이 존속하는 이상 그 민족은 열렬(熱烈)하리라"라고 설파한 것은 정지용이었지만, 그 '언어미술'이 수년간에 걸쳐 일제의 강요된 침묵 아래 놓이고 말기 때문이다.28)

이런 사정들을 감안하면, 미당은 「수대동시」를 통해 심미적 자아가 추구해야 할 절대미 가운데 하나로서 민족을, 그리고 그것을 표현하는 데에 가장 적합한 말로서 '사투리(조선말)'를 동시에 발견하고 있는 것이다. 사실 「수대동시」는 미당 자신의 시(언어)와 현실에 대한 중요한 통찰을 담고 있다는 점에서 「자화상」과 적잖이 닮아 있다. 「자화상」에서 시

27) 박광현, 「언어적 민족주의의 형성과 전개」, 『한국문학과 근대의식』(동국대 한국문학연구소 편), 이회, 2001, 39~47면 참조.

28) 「행진곡(行進曲)」(『신세기』, 1940.11)은 '조선말'의 참화를 앞에 한 미당의 내면풍경을 매우 실감나게 보여준다. 그는 특히 "잔치는 끝났드라"와 "멀리 서 있는 바다ㅅ물에 선 / 난타(亂打)하여 떠러지는 나의 종(鍾)ㅅ소리"를 통해 '조선말'의 박탈이 미연에 몰고 올 삶과 시의 좌절에 대한 불행한 예감을 탁월하게 짚어내고 있다. 참조로 이 시는 『조선일보』 폐간(1940.8.10)을 기념하기 위해 씌어진 것이다. 그러나 김기림이 보낸 청탁서를 폐간일이 지나서 받음으로써 정작 『조선일보』 폐간호에는 실리지 못했다. 보다 자세한 사정은, 서정주, 「천지유정」, 『전집』 3, 192~194면 참조.

인은 생활현실이 강요하는 수치와 죄의식을 오히려 자아의 도약의 원천으로 삼았다. 그에 따른 보상이 심미적 자아의 확충과 '시의 이슬'을 위해 헌신하는 예술적 삶의 위대성에 대한 자각이었다.

「수대동시」는 「자화상」의 그런 성취를 감싸 안으면서도 넘어선다. 무엇보다 심미적 개성과 시의 절대성을 실현할 수 있는 곳을 찾아내어 '귀향'에 성공하게 된 점이 그러하다. 귀향지로 선택된 '수대동'은 따라서 단순한 지지(地誌)상의 장소가 더 이상 아니다. 그곳은 시간과 말의 한계와 제약이 돌파된, 그래서 삶과 시의 영원이 확실히 보장되는 절대공간, 다시 말해 성별(聖別)된 땅이다. '수대동'을 '신라'와 '질마재'의 원형으로 볼 수 있는 이유가 여기에 있다.

미당이 '귀향'을 통해 가장 크게 얻은 것이 있다면, 부활과 재생 관념의 내면화에 따른 자아의 연속성 및 동일성에 대한 확신이라 하겠다. 이것은 삶의 우연성과 존재의 불확실성에 대한 불안과 공포 따위를 지연 혹은 제거함으로써 삶에 대한 긍정적 태도와 안정성 확보에 크게 기여한다. 「부활」은 그런 심리적 평정이 존재의 내면 확장에 얼마나 큰 힘을 발휘하는가를 유감 없이 보여준다.

> 내 너를 찾어왔다 臾娜. 너참 내앞에 많이있구나 내가 혼자서 鍾路를 거러가면 사방에서 네가 웃고오는구나. 새벽닭이 울때마닥 보고싶었다 …… 내 부르는 소리 귓가에 들리드냐. 臾娜, 이것이 멫萬時間만이냐. 그날 꽃喪阜 山넘어서 간다음 내눈동자속에는 빈하눌만 남드니, 매만저볼 머릿카락 하나 머릿카락 하나 없드니, 비만 자꾸오고 …… 燭불밖에 부흥이우는 돌門을열고가면 江물은 또 멫천린지, 한번가선 소식없든 그어려운住所에서 너무슨 무지개로 내려왔느냐. 鍾路네거리에 뿌우여니 흐터저서, 뭐라고 조잘대며 햇볓에 오는애들. 그중에도 열아홉살쯤 스무살쯤되는애들. 그들의눈망울속에, 핏대에, 가슴속에 드러앉어 臾娜! 臾娜! 臾娜! 너 인제 모두다 내앞에 오는구나.
>
> —「부활」(『조선일보』, 1939.7.19) 전문[29]

---

29) 산문시 형태인 이 시는 『조선일보』에서는 11행 1연의 자유시로 발표되었다. 한 두 구

「부활」은 발표시기로 따진다면, 「풀밭에 누어서」(1939.6)와 「자화상」(1939.10) 사이에 위치한다. 이 세 편의 시는 '관념의 열린 길'과 '현실의 닫힌 길' 사이에서 요동치면서도 끝내 전자로 눈길을 주고야 마는 미당의 들끓는 영혼의 축도라 해도 지나치지 않다. 「부활」은 벌써 제목이 시사하듯이 미당이 전자의 길로 확실히 들어섰음을 예증하는 시이다. 그런 점에서 이 시는 「수대동시」의 속편이기도 하다. 미당은 거기서 죽은 '금녀'와의 재회를 미래의 의지태로 남겨 둔 바 있다. 「부활」이 그 약속의 이행임은 매우 분명한데, 자아는 일종의 환영을 통해 또 다른 '금녀'인 '순아'와 극적으로 조우하고 있다.

사실 '환영'이라고 했지만, '순아'에 대한 에피파니 체험은 이른바 '종합적 기억(Gedächtnis)'[30]의 산물이다. 왜냐하면 자아의 '순아'에 대한 순연한 의지("새벽닭이 울때마다 보고싶었다")가 '그녀'를 불현듯 내면, 아니 '종로' 사방에 떠오르게 하였고("무지개" "햇볕에 오는애들"), 이로 말미암아 자아의 충만한 '순간' 체험 역시 가능했기 때문이다. '순간'은 현재를 과거와 미래를 향해 동시에 개방하며, 그럼으로써 존재의 연속성을 회복하고 보장한다는 점에서 '영원(지속)'의 시간감각을 그 본질로 내포한다.

절의 순서를 뒤바꾸고 몇몇 단어를 소리나는 대로 바꿔 적은 것을 빼고는 크게 수정된 곳은 없다. 그러나 '臾那(유나)'만큼은 예외인데, 발표 당시는 한글로 '순아'라고 적었다. '순아'의 한자 표기가 '臾那'인 셈인데, 이렇게 된 데에는 두 가지의 가능성이 있다. '叟那(수나)'를 오기했을 가능성이 하나라면, 다른 하나는 그가 짝사랑하던 '任幽羅(임유라)'를 염두에 두었을 가능성이다. 아마도 전자가 옳을 듯한데, 최초 발표본과 『서정주시선』에서는 우리말 '순아'로 적혀 있기 때문이다. 이에 따라 여기서는 '臾那'를 '순아'로 읽는다. '임유라'에 대해서는, 서정주, 「속(續) 나의 방랑기」, 『인문평론』, 1940.4, 67~68면 참조. 그리고 '유나'와 '수나'에 대한 명칭 문제에 대한 자세한 논의는, 이 책 제2부의 「서정주 시 텍스트의 몇 가지 문제」, 330~335면 참조.

30) '종합적 기억'은 엄격히 고정되어 있는 개별적인 사실들에 의해 형성되는 일반적 의미의 기억(Erinnerung)과는 달리 종종 의식조차 되지 않는 자료들이 축적되어 하나로 합쳐지면서 형성된다. 이것은 베르그송의 '순수한 기억'이나 프루스트의 '무의지적 기억'과 상통하는 개념으로, 자아와 삶의 본질적 국면에 대한 체험을 의미하는 '진정한 경험'의 토대가 된다. 보다 자세한 내용은 W. Benjamin, 「보들레르의 몇 가지 모티브에 관해서」, 『발터 벤야민의 문예이론』(반성완 편역), 민음사, 1983, 119~125면 참조.

이를테면 "이것이 몇만시간만이냐"는 먼저 "강물은 또 몇천린지"와 함께 삶과 죽음 사이의 아득한 심연을 상징한다. 하지만 그 감탄의 느낌이 지시하듯이, '나'와 '순아'의 신비적 교감을 매개로 현재와 과거, 삶과 죽음의 구분이 무화되고 하나로 뒤섞이는 '생성', 아니 '부활'의 기쁨을 과장되게 표현한 것이기도 하다.

그런데 문제는 자아의 교감 체험이 늘 어려운 것으로 남을 수밖에 없다는 사실이다. "한번가선 소식없든 그어려운주소"에 거주하는 '순아'는 근본적으로 영원한 결여의 존재이다. 그녀로 통하는 '돌문'이 오히려 '형극의 문'이자 넘기 힘든 '벽'('강물')인 것은 이 때문이다. 이런 상황에서 '나'가 '순아'와 지속적으로 만날 수 있는 방법은 두 가지이다. "비수감춘 서릿길에 타며 타며" "내 너를 찾어"가는 고행을 지속하는 것이 하나요, 둘은 거꾸로 "너 인제 모두다 내앞에 오"게 하는 것이다. 두 행위는 '나'와 '순아'의 재회로 마감된다는 점에서 별 차이가 없는 것처럼 보인다. 그러나 전자는 타자 곧 '순아'를 중심에 둔 행위인 반면, 후자는 주체 곧 '나'를 중심에 둔 행위라는 점에서 크게 다르다.

이런 차이는 비단 「부활」에서 뿐만 아니라 미당 시 전체의 어떤 성격과 관련해서도 매우 중요하다. 왜냐하면 미당은 후자의 방식, 자세히는 주체 중심의 동일성을 진정한 경험의 원리로 삼는 경향이 매우 짙기 때문이다. 미당 시에서 점차 은유와 상징이 특권화되고, '영원성'의 시적 표현이 과거의 현재화를 중심으로 이뤄지게 되는 것도 이와 결코 무관치 않다. 그에 따른 타자의 부차화 혹은 수단화는 다른 '순아'들인 '금녀'와 '숙'의 역할과 지위에서도 엿볼 수 있다. '금녀'는 어디까지나 '나'의 귀향을 완성하는 보충물이며, '숙'은 어떤 절대성이 "나를부르는것"을 잠시 매개하는 존재("숙아. 네 생각을 인제는 끊고")일 뿐이다.

진정한 교감은 주체가 타자를 일방적으로 동일화하는 대신 타자를 주체의 일부로 포용하려고 할 때, 다시 말해 자기 내부에 숨어 있는 '타자'가 드러날 수 있도록 자신의 마음과 내면을 열 때야 비로소 성립한다. 이것은 타자성의 체험과 수용이 없다면 진정한 동일성의 체험 역시 있을 수 없다는 것을 뜻한다. 이런 취약점이 「부활」에 끼치고 있는 영향은 의외로 크다. 우선 에피파니 체험의 어떤 제약을 지목할 수 있다. 에피파니는 오로지 '순간'의 생성, 다시 말해 물리적 시간질서를 초월한 '영원한 현재'의 찰나적 현시에 복무할 뿐이다. 그러나 때때로 사람들은 거기서 경험하는 어떤 실재가 영원한 질서로 존재한다고 굳게 믿는다. 그럼으로써 현실을 수직적으로 초월하며, 거기에 기대어 자아의 해방감이나 세계와의 일치감 따위를 구축하려고 든다.

미당의 에피파니 체험이 신비화된 '영원성'의 감각으로 전이되고 있음은 「부활」은 물론 「수대동시」와 「밤이 깊으면」에서도 충분히 확인된다. 이와 같은 전이에서 핵심적인 역할을 담당하는 것은 '노스탤지어(nostalgia)'의 시선이다. '노스탤지어'는 상실의 경험에서 비롯되며, 그런 만큼 재생과 회복의 행위, 그리고 그 행위에 적합한 어떤 대리자나 보상물을 요구한다.[31] 과거를 충만한 시간으로 설정하고 그것을 현재의 일부로 회복하고 보존하는 방식은 그에 대한 전형적인 해결책이다. 「부활」은 이것을 죽은 '순아'의 재생과 회복, 다시 말해 '나'가 있는 현재로의 '귀향'을 통해 표현하고 있는 셈이다.

시의 형식이 벌써 그렇지만, 「부활」은 '나'와 '순아'의 만남을 파국의 가능성을 제외한 생성의 차원에서만 다루고 있다. 이는 파국의 진정한 기원인 '죽음'을 더 이상 기억하지 않겠다는 말이나 다름없다. 「부활」은 보들레르의 「지나가는 여인에게(À Une Passante)」와 곧잘 비교되곤 한다. 군중 모티프, 군중 속 낯선 여인과의 신비한 교감, 그리고 그에 힘입은 '영원성' 체험 따위가 매우 흡사하기 때문이다. 벤야민(Benjamin)은 보들레르가 미지의 여성을 통해 순간적으로 경험하는 사랑의 감정을 "처음 보고 느끼는 사랑의 감정이 아니라 마지막으로 보고 느낄 때의 사랑의

---

31) D. Chakrabarty, "Eighteen Afterword : Revisiting the Tradition / Modernity Binary", *Mirror of Modernity*(S. Vlastos ed.), California uni., 1998, pp.289～290.

감정", 그러니까 '영원한 작별'을 내포한 사랑의 감정으로 보았다. 이것은 "그대 사라지는 곳 나 모르고, 내 가는 곳 그대 알지 못하니"란 구절에 확연하다. 이 파국적인 사랑의 이미지는 보들레르가 익명의 섬으로 정처 없이 떠도는 군중의 본질과 도시에서의 삶이 사랑에 대해 입힐 수 있는 상처를 적확히 꿰뚫었기 때문에 가능했다.[32)]

이와 달리 미당은 군중에 해당하는 "열아홉살쯤 스무살쯤되는애들" 전부를 '순아'와 동일시함으로써 최초의 사랑의 감정만을 돋을새김 하고 있다. 이런 사랑의 기대지평 속에서 순아는 다시는 "그어려운주소"로 돌아갈 수 없다. 소녀들이 있는 한 그녀는 영원히 죽음과 소멸을 유예 받은 채 항상 "내 앞에 오는" 절대적 현존으로 남게 된다. 이것은 당연히 '순아'와 교감하는 자아의 현실이기도 하다. 이런 존재의 영속성에 대한 자각이야말로 '부활'의 핵심적 내용이다. 「밤이 깊으면」의 "나를부르는것"에 대한 환청 체험 역시 동일하게 해석될 수 있다. 다만 차이가 있다면, '소리'의 송신자를 '숙'을 포함한 다양한 존재들로 확장함으로써 그것이 현실에 편재하는 질서라는 믿음을 더욱 굳히고 있다는 정도일 것이다.

「부활」과 「밤이 깊으면」의 유사성은 도시 체험이 세계와의 진정한 교감과 영원성에의 자각을 불러들인 것이 아니라 오히려 그것들에 대한 내적 요구가 도시 체험을 강제한 것이라는 생각마저 들게 한다. 물론 이때의 도시 체험은 매우 역설적인 것이다. 왜냐하면 그것은 도시의 익명성과 개방성이 초래하는 삶의 사물화와 관계의 피상화 같은 재난의 충실한 고지보다는 그런 재난의 '저편'에 서 있을 수 있는 주관성의 강화에 훨씬 소용되기 때문이다. 이 또한 미당 시가 아니면 만날 수 없는

---

32) 이상의 내용은 W. Benjamin, 「보들레르의 몇 가지 모티브에 관해서」, 『발터 벤야민의 문예이론』, 민음사, 1983, 134~136면 참조. 단, 시 제목과 인용 구절은 김붕구가 옮긴 『악의 꽃』(민음사, 1974)을 참조하여 약간 수정했다. 「부활」과 「지나가는 여인에게」의 유사성을 지적한 글로는 황현산, 「서정주, 농경사회의 모더니즘」, 485~486면 참조.

한국시의 특이한 도시 체험 가운데 하나일 것이다. 도시의 개방성을 혁명의 가능성과 결부시켜 사유했던 '네거리의 시인' 임화나 「종로5가」의 신동엽을 떠올려 보면, 존재의 '영원성'만을 오로지 목적하는 그 특이성은 더욱 분명해진다.

「부활」은 미당 시의 신기원에 해당한다. 삶과 죽음의 통합을 통해 존재의 연속성과 확실성을 재차 확인하는 계기가 되었을 뿐만 아니라, 이후 시들의 가야 할 바를 안내하는 방향타로 작용하고 있다는 점에서도 그렇다. 「부활」에서의 교감과 영원성 체험은 그러나 그 실상을 따진다면 매우 불확실하고 불안정한 일회적 사건에 지나지 않는다. 따라서 가장 시급한 과제는 그것들을 일상의 경험으로 확정할 수 있도록 자아의 의식을 더욱 단련하는 일이다.

① 노루야 암노루야 홰냥노루야
뇌발톱에 상채기와
퉁수ㅅ소리와

서서 우는 눈먼 사람
자는 관세음.

서녘에서 부러오는 바람속에는
한바다의 정신ㅅ병과
징역시간과

—「서풍부(西風賦)」(『문장』, 1940.10) 부분

② 깨끗히 두눈이 먼 장님이었다. 少女야 네音聲이 아름다웠었다. 나를 너혼자만 용서한다 하였지

네가 부는 피릿소리도 사실은 들리는 것이었다. 瀟湘江이 흐르는 소리도, 너의 臣下들의 숨소리도, 너의 숨소리도, 똑똑히 똑똑히 들리는 것이었다.

소슬한 巴蜀 — 작은놈아, 작은놈아, 네가 呼吸하는것도 정말은 하늘같은

새파란 空氣니라.

—「살구꽃 필 때」*(『문장』, 1941.4) 부분

「부활」 이후 미당 시는 "나를부르는것" "퉁수ㅅ소리" "피릿소리" "바람", "숨소리" "새파란 공기" 등에서 보듯이 '소리'와 '공기' 이미지를 자주 채용한다는 점에서 특징적이다. 「바다」에 이미 "네구멍 뚫린 피리를 불고"라는 구절이 존재한다는 사실을 환기한다면, 이 일련의 이미지들이 의미하는 바는 명백하다. 거듭되는 말이지만, 자아와 세계의 본질, 시와 삶의 영원성 따위의 절대관념, 그리고 그것들의 자각에 따른 존재의 회복과 재생을 표상하는 것이다. 이들은 현실의 언어로는 완전하게 해명될 수 없다는 점에서 언어 이전, 즉 논리 이전의 존재들이다. 따라서 '소리'와 '공기' 이미지는 논리적으로 완전히 파악할 수는 없지만 실재하고 있음에 틀림없는 그것들의 실체를 드러내는 미적 장치이다.[33)]

물론 위의 시들, 특히 「서풍부」의 '장님' 이미지는 그것들의 불확실성에 대한 자아의 불안을 반영하고 있는 듯이 보인다. 이를 아예 무시할 수는 없겠지만, '시각'의 확실성에 대한 맹종이 초래하는 말 그대로의 '맹목'에 대한 반성으로 해석하는 게 훨씬 적절하다. 과연 미당은 '눈먼' 존재들, 다시 말해 '보다'라는 동사로부터 추방당한 자들을 오히려 영원불변의 '참다운 소리(언어)'를 감각하고 생산할 줄 아는 존재로 그리고 있다. 요컨대 이들은 눈에 보이는 확실성을 희생함으로써 눈으로는 결코 파악되지 않는 진리를 거머쥐는 것이다. 이로써 "벽차고 나가 목메어 울리라"던 '벙어리'의 절박한 소망은 어느 정도 성취된 셈이다.

---

33) 미당은 「서풍부」를 논리성의 초극을 목적으로 초현실주의적 방법에 기대어 쓴 시라고 밝혔다(서정주, 「내 인생공부와 문학표현의 공부」, 『서정주문학앨범』(서정주 외), 웅진출판, 1993, 173~174면). '암노루'와 '눈먼 사람', '자는 관세음' 따위의 상관성이 열은 이미지들의 돌연한 병치, 그리고 전혀 어울리지 않는 "서녘에서 부러오는 바람"과 "정신ㅅ병", "징역시간"의 폭력적인 결합은 현실에서는 파악 불가능한 '소리'의 절대성과 신비스러움을 강화하는 데 크게 기여한다.

그러나 '눈먼' 각성자들은 그들뿐만 아니다. 미당은 이들의 '피릿소리'와 '숨소리'에 특히 주목하고 있는데, 이것들은 시인이자 자연인으로서 미당 자신의 본질을 규정하는 핵심 요소이기도 하다. '귀촉도'에 빗댄 '소녀'의 완전한 '귀향'은 그러므로 시인의 그것을 의미한다. 눈썰미 있는 사람이라면 벌써 눈치챘겠지만, 「살구꽃 필때」의 인용부는 「귀촉도」(『여성』, 1940.5)의 '불귀(不歸)'의식을 완전히 뒤집어 놓은 형태이다. 「귀촉도」가 1937년에 씌어졌다는 미당의 진술(『전집』 3, 186면)을 신뢰한다면,[34] 두 시의 거리는 '탈향'과 '귀향'을 함께 기도한 끝에 결국 '귀향'으로 막을 내린 그 자신의 의식의 극적인 반전과 그대로 일치한다.

다음 시는 그 반전의 실상을 가장 사적이고 내밀한 고백의 형식을 통해 남김없이 드러내고 있다.

> 아조 할수없이 되면 고향을 생각한다.
> 이제는 다시 도라올수없는 옛날의 모습들. 안개와같이 스러진것들의 形象을 불러 이르킨다.
> 귀ㅅ가에 와서 아스라히 속삭이고는, 스처가는 소리들. 머언幽明에서처럼 그 소리는 들려오는것이나, 한마디도 그뜻을 알수는없다.
>
> 다만 느끼는건 너이들의 숨ㅅ소리. 少女여, 어디에들 安在하는지. 너이들의 呼吸의 훈짐으로써 다시금 도라오는 내靑春을 느낄따름인것이다.
>
> (……)
>
> 손가락 끝에 나의 어린 피ㅅ방울을 적시우며, 한名의少女가 걱정을하면 세名의少女도 걱정을하며, 그 노오란 꽃송이로 문지르고는, 하연 꽃송이로 문지르고는, 빠알안 꽃송이로 문지르고는 하든 나의傷처기는 어째면 그리도 잘 낫는 것이였든가.

---

34) 「귀촉도」의 창작 배경 및 발표 사항 등에 대해서는, 이 책 제2부의 「서정주 시 텍스트의 몇 가지 문제」, 324~325면 참조.

정해 정해 정도령아
원이 왔다 門열어라.
붉은꽃을 문지르면
붉은피가 도라오고
푸른꽃을 문지르면
푸른숨이 도라오고
※

少女여. 비가 개인날은 하늘이 왜 이리도 푸른가. 어데서 쉬는 숨ㅅ소리기에 이리도 똑똑히 들리이는가.

무슨 꽃으로 문지르는 가슴이기에 나는 이리도 살고싶은가.

—「무슨꽃으로 문지르는 가슴이기에 나는 이리도 살고싶은가」 부분[35)]

"아조 할수없이 되면 고향을 생각한다"에서 보듯이, '귀향'의식은 삶이 절대 위기에 처하는 순간 저절로 찾아드는 생의 의지 자체이다. 다른 '귀향' 시편에 비해 유난히 삶의 가장 원초적 행위인 '숨ㅅ소리'와 그에 대한 '느낌'이 강조되는 것도 이 때문이겠다. 그러나 그 막연하기 짝이 없는 '느낌'은 자아에게는 하나의 제약이다. 왜냐하면 "오늘도 굳이 다친 내 전정(前程)의석문(石門)앞에서 마음대로는 처리할수없는 내 생명의 환희를 이해할따름"이라는 소극적 의식을 강제하기 때문이다. 이런 '문턱'의식은 생명의 난만한 개화를 크게 방해한다는 점에서 의식의 병일 수 있다.

그런데 미당은 이에 대한 처방책으로 어릴 적 "나의상처기"를 낫게 하려고 동네 처녀들이 치르던 주술의식과 주술요(呪術謠)를 문득 떠올린다. 미래의지의 강화를 통해 자기 한계를 돌파하려던 이전의 경향과는 상당히 다른 모습이다. 그 주술 행위는 노래를 보아 알겠지만 상징적 재생, 곧 부활을 위한 제의의 일종이다. 재생은 존재를 삶의 시초로 다

35) 이 시의 정확한 발표지면과 창작시기는 아직 확인하지 못했다. 이 시는 『귀촉도』의 결시(結詩)로 놓여 있지만, 『서정주시선』에서는 '해방 전 시편 기이(其貳)'에 묶여 있다.

시 데려간다는 점에서 자아의 원초적 본질로의 회귀이기도 하다.

여기서 재생의식(儀式)이 종요로운 까닭은, 그것이 가장 원시적인, 따라서 가장 원초적인 종교 행위 — 샤머니즘과 마법의 언어 — 주술요를 통해 이뤄진다는 사실 때문이다. 이것들은 미신(迷信)이란 말이 환기하듯이 근대 사회에서는 의식의 비합리성과 무지몽매함, 저급하고 비정상적인 신앙 행위에 지나지 않는다. 하지만 시인의 재생 의지는 이런 부정성 때문에 더욱 근본적이고 급진적인 성격을 띠게 된다. 왜냐하면 현실원리에 민감한 성인 자아가 의식이 미분화된 유년기의 주술 체험을 지렛대로 다시 한번 삶을 살려고 하기 때문이다. 이것은 자아의 주체성 혹은 동일성을 합리적 차원이 아니라 생리적 차원에서 다시 파악하고 구축하겠다는 의지와 다를 바 없다.[36] 미당의 '귀향'을 존재의 전환을 가져온 일대 사건으로 규정한다면, 이런 동일성에 대한 의지를 빼놓고는 제대로 된 논의의 성립은 거의 불가능하다.

더욱이 재생 제의는 아직은 긴밀한 연관을 맺지 못하던 '소리'와 '꽃'을 하나로 통합하는 역할도 떠맡고 있다. '소리'와 '꽃'이 이후 미당 시에서 시와 삶의 어떤 본질들, 특히 '영원성'을 표상하거나 매개하는 핵심 이미지라는 점을 생각하면, 이것은 매우 중요한 변화에 속한다. 기실 '노래'를 부르며 '꽃'을 문지르는 주술 행위 자체가 벌써 그 둘을 통합하고 있거니와, 그에 따른 자아의 재생("푸른숨이 도라오고" "붉은피가 도라오고") 속에서 그 둘은 결정적으로 하나가 된다.[37]

그런 점에서 '소리'와 '꽃'은 재생의 도구이면서 본질이기도 하다. 이들의 통합은, 상호 대립체로 흔히 간주되지만 정말은 상호 보충체인 정신과 육체, 추상과 구체, 관념과 실재 등과 같은 이원적 세계의 통합을 의미하기도 한다. 이런 통합적 의식은 '영원성'의 든든한 물적 토대가

36) 김윤식, 「문협 정통파의 정신사적 소묘—서정주를 중심으로」, 『펜문학』, 1993년 가을, 15면.

37) '꽃'과 '붉은 피'의 동일성은 「바다」의 "한낫 꽃같은 심장"에 이미 선명하다.

되는데, 왜냐하면 '영원성' 자체가 비현실의 현실, 혹은 부재 속의 현존이라는 이미지를 그 속성으로 갖기 때문이다.

한편 우리는 미당에 있어 상징적 재생을 통한 존재의 근본적인 혁신이 흔히 지적되는 대로 『귀촉도』(1948) 이후가 아니라 해방 이전에 이미 완결된 사태임을 각별히 유념해야 한다. 비록 발표는 해방 후에 이루어졌으나, 일제의 철권 통치가 절정을 달리던 1943년 가을 무렵 씌어졌다는 「꽃」은 그에 대한 구체적 물증이다.

가신이들의 헐덕이든 숨결로
곱게 곱게 씻기운 꽃이 피였다.

흐트러진 머리털 그냥 그대로,
그 몸ㅅ짓 그 음성 그냥 그대로,
옛사람의 노래는 여기 있어라.

오— 그 기름묻은 머리ㅅ박 낱낱이 더워
땀 흘리고 간 옛사람들의
노래ㅅ소리는 하늘우에 있어라.

쉬여 가자 벗이여 쉬여서 가자
여기 새로 핀 크낙한 꽃 그늘에
벗이여 우리도 쉬여서 가자

맛나는 샘물마닥 목을추기며
이끼 낀 바위ㅅ돌에 텍을 고이고
자칫하면 다시못볼 하늘을 보자.

—「꽃」(『민심』, 1945.11) 전문

미당은 「꽃」을 자신의 시작(詩作) 생활에 한 전기를 가져온 작품으로 강조하곤 했다. 그는 이 시의 모티프를 백자의 색채(色彩)에서 얻었다고 한다. 거기서 "사망한 사람 전체의 호흡이 정기가 되어 나를 에워싸고 있는 것 같은 의식"(『전집』 4, 200면), 다시 말해 "죽은 저 너머 선인들의 무형화된 넋의 세계에 접촉하는 한 문(門)"(『전집』 3, 228면)을 극적으로 조우했던 것이다. 이 환각 체험은 학질 때문에 "아조 할수없이" 된 후 생겨난 생의 의지의 산물이다. 그는 저런 의식의 급전을 나중에 "신은 있다는 자각"으로 설명한 바 있다. 또한 이를 통해 『화사집』의 백열한 육체성 및 도저한 절망의식과 완전히 단절하게 되었으며, 우주적 무한과 시간적 영원을 본질로 하는 "종교적 관점에 의한 역사의식",[38] 곧 '영원성'을 본격적으로 내면화하게 되었다고 밝히기도 했다.

이런 창작 정황을 참조하면, 미당에게 존재의 내적 혁명은 「무슨꽃으로……」에서도 그랬듯이 이른바 '종교적 인간형'으로의 거듭남이었다. 종교적 인간은 초인간적이며 초월적인 모델을 가진 인간존재, 이를테면 신이나 문화영웅, 신화적 조상들을 상정함과 동시에 그들을 모방함으로써 스스로를 진정한 인간으로 창조하거나 성화한다. 그리고 그런 행위가 세계와 타자를 향해 확장될 때 현실의 성화 역시 달성된다.[39]

「꽃」에서 이 사실들을 확인하기란 그리 어렵지 않다. 하늘과 땅, 과거와 현재, 삶과 죽음을 자유자재로 넘나드는 "가신이들", 그리고 그들의 '숨결'이 피워낸 "꽃 그늘" 아래서 그들의 '노래'에 귀기울이는 '우리'. 이렇듯 성화된 현실에서 자아의 유일한 걱정은 "오랜 하눌의 소망"인 "이 검붉은 징역의 땅우에 / 홍수처럼 몰려 오는 혁명"(「혁명」),[40] 곧 '영원성'으로서 '꽃'과 '노래'를 자칫 놓쳐버릴 위험성에 있을 따름이다. 하

---

38) 서정주, 「역사의식의 자각」, 『현대문학』, 1964.9, 38~39면 참조.
39) M. Eliade, 『성과 속―종교의 본질』, 학민사, 1983, 77~78면 참조.
40) 이 시는 좌익 계열의 '조선문학가동맹'이 편한 『3·1 기념시집』(건설출판사, 1946)에 실려 있다. 그러나 해방 후 미당의 행적이나 시창작 경향을 고려하면, '혁명'은 저들이 추구하던 인민민주주의 혁명보다는 '영원성'에 대한 갑작스런 눈뜸을 의미하는 것으로 읽힌다.

지만 중요한 것은 이들 모두는 시의 옷을 입을 때야 비로소 진정한 현실로 확정된다는 사실이다. 따라서 미당에게 종교와 시는 아무런 우열도, 차이도 없는, 동등한 '영원성'의 '샘'이자 '샘물'이다.

종교적 인간과 시적 인간의 통합, 이것이야말로 「꽃」의 제일 가는 의미이자 미당이 그토록 소망하던 '귀향'의 진정한 면모가 아닐 수 없다. 그러므로 미당의 시적 편력은 사실상 여기서 일단락된 것이나 다름없다. 왜냐하면, 이후의 시들은 정도의 차이는 있을지언정 '영원성'을 편재된 질서로 확인하고 조직하는 데에 바쳐지기 때문이다.

하지만 그럴수록 미당 시는 구체적 현실과의 거리를 넓혀갈 수밖에 없게 된다. 이 때문에 우리는 「꽃」 속의 '풍경'을 가라타니 고진[柄谷行人]이 말한 '풍경'에 방불한 것으로 읽고 싶어진다. 「꽃」의 저 황홀한 '풍경'은 '영원성'의 기원을 잊게 만들며, 그럼으로써 그것이 처음부터 외부에 존재하는 객관물처럼 보이게 한다.[41] 그러나 '영원성'은 무엇보다 실존적 수정의 결과 얻어진 일종의 절대관념이다. 「꽃」은 그것을 마치 처음부터 존재한 것처럼 확정하고 구체적으로 형상화한 최초의 시편이다. 이런 의식과 현실의 전도가 아직도 현재진행형인 미당 시의 공과를 둘러싼 첨예한 대립의 한 불씨였음은 긴 설명을 필요치 않는다. 이 또한 「꽃」이, 아니 대개의 '귀향' 시편이 감당하지 않으면 안될 몫 가운데 하나라 하겠다.

---

41) 柄谷行人, 박유하 역, 『일본 근대문학의 기원』, 민음사, 1997, 48면. 그에 따르면, '풍경'은 주위의 외적인 것에 무관심한 '내적 인간(inter man)'에 의해 처음으로 발견되었다. 그러니까 오히려 '바깥'을 보지 않는 자에 의해 '풍경'은 발견된 것이다(같은 책, 36면). 미당은 근대 이전의 지배적 시간의식이던 영원성을 이런 의식의 전도를 통해 새롭게 발견한 것이다. 따라서 미당의 반근대 지향도 결국은 근대적 주체성의 산물일 따름이다.

3. 동양적인 것과 근대의 초극, 그리고 '영원성'

1930년대 중·후반 조선 문단은 자신에게 적합한 시와 삶의 본질을 찾아 탈향과 귀향 사이에서 의식의 고행을 거듭하던 미당의 처지와 사뭇 닮은 데가 있다. '전형기'란 말이 시사하듯이, 이즈음 조선문학은 이념적·미학적 주조(主潮)를 상실한 채 그것을 대체할 만한 새로운 정신과 미학의 모색에 매우 골몰하고 있었다.[42] 여기서 '주조'라 함은 좁게는 리얼리즘에 기반한 프로문학을, 넓게는 1930년대 초반이래 그것의 강력한 대타항을 형성했던 모더니즘 문학까지를 함께 일컫는 말이다. 이것들의 '주조'로서의 지위 상실은 여러모로 의미심장하다. 조금 거칠게 말하자면, 이것들은 근대의 미학적 반영물, 그러니까 개항이래 우리 신문학자들이 진보의 표상이요 그래서 모방의 대상으로 삼았던 서구의 완미한 근대성 속에서 태어나고 자란 미학적 형식이다. 그것들의 퇴조는 따라서 근대성 이념의 권위를 실추시키고 근대성 지향의 관행을 위태롭게 할 만한 모순이 매우 격심해졌다는 사실을 역설적으로 의미한다.[43]

이런 사태를 반영하는 당대의 유력한 미학적 경향으로는 '조선적인 것' 내지 그것의 확장으로서 '동양적인 것'에 대한 탐구와 재현의 노력을 들 수 있다. 그 목적은 세계사적인 파시즘의 발호와 일제의 급속한 군국주의화로 인해 심화된 근대성 일반에 대한 회의 및 지성의 패퇴가 몰고 온 주체의 위기를 넘어서는 데 있었다. 다시 말해, 서구적 근대에 의해 억압되고 주변화되어 있던 '조선적인 것'을 다시 복원하고 계승함으로써 자기동일성을 유지·보존하려던 주체의 기획이었던 것이다. 이

42) '전형기'와 관련된 비평적 논의는 김윤식, 『한국근대문예비평사연구』, 제II부 '전형기의 비평' 참조.

43) 황종연, 「한국문학의 근대와 반근대」, 동국대 박사논문, 1991, 9면. 이어지는 '고전부흥론'과 '동양문화론'에 대한 검토도 같은 논문의 여러 곳에서 도움을 받았다.

작업은 개아(個我)의 동일성의 '기원'으로 '민족'이란 대주체의 호명을 필요조건으로 한다는 점에서 필연적으로 문화적 민족주의의 형태를 띨 수밖에 없다. 이 때문에 민족적 기원과 경계의 확정, 타민족과 변별되는 민족의 고유성과 특수성의 발굴, 그리고 개인들이 민족을 운명공동체로 상상하도록 하는 민족의식의 앙양 따위가 초미의 관심사로 된다.

'고전부흥론'과 '동양문화론'의 형태로 제출된 '조선적인 것', 즉 '조선주의'의 층위는 그러나 실로 다양해서 하나의 틀로 묶는 것은 거의 불가능하다. 이를테면 조선적인 것=순수한 것이란 배타적 국수주의와 퇴영적 복고주의와 같은 전체주의적 민족문화론에 깊이 물든 백철의 '풍류론'이 있는가 하면, 은폐된 동양의 재발견을 강조하면서도 그것이 역사적 자각과 시대의식의 연소를 거친 과학적 창조력으로 거듭나기를 제안했던 김기림의 '동양문화론'도 있다. 그 한계들을 일단 괄호 친다면, 조선주의와 동양문화 담론의 긍정적 기여는 황종연의 지적대로 '조선인' 혹은 "동양인의 문화체험을 개인적 정체성의 조건으로 수용"하게 함으로써, "서양적 모델의 근대에 대한 부정의 계기"를 마련했다는 사실에 있을 것이다.

미당 역시 당대의 문화적 기류와 긴밀히 연동되어 있음은 「수대동시」와 「엽서」 등이 증명한다. 이미 지적했듯이, 자아의 '귀향'의 전제조건으로서 제시된 '사투리'와 '고구려' 따위는 그대로 민족의 때묻지 않은 원초성과 시간을 초월한 영속성을 강력히 환기한다. 그리고 민족의 고유성과 특수성에 대한 자각은 그대로 보들레르와 베를렌느로 대표되는 '서양적인 것'에 대한 거부와 단절로 비약되고 있다. 물론 1930년대 후반 미당의 시적 전회는 저런 담론들의 영향보다는 가장 익숙한 것, 그래서 자아의 정신과 정서를 가장 잘 드러낼 수 있는 어떤 것에 대한 관심의 결과인 듯이 보인다.

가령 그가 제시하는 '조선적인 것'의 범주는 어떤 문화적 윤색과 번안이 거의 없는 날 것 그대로의 실제 '고향' 혹은 당대 현실인 경우가 대부분이다. 더욱이 그것들은 대체로 불분명한 대로 '영원성'의 계시와 자각이라는 자아의 갱신에 소용되고 있을 따름이다. 이런 인상은 특히 그의 유례 없는 미학적 독특성 때문에 더욱 견고해지는 면도 없잖다. 하지만 과연 그렇게만 볼 수 있을까. 이에 대한 구체적인 답은 조금 뒤로 미루고, 먼저 '조선주의' 담론의 역사적 지위를 잠깐 짚어본다.

'조선적인 것'의 정당한 인식에 새로운 기운을 불어넣은 '고전부흥론'과 '동양문화론'은 일본의 압도적 간섭과 영향 아래 펼쳐진 식민지 조선에서의 논의였다는 한계와 불행을 처음부터 안고 출발한 담론이었다. 가령 1930년대 초반부터 본격화된 일본의 '일본적인 것'에 대한 관심은 이미 몰락에 들어선 서구적 근대를 뛰어넘는 더 높은 단계의 문화유형에 대한 관심에서 촉발된 것이다. 요컨대 아시아에서 유일하게 탈아입구(脫亞入歐)에 성공했다는 자신감 아래 서구와 대별되는 일본의 특수성과 고유성을 '문화'[44]의 맥락 안에 포섭하기 위한 논의였다. 그러나 '일본으로의 회귀' 담론은 '동양적'이며 '일본적'인 가치의 재발견에 주력하는 대신 그것을 세계의 또 다른 보편으로 초과 상상하기 시작하면서 결국은 '대동아공영권' 논리를 뒷받침하는 이념적·미학적 토대로 급속히 타락하고 만다. 1942년 7월 23~24일에 '지적협력회의(知的協力會議)'란 고급한 명목으로 개최된 뒤 같은 해 『문학계(文學界)』 9월호와 10월호에 나눠 수록된 '근대의 초극'[近代の超克] 좌담회[45]는 그런 보편에의 욕

44) '문화(culture)'란 말은 근대의 실현에 뒤쳐졌던 독일이 영국, 프랑스 같은 선진 자본주의가 자기 표상으로 삼던 '문명(civilization)'에 맞서 자기를 주장하기 위해 새롭게 고안한 말이다(西川長夫, 윤대석 역, 『국민이라는 괴물』, 소명출판, 2002, 101~114면 참조). '문명'은 대체로 정신적·물질적 진보를 표상하는 데 비해, '문화'는 교양이나 지적, 예술적 활동과 그 산물, 독특한 생활방식과 같은 정신적 가치를 나타낸다. 일본 역시 문명을 문화 개념과 대립시킴으로써 문명을 제공한 서구를 상대화하고 자신의 문화적 고유성과 우월성을 확보함으로써 서구와 동등한 지위를 다투고자 했다.

45) '근대의 초극' 좌담회는, 니시다 기타로[西田幾多郎] 중심의 교토[京都]학파가 『중앙공론(中央公論)』에서 열었던 '세계사적 입장과 일본'이란 좌담회와 함께, 일제의 대동아공영권 건설과 태평양전쟁을 위한 '총력전'에서 '사상전'의 일익을 담당한 악명 높은 회의로 흔히 간주된다. 마르크스주의 미학의 붕괴이래 일본문학의 중심에 섰던 『문

망을 향한 미학적 승인을 대표한다.

'조선적인 것'에 대한 논의 역시 이 흐름을 타고 전개되었고 또 해소되어 갔음은 물론이다. 무엇보다 『문장』파를 비롯한 몇몇 경우를 빼고는, '조선주의'를 적극 주창했던 많은 사람들이 '일본주의'의 '크낙한 꽃그늘' 아래 스스로를 맡김으로써 새로운 '문화인'의 반열에 올라서고자 했다는 역사적 사실이 그것을 증명한다.

서정주의 '귀향'이 '조선주의' 담론과 어떤 식으로든 연관되어 있다고 할 때, 일본시인 미요시 다츠지(三好達治, 1900~1964)는 매우 주목되어 마땅한 존재이다. 미당은 '창피한 이야기'란 제목 아래 친일의 과오를 고백하는 가운데 미요시에 대해 가졌던 호감을 밝혀놓았다. "미요시 타츠지는 나도 좋아서 한동안 읽은 일이 있는 당대 일본의 제일 좋은 시인 중에 하나였다"(『전집』 3, 241면). 미당의 미요시에 대한 애독과 호감은 과연 어디서 비롯한 것일까.[46] 이에 답하려면 간단하게나마 미요시의 문학적 생애를 검토할 필요가 있다.

그는 고교시절 니체와 투르게네프(Turgenev), 야성적인 인간추구와 감상(感賞)적 묘사로 유명한 무로우 사이세이[室生犀星]의 시집, 호리구치 다이가쿠[堀口大學]가 서구 상징주의 시를 번역한 『월하의 일군[月下の一群]』 따위를 탐독하며 문학적 소양을 쌓았다. 도쿄[東京]대 불문과 진학은 그런 취향이 반영된 결과일 것이다. 졸업 후, 1928년에는 쇼와[昭和] 시단

학계』 그룹과 '일본적인 것'의 탐구에 가장 열심이었던 『일본낭만파』 그룹, 그리고 동아협동체의 철학적 근거를 제공했던 교토학파가 주로 참석했다. 좌담회의 전모는 이경훈 역, 「근대의 초극 좌담회」(『다시 읽는 역사문학』(한국문학연구회 편), 평민사, 1995)에서 확인할 수 있다. 참조로 가라타니 고진은 「近代の超克」(『戰前の思考』, 文藝春秋, 1994)이란 글에서 독일—철학과 프랑스—미학의 대립틀로 교토학파와 『문학계』 그룹의 분리를 시도하고 있다. 그는 고바야시 히데오[小林秀雄] 중심의 『문학계』 그룹이 대동아공영권 논리와 태평양전쟁을 철학적으로 기초지은 교토학파를 오히려 미학의 관점에서 비판하면서 '문학적 자유주의'를 최대한 실현하고 있다는 자못 흥미로운 견해를 보인다.

46) 미당과 미요시의 관계를 본격적으로 거론한 최초의 글로는 박수연, 「절대적 긍정과 절대적 부정」(『포에지』, 2000년 겨울)을 들 수 있다.

에 모더니즘, 특히 초현실주의 선풍을 불러일으킨 『시와 시론[詩と詩論]』(1928~1931)의 창간과 성장에 주도적 역할을 담당했다. 또한 1934년에는 모더니즘에 대한 일정한 반성 위에서 지성적인 미의식과 순수서정시의 확립을 목표로 하는 제2차 『사계(四季)』(1934~1944)의 동인이 되었다. 그리고 '일본으로의 회귀'를 적극 주창하며 근대문명에 심한 거부반응을 보였던 『일본낭만파(日本浪漫派)』(1935~1938)[47]의 일원이 된 때는 1937년이었다. 1938년에는 대학 동창 고바야시 히데오가 주도하던 『문학계』에도 편집동인으로 이름을 올린다. 그런 가운데 1930년에는 쇼와 초기의 획기적인 명시집으로 평가되는 『측량선(測量船)』을 첫 시집으로 냈고 『파리의 우울[巴里の憂鬱]』(1929)과 『악의 꽃[悪の華]』(1931)을 차례로 번역했으며, 1943년에는 다수의 '국민시'를 수록한 『한탁(寒柝)』(1943)을 상재했다.[48]

이런 약력은 그가 일본이 태평양전쟁에 패하기 전까지는 쇼와 시단의 중심부에 줄곧 머물면서 일본 근대시의 방향전환에 주요한 역할을 담당했음을 여실히 증명한다. 사실 1930년대 일본 근대시의 궤적은 같은 시기 우리시의 그것이었다고 해도 크게 틀리지는 않는다. 가령 프로시의 위축, 혹은 프로시에 대한 반발이 촉진한 모더니즘과 초현실주의의 활성화, 이후 시대상황과 맞물린 서구시에 대한 반성 및 순수 서정

---

47) 야스다 요쥬로[保田與重郎]와 가메이 가츠이치로[龜井勝一郎]를 주축으로 결성된 동인지로, 프로레타리아문학이 궤멸된 뒤 급속하게 대두된 낭만주의적 경향에 고무되어 시정신의 고양과 고전부흥을 적극 주창했다. 이들의 핵심적 성격은 "『일본낭만파』 속에는 일본주의, 복고, 공동체를 향한 열망, 합리주의에 대한 회의 모두가 각각의 요소로 존재하지만, 무엇보다 『일본낭만파』를 『일본낭만파』답게 하는 특색은 그것이 과격한 낭만주의였다는 점"이란 다케우치 요시미[竹内好]의 말에 잘 드러나 있다(竹内好, 「近代の超克」, 『近代の超克』(竹内好 編), 富山房, 1979, 328면).

48) 한때 사관후보생으로 함경도 회령에서 근무하기도 했던 그는 1940년 9월 조선 각지를 여행하면서 조선에 관한 여러 편의 수필을 썼다. 「조선에서[朝鮮にて]」(『문학계』, 1940.11), 「경성박람회에서[京城博覽會にて]」(『문학계』, 1940.12) 등이 대표적인 예이다. 또한 총5회에 걸쳐 김삿갓에 대한 글인 「담박시인 김립에 대하여[潭泊詩人金笠について]」를 『문학계』(1941.4~6·8·10)에 연재하기도 했다.

시로의 회귀, 그것의 한 원형이자 궁극적 지향으로서 민족적인 것의 재발견이란 경로를 떠올려 보라.

그러나 여기서 미요시를 문제삼는 첫째 이유는 미당이 걸은 시적 행보와의 유사성 때문이다. 미당 역시 상징주의를 『월하의 일군』에서 배웠고, 『시와 시론』 통해 초현실주의의 감각을 익혔다.[49] 경향파와 기교적 모더니즘에 대한 거부, 니체와 보들레르에게서 사사한 '양의 육체성'을 방랑한 끝에 시의 순수와 영원의 터전으로 성별(聖別)된 '고구려'와 '사투리'로 '귀향'한 면모는 또 어떠한가.

하지만 그 영향 관계를 과장하여 마치 미당이 아무런 자의식 없이 미요시의 뒤를 그대로 좇은 것으로 오해할 필요는 전혀 없다. 이식의 관점은 외국문학의 영향과 교섭 아래 형성되고 생산되는 자국문학을 늘 결여의 형식으로 바라보게 한다. 그럼으로써 문화적 혼종(hybrid)으로서 그것이 성취한 새로움과 역동성 모두를 가치절하하고야 만다. 더욱이 의식의 유사성이 반드시 시의 유사성으로 직결되라는 법은 없다. 그들 각자의 시대와 문학 환경을 충분히 헤아리면서, 그들이 성취한 시의 내실을 헤아리는 게 훨씬 현명하고 유익한 태도이다. 이는 미당과 미요시를 마주 세울 때도 잊지 말아야 할 덕목이다. 미당의 미요시에 대한 호감은 따라서 뒷사람이 의도하지 않은 닮은꼴을 앞사람에게서 문득 발견하고는 그를 계속 주시하게 되는 그런 감정으로 파악하는 편이 보다 올바르겠다.

미당의 '호감'은 그러나 자신의 '귀향'을 '대동아공영권'의 건설을 위한 '근대 초극'의 관점에서 상상하는 순간 평생을 옥죄는 올가미로 돌변한다. 그 사실 관계를 직접 확인할 수는 없게 됐지만, 꽤나 자발적인 것으로 보이는 미당의 '국민문학'과 '국민시'에 대한 투항이 미요시의 글을 참조한 가운데 이루어진 정황을 엿볼 수 있기 때문이다. 미당은

49) 서정주, 「내 인생공부와 문학표현의 공부」, 173면.

최재서의 권유로 인문사에 입사한 뒤인 1943년 가을에 처음으로 친일시를 썼으며, 이후 '국민문학'의 대열에 본격적으로 합류하기 시작했다고 밝힌 적이 있다. 일본어로 창작된 「항공일에[航空日に]」가 『국민문학』 1943년 10월호에 실렸으니 이 기억은 옳다.[50] 그러나 그의 '국민문학'에 대한 참여는 1년여 전에 쓴 「시(詩)의 이야기—주로 국민시가(國民詩歌)에 대하여」(『매일신보』, 1942.7.13~17)에서 벌써 선언되고 있다.

우리는 이 글에서 3개월 앞서 발표된 미요시의 「국민시에 대하여[國民詩について]」(『문예춘추(文藝春秋)』, 1942.4)의 그림자를 강하게 느낀다. 물론 최재서 주재의 『국민문학』이 1941년 11월에 창간된 것을 고려하면, 딱히 미요시의 영향으로 단정지을 수 없을지도 모른다. 그러나 미당의 글 이전에는 '국민시'에 대한 본격적 논의가 거의 없었다는 사실, 그리고 「시의 이야기」의 체계와 주장하는 바가 미요시의 글과 상당히 유사하다는 점은 두 글의 연관성을 부인하는 어떤 노력도 힘겹게 한다. 먼저 미요시의 글을 개략적으로나마 살펴본다.

> 수많은 곤란과 낯설음 앞에서, 게다가 잠시의 정지와 휴식도 허락되지 않는 때에, 우리 국민들에게 새로운 특수한 국민도덕이 극도로 요구되고 있다는 것은 처음부터 정해진 자연의 이치였다. 또한 그 국민도덕은 실은 쉽사리 뭐라 말할 수 없는, 결코 단순치 않은 내용을 지녀야 하며, 앞으로는 한층 복잡다단한 내용을 반드시 가져야만 하는 방향으로 급속히 진전돼야 한다는 것도 짐작하기에 어렵지 않다. 이런 때를 맞이하여 도덕 중의 도덕이라고 불러야 할 하나의 통일적인 감정이 강력하게 요청되는 것은 강고한 단체생활을 희망하는 민족, 즉 가장 자연스럽고 당연한 집단으로서의 욕구이다. 그것을 벌써 격렬하게 욕망하고 또 자진하여 그에 응하려는 것은, 적어도 한 민족 가운데서 시인으로

---

50) 실은 미당은 위의 고백을 담은 「천지유정」 제9장 '창피한 이야기들'(『전집』 3, 238~243면)에서 1943년을 1944년으로 착각하고 있다. 그는 1943년 9월부터 12월까지 시 · 소설 · 수필을 망라해 총8편의 '국민문학'을 생산한다(작품목록은 김재용 정리, 「친일문학 작품목록」, 『실천문학』, 2002년 가을 참조). 『국민문학』과 『국민시가』 편집을 호구지책 삼은 대가치고는 상당히 혹독한 글노동이었다.

> 선택받은 자의 직무이며, 그렇기에 시인들의 광영이기도 한 것이다. (……) 그 것(국민시—인용자)은 실로 예의 웅변술로서는 충분히 그 과제를 수행할 수는 없다. 오히려 앞서 말한 시 본래의—예술 본래의 저 '감각'을 투과(透過)하고, 이를 시작으로 단체로서의 민족의 격렬한 욕구에도 호응할 수 있는 이치여야 한다.[51]

그에 따르면 '고쿠민시(國民詩)'는 태평양전쟁이란 미증유의 고난에 처한 나라의 장래를 도모하기 위한 계획적인 문화운동이자, 전선총후(戰線銃後)의 직접적이고 전진적(前進的)인 시적 실천이다. 그리고 '국민시'의 가장 시급하고 중요한 과제는 새로운 '국민도덕'에 대한 요청에 성실히 화답하는 일이다. 이에 대해 그는 성급히 모범답안을 제출하는 대신, 일본 근대시의 반성을 통해 '국민시' 출현의 필연성과 정당성을 먼저 논한다. 그러면서 현재의 '국민시'가 처한 약점, 이를테면 작자의 견실하지 못한 일상생활, 질박하지 못한 정조, 불확실한 윤리감의 부분적인 반영, 우원(迂遠)하고 산만한 지성의 발걸음 등을 질타해마지 않는다. 기실 저런 단점들은 서구시의 수입과 이식에 급급했던 일본 근대시가 초래한 재앙이었다. 하지만 '신체제'에 걸맞은 새로운 '국민도덕'의 계발과 정착을 목적하는 '국민시' 대개도 그런 악풍과 폐습에 오염되어 있기는 마찬가지라는 것이다.

이런 '국민시'를 구원하기 위해 그가 내리는 처방은 의외로 간단하다. 시 본래의 '감각'에 충실하라는 지적, 다시 말해 "국민시도 역시 시가이다. 따라서 결코 시가의 울타리를 벗어나서는 안 된다"는 충고이다. 이때 시 본래의 '감각'이란 단순히 언어나 감정의 세밀한 조탁 따위만을 의미하지 않는다. 일본 근대시의 병적 상태가 "자연스런 발육개화의 시기를, 그 진정한 청춘시대를, 그 만엽시대(萬葉時代)를 과거에 풍성히 누리지 못한" 결과 생겨났다는 그의 판단은, 그 '감각'이 무엇을 기준 삼

51) 三好達治, 「國民詩について」, 『文藝春秋』, 1942.4, 166면.

고 목표했는지를 명백히 한다.

이 시기 '일본주의'의 근간은 『고사기(古事記)』·『일본서기(日本書紀)』·『만엽집(萬葉集)』 등의 고전탐구에서 구해졌다. 특히 미요시가 속해 있던 『일본낭만파』는 서구적 근대에 오염된 일본정신의 치유와 회복, 그리고 새로운 일본의 건설이 저런 전적(典籍)이 산출된 고대 일본으로 회귀함으로써만 가능하다고 보았다. 요컨대 천황을 정점으로 한 정교(政教)일치의 서사시적 과거를 비유하는 말이 '만엽시대'인 것이다. 그들에 따르면, 이 시대는 '사(私)'를 죽임으로써 공동체를 살리고 그 전체에서 모두가 사는 국가 윤리성이 온전히 구현되던 '청명심(清明心)'의 절정기였다.

이로써 새로운 '국민도덕'의 의미 역시 거의 드러난 셈이다. 일본정신의 핵심으로서 멸사봉공(滅私奉公)의 자세를 확립하는 일이 그것이다. 하지만 미요시에게 '만엽시대'는 그저 회복하면 그만인 신성한 과거가 결코 아니다. 그것은 '국민시'와 지금의 일본정신이 궁극적으로 도달하지 않으면 안될 미래의 시간성이다. 그래서 그에게는 황홀한 '과거성'에만 오로지 몰입하고 집착하는 일보다는, 거기에 구현된 일본정신을 현재화하고 미래화하는 작업이 가장 중요해진다. 이것이 고전을 대하는 그의 일관된 입장이었음은 '근대의 초극' 좌담회에 앞서 제출한 「약기(略記)」[52]와, 「약기」의 내용만을 재차 강조하는 것으로 좌담회를 마치는 태도에서 충분히 확인된다.

하지만 이미 『만엽집』 혹은 '만엽시대'를 시간을 초월해 영속하는 절대가치로 고정시킨 가운데 펼쳐지는 그의 주장은 필연적으로 역사의 심미화를 초래할 수밖에 없다. 고바야시 히데오의 "역사가 고전으로 보이는 그곳, 예술가가 무언가를 창조하는 입장은 반드시 옛사람의 자취가

52) "일본정신은 일본국의 역사, 일본국민의 생명과 함께, 실은 과거에 발족하여 현재도 시시각각 스스로를 실현하며 내일을 향해 나날이 성장발전하고, 먼 장래의 전방에서 그 미래의 이상형태가 예상되는―심사숙고 끝에 정해지는 것이어야만 한다."(三好達治, 「略記」, 『近代の超克』(竹內好 編), 富山房, 1979, 141면)

남아 있는 궤범(軌範)적인 것으로 경험되는 입장이므로, 그런 곳에서는 시간도 발전도 없어지는 것입니다"[53]라는 지적은 그것을 상징적으로 대변한다. 고바야시의 말 속에 미요시가 그토록 강조한 고전의 미래성과 창조성, 그리고 '근대 초극'의 진정한 의미 역시 담겨 있음을 눈치채기란 어렵지 않다.

이런 류의 예술과 삶의 영원에 대한 비전 앞에서 구체적 현실은 언제나 실종될 수밖에 없다. 더군다나 그 절대미의 세계는 일본 중심의 동양적 '전체성'을 세계사적 보편성으로 끌어올리고자 했던 군국주의자들의 공동환상이기도 했다. 이런 공동환상이야말로 정치와 예술의 서슴없는 야합을 초래한 근본 원인일 터이다. 그러나 그것이 다다른 최후의 자리는 "인류 스스로의 파괴(전쟁-인용자)를 최고의 미적 쾌락으로 체험하도록 하는"[54] 광기와 야만의 존재론이었다.

미당이 「시의 이야기」[55]에서 '국민시가(國民詩歌)'를 화제로 올리는 방법은 미요시의 그것과 상당히 유사하다. 미당 역시 한국 근대시의 반성으로부터 논의를 시작한다. 그 내용을 정리하면 '얻은 것은 개성과 독창이요 잃은 것은 보편과 일반이다'라는 정도가 될 것이다. 그가 보기에 한국 근대시는 "생명이 유동하는 순간 순간에서 일(一)의 자기의 언어, 자기의 색채, 자기의 음향만을 찾아 헤"맸고, 그 결과 "할 수 없는 무질서와 혼돈 속에서 작가들은 아무와도 닮지 않는 자기의 유령(幽靈)들을 만들어 놓고 또 오래지 않아서는 자기가 자기를 모방하"는 잘못에 들려 있다. 근대시의 유일한 기여는 시인을 자기의 상실과 그것의 악순환에 묶어놓은 것밖에 없다는 뜻인 셈이다. 이런 악풍과 폐습은 전적으로 "자기 감정의 노골한 토로나 대상에의 조급한 자기 소회(所懷)"를 함부

53) 小林秀雄, 「'近代の超克' 座談會(第二日)」, 『近代の超克』(竹內好 編), 231면.

54) W. Benjamin, 「기술복제시대의 예술작품」, 『발터 벤야민의 문예이론』, 민음사, 1983, 231면.

55) 여기서 인용하는 「시의 이야기」는 『친일문학작품선집』 2(김규동 편, 실천문학사, 1986), 287~292면을 따른다.

로 발산한 결과이다.

질시와 열등감 속에서도 반드시 따라야만 하는 모범으로 숭앙하던 서구 근대시의 개성과 독창성을 타자와의 소통을 일체 거절하는 유아(唯我)론적 편협성으로 상대화, 아니 특수화하는 순간, 그 동안 그것에 의해 억압되고 타자화되어 있던 '동양 시가'의 귀환은 이미 시작된 것이나 다름없다. 과연 그는 "같이 살자는 말, 벌써 자기의 것과 같은 것은 고집하지 않겠다는 말, 한 수의 시가로 하여 될 수 있으면 자네들의 호흡을 항상 순조롭게 들려줄 수 있는 언어의 보편성, 시가의 보편성"을 당연하다는 듯이 '동방의 시인'들에서 확인하고 있다.

여기서 우리는 그것의 역사성이나 현재의 지위를 전혀 고려함 없이 자신에게 익숙하고 고유한 것에 어떤 절대성을 부여함으로써 그것을 오히려 보편과 일반으로 상상하는 관념의 조작을 읽는다. 그와 동시에 '근대의 초극'이란 괴물 역시 '동양'이란 일정 지역의 원리에 불과한 '동양적 전체성'을 세계를 지배하는 보편원리로 초과 상상함으로써 발생한 것임을 다시금 떠올린다. 강상중은 '근대의 초극'에 대해 "서양=근대를 대립항으로 놓지 않으면 자신의 정체성을 확립할 수 없었던 근대 일본의 분열이 만들어낸 '상상의 공동체'에 불과"하다고 갈파한 바 있다.[56] 이 말은 미당이 '동양 시가'를 보편과 일반으로 절대화하는 태도에도 얼마간 돌려줄 수 있겠다.[57] 왜냐하면 이로 인해 그는 익히 잘 알려진 바의 의식의 혹독한 파탄을 피할 수 없게 되기 때문이다.

미당의 '동양 시가'로의 귀환은 미요시가 그랬듯이 새로운 '국민시'의

---

56) 강상중(姜尙中), 이경덕 외역, 『오리엔탈리즘을 넘어서』, 이산, 1997, 178면.

57) "우리의 선인들의 누가 대체 랭보와 같이 자기의 바지에 구멍이 난 것을 싯(詩)줄 위에 얹었으며, 보들레르와 같이 보기 싫은 유리장수의 등떼기에 화분(花奔)을 메어붙인 것을 글로 쓴 것이 있었던가"는 발언은 그런 점에서 의미심장하다. 시적 정체성 형성에 크게 영향을 끼친 그들을 적극 거부함으로써 그는 자기동일성을 새롭게 확보하는 동시에 '동양'으로도 성공리에 귀환하는 셈이다. 이런 의식의 전도는 이미 「수대동시」와 「엽서」에서 경험한 것이다. 위의 문장은 따라서 산문의 논리를 통해 무의식적이고 불투명한 데가 있던 과거의 시적 경험에 충분한 확실성을 부여하려는 의도의 소산으로도 읽힌다.

창출을 목적으로 하는 일종의 미래적 행위이다. 따라서 '동양 시가'의 재래적 일반성과 보편성은 목하 형성중인 '국민시'에 적합한 외연과 내포의 확장을 거칠 필요가 있다. 이런 요청에 대해 미당은 새로운 '국민시가'의 요건으로 두 가지 사항을 특히 강조한다. '국민시가'는 무릇 "개성의 삭감(削減), 많은 사상의 취사선택과 그것의 망각, 전통의 계승 속에서 우러나는 전체의 언어공작"[58]이자 "일부의 식자나 국한된 독자를 대상으로 하는 시가가 아니라 민중 전체에게 주어야할 시가"여야 한다는 규정이 그것이다. 이것은 기실 근대 이후 정착된 일반적 의미의 '국민문학', 곧 '민족문학' 개념에 그대로 귀속될 수 있는 내용에 해당한다.

미당 자신이 예로 든 것처럼, 괴테(Goethe)나 푸쉬킨(pushkin)이 '국민시인'으로 불리는 까닭은 그들이 자국(自國)의 전통에 대한 열렬한 탐구와 심도 깊은 이해를 통해 민족문학의 한 전통이 될 수 있는 노작을 생산했고, 그를 통해 국민성 향상에 공헌하였기 때문이다. 더군다나 이들은 서구 근대문명의 원류 가운데 하나인 헬레니즘 문화에 대한 교양과 지식을 자국 민족문학의 형성과 발전에 창조적으로 변용함으로써 민족적인 것과 세계적인 것의 결합이 어떻게 가능한가를 몸소 보여준 존재들이다.

이런 노력들에 힘입어 변방에 뒤처져 있던 독일 문학과 러시아 문학

58) 이를 위해 미당은 '시의 언어'에 대해 다음과 같은 태도를 취할 것을 특히 강조한다. "(……) 여기에 비로소 시인의 직책이 생기는 것이다—시인은 이러한 정신의 전투 사이에서 조금도 비겁해서는 안 되는 것이다. 무능한 속세의 (말이란 이렇게 부족하다) 언어의 잡초무성한 삼림을 헤매면서 일(一)의 태초의 말씀에 해당하는 언어의 원형을 찾아내어 내부의 전투의 승리 위에 부단히 새로 불을 밝히는 사람, 이것을 또한 분화(噴火)할 수 있는 능수(能手)를 이름인 것이다. (……) 아까도 말했지만 시는 무엇보다도 먼저 언어의 문제인 것이다. 그것은 마치 자네의 최애(最愛)의 애인에게 꼭 한 마디만 하고 싶은 말을 찾아서 청춘의 대부분을 소모해야 하는 애정의 숙명과 꼭 같은 것이다." 미당 역시 미요시처럼 "국민시도 역시 시가이다"란 명제를 올곧게 주장하고 있는 셈이다. 하지만 이런 태도를 미요시의 영향으로 볼 필요는 전혀 없다. 미당은 이를테면 「램보오의 두개골」에서 보았듯이 시작(詩作) 초기부터 시의 절대란 저런 언어의 모험을 통해서만 성취될 수 있다고 믿었다.

이 세계성과 현대성, 보편성과 일반성을 획득함과 동시에 근대 서구문화의 당당한 주역으로 거듭나게 되었음은 대체로 인정할 만한 사실이다. 이 또한 '문화'의 능동적 전유를 통한 '문명'의 상대화 혹은 초극의 기획이라 할 수 있겠다. 물론 귀축영미(鬼畜英米)의 타도를 목표 삼은 태평양전쟁의 영향도 있겠지만, 미당이 이상적인 '국민시인'의 예로 독일의 괴테와 러시아의 푸쉬킨을 거론한 것도 그런 문화적 욕망과 전혀 무관치만은 않을 것이다.

민족과 세계, 특수와 보편을 한데 아우른 '국민문학(시가)'을 향한 미당의 열망은 당시까지의 한국 근대문학사에 비추어 봤을 때 충분히 이해될 만한 것이다. 1920년대의 '국민문학론'은 말할 것도 없지만, 앞서의 '고전부흥론'과 '동양문화론' 역시 조선적 특수성에 충실한 '국민문학'의 건설과 성취란 문학사적 과제와 긴밀히 연관되어 있는 것이다. 미당은 '국민시가'가 특히 민중, 곧 민족의 가장 기저를 이루는 집단의 양식으로 주어져야 한다고 주장한다. 이는 예술과 교양의 '보편화' 혹은 '민주화'라는 근대문화의 이념에 상당히 부합하기조차 한다.

그러나 미당의 착오와 불행은 새로운 '국민시가'의 내적 근거와 가능성을 오로지 동양적 전체성의 견지에서, 그리고 동양의 심미화를 통해 추구했다는 점에 있다. 물론 이때의 문제는 '동양'만을 고려에 넣었다는 사실보다는 당시 현실에서 '동양'이란 말이 필연적으로 내포할 수밖에 없었던 의미의 이데올로기 때문에 발생하는 것이다. 다음 글에는 이런 사실들을 이해하기에 충분한 내용들이 담겨 있다.

> (……) 국민문학이라든가, 국민시가라는 말이 기왕에 나왔거든 이제부터라도 전일(前日)의 경험(서구시의 맹목적 추종이 주체의 상실을 초래한 근대시의 오류—인용자)을 되풀이하지 말고, 정말로 민중의 양식이 될 수 있는 시가 내지 문학을 만들어내기에 일생을 바치려는 각오를 가져야할 것이다. 이것은 심히 전통의 계승—동방전통의 계승과, 보편성에의 지향과 밀접한 관계가 없을 수

없다. (……) 서구 제국의 문화가 그 근원에 있어서는 조금씩이라도 모두 희랍・로마(羅馬) 문화의 혜택에서 출발하는 것처럼, 동양의 정신문화라는 것은 그 전부가 근저에 있어서 한자(漢字)를 중심으로 하는 일환(一環)의 문화를 운위하는 것임은 두말할 필요도 없다. 동아공영권(東亞共榮圈)이란 또 좋은 술어(述語)가 생긴 것이라고 나는 내심 감복하고 있다. 동양에 살면서도 근세에 들어 문학자의 대부분은 눈을 동양에 두지 않았다. (……) 시인은 모름지기 이 기회에 부족한 실력대로도 좋으니 먼저 중국의 고전에서 비롯하여 황국(皇國)의 전적(典籍)들과 반도(半島)의 옛것들을 고루 섭렵하는 총명을 가져야 할 것이다. 동양에의 회귀가 성(盛)히 제창되는 금일이다.[59]

미당이 '국민시가'를 미요시처럼 '전선총후'의 미학적 실천으로 적극 인식한 흔적은 그리 뚜렷하지 않다. 그보다는 은폐되고 억압된 동양문화를 복권하고 회복할 수 있는 유력한 방편으로 인식하고 있다. 즉 문화적 동양주의의 외양을 현저히 띠고 있는 것이다. 동양 삼국의 고전에 대한 섭렵은 동방전통의 계승과 보편성을 두루 갖춘 '국민시가'의 창출을 위한 기초작업인 셈이다.

이런 '국민시가'에 대한 열망은 그러나 당시의 현실을 고려한다면 지나치게 순진하고 이상적인 것이었다. 이즈음 식민지 조선에서 널리 운위되던 '국민시'의 개념은 미요시가 주장했던 '고쿠민시'에서 크게 벗어나 있지 않았다.[60] '동양'과 '국민시가'란 말은 그가 상상하는 문화적 공동체로서의 "동양에의 회귀"를 보장해주기엔 이미 지나치게 전쟁과 파시즘의 광기에 휘둘려 있었다.

---

59) 서정주, 「시의 이야기」, 『친일문학작품선집』 2(김규동 편), 실문학사, 1986, 287~290면.
60) 시인 김종한(金鍾漢)의 다음과 같은 말을 보라. "가령 대동아건설이란 국민적 이상과 의욕이 있다고 하자. 내가 그로부터 주로 느끼는 시적(詩的)인 것은 그 '이상'이 아니다. 그것을 건설하고자 피 흘리며 고생하는 국민의 '인간'으로서의 생명력과 진실의 아름다움을 느낄 따름이다. 따라서 최악의 경우가 발생하여 대동아(大東亞)라는 것이 하나의 국민적 몽상으로 끝난다해도, 그것을 희구해마지 않던 '인간'들의 국민으로서의 생명력과 진실은 영원히 이어지는 시적 아름다움으로 남을 수 있다고 생각한다."(김종한, 「새로운 역사시의 창조[新しき史詩の創造]」, 『국민문학』, 1942.8, 21면)

그런 의미에서 "동아공영권이란 또 좋은 술어"라는 말은 '대동아공영권'의 논리를 그것의 정치적·침략적 본질에 무감한 채 오로지 '문화'의 관점에서 파악함으로써 발생하는 오해와 왜곡을 대변한다. 이런 상황에서 그가 '국민시가'를 내면화할수록 강화되는 것은 동양적 보편성의 획득이 아니라 조선인인 그에게는 허구적이며 기만적일 수밖에 없는 일본적 정체성으로의 함몰이었다. 실제로 조선에서 논의된 '국민문학'에서 '국민'은 일본 중심의 '대동아' 제국의 '신민(臣民)=고쿠민[國民]' 이상을 결코 넘볼 수 없었다. 미당이 인문사에 입사한 뒤부터 그의 물질적·정신적 후원자로 상당 기간 남게 되는 최재서의 '국민문학'론이 걸었던 행보는 이에 대한 가장 첨예한 예를 제공한다.[61)]

최재서는 '국민문학'을 한편으로는 내선일체와 대동아공영권의 건설을 위한 국가주의의 관점에서, 다른 한편으로는 '신체제' 내에서 조선의 특수성을 보장받기 위한 지방주의의 관점에서 동시에 사유했다. 그럼으로써 제국의 지역문학으로서 조선문학의 독자성을 관철하고, 오로지 일본인의 민족문학으로 남으려는 일본문학에 질서의 변경을 요구하려 했다.[62)]

그러나 완전한 내선일체의 강제 속에서 그 역시 '천황을 받드는 문학'으로의 귀의를 빼놓고는 아무 것도 할 수 없었다. '국민문학'을 포함한 친일문학 전반을 일본적 정체성에 대한 동일화를 통해 근대(서구)의 초극은 물론 아시아 제 민족의 해방에 참여한다는 허구적 감각 속에서 '일본의 타자'로서 피식민지의 위치를 일거에 넘어서려 했던 일종의 정신적 도박으로 간주할 수 있는 이유가 여기에 있다.[63)]

---

61) 미당은 해방 후인 1946년 가을에도 최재서의 주선으로 부산에 새로 생긴 남조선대학(현 동아대학)에 이른바 '급조 대학교수'로 부임하게 된다(『전집』 3, 254~255면 참조). 미당의 친일 행적과 관련하여 그와 최재서의 남다른 관계는 좀더 자세히 해명될 필요가 있으나, 차후의 과제로 남겨둔다.

62) 최재서, 「조선문학의 현단계[朝鮮文學の現段階]」, 『국민문학』, 1942.8. 이런 이중성에 대한 의미의 검토는 三枝壽勝의 「굴복과 극복의 말」(심원섭 역, 『사에구사 교수의 한국문학 연구』, 베틀북, 2000), 577~584면과 윤대석의 「일본의 그늘」(『내일을 여는 작가』, 2002년 여름), 49~51면을 참조.

동양 삼국의 고전에 대한 자유로운 넘나듦을 통해 문화적 '동아공영권'을 실현할 수 있으리란 미당의 순진한 이상과 기대 역시 최재서의 운명을 크게 벗어나지 못했음은 아래 시에 선명하다.

벗아, 그리운 벗아,
성장(星章)의 군모 아래 새로 불을 켠
눈을 보자 눈을 보자 벗아……
오백 년 아니 천 년 만에
새로 불 켠 네 눈을 보자 벗아……

아무 뉘우침도 없이 스러짐 속에 스러져 가는
네 위엔 한 송이의 꽃이 피리라.
흘린 네 피에 외우지는 소리 있어
우리 늘 항상 그 뒤를 따르리라.

—「헌시(獻詩)」*(『매일신보』, 1943.11.16)

이 시의 부제는 "반도학도 특별지원병 제군에게"이다. 학도지원병 제도는 1943년 8월을 기해 전격 실시된 징병제와 함께 조선의 청년들에게 '황국신민'된 자의 의무로 강요된 대표적인 전쟁 동원령이었다. 미당은 서구로부터 대동아를 해방하는 성전(聖戰)에 출정하는 "학병들의 모습이 더러운 개죽음이 아니라 의젓하다고"(『전집』 3, 243면) 하기 위해 이 시를 지었다고 한다. 과연 "조상의 넋이 담긴 하늘가에 / 너를 쏘자"나 "아무 뉘우침도 없이 스러짐 속에 스러져 가는"이란 구절에는 '옥쇄(玉碎)'[64]의 이미지가 선명하다.

이런 죽음에 대한 미적 쾌락의 당당한 발산은 식민지 본국의 자발적

63) 이경훈, 「『근대의 초극』론—친일문학의 한 시각」, 『다시 읽는 역사문학』(한국문학연구회 편), 평민사, 1995, 306~307면.

64) '옥쇄'는 옥처럼 아름답게 깨어져 부서진다는 뜻으로, 명예나 충절을 위해 깨끗이 죽는 것을 비유하는 말이다.

죽음을 모방하고 흉내냄으로써 그들의 진정한 일부로 거듭나며 또한 심미적 동양을 성취할 수 있다는 전도된 의식의 소산이다. 더욱이 문제적인 것은 동양의 자각, 아니 그것에의 환상이 그 '어려운 주소'에서 겨우 만난 '영원성'을 정치의 심미화에 고스란히 헌납하고 있다는 사실이다. 가령, "조상의 넋이 담긴 하늘가" "한 송이의 꽃"과 "네 피 우에 외우지는 소리" 따위의 이미지는 고스란히 「꽃」의 주요 이미지이기도 하다.[65] 인간에 대한 가장 파괴적인 행위인 전쟁은 '영원성'의 이미지를 덧입음으로써 숭고하고 아름다운 성전(聖戰)으로, 그리고 거기서 죽은 자들을 영생으로 인도하는 진짜 재생의식(儀式)으로 승화되는 것이다.

하지만 그 순간 '영원성'은 수치와 죄의식을 정화하는 순연한 '숨결'에서 오히려 수치와 죄의식을 마비시키는 저질의 몰약(沒藥)으로 타락하고 만다. 그가 몰약 내음 진동하는 "크낙한 꽃 그늘"에 머물면 머물수록, '동양'의 하늘 위로는 말 그대로 "피빛 저승의 무거운 물결"(「부흥이」) 만이 더욱 거세게 밀어닥치게 된다. 그러나 거기에 무감한 채 그것을 "오랜 하눌의 소망"(「혁명」)으로 착각하고 믿어버린 시인의 턱없는 자기기만은 결국 스스로를 '창피한 이야기들'의 주인공으로 두고두고 남겨두는 불행의 씨앗이 되고 만다.

「시의 이야기」를 비롯한 일제 말기의 미당의 '동양 회귀' 담론은, 첫째, 타자화되어 있던 '동양'의 자각과 복권을 '대동아공영권'이란 초국가주의적 침략 논리 속으로 성급히 해소시켰다는 점, 둘째 일본적 주체성을 상상적으로 동일화함으로써 피식민의 위치를 벗어날 뿐만 아니라 서구적 근대 역시 일거에 초극하고자 했다는 점에서 전도된 오리엔탈리즘의 전형적 형태를 이룬다.

이런 사실을 충분히 새겨두면서도 꼼꼼히 따져볼 문제가 있다면, 미당이 말한 바 "동방 전통의 계승과, 보편성에의 지향"을 해방 이후 그의

---

65) 「꽃」의 이미지가 최초의 친일시 「항공일에」에도 그대로 투사되어 있음은 미당이 밝힌 대로이다(『전집』 3, 239면 참조).

보수적 전통관의 직접적 기원으로 간주하는 태도이다. 이를테면 "전통의 세계와 정한에 대한 서정주의 탐구는 결코 해방 후에 시작된 것이 아니다. 일제 말 친일문학을 쓰기 시작할 무렵에 형성된 것이다"라든가 그의 영생관, 즉 영원주의가 "일본의 '근대의 초극'론에 영향 받아 전통에 대한 관심으로 드러나던 잠재적 영원주의의 시기로부터 뿌리를 내"린 것이라는 주장 등은 그런 이해를 대표한다.[66] 미당의 '전통' 혹은 '영원성'에 대한 관심과 자각을 「시의 이야기」 이후의 것으로 간주함으로써 생겨나는 소득은 미당 시의 보수성과 반동성, 그리고 순수의 논리에 가려진 정치성의 선명한 조감과 확인이다. 이것들이 미당 시의 이데올로기적 약점 가운데 하나라는 사실은 좀처럼 부인하기 힘들다.

하지만 미당의 '전통'과 '영원성'에 대한 관심을 「시의 이야기」 이후로 제한하는 논리는 쉽사리 동의하기 힘들다. 그에 대한 미당의 자각은 1930년대 중・후반 '고전부흥론' 및 '동양문화론'과의 교섭을 한편으로 하면서도, '순수시'의 내밀한 진원지로서 '고향'의 재발견에 의해 결정적으로 일어난 것이다. 그러나 그것은 직관적 자각과 인식의 범주를 크게 벗어나지 못했다. 그래서 미당은 1941년 이후에는 '영원성'에 대한 머뭇거림과 확인 의지를 담은 시편들을 반복할 수밖에 없었다.[67] 어쩌면 이런 불확실성에 세련된 논리적 근거를 제공한 것이 '근대의 초극'에 강하게 결부된 "동아공영권'이란 또 좋은 술어", 곧 문화적 동양주의였는지도 모른다.

이런 주장은 미당의 정치적 오류와 미학적 파탄을 가볍게 하기 위함이 아니다. 있는 사실을 다시 확인함으로써 미당의 '영원성'과 그것의 텃밭인 '전통'에 대한 관심을 보다 객관화하자는 생각일 따름이다. 사실

66) 앞의 인용은 김재용, 「전도된 오리엔탈리즘으로서의 친일문학」(『실천문학』, 2002년 여름), 73면. 뒤의 인용은 박수연, 「절대적 긍정과 절대적 부정」, 『포에지』, 2000년 겨울호, 62면.

67) 이미 거론했던 「살구꽃 필때」와 「만주에서」, 그리고 「조금」(『춘추』, 1941.7)과 「거북이에게」(『춘추』, 1942.6, 원제는 「거북이」) 등이 여기에 속한다.

해방 전과 크게 다름없는 시작 태도와 방법을 통해 동양적 '전통'과 '영원성'을 집요하게 추구하는 미당의 해방 후 작업은 조금 전의 논의를 염두에 두지 않을 경우 그 진정성과 윤리성을 의심받을 가능성이 크다. 그런 위험에도 불구하고 그가 동일한 태도를 계속 유지했다는 사실은 그것들에 대한 관심과 집착이 거의 생리적이었음을 반증한다.

그러나 미당에게 '동양에의 회귀'와 '근대의 초극'이란 토픽이 논리 자체로 표현을 얻은 것은 일제가 패망한 이후, 곧 해방 이후라는 또 다른 지적은 대체로 옳다.[68] 바른대로 말해 이것들은 오로지 민족만을 목적할 경우 일본과 서구에 오염된 조선의 정체성을 치유하고 회복할 수 있는 마법의 논리로 얼마든지 거듭날 수 있다. 이해를 돕기 위해 서정주와 함께 '청년문화협의회'(1946)를 구성하여 '조선문학가동맹'(1945, 약칭 문맹)의 좌편향적 문화정책에 강력히 대항했던 김동리의 경우를 간단히 검토해본다.

김동리가 '문맹'측의 인민민주의적 민족문학론에 맞서 제3휴머니즘적 민족문학론을 내세운 것은 주지의 사실이다. 김동리에 따르면 '제3휴머니즘'이란 '유심과 유물의 이분법 극복' 및 '서양정신과 동양정신의 변증법적인 지양'에 의해 달성되는 불편부당한 인간옹호의 정신을 뜻한다. '제3휴머니즘'은 정신의 보편성과 이상의 순수성으로 말미암아 민족탐구를 근간으로 하면서도 세계사의 발전과 새로운 구성에 크게 기여할 수 있다는 것이다.

서로 대립하는 것들을 이상적 관념 속에서 통합하고, 그럼으로써 특수하고 지역적인 것을 보편적이고 세계적인 것으로 역전시키는 김동리의 논법은 어딘가 매우 낯이 익다. 기실 문화의 종합을 통해 서구적 근대를 타자화하는 한편, 동양문화의 보편성과 현대성을 적극 주창하는 논법은 이미 '근대의 초극'론에서 휘둘러진 전가(戰家)의 보도(寶刀)였다.

68) 박수연, 「절대적 긍정과 절대적 부정」, 앞의 책, 59면.

물론 김동리의 제3휴머니즘적 민족문학론과 '근대의 초극'론을 직접 연관시키기에는 많은 어려움이 따른다. 그러나 둘 사이의 구조적 유사성을 굳이 거론한 까닭은 서양이 따라잡고 극복해야 할 타자로 존재하는 한 '근대의 초극'론은 미래지향적인 적극성과 현대성을 결코 잃지 않는 초시간적 논리로 남을 수밖에 없음을 환기하자는 뜻에서이다.[69]

> 그것은 다름이 아니라 조선의 시인도 인제는 한 자가(自家)의 인간성을 시 위에서 가져야만 하겠다는 것이다. 그리이스와 중세와 당나라 등의 매력은 아직도 우리 주위에서 완전히 사라지지는 않고 있다. 이 속에서 일어서서 살며, 시를 영위할 바엔 우연한 피동으로 음풍영월하거나 교환(交歡) 차탄(嗟嘆)할 것만 아니라 능동적으로 한 자가의 인간성을 시에서 키워가는 — 그러한 시인들이 인제부터는 되자는 것이다.[70]

해방기에 씌어진 미당의 이 글은 '국민시가'를 논할 때와는 적잖이 달라진 느낌을 준다. 아마도 서양문화에 대한 너그러운 인정이 다시 보이기 때문이겠다. 그러나 '그리이스' 문화가 미당 초기시의 대표적인 참조항이었던 점을 생각하면, 그 변화의 느낌은 거의 무색해진다.

과연 그는 근대로부터 멀리 떨어진 동·서양의 '고전'에 대한 변증법적 종합을 통해 조선시의 새로운 장래를 모색하고 있다. 그리고 그것이 성취해야 할 '자가의 인간성'이란 관념은 미당의 보편과 일반에 대한 강박적 집착을 현시하기에 모자람이 없다. 이 말이 '영원성'의 또 다른 지시어임은 비교적 분명해 보인다. 위의 글을 쓸 무렵 미당은 이미 '영원성'을 존재와 삶의 논리로 굳게 내면화한 모습을 보이고 있기 때문이다. 구체적 물증으로는 「추천사(鞦韆詞)」를 비롯한 '춘향(春香)의 말' 삼부작이 단연 손꼽힌다. 요컨대 미당은 '영원성'을 오직 민족과 자기만을

69) 지금까지의 논의에 대한 보다 자세한 검토는, 최현식, 「민족, 전통, 그리고 미-서정주의 중기문학」, 『말 속의 침묵』, 문학과지성사, 2002, 360~368면 참조.
70) 서정주, 「시의 인간성」(1948), 『전집』 4, 207면.

목적으로 하는 '자가의 인간성'으로 재정립함으로써 '영원성'이 처했던 미학적·윤리적 위기를 큰 어려움 없이 넘어선다.

제 4 장

영원성의 내면화와 운명의식의 대긍정

1. 정주의 욕망과 '영원성'의 내면화

시인의 '귀향' 행위는 익숙한 것, 다시 말해 존재의 운명에 합당한 무엇이 보류된 채 숨겨져 있는 '고향'으로 돌아왔다고 해서 바로 종결되지는 않는다. 그에게는 익숙한 것들을 시어(詩語) 속에 저축하고 보존하는 한편, 그것들을 세상에 널리 펼쳐야 하는 임무가 여전히 남아 있다. 시인의 '귀향'은, '고향'에서 소외되어 있는 타자들에게도 '고향'의 본질을 상기시키고, 나아가 그들을 '귀향'의 대열에 동참케 할 때야 비로소 완성되는 것이다. 미당의 해방 후 시편, 구체적으로는 『귀촉도』 1~2부의 시편 대개는 저런 '귀향'의 규약에 대한 충실한 이행이라고 해도 좋을 정도로 '영원성'을 실체화하고 보편화하는 일에 바쳐지고 있다.

이 작업이 형성하는 문학사적 맥락은 앞장에서 검토한 내용을 크게 벗어나지 않는다. 따라서 동방 전통의 계승이나 '자가의 인간성'의 수립 양상은 이후의 논의 과정에서 자연스럽게 드러날 것이다. 다만 「시의 인간성」에서 이미 보았지만, 그의 보편에의 의지가 시의 순수성에 대한 지속적인 강조로 드러난다는 사실만큼은 꼭 기억해둘 필요가 있겠다.

이를테면 그는 "형안과 애정과 성실을 겸전하고 쉼 없이 창조 형성하면서 있는 저 일견 우직한 문학 초부들의 일군을 가리켜 정통이라 해 주어야 할 것이요, 기타 잡다 사리(私利) 공리성(功利性)을 위하여 '맹자 복상'하는 일체의 시끄러운 개구리들을 속류라고 해 버려야 할 것이다"(『전집』 4, 202면)라고 말한다. 그가 '정통'과 '속류'를 나누는 방식은 매우 간단하다. '정통'은 시의 순수성과 자율성을 신봉할 때만이 얻을 수 있는 영예이다. 이런 주장이 "개성의 삭감, 많은 사상의 취사선택과 그것의 망각, 전통의 계승 속에서 우러나는 전체의 언어공작이어야 할 것"(「시의 이야기」)이란 말의 연장임을 이해하기는 어렵지 않다. 그렇다면 '속류'가 무엇을 겨냥한 말인지는 바로 드러난다. 무엇보다 '문맹'의 계급문학론을 향해 던지는 일갈이다.

이런 미당의 주장은 이데올로기적 편견과 편향보다도 오히려 여전히 적대적 타자를 설정하고 그들을 배제함으로써 자기의 동일성과 보편성을 확인하고 보존하려 한다는 점에서 문제적이다. 이후 '영원성'이 일체의 수정이나 회의도 용납지 않는 유일성의 체계로 점차 고정되어 가는 현상은 이와 무관치 않다. 타자와 차이를 인정하지 않는 순수와 동일성의 요청은 '영원성'에도 그런 방향의 협착을 들러붙게 하고야 만다. '영원성'의 활성화가 증대됨에 따라 고착화 역시 덩달아 심화되는 형국인 셈이다. 여기서는 일단 이런 사태가 미당이 '영원성'에 대해 고유한 내적 논리를 확보하는 작업과도 긴밀히 연동되어 있다는 사실만을 간단히 확인해둔다. 이제 처음의 논의로 돌아가 미당의 해방기 시편에서 '영원성'이 어떻게 전개되고 구축(構築)되는가를 꼼꼼히 살펴보기로 한다.

해방 후 미당의 '영원성' 추구는 새로운 내용과 표현의 개발이 아니라 해방 전 시들의 반복과 차용을 통해 이루어진다는 점에서 매우 흥미롭다. 그렇다고 해서 의미의 변주가 전혀 없는 것은 아니다. 미당은 시적 긴장이 약화될 위험을 무릅쓰면서도 이전 시의 반복과 차용을 통해 오히려 '영원성'의 의미 확장과 심화를 기도한 흔적이 훨씬 약여하다.

순이야. 영이야. 또 도라간 남아.

굳이 잠긴 재ㅅ빛의 문을 열고 나와서
하늘ㅅ가에 머무른 꽃봉오리ㄹ 보아라

한없는 누예실의 올과 날로 짜 느린
채일을둘은듯, 아늑한 하늘ㅅ가에
빰 부비며 열려있는 꽃봉오리ㄹ 보아라

순이야. 영이야. 또 도라간 남아.

저,
가슴같이 따뜻한 삼월의 하늘ㅅ가에
인제 바로 숨 쉬는 꽃봉오리ㄹ 보아라

—「밀어(密語)」(『백민』, 1947.3) 전문

「밀어」를 읽는 순간 「꽃」을 떠올리지 않을 사람은 거의 없을 듯싶다. 그러나 그 유사성에도 불구하고 큰 차이 역시 존재하니, '꽃'의 존재방식이 그것이다. '꽃'은 "가신이들"(과거)의 '숨결'에 의해 피어나는 데 반해, '꽃봉오리'는 서슴없이 현재의 사건으로만 주어지고 있다. 이 점 매우 중요한데, '꽃봉오리'는 현재에 속함으로써 세계에 편재한 존재로 확실히 등재된다. "하늘ㅅ가에" "머무른" 채 "빰 부비며 열려 있"으면서 "인제 바로 숨 쉬는 꽃봉오리"란 일련의 의인화된 '꽃'의 이미지 사슬은 그것을 구체화하는 미적 장치인 셈이다. 특히 "인제 바로 숨 쉬는"이란 표현은 매우 의미심장하다. 왜냐하면 '영원성'의 질서 아래 놓이게 되었다는 존재의 안정감과 "나의상처기"를 말끔히 치유함으로써 되돌아온 '푸른 숨', 곧 존재의 재생-지속에 대한 확신을 동시에 표방하는 것으로 읽히기 때문이다. 이에 따른 자아의 도약은 놀랍게도 그녀들의 주술을 통해 다시 살아난 '나'가 이제는 거꾸로 "단하나의 정령(精靈)이되야 내소녀들을 불러 이르"(「무슨꽃으로 문지르는 ……」)키는 데에 이르고 있다. 「꽃」에 보이던 "자칫하면 다시못볼 하눌"이란 일말의 불안감이 말끔히 해소된 장면이다.

미당이 '꽃'에 이르는 과정을 기억한다면, '꽃봉오리'가 맺히게 된 전후사정을 짐작하기란 그리 어렵지 않다. 해방 전 '귀향' 시편의 종합과 압축이 '꽃'의 개화로 이어졌듯이, '꽃봉오리'는 해방 후 어떤 시편들의 종합과 압축으로서 "열려있는" 것이다. 이때 가장 원형(原型)이 되는 시편은 「부활」로 보아 무방한데, 특히 '돌문'과 '어려운 주소'의 이미지 변용을 주목할 필요가 있다.

> 여기는 어쩌면 지극히 꽝꽝하고 못견디게 새파란 바위ㅅ속일것이다. 날센 쟁기ㅅ날로도 갈고 갈수없는 새파란 새파란 바위ㅅ속일것이다.
>
> 여기는 어쩌면 하눌나라일것이다. 연한 풀밭에 벳쟁이도 우는 서러운 서러운 시굴일것이다.
>
> 아 여기는 대체 몇萬里이냐. 山과 바다의 몇萬里이냐. 팍팍해서 못가겠는 몇萬里이냐.
>
> 여기는 어쩌면 꿈이다. 貴妃의墓ㅅ등앞에 막걸리ㅅ집도 있는, 어여뿌디어여뿐 꿈이다.
>
> —「무제(無題)」 전문

이 시의 핵심은 '여기'의 성격인 바, 그것의 본질은 초록과 파랑을 포괄하는 "새파란" 색상을 통해 현상되고 있다. 이를테면 '여기'를 표상하는 '새파란 바위ㅅ속'-'하늘나라'-'연한 풀밭'-'서러운 시굴'이란 일련의 환유적 이미지는 '새파란' 색의 연상을 통해 형성된 것이다. 미당 시에서 '푸른색'은 생명이나 원초적 세계, 그것이 환기하는 가벼움과 역동성, 상승과 개방 따위의 속성을 뜻하는 경우가 많다. 이처럼 푸른색에 둘러싸인 '여기'는 서로 대립하는 다양한 공간을 하나로 품고 있는 복합성, 그리고 그것을 현실을 초월한 "어여뿌디어여쁜 꿈"으로 인식하는 자아의 심리적 반응을 보건대 원초적 공간, 보다 정확히는 '영원성'의 세계임에 분명하다. "날센 쟁기ㅅ날로도 갈고 갈수없는" "퍽퍽해서 못가겠는 몇만리" 따위의 과장법은 따라서 문명을 비롯한 현실 원리의 어떠한 틈입도 허용치 않는 '여기'의 절대성과 초월성, 그리고 자족성을 상징한다.

그러나 이 단계에서 '영원성'이 미당에게 세계의 질서 원리로 완전히 뿌리내렸다고 보기는 어렵다. 이질적인 시공간과 존재를 거침없이 소통시키는 '영원성'의 세계는 아직은 그리움과 지향의 대상이다. 예컨대 「밀어」의 '보아라'는 명령법이나 「무제」의 '어쩌면~일 것이다'라는 추측어법 따위가 그것을 충분히 뒷받침한다. 『귀촉도』를 '영원성'에 대한 탐색과 의지를 중심에 둔 과도기적 성격의 시집으로 규정할 수 있는 까닭이 여기에 있다. 그렇지만 '영원성'이 막연한 잠재태가 아니라 눈앞의 현실태로 육화되고 있는 것만큼은 틀림없는 사실이다. 이는 시 자체는 물론이거니와, 오히려 장애물로 기능하는 경우가 많았던 '문'의 진정한 열림에서 결정적으로 확인된다.

가령 「무제」의 "지극히 꽝꽝하고 못견디게 새파란 바위ㅅ속"은 그것의 비현실성과 고립성이란 면에서 「부활」의 '어려운 주소'와 매우 닮아 있다. 그러나 전자는 영원한 생명의 세계를 후자는 결코 건널 수 없는 죽음의 심연을 상징한다는 점에서 둘의 유사성은 전혀 무색해진다. 이런 차이는 무엇보다도 '문' 혹은 '돌문'을 상상하는 시인의 서로 다른 태도에서 발생한다. 미당 시에서 '영원성'이 불확실한 상태로 숨겨져 있을 때 '문'이 존재의 가능성보다는 한계점을 향해 더 열려져 있다는 사실은 「문」과 「부활」에서 이미 보았다. 그러나 「꽃」의 체험을 계기로 그와 같은 '문턱'의식은 급속히 해소되며, 마침내는 '영원성'의 세계에 이르는 통로로 활짝 열리게 된다. 요컨대 미당 시에서 '문'의 개폐 여부는 '영원성'의 확실성 여부와 긴밀히 관련되어 있는 것이다.

'열린 문'의 이미지가 선명한 시편들로는 모두 1946년에 발표된 「문열어라 정도령아」, 「누님의 집」, 「석굴관세음(石窟觀世音)의 노래」를 들 수 있다. 이 시들의 의미는 무엇보다도 '닫혀진' 과거와 현재 속에 '열려진' 미래를 도입하여 닫혀짐과 열려짐을 변증법적으로 체험하는 시적 진정성에 있다.[1] 그러나 시인의 '영원성'에 대한 각성과 굳은 믿음이 없었더라면 이런 체험은 전혀 불가능했을 것이다.

① 애비 에미 기럭이 서리ㅅ발 갈고 가는
九空 中天우에 銀河水 우에
아— 소슬한 靑紅의 꽃 밭. ……

門 열어라 門 열어라
鄭도령님아.

—「문열어라 정도령아」(『조선주보』, 1946.1.8) 부분

② 大門열고 中門열고
돌門을 열고
바람되야 문틈으로 숨여 드러가면은
그리운 우리누님 게 있느니라

—「누님의 집」(『민주일보』, 1946.7.21) 부분

---

1) 김화영, 『미당 서정주의 시에 대하여』, 민음사, 1984, 40면.

두 시는 모두 '문'을 통과한 뒤, 자세히는 삶의 재생에 대한 보상으로 주어지는 구경(究竟)의 세계를 담고 있다. 거칠게 말해, "청홍의 꽃 밭"이 펼쳐진 '하늘'이 영혼의 세계를 상징한다면 "그리운 우리누님"이 계신 '지하'는 육신의 세계를 상징한다. 두 세계는 표면적으로는 대립하지만 심층에 있어서는 동일하다. 현실 너머의 초월적인 세계라는 사실이 그렇고, 특히 영(靈)과 육(肉)은 하나의 존재를 구성하고 표상하는 다르면서도 같은 원리라는 점 역시 그렇다. 더욱이 두 세계는 '꽃밭'이나 '누님'의 이미지에 보이듯 현실의 시간이 결코 미치지 못하는 영원한 생명의 세계이다. 그러니까 '영원성'의 감각 속에서 육체와 영혼, 삶과 죽음, 천상과 지하, 미래와 과거가 모두 융해되어 통합되고 있다.

이때 "푸른 숨ㅅ결"과 "바람"이 두 세계를 매개하고 통합하는 핵심원리로 제시되고 있다는 사실은 매우 중요하다. 이미 여러 시에서 보았지만, 특히 "푸른 숨ㅅ결"은 시인의 '영원성'의 자각과 내면화를 상징하는 핵심 이미지이다.2) 이를 통해 시인은 존재의 동일성과 지속성에 대한 확신을 완전히 굳혔으며, 시에서도 새로운 도약의 전기를 마련했다. '푸른 숨결'은 미당이 시와 삶에서 공히 요절의 전조를 극복하고 "이리도 살고 싶은" 재생과 부활의 의지를 다지게 한, 어떤 절대자가 불어넣는 훈훈한 생명의 입김이었다.

이와 관련하여 「석굴관세음의 노래」는 매우 의미심장하다. 왜냐하면 자아가 "푸른 숨ㅅ결"을 현재의 사건으로 확실히 구축하려는 의지가 다른 어떤 시보다 도드라지기 때문이다.

세월이 아조 나를 못쓰는 띠끌로서

2) 바슐라르는 바람과 호흡, 즉 숨결의 관계에 대해 다음과 같이 말한다. "세계에 있어서는 바람이, 인간에 있어서는 호흡이 사물들의 무한한 확대를 드러낸다. 그들은 내면 존재를 멀리 데리고 가서 우주의 모든 힘에 참여하게 한다."(G. Bachelard, 정영란 역, 『공기와 꿈』, 민음사, 1993, 469~470면) 이 말은 미당 시에도 그대로 적용될 수 있다. 물론 미당에게 '우주의 모든 힘'이란 무엇보다 '영원성'이다.

허공에, 허공에, 돌리기까지는
부푸러오르는 가슴속에 波濤와
이 사랑은 내것이로다.

(……)

오 — 생겨 났으면, 생겨 났으면,

나보단도 더 나를 사랑하는 이
千年을, 千年을, 사랑하는 이
새로 해ㅅ별에 생겨 났으면

(……)

이 싸늘한 바위ㅅ속에서
날이 날마닥 드리쉬고 내쉬이는
푸른 숨ㅅ결은
아, 아직도 내것이로다.

— 「석굴관세음의 노래」(『민주일보』, 1946.12.1) 부분

경주 석굴암을 소재로 한 이 시의 화자는 '관세음'인데, 그가 시인의 분신임은 의심할 여지가 없다. '관세음'은 보통의 인간과 마찬가지로 "나보단도 더 나를 사랑하는" 어떤 절대적 존재를 간절히 염원하는 한계의 존재이다. 그렇지만 그는 죽음이란 근원적 한계를 오히려 '영원성'에 대한 그리움 혹은 사랑으로 적극화하고 있다는 점에서 이미 '각성자'의 반열에 올라선 자이기도 하다.[3] 이런 각성된 의식이야말로 닫힌 현

3) 이것은 인용 첫 부분인 3연에 뚜렷하다. 3연을 「무슨꽃으로 문지르는……」의 "아조 할수없이 되면 고향을 생각한다"와 비교해 보면, '영원성'의 내면화가 시인의 삶에 끼친 영향이 뚜렷이 드러난다. 다른 무엇보다도 현재의 삶을 매우 긍정적으로 보는 시각의 획득이 눈에 띤다.

실("싸늘한 바위ㅅ속")을 오히려 삶의 기미("푸른 숨ㅅ결")로 체험하고 전유하게끔 하는 진정한 원동력이다. 따라서 치유의 대상이던 주체가 이제는 거꾸로 '소녀'들을 하늘가의 '꽃봉오리'로 인도하는 「밀어」에서의 극적 반전은 「석굴관세음의 노래」에서 이미 예비된 것이나 다름없다.

적게는 환각에서 크게는 종교적 신비체험에 이르기까지 한 개인의 비현실 경험은 논리적 타당성과 보편성을 얻지 못하는 한 '헛것' 혹은 '가상(schein)'의 혐의를 벗기가 매우 어렵다. 미당의 '영원성' 체험 역시 이런 제한 속에 놓여있기는 마찬가지이다. 이 때문에 미당은 주로 '소리' '꽃' '숨결' 등 아주 낯익고 쉬운 일상어와 이미지의 반복적 구사를 통해 '영원성'과 그 체험을 현실화하려 했는지도 모른다. 하지만 어떤 경험의 보편성은 그 경험을 반복적으로 제시하고 낯익게 한다고 해서 얻어지지는 않는다. 누구나 동의할 만한 내적 원리를 갖출 때야 비로소 개별 경험은 일반화의 가능성과 논리적 표현을 입게 된다.

이런 사실을 고려할 때, 「누님의 집」, 「목화(木花)」, 「국화(菊花)옆에서」(『경향신문』, 1947.11.9)에 등장하는 '누님'의 이미지는 여러모로 주목된다. 그간 미당이 주로 다룬 여성은 특히 유년기를 함께 보낸 비슷한 또래의 '소녀'들이었다. 이들은 연령적 특성상 유년기의 특정한 경험과 기억, 성장의 과정을 공유하거나 상기하는 데에는 매우 적절하다. 그러나 성년의 자아를 객관적으로 비추어보는 데 필요한 반성적 거울이 되기에는 역부족인 존재들이다. 이것은 '누님'이 실제 경험의 대상이라기보다는 성숙한 자아를 표상하기 위해 고안된 허구의 존재임을 강력히 시사한다.

'누님'들은 '목화'를 피운 주체이거나 '국화'와 닮은 존재로 표상되는데, 그러기까지의 과정은 결코 간단치 않다. '누님'들은 온갖 고통스런 삶의 풍상을 겪은 끝에("저, 마약(痲藥)과 같은 봄을 지내여서 / 저 무지(無知)한 여름을 지내여서") "우물 물같이 고이는 푸름 속에 / 다수굿이 젖어있는 붉고 흰 목화(木花) 꽃"(이상 「목화」)의 주인이 되는 것이다. '누님'들이 피운 '목화'나 '국화'가 이전 시들의 그 '꽃'이요 '새파란 숨결'임은 분명하다.

이 '꽃피움'의 체험이 시인의 것이기도 하다는 사실은 '꽃'들을 보면서 "누님. / 눈물겹습니다"(「목화」)라거나 "내게는 잠도 오지 않았나 보다"(「국화옆에서」)라고 말하는 자아의 직접적인 심리적 반응이 증명한다. 이런 까닭에 '누님'은 '영원성'을 존재와 삶의 원리로 완전히 내면화한 성숙한 자아의 분신으로 이해된다.

그러나 '누님'은 비록 주체의 성찰을 매개하는 존재이기는 해도 여전히 타자일 따름이다. 가령 한 시인은 『귀촉도』에 나오는 여성들을 "이제 성적 대상이 아니라 우리 고향의 한 정령, 궁핍한 삶의 기쁨과 괴로움을 함께 나누는 사회적 삶의 동반자, 역사적인 삶의 괴로움과 상처를 위로하고 어루만져주는 신묘한 존재"[4]로 이해한다. 하지만 그녀들은 삶의 역정을 공유한다는 점에서 동반자일지는 몰라도 그녀들 자체가 목적으로 파악되는 자립적인 존재는 아직 아니다. 요컨대 그녀들은 '소녀'들과 마찬가지로 주체의 조력자로 기능하는 부수적인 존재에 지나지 않는다. 그런 점에서 '춘향'을 소재로 한 일련의 시들은 여성을 다루는 태도 변화에서 하나의 시금석이라 할 수 있다.

『서정주시선』 소재의 '춘향의 말' 삼부작과 시집 미수록 시 「통곡(慟哭)」과 「춘향옥중가(春香獄中歌)(3)」에서는 예외 없이 '춘향'이 시적 자아로 직접 등장한다. 이런 변화는 무엇보다 시인이 스스로를 성찰의 대상으로 삼음으로써 '영원성'의 내적 논리와 확실성을 좀더 강화하려는 의욕에서 발생한다. 한 개인에게 성찰이란 자신의 사고와 감정, 신체적 감각 따위에 대한 인식을 고양시킴으로써 매 순간을 충분히 살고자 하는 욕망의 산물이다. 이른바 '지금 속에 존재하는 법(art of being in the now)'을 확보하기 위한 자아 보존의 기획인 셈이다. 그리고 자아는 이를 통해 미래의 계획과 자신의 내적 소망과 일치하는 삶의 궤도 구축에 필요한 자기이해를 얻는다.[5]

---

4) 정현종, 「식민지 시대 젊음의 초상—서정주의 초기시 또는 여신으로서의 여자들」, 『작가세계』, 1994년 봄, 103면.

그런데 왜 하필이면 '춘향'일까. 『춘향전』은 우리 고전에서 소설로 가장 널리 읽히고 판소리로 가장 널리 불린 작품이라 해도 과언이 아니다. 이런 수용의 보편성은, 『춘향전』이 인간의 가장 보편적 감정인 사랑과 이별의 테마를 중심으로, 봉건시대의 신분질서와 이념을 둘러싼 첨예한 갈등, 그리고 그것에의 저항을 통한 인간해방의 욕구 등과 같은 예민한 시대의 문제를 뛰어난 미학적 형식 속에 담아냈기 때문에 성취된 것이다. 내용과 형식의 보편성이 탁월한 호소력과 폭넓은 공감대를 형성케 함으로써 수용의 보편성으로까지 이어진 셈인데, 『춘향전』이 근대문학에서도 가장 빈번하게 변용된 까닭도 이와 그리 무관치 않다.[6]

누구보다 시의 보편성과 일반성을 강조해온 미당이었기에, '영원성'을 내적 논리로 확보하고 외부에 널리 전개하는 데에 『춘향전』만큼 적합한 모델은 달리 없었을 것이다. 물론 미당의 관심은 '춘향'의 '이도령'을 향한 절대적 '사랑'과, 그 사랑이 완전히 성취되기까지 일어나는 서사적 갈등 및 해소 과정에 국한되어 있다. '춘향'의 사랑은 죽음을 담보로 한 '목숨을 건 도약' 행위였다. 그녀의 태도는, 비록 그 강도에서는 비교조차 안되지만, 우리들이 더 나은 삶과 자아를 성취하기 위해 현재의 자아를 반성하고 때로는 포기하는 성찰 행위와 꼭 닮아 있다. 기실 미당의 '영원성'에 대한 자각 또한 그 지난한 탈향과 귀향의 변증법이 증거하듯이 '목숨을 건 도약' 자체였다. 미당은 '영원성'에 대한 절대적 사랑과 신뢰, 그리고 그것을 시와 삶의 원리로 내면화하기까지의 우여곡절을 동일한 경험의 소유자 '춘향'을 통해 말하고 싶었던 것이리라.

모든 서술 충동은 인식적 욕구보다는 가치적 권위를 생산하고 그런 가치 질서에 사람들이 필연적으로 연관되어 있음을 보이고자 하는 '가치적 충동'에서 발생한다.[7] 미당의 『춘향전』에 대한 시적 변용 역시 서

---

5) A. Giddens, 『현대성과 자아정체성』, 새물결, 1997, 137~138면.

6) 근대문학에서 『춘향전』에 대한 시적 변용의 사례와 그 의미에 대해서는, 이광호, 「『춘향전』 현재화의 의의와 한계」(『현대시의 전통과 창조』(박노준 외), 열화당, 1998)를 참조.

술 충동을 밑바닥에 깐 원전의 모방 행위, 좁게는 패러디(parody)로 넓게는 새로운 이본(異本)의 생산으로 간주할 수 있겠다. 그만큼 원전에 대한 의존도가 높다는 뜻인데, 이런 상황에서는 필연적으로 새로운 사실에 대한 앎의 욕구보다는 원전의 변용을 통해 생성되는 새로운 가치에 대한 욕구가 압도적인 우세를 점할 수밖에 없다. 미당의 이런 태도는 해방기 민족 정체성의 형성과 새로운 문화건설의 논리로 '고전'의 계승과 변개(變改)를 주장했던 여러 사람들과 그를 한데 묶어주기보다 오히려 변별하게끔 하는 주된 요소이다.

이를테면 '문맹'의 경우, 고전의 계승은 오로지 혁명에 복무하고 인민을 계몽하기 위한 도구적 수단으로서의 성격이 강했다. 그런 계급적 편향은 끝내 고전을 파괴하지 않으면 안될 봉건적 유산으로 부정하는 데에까지 이르게 한다. 또한 우익 쪽의 문학인들 역시 고전 자체에 대한 관심보다는 그것을 민족적 영웅상의 창조나 '민족혼'의 고취에 필요한 민족정신의 수원지로 인식하는 경향이 짙었다.[8] 미당 역시 고전의 시적 변용을 새로운 민족문화 건설의 일환으로 사유했음은 "민족문화의 구성 없이는 세계 문화에의 참가도 작용도 있을 수는 없는 것"(『전집』 4, 205면)이란 말에서 충분히 짐작할 수 있다.

하지만 미당은 고전의 계승과 변개의 최종 목표를 '자가의 인간성' 형성에 두고 있었다. 그는 어쩌면 그것을 미학적으로 구체화한 후 민족 구성원 모두를 질서 지을 수 있는 삶의 원리로 끌어올리고자 했는지도 모른다. 이런 판단은 그가 '영원성'에 『춘향전』의 시적 변용을 통해 어떤 고급한 논리를 부여하며, 또한 그것이 『신라초』 이후의 시세계를 규정하는 핵심원리로 작용하게 된다는 시사적 맥락을 고려한 결과이다.

---

7) L. Mink, 윤효녕 역, 「모든 사람은 자신의 연보 기록자」, 『현대서술이론의 흐름』(G. Genette 외), 솔, 1997, 216~225면.

8) 보다 자세한 내용은 신형기, 『해방직후의 문학운동론』, 화다, 1988, 92~96면 · 149~151면 참조.

미당이 '영원성'의 실질적인 내용과 형식으로 적극적으로 가치화하고자 했던 고급한 논리는 과연 무엇인가.

「통곡」(『해동공론』, 1946.12)과 「춘향옥중가(3)」(『대조』, 1947.11)의 존재[9]는 미당의 『춘향전』에 대한 시적 변용이 매우 치밀하고도 꾸준한 관심의 소산임을 잘 보여준다. '춘향의 말' 삼부작은 따라서 이들 시에 세심한 언어적 정련과 사상적 정돈을 가한 끝에 얻어진 최후의 결정체라 하겠다.

짧은 만남 뒤의 긴 이별을 애달파 하는 「통곡」에는 '춘향'의 이름이 직접 등장하지는 않는다. 그러나 "푸른 知慧의 잎사귀들이 / 하늘에서처럼 소곤거리는 / 나무 그늘에 서 있을것을" "금(金)줄의 근네위에 서 있을것을" 등은 「통곡」이 춘향과 이도령의 이별 장면을 모티프로 삼고 있음을 쉽사리 알게 한다. 이별하기 싫은 심정을 최초의 만남 당시에 영원히 붙박이고 싶다는 역설적인 감정으로 표현한 것이다. 그런데 첫 만남이 있던 시공간의 모습은 이도령과의 이별이 범상한 일상사가 아니라 존재의 한계와 관련된 운명애(運命哀)적 사건임을 적절히 암시한다. '푸른 지혜' '금줄' 따위의 수사는 그곳이 영원한 순환과 지속의 원리가 지배하는 본원적 세계임을 지시하는 바, 그 속에서 "이리도 쉽게 헤어져야할 / 우리들의 사랑"의 근원적 한계와 비극은 한층 심화되고 선명해진다. 이 시는 여러모로 「추천사」를 환기시키는데, 인간의 한계적 본질에 대한 성찰이란 주제와 '그네' 같은 소도구의 유사성은 특히 그러하다.

춘향이 죽음으로써 사랑을 지키고 또한 영원화하려던 때가 옥에 갇혔을 때임을 생각하면 「춘향옥중가」는 벌써 제목부터가 심상치 않다. 이 연작시는 이도령을 가상 청자(聽者)로 한 '춘향'의 자기고백, 자세히

---

9) 이 시들을 포함한 해방 이후 시집 미수록 시(15편)의 전문과 서지는, 이 책의 '부록—1933~1955년 서정주의 시집 미수록 시(37편)'를 참조. 그리고 그에 대한 의미 해석은, 이 책 제2부의 「전통의 변용과 현실의 굴절—1945~1955년 서정주의 시집 미수록 시 연구」 참조.

는 둘의 만남과 이별에 대한 회상을 그 내용과 형식으로 취하고 있다. 죽음을 앞에 둔 회상과 고백이라는 점에서 일종의 말로 행해진 유서 내지 유언장으로 보아 무방하다. 과거와 현재에 대한 진솔하고 간곡한 반성의 형식으로는 유서를 따라갈 만한 것이 없다. 그리고 반성 행위가 궁극에는 미래의 시간기획임을 감안하면, 유서는 곧 죽음 이후의 삶에 대한 기획이기도 하다. 미당 자신 「춘향유문」을 통해 이 사실을 스스럼없이 승인한 바 있다.

사실 한 존재에게 죽음은 그를 둘러싼 모든 것과의 영원한 이별이자 자아의 완전한 소멸을 의미한다. 그래서 죽음은 절대 허무이지만, 또한 그렇기 때문에 삶을 향한 절실한 의지의 기원이 된다. 이때 삶의 욕구는 죽음 이전(현생)과 이후(후생)에 공히 해당되며, 영원한 삶, 곧 '영원성'의 관념은 그것을 충족하기 위한 종교적·언어적 창안이다. 「춘향옥중가」가 과연 죽음에 대한 성찰과 영원성의 상상적 충족에 바쳐진 작품인지는 확실히 단정지을 수 없다. 연작임에도 불구하고 현재로서는 「춘향옥중가(3)」밖에 확인할 수 없어 작품의 전모를 파악할 수 없기 때문이다. 그러나 「춘향옥중가(3)」의 내용과 '춘향의 말' 삼부작을 참조하건대, 위의 추측이 그다지 틀리지는 않을 듯하다.

이런 사실을 종합할 때, 「춘향옥중가」는 미당 자신의 '자아의 서사'(narratives of self)로 간주해도 전혀 손색이 없다. 진정한 자아 성취의 한 표징인 개인의 온전함은 자아의 통합과 동일성의 완미한 구현을 가능케 하는 개인적 신념체계의 창조에서 비롯한다. 이를 위해서는 삶의 경험들을 자아 발전의 서사 안에 통합하는 작업, 다시 말해 자기 삶의 역사를 구축/재구축하는 성찰적 기획이 요구된다. 일기를 쓴다든지 자서전을 엮는다든지 하는 과거와 현재에 대한 기억과 반성 행위는 '자아의 서사'의 가장 비근한 형식이다. 주체는 이를 통해 통합된 자아감을 유지함과 동시에 예상된 미래로의 발전 궤도를 적극적으로 구상할 수 있는 내부적 준거를 보다 확실하게 수립한다.[10]

사

가지 가지 시름으로 뻗은 버들가지에
오르나리든 근네ㅅ줄이 기척없이 서,
숨도 크게 쉬지못한
남달리 어리석은, 내눈에서
그대는 맨처음 무엇을 읽으셨나이까.

아

강물에 아른대는 하늬바람처럼
사랑은 오시여서 크으드란 슬픔이심.
한번 와선 아니가는 오롯한 슬픔이심.
애살픗이 그대 내게 처음 웃음 지우시든
그리움의 그뜻, 춘향은 아나이다.

—「춘향옥중가(3)」 부분

이도령과의 첫 만남을 회상하면서 그 의미를 반추하는 '춘향'의 태도는 연인보다는 마치 스승을 열렬히 사모하는 제자의 그것에 가깝다. "남달리 어리석은, 내눈"이 그 증거인데, 이것은 「춘향옥중가」의 핵심이 '이도령'을 매개로 한 춘향의 자아성찰과 각성에 있음을 암암리에 시사한다. '춘향'의 어리석음은 '아'연에서 보듯이 '사랑'이 '슬픔'이 될 수밖에 없는 까닭, 그리고 이도령의 '웃음'='그리움'의 의미를 진정으로 깨우치는 순간에 극복될 수 있다. 그러나 이 부분만으로 '춘향'이 자기 삶의 역사를 구축/재구축하는 작업의 실상이나 거기서 창조되는 개인적

10) 주체의 성찰기획으로서 '자아의 서사'에 대해서는 A. Giddens, 『현대성과 자아정체성』, 새물결, 1997, 142~151면 참조. 한국근현대시사에서 미당만큼 '자아의 서사'에 충실했던 시인은 존재하지 않는다. 「자화상」에서 시작해 「부활」로 끝나는 『화사집』부터가 전형적인 사례이며, 자신의 시와 삶의 과정을 시를 통해 낱낱이 되돌아본 『안 잊히는 일』(1983)과 『팔할이 바람』(1988)은 그 정점에 해당한다.

신념체계의 내용과 의미를 제대로 이해하기에는 여러 어려움이 따른다. 물론 예상이야 가능하겠으나, 그 구체적인 답은 '춘향의 말' 삼부작의 몫으로 남겨두는 게 보다 효과적일 듯싶다.

珊瑚도 섬도 없는 저 하늘로
나를 밀어 올려다오.
彩色한 구름같이 나를 밀어 올려다오
이 울렁이는 가슴을 밀어 올려다오!

西으로 가는 달 같이는
나는 아무래도 갈수가 없다.

바람이 波濤를 밀어 올리듯이
그렇게 나를 밀어 올려다오
香丹아.

—「추천사—춘향의 말 일(壹)」(『문화』, 1947.10) 부분

'그네'의 반복적인 상하운동이 존재의 아이러니, 다시 말해 현실초월의 욕망이 인간의 한계적 본질 때문에 계속 좌절될 수밖에 없는 비극적 운명을 상징한다는 해석은 이제 상식에 속한다. '춘향'의 비극은 그러나 지상의 질서에 속해 있다는 근원적 제약에서 발생하지만은 않는다. 오히려 "서으로 가는 달 같이는 / 나는 아무래도 갈수가 없다"는, 이상적 행위방식의 부재가 더 큰 원인일 수도 있다. 요컨대 '하늘'로 상승할 수 없음도 문제지만, 달 '같이'는 갈 수 없음이 더욱 심각한 문제라는 것이다.

그렇다면 '춘향'의 한계는, 「춘향옥중가」에서 마치 그녀의 어리석음이 이도령의 '웃음'에 보이는 그리움의 의미를 깨달을 때 극복되듯이, "서으로 가는 달"의 발걸음에 숨겨진 비밀을 해독하는 순간 초극될 수 있다. 이런 추측이 크게 틀리지 않음은 오히려 시인이 달("고은 눈썹")의

길을 관장할 뿐더러 원래 하늘에 속하는 '새'조차 그 달을 비끼어 가는 저 「동천」에서의 놀랍고도 무서운 반전이 증명한다.

한편 두 번째 '춘향의 말' 「다시 밝은 날에」가 자아의 한계보다는 '신령님'='이도령'과의 반복되는 만남과 이별, 그에 따른 환희와 고통, 그리고 결국은 '이도령'과의 영원한 해후에 초점을 두고 있는 것도 거기에 신빙성을 더한다. 이 시에서 "내 마음"이 환희와 절망의 극을 내닫는 까닭은 무엇보다도 부단히 변화하면서도 전혀 변하지 않는 존재인 '신령님'='이도령'[11]의 본질을 알아차리지 못하기 때문이다. 그래서 "도라지 꽃같은/내 마음의 빛갈은 당신의 사랑입니다"라는 마지막 행은, 춘향이 그들의 본질에 눈떴으며 그것을 자연스럽게 내면화할 만큼 성숙했다는 표지로 더더욱 읽히는 지도 모른다.

이런 '사랑'의 서사는 변화 속의 불변을 사는 초월적 대상의 설정, 그와 동일화된 상징물로서 '꽃'의 제시 따위를 고려하면 '영원성'의 자각 과정이라 하지 않을 수 없다. 이때 사랑의 시작(행복)-좌절(불행)-승화(행복´), 자아의 내면 변화를 은유하는 자연사물의 밝음/상승-어두움/하강-밝음´/상승´이란 중첩된 원환 구조와 거기에 담긴 재생의 모티프는 순환과 지속이란 '영원성'의 본질을 선명히 부각시키며, 또한 그것의 절대화에도 효과적으로 기여한다. 이것이 '신령님'='이도령'의 형상화에서도 발휘된 미학적 고안임은 위에서 이미 보았다.

『춘향전』의 실질적인 종결은 춘향과 이도령이 재회하는 장면인 바, 그 이후는 영원한 사랑의 맹세에 주어진 상투적인 보상의 이야기에 지나지 않는다. 이는 '춘향의 말' 삼부작도 마찬가지여서, 세 번째 '춘향의 말' 「춘향유문」은 자아나 세계의 새로운 발견과는 무관한, 이미 주어진 보상에 대한 자기확인의 후일담이라고 해도 좋다. 「춘향유문」이 오로지

---

11) '신령님'은 '이도령'으로 화하여 '춘향'과의 만남과 헤어짐을 반복한다. 변화 속의 불변이란 본질은 '달'의 속성이기도 하다. 이 때문에 '신령님'과 '달'은 이형동질(異形同質)의 절대적 존재로 간주될 수 있다.

자아의 '영원성'에 대한 각성을 존재와 삶의 원리로 전면화하고 확정하는, 즉 개인의 신념체계로 공식화하는 자리로서 마련된 것임은 다음 장면에 잘 드러나 있다.

저승이 어딘지는 똑똑히 모르지만
춘향의 사랑보단 오히려 더 먼
딴 나라는 아마 아닐것입니다.

천길 땅밑을 검은 물로 흐르거나
도솔천의 하늘을 구름으로 날드래도
그건 결국 도련님 곁 아니예요?

더구나 그 구름이 쏘내기되야 퍼부을때
춘향은 틀림없이 거기 있을거예요!

—「춘향유문—춘향의 말 삼(參)」(『민성』, 1948.5) 부분

이미 '신령님'='이도령'의 존재방식을 자기화한 '춘향'에게 '죽음'은 자아의 소멸이 아니라 자아의 무한한 펼쳐짐이다. 이런 자아의 가능성은 자아의 무한변신을 전제한 영원회귀의 양상으로 주어지고 있다는 점에서 매우 흥미롭다. 주로 타자나 자연사물에 의탁되곤 하던 이전의 '영원성'의 표현법에 비하면 무척 큰 변화가 아닐 수 없다. 영원회귀의 욕망은 시간과 생성에 의해 오염되지 않은 자아 혹은 역사에 대한 형이상학적 목마름에서 발생한다.[12] 고쳐 말해, 현실의 역사와 물리적 시간을 거절함으로써 자아의 동일성과 지속성을 영구히 확보하고 유지하려는 욕망인 것이다. 시공간을 초월한 '도련님'과의 영원한 해후를 스스로 다짐하고 확신하는 '춘향'의 모습에서 그와 같은 욕망을 읽기란, 그리고 그것이 미당 자신의 욕망임을 이해하기란 그리 어렵지 않다.

---

12) M. Eliade, 『우주와 역사—영원회귀의 신화』, 현대사상사, 1976, 128면.

이로써 미당이 '춘향'을 빌려 진행한 '자아의 서사'의 궁극적 목적, 즉 개인적 신념체계의 내용은 매우 분명해졌다. '영원성'을 자아의 내적 준거로 논리화 · 보편화하고, 그럼으로써 현재의 경험적 자아를 불변하는 동일성과 연속성을 간직한 초월적 자아로 지양하는 일이 그것이다. 그런 점에서 '유문'은 '죽음'의 말이 아니라 '살림'의 말이며, 자아의 과거가 아니라 미래를 향해 '남겨지는 말'이다. 미당은 '춘향'을 통해 죽음을 연기(演技)함으로써 죽음의 영원한 연기(延期)를 기도하고 있는 셈이다.

그런데 이런 자아의 기획에서 매우 주목되는 것은 미당이 '저승' '도솔천' 따위의 말에 보이는 불교의 윤회전생(輪廻轉生)설과 인연(因緣)설을 '영원성'의 내용과 형식으로 적극 포섭하기 시작했다는 점이다. 사실 미당은 초기부터 그 예를 일일이 거론하기가 벅찰 정도로 불교적 발상법을 시작(詩作)의 주요 원리로 즐겨 애용했다. 하지만 '춘향의 말' 연작에 보이는 그것은 '영원성'의 내적 논리와 자아의 삶에 대한 구경(究竟)적 원리로 적극 요청되고 있다는 점에서 생리와 직관의 차원에 머물러 있는 이전의 그것과는 크게 구별된다.

이것은 달리 말하면 '영원성'이 고급한 종교의 논리로 본격적으로 호출되기 시작했음을 의미한다. 이에 따른 효과는 무엇보다도 '영원성'이 개인의 사적 비전이란 제약을 뛰어넘어 종교 특유의 초월성과 절대성을 일거에 획득하게 된다는 점에 있다. 물론 '영원성'이 종교적 신념체계, 혹은 자아의 세계 인식과 이해를 결정짓는 궁극적인 심급으로 완전히 정착되는 때는 『신라초』에 이르러서이다.[13] 하지만 그 논리적 기초는 이미 '춘향의 말' 연작에서 탄탄하게 마련된 것이나 다름없다.

미당의 윤회설과 인연설에는 그러나 매우 중요한 의식의 전도가 숨

13) 하지만 이 말은 미당이 오로지 '종교적 인간'으로 일관하고 있다는 뜻으로 이해되어서는 곤란하다. 이즈음에 이르면 미당은 현실, 역사, 종교적 행위를 불문하고 모든 것을 심미적 자아의 관점에서 인식하고 이해하며 그것을 시란 보편어로써 저장하고 표현하기에 바쁜 '시적 인간'의 면모를 현저히 드러낸다. 미당에게 '영원성'은 종교적 신념체계일 뿐만 아니라 존재와 삶의 예술화를 보장하는 미학적 원리이기도 하다.

어 있다. 미당은 그것들을 존재의 죽음 혹은 자아의 소멸을 영원히 유예하는 무한한 지속, 곧 영생의 원리로 간주한다. 이러한 '죽음'의 초극에 힘입어 미연에 모습을 드러낼 미당 특유의 조화와 평정의 시학은 아주 순연하게 구축되는 것이다. 하지만 윤회설이나 인연설은 시작도 끝도 없이 영원히 순환하는 시간이란 쇠우리 속에서 인간이 겪지 않으면 안 되는 실존적 고통을 의미한다는 게 일반적인 이해이다. 불가(佛家)에서는 끔찍한 윤회의 업보를 벗어날 수 있는 유일한 길로 '열반(nirvana)'을 제시한다. '열반'은 인간의 상태를 완전히 소거한 다음에야 성취되는 정신적 자유의 극치를 뜻한다. '열반'의 가장 중요한 요건은 자아에 대한 집착을 완전히 끊는 '해탈'에 있다.

그러나 미당의 관심은 실존적 고통의 해탈보다는 자아가 현실을 초월한 영원한 질서 속에 놓여있다는 허구적 감각을 확증하는 일에 집중되어 있다. 말하자면 그는 윤회설에서 시간의 영원한 순환과 지속이란 일부 관념만을 떼어내어 존재의 영원한 삶을 가정하는 편의적이고 주관적인 태도에 함몰되어 있는 것이다. 이런 태도가 자기 경험 속에 있는 어떤 성질들이 영원의 양상으로 특징지을 수 있다고 생각될 경우 그것을 형이상학적인 존재론의 범주로 옮겨 해석하는 신비주의와 밀접한 관련이 있음을 부인하기란 매우 어렵다.[14]

신비주의적 사유의 가장 큰 특징 가운데 하나는 지금, 여기의 현실을 아무런 쓸모도 의미도 없는 것으로 가치절하하는 데에 있다. 일찍이 김현은 미당이 "카르마(karma : 業-인용자) 속에서 무엇이 지속되고 있는가, 조화는 자기소멸 이외의 다른 아무 것도 아닌가, 윤회 속에서 삶은 무슨 의미를 갖는 것일까 따위의 문제를 방기"[15]했다고 지적했다. 여기에 윤회설의 편의적 적용이 낳을 수밖에 없는 삶과 현실에 대한 왜곡과 가

14) 영원성과 신비주의의 관련 양상에 대한 자세한 내용은 H. Meyerhoff, 『문학과 시간 현상학』, 삼영사, 1987, 88~91면 참조.

15) 김현 · 김윤식, 『한국문학사』, 민음사, 1973, 261면.

치절하의 핵심이 거의 들어있다고 해도 과언은 아니다.

물론 이런 평가들은 '춘향의 말' 연작보다는 『신라초』와 『동천』이 감당해야 할 몫이다. 그러나 '춘향의 말' 연작이 '영원성'에 내적 논리를 부여하고, 오직 그것에 따라 세계와 존재를 인식하고 이해하는 절대적 주체, 곧 초월적 자아를 내면화하는 데 결정적으로 기여하고 있다는 사실은 다시 강조되어 마땅하다. 그럼으로써 '영원성'은 종교적 신념체계이면서 미학적 원리로 온전히 승화되었고, 자아가 구축하지 않으면 안 되는 '자가의 인간성'의 핵심으로 성공리에 안착하였다.

그러나 '영원성'이란 초월 관념을 단단하고 안온한 패각(貝殼) 삼아 자아의 안정성과 동일성을 도모하는 절대적 주체는 필연적으로 자아와 현실의 신비화를 초래할 수밖에 없다. 그것들의 완결성과 이상성에 대한 맹목적 신뢰는 현실에 대한 무관심이나 가치절하, 타자와 차이의 배제 및 은폐 따위를 조장하고 심화시키기 십상이다. 그런 점에서 '자아의 신비화(mystification of self)'[16]는 나르시시즘이 그러한 것처럼 자아가 스스로를 현실의 제 연관으로부터 격리하고 폐쇄하는 자발적인 소외 현상이기도 하다.

미당은 이런 아이러니가 자신이 떠 안고 가야 할 운명임을 「나의 시(詩)」(『새벽』, 1955.7)에서 다음처럼 고백하고 있다. "인제 웬일인지 나는 이것('나의 시'－인용자)을 받어줄이가 땅위엔 아무도 없음을 봅니다. / 내가 줏어모은 꽃들은 제절로 내손에서 땅우에 떨어져 구을르고 또 그런마음으로밖에 나는 내시(詩)를 쓸수가없읍니다." 이 구절을 감싸고 있는 고독의 분위

16) 이 말은 자기창조와 자기파괴의 무한한 순환에 사로잡힌 낭만적 아이러니의 주체가 과거 / 미래에 대한 통합과 무한성(infinity)을 척도로 현재의 한계를 초극하려 할 때 일어나는 사태를 뜻한다. '신비화'라는 말 그대로, 주체는 결핍된 현재 / 자아를 어떤 초월적 시점을 확보하거나 자아와 세계의 갈등을 허구적 수준에서 봉합함으로써 넘어선다. 이를 통해 존재의 아이러니는 지연되거나 억압되는 반면, 동일성은 강화되고 확장된다. '춘향의 말'을 빌린 미당의 '자아의 서사'가 이상의 검토와 거의 일치한다는 사실은 이미 본 대로이다. '자아의 신비화'와 낭만적 아이러니의 상관성에 대한 보다 자세한 내용은 P. de Man, "The Rhetoric of Temporality", *Blindness and Insight*, pp.219～220 참조.

기는 그러나 실상은 '영원성'을 시와 삶의 논리로 완전히 육화(肉化)한 자의 득의양양한 자긍심이자 자신감이다. 그의 이런 태도는 따라서 자기 사랑의 절대성과 영원성을 '유문'으로 공언하던 '춘향'의 자신감 넘치는 태도와 전혀 등가의 것이라 하겠다.

2. '타고난 것'에의 순응과 낭만적 자연의 위의

존재와 삶의 내적 준거로서 '영원성'의 논리적 내면화는 미당에게 자아의 동일성과 지속성의 완미한 확충에 더할 나위 없는 기여를 하였다. 특히 「춘향유문」은 '영원성'에 대한 신뢰가 죽음의 공포와 허무에 대한 절망감을 오히려 영원한 삶에 대한 기대와 황홀감으로 반전시키는 적극적인 삶의 태도로 승화되고 있음을 한껏 드러낸다. 물론 '영원성'에 대한 무조건적 신뢰는 윤회설의 자의적 변용에서 보듯이 현실을 신비화하고 왜곡하는 현실감각의 위기를 수반하기도 한다. 그러나 '영원성'의 '크낙한 그늘'이 주체의 삶에 대한 특별한 기술(技術), 이를테면 자아가 현실세계 속에 자기를 정위(定位)시키는 특수한 태도나 인생에 대한 특별한 견지, 시간의 횡포를 견디거나 초월하는 방법 따위의 훈련과 습득에 긍정적으로 작용하는 것만큼은 틀림없는 사실이다.[17)]

가령 「골목」(『예술』, 1946.1)이나 「풀리는 한강(漢江)가에서」(『신천지』, 1948.3)[18)]는 '영원성'의 사유가 미당 특유의 '삶의 대긍정'이란 태도의 형

17) H. Meyerhoff, 『문학과 시간 현상학』, 삼영사, 1987, 110~111면.

18) 이 시는 한국전쟁 시기에 씌어진 것으로 곧잘 오해된다. 하지만 이 시는 「한강(漢江)가에서」라는 제목으로 『신천지』 1948년 3월호에 처음 발표되었다. 오해의 실질적인 빌미였을 "黃土 언덕 / 꽃 喪輿 / 떼 寡婦의 무리들 / 여기 서서 또 한번 더 바래보라 함인가"(5연)는 발표 당시에는 "저, / 황토ㅅ재나 / 꽃喪輿 / 寡婦의 무리들을 / 여기 서서 똑똑

성에 끼친 영향을 징후적으로 예시한다. 전자에서는 일상세계의 친숙함과 안정성에 대한 신뢰가, 후자에서는 현실의 슬픔과 고통을 감싸안음으로써 오히려 삶의 의지를 다지는 건강한 의식이 돋보인다. 특히 강물의 해빙이란 자연 현상을 삶에 대한 간곡한 요청으로 탁월하게 바꿔 읽은 「풀리는 한강가에서」는 순연한 운명의식으로 승화된 '영원성'의 현실성을 시위하기에 모자람이 없다.

그러나 이즈음 '영원성'의 현실화는 이것으로 끝이었다. 이 말은 '영원성'이 자아의 삶 전부를 지배하고 조직하는 기초 원리로 완전히 뿌리내리지 못한 채 여전히 관념상의 경험과 가능성으로 남게 되었음을 뜻한다. 이와 같은 제약은 미당의 내부가 아니라 외부현실에 의해 강제되었으니, 저 민족사의 다시없는 비극 한국전쟁이 그것이다.

"전쟁은 우리가 나중에 얻어 입은 문명의 옷을 발가벗기고, 우리 모두의 마음 속에 숨어있는 원시인을 노출시킨다"라고 말한 것은 프로이트였다.[19] 이것은 침략자와 피침략자, 전세(戰勢)의 우열에 관계없이 전쟁에 연루된 모든 사람들에게 적용되는 진리이다. 전쟁은 개인과 공동체를 둘러싼 일상성과 친밀성, 그리고 안정성을 파괴함으로써 죽음의 공포와 불안, 아니 죽음 자체를 일상화하는 절대적 폭력이다. 죽음의 일상화는 세계와 존재를 무의미한 것으로 경험케 함으로써 자아의 치명적 분열과 실존적 위기를 피할 수 없게 한다.

더군다나 한국전쟁은 근대적 진보의 완성과 극복을 놓고 본격적인 경합에 돌입한 미국(자본주의)과 소련(사회주의)의 진영 다툼을 남북한이 대신한 대리 이데올로기전쟁이었다. 이러한 한국전쟁의 복합성은, 일상적인 주체의 위기와 역사적 근대성에 대한 전면적인 회의와 불신, 그리고 극단적인 냉전의식을 1950년대의 보편적인 시대경험으로 구조화하

히 바래보라 함인가"였다.

19) S. Freud, 김석희 역, 「전쟁과 죽음에 대한 고찰」, 『문명 속의 불만』, 열린책들, 1997, 72면.

고야 만다. 특히 휴전을 전후한 몇 년은, 비유컨대 이미 신은 사라져버린 지 오래고 그것을 대신할 새로운 것의 가능성마저 전혀 보이지 않는 '궁핍한 시대'의 한국적 결정판이었다. 당시를 풍미하던 '허무' '폐허' '황무지' 따위의 말들에는 일말의 감상성을 감안한다 하더라도 무명(無明)과 야만의 세계에 내팽개쳐진 존재의 위기감과 정신적 피로감이 충실히 반영되어 있다.

그런데 미당의 전시(戰時)[20] 및 전후 시편(『서정주시선』 소재)들은 삶에 대한 전폭적인 긍정과 평정의 태도로 일관하고 있어 저런 시대적 경험과는 전혀 무연한 듯한 인상마저 풍긴다. 그러나 사실을 말한다면 한국전쟁으로 인한 자아의 분열과 위기를 미당만큼 심각하게 경험한 사람도 드물다. 그는 자신이 전쟁 내내 일종의 피해망상증에 시달리면서 작게는 실어증을 앓고 크게는 자살까지 기도했다는 사실을 자서전 「천지유정」에 매우 솔직하고도 상세하게 적어놓고 있다(『전집』 3, 282~321면). 이것은 미당의 전후 시편이 개인의 총체적 파괴와 상실에 맞서 자아의 동일성과 연속성을 회복하고 지켜내려는 절실한 삶의 의지 자체였음을 새삼 환기한다. 이즈음 시에서의 '삶의 대긍정'이 현실도피라는 의혹을 받기보다 "경험세계의 범속한 고통을 배제하지 않고 그것을 감싸안는 생에의 경건한 외경"[21]으로 인정될 수 있는 까닭도 죽음과의 사투를 통해 걸러진 삶의 의지의 진정성과 건강성 때문이다.

미당은 일찍이 "아조 할수없이 되면 고향을 생각한다"고 했다. 그렇다면 전쟁의 광기와 폭력에서 그를 구원한 '고향'은, 더 자세히는 '푸른

---

20) 한국전쟁 와중에 발표된 시로는, 「산하일지초(山下日誌抄)」의 원형이랄 수 있는 「영도일지(影島日誌) 일(壹)」(『문예』, 1950.12)과 종군시 「일선행차중(一線行車中)에서」(『전시문학독본』(김송 편), 계몽사, 1951)를 들 수 있다. 두 편 모두 미당의 어떤 시집에도 실리지 않았다. 시의 전문은 이 책의 '부록—1933~1955년 서정주의 시집 미수록 시(37편)' 참조.

21) 이광호, 「영원의 시간, 봉인된 시간—서정주 중기시의 <영원성> 문제」, 『작가세계』, 1994년 봄, 129면.

숨결'을 또 다시 되돌려준 '꽃'은 과연 무엇인가.

가난이야 한낱 襤褸에 지내지않는다
저 눈부신 햇빛속에 갈매빛의 등성이를 드러내고 서있는
여름 山같은
우리들의 타고난 살결 타고난 마음씨까지야 다 가릴수 있으랴

靑山이 그 무릎아래 芝蘭을 기르듯
우리는 우리 새끼들을 기를수밖엔 없다
목숨이 가다 가다 농울쳐 휘여드는
午後의때가 오거든
內外들이여 그대들도
더러는 앉고
더러는 차라리 그 곁에 누어라

지어미는 지애비를 물끄럼히 우러러보고
지애비는 지어미의 이마라도 짚어라

어느 가시덤풀 쑥굴헝에 뇌일지라도
우리는 늘 玉돌같이 호젓이 무쳤다고 생각할일이요
靑苔라도 자욱이 끼일일인것이다.

—「무등(無等)을 보며」 전문

이 시를 지배하는 것은 어떤 운명의식이다. 특히 "목숨이 가다 가다 농울쳐 휘여드는/오후의때"는 거역할 수 없는 운명의 완강함에 대한 비할 데 없는 형용이 아닐 수 없다. 운명의식이라 함은 그 성격이 긍정적이든 부정적이든 간에 인간이 통제할 수 없는 멀리 있는 사건에 대한 막연하고 일반화된 신뢰감을 의미한다. 이를 통해 개인들은 삶의 우연성과 부조리에 따른 불안과 공포를 해소하며, 그럼으로써 어떤 실존적

상황에 매여 있다는 의식의 짐을 덜게 된다.[22] 이 시에서 운명의식이 부여하는 존재론적 안전의 핵심국면을 지적한다면, "가난이야 한낱 남루에 지내지않는다"로 대변되는 경험적 현실에 대한 대범한 긍정과 낙관, 그리고 그것의 미래적 적용인 죽음의식의 적극성(4연)을 들어야겠다.

사실 운명의식은, '막연한 신뢰감'이란 말이 시사하듯이, 삶의 우연과 부조리에 대한 저항보다는 모든 사태는 어차피 이미 정해진 방향으로 진행되기 마련이라는 체념과 순응의 성격을 강하게 내포한다. 그런 점에서 운명의식은 매우 수동적인 삶의 태도이며, 그것이 허락하는 존재론적 안전 역시 그 신뢰감의 정도에 따라 변형과 굴절을 겪을 수밖에 없는 매우 불안정하고 제한적인 것이다. 이 말은 그러나 거꾸로 생각하면 운명의식을 강제하는 어떤 기제의 안정성과 절대성이 강하면 강할수록 존재론적 안전도 그만큼 강화된다는 것을 뜻한다.

「무등을 보며」의 경탄할 만한 장점은, 시 전체를 관류하는 체념과 순응의 의식이 현실에 대한 순연한 긍정과 미래에의 대범한 낙관을 가장하고 있음에도 그것이 전혀 어색하거나 과장되어 보이지 않는다는 사실이다. 그렇기는커녕 대상을 확실히 장악하거나 아니면 동등한 위치에 섰을 때야 가능한 관조의 여유와 힘마저 느끼게 한다. 김화영이 '태연한 관조의 거리감'이라 부른 이 '호젓한' 안정감은 무엇보다 자기의 고유한 본질에 대한 각성의 결과물이다. 현실의 어떠한 가난과 고통도 "우리들의 타고난 살결 타고난 마음씨까지야 다 가릴수" 없다는 것, 무릇 인간에게는 그 어떤 것도 침입 불가능한 '타고난' 무언가가 반드시 존재한다는 깨달음이야말로 체념과 순응의 소극성을 긍정과 낙관의 적극성으로 역전시키는 진정한 원동력이다.

미당의 운명의식의 핵심인 '타고난 것'에 대한 자각은 그러나 그 자신의 성찰적 사유만으로 성취된 것은 결코 아니다. 그것은 '타고난 것'

---

22) A. Giddens, 이윤희 외역, 『포스트모더니티』, 민영사, 1991, 141면.

의 진정한 기원, 그러니까 인간 본래의 자리였던 원초적 자연을 재발견하고 거기에 동화됨으로써 획득된 것이다. '여름 산'과 '청산'은 원초적 자연을 대표하는 이미지인데, 이것들은 '타고난 것'의 원형이자 존재의 궁극적인 행위모델로 이해되고 있다. 영원한 순환과 지속을 통해 '스스로 그러한' 자연(自然)에 자발적으로 동화됨으로써 현재의 한계와 결여를 초극하고자 하는 열망은 비단 「무등을 보며」만의 자질은 아니다.

가령 「학(鶴)」(『동아일보』, 1956.4.4)에서는 자연의 이법을 세계를 인식하고 이해하는 틀, 곧 세계관으로 전폭 수용하고 있다("누이의 수틀속의 꽃밭을 보듯 / 세상은 보자"). 또한 「광화문(光化門)」(『현대문학』, 1955.8)은 단지 '청산'("북악과 삼각")의 '크낙한 그늘' 아래 들어서는 것만으로도 인공과 문명을 벗고 천상의 존재로 성별(聖別)되는 '광화문'과 '나'의 초월적 자태를 매우 감각적인 필치로 그리고 있다. 요컨대 자아는 자연에의 적극적 참여와 동화를 통해 그것에 내장된 생명의 무한성과 영원성을 자신의 본질로 다시금 살게 되는 것이다.

그렇다면 자연이 존재의 보호막이자 운명의식의 원천으로 호명될 수밖에 없는 까닭은 무엇인가. 이 질문은 미당 시에서 자연에 대한 관심과 재발견이 가지는 의미를 묻는 것과 다르지 않다. 영속성과 지속성, 불변성이란 자연의 속성을 내면화함으로써 자아의 동일성 유지에 필요한 안정과 평화, 질서의 감각을 부여받으려는 의지라고 답하면 간단하겠다.

그러나 이것만큼 무책임하고 불성실한 답변은 없다. 미당의 자연 요청에 대한 필연성이 제대로 해명되지 않는 까닭이다. 더불어 중요한 것은 그가 자연에 동화(assimilation)되는 방식, 다시 말해 자연을 자아 속으로 끌어들여 인간화하는 원리를 밝히는 일이다.[23] 이를 통해 미당 고유의 자연에 대한 이해와 가치화의 태도를 보다 자세히 살필 수 있기 때문이

23) 한국 근현대시에서 자연이 인간화되는 방식에 대한 개략적인 고찰은 김준오, 「현대시와 자연」(『시론』, 삼지원, 1982)을 참조.

다. 먼저 자연을 인간화하는 방식을 생각할 때, 「내리는 눈발속에서는」 만큼 중요한 시사를 제공하는 작품은 따로 없다.

수부룩이 내려오는 눈발속에서는
까투리 매추래기 새끼들도 깃들이어 오는 소리. ……
괜찬타, …… 괜찬타, …… 괜찬타, …… 괜찬타, ……
폭으은히 내려오는 눈발속에서는
낯이 붉은 處女아이들도 깃들이어 오는 소리. ……

울고
웃고
수구리고
새파라니 얼어서
運命들이 모두다 안끼어 드는 소리. ……

큰놈에겐 큰눈물 자죽, 작은놈에겐 작은 웃음 흔적,
큰이얘기 작은이얘기들이 오부록이 도란그리며 안끼어 오는 소리. ……

(……)

끊임없이 내리는 눈발속에서는
山도 山도 靑山도 안끼어 드는 소리. ……

—「내리는 눈발속에서는」 부분

동일한 말이지만 세 가지 형태로 무려 12번이나 반복되는 '괜찬타'는 그대로 '내리는 눈발'의 형상이자 죽음 충동을 삶의 의지로 다독이고 위무하는 주술이 아닐 수 없다.[24] 이런 인상은 '눈'의 형상이 현재의 고난

24) 이 시의 모든 대상은 시각 이미지와 청각 이미지를 동시에 거느린다. 그것들은 또한 '내리는 눈발'의 역동성과 리듬감을 고스란히 입음으로써 더욱 생생한 실감을 얻는다. '내리는 눈발'이란 단순한 자연현상이 운명에 대한 대범한 인정과 적극적인 수용의 상

과 미래의 막막함을 상징하는 '눈보라'가 아니라 "수부룩이" 그리고 "폭으은히 내려오는" 서설(瑞雪)로 그려지기 때문에 더욱 강화된다. 자아의 가슴에 "붉은꽃을 문지르면 / 붉은피가 도라오고 / 푸른꽃을 문지르면 / 푸른숨이 도라오"듯이, 자아가 "내려오는 눈발"을 맞으면 자아의 주요한 구성 요소임에도 타자로 머물러 있던 자연과 인간, 이야기(언어), 드디어는 '운명'까지도 새로이 "깃들이어 오"고 "안끼어" 든다. 타자의 전폭적 수용은 그의 운명의식이 현실에 갇힌 자아의 유기와 개방을 통해서 생성되는 것임을 알게 한다.

그런데 미당의 자아 개방은 '나'가 타자들에게 적극적으로 다가가는 대신 '나'를 향해 밀려드는 그들을 그저 받아들이는 방식으로 이루어진다는 점에서 매우 특징적이다. 어떤 운명적 상황을 주체의 의지로서 대처하는 대신 어쩔 수 없이 따라야하는 것으로 간주하는 미당 특유의 소극성과 수동성은 벌써 "아조 할수없이 되면"이란 말에서 전형을 얻은 바 있다. 그러나 이런 태도야말로 그가 현실과의 불화나 타자와의 갈등, 그리고 운명애를 다스리고 해소하는 궁극적 원리이다. 그는 그것들과 맞서는 대신 조용히 곁을 허락함으로써 오히려 그것들을 없어서는 안될 '나'의 일부로 감싸안는다.

이것은 그러나 그의 타자성 수용이 개방적이기보다는 자기 중심적이며 폐쇄적일 수도 있음을 거꾸로 시사한다. 자아를 향해 모든 것을 일치시킴으로써 자아의 동일성과 순수성을 유지하려는 태도는 매우 폭력적일 뿐만 아니라 비현실적이다. 여기서도 내적 한계나 외부의 충격을 자기동일성의 해체나 재구성보다는 그것의 재확인과 강화를 통해 초극해버리는 미당 특유의 절대적 주관성이 여지없이 관철되고 있는 셈이다.

징으로 승화될 수 있었던 것도 그 실감에 힘입은 바 크다. 이런 점에서 「내리는 눈발속에서는」은 유종호의 말을 빌린다면 "높이와 깊이와 노래가 조화를 이루고 있는" 몇 안 되는 명편 가운데 하나라 할 수 있다. 미당 시에서 음률(소리)지향의 시와 산문지향의 시가 형성하는 길항 관계 및 그 의미에 대해서는 유종호, 「소리지향과 산문지향」(『작가세계』, 1994년 봄)을 참조.

가장 절대적인 외부현실에 속하는 '운명'과 '자연'이 "안끼어" 든다는 것은 그것들이 결코 회의와 반성의 대상이 될 수 없음을 뜻한다. 그것들은 주체의 의지가 전혀 개입될 수 없는 숙명적 소여(所與)이다. 그러나 미당은 그것들의 절대성에 마냥 압도되는 대신 그것들이 자신을 향해 자발적으로 귀환 혹은 투항하는 것처럼 상상함으로써 오히려 그것들을 자신의 내적 질서로 통합하는 무서운 전도를 감행한다. 이는 자아가 세계의 질서 속에 참여하거나 편입됨으로써 달성되는 일반적인 동일화의 문법과는 상당히 동떨어진 것이다.

물론 그 형태가 무엇이든 간에 자아와 세계의 통합에서 세계의 인간화는 필연적이다. 그리고 이를 통해 세계는 인간적 가치로 충만될 뿐더러 인간과 굳은 일체감 내지 연속성을 형성하게 된다. 그러나 미당의 동일화 방식은 이런 차원을 넘어 세계를 일종의 주관적 구성물로, 다시 말해 객관적인 이해나 교류의 대상보다는 자아의 필요에 따라 변형되고 재구성되는 의식의 참조물로 끌어들일 소지가 다분하다. 이런 사실은 전쟁의 와중에서 운명의식의 원천으로 갑자기 재발견되는 '자연'의 의미와 가치를 살펴보는 데서도 결코 빼놓을 수 없는 핵심 사안이다.

자연을 시간을 초월한 항구적인 연속체이자 모든 구성요소들이 내적으로 연결된 유기적 통합체로 간주하는 것은 자연에 대한 가장 전통적이고 보편적인 이해방식에 속한다. 물론 그 연속성과 전체성을 신의 섭리로 파악하느냐 아니면 자연 자체의 속성으로 이해하느냐에 따라 자연에 대한 가치화의 양상은 사뭇 달라지겠다. 그렇지만 그것들은 자연의 영원성과 불변성, 완결성과 자족성 따위를 인간 존재와 행위의 모델로 적극 이해한다는 점만큼은 전혀 동일하다. 이처럼 자연과의 합일을 통해 자아의 동일성과 연속성을 구하려는 태도를 마술적 세계관으로 부를 수 있다면, 서정시는 그것의 대표적인 실천 양식에 해당한다.

그러나 '자연'이 인간의 원초성 실현을 가능케 하는 이상적 모델인 것만은 아니었다. 그것은 각종 자연재해에서 보듯이 인간의 무력함을 가장 심각하게 폭로하는, 잠재적 공포와 불안의 대명사이기도 하다. 자연을 항구적 안전과 평화의 세계로 이해하려는 태도가 실은 자연의 무자비한 폭력에 대한 비책(秘策)의 일환이었음은 주지의 사실이다. 기실 근대의 계몽적 이성이 자연과 세계의 탈주술화를 제일 앞세운 것도 어쩌면 신의 은총으로서의 자연보다는 신의 재앙으로서의 자연을 이기기 위한 노력이었는지도 모른다.

근대에서 시공간에 대한 관심은 신의 영광과 권위를 드러내기보다는 의지와 의식으로 무장한 자유롭고 활동적인 개인으로서 '인간'의 해방을 촉진하고 이를 축복하기 위한 차원에서 조직되고 실천된다. 이런 생각을 처음 정초한 계몽주의자들은 과학적 이성을 발휘하여 세계와 인간의 삶을 합리적으로 조직하고 제도화함으로써 미래를 지배할 수 있다고 생각하였다.[25] 특히 인간의 정신적·물적 토대이면서도 전혀 미지의 상태로 놓여 있던 '자연'은 그런 진보의 기획에 가장 적절한 시공간으로 인식되었다. 계몽 이성의 자연에 대한 관심은 그것을 설명 가능한 현상으로 법칙화하고 논리화하려는 목적에서 출발했다. 하지만 자연의 과학화에 대한 지나친 욕망과 신뢰는 끝내 자연에 대한 통제와 조작이 얼마든지 가능하다는 잘못된 신화를 낳는다. 그 속에서 자연은 오로지 개발과 착취, 지배의 도구적 대상으로 전락하고야 만다.

이때 제국주의 전쟁으로 대표되는 근대의 전쟁은 자연의 도구화의 가장 극단적인 형태라 하겠다. 왜냐하면 자연에 대한 합리적 이용과 지배, 그를 통한 인간적 삶의 진보를 의도하는 과학기술이 타자 및 그들의 자연을 지배하고 파괴하는 가장 추악한 방편으로 타락하는 지점이 전쟁이기 때문이다. 기술에 의한 자연과 인간에 대한 이중왜곡을 벤야민은 "강의 흐름이 나아갈 운하를 파는 대신 기술은 인간의 흐름을 전쟁의 참호 속으로 흘러 들어가게 하고, 또 비행기를 통해 씨를 뿌리는 대신 화염폭

25) D. Harvey, 구동회 역, 『포스트모더니티의 조건』, 한울, 1994, 304면.

탄을 도시에 뿌리고 있으며, 그리고 가스 전쟁 속에서 새로운 방식으로 분위기(aura－인용자)를 없애는 수단을 발견하였다"[26]는 가공할 만한 역설로 표현한 바 있다. 이것은 한국전쟁의 본질이기도 했다. 미당의 실어증과 자살 시도가 전쟁에 대한 가장 인간적인 반응이자 가장 파괴적이고 급진적인 거부의 형식으로 간주될 수 있는 것도 그래서이다.

자아의 위기를 일상화하는 전쟁은 인간의 무력함과 유한성 따위를 가장 폭력적이며 육체적인 방식으로 경험케 한다. 이런 상황에서 자아의 구원과 치유는 전쟁의 폭력이 결코 침입할 수도 파괴할 수도 없는 절대세계 혹은 가치체계로 진입하지 않고서는 거의 무망하다. 신에 대한 의탁을 제외한다면, 통합적 존재로서의 '자연'에 대한 상기(anamnesis)나 상상은 전쟁에 맞서 존재론적 안전을 도모할 수 있는 가장 현실적이고 손쉬운 방편에 속한다. 그것의 전체성과 완결성, 영원성에 자아가 통합되어 있다는 감각은 훼손 이전의 인간의 진면목을 자각시킴으로써 존재의 연속성과 동일성을 회복시키며, 허위와 오류에 물든 경험적 자아를 반성하고 교정할 수 있는 성찰의 계기를 제공한다.

이를테면 통합적 자연에의 전격적인 동화를 통해 자아의 존재론적 안전은 물론 자연 속에서의 동시적 현존을 한꺼번에 성취하고 있는 「상리과원(上里果園)」은 치유와 성찰의 매개체로 작동하는 '낭만적 자연'의 전형을 보여준다.[27]

---

26) W. Benjamin, 「기술복제시대의 예술작품」, 『발터 벤야민의 문예이론』, 민음사, 1983, 231면.

27) 계몽이성에 의해 합리화와 과학화의 대상으로만 파악되던 '자연'을 전체성과 완결성을 갖춘 유기적 통합체로 재발견한 것이 낭만주의자들이었음은 주지의 사실이다. 그들은 '자연'과의 교감을 통해 분열되고 훼손된 경험적 자아를 치유하고 극복할 수 있는 초월적 자아의 가능성을 모색하는 한편, 인간과 자연의 궁극적인 상호동일성을 확보하고자 하였다. 특히 독일 낭만주의에서 자연이 재발견되는 과정과 그것이 가지는 의미에 대해서는 최문규, 「자연철학에 기초한 독일 낭만주의의 자연관 및 문학관」(『독문학과 현대성』(정규화 외), 범우사, 1996)을 참조.

꽃밭은 그향기만으로 볼진대 漢江水나 洛東江上流와도같은 隆隆한 흐름이다. 그러나 그 낱낱의 얼골들로 볼진대 우리 조카딸년들이나 그 조카딸년들의 친구들의 웃음판과도같은 굉장히 질거운 웃음판이다.

세상에 이렇게도 타고난 기쁨을 찬란히 터트리는 몸둥아리들이 또 어디 있는가. 더구나 서양에서 건네온 배나무의 어떤것들은 머리나 가슴팩이뿐만이아니라 배와 허리와 다리 발ㅅ굼치에까지도 이뿐 꽃숭어리들을 달었다. 맵새, 참새, 때까치, 꾀꼬리 꾀꼬리새끼들이 朝夕으로 이 많은 기쁨을 대신 읊조리고, 數十萬마리의 꿀벌들이 왼종일 북치고 소구치고 마짓굿 올리는 소리를허고, 그래도 모자라는놈은 더러 그속에 묻혀 자기도하는것은 참으로 當然한일이다.

(……)

하여간 이 한나도 서러울것이 없는것들옆에서, 또 이것들을 서러워하는 微物 하나도 없는곳에서, 우리는 서뿔리 우리 어린것들에게 서름같은걸 가르치지말일이다. 저것들을 祝福하는 때까치의 어느것, 비비새의 어느것, 벌 나비의 어느것, 또는 저것들의 꽃봉오리와 꽃숭어리의 어느것에 대체 우리가 행용 나즉히 서로 주고받는 슬픔이란것이 깃들이어있단말인가.

이것들의 초밤에의 完全歸巢가 끝난뒤, 어둠이 우리와 우리 어린것들과 山과 냇물을 까마득히 덮을때가 되거던, 우리는 차라리 우리 어린것들에게 제일 가까운곳의 별을 가르쳐 뵈일일이요, 제일 오래인 鍾소리를 들릴일이다.

—「상리과원」(『현대공론』, 1954.11) 부분

전쟁에 따른 자아의 불안과 공포는 어디에도 없다. 자연과의 교감을 통해 성취되는 생명의 환희와 '별'과 '종소리'로 상징되는 '타고난 것'에 대한 전폭적인 긍정만이 전경화되고 있을 따름이다. "꽃밭"이 인간의 설움이나 슬픔과는 전혀 무관한 "질거운 웃음판"일 수 있는 까닭은 그 고유의 생명감과 자족성에 더해, 새와 벌 같은 타자에게도 "타고난 기쁨을 찬란히 터트리는 몸둥아리들"을 베풀 줄 아는 진정한 타자성의 요체이기 때문이다. "꽃밭"의 타자이기는 마찬가지인 인간 역시 "꽃밭"에 능동적으로 참여하고 그것의 질서 원리를 내면화함으로써 인간 고유의 원초성을 회복하고 다시 살 수 있다. 물론 "꽃밭"은 실제 '꽃밭'이라기보다는 조화와 질서, 평화로 충만한 원초적 자연(우주) 혹은 '영원성'의 세계를 표상한다. 시인이 절실하게 욕망하는 가치가 깊이 투사된 정신화된 자연인 것이다.

그러나 "꽃밭"이 조금은 과도한 인간의 관점을 덧입고 있다고 해서 자아와 그것 사이의 교감의 진정성이 줄어들지는 않는다. 자아와 인간의 상호교감은 무엇보다 '영원' 감각의 실질적인 토대가 되는 시간과 공간의 동시적 확장과 심화를 가져온다. 가령 마지막 행의 "우리 어린 것들에게 제일 가까운곳의 별을 가르쳐 뵈일일이요, 제일 오래인 鍾소리를 들릴일이다"를 보자. "제일 가까운곳의 별" "제일 오래인 종소리"는 인간이 따르지 않으면 안될 가치의 결정체이다. 이것들은 그러나 오로지 당위로서만 기능하는 추상적이며 관념적인 정신의 등가물만은 아니다. 그 이미지로 보아 '별'과 '종소리'는 각각 '꽃밭'과 '새소리'가 자아의 정신적 작용을 통해 가치가 증여된 일종의 절대관념 혹은 이미지가 아닐 수 없다. 그런 점에서 그것들은 두 겹의 활성화를 제 몸 안에 담고 있다.

첫 번째 활성화는 자아와의 교감 과정에서 일어난다. '상리과원'의 황홀경은, 보들레르의 말을 빌린다면, 자아의 예민한 감각이 자연의 "온갖 색조에 마술적인 의미를 부여하고, 온갖 소음을 보다 의미 깊은 음향을 가지고 진동시"킨 결과이다.[28] 물론 자연의 활성화는 자아 내면의 그것이기도 하다는 점에서 자연과 인간의 교호작용은 동시적이며 상호적이다. 그러나 '상리과원'은 그 본질을 따진다면 '교감'의 성격이 그러하듯이 매우 순간적이며 일회적인 것에 지나지 않는다. 그것이 정녕 "한나도 서러울것이 없는" 절대 환희나 "어린것들", 즉 후세에서도 통용 가능한 미래상 혹은 가치체계가 되려면, 현재의 시공간을 뛰어넘는 초월성과 보편성을 획득하지 않으면 안 된다.

---

28) C. Beaudelaire, 『에드가 포, 그 생애와 작품』. 여기서는 G. Poulet, 조종권 역, 『인간적 시간의 연구』, 동인, 1994, 353면에서 재인용.

'꽃밭'과 '새소리'의 '별'과 '종소리'로의 급작스런 치환은 따라서 '상리과원'의 일시성을 영원성으로 끌어올리기 위한 고도의 추상화와 가치화의 전략에 해당한다. 이것이 두 번째 활성화의 본질이다. 이때 "제일 가까운곳의 별"과 "제일 오래인 종소리"는 자연과 인간, 공간과 시간, 시각과 청각, 천상과 지상 따위의 대립적인 이미지들을 환기시키기도 한다. 그러나 그것들은 실상은 대립적이라기보다는 서로의 깊이와 넓이를 나눠 주고 나눠 갖는 상호 보족적인 시공간, 다시 말해 각각 우주적 무한과 시간적 영원을 특권화하고 있는 '영원성'의 두 형식일 따름이다.

한편 「상리과원」에서는 자연의 '영원성'이 자아의 동일성과 연속성뿐만 아니라 특히 가족으로 대표되는 타자들의 그것 역시 보장하는 예지(叡智)의 형식으로 제시되고 있어 주목된다.[29] 이것은 '자연'의 재발견이 '가족'의 재발견으로 전이·확장되고 있음을 뜻한다. 기실 자연의 영원함은 시간을 통한 시간의 정복, 다시 말해 순환에 의한 지속이라는 성질에서 유추된 것이다. 이것을 인간의 존재론적 성격에 대비시킨다면, 자식을 낳아 기르는 일, 곧 세대계승 행위가 될 것이다.

가족은 그러나 단순히 세대계승이라는 생물학적 측면에서만 중요한 것은 아니다. 가족은 인륜의 본질이 가장 완미하게 실천되고 보장되는 최소 단위이다. 인륜은 부모의 경우는 자애로 자식의 경우는 공경이란 형식으로 표출되지만, 그러나 타자성의 이해와 존중을 목적한다는 점에서는 전혀 동일하다. 그러니까 가족 속에서 한 개인은 자기만의 동일성을 고집하기보다는 가족들을 자기 안에 존재하는 또 다른 자아로 인정함과 동시에 그들의 타자됨을 존중함으로써 가족들과의 진정한 윤리 관계를 형성한다.

바른대로 말해, '인륜'은 인간이 '타고난' 것, 다시 말해 그 어떤 외압

29) 『현대문학』 창간호(1955.1)에 실린 시집 미수록 시 『산중문답(山中問答)』은 아예 문답법을 통해 아버지가 아들에게 초월적이며 신비적인 자연(산·바다·구름)의 자태와 가치를 일깨우는 형식을 취하고 있다.

과 폭력에 의해서도 훼손될 수 없는, 아니 훼손돼서는 안될 인간의 영원한 진면목 가운데 하나이다. 이런 까닭에 '가족'에 대한 관심은 특히 전쟁과 같은 가장 비인간적 현실에서는 단순한 가족주의를 뛰어넘어 참다운 휴머니즘의 발현으로 의미화될 수 있다.[30] 사실 인간다운 삶과 자아의 동일성 유지에 필요한 보편적 가치를 잘 갈무리하여 후세에게 전하는 것이야말로 세대계승의 참다운 본질 가운데 하나이다. 미당은 「상리과원」에서 그것의 한 가능성을 자연의 인륜화와 인륜의 자연화를 통해 엿보았던 것이다. 그리고 이런 관심은 '청산'이 자애의 상징으로 직접 등장하는 「무등을 보며」에서 그 절정을 얻는다. 따라서 「무등을 보며」는 서슴없는 산문체인 「상리과원」의 내용을 보다 짜임새 있게 가다듬고 운율적으로 정제한 시라고 해도 크게 틀리지 않는다.[31]

자연에의 참여를 통한 자아와 타자(세계)의 통합, 그리고 그것이 확장된 이상세계나 공동체에 대한 열망은 종종 자연을 '에로티시즘'의 시선으로 파악하고 형상화하는 태도를 낳는다. 이런 연상은 자연이 '생산하고 잉태하는 힘'으로 양분되면서도 궁극적으로는 '무한하고도 영원히 지속되는 합일'로서 그 통일성을 유지한다는 사실에 의해 촉발된다.[32] 이즈음의 미당 시에서 여기에 부합하는 시로는 단연 「산하일지초」가 꼽힌다. 그는 에로티시즘의 시선을 통해 자연, 특히 '청산'이 '운명'으로 '안끼어' 드는 한편, '영원성'의 영매로 승화되는 과정을 일지(日誌) 형식

---

30) 전후의 전통 서정시에서 가족의 재발견과 자연의 재발견이 동시적 현상이며, 그것들이 영원성 및 자아동일성의 확보와 밀접한 관련이 있다는 사실에 대한 자세한 검토는, 남기혁, 「1950년대 시의 전통지향성 연구」, 서울대 박사논문, 1998, 76~77면 참조.

31) 미당은 「상리과원」을 1951년 전주에서 자살미수 후 맛본 '햇볕의 간절도(懇切度)'와 이듬해 봄 정읍에 사는 누이의 과수원에서 경험한 바를 함께 버무려 지은 시로, 「무등을 보며」를 그보다 조금 뒤인 1952년 봄 이후 광주에 머물면서 무등산에서 얻은 생각을 적은 시로 설명하고 있다. 보다 자세한 내용은 서정주, 「천지유정」, 『전집』 3, 322~326면 참조.

32) 최문규, 「자연철학에 기초한 독일 낭만주의의 자연관 및 문학관」, 『독문학과 현대성』(정규화 외), 범우사, 1996, 185면.

으로 자세하게 진술하고 있다.

허나 이튿날도 그 다음날도 또 그 다음날도 이것들이 되풀이해서 사귀는 모양을 보고있는동안 그것이 무엇이라는걸 알기는 알았다.

그것은 우리 한쌍의 젊은 男女가 서로 뺨을 마조 부비고 머리털을 매만지고 하는 바로 그것과 같은것으로서, 이짓거리는 아마 몇十萬年도 더 계속되어 왔으리라는것이다. 이미 모든 땅우의 더러운 싸움의 찌꺽이들을 맑힐대로 맑히여 날라 올라서, 인제는 오직 한빛 玉色의 터전을 영원히 흐를뿐인 — 저 한정없는 그리움의 몸짓과같은것들은, 저 山이 젊었을때부터도 한결같이 저렇게만 어루만지고 있었으리라는것이다.

그러자 나는 바로 그날밤, 그山이 랑랑한 唱으로 노래하는 소리를 들었다. 千길 바닷물속에나 가라앉은듯한 멍멍한 어둠속에서 그山이 노래하는것을 분명히 들었다.

三更이나 되였을까. 그것은 마치 시집와서 스무날쯤되는 新婦가 처음으로 목청이 열려서 혼자 나즉히 불러보는 노래와도 흡사하였다. 그러헌 노래에서는 먼 處女시절에 본 꽃밭들이 뵈이기도하고, 그런 내음새가 나기도 하는것이다. — 그런 꽃들, 아니 그 뿌리까지를 불러 일으키려는듯한 나즉하고도 깊은 음성으로 山은 노래를 불렀다.

(……)

이튿날.

밝은 날빛속에서 오랫동안 내눈을 이끌게한것은, 필연코 무슨 사연이 깃들인듯한 — 그곳 綠蔭이었다. 뜯기어 드문드문한대로나마 그속에선 무엇들이 새파랗게 어리어 소근거리고있는듯하더니, 문득, 한 큰악한 향기의 가르마와같이 그것을 가르고, 한 소슬한 젊은이를 실은 金빛 그네를 나를 향해 내어 밀었다. 마치 山 바로 그 自己아니면 그 아들딸이나 들날리는것 처럼…….

—「산하일지초」(『문학과예술』, 1955.6) 부분

자아에게 보통 때 무심히 바라보는 "늙은 산"은 그저 "꺼칫꺼칫하고 멍청한것이 잊은듯이 앉어있을 따름"인 무의미한 것에 지나지 않는다. 그러나 자아는 구름이 그 "밉상인것을 그렇게까지 가까이하는" 것, 다시 말해 '늙은 산'과 "되풀이해서 사귀는 모양"을 매일 보게 되면서 그 사귐의 진정한 의미를 깨닫는다. 그것은 바로 "우리 한쌍의 젊은 남녀가 서로 뺨을 마조 부비고 머리털을 매만지고 하는" 에로스 행위이다. 이들의 사랑이 정녕 의미 깊은 까닭은, "이미 모든 땅우의~있었으리라는것이다"에서 보듯이, 훼손 혹은 문명 이전의 원초적 삶을 "몇십만년도 더 계속"해서 살고 있기 때문이다.

이런 사실에 대한 자각은 무미건조했던 자아의 '관조' 행위를 자연 속에서의 동시적 현존으로 고양하는 결정적 계기가 된다. 물론 그것은 산이 부르는 노래를 자아가 듣는 정도에 지나지 않는다는 점에서 완전한 상호교감의 형식은 아직 아니다. 하지만 이런 한계는 산의 노래를 새로 시집 온 신부가 부르는 '노래', 그것도 "먼 처녀시절에 본 꽃밭들"과 '꽃 내음새'를 함께 품은 노래를 발견하는 자아의 혜안에 의해 벌충되고도 남는다. 왜냐하면 이를 통해 자아는 '산'을 "수백왕조의 몰락을 겪고도 오히려 늙지않는 저 물같이 맑은 소리"를 영원히 잉태하고 생산하며, 또한 무한히 지속시키는 절대생명 혹은 '심오(深奧)한 어머니'(『전집』 4, 49면)로 완전히 내면화하게 되기 때문이다.

보들레르는 영혼이 거의 초자연적인 상태에 놓일 경우 시간과 공간이 더욱 깊어지고 존재의 느낌이 무한히 강렬해지는 순간들을 만날 수 있으며, 그 순간에야말로 '삶의 깊이'가 고스란히 드러난다고 말한 적이 있다.[33] 이 진술은 회화적 깊이의 경험이 환기하는 초월적 전망을 설명하기 위한 것이다. 하지만 그의 시 「상응(Correspondances)」이 보여주듯이,

---

33) C. Beaudelaire, Oeuvres complètes I, Gallimard, 1975, p.658. 여기서는 박기현, 「보들레르와 팬터지」(『포에지』, 2002년 여름), 79면에서 재인용했으며, 보들레르에 관한 논의도 이 글의 도움을 받았다.

자연적 깊이의 체험에도 동일하게 적용될 수 있다. 그런 '깊이'들의 드러냄을 통해 대상은 '말하는 상징'으로 거듭나는데, '늙은 산' 역시 그러하다는 것은 마지막 연에 뚜렷하다.

이제 '늙은 산'은 볼품 없는 땅이길 그치고, 영원한 생명의 근원이자 매개자가 되어 자아에게 '안끼어' 든다. 미당은 그것을 산이 '노래'와 '꽃'을 제 안에 품은, "한 소슬한 젊은이를 실은 금빛 그네"를 자아에게 내밀고 들날리는 행위로 치환하여 제시하고 있다. "금빛 그네"가 자아를 '영원성'의 영지로 밀어 올리는 초월의 매개자라면, "소슬한 젊은이"는 "저 물같이 맑은 소리"의 주인공인 어떤 초월적 존재이자 현실의 자아가 욕망하는 이상적 자아이겠다.

이런 장면들에서 「통곡」이나 '춘향의 말' 삼부작을 떠올리기란 그리 어렵지 않다. 「산하일지초」는 이들 작품과 마찬가지로 '영원성'을 자아와 삶의 원리로 질서화하려는 '자아의 서사'의 일환이다. 하지만 그 둘이 제시하는 '영원성'의 성격에는 무시 못할 차이점 역시 존재한다. 허구적 서사와 윤회전생설을 참조한 전자의 경우 관념의 조작이 우세한 반면, 자연과의 동일화 경험에 토대한 후자의 경우는 그 외부적 실감과 내적 울림이 훨씬 높다.

이런 차이는 무엇보다 대상 자체가 허락하는 경험의 밀도와 강렬성의 차이에서 온다. 『춘향전』이란 원작의 존재는 상상력의 자유로운 작용을 방해함으로써 대상(춘향)의 변화에 적잖은 걸림돌이 된다. 그러나 '자연'은 그런 제약이 비교적 적으며, 따라서 자아는 특히 교감과 유추를 통해 '자연'에서 받은 인상을 훨씬 용이하게 초자연주의의 경험 내지 초월적 전망으로 승화시킬 수 있다. 이런 연유로 '산의 노래'는 '신부의 노래'로, 그것이 다시 '꽃밭'과 '향기'로, 또 다시 산이 내미는 "금빛 그네"로 자유롭게 치환되는 것이다. 이때 그것들의 진정성과 가치화 정도는 자아의 확장과 심화 정도에 대체로 비례할 터이다.[34)]

미당의 삶의 대긍정과 현실에 대한 낙관은 전쟁과 죽음 충동을 딛고

선 끝에 성취된 값진 보상이다. 존재의 우연과 불연속, 그에 따른 무의미성 따위의 독한 니힐리즘의 호흡에서 그를 구원한 것은 자연과의 교감 속에서 확립된 아날로지(analogy)의 비전이었다. 그는 통합적 자연에의 참여와 동화를 통해 세계를 언제 어디서고 '자아의 닮은꼴과 상응을 발견할 수 있는 조화와 화합의 무대'[35]로 재인식하게 된다. 이런 자아의 도약에 일시성과 변화, 무한 진전을 속성으로 하는 근대의 직선적 시간의 폐기와, 순환과 지속, 자기완결성과 전체성을 특징으로 하는 순환적 시간, 곧 원초적이고 영원한 시간에 대한 전폭적 수용이 수반되어 있음은 이미 본 대로이다. 「무등을 보며」·「학」·「광화문」 등 소리지향의 시를 지배하는 충만한 자아상과 세계상, 그리고 현실초월의 감각은 그에 따른 자아의 안정과 삶의 깊어짐을 보여주기에 모자람이 없다.

하지만 미당의 자연에 대한 재발견과 귀향에 여러 제한이 도사리고 있음을 부인하기란 매우 어렵다. 있는 그대로의 자연이나 물질문명의 식민지로서의 자연에 대한 객관적 이해와 탐구는 젖혀놓고라도, 자연과의 동일성을 구하는 태도와 방식 자체가 문제적이다. 「상리과원」과 「산하일지초」에서 보았듯이, 그에게 자연은 '영원성'의 유추적 세계 이상을 벗어나지 못하고 있다. 꽃밭과 노래, 신록, 금빛 그네 따위의 이미지들은 이미 자연이 패턴화된 '영원성'의 그늘 아래 놓여 있음을 충실히 예증한다. 미당의 자연의 재발견은 따라서 은폐되고 억압된 자연의 진정한 가치를 새롭게 발굴하고 의미화하는 작업이라기보다는 자연을 자아의 의지와 희

---

34) "시방 제 속은 꼭 많은 꽃과 향기들이 담겼다가 븨여진 항아리와 같습니다"(「기도(祈禱) 일(壹)」, 『시정신』, 1954.6)에 보이는 '빈 항아리'는 자연과의 교감을 통해 새로운 삶의 깊이를 획득한 자아의 모습을 대표한다. 미당에게서 빈 것, 이를테면 '빈 그릇' '빈 항아리' '빈 골짜기' 따위는 생성의 근원으로서의 '무(無)'로 의미화되고 있다. 앞서 말한 '심오한 어머니'도 이런 뜻으로 사용되었다. "공기만이 담길 뿐 그것은 텅 비어 아무것도 없지만 모든 있는 것을 있게 하는 대단히 영적(靈的)인 것이다. 말하자면 천지에 비어 있는 무(無)는 한 큰 어머니의 한정 없는 마음의 아량처럼 ……"(서정주, 「한국의 미」, 『전집』 4, 49면)

35) O. Paz, 『흙의 자식들』, 솔, 1999, 89면.

망에 맞추어 재구성하는 일종의 발명 행위라고까지도 말할 수 있다.[36)]

보다 심각한 문제는 자연과 자아, '영원성'의 동질화 속에서 완성되는 자연과 자아의 신비화가 현실과 역사의 신비화 혹은 심미화를 훨씬 강화하게 된다는 사실이다. 이것은 이를테면 「풀리는 한강가에서」(1948)와 「광화문」(1955)을 비교해보면 뚜렷이 드러난다. 두 작품 모두는 미당이 '영원성'의 관념을 대폭 강화하고 적극화하는 와중에 씌어지고 있다. 그럼에도 전자에는 생활현실의 고통에 대한 간곡한 이해와 감싸안음의 자세가 우세한 반면, 후자에는 "시정(市井)의 노랫소리도 오히려 태고(太古) 같고"에서 보듯이 현실을 심미화하는 태도가 완연하다. 이런 차이는 '자연'의 이중적 신비화, 아니 왜곡을 반증하는 결정적 증거일 수 있다.

'자연'은 한편으로는 '영원성'의 확정을 위한 상상적 메타포로 내세워지면서, 다른 한편으로는 '영원성'을 역사현실 속으로 확대하는 매개로 동원되면서 그것 본래의 목적성과 자족성을 완전히 상실한 것이나 다름없다. 말하자면 그는 전쟁이 강제한 불안과 체념 상태에서 자연을 고분고분 따름으로써 자연을 있는 그대로 존중하는 것 같지만 오히려 이런 행위를 통해 자연을 자아에게 복속시키고 있는 것이다.[37)] 이로써 그가 '청산'과 '운명'을 껴안는다고 말하는 대신 그것들이 '안끼어' 든다고 표현한 이유가 명확하게 드러났다.

여기에 이르면, '영원성'이 일종의 '미학의 이데올로기'로, 즉 세계와 인간 실천의 모든 것을 심미적으로 판단하고 이해하며, 나아가서는 그것들 자체를 심미화하는 최종 심급으로 거의 자리잡았음이 분명해진

---

36) 이와 같은 절대적 자아에 의한 자연/세계의 동일화는 그것들의 복수성을 박탈하고 단일성을 강화할 뿐만 아니라 인간 내부에 존재하는 '존재의 본질적인 이질성', 즉 '타자성'마저도 억압하게 된다. 주체와 타자가 서로의 존재 속에서 서로를 발견하게 하는 근본 동력인 '차이'를 배제하고 은폐한다는 점에서 그것은 차라리 동질화라 할 수 있다.

37) 『계몽의 변증법』의 저자들은 '동화'를 통한 자연지배의 본질을 "의식적으로 숙달된 자연에의 순응만이 자연에 비해 물리적으로 연약한 인간으로 하여금 자연을 자신의 지배 하에 둘 수 있게 해준다"라고 설명한다. 자세한 내용은 M. Horkheimer & T. Adorno, 『계몽의 변증법』, 문학과지성사, 2001, 94~104면 참조.

다.[38] "누이의 수틀속의 꽃밭을 보듯 / 세상은 보자"(「학」)는 말은 이런 태도의 대담한 승인과 표현을 대변한다. 이제 본격적으로 구체적 현실의 기각과 신화적·심미적 현실의 부각이 하나의 몸을 이루면서 미당 시를 밀고 나가게 된 것이다. 미당 시의 가장 문제적인 지점에 해당하는 『신라초』(1961)와 『동천』(1968)의 세계는 저런 '미학의 이데올로기'가 자연을 넘어 역사와 일상의 영역으로 확대된 결과물이다.

38) 미학의 이데올로기가 역사현실의 신비화에 관여하는 방식에 대한 자세한 논의는, 도정일, 「문학적 신비주의의 두 형태」, 『시인은 숲으로 가지 못한다』, 민음사, 1994,108~116면 참조.

제 5 장

영원성의 기원 호출과 절대화, 그리고 일상화

1. 신라의 심미화 혹은 풍류적 삶의 현재화

미당 시에서 '영원성'은 꽃(꽃밭)과 향기, 노래(소리)와 숨결 등과 같은 몇몇 이미지의 반복적 채용을 통해 표상되곤 한다. '영원성'의 속성에 걸맞게 이미지들도 반복과 지속을 살고 있는 셈이다. 이 때문에 개별 시집에서도 '영원성'이 갖는 특수한 의미보다는 보편적 가치의 해석이 보다 중요해진다. 킨네이(Kinney)는 시적 서술 안에서 수정적인 반복의 결과 생겨나는 가장 인상적인 부산물로 '의미심장한 보충(significant supplementation)'이란 현상을 들었다.[1] 이것은 기본 모티프에 대한 정교한 첨가와 조합, 변형의 반복이 어떤 시적 서술의 의미와 구조를 보다 풍요롭게 만드는

1) C. Kinney, *Strategies of Poetic Narrative*, Cambridge Uni., 1992, p.20.

것을 지칭하는 말이다. '영원성'이 그런 보충을 통해 그것의 개념과 가치를 확충하고 심화해 왔음은 '춘향의 말' 삼부작과 「상리과원」, 「산하일지초」 같은 '자연' 시편의 예로도 충분하다.

그럼에도 이제까지의 '영원성'은 그 '기원'과 역사적 진실성에 관한 의미 있는 보충에서만큼은 많은 약점을 안고 있다. 때로는 "고구려에 사는 듯"(「수대동시」), "땅속에 파무친 찬란한 서라벌"(「석굴관세음의 노래」)의 경우처럼 역사적인 시공간이 적시되는 경우도 있으나, '영원성'은 대부분 실체가 막연한 '먼' 과거로부터 흘러나오는 미적 가상(Schein)으로 주어지고 있을 따름이다. 물론 '먼 과거'는 그 막연함으로 인해 오히려 훨씬 근원적이고 직접적이며, 따라서 현재보다 훨씬 덜 인위적이며 진정성으로 가득 찬[2] 원초적 세계의 느낌을 더욱 풍기는 지도 모른다.

그러나 현실성과 구체성이 부재한 '먼 과거'의 약점은 고스란히 '영원성'의 한계로 이어질 수밖에 없다. 이것은 영원회귀의 시간 아래 놓인 '먼 과거'를 이야기하는 신화의 기능을 떠올려보면 보다 분명해진다. 신화는 의미 있는 인간행위에 필요한 모범을 설정하며, 또한 각종 사회제도가 위엄과 권위를 행사할 수 있는 규범적 힘을 제공함으로써 존재와 사회에 일정한 질서의식과 안정감을 부여한다.[3] 신화가 인간활동의 이상적 모델이 될 수 있는 까닭은 인간이 신들의 모범적 태도를 모방하는 과정에서 자신의 정당한 존재양식을 배우게 되기 때문이다.

이런 신화의 기능은 '영원성'이 자아의 동일성과 연속성을 부여하는 초월적 시간감각에 그치지 않고, 개인과 사회에 일정한 질서와 규범을 부여하는 가치체계가 되기 위해 필요한 조건들을 충실히 지시한다. 그것은 말할 것도 없이 인간활동의 행위모델로 작동했던 세계를 '영원성'의 기원으로 보충하고 참조함으로써 '영원성'의 현재성과 현대성을 강

---

2) A. Megill, 정일준 외역, 『극단의 예언자들—니체, 하이데거, 푸코, 데리다』, 새물결, 1996, 210면.

3) M. Eliade, 『성과 속—종교의 본질』, 학민사, 1983, 75~76면.

화하는 일이다. 이 작업은 단순히 '영원성'의 실재감을 더하기 위해 필요한 것이 아니다. 그보다는 '영원성'에 내재된 '결속(coalescence)'의 원리[4]를 물질문명이 강제하는 여러 소외현상의 극복에 도움이 되는 유력한 가치로 계발하는 데에 더 큰 목적이 있다.

미당은 「천지유정」에서 '영원성'의 기원과 관련된 의미심장한 보충의 계기를 한국전쟁의 와중에서 처음 조우한 것으로 기록하고 있다. 그는 1951년 자살 미수 직후에 더욱 강해진 삶의 절실한 의지 속에서 『논어』와 『중용』, 『삼국유사』와 『삼국사기』 등을 애독했으며, 특히 후자의 독서 과정에서 '풍류도'를 핵심으로 하는 '신라정신'을 깨우치게 되었다고 한다(『전집』 3, 322~23면). 하지만 미당이 신라정신의 발굴과 표현에 적극적으로 나서는 때는, 국가든 문단이든 전쟁의 참화에서 벗어나 당대 현실을 객관적으로 조망하는 것이 가능해지고 새로운 민족국가의 건설이 본격화되는 1955년 이후의 일이다. 그전에는 주로 자연의 인간화를 통해 '영원성'을 확증하고 존재의 안전을 도모하는 작업에 치중했다. 그렇다면 미당은 신라정신에서 어떤 가치와 결속의 원리를 보았길래 그것을 '영원성'의 신성한 기원과 이상적 모델로 서슴없이 끌어들이게 되었을까.

> 문헌과 유적을 통해서 보이는 신라문화의 근본 정신은 도・불교의 정신과 많이 일치하는 그것이다. 삼국사기에 보면, 최치원은 신라의 풍류도 — 즉 화랑도는 유(儒)・불(佛)・선(仙) 삼교의 종합이란 말을 기술했다는 사실이 기록돼 있으나, 이건 선덕여왕 이후 신라의 풍류도를 말하는 것임에 틀림없고, 이보다 앞서는 도・불교적 정신이 신라 지도정신의 근간이었으며, (……) 간단히 그 중요점만 말하자면, 그것은 하늘을 명(命)하는 자로서 두고 지상현실만을 중점적으로 현실로 삼는 유교적 세계관과는 달리 우주전체 — 즉 천지전체를 불치(不治)의 등급 따로 없는 한 유기적 연관체의 현실로서 자각해 살던 우주관이 그것이

4) '결속'은 인간이 신이나 자연, 타자 등 모든 대상과 생활공동체로서 얽혀 있고 언제나 생활감정으로써 묶여 있다고 느끼는 정서적 유대감을 뜻한다. 보다 자세한 내용은, 김준오, 「시와 설화」, 『시론』, 문장사, 1982, 314~315면 참조.

고, 또 하나는 고려의 송학(宋學) 이후의 사관(史觀)이 아무래도 당대위주가 되었던 데 반해 역시 등급없는 영원을 그 역사의 시간으로 삼았던 데 있다. 그러니, 말하자면 송학 이후 지금토록 우리의 인격은 많이 당대의 현실을 표준으로 해 성립한 현실적 인격이지만, 신라 때의 그것은 그게 아니라 더 많이 우주인, 영원인으로서의 인격 그것이었던 것이다.[5)]

미당이 신라정신의 요체로 파악하고 있는 것은 현재의 시간과 지상 현실에만 관심을 두는 유학(儒學)에 오염되기 이전의 '풍류도'이다. 미당에 따르면, 풍류도는 크게 두 개의 연원을 갖는다. 하나는 "혼의 영원한 실존적 계승적 존재를 믿는"(『전집』 2, 300면) 우리 고유의 고대정신으로서 영통(靈通) / 혼교(魂交) 의식이다. 다른 하나는 외부에서 유입된 도교의 신선 사상과 불교의 윤회설 및 인연설이다. 이 둘의 종합을 거쳐 "우주적 무한과 시간적 영원을 근거로 하는－영생주의임과 동시에 자연주의"(『전집』 2, 118면), 다시 말해 '영원성'의 의식으로 정립된 것이 풍류도이다. 신비적 감각으로 체험되던 '영원성'은 풍류도와 접합됨으로써 자신의 기원과 역사적 실체성을 단숨에 얻는 것이다.

'영원성'에의 기원 부여, 즉 신라정신의 요체로서의 위상 정립은 그러나 '영원성'을 '구시대적인 것'으로 제한할 우려가 있다. '구시대적인 것'이라 함은 윌리엄즈(Williams)가 현재의 문화에 포함되어 있는 과거적 요소의 성격을 규정하기 위해 쓴 말로, "전적으로 과거적인 요소로 인정되어 관찰과 연구의 대상이 되며, 때에 따라서는 심지어 고의적으로 특수적인 방식을 통해 의식적으로 부활되기도 하는 그런 것"을 뜻한다.[6)] 요컨대 현재의 필요에 따라 유의미한 전통으로 둔갑시킨, 현재성

---

5) 서정주, 「신라문화의 근본정신」, 『전집』 2, 303면.

6) R. Williams, 이일환 역, 『이념과 문학』, 문학과지성사, 1982, 153면. 그는 '구시대적인 것'과 달리 "과거에 그 효과적 형성을 보았으면서도 문화적 과정 속에서 여전히 활동하고 — 하나의 과거적인 요소로서 뿐만 아니라 현재를 이루는 유력한 요소로서 — 있"는 과거적 요소를 '잔여적인 것'으로 명명했다. 이런 '잔여적인 것'은 지배적 문화의 관점에서는 표현되거나 실질적으로 입증될 수 없는 어떠한 경험이나 의미, 가치 등을 포

과 보편성이 결여된 어떤 과거적인 요소(문화)를 가리키는 말이다. 미당의 '신라정신' 내지 '영원성'에 대한 당대의 비판 역시 이런 점에 집중되었는데, 특히 그것의 비현실성과 반역사성이 문제되었다.[7)]

미당은 '영원성'의 그런 약점을 다음과 같은 보편성과 현재성의 보충을 통해 벌충하려는 노력을 지속했다. 하나는 인간의 영원한 삶과 우주적 교감(영통)의 실재성을 굳게 믿는 생명관·우주관으로서의 '영원성'을 역사에 대한 특정한 관점과 태도를 뜻하는 '역사의식'으로 맞바로 치환하는 것이었다.[8)] 그럼으로써 역사적 현실은 저절로 소거되며, '영원성'은 세계의 유일한 조직원리이자 가치판단의 기준으로 신화화된다. 다른 하나는 '영원성'이 서민의 종교의식과 생활 자체에 연면히 살아 숨쉬고 있는 유의미한 민중적 '전통'이라는 사실을 여러 문헌의 검토와 가까운 근친들의 삶을 통해 입증하는 것이었다(『전집』 2, 298~299면). 물론 이런 노력은 '영원성'을 역사적 실재로 확증하는 것만이 아니라, 역사적 모더니티가 초래한 세계의 황폐화와 비인간화 현상을 초극할 수 있는 유력한 방책으로 '영원성'을 가치화하는 데에 그 목적이 있었다.

사실 근대 들어 '신라정신=풍류도'를 민족정신과 문화의 중요한 기원일 뿐만 아니라, 현재의 실생활은 물론 미래적 가치의 창조에서도 반드시 참조하고 모방해야 될 모범적 전통으로 사유한 것은 미당이 처음은 아니다. '풍류'가 부루, 즉 '밝은 뉘'(밝은 세상)에서 전화된 말이란 사

함하고 있기 때문에 지배적 문화에 대해 대안적이거나 심지어는 반대적 관계를 갖기도 한다(같은 책, 153~54면). 이후에 보겠지만, 신라정신의 핵심으로서의 '풍류도'는 근대 들어 민족문화와 정신에서 가장 유력한 '잔여적인 것'으로 상상되었으며, 또한 실제로도 새로운 민족국가 건설을 위한 모범적 '전통'으로 적극 활용되었다. 미당의 '풍류도'에 대한 사유 역시 기본적으로는 이런 범주를 벗어나지 않는다.

7) 대표적인 예로는, 이어령의 「조롱(鳥籠)을 여시오」(『경향신문』, 1958.10.15) 및 「현대의 신라인들」(『동아일보』, 1958.4.22~4.23), 이철범의 「신라정신과 한국전통론비판」(『자유문학』, 1959.8)을 들 수 있다.

8) 이 책의 제1장 2절에서 인용했던 '종교적 관점에 의한 역사의식'(「역사의식의 자각」, 39면)은 이런 생각이 구체화된 결과물이다.

실을 밝히고, 풍류도가 "고대의 민족적 종교에서 흔히 보는 것 같은 유치하고 편협한 가르침이 아니라 매우 고등으로 발달한 윤리적 종교요, 또 그 연원은 민족생활에서 나왔을 법하여도 그 내용은 세계적으로 시행하기에 가합(可合)한 것임"을 적극적으로 주장한 것은 최남선이었다.[9] 요컨대 육당은 풍류도를 단순한 고유신앙이 아니라 조선문화 내지 조선정신의 보편성과 우수성, 그리고 전통성을 입증하는 유력한 증거로 제시하고 있는 것이다.

다른 예로는, 1930년대 후반 '동양문화론'의 일환으로 추구된 백철의 일련의 풍류도 논의[10]와, 오장환(吳璋煥)이 해방기에 쓴 「희랍문화와 신라문화의 비교」(『신천지』, 1949.7)를 들 수 있다. 이들 역시 문명에 오염되기 이전의 원형적 세계로 통일 이전의 신라를 지목하고 있다. 특히 풍류도의 타락을 유교의 도입 탓으로 보고, 풍류적 인간형의 참모습을 향가에서 찾는 백철의 논의는 서정주의 그것과 방불한 바 있다. 이런 논의들은 신라가 기록의 우위를 바탕으로 민족문화와 전통의 원류로서 뿐만 아니라, 서구적 근대나 자본주의 문명을 대체할 근대초극의 논리로도 일찍부터 상상되고 있었음을 분명히 한다.

풍류도와 신라세계에 대한 이런 가치부여는 과장되고 허구적인 면이 많다. 풍류도의 연면한 전승의 확인과 현재성에 대한 집요한 강조만으로 그것이 근대의 지배적 문화에 대한 강력한 반성과 저항, 그리고 대

9) 보다 자세한 내용은, 최남선, 『조선상식문답』, 삼성문화재단, 1972, 146~156면 참조. 그리고 서정주와 최남선의 '풍류도'에 대한 관심의 유사성과 차이성에 대해서는, 허윤회, 「서정주 시 연구-후기시를 중심으로」, 90~94면 참조.

10) 「동양인간과 풍류성-조선문학전통의 일고」(『조광』, 1937.5)와 「풍류인간의 문학-소극적 인간의 비판」(『조광』, 1937.6)이 대표적이다. '조선적인 것의 재발견'에 중심을 둔 그의 논의는 '풍류인'의 개념을 지나치게 속류화함으로써 오히려 민족문화의 개념을 속악화하고 극단화하는 잘못을 초래한다. 이런 한계는 무엇보다 "근본적으로 조선 고유의 전통을 옹호하자면서 일본주의 이데올로그들의 논법에 의존"하고 있었기 때문에 생겨난다. 보다 자세한 내용은, 황종연, 「한국문학의 근대와 반근대」, 동국대 박사논문, 1991, 51~56면 참조.

안으로 작용할 수 있다고 보는 생각은 순진하다 못해 맹목적이다. 그러나 일제의 강점과 한국전쟁의 경험은 심각하게 왜곡되고 파괴된 민족정체성을 회복하고 재창조하는 데에 없어서는 안될 '전통' 혹은 '역사의 견본(a version of history)'으로 풍류도를 호명하게끔 만든 것이다. 잘 알다시피, 전통은 과거의 단순한 집적물이 아니라, 현재의 삶에도 유의미하게 통용될 수 있는 초시간적이며 통일적인 질서를 가진 모든 대화적 과거 혹은 유산을 뜻한다. 한 공동체의 성원들은 전통에 참여함으로써 집단의 가치와 규범을 획득함은 물론 개인의 정체성을 구성하고 보존하며, 나아가서는 현재를 반성하고 더 나은 미래를 기획해 간다.

하지만 홉스봄(Hobsbawm)의 말처럼, 근대 이후의 전통들은 특정한 의도와 이데올로기 아래 의식적으로 선별된 것이거나 과거를 참조하여 재구성된 허구적 상상물인 경우가 적잖다.[11] 이렇게 고안되거나(invent) 꾸며진(fabricate) 전통들은 당대의 질서에 역사적이며 문화적인 정당성을 제공할 뿐만 아니라, 때로는 '국민(민족)국가'를 발명하고 국민들에게 하나의 정체성을 부여하는 역할을 하기도 한다. 다른 무엇보다도 한국전쟁 이후 한국문학사의 경험은 이에 대한 적절한 참조를 제공한다.

1950년대 후반을 뜨겁게 달군 논쟁 가운데 하나는 민족의 정체성 부여와 새로운 민족문화 건설에 필요한 '한국적인 것'의 성격 규명과 확정을 둘러싼 '전통' 논의였다. 그 중에서도 매우 커다란 반향을 일으키면서 논란을 거듭한 것은 국문학자를 중심으로 시도된 민족 정서에 대한 이러저러한 성격부여[12]와, 서정주가 깊숙이 관여된 '신라'의 이상화

---

11) E. Hobsbawm, "Introduction : Inventing of Traditions", *Invention of Traditions*(E. Hobsbawm & T. Ranger ed.), Cambridge uni., 1983 참조. 경우는 조금 다르지만, 한 개인의 "과거를 알고자 하는 욕망은 개인과 선조의 기억, 그리고 잊혀져 왔던 것이나 결코 알려지지 않은 것들이 사료편찬학에 의해 발견됨으로써 실현된다. 이는 또한 상상의 도움을 받는데, 기억을 해내지 못했을 때에는 상상이 기억을 보충하거나 기억 대신 자리를 점한다."는 쉴즈의 지적 역시 현재의 관점에 의해 상상 혹은 구성되는 것으로서의 전통의 본질을 충실히 밝혀준다(E. Shils, 김병서 외역, 『전통』, 민음사, 1992, 74면).

12) 대표적인 예로, 조윤제의 '은근과 끈기' '애처럼과 가냘픔', 이희승과 정병욱의 서로

문제였다.[13] 둘 다 민족의 배타적 자기동일성을 확보하려는 욕망의 소산이기는 마찬가지이다. 하지만 후자는 서구적 근대에 포위된 현실을 신라의 절대화와 심미화를 통해 초극하려 한다는 점에서 매우 복고주의적이며 근본주의적인 성격을 지닌다. 그래서 이어령은 신라에 대한 맹목이 초래할 수도 있는 쇼비니즘적 폐쇄성과 배타성을 '현대의 신라인'들이란 매우 냉소적이고 야유 섞인 비난을 통해 강력히 경고하기도 했던 것이다.[14]

그런데 '신라' 및 '풍류도'에 대한 논의는 단순히 '한국적인 것'(혹은 미학)의 성격 규정이 아니라, 국민을 훈육하고 규율하는 원리, 곧 '국민도덕의 전통적 근거'로 추구되었다는 점에 심상찮은 특색과 중요성이 있다. 가령 미당과 김동리의 사상 형성에 깊은 영향을 끼쳤던 범부 김정설(凡夫 金鼎卨, 1897~1966)[15]은 "군인의 정신훈련은 더 말할 나위 없고 청년 일반의 교양, 나아가서는 국민 일반의 교양을 위해서 화랑정신의 인식과 체득은 실로 짝 없는 진결(眞訣)이며 시급한 대책이라 할 것이다"[16]라고 말했다.

다른 '멋'론 등이 있다. 이를 포함한 1950년대 '전통' 논의의 향방과 성과, 한계 등을 간략하면서도 깊이 있게 정리한 글로는, 한수영, 「근대문학에서의 '전통' 인식」(『소설과 일상성』, 소명출판, 2000)을 참조.

13) 김관식 역시 '신라정신'을 희랍정신에 비견되는 동양정신의 핵심 가운데 하나로, 그리고 "서구의 박래사상에 전혀 감염되거나 침범 당하지 않은 순수동양의 전통적 사상과 감각과 정서와 예지와 풍류"를 간직한 시풍의 입법에 필수불가결한 요소로 적극 내세웠다(김관식, 「자서소인(自序小引)」, 『김관식 시선』, 자유세계사, 1956).

14) 이어령, 「현대의 신라인들」, 『동아일보』, 1958.4.22~4.23. 이와는 맥락이 약간 다르지만, 유종호는 "일제 말기에 일본의 국수주의자들이 '일본적'인 것을 위조했듯이 허상(虛像)을 만들어 놓고 스스로 자기의 가능성을 제한시킬 위험성이 많"다는 지적을 통해 문학에서의 '한국적인 것'에 대한 지나친 집착과 이상화에 일침을 가한 바 있다. 보다 자세한 내용은, 유종호, 「한국적이라는 것」(『사상계』(문예특별증간특대호), 1962.11)을 참조.

15) 미당의 범부와의 인연, 그에 대한 인간적 · 학문적 존숭심에 대해서는 서정주, 「범부 김정설 선생의 일」(『미당산문』, 민음사, 1993)을 참조.

16) 김정설, 「화랑」, 『풍류정신』, 정음사, 1986, 2면.

화랑도의 근간이 풍류도에 있다는 것은 주지의 사실이다. 화랑도를 민족의 정체성 확보와 새로운 국가건설에 필요한 정신과 행위의 모델로 절대화하는 범부의 논의에서 가장 큰 특징은 상무정신과 삶의 심미화를 강력하게 결합하고 있다는 점이다. 화랑의 일화를 설화체로 윤색한 『화랑외사』(1954)에서 김유신·김춘추 등과 더불어 거문고의 달인 '백결 선생'이 민족의 숭고한 영웅으로 나란히 제시되는 것은 이런 연유에서이다. 이것은 범부가 강력한 육체적 힘의 소유자일 뿐만 아니라 예능에도 능한, 비유컨대 칼과 꽃을 겸비한 존재를 이상적인 국민상(像)으로 대망(待望)했음을 적절히 시사한다.[17] 화랑도에 근거한 새로운 민족정신과 국민에의 상상이 결국은 1960년대 이후 박정희 군사정권의 근대화 논리를 뒷받침하는 강력한 이데올로기로 작동하게 됨은 「나의 조국」(박정희 작사·작곡)의 "삼국통일 이룩한 화랑의 옛 정신을 / 오늘에 이어받아 새마을 정신으로 / 영광된 새 조국의 새 역사 창조하여 (……)"라는 대목을 참조하는 것으로 충분하다.

이런 점을 고려하면, 근대 이후의 풍류도=화랑도, 그리고 그 구현의 결정체로서 신라에 대한 기억과 지식은 일반 민중의 기억과 실생활 속에 실제로 보존되어 있던 것으로 마냥 간주될 수는 없다. 그보다는 특정한 의도 아래 민족, 국가 또는 운동의 이데올로기로 선택·서술·묘사하는 과정에서 새롭게 만들어지거나 윤색된 제도적 생성물임이 오히려 분명해진다.[18]

---

17) 김정설의 『화랑외사』와 『풍류정신』에 담긴 영웅주의, 신비주의, 군사주의, 정신주의와 이것들의 혼합체로서 강력한 국가주의적 성격에 대한 비판적 고찰로는 김철, 「김동리와 파시즘」, 『국문학을 넘어서』, 국학자료원, 2000, 49~52면 참조.

18) E. Hobsbawm, "Introduction : Inventing of Traditions", p.13. 새로운 민족(국민) 전통의 구축에서 중요한 역할을 하는 것 가운데 하나가 민족의 기원과 정통성, 순수성과 우수성 따위를 밝히는 데 도움이 되는 자국어와 자국문학, 자국역사에 대한 기록물들이다. 이것들이 민족국가의 정체성 형성에 적극 활용되는 과정은 그것들이 민족정신을 표상하는 정전(cannon)의 지위를 획득하는 과정이기도 하다. 이를테면 1970년대의 내재적 발전론 아래서 단군신화를 담은 『삼국유사』가 『삼국사기』와 동등한 한국사의 대표적 정

미당 역시 '풍류도'의 생활화가 현대물질 문명의 극복은 물론 남북통일의 원천이 될 수 있음을 여러 글에서 주장하고 있다.[19] 그러나 그는 풍류도를 새로운 민족문화를 건설하거나 당장의 현실을 개혁하는 실천의 논리보다는, 지금, 여기에 제약되어 있는 "사람들을 구제하여 영원에 바른 맥락을 주"는 "정신경영태도"(『전집』 5, 284면), 곧 초월의 논리로 간주하는 경향이 강하다. 신라에 대한 제한된 관심, 이를테면 정신적 차원에서의 신라의 가치 규명(「신라의 상품」)과 '선덕여왕' '사소(娑蘇) 부인' '백결 선생' '헌화가 속의 노인' 등 풍류적 삶의 구현자로 판단되는 인물들의 형상화에 집중하는 태도는 그런 입장을 충실히 반영한다. 요컨대 미당은 풍류도의 현재성과 현대성을 현실에서의 유용성보다는 삶에 대한 심미화의 가능성에서 찾았던 것이다.

「한국성사략(韓國星史略)」은 그것을 시인의 중요한 권리이자 책무로 적극 승인하는 일종의 선언문에 해당한다.

> 千五百年 乃至 一千年 前에는
> 金剛山에 오르는 젊은이들을 위해
> 별은, 그 발맡에 내려와서 길을 쓸고 있었다.
> 그러나 宋學 以後, 그것은 다시 올라가서
> 추켜든 손보다 더 높은 데 자리하더니,
> 開化 日本人들이 와서 이 손과 별 사이를 虛無로 塗壁해 놓았다.
> 그것을 나는 單身으로 側近하여
> 내 體內의 鑛脈을 通해, 十二指腸까지 이끌어갔으나
> 거기 끊어진 곳이 있었던가,

전으로 자리매김되는 우리의 경험을 떠올려 보라. 근대 민족국가에서 정전 혹은 고전이 형성되는 일반적 메커니즘과 그것의 일본에의 적용을 설명하고 있는 시라네 하루오[白根治夫]의 「創造された古典－カノン形成のパラダイムと批判的展望」(鈴木登美 外, 『創造された古典－カノン形成・國民國家・日本文學』, 新曜社, 1999)은 위의 논의에 좋은 참조를 제공한다.

19) 「불교문학의 어제와 오늘」, 「신라인의 근본정신」, 「내 시정신의 현황」(『문학춘추』 1964. 7) 등이 대표적이다.

오늘 새벽에도 별은 또 거기서 逸脫한다. 逸脫했다가는 또 내려와 貫流하고, 貫流하다간 또 거기 가서 逸脫한다.

腸을 또 꿰매야겠다.

—「한국성사략」 전문

미당은 고대적 삶의 절대원리였던 풍류도와 '영원성'의 훼손 과정을 '별'과 인간 사이의 거리가 점점 멀어지는 과정을 통해 그리고 있다. 별과 인간의 거리감 심화는 무엇보다도 '송학'이나 "개화 일본인"(근대문명)과 같은 외래적인 것의 유입과 전파에 따른 '영원성'의 침체와 억압 때문이다. 이 과정은 민족적 순수성과 동일성, 그리고 역사의 타락 과정이기도 하다. 시인은 그것을 "이 손과 별 사이를 허무로 도벽해 놓았다"는 매우 감각적인 비유로 진술하고 있다. 이 '허무'의 감각은 존재와 역사에 대한 위기의식으로 볼 수 있다.

그런데 허무의 감각이 특히 송학과 근대문명에 의해 심화될 수밖에 없었던 구체적인 까닭은 무엇인가. 단적으로 말하면, 그것들은 오로지 현재와 지상현실에만 관심을 둠으로써 인간 본래의 "우주인, 영원인으로서의 인격"을 심각하게 억압하고 제약하기 때문이다. 가령 송학(성리학)은 "하늘과 사람 사이에 울타리를 쌓고 차등을 만"듦으로써 인간의 "욕망이나 정서의 푼수가 반영되는 친교적 하늘"의 가능성을 차단해마지 않는다. 그리고 근대문명, 특히 진보적 · 계량적 시간관은 "제한된 초, 분, 시의 추상형식"을 강요함으로써 "한 순간의 시간도 영원을 집약한 것으로"[20] 느끼는 충일감의 경험을 아예 불가능하게 한다는 것이다.

미당의 이런 발상들은 "역사란 원초적 시간의 타락이며 느리지만 마침내 죽음으로 종결되는 가치없는 쇠락의 과정이다"[21]라는 말을 자연스럽게 환기시킨다. 그러나 중요한 것은 미당이 타락한 역사의 무력한 희

20) 이상의 인용은, 서정주, 「문치헌 밀어」, 『미당산문』, 137~138면 · 151면.

21) O. Paz, 『흙의 자식들』, 솔, 1999, 26면.

생자가 되기보다는 비록 "단신으로"나마 그것에 대한 치유를 시도하고 있다는 사실이다. 처방은 '별', 다시 말해 '영원성'이 "내 체내의 광맥을 통해" 온전히 관류할 수 있도록 자아를 수선하는 일이다. 이것이 시의 완전성에 대한 끊임없는 기투를 통해 '영원성'의 의미심장한 보충과 현재화를 성취하려는 욕망의 우회적 표현임을 이해하기란 어렵지 않다.

가령 미당은 '영통자(靈通者)'를 "영원을 칸막이하는 모든 시대주의나 지역주의", 유물주의 등으로부터 "사람들을 구제하여 영원에 바른 맥락을 주어, 역사의 체증을 풀게 하고 있는 자"(『전집』 5, 284면)로 규정한다. '영통자'가 미당이 생각하는 바 시인의 본연이기도 하다는 것은 "시인이면 (……) 언제나 역사의 전시간적인 영원의 바로 중심에 위치한다는 각성된 의식을 늘 가져야 하며, 또 세계나 우주 참여의식에 있어서도 늘 그 중앙에서 회임(懷妊)하는 자라는 의식을 가져야"(『전집』 2, 43면) 한다는 말이 입증한다. 그러나 이것은 시인의 태도를 지시하는 말일 뿐이어서, '끊어진 장(腸)'을 꿰매는, 즉 "영원에 바른 맥락을 주"는 구체적인 방법에 대해서는 아무 것도 알려주지 않는다.

사실 역사를 원초적 시간이 타락한 형태로 보는 태도는 근대 이후 모든 민족주의 서사의 두드러진 특징 가운데 하나이기도 하다. 「한국성사략」에 민족주의 서사의 감각마저 없었더라면, 미당의 역사 인식과 해석은 그 타당성과 객관성을 전혀 보장받지 못했을지도 모른다. 민족주의 서사가 특히 집중하는 대목은 어떤 축복의 상태에서 소외라는 특히 현대적인 상황으로 자민족이 추락해 가는 국면에 관한 것이다. 그에 따른 위기감은 대체로 민족의 기원과 절정으로 간주될 수 있는 신성한 과거 속에서 위안과 안정을 구하도록 부추기는 경우가 많다. 이런 과거의 요청은 단순한 현실초월의 욕구보다는 민족고유의 본질을 어떤 특수하고도 실감나는 형태로 인식하려는 형이상학적 야심의 차원으로 이해될 필요가 있다.

하지만 외세의 자심한 간섭과 영향에 시달렸으며 그것의 근대적 형태로서 피식민의 경험마저 안고 있는 민족의 경우는 문제가 간단치 않다. 그들의 과거의 많은 부분은 외세나 제국주의에 의해 파괴되고 말소된 상태이거나 아니면 억압과 침묵을 강요당하는 불리한 조건에 놓여 있기 십상이다. 이 때문에 그들은 과거의 상실과 훼손, 그리고 그것의 연장인 현재를 보상할 수 있는 매우 탄탄한 구조를 지닌 '과거의 읽을거리(readings of the past)'를 만드는 데 전력을 기울인다. 말하자면 상상적으로 과거를 다시 구축함으로써 원형적 과거를 회복하고 현재를 보상받으며, 나아가서는 더 나은 미래를 선취하는 것이다. 민족주의 서사의 제작이 민족의 동일성 회복과 새로운 문화건설에 필요한 이상적 '역사의 견본' 창출이란 의미를 넘어, 제국주의적 지배에 대한 저항으로까지 해석될 수 있는 이유가 여기에 있다.[22)]

물론 「한국성사략」을 탈식민적 민족주의 서사의 일환으로 흔쾌히 인정하기에는 적잖은 무리가 따른다. 그러나 비록 '영원성'에 대한 알레고리의 측면이 강하긴 하지만, 민족의 역사를 서사시적 세계에서의 타락과 소외로 보는 관점과 과거 회복의 서사적 전략만큼은 전혀 동질적이다. 이것은 '영원성'의 단절에 대한 처방이 무엇이 될지를 쉽사리 가늠하게 한다. 보다 원초적이며 보다 자연스럽고 근원적인 '과거'를 상기하거나 상상적으로 재구성하는 일이 그것이다. 미당은 이런 과거의 시적 창조를 온전히 상상력에 맡기는 대신, 자의적인 성격이 강하긴 하지만 『삼국사기』와 『삼국유사』로 대표되는 기록성의 세계를 재해석·재구성하는 '역사의 예술화'를 통해 성취한다. 사실성과 구체성을 재고함으로써 '영원성'의 추상성과 관념성을 가벼이 하려는 전략인 것이다.

---

22) 이상의 내용에 대해서는 S. Deane, "Introduction", *Nationalism, Colonialism, and Literature*(T. Eagleton etc.)Minnesota uni., 1990, pp.8～10. 참조. 사이드는 탈식민지적 민족주의 차원에서 이런 민족주의 서사를 가장 훌륭히 창작한 사람 가운데 하나로 아일랜드의 시인 예이츠(Yeats)를 들었다. 왜냐하면 예이츠는, 지나친 신비주의 경향이나 후기의 파시즘에 대한 경사 따위 때문에 비판도 자주 받지만, 그러나 본질적으로는 영국의 지배 아래 고통을 겪고 있는 아일랜드인의 역사적 경험과 희망, 그리고 미래의 비전을 명확히 표현해냈기 때문이다(E. Said, "Yeats and Decolonization", *Nationalism, Colonialism, and Literature*, pp.76～79)

신화적 세계나 이상적인 과거에 대한 '상기(想起)'는 한 개인의 절대과거에의 참여를 자연스럽게 한다. 그럼으로써 개인은 인간 본질의 최고의 가능성을 가지게 될 뿐만 아니라 위대하고 신성한 것으로서의 과거로 하여금 현재를 지배케 하는 휴머니즘을 획득하게 한다.[23] 미당은 이런 가능성을 신라의 역사 전체보다는 풍류적 삶의 진정한 구현자들인 몇몇 설화적 인물들의 현재화를 통해 타진한다. 영생주의와 자연주의, 곧 '영원성'을 존재와 삶의 원리로 내면화하고 있는 이들의 형상은 개인과 민족 모두에 대해 시인이 욕망하는 심미적 존재론의 기저이자 궁극적 목표이다. 그런 점에서 이후 검토할 시들을 포함한 「구름다리」·「백결가」·「노인헌화가」 등은 '민족 서사'의 성격과 아울러 여전히 '자아 서사'의 성격 역시 풍부하게 함유하고 있다 하겠다.[24]

살(肉體)의 일로써 살의 일로써 미친 사내에게는
살 닿는 것 중 그중 빛나는 黃金 팔찌를 그 가슴 위에,
그래도 그 어지러운 불이 다 스러지지 않거든
다스리는 노래는 바다 넘어서 하늘 끝까지.

하지만 사랑이거든
그것이 참말로 사랑이거든
서라벌 千年의 知慧가 가꾼 國法보다도 國法의 불보다도
늘 항상 더 타고 있거라.

朕의 무덤은 푸른 嶺 위의 欲界 第二天.
피 예 있으니, 피 예 있으니, 어쩔 수 없이
구름 엉기고, 비 터잡는 데 — 그런 하늘 속.

내 못 떠난다.

—「선덕여왕(善德女王)의 말씀」 부분

---

23) 김준오, 「기억의 현상학」, 『시론』(삼지원), 326면.
24) 이 시들은 모두 『신라초』 제1부 '신라초'에 수록되어 있다.

이 시는 선덕여왕에 얽힌 대표적 설화 두 가지를 모티프로 삼고 있다.[25] 하나가 죽어서 머물 세계를 '도리천'으로 지시한 예지 넘치는 유언이라면, 다른 하나는 미천한 '지귀'의 사랑에 대한 대범한 이해와 수용을 찬양하는 '지귀 설화'이다. 여기서 중요한 것은 설화의 수용이라기보다는 그것을 해석하고 가치화하는 시인의 태도이다. 특히 사후 자신의 거소(居所)를 '욕계 제이천'(도리천)에 두는 '선덕여왕'의 운명관과 생명관은 그대로 미당의 그것을 형성한다. 미당은 선덕여왕의 행위가 "그녀의 일생을 마음이나 육신의 경험의 푼수에 맞추어서 자기는 깨끗해야 그 욕계의 두 번째 하늘인 도리천에밖엔 못 갈 것을 이해"(『미당산문』, 140면)한 데서 나온 것으로 본다. 선덕여왕의 유언은 말하자면 완전한 해탈을 꿈꿀 수 없는 자기의 한계와 업보를 슬기롭게 가늠하고, 나아가서는 그에 따른 비극성을 초월할 수 있는 현실적 가능성을 충분히 고려한 운명에의 예지인 것이다.

이것이 미당이 지향하는 바 '인간적 신성'의 구체이자 '영원성'의 내용이란 사실은, 이미 '도솔천'[26]을 '도령님'과의 인연과 춘향 자신의 윤회가 실현되는 공간으로 설정했던 「춘향유문」을 떠올릴 때 보다 분명해진다. 따라서 "피 예 있으니" "내 못 떠난다"는 선덕여왕의 말은 "현세와 내세를 동일한 시공에서 포용하려는 데서 연유되는 이율배반"의 심정을 표현하는 이미지라 할 수 있다. 이 '피'는 그러나 저 『화사집』의 고열한 생명 충동과는 상당히 거리가 멀다. 왜냐하면 "숙명적인 피의 이율배반을 윤회의 차원으로 승화시켜 극복하"고 있기 때문이다.[27]

---

25) 미당은 일찍이 「선덕여왕찬(善德女王讚)」*(『문예』, 1950.6)을 통해 '심오한 어머니'로서의 선덕여왕의 숭고한 풍모를 흠모하며 찬양한 적이 있다. 이 시의 화자인 '시인=나'를 '선덕여왕'으로 바꾸어 그녀 자신의 여러 언행을 진술하게 한 것이 「선덕여왕의 말씀」이 아닐까 한다.

26) 욕계 6천 가운데 제4천인 '도솔천'은 부처가 되기 전의 보살들이 수행하는 곳으로, 석가모니도 현세에 태어나기 전에는 여기서 수행했다고 한다.

27) 이상의 인용은, 천이두, 「지옥과 열반—서정주론(3)」, 『시문학』, 1972.8, 53면~54면.

이런 점에서 '지귀'를 비롯한 '병약자'와 '홀아비', '홀어미'에 대한 '선덕여왕'의 자비와 배려는 지배자의 선정(善政)에 대한 의지 이전에 그녀가 내면화한 '영원성'이 자연스레 흘러 넘친 결과이다. 비유컨대 "금강산에 오르는 젊은이들을 위해" "그 발맡에 내려와서 길을 쓸"던 '별'의 숭고한 행위에 대한 인간적 번역이 선덕여왕의 베풂인 것이다. 그녀의 사랑이 인간적 지혜의 소산인 '국법'보다 훨씬 윗길에 속하는 만고불변의 인륜 내지 자연법으로 이해되는 것은 바로 그 때문이다. 타자에 대한 배려가 자아와 심미적 존재론의 진정한 실현을 위한 필요조건으로 제시되는 것은 신라 시편의 매우 두드러진 특징 가운데 하나이다. 물론 그 배려는 특정한 역사 공간에 그치지 않고 시대를 지속하여 전달되는 보편적 가치로 제시된다는 점에서 그 자체로 '영원'의 형식을 이룬다.

예컨대 미당은 「신라의 상품(商品)」에서 생필품인 '솜'과 '쌀'을 윤회와 인연설의 현현태로 파악하면서 그것들을 "우리들의 노래"로 가치화한다. 이것이 '별'을 현재의 자기 몸, 더욱이는 지금, 여기에도 관류할 수 있도록 '끊어진 장'을 꿰매는 작업의 일부임은 매우 분명하다. 신라 시대에는 존재하지 않았던 '목화'와 '못자리' 운운에서 미당의 시대착오를 읽어낸 논자[28]도 있고 보면, 「신라의 상품」은 '역사로서의 과거'를 폐지함으로써 '신화로서의 과거'를 현재화하려는 심미적 계몽의식의 산물이라 해도 크게 틀리지 않는다. '사소 부인' 연작은 그런 의식이 신라 시편 전반을 지배하는 공통감각임을 더욱 투명하게 보여준다.

> 노래가 낫기는 그중 나아도
> 구름까지 갔다간 되돌아오고,
> 네 발굽을 쳐 달려간 말은
> 바닷가에 가 멎어버렸다.
> 활로 잡은 山돼지, 매(鷹)로 잡은 山새들에도

---

28) 최두석, 「서정주론」, 『미당연구』(조연현 외), 272면.

이제는 벌써 입맛을 잃었다.
꽃아. 아침마다 開闢하는 꽃아.
네가 좋기는 제일 좋아도,
물낯바닥에 얼굴이나 비취는
헤엄도 모르는 아이와 같이
나는 네 닫힌 門에 기대 섰을 뿐이다.
門 열어라 꽃아. 門 열어라 꽃아.
벼락과 海溢만이 길일지라도
門 열어라 꽃아. 門 열어라 꽃아.

—「꽃밭의 독백(獨白)—사소 단장(娑蘇 斷章)」 전문

'노래'와 '꽃'이 '영원성'의 핵심적 표상이자 매개라는 사실을 다시 강조할 필요는 없겠다. 자아는 '노래'와 '꽃'을 그중 낫고 제일 좋은 것으로 간주하고 욕망하지만, 어떤 한계로 인해 여전히 그것들의 문턱("닫힌 문")에서 좌절하는 낭만적 아이러니에 사로잡혀 있다. 그의 한계는 무엇보다 지상현실에 속박된 인간의 보편적 운명에서 발생한다.

그러나 문제는 그 한계 자체가 아니라 그것을 넘어설 수 있는 방법의 부재, 이를테면 자아가 "헤엄도 모르는 아이와 같"다는 사실에 있다. 이는 '춘향'이 '그네'보다는 "西으로 가는 달 같이는/나는 아무래도 갈수가 없다"는 점에 자기 한계의 본질을 두었던 것과 동일한 발상이다. 따라서 자아에게는 아직도 닫혀 있는 '영원성'의 문을 따는 방법을 터득하는 것이 가장 중요하고 시급한 과제이다.

그런 점에서 수 차례 반복되는 "문 열어라 꽃아"는 단순히 '영원성'에 대한 소망을 표현하는 말이 아니라, 그 방법을 얻기 위해 자기 가슴에 '꽃'을 문지르는 절실한 주술행위에 해당한다. 이것은 이전의 '문' 모티프에 비하면 큰 변화와 진전이 아닐 수 없다. 그의 '푸른 숨결'이나 '하늘'로의 도약은 언제나 소녀들과 그들이 부르는 정도령, 그리고 향단과 같은 타자의 도움에 의해 이루어졌다. 그러나 이제는 자아 혼자의 힘으로 닫혀 있는 '영원성'의 문을 열고 있는 것이다.

이와 같은 자아의 능동성과 적극성은 '꽃'의 의미심장한 보충에 힘입은 바 크다. '꽃'은 스스로 "아침마다 開闔하는", 다시 말해 날마다 새로운 시간과 공간을 낳는 우주적 사건의 주체로 상상되고 있다. 자아는 피고 지기를 반복하는 꽃에서 우리 삶의 일시성과 덧없음을 떠올리기는커녕, 오히려 무한 생성과 영원한 지속이 한 몸을 이룬 '영원회귀'의 감각을 톺아낸 것이다. 어런 '꽃'의 영원성과 절대성에 대한 확실한 자각이야말로 자아가 '정도령'을 거치지 않은 채 직접적으로 '꽃'을 동일성의 대상으로 호명하게 된 진정한 이유이다.

"문 열어라 꽃아" 사이에 처음으로 삽입된 "벼락과 해일만이 길일지라도"라는 구절은 그런 점에서 다음 두 가지의 의미를 지닌다. 첫째, '벼락'과 '해일'은 세상의 '개벽'에 따르게 마련인 일종의 카오스를 상징한다. 이것을 인간적 차원으로 좁힌다면, '개벽'은 새로운 존재의 생성 혹은 도약을, '벼락'과 '해일'은 그를 위해 반드시 거쳐야만 하는 치명적 위반과 파괴를 의미할 터이다. 둘째, 이들 세 단어가 갖는 '엄청난 말의 부피'는 우주적 존재 전환, 곧 '영원성'에의 완전한 진입과 정착을 갈망하는 자아의 욕구와 의지를 대변한다.29)

"벼락과 해일만이 길일지라도"라는 양보 구절은 따라서 '영원성'의 충족에 요구되는 자기희생과 헌신을 적극적으로 수용하겠다는 다짐의 말이다. 이런 자아의 공희(供犧) 속에서야 비로소 한계점이자 경계선으로서의 '문'은 스스로를 열어 다른 세계로의 진입과 이행을 허락하는 진정한 출입구가 된다.

피가 잉잉거리던 病은 이제는 다 낳았읍니다.

올 봄에

---

29) 엄경희, 「서정주 시의 자아와 공간 · 시간 연구」, 78~79면.

매(鷹)는,
진갈매의 香水의 강물과 같은
한섬지기 남직한 이내(嵐)의 밭을 찾아내서

대여섯 달 가꾸어 지낸 오늘엔,
홍싸리 수풀마냥. 피는 서걱이다가
翡翠의 별빛 불들을 켜고,
요즈막엔 다시 生金의 鑛脈을 하늘에 폅니다.

—「사소(娑蘇) 두번째의 편지 단편(斷片)」 부분

'꽃'과 '노래'가 제일 좋은 줄 알면서도 그들의 문 앞에 번번이 멈춰 서야만 했던 존재의 아이러니는 자아가 가장 원초적인 '노래'를 부르는 가운데 '꽃'과 동일화됨으로써 말끔히 해소되었다. 그에 대한 비유적 선언이 "피가 잉잉거리던 병은 이제는 다 낳았습니다"는 구절이다. 이는 적어도 시인의 체내에서만큼은 '영원성'이 막힘 없이 관류하게 되었다는 말이나 다름없다.

이때 중요한 것은, "피가 잉잉거리던 병"이 외부의 힘과 논리가 아니라 "피 예 있으니"(「선덕여왕의 말씀」) 하는 식으로 자아가 '피'를 자기 삶의 숙명적 원리로, 인간적 신성의 근본 조건으로 감싸안음으로써 치유되고 있다는 사실이다. 2, 3연의 '이내의 밭'이 '꽃밭'의 다른 이름이요, 그것을 "가꾸어 지낸" 과정이 '영원성'을 내면화하는 과정임은 비교적 명백하다. '피'가 "비취의 별빛 불"로 순화·승화되고 자아의 몸을 훨씬 뛰어넘어 하늘을 흐르는 "생금의 광맥"으로 신성화되는 이미지는, 역사가 타락하면서 그 사이가 점점 멀어진 '별'과 인간이 바야흐로 서로의 발맡을 쓸어주던 원초적인 과거를 되찾고 있음을 환기한다.

이런 세계의 재신성화는 '별'이 내려오는 대신 '피-인간'이 올라감으로써 성취되고 있다는 점에서 특히 흥미롭다. 이것은 무엇보다도 '영원성'을 존재와 삶의 원리로 완전히 확정한 새로운 인간형의 거룩하고 숭고한 면모를 강조하기 위한 미적 장치이다. 하지만 여기에는 한편으로는 '별'과의 거리를 심화시킨 것이 인간이라면 그 거리감의 해소 역시 인간의 몫이어야 한다는 생각이 담겨 있다. 다른 한편으로는 '영원성'은 처음부터 주어진 것이 아니라 자아의 뼈저린 각성과 능동적인 탐문 끝에 얻은 것이라는 사실에 대한 자긍심과 자랑도 함께 반영되어 있다.

'피=생금의 광맥', 곧 '영원성'을 시공간을 초월하여 인간의 모범적 존재양식으로 삼으려는 자아의 또 다른 욕망은 저런 자아의 확실성 없이는 쉽사리 생성되고 표출될 수가 없다. 가령 '사소 부인'은 그를 추방한 '아버지'는 물론 "내 어린 것 불거내(弗居內)"와 "숨은 불거내의 애비", 더욱이는 "먼 먼 즈믄해 뒤에 올 젊은 여인(女人)들"에게로도 "생금 광맥"을 펼쳐 보이고자 한다. 이런 타자에의 배려는 무엇보다 세상에서 그중 좋은 것을 함께 나누려는 베풂의 실천으로 읽히지만, '영원성'을 세계에 편재된 질서로 정립하려는 고도의 책략으로도 읽힌다. '영원성'의 펼침이 자아의 사건으로 머물 때 자아는 또 다시 "이것을 받아줄이가 땅위엔 아무도 없음을 봅니다"(「나의 시」)라는 절대고독에 빠져들 수밖에 없다.

타자에의 배려는 따라서 '영원성'의 주관적 성격을 재고함으로써 그것을 언제 어디서고 통용되는 보편타당한 가치체계로 세우려는 노련한 전략의 일환이다. 이에 대한 가장 값진 보상은 당연히도 '나'의 시와 피가 '우리(민족)'의 시와 피로 거듭나고, '영원성'의 사적 비전이 우리 모두의 삶에 없어서는 안될 공통감각과 공동환상으로 확장, 심화되는 것이겠다.

그러나 미당이 그런 보상을 완전히 손에 움켜쥐었다고 흔쾌히 동의하기에는 많은 어려움이 따른다. 그가 어려운 정신의 모험을 통해 가닿은 '신라—영원성'의 세계는 대체로 현실적 타당성의 결여라는 혐의에서 자유롭지 못하다. "역사적 신라가 아닌, 인간과 자연이 완전히 하나가 된, 어떤 정신적 등가물"이라든가 기록 속의 신화, 보다 정확히는

"설화의 발굴과 그 해석에서 빚어지는 정신세계"와 같은 언급들은, 역사적 기능에서 이탈하여 오로지 해석학적 기능만을 발휘하는 '신라적 영원'의 객관적 실상에 대한 비판을 대표한다.[30] 이들이 문제삼은 것은 겉보기에는 '신라'의 현실성 유무 같지만, 그 문맥을 꼼꼼히 따져보면 '신라'를 상상하는 미당의 태도임이 드러난다.

신화나 설화의 변함 없는 현대성, 바꿔 말해 그것들이 물리적 시공간을 뛰어넘어 언제나 개인과 공동체의 삶의 리얼리티를 지탱하는 힘은 신화 자체가 아니라 신화적 과거와 현재 사이에 존재하는 은유적 동일성에서 주어지는 것이다.[31] 그러나 미당은 그런 동일성의 감각은 뒤로 젖혀둔 채 신화 자체를 실제의 역사로 상정함으로써 역사적 신라를 폐지하고 신화적 신라의 현재화를 기도했다. 마치 자연의 인간화에서 그러했듯이, 자아가 역사에 참여하는 것이 아니라 역사를 자아에 참여시키는 방법으로 신라를 동일화했던 것이다.

여기서 생겨나는 가장 큰 불행은 기원의 불가침적인 동일성이 더욱 강화됨으로써 기원과 현실간의 유의미한 연관이 상당 부분 제거된다는 점이다. 그에 따라 시 내부에는 타자가 부재한 공허한 동일성만이 메아리치게 되기에 이른다.[32] 신라 관련 소재나 인물군들이 이후 미당 시에서 줄곧 현실역사 속에 내재한 모든 차이나 불연속성을 천의무봉으로 꿰매버리는 절대성의 체계가 되어 군림하게 되는 것은 이런 약점과 결코 무관치 않다.

이런 점에서 미당의 '신라'에 대한 절대화와 신비화는 전형적인 '과거와의 보수적 교류'에 속한다. 과거와의 보수적 교류란, 비록 과거가 현재와 연관은 맺고 있지만 그 과거에 객관적인 이론적 토대를 부여하

30) 차례로 김우창의 「한국시와 형이상－하나의 관점」(『궁핍한 시대의 시인』, 민음사, 1977), 63면과 김윤식의 「서정주의 『질마재 신화』 고(攷)－거울화의 두 양상」(『현대문학』, 1976.3), 249면.
31) 眞木悠介, 『時間の比較社會學』, 岩波書店, 1997, 235면.
32) 강상중, 『오리엔탈리즘을 넘어서』, 이산, 1997, 131면.

는 현재에 대한 분석이 결여되어 있는 경우를 말한다. 이런 상황에서는 현재에 대한 모호한 희망 속에서 과거가 관찰되고 또한 재구성되기 때문에 과거의 상(像)은 거의 예외 없이 왜곡된다.[33] '신라'를 역사상의 다른 나라나 아예 허구적으로 고안한 어떤 세계로 바꾸어도 미당의 지향에 별다른 훼손이 되지 않을 것이란 추측은 그래서 가능하다. 또한 현재의 개입에 의해 왜곡된 과거의 상이 거꾸로 현재와 미래의 상을 왜곡하게 될 것임은 불 보듯 훤하다. 하나의 시대착오가 또 다른 시대착오를 불러오는 악순환의 연쇄가 이로부터 생겨난다. 이 지점이야말로 신라적 영원성이 드리운 가장 어두운 그늘에 해당하겠다.

2. '영원성'의 일상화와 아날로지 충동

『신라초』는 제목과 더불어 세간의 관습적인 이해 탓에 '신라'에 대한 시적 진술로 온통 채워져 있으리란 인상을 쉽게 주곤 한다. 그러나 실상을 따진다면, 『신라초』에는 풍류적 삶, 곧 신라적 영원성에 대한 절대화를 바탕으로 특히 현재를 이해하고 재구성하는 시편들이 다수를 점유하고 있다. 다시 말해 모든 좋은 것의 민족적 기원이자 원형으로서의 '신라'의 내면화가 역사적 현재와 삶까지를 예술화하는 경향을 초래하고 있는 것이다. 이런 경향은 『동천』에서 더욱 심화되어 그 절정을 달리게 된다. 이 과정에서 신라 최고의 상품(商品)인 "생금의 광맥"을 현재의 하늘에 펴는 데에 핵심적 역할을 하는 것은 인연설과 윤회설이다.

이즈음에 이르면 미당은 인연설과 윤회설을 단지 존재의 영생주의와

---

33) P. Bürger, 김경연 역, 『미학 이론과 문예학 방법론』, 문학과지성사, 1987, 200~201면.

자연주의를 보장하는 원리로만 제한하여 이해하지 않는다. 그에 더해 자아와 타자, 인간과 자연, 하늘과 땅, 성과 속 따위의 대립체는 물론, 전혀 무연해 보이는 어떤 것들조차 시공간을 초월하여 서로 얽혀들며 대화하는 우주적 상응, 곧 아날로지(analogy)의 실천 원리로 간주한다. 가령 그는 '춘향의 말' 연작에서 보았듯이 윤회설에 기대어 자아 및 자아와 관련되는 모든 것들의 관계를 끝없이 순환·반복하는 변신의 과정으로 포착함으로써 현세적이고 일시적인 '나'의 존재를 '영원성'의 질서 속에 편입한다. 이런 윤회적 상상력은, 세계의 우발성에 맞서서는 규칙성을, 차이와 예외에 맞서서는 유사성을 부여하며 또한 그럼으로써 존재와 현실에 연속성과 안정성을 보장하는 아날로지의 원리에 맞닿아 있는 것이다.

미당 시에서 윤회설과 인연설을 통해 세상이 인간을 포함한 모든 존재들이 자신들의 닮은꼴과 상응을 발견하는 조화와 화합의 무대로 거듭나는 장면은 특히 은유와 상징으로 대표되는 동일성의 수사학에 의해 구현된다.[34] 미당은 이를테면 "불교의 경전에 매장되어 온 파천황의 상상들과 그 은유들"을 지상 최고의 유추적 사유로 간주한다. 그것만큼 "안 보던 미의 새로운 세계"를 풍부하게 드러내는 것은 결코 존재하지 않는다고 생각하기 때문이다.[35] 요컨대 미당은 인연설과 윤회설 자체는 '영원성'의 내적 논리로, 추상관념인 그것들에 구체성과 가시성을 부여하는 불가(佛家)의 상상력과 비유법은 '영원성'에 대한 표상 형식으로 알뜰히 차용하고 있다.

그런데 이때 주목할 만한 사실은 그런 태도가 자아를 '영원성'의 새로운 발견자보다는 그것에 대한 충실한 번역가나 해독자로 위치시키게 된다는 점이다. 이에 따라 개별 시편은 비록 "안 보던 미의 새로운 세

34) 아날로지, 곧 유추적 상상력의 본질에 대한 상세한 설명은, O. Paz, 『흙의 자식들』, 솔, 1999, 88~89면 참조.

35) 서정주, 「불교적 상상과 은유」, 『전집』 2, 266~267면.

계"를 담는다 해도 그 세계의 역동성과 사실성을 드러내기보다는 그 세계를 매개로 '영원성'의 실재를 입증하는 해석의 공간으로 주어지게 될 가능성이 커진다.

> 언제든가 나는 한 송이의 모란꽃으로 피어 있었다.
> 한 예쁜 처녀가 옆에서 나와 마주 보고 살았다.
>
> 그 뒤 어느날
> 모란꽃잎은 떨어져 누워
> 메말라서 재가 되었다가
> 곧 흙하고 한세상이 되었다.
> 그게 이내 처녀도 죽어서
> 그 언저리의 흙 속에 묻혔다.
>
> (……)
>
> 그랬더니, 그 집 두 양주가 그 새고길 저녁상에서 먹어 消化하고
> 이어 한 嬰兒를 낳아 養育하고 있기에,
> 뜰에 내린 소나기도
> 거기 묻힌 모란씨를 불리어 움트게 하고
> 그 꽃대를 타고 올라오고 있었다.
>
> 그래 이 마당에
> 現生의 모란꽃이 제일 좋게 핀 날,
> 처녀와 모란꽃은 또 한 번 마주 보고 있다만,
> 허나 벌써 처녀는 모란꽃 속에 있고
> 前날의 모란꽃이 내가 되어 보고 있는 것이다.
>
> —「인연설화조(因緣說話調)」 부분

미당의 말을 따른다면, 이 시는 '나'와 '모란꽃'의 관계를 매개로 자

아 및 자아와 관련된 모든 것들이 인연과 윤회전생의 끊임없는 반복 속에서 "영원성을 실유(實有)케"(『전집』 5, 285면) 되는 삶의 진정한 국면을 그린 것이다. 미당에게 인연설과 윤회설은 그것의 순환적 질서가 '영원성'의 계기를 이룬다는 점에서 중요하다. 하지만 미당이 정말 주목하는 것은, 그것들이 '영원성'을 가능케 하는 동력, 즉 사람 사이의 정(情)은 물론이고 물질의 거래와 상봉, 별리를 주관하는 "마음의 필연성"(같은 책, 286면)이 작용하는 토포스를 형성한다는 점이다.

이것은 그러나 상식의 차원에서 본다면 시인의 절대주관 속에서나 가능한 초현실적이고 비합리적인 관념이자 감각일 따름이다. 따라서 "마음의 필연성"이 자아와 그를 둘러싼 모든 것들이 서로 얽혀들고 넘나들 수 있게 하는 실질적 힘으로 인정받기 위해서는 그런 과정을 가시화하고 구체화하는 방법에 대한 모색이 절실하게 요청된다. 이런 과제를 미당은 이것에서 저것으로의 변신과 전환을 거침없이 지시하는, 그리고 궁극적으로는 무형적이며 영원한 형이상학적 존재로 자아를 끌어올리는 '변신' 모티프를 통해 해결한다. '변신' 모티프의 이런 성격은 그것을 서로 이질적인 것을 통합하여 새로운 존재와 현실을 생성시키는 은유의 속성을 매우 극대화한 것으로 간주케 하는 근거가 된다.[36)]

'변신' 모티프에 기초한 미당의 은유의 가장 큰 특징은 "누구나 상기할 수 있는 인접관계에 기초한 환유적 사유방식과의 끊임없는 교섭"[37)]을 통해서 수행된다는 점이다. 그 과정은 그대로 자아가 존재와 현실의 유한성을 뛰어넘어 '영원성'이란 초월적 지평에 이르는 과정을 형성한

---

36) 『화사집』에 국한된 것이긴 해도 미당 시에서 변신 모티프에 기반한 비유(은유)의 역할과 가치를 누구보다 일찍이 주목하고 고평한 이는 고석규이다. 그는 '매타몰포오즈(Metamorphose)하는 비유', 곧 변신하는 은유가 인간이 존재와 현실의 유한성을 뛰어넘어 초월적인 근거의 깊이로 귀의하는 모습을 가장 역동적으로 드러낸다고 본다. 보다 자세한 내용은 고석규, 「현대시와 비유」(1956), 『여백의 존재성』, 책읽는사람, 1993, 96~101면 참조.

37) 김현자, 「서정주시의 은유와 환유」, 『은유와 환유』(한국기호학회 편), 문학과지성사, 1999, 117면.

다. 이때 환유적 사유의 개입은 구문 차원과 시 전체의 의미론적 차원에서 동시에 이루어진다. 가령 「인연설화조」에서 '모란꽃'을 매개로 한 '나'와 '처녀'의 상호변신과 관계의 역전은 '나/너는 무엇이다'라는 유사성(은유)의 축이 '나/너는 다시 무엇이 된다'는 인접성(환유)의 축으로 계속 치환됨으로써 성사된다.

그러나 '나'와 '모란꽃'의 시공간을 초월한 인연과 변신, 교감은 이성적 논리에 의해서는 해명이 도저히 불가능한 신비체험, 아니 시인의 절대적 주관이 주조해낸 허구적 경험이라고 해야 마땅하다. 이런 은유를 허무맹랑한 관념과 언어의 유희에서 구원하는 것이 있다면, 그것은 말할 것도 없이 '인연설화조'란 시의 제목이다. '나'와 '처녀'의 상호 변신은 '인연설화'란 말이 그 변신을 설명하고 보충하는 또 다른 해석의 통로로 제공됨으로써 비로소 그 의미의 정당성과 현실성을 확보하게 된다. 이것은 '인연설화조'란 제목이 낱낱의 변신 은유를 의미론적 차원에서 감싸안지 않았더라면, 계속하여 변신하는 존재들의 최종적인 동일성을 드러내거나 유발하는 자아 내부의 '상징적 연관성(symbolic reference)' 역시 존재할 수 없었을 것이라는 말도 된다.[38)]

변신 은유를 통한 존재와 삶의 영원에 대한 자유자재한 조형은 미당이 불교적 상상과 은유를 "여태까지 동서양의 시에서 맛보던 상상의 세계나 그 은유들보다는 훨씬 다르고도 아름다운 신개지"(『전집』 2, 268면)로 서슴없이 규정하는 근거가 된다. 그것들을 향한 미당의 절대적 신뢰는 "파천황의 상상들과 그 은유들"이란 표현에서 보듯이 넌센스의 센스 혹은 언어도단의 감각이 오히려 육안이나 이성적 논리로는 도저히 파지할 수 없는 "미의 새로운 세계"를 열어준다는 생각에서 비롯된 것이다.[39)]

---

38) '상징적 연관성'이란 개인의 상상 속에 부유하는 무질서한 의식의 파편들을 결합하여 일정한 통일체로 만드는 동일한 자아 내부의 어떤 원근법(perspective)을 이르는 말이다(H. Meyerhoff, 『문학과 시간 현상학』, 삼영사, 1987, 58면).

39) "안 보던 미의 새로운 세계에 접할 때는 논리는 차라리 아주 던지고 겸허하고 순수한 센스로만 접하는 것이 그것을 바로 보는 것일 것이다."(『전집』 2, 267면) 이런 생각 아

그런데 흥미롭게도 그는 불교적 상상과 은유의 위대함을 강조하기 위해 초현실주의의 그것들을 비교의 대상으로 끌어들인다. "쉬르레알리스트가 인간의 잠재의식의 층을 침잠하여 뒤지다가 상상의 빛나는 신개지를 개척하고 거기 맞춰 전무한 은유의 풍토를 빚어낸 사실을, 우리는 지금도 여전히 찬양하지 않을 수 없다"(『전집』 2, 266면) 운운이 그것이다. 미당의 이런 발언은 책에서 배운 지식을 의례적으로 펼친 것이 아니라 스스로의 시작 경험에서 깨달은 바를 토로한 것으로 보아야 옳다. 왜냐하면 그는 벌써 1940년을 전후하여 초현실주의의 영향 아래 「부활」·「서풍부」·「행진곡」 등의 가편(佳篇)을 생산했던 경력의 소유자이기 때문이다.

그렇다면 비록 불교적 상상과 은유의 가치를 더욱 돋보이려는 의도에서 취해진 것이긴 하지만, 미당이 상찬한 바 초현실주의의 상상과 은유의 본질은 무엇인가. 거칠게나마 이에 대한 답으로서는 상상의 경우 전제(專制)적 상상력을, 은유의 경우 병치 은유를 들 수 있겠다.[40] 사실 이것들은 20세기 유럽시의 보편적인 특징으로 간주될 수 있는 요소들이다. 그러나 특히 초현실주의가 주목해마지 않았던, 이성에 의해 억압되고 은폐되었던 무의식의 화려한 귀환 속에서 그것들의 역동성과 급진성은 가장 빛을 발했던 것이다.

먼저 전제적 상상력이란 실재세계에 대한 고도의 변형과 해체, 파괴를 통해 구체적 현실과는 전혀 무관한 새로운 초현실을 만드는 아날로지적 상상력을 뜻한다. 이것은 실제 사실들에 부합되지 않으며 또한 그것들을 더욱 낯설게 하기 위해 가장 연관이 먼 것들 또는 구체적인 것과 상상적인 것들을 강제로 결합시킨다. 그럼으로써 인간을 포함한 모

래 씌어진 시편들이 『동천』을 이룬다. "『신라초』에서 시도하던 것들이 어느 만큼의 진경(進境)을 얻은 것인지, 하여간 나는 내가 할 수 있는 대로의 최선은 다 해온 셈이다. 특히 불교에서 배운 특수한 은유법의 매력에 크게 힘입었음을 고백하여 (……)"(『동천』 후기, 민중서관, 1968, 149~150면)

40) 전제적 상상력과 병치 은유에 대한 설명은 H. Friedrich, 『현대시의 구조』, 109~112면·265~275면을 주로 참조했다.

든 것들은 복수화되고 훨씬 감각적이 되지만, 그와 동시에 구체적 현실로부터는 멀어진다.

전제적 상상력은 이질적인 것들을 통합하는 은유의 기능에도 거대한 변화를 불러온다. 전통적으로 은유는 비교를 통해 서로 다른 대상들 사이에 숨겨진 유사성을 발견하는 데에 최고의 목적을 두어왔다. 하지만 전제적 상상력에서 은유는 오로지 대상들 사이의 유사성을 환기하기 위해서 구사되지는 않는다. 그보다는 어떤 친숙한 것을 어떤 낯선 것과 폭력적으로 결합시킴으로써 관습적인 세계나 기존의 문학에 맞서는 대립세계를 형성함은 물론, 현실에는 존재하지 않는 새로운 실재를 생성하는 역할을 한다. 이처럼 유사성과 연관성이 아예 없거나 미약한 것들 — 상이성을 충돌시켜 새로운 통일체 — 동일성으로 지양하는 현대적 은유를 지칭하는 말이 병치 은유이다.[41)]

불교적 사유와 초현실주의는 넌센스의 센스, 다시 말해 상식과 논리를 뛰어넘는 초현실적 감각으로 세계를 인식하고 재구성하는 태도의 유사성에서 매우 닮아 있다. 그러나 그것들이 목적하는 바는 매우 다르다. 불교적 상상과 은유는 불교의 교리를 설파하거나 아니면 불교가 지향하는 인간과 세계의 존재방식 및 행동양식을 지시하기 위한 수사학적인 방편으로서의 성격이 짙다. 새로운 존재와 세계의 생성보다는 장막에 가려진 그것들의 원리나 본질을 드러내고 질서화하는 일에 보다 관심을 기울인다는 말이다.

이에 반해 초현실주의의 상상과 은유는 기존의 것을 인지하고 묘사하기보다는 현실에서는 불가능한 무한한 창조의 자유를 언어적으로 누

---

41) 윌라이트는 비교를 통한 의미의 탐색과 확대작용에 주력하는 은유를 외유(外喩, epiphor)로, 병치와 합성에 의한 새로운 의미 창조에 보다 관심을 두는 은유를 교유(交喩, diaphor)로 부른다. 전자는 일반적인 은유에, 후자는 병치 은유에 해당하는 셈이다. 그의 말처럼 가장 효과적인 은유작용은 어떤 방법으로든 외유와 교유적 요소가 결합하는 경우이겠다. 보다 자세한 내용은, P. Wheelwright, 김태옥 역, 『은유와 실재』(문학과지성사, 1982)의 제4장 '은유의 양면작용' 참조.

리는 일에 진력한다. 이런 창조적 자유를 통해 초현실주의자들은 혁명을 위한 도취의 힘을 얻는다. 또한 그런 도취 속에서 일상적인 것에서 비밀스러운 것을, 비밀스러운 것에서 일상적인 것을 발견하는 '범속한 트임(profane Erleuchtung)'이라는 영혼의 새로운 각성에 도달한다. 그리고 이로부터 개인과 집단의 전인(全人)적 혁신은 시작된다.[42] 요컨대 초현실주의자들의 상상과 은유는 창조적 자유 상황, 즉 도취에 빠진 자아의 흐트러짐을 생산적이고 살아 있는 경험으로 조형함으로써 관습적인 현실에 붙박인 자아를 해방시키려는 방법적 자유의 일환이다.

불교적 사유에서 우주적 무한과 시간적 영원의 주인공 자격을 복권하는 진정한 길을 발견했던 미당이고 보면,[43] 실재세계에 대한 변형과 파괴를 통해 초현실의 생성을 기도하는 초현실주의 미학은 그 시공간과 비전의 규모 때문에라도 몹시 왜소하게 보였을지도 모른다. 그러나 미당의 양자에 대한 비교와 가치 판단은 그것들의 현실적 기능과 효과, 목적 따위를 도외시한 채, 안 보이던 세계에 대한 상상의 규모와 계시의 정도라는 결과의 측면만을 대상으로 행해진 것이란 점에서 시각의 편향과 불균형을 면치 못한다. 더군다나 그는 불교적 상상과 은유에서 계시 받은 '영원성'에 대한 창조적 자유를 일종의 언어적 사건이 아니라 현실 자체로 환원하고 있다. 여기에 또 다른 의식의 전도, 인연설과 윤회설에 내장된 카르마의 고통에 대한 편의적인 은폐와 삭제가 숨어 있음은 이미 '춘향의 말' 삼부작에서 보았다.

이런 사정들은, 미당의 불교적 사유에의 천착이 "무너진 문화의 폐허

42) W. Benjamin, 「초현실주의」, 『현대사회와 예술』(차봉희 편역), 문학과지성사, 1980, 40~44면.

43) 미당은 근대 이후의 물리적·계량적 시간의식을 극복하고 다시 '영원성'의 주인 자격을 복권하는 지름길로 석가모니가 제시한 여섯 가지 바라밀(婆羅蜜), 그 중에서도 특히 다섯 번째인 선정(禪定)의 실행을 강조한다. 그에 따르면, 선정은 마치 헤겔의 주인과 노예의 변증법처럼 현재는 노예의 나락에 떨어져 있는 자가 원래의 주인 자리를 회복하려는 정신의 지향과 실천을 뜻한다(서정주, 「문치헌밀이」, 『미당산문』, 154~156면).

를 헤치고 들어가 껍질들의 단편들 아래 아직도 남아 있는 창조의 핵심”[44]을 되찾으려는 형이상적 정열이기보다는, 그 자신의 말처럼 “고대부터 내려와 현대에 공존하고 있는 종교들의 고대적 사유태도, 고대적 감응태도의 어느 면을 좋아뵈서 본따고 있는”(『전집』 2, 287면) 소극적인 모방행위로 비치게끔 하는 주요한 원인이 된다.

① 石榴꽃은
永遠으로
시집 가는 꽃.
구름 넘어 永遠으로
시집 가는 꽃.

—「석류꽃」 부분

② 이 븨인 金가락지 구멍에
끼었던 손까락은
이 구멍에다가 그녀 바다를 조여 끼어 두었었지만
그것은 구름되어 하늘로 날라 가고…….

—「븨인 金가락지 구멍」 부분

③ 이승과 저승 사이
그 갈대의 기념으로
내가 세운 절간의 법당에서도
아주 몽땅 떠나 와 버린 내 데이트 시간은,

—「내 데이트 시간」 부분

다소 거친 분류이긴 하지만, 『동천』 시기에 미당은 대체로 ① 자연물에 대한 비유를 통해 ② 윤회설과 인연설을 매개로 ③ ‘시간’이란 말을 직접 끌어들여 ‘영원성’을 구상화하고 실체화한다. 위의 시들은 각각의

44) 김우창, 「한국시와 형이상—하나의 관점」, 68면.

유형을 대변한다고 해도 크게 틀리지 않는다. 미당은 자연물 가운데서는 특히 '꽃'과 '바람'을 '영원성'의 이미지로 곧잘 채용하는데, 이것은 초기시 이래의 전통이자 습벽이다.[45] 변화가 있다면 그것들이 '영원성'의 매개체를 넘어 완미한 실체로서 서슴없이 제시되고 있다는 점이다. 인연설과 윤회설은 앞서 본 대로 변신 은유를 통해 주로 형상화된다.

미당은 ②에서처럼 그것들에 종종 '텅 비인 순금 반지'의 이미지(「님은 주무시고」·「나는 잠도 깨여 자도다」)를 부여한다. 그것들은 비단 손가락뿐만 아니라 "내 마음의" 하늘, 바다와 같은 내면 공간까지 "둘러 끼운다." 그런데 주목할 만한 사실은 반지의 착용이 흔히 '그대'가 부는 "피리 소리"에 의해 실현된다는 것이다. 미당이 '꽃'과 더불어 미지의 세계로부터 들려오는 '소리'(숨결과 바람도 포함)를 '영원성'의 표상으로 채용해왔음 역시 주지의 사실이다. 말하자면 그는 보이면서도 안 보이는, 부재하는 듯하면서도 실재하는, 구체이면서도 추상인 '영원성'의 본질을 '꽃'(시각)과 '소리'(청각/촉각)를 통해 형상화해온 것이다. '순금 반지'는 따라서 윤회설 특유의 순환과 지속 원리가 물질화된 형식이면서, 또한 눈에 뵈지 않는 무(無)로서의 그것이 생산하는 생명성과 항구성을 드러내는 객관적 상관물이다.

한편 이즈음 미당은 ①에서처럼 '영원'이란 말을 직접적으로 그리고 빈번히 노출한다(「우리 데이트는」·「내 영원은」). 천년 이상의 긴 시간(「눈오시는 날」·「나그네의 꽃다발」)이나 ③처럼 죽음과 삶의 구분마저 초탈한 절대적인 자유와 해탈의 시간을 누리는 마음의 경지는 그것의 구상적인 표현이라 해도 좋다. 우주적 무한과 시간적 영원을 호흡하는 존재의 심미적 깊이와 영혼의 활달함은 그럼으로써 더욱 배가된다. 이런 점에서 은

45) 김화영에 따르면, "『동천』은 전체 50편 중 꽃을 제목으로 한 시가 무려 9편이나 되고 꽃의 이미지가 동원되지 않은 시는 10여 편 정도뿐이다." 또한 『미당서정주시전집』(1983)에 등장하는 꽃들은 무려 40여 종에 이르는데, 이것은 각 시집의 주조를 그곳에 등장하는 꽃만으로도 짐작할 수 있게끔 하는 원천이 된다. 보다 자세한 내용은 김화영, 『미당 서정주의 시에 대하여』, 민음사, 1984, 111~112면 참조.

유를 중심으로 한 미당의 아날로지 충동은 '영원성'을 인간적 시간으로 가시화하려는, 그럼으로써 그것의 경험적 내포와 울림을 한층 풍요롭게 하려는 야심찬 미학적 기획이라 하겠다.[46)]

그러나 몇몇 이미지의 반복적 채용을 통한 '영원성'의 구상화라든가 그것의 충만함과 안정성에 대한 자아의 직접적인 진술은 미당의 아날로지 충동을 다음과 같은 약점으로 몰아 넣는다. 진정한 아날로지는 "세계의 단일성이 아니라 그 복수성을, 인간의 동질성이 아니라 끊임없이 자신으로부터 갈라져 나오는 분열성"을 표현한다. 다시 말해 "차별성을 소멸시키지 않으면서 서로 다른 말들을 연관"시킨다.[47)]

미당의 저 같은 태도는 그러나 인간을 포함한 모든 것들의 차별성과 대립성을 존중하기는커녕, 그것들을 '영원성'을 증거하고 실현하는 소품과 배경으로 동원하는 데 급급하다는 의혹을 불러일으킨다. 이는 그가 '영원성'을 초월적이며 결코 파멸될 수 없는 궁극적 심급으로 상정함으로써 대상들의 차이와 다양성을 제거하며, 나아가서는 그것들을 '영원성'의 이념적 보충물로 동질화시키는 시적 권능의 주재자가 되고 있음을 의미한다. 『동천』 무렵의 시에서는 '영원성'이란 형이상학 자체가 미학적 원리로 기능할 뿐더러, 개별 시편들 모두도 '영원성'이란 이념을 가리키는 혹은 번역하는 모델의 지위에 머물게 된다는 지적은 그래서 가능하다.[48)]

---

46) 「고대적 시간(古代的 時間)」은 '영원성'을 화제로 삼지는 않았지만 미당의 인간적·경험적 시간에 대한 의지를 보여주기에 모자람 없는 시이다. 그는 중국인들이 쓰던 구상적인 시간 이미지들인 눈을 깜짝이는 뜻을 담은 순간(瞬間), 손가락의 손톱을 퉁기는 느낌을 표현한 탄지(彈指), 수염을 쓰다듬는 점잖은 대인군자의 모습을 뜻하는 수유(須臾) 따위를 차용하여 "나는 한 알의 홍옥(紅玉)이 되리" "나는 / 날개 돋혀 내닫는 한 개의 화살" "나는 그저 막걸리 마시리" 등의 자아의 상태와 내적 지향을 표현하고 있다. 그의 이런 시도는 무엇보다도 우리의 시간 경험이 현대의 계량화된 시간단위인 초, 분, 시간과 같은 추상적 형식으로는 결코 이루어지지 않는다는 자각 때문이다. 현대의 시간단위를 고대의 시간단위로 바꿔야 한다는 생각에는 억지스러운 면이 적잖다. 하지만 우리가 회복해야 할 경험적 시간의 질적 측면이 무엇인가를 구체적으로 제시했다는 점만큼은 충분히 평가될 필요가 있다.

47) O. Paz, 『흙의 자식들』, 솔, 1999, 95~96면.

그런데 「다섯살 때」(『신라초』)나 「마른 여울목」(『동천』)에서의 아날로지 충동은, '영원성'이 미학적 원리로 작용하는 가운데서도 우리 삶에 느닷없이 찾아와 안온한 의식을 충격하는 운명애에 대한 섬세한 암시를 제공하고 있어 눈길을 끈다. 이런 효과는 시인이 '영원성'의 모사적 진술보다는 그것의 발견과 내면화에 따르는 의식의 긴장과 흐름을 투시하고 채집하는 데 더욱 힘쓰기 때문에 발생한다.

이때 특별히 주목되는 점은 이 시들의 아날로지 충동이 '거울' 이미지를 통해 수행된다는 사실이다. 물론 '거울'은 무엇보다 '영원성'을 비추는, 그러니까 자아를 '영원성'의 세계에 통합하는 역할을 한다. 그러나 그 이전에 자아의 삶에 대한 성찰의 매개체로 작동함으로써 존재의 한계가 부과하는 운명의식을 자각케 한다. 이런 자각은 개인이 운명의식에 맞서 새로운 삶의 비전을 구상하는 가능성의 통로로 제공된다. 미당이 선택한 길은 그것에 대한 적극적인 대응이 아니라 순응을 통한 초극이었다.

「다섯살 때는」은 저런 '거울'의 이중성이 시인 자신과 직접 연관을 맺고 있는 경우이다.

> 내가 孤獨한 者의 맛에 길든 건 다섯살 때부터다.
>
> 父母가 웬 일인지 나만 혼자 집에 떼놓고 온 종일을 없던 날, 마루에 걸터앉

48) 임재서, 「서정주 시의 은유 고찰-『동천』을 중심으로」, 『한국근대문학연구의 반성과 새로운 모색』(문학사와비평연구회 편), 새미, 1997, 311~315면. 이와 관련하여 우리는 1964년 문단을 뜨겁게 달구었던 미당과 김종길의 논쟁을 잠시 더듬어볼 필요가 있다. 이 논쟁은 '영원성'의 본질과 기능에 대한 견해 차이에서 비롯된 것이다. 김종길은 '영원성'과 그것의 시적 변용에서 이성의 결여와 종교적 신비주의를 집중적으로 문제 삼으면서, 그의 시적 언어가 "시골 무당이나 점쟁이의 것 같은 언어가 되어" 있다고 강하게 비판한다. 미당은 그의 접신술사, 영매자 운운에 대해 강하게 반발하면서, '영원성'의 사유를 현대의 온갖 병통을 치유하기 위한 '형이상적 지향'이자 시공간을 초월한 역사참여 의식의 일종으로 거듭 주장한다. 이 논쟁의 전모는, 손세일 편, 『한국논쟁사-II 문학·어학편』(청람문화사, 1976)의 '「시정신」과 「시론」' 항목에 실린 미당(2편)과 김종길(3편)이 주고받은 5편의 글에서 자세히 확인할 수 있다.

아 두 발을 동동거리고 있다가 다듬잇돌을 베고 든 잠에서 깨어났을 때 그것은 맨 처음으로 어느 빠지기 싫은 바닷물에 나를 끄집어들이듯 이끌고 갔다. 그 바닷속에서는, 쑥국새라든가—어머니한테서 이름만 들은 形體도 모를 새가 안으로 안으로 안으로 初파일 燃燈밤의 草綠등불 수효를 늘여가듯 울음을 늘여 가면서, 沈沒해가는 내 周圍와 밑바닥에서 이것을 부채질하고 있었다.

뛰어내려서 나는 사립門 밖 개울 물가에 와 섰다. 아까 빠져 있던 가위눌림이 얄따라이 흑흑 소리를 내며, 여뀌풀 밑 물거울에 비쳐 잔잔해지면서, 거기 떠 가는 얇은 솜구름이 또 正月 열나흗날 밤에 어머니가 해 입히는 종이적삼 모양으로 등짝에 가슴패기에 선선하게 닿아 오기 비롯했다.

—「다섯살 때」 전문

미당에게 '고독한 자'란 자기 규정은 단순한 외로움보다는 떠돌이 의식의 산물이다. 떠돌이 의식이 자아에게 가장 진정하고 합당한 가치로서의 시와 '영원성'을 위한 헌신과 희생의식의 다른 이름이란 사실은 '고독한 자'의 심상이 선연한 「자화상」, 「바다」, 「나의 시」 같은 자아성찰 시편에서 충분히 확인된다. 이 시들이 주로 '시의 이슬'을 매개로 시인된 자의 운명을 성찰하는 시편이라면, 「다섯살 때」는 자아가 '영원성'에 조우한 최초의 기원을 소명(疏明)함으로써 그것을 운명으로 적극 승인하는 시라 하겠다.

유년기의 회상을 통한 기원의 소명은 합리성의 바깥에 놓여 있는 자아의 의식에 객관성을 부여함은 물론, 진술되는 경험에 담긴 사적 비전의 보편성을 제고하는 데도 크게 기여한다. 왜냐하면 어린 시절 낮잠을 깬 직후 느끼는 주변 세계의 비현실감, 그로 인한 두려움 및 이물감은 우리들의 보편적 경험이기 때문이다. 그로부터 실재와는 다른 환(幻)의 현실이 자아에게 본격적으로 인식되기 시작한다는 사실 역시 경험적 진실에 속한다.

시적 자아는 잠깬 직후의 비몽사몽간의 의식체험을 '고독'으로 명명하지만, 이는 현재의 시점에서 추체험된 정서일 터이다. '고독'의 감정은,

"빠지기 싫은 바닷물"이란 비유가 시사하듯이, 최초에는 친근한 세계로부터 강제로 격리됨으로써 생겨나는 외로움과 두려움이 뒤범벅된 어떤 막막함의 심리이겠다. 그러나 그 막막한 감정의 바다는 이전에는 결코 알지 못한 비현실의 체험, 다시 말해 지상에는 존재하지 않는 어떤 진정한 것에의 진입을 허락하는 계기가 된다는 점에서 매우 종요롭다. 자아를 진정한 세계인 '바닷속'으로 안내하는 존재가 '쑥국새'인데, 이것은 서로 대립적인 세계, 이를테면 자아와 타자, 바다와 천상, 현실과 비현실, 의식과 무의식 따위를 연결할 뿐만 아니라 어머니의 이야기를 나의 의식 속에 실현하는, 즉 과거와 현재를 잇는 일종의 시공간적 영매이다.

'쑥국새'를 매개로 한 자아의 황홀한 '고독' 체험은 그러나 비몽사몽간의, 바꿔 말해 무의식 수준의 체험이란 점에서 불확실하며 일시적인 것에 지나지 않는다. 따라서 현재의 자아에게는 그것의 확실성과 진정성을 보장할 미적 장치가 절실하게 요청되는 바, 2연의 확인 행위는 그래서 필요하다. 사실 어린 자아가 마루에서 뛰어내려 "사립문 밖 개울물 가"에 서는 행위는 한편으로는 가위눌림에서 벗어나 현실로 귀환하기 위한 필사적인 몸부림으로, 다른 한편으로는 바닷속 체험의 진위 여부를 확인하기 위한 동심의 발로로 해석될 수 있다. 현재의 자아는 둘 가운데 후자의 의미를 적극화하면서, 비현실의 고독 체험을 현실의 그것으로 치환한다.

이런 치환을 매개할 뿐더러 현실과 비현실을 하나로 통합하는 역할을 하는 것이 '물거울'이다. 2연 속에 제시된 이미지들은 무의식('가위눌림') 속의 환상적이고 크기와 경계가 불확실한 '바닷속' 이미지들과 어느 것 하나 유비 관계를 형성하지 않은 것이 없다. 가령 바다와 개울, 그곳을 떠가는 쑥국새의 울음과 얇은 솜구름, 그것들을 자아의 것으로 현실화하는 어머니의 이미지를 떠올려 보라. 따라서 현실의 개울은 무의식 속의 바다가 치환, 축소된 형식이며, 그것을 자아에게 하나의 실체로서 제시하는 것이 '물거울'인 셈이다.

「다섯살 때」의 '(물)거울'은 그러나 아직은 소극적이며 주어진 것의 형식으로 존재하고 있을 따름이다. 왜냐하면 자아가 '고독'에 대한 공포와 황홀을 동시에 순화함으로써 그것을 운명의식으로 받아들이는 데에 멈춰 있기 때문이다. 이런 거울 이미지가 그 제약을 떨쳐버리고 '영원성'과 심미적 삶을 위해 기투하는 '고독한 자'의 앞길을 비추거나 비춰보는 적극적인 매개체로 기능하게 되는 것은 『질마재 신화』에 이르러서이다. 그 대표적인 예로는 「상가수(上歌手)의 소리」와 「외할머니의 뒤안 툇마루」에 등장하는 거울 이미지를 들 수 있다.

이와 달리, 「마른 여울목」에는 어떤 무당이 겪는 '영원성'의 내면화 과정을 윤회설과 인연설에 연관시켜 성찰하는 '거울' 이미지가 등장한다. 이 시에는 '여울목'이 공간적 배경이 되고 있음에도 '물거울'이 직접 등장하지는 않는다. 여울목이 어떤 사정으로 인해 말라붙어 있기 때문이다. 사전적 정의로 본다면, 여울목은 강이나 바다에서 물살이 세게 흐르는 얕은 곳을 의미한다. 이런 특질 때문에 여울목은 '여울로 소금 섬을 끌래도 끌지'와 같은 속담에서 보듯이 삶의 간난이나 굽이 등을 비유하는 이미지로 곧잘 쓰인다.

여울목이 말라붙었을 때 강과 그것의 흐름이 만들어낸 대지의 역사와 상처는 고스란히 드러나기 마련이다. 마른 여울목 자체가 강과 대지의 운명의 거울이 되고 있는 셈인데, 사람에게서 이런 역할을 하는 것은 손금이다. 말하자면 '무당'은 삶의 어떤 굽이를 이루는 마른 여울목에서 '물거울' 대신 '손금거울'을 통해 자신의 운명과 영원회귀의 내력을 비춰보고 있는 것이다.

말라붙은 여울바닥에는 독자갈들이 들어나고
그 우에 늙은 巫堂이 또 포개어 앉아
바른 손 바닥의 금을 펴어 보고 있었다.

이 여울을 끼고는
한켠에서는 少年이, 한켠에서는 少女가
두눈에 초롱불을 밝혀 가지고 눈을 처음 맞추고 있던 곳이다.

少年은 山에 올라
맨 높은데 낭떠러지에 절을 지어 지성을 디리다 돌아 가고,
少女는 할수없이 여러군데 후살이가 되었다가 돌아 간 뒤……

그들의 피의 소원을 따라 그 피의 분꽃같은 빛갈은 다 없어지고
맑은 빗낱이 구름에서 흘러내려 이 앉은 자갈들우에 여울을 짓더니
그것도 할일 없어선지 자취를 감춘 뒤

말라붙은 여울바닥에는 독자갈들이 드러나고
그 우에 늙은 巫堂이 또 포개어 앉아
바른 손바닥의 금을 펴어 보고 있었다.

—「마른 여울목」 전문

이 시는 모란꽃을 매개로 '나'와 '처녀'의 지속적인 인연을 다룬 「인연설화조」를 변주한 것이다. 인연의 주체로 과거의 소년과 소녀 그리고 지금의 무당이, 인연의 매개체로는 여울목이 대신 들어앉아 있을 따름이다. 여울목이 말라붙는 과정은 궁극적으로는 소년과 소녀의 불행한 사랑과 욕망, 집착이, 바꿔 말해 어긋난 인연에 따른 고통과 상처가 치유되는 과정이다. 미당은 이것을 '잉잉거리는 피'가 순화되는 그 특유의 이미지를 통해 표현한다. 순화된 피로서 여울물의 완전한 소멸이 인연의 업에서 완전히 놓여난 해탈의 경지를 표상하는 것이라면, 무당의 손금을 보는 행위는 영원인으로 거듭난 자아의 최고이자 최후의 운명을 확인하고 승인하는 것이라 하겠다.

하지만 「마른 여울목」은 시인의 그런 주관적 지향보다는 "비정(非情)의 니힐리즘과 악수하고 있는 운명론"의 분위기를 더욱 빨리, 더욱 강하게

발산하는 감이 적지 않다.[49] 이런 느낌은 무엇보다 '무당'이란 '고독한 자'의 존재에 의해서 생겨난다. 무당은 신과 인간, 삶과 죽음, 과거와 현재와 미래를 서로 잇고 소통시키는 경계인을 대표한다. 양면의 삶을 동시에 사는 무당은 그러나 그런 예외적 능력 때문에 성스럽지만 천한, 두렵지만 애써 무시하고 싶은 존재로 주변화되어 왔다. 이런 저주받은 운명의 지속은 4연에 가득한 적멸에의 의지와 제행무상(諸行無常)의 감각을 '영원성'의 순연한 내면화보다는 자신이 지은 업에 따라 윤회전생을 거듭할 수밖에 없는 인간의 구경(究竟)적 운명에 대한 영탄으로 읽게 한다.

어쩌면 미당은 인신(人神)적 속성을 갖춘 무당의 은밀한 삶을 파고들어 그의 영원인의 감각을 동일화하고 싶었는지도 모른다. 단지 '영원성'과 관련된 무당의 내적 삶을 재현하는 정도가 아니라, 무당의 과거와 현재에 대한 관조가 환기하는 정서와 감동들의 형태로 그 자신의 과거와 현재까지 재현하는 수준으로 말이다. 미당이 자신을 주인공으로 설정했던 「인연설화조」에 멈추지 않은 이유가 여기 어디에 있겠다.

하지만 미당의 욕망은 무당이 우리 현실에서 입고 있는 의미의 자장 속에서 끝내 좌절당하고 마는 것이다. 이 좌절은 '영원성'을 향한 의식의 고투에서 알게 모르게 축적되어온 운명애가 예기치 않게 드러나는 대목이라는 점에서 이즈음 미당 시에서 매우 예외적인 국면을 형성한다. 그러나 이런 예외성이야말로 「마른 여울목」을 '영원성'에 대한 안이한 모사적 진술에서 구원하는 제일의 원동력이다.

49) 유종호, 「한국의 페시미즘」, 『비순수의 선언』, 신구문화사, 1962, 109면. 유종호는 이 시를 인간으로서의 서정주의 내면이 가장 잘 나타나 있는 시편 가운데 하나로 본다. 왜냐하면 여기에는 "'하여간 난 무언지 잃긴 잃었다'는 공허한 허탈의식, '내 기다림은 끝났다'는 체념, '빰부비듯 결국은 그게 그거다'라는 달관" 따위가 허무주의적인 운명론의 표정 아래 하나로 혼합되어 있기 때문이다(같은 책, 110~111면).

제 6 장

신화 속의 '질마재', '질마재' 속의 신화

1. 편재된 '영원성'과 심미적 삶의 진상

『질마재 신화』는 시인의 고향 '질마재'에 떠도는 뜬소문, 동네 전설, 마을의 해괴한 사건담·기인담(奇人談) 등을 주요 소재로 취하고 있다. 이 이야기들은 '질마재'가 여전히 주술의 힘, 그러니까 전근대적인 삶의 가치와 습속에 의해 지배되는 곳임을 나타내는 유력한 징표이다. 하지만 이 주술의 세계는 미당에게는 인간의 "욕망이나 정서의 푼수가 반영되는 친교적 하늘"(『미당산문』, 137면)과의 자유로운 소통이 가능한 곳이기 때문에 전혀 부정적이지 않다. 아니 그곳은 차라리 근대라는 야만적 문명을 치유하기 위하여 의식적으로 되찾아야만 하는 '지향된 가치체계'라고 해야 옳다. 말하자면 '신라적 영원성'이 일상생활 속에 연면히 살아 숨쉬고 있는 신성불가침의 공간인 것이다.

따라서 '질마재'는 시인의 사적 고향이란 의미를 넘어, 타락한 근대가 조장하는 황폐화된 삶 속에 방기되어 있는 그 자신과 대중들의 본래적 존재 회복과 더 나은 삶을 위한 사유 및 행위를 규범 짓고 추동하는 가치의 원천이자 모델이 될 수밖에 없다.[1] '신화'란 말은 그러므로 '질마재'의 원초적 성격을 강조하기 위해서만이 아니라, 신화의 본래적 역할, 즉 '존재와 우주에 있어서의 정당한 존재양식'에 관한 모범적 모델로서 '질마재'가 우뚝 서기를 바라는 마음에서 채용된 것인지도 모른다.

이런 의미에서 『질마재 신화』는 미당이 '질마재'에서 보낸 유년시절을 감상적으로 회고하거나 아니면 맹목적으로 찬양함으로써 그곳을 신비화하고 절대화하려는 지극히 사적인 의도에서 씌어졌다고 보기는 어렵다. 그보다는 1970년대 들어 더욱 심각해지기 시작한 산업화 시대의 여러 모순들에 대한 미학적 응전으로, 그러니까 신화적 상상력을 근대적 일상 속에 끌어들임으로써 타락한 근대를 비판하고 극복하려는 일종의 유토피아의식에서 창작된 것으로 이해될 필요가 있다.

그러나 중요한 것은 이런 내용을 선험적으로 추인한 채 『질마재 신화』를 읽는 것이 아니라, 그것이 어떤 수준으로, 그리고 어떤 미학적 형식을 통해 이루어지고 있는가 하는 점을 차분히 따져 묻는 일이다. 이 작업은 특히 이 시기 들어 논리적 체계를 갖춘 담론의 형태로까지 구체화되는 미당의 반근대 지향의 성격과 수준을 가늠해보는 일과도 밀접히 연관된다.[2] 여기서는 '질마재'에 '영원성'의 감각이 편재화 되는 방식,

---

1) "내가 접하는 것은 물론 그림으로 기억되어 남은 형상. 그러나, 이 그림들의 감개는 몸으로 나타나 오는 산 사람들과의 접촉에서 얻는 감개보다 언제나 적은 것은 아니다. 저승의 형상으로 사랑이 제일 많이 가는 때는 이건 어쩔 수 없이 또 내 제일현실(第一現實)인 것이다"(「내 마음의 편력」, 『전집』 3, 61면)라는 말은 미당에게 '질마재'가 단순한 회고의 대상이 아니라 그의 삶 전부를 지배하는 불변의 절대현실임을 적절히 시사한다.

2) 미당의 반근대의식은 1976년 출간된 『미당수상록』 소재 「문치헌밀어」의 '시간'과 '지성재고' 항목에서 가장 논리적인 체계와 표현을 입고 있다. 이 글의 전모는 『미당산문』(1993)에서도 확인할 수 있다.

그리고 그것이 직조하는 심미적 삶의 양상과 그 삶을 가치화하는 시인의 태도를 중심으로 이 문제들에 다가서기로 한다.

미당이 생애 최대의 풍경으로 기억하는 '질마재'는 성(聖)과 속(俗), 죽음과 삶, 나와 너, 인간과 자연, 정신과 물질 등의 대립적인 존재들이 반목하거나 분열되지 않고 하나의 전체로서 통합·혼융되어 있는 반성반속(半聖半俗)의 세계이다. 이런 원초적 세계의 지속이 가능했던 까닭은, 거듭 말하건대, '질마재'에 터 잡고 사는 주민들 대개가 인간의 "욕망이나 정서의 푼수가 반영되는 친교적 하늘"의 존재를 믿고, 또한 그 하늘의 운영원리에 따라 자기 삶을 영위해왔기 때문이다. 가령 다음 시에는 그 원리의 핵심 가운데 하나가 회상과 고백의 형식을 통해 매우 감각적으로 진술, 묘사되고 있다.

> 바닷물이 넘쳐서 개울을 타고 올라와서 삼대 울타리 틈으로 새어 옥수수밭 속을 지나서 마당에 홍건히 고이는 날이 우리 외할머니네 집에는 있었읍니다. 이런 날 나는 망둥이 새우 새끼를 거기서 찾노라고 이빨 속까지 너무나 기쁜 종달새 새끼 소리가 다 되어 알발로 낄낄거리며 쫓아다녔읍니다만, 항시 누에가 실을 뽑듯이 나만 보면 옛날이야기만 무진장 하시던 외할머니는, 이때에는 웬일인지 한 마디도 말을 않고 벌써 많이 늙은 얼굴이 엷은 노을빛처럼 불그레해져 바다쪽만 멍하니 넘어다보고 서 있었읍니다.
>
> 그때에는 왜 그러시는지 나는 아직 미처 몰랐읍니다만, 그분이 돌아가신 인제는 그 이유를 간신히 알긴 알 것 같습니다. 우리 외할아버지는 배를 타고 먼 바다로 고기잡이 다니시던 漁夫로, 내가 생겨나기 전 어느 해 겨울의 모진 바람에 어느 바다에선지 휘말려 빠져 버리곤 영영 돌아오지 못한 채로 있는 것이라 하니, 아마 외할머니는 그 남편의 바닷물이 자기집 마당에 몰려 들어오는 것을 보고 그렇게 말도 못 하고 얼굴만 붉어져 있었던 것이겠지요.
>
> —「해일(海溢)」 전문

『질마재 신화』 수록 시편들이 대개 그렇지만, 특히 「해일」은 시인 자신의 '사적 비전에의 편향성'이 가장 두드러진 작품으로 손꼽힌다.[3] 외할아버지의 죽음과 관련된 해일 모티프는 초기 시편 「자화상」에서 첫 선을 뵌 후, 1960년대 들어 「외할머니네 마당에 올라온 해일」(『동천』), 문학적 자전 「내 마음의 편력」에 거듭 등장한다. 미당은 반복에 따른 상투화의 위험을 무릅쓰면서까지 '해일' 모티프에 집착하고 있는 셈인데, 이는 '해일' 모티프가 그의 원체험과 시의식 형성에 결정적인 영향을 끼쳤음을 의미한다. 과연 어떤 점에서 그러할까. 그 해답은 "외할머니는 그 남편의 바닷물이~얼굴만 붉어져 있었던 것이겠지요"에 담겨 있는, '영원성'의 핵심원리인 혼교(영통)의식에 있다.

미당에게 혼교의식은 존재의 기원 탐색과 아울러 존재의 계속에 대한 지극한 열망을 담고 있는 일종의 생명관이요 우주관이다. 다시 말해 한계에 사로잡힌 인간이 우주적 무한과 시간적 영원을 살 수 있는 정신적 원리이다. 미당에게 혼교의식은 지식을 통해 습득된 관념이 아니라 생리(生理)의 차원에 속하는 어떤 것이다. 왜냐하면 초기의 「부활」·「꽃」 등의 시편이나 6·25 체험에 대한 고백 따위에서 보았듯이, 죽음에 맞부딪쳐 생에 대한 질긴 의지로 걸러낸 '삶의 이슬'이기 때문이다.

생리라는 말이 타고난 것을 뜻한다고 할 때, 미당에게 혼교의식을 타고난 것으로 육화시킨 주체는 주술적 세계관이 모든 이데올로기와 가치를 지배하던 '질마재'라고 해야 옳다. 혼교의식은 미당 자신이 말했듯이 종교성에 기반한 '고대적 사유태도'이자 '고대적 감응태도', 다시 말해 '믿는다'와 '느낀다'는 동사가 하나로 결합된 정신의 운동이다. 미당이 혼교의식이 여전히 통용되는 과거의 '질마재'에서 삶의 리얼리티를 구하는 까닭은, 무엇보다 역사적 근대에 포박된 현재의 삶이 의미 있는 형태와 고정감을 상실함으로써 그것의 리얼리티를 잃고 있기 때문이다. 이에

---

3) 김윤식, 「서정주의 『질마재 신화』 고—거울화의 두 양상」, 251면. 이 작품은 다른 논자들에 의해서도 운문 형식에 충실한 「외할머니네 마당에 올라온 해일」과의 비교 속에서 사적 비전의 무매개적 변용으로 비판의 대상이 되곤 했다. 대표적인 예로는 황동규, 「탈의 완성과 해체」(조연현 외), 『미당연구』, 146면.

반해 '질마재'와 같은 전근대 세계에는 삶의 즉자적 리얼리티를 보장하는 혼교의식과 같은 신앙의식이 일종의 공동감각으로 주어져 있다.

그럼으로써 생겨나는 가장 큰 효과는 지나가 버린 현재인 듯한 과거(역사로서의 과거)도, 현재적 삶의 공동의 의미인 듯한 과거(신화로서의 과거)도 각각의 확실한 리얼리티를 확보한 채 공존할 수 있게 된다는 점이다. 이와 같은 이질적인 시공간의 연대감 속에서 자아는 물론 공동체의 동일성과 연속성은 비로소 보장되는 것이다. 따라서 리얼리티를 낳는 힘으로서의 '신앙', 다시 말해 혼교의식은 공동환상의 힘 그것이라 할 수 있다.[4]

그런데 이 공동환상은 대체로 어떤 일정한 개별적인 것, 이를테면 수목이나 인물, 혹은 관습 따위의 구체적·물질적 형태로 제시되는 특징을 갖는다. 이것들은 '물적으로 현재화된 과거', 다시 말해 하나의 지속하는 공동체의 '역사성을 내재한 물리적 우주'로서 현재하는 과거로 명명될 수 있다. 공동체의 구성원들은 그것들을 감각하고 전유함으로써 선조로부터 자아 그리고 자손에게로 '재현된 동일한 인간'으로서의, 개아(個我)를 초월하는 동일성과 연속성을 소유하게끔 된다.[5]

『질마재 신화』에는 '물적으로 현재화된 과거'의 보고(寶庫)라는 말이 과언이 아닐 정도로 대상세계가 혼교의식의 물질적 계기로 감각되는 예가 허다하다. 그 단적인 예가 「해일」의 마당에 몰려 들어오는 '바닷물', 곧 '해일'이다. 이것은 죽은 외할아버지의 영혼이 물질화된 것이다. 이를 추호도 의심치 않는 외할머니는 그래서 해일과 순간적 교감에 빠져들게 되며, "많이 늙은 얼굴"을 "엷은 노을빛처럼" 붉히는 에로티시즘의

---

4) 眞木悠介, 『時間の比較社會學』, 岩波書店, 1997, 226면.

5) 眞木悠介, 위의 책, 23~24면. 혼교의식이 이런 동일성의 기저를 형성하고 있음은 "사람은 자기 당대만을 위해서 살아서는 안된다. 자손을 포함한 다음 세대들의 영원을 위해서 살아야 한다. 자기 당대에 못다 할 일이 많으면 많을수록 이 영원한 유대 속에 있는, 우리 눈으론 못본 선대의 마음과 또 후대의 마음 그것들을 우리가 우리 살아있는 마음으로 접하는 것-그것을 혼교라고 하기도 하고 영통이라고도 한다"(『미당산문』, 119면)는 말에 잘 나타나 있다.

주인공으로 거듭난다.

다른 예로는 선대와 후대 사이의 유대감 형성을 다룬 시들에 등장하는 '거울화된 툇마루'(「외할머니의 뒤안 툇마루」), '침향 내음새'(「침향(沈香)」), '<돌이마(石顚)>란 아호(雅號)'(「추사(秋史)와 백파(白坡)와 석전(石顚)」) 등과, 하늘(자연)과 친교하는 심미적 인간의 형상화에 골몰하고 있는 시들에 등장하는 '거울화된 똥오줌 항아리'(「상가수의 소리」·「소망(똥깐)」), '솔바람 소리'(「석녀(石女) 한물댁(宅)의 한숨」) 등을 들 수 있다.

① 그러니, 질마재 사람들이 沈香을 만들려고 참나무 토막들을 하나씩 하나씩 들어내다가 陸水와 潮流가 合水치는 속에 집어넣고 있는 것은 自己들이나 自己들 아들딸이나 손자손녀들이 건져서 쓰려는 게 아니고, 훨씬 더 먼 未來의 누군지 눈에 보이지도 않는 後代들을 위해섭니다.

그래서 이것을 넣는 이와 꺼내 쓰는 사람 사이의 數百 數千年은 이 沈香 내음새 꼬옥 그대로 바짝 가까이 그리운 것일 뿐, 따분할 것도, 아득할 것도, 너절할 것도, 허전할 것도 없읍니다.

—「침향」 부분

② 그런데 그 웃음이 그만 마흔 몇 살쯤하여 무슨 지독한 熱病이라던가로 세상을 뜨자, 마을에는 또 다른 소문 하나가 퍼져서 시방까지도 아직 이어 내려오고 있읍니다. 그 한물宅이 한숨 쉬는 소리를 누가 들었다는 것인데, 그건 사람들이 흔히 하는 어둔 밤도 궂은 날도 해어스럼도 아니고 아침 해가 마악 올라올락말락한 아주 밝고 밝은 어떤 새벽이었다고 합니다. 그리고 그것은 그네 집 한 치 뒷산의 마침 이는 솔바람 소리에 아주 썩 잘 포개어져서만 비로소 제대로 사운거리더라고요.

그래 시방도 밝은 아침에 이는 솔바람 소리가 들리면 마을 사람들은 말해 오고 있읍니다. 「하아 저런! 한물宅이 일찌감치 일어나 한숨을 또 도맡아서 쉬시는구나! 오늘 하루도 그렁저렁 웃기는 웃고 지낼라는가부다.」고……

—「석녀 한물댁의 한숨」 부분

침향은 민물과 바닷물이 합쳐지는 곳에 적어도 2~3백년 이상은 담가 둔 뒤 꺼내어 말려 써야 제대로 된 향내가 난다. 따라서 그것을 만드는 일은 지금 당장이나 가까운 장래가 아니라 "먼 미래의 누군지 눈에 보이지도 않는 후대들을" 위한 행위가 된다. 좋은 향을 얻기 위한 지혜, 그리고 후대를 위한 배려와 연대감이 침향에는 함께 배어 있는 것이다. 그것을 시인은 참나무 토막을 넣는 이와 그것을 꺼내어 쓰는 사람 사이의 '수백 수천년'은 다른 어떤 감정도 아닌 "침향 내음새 꼬옥 그대로 바짝 가까이 그리운 것"으로 표현한다. 이 그리움이야말로 과거와 현재의 리얼리티를 현재와 먼 미래에 재현하는 진정한 원동력이다.

「석녀 한물댁의 한숨」에서 혼교가 물질화된 형식인 솔바람 소리는 관용과 화해의 매개이자 표상이다. '석녀'란 말이 지시하듯이 한물댁은 생산성이 결여된 인물이다. 한숨은 육체적 불모성에의 안타까움과 그에 따른 삶의 좌절, 그리고 한이 외부로 토로된 것이다. 그녀는 그러나 자신의 결여를 시앗을 얻어주는 의외의 관용과 대범함, 그리고 웃음으로 초월함으로써 그 비극적 운명을 적극적으로 감싸안는다. 하지만 그녀는 결국 사십을 갓 넘겨 열병으로 죽는데, 이는 정상적인 죽음이라 할 수 없다. 이런 삶의 우여곡절과 비극성은 그녀를 원귀로 떠돌게 하기에 충분한 조건을 형성한다.

그녀의 한숨은 그러나 청아한 솔바람 소리와 "아주 썩 잘 포개어져서" 오히려 가난과 오욕의 삶을 견디게 하는 액막이 주술로 승화된다. 이때 중요한 것은, 그녀를 관용과 화해, 그리고 삶의 안정성을 부여하는 대지모신(大地母神) 또는 심오한 어머니에 가까운 존재로 성별하는 주체가 그녀의 비극적인 삶과 한숨, 그리고 웃음의 의미를 넉넉히 헤아릴 줄 '질마재' 사람들이라는 사실이다. 이런 연대감은 비범한 지혜의 소산이 아니라 인지상정의 발로라는 점에서 그 정서적 효과가 매우 크다.

이런 점들을 참조할 때 혼교의 물질화는 자아 및 공동체의 전체성과 안정성에 필요한 동일성과 연속성, 연대감을 보장하는 공동환상의 실질적인 생산자요 담지체임을 알 수 있다. 사실 혼교의식과 그것을 통해 실현되는 '영원성'은 본질적으로 직접 감각할 수 있는 물질적 실체라기보다는 추상적이고 상상적인 관념이라 해야 옳다. 전근대에서 그것들은 '믿는다'라는 동사에 의해 자명성을 의심받지 않았지만, 합리성이 지배하는 근대적 일상에서 그것들은 말 그대로 미망이거나 환상에 지나지 않는다.

따라서 그것들을 지금, 여기의 현실에서 '믿는다'의 차원을 뛰어넘어 '느낀다'의 차원으로 이행시키려면, 질적 풍부성과 구체적 현실성의 부여를 통해 누구나 공감할 수 있는 물질적인 실체로 조형하는 것이 필요하다. 이 때문에 혼교의 물질화는 혼교의식과 '영원성'을 가시적이고 물질적인 형태로 조직하기 위해 취해진 미학적 충동의 결과로도 이해된다.

혼교의 물질화는 이를테면 시간을 공간화하여 경험하는 것을 가능하게 한다. '바닷물' '툇마루' '똥항아리' '침향' 등은 전대와 후대, 죽음과 삶, 과거와 현재, 미래 등의 서로 다른 시간은 물론 하늘과 땅, 성과 속, 인간과 자연 등의 이질적 공간을 동시에 체험케 한다. 어쩌면 물리적 시공간을 초월하는 체험의 동시성이야말로 '영원성'의 의식을 보장하는 핵심 요소인지도 모른다. 가령 이미 그 안에 인간과 자연의 혼융을 담고 있는 '바닷물'은, 과거를 현재로, 죽은 자를 산 자와, 영혼을 육체와, 자연을 인간과 매개하는 관계의 고리에 해당한다. 미당의 '영원성'의식이 추상적 관념의 늪으로 빠져들지 않고 그 경험 내포를 풍요롭게 할 수 있었던 까닭은 이처럼 구체적인 사물의 특정한 이미지 속에 무수한 관계의 고리를 종합할 수 있었기 때문이다.

한편 『질마재 신화』에서 그 이미지들이 특정한 모습으로 계속 존재함에도 그것들의 취의(趣意)가 특정 의미를 초월하여 '영원성'을 지시하고 암시할 뿐더러 추구하는 힘까지 갖게 되는 것은 시인의 탁월한 회상 능력 덕분이다. 회상은 형식적으로는 현재의 순간을 다른 몇 개의 순간과 겹치게 함으로써 그 내부에 시간의 두께를 켜켜이 쌓은 지속의 감각을 드러낸다. 또한 내용적으로는 자아로 하여금 확실한 실재감을 지탱하는 관계성 속에서 숨쉬고 있는 듯한 과거를 현재 속으로 다시 불러들이게 한다.

물론『질마재 신화』는 회상이 생산하는 '순간'의식 자체가 포착되고 있기보다는 그런 '순간'을 포괄적으로 제시하는 이야기의 형식을 띠고 있어, 회상의 본질과 역할을 선명히 보여주지 못하는 경우도 적잖다. 그러나 시적 자아의 회상을 통해 서로 이질적인 것들의 동일성과 연속성은 비로소 드러난다는 점에서, 회상은 혼교의 실재성을 보장하는 미학적 원리라고 해도 좋다.

그런데 리얼리티를 확보하기 위한 여러 노력과 미적 장치에도 불구하고『질마재 신화』에는 현실감각이나 현대적 방향성이 실종되어 있다는 비판은 왜 끊이지 않는 것일까. 이것 역시 혼교의 물질화 과정에서 생기는 것은 아닐까. 이에 답하려면『질마재 신화』수록 시편들의 구조에 세심한 주의를 기울일 필요가 있다. 서슴없는 산문체를 채용하고 있는 개별시편들은 대체로 이야기에 대한 이야기의 구조를 취하고 있다. 전반부에서는 말하고자 하는 사건들이 회상된다. 사실과 경험의 제시인 셈이다. 후반부에서는 전반부 이야기에 대한 주석 내지 의미부여가 이루어진다.

「해일」을 예로 든다면, 자아는 전반부에서 할머니와 해일에 얽힌 어린 시절의 경험을 회상한다. 그 경험은 서정적 순간으로 응집되어 묘사되던「외할머니네 마당에 올라온 해일」과 달리 평이한 서술을 통해 제시된다. 후반부에서는 해일 앞에 선 할머니의 모습이 혼교 행위로 해석되고 의미화된다. 이것은 이미 어떤 확고한 시각으로 무장한 이야기꾼으로서의 시적 자아가 존재하기 때문에 가능하다. 해일은 '신은 있다'는 신념을 내면화하고 있는 자아에 의해 할머니와의 혼교 상대로 승화되는 것이다. '믿는다'는 동사가 '느낀다'는 동사를 압도하고 있는 형국이다. 이런 해일의 가치화 과정은 어떤 평범한 사건이나 사물이 특정한 눈을 가진 주체에 의해 어떻게 진정한 경험과 사물로 거듭나는가를 유감 없이 보여준다.

그러나 이미 고정된 시각을 소유한 시적 자아의 직접적인 전언은 일방적인 정보전달의 위험에서 자유롭지 못하다. 그에 따른 가장 큰 폐해는 작품세계에 대한 독자들의 재경험 내지 추체험을 현저히 제한한다는 점이다. 이는 곧 시인의 의미 있는 경험에 대한 공감의 축소와 약화를 의미한다. 이런 약점은 때때로 『질마재 신화』를 시를 빙자한 계몽적 교설(敎說)로, 혹은 그의 자서전에 대한 시적 번안으로 읽고 싶은 유혹의 진원지가 된다.

그런데 미당은 처음부터 이런 위험을 알면서도, 무슨 까닭이 있어 사실의 제시와 그것의 가치화라는 이중구조를 『질마재 신화』의 구성원리로 고집했는지도 모른다. 「한국 성사략」에서 보았듯이, 미당에게 민족사(民族史)는 완결된 절대세계인 '신라'가 타락을 거듭해 온 과정에 지나지 않는다. 그는 특히 근대의 "시, 분, 초라는 순수 추상 시간"을 "우리 생활과 관계 있는 공간 속의 좋은 시각적 영상들을 담은"(『미당산문』, 147면) 시간경험, 다시 말해 인간적·경험적 시간 체험을 완전히 추방한 원흉으로 지목한다.[6)]

이런 인식은 오직 진보의 관점으로 시간을 줄 세우고, 계량화와 수량화를 통해 시간을 생산과 이윤추구의 수단으로 취하며, 또한 동일한 방법으로 인간마저 상품으로 전락시킨 근대적 시간에 대한 비교적 정확한 통찰로 이해된다. 하지만 미당의 통찰은 근대의 폭력적 본질에 대한 섬세한 성찰보다는 신라적 영원성을 근대의 선험적 대안으로 상정함으로써 얻어지는 것이란 한계를 안고 있다. 이런 상황에서 현실은 늘 가치

---

6) 미당은 「박꽃 시간」에서 '질마재'에서 통용되는 인간적·경험적 시간의 감각을 '박꽃'의 개화와 연관시켜 그리고 있다. 그가 시의 서두에서 밝혔듯이, '박꽃 시간'은 고대중국의 시간단위 '수염 쓰다듬는 시간', 곧 '수유(須臾)'에 방불한 질마재식 시간단위이다. 남성적 이미지인 '수유'와 달리, '박꽃 시간'은 여름날 저녁밥 짓는 시간을 알리거나 아니면 여름까지 연장된 춘궁기를 견디게 하는, 가난한 삶의 풍요와 지혜에 연관된 여성적 시간이다. 이런 점에서 「박꽃 시간」은 고대중국의 시간단위를 다루었던 「고대적 시간」(『동천』)을 한국의 실정에 맞게 고쳐 적용한 시이다.

절하되어 경험되기 마련이며, 타락한 근대문명의 극복 역시 오로지 절대과거 '신라'로 돌아갈 때만이 가능하다고 여겨지게 된다.

미당의 다음과 같은 발언은 그에 대한 생생한 예증이다. "무엇보다도 첫째 현대 기계문명이 빚는 그 갖가지 음향과 와사분출(瓦斯噴出)의 공해는 이젠 저 신라의 혜현의 출발점을 향수점으로 해야 할 형편만을 빚게 된 것이다."(『미당산문』, 153면) '신라의 혜현의 출발점'은 풍류도, 곧 '영원성'을 의미하는 말이겠다. 『질마재 신화』는 그것이 전근대에 속하든 근대에 속하든 현실의 속악함과 그에 따른 삶의 오욕에 대한 직접적인 적발과 비판에는 대체로 무관심하다. 그보다는 고대 이래의 연면한 신앙형태인 혼교의식을 '질마재'의 질서원리로 확정하거나, 규범적 삶에서 일탈된 '심미파'들을 신라적 풍류의 실질적 계승자로 간주하여 그들의 삶에 예술적 의미와 가치를 부여하는 일에 심혈을 기울인다.

이런 연유로 『질마재 신화』는 잃어버린 '신라'를 시인의 유년 체험과 기억을 매개로 '질마재'에 복원시킨 것으로 곧잘 이해된다. 따라서 '질마재'를 '영원성'의 세계로 성별함으로써 근대적 일상의 궁핍함을 우회적으로 폭로 비판하고, 궁극적으로는 그곳을 되찾아야만 하는 미래적 가치로 우뚝 세우겠다는 계몽적 열정 앞에서 서정시 고유의 사유와 형식에 대한 배려는 부차적인 문제였을 가능성이 크다.

하지만 작품 속의 '질마재'가 미당 자신의 생생한 체험 아래 건설된 세계라고 해도 신비주의적 상상력에 적잖이 지배받고 있음을 아주 부인할 수는 없다. 신비주의는 가장 사적이며 주관적인 경험 속에서나 볼 수 있는 어떤 특질조차도 구체화·객관화시키기를 마다하지 않는다. 그 특질을 일반적으로 감각 가능한 세계나 과학적 지식의 세계보다도 더욱 진실한 세계가 존재한다는 신념의 증거로 삼기 위함이다. 과연 '질마재'에서 일상적 현실로, 다시 말해 삶의 가장 생생한 리얼리티로 제시되는 혼교가 신비주의의 혐의를 얼마나 피해갈 수 있을까. 이 때문에 미당에게는 혼교의 실체를 증명할 수 있는 그 무엇이 필요했을 텐데, 공동환상의 힘마저 발휘할 수 있는 혼교의 물질화는 그에 대한 최상의 해결책이었을 것이다.

이런 관점에 설 때, 미당이 서정시 일반의 내적 자아 대신 이야기꾼 자아를 시의 화자로 선택한 까닭이 보다 명쾌하게 이해된다. 그는 이야기꾼을 가장함으로써 '질마재'에서의 경험을 객관화하고, 또한 거기서 배워야 할 삶의 지혜를 효과적으로 전달하고자 했던 것이다. 이때의 지혜는 무엇보다 "영원 속에서 밀려나지 않을 생명에 대한 자각"(『미당산문』, 166면)을 뜻하는 '예지'이다. 하지만 '예지' 역시 역사현실과의 직접적인 맞대면보다는 "굽어서 돌아가기면 갈수 있는 이치"(「곡(曲)」)와 신라적 영원성을 내면화함으로써 얻어진 것이다. 따라서 '영원성'만이 삶의 절대가치라는 신념 아래 씌어진 『질마재 신화』에 악덕과 오욕, 추문으로 가득 찬 지금, 여기의 현실을 가감 없이 비추는 '툇마루'나 '똥오줌 항아리'가 들어설 여지는 거의 없었겠다.

한편 「상가수의 소리」나 「석녀 한물댁의 한숨」이 당장의 예일 텐데, 미당은 『질마재 신화』의 상당량을 '영원성'을 체화한 심미적 인간형과 그들이 영위하는 심미적 삶의 형상화에 할애하고 있다. 이들에 대한 관심은 첫째, 이들의 존재와 삶의 방식이 혼교의 물질화나 영원인의 풍모를 설명하기에 매우 적합하다는 것, 둘째, 이들이 자아의 원체험은 물론 시적 자의식의 형성에 결정적인 영향을 미쳤기 때문에 자아의 탐색과 성찰에서 결코 빼놓을 수 없다는 생각에서 비롯되었을 것이다.

가령 그는 '질마재' 사람들을 '유자(儒者)' '자연파' '심미파'의 세 부류로 나눈 뒤, '자연파'와 '심미파'가 자신의 원체험 형성에 가장 큰 영향을 미쳤다고 술회한 바 있다.7) 그런데 흥미롭게도 그는 신라적 풍류의 직접적 계승자들인 '자연파(신선파)'보다는 멋만 낼 줄 알았지 여러 면에서 점잖지 못한 '심미파'를 '질마재' 인물 탐구의 주류로 삼고 있다. 물

7) 서정주, 「내 마음의 편력」, 『전집』 3, 26~31면 참조.

론 「풍편(風便)의 소식」 등에서 '자연파'의 인물을 다루고는 있다. 하지만 탐구의 대상이 특정 인물이 아닐 뿐더러 '질마재' 사람들의 어떤 습속을 『삼국유사』에 나오는 설화적 인물의 행위에 비추어 설명하는 정도이다.

익애(溺愛)라 해도 좋을 '심미파'에 대한 편향은 그가 그들에게서 풍류의 새로운 적용과 확장 가능성을 보았음을 뜻한다. 2, 3절에서 자세히 검토되겠지만, 그들이 지닌 활력과 생명력, 삶의 심미화 능력은 그들을 삶의 진정한 영웅이요 승리자이자 '영원성'의 실질적 구현자로 끌어올린다. 이로써 변두리의 존재에 지나지 않던 그들은 선덕여왕, 사소, 백결 같은 신라적 풍류인의 공식적인 후계자로 승인되는 것이다.

앞에서 우리는 '질마재'를 절대과거 '신라'를 대신하는 '지향된 가치체계'로 정의했다. 미당의 심미적 삶에 대한 욕구는 '지향된 가치'의 핵심을 이룬다. 이 욕구는, 신라적 영원성에 대한 향수와 복원 의지가 한국전쟁 이후 본격화되는 데서 보듯이, 타락한 근대에 대한 혐오와 염증에서 비롯되고 또한 심화된 것이다. 이런 사정은 심미적 삶을 향한 충동이 왜 근대에 이르러 보편적인 현상으로 자리잡게 되는가를 살펴볼 때 보다 수월하게 이해된다.

흔히 말하는 대로 산업화 과정은 물질적 안락과 풍요를 대가로 한 소외의 과정이다. 자연과 삶의 일체성의 파괴가 그렇고, 상품의 물신화에 따른 인간의 도구화가 그렇다. 이런 현상은 풍요롭고 조화로운 삶에 대한 내적 욕구가 외부환경에 의해 더 이상 가능하지 않게 되었음을, 그럼으로써 자기동일성과 삶의 연속성에 대한 감각이 심각하게 훼손될 위기에 처했음을 보여주는 유력한 징표들이다. 이런 사태는 자아와 세계의 동일성 추구에 제일의 목표를 두는 시인들에게 돌이킬 수 없는 재앙으로 경험될 수밖에 없다.

심미적 삶의 요청은 그런 위기의식의 소산이자 해결책이랄 수 있다. 현대의 시인들은 주로 "자연이나 상상의 편에서, 혹은 상상의 허구적 순수나 본원과의 접촉이라는 순수성"[8]의 추구 속에서 그 위기를 넘어서며, 삶의 심미화를 성취하고자 한다. 미당 시 역시 여기에서 크게 벗어나지 않는다. 이는 『질마재 신화』가 본격적인 산업사회로 진입하던, 그런 만큼 일상생활에 대한 상품시간의 침탈이 속도를 더하던 1970년 무렵을 전후하여 집중적으로 창작되고 있다는 점, 그리고 산문에서도 그 어느 때보다 노골적으로 근대사회의 추상적·계량적 시간에 대한 비판을 감행하고 있다는 점에서 쉽게 확인된다.

이런 사실을 염두에 두면서, 「상가수의 소리」와 「알묏댁 개피떡」을 중심으로 『질마재 신화』에서 '심미적 인간형'과 그들이 살아내는 심미적 삶의 본질 및 성격, 그리고 그것들이 조직되는 방식을 살펴본다.

> 질마재 上歌手의 노랫소리는 답답하면 열두 발 상무를 젓고, 따분하면 어깨에 고깔 쓴 중을 세우고, 또 喪輿면 喪輿머리에 뙤약볕 같은 놋쇠 요령 흔들며, 이승과 저승에 뻗쳤읍니다.
>
> 그렇지만, 그 소리를 안 하는 어느 아침에 보니까 上歌手는 뒤깐 똥오줌 항아리에서 똥오줌 거름을 옮겨 내고 있었는데요. 왜, 거, 있지 않아, 하늘과 별과 달도 언제나 잘 비치는 우리네 똥오줌 항아리, 비가 오나 눈이 오나 지붕도 앗세 작파해 버린 우리네 그 참 재미있는 똥오줌 항아리, 거길 明鏡으로 해 망건 밑에 염발질을 열심히 하고 서 있었읍니다. 망건 밑으로 흘러내린 머리털들을 망건 속으로 보기좋게 밀어넣어 올리는 쇠뿔 염발질을 점잔하게 하고 있어요.
>
> 明鏡도 이만큼은 특별나고 기름져서 이승 저승에 두루 무성하던 그 노랫소리는 나온 것 아닐까요?
>
> —「상가수의 소리」 전문

「내 마음의 편력」에 따르면 '상가수'는 "힘으로 흥청거리고 잘 놀고 노래하고 춤추는" 데에 뛰어난 재능을 가진 심미파를 대표하는 인물이다. '상가수'의 심미적 삶의 본질을 캐기 위해 특히 주목해야 할 요소는 '거울화된 똥오줌 항아리'이다. 왜냐하면 이것이야말로 예인(藝人)으로서

---

8) H. Lefebvre, 박정자 역, 『현대세계의 일상성』, 세계일보, 1990, 69면.

의 상가수의 삶과 그의 노랫소리의 가치를 결정짓는 근거이기 때문이다.

먼저 "우리 가진 마지막껏 — 똥하고 오줌을 누어 두는"(「소망(똥깐)」) '똥항아리'가 생활도구에 그치지 않고 거울이 될 수 있었던 까닭은 무엇인가. 그것은 무엇보다 '똥항아리'가 "지붕도 앗세 작파해 버"린 똥깐에 놓여 있어 "하늘과 별과 달도 언제나 잘 비"치게 하기 때문이다. 이는 '똥항아리'가 하늘과 땅이 연결되는 지점에 놓임으로써 '더러운 것-마지막 것-이승-속'과 '순결한 것-근원적인 것-저승성'이란 정반대의 가치들을 하나로 연결, 통합함을 의미한다. 이런 의미에서 '똥간'과 '똥항아리'는 현재의 제한된 지평이 돌파되고 천상과 지상, 신과 인간의 우주적 교섭이 실현되는 대지의 배꼽(omphales), 즉 세계의 중심인 동시에, 서로 다른 우주적 영역 사이의 이행과 역행을 가능케 하는 출입구이자 세계의 축(asix mundi)에 해당한다.[9]

상가수가 만가(輓歌)를 이승과 저승에 두루 뻗칠 수 있었던 까닭은 이런 전(全)우주-완결된 세계로서의 '똥간'과 '똥항아리'의 가치를 본능적·직관적으로 꿰뚫고 있기 때문이다. 그가 '똥간'에서 '똥항아리'를 '명경' 삼아 자신을 비춰보는 것은 그 축소된 우주들을 자기의 것으로 전유하는 행위이다. 그 결과 곤혹스럽고 더러운 '찌꺼기'가 풍요와 재생에 없어서는 안될 '마지막껏'(「소망(똥깐)」)으로 승화된다는 점에서, 그 얄궂은 행위는 천상의 신성성을 나누어 갖기 위해 벌이는 우주적 선택으로서의 제의 행위에 해당한다.

한편 현실적으로 본다면, 그것은 최상의 만가를 생산하고 최고의 노랫꾼이 되기 위한 예술적 성찰 행위이다. 이승과 저승에 두루 뻗칠 정도의 만가는 숱한 적공(積功)을 들이지 않고서는 결코 얻어질 수 없다. 이와 같은 적공이 전근대 사회에서는 노동과 놀이, 아니면 공동체의 제의 등을 통해 주로 수행되었다는 것은 주지의 사실이다. 거름치는 일은

---

9) M. Eliade, 『성과 속-종교의 본질』, 학민사, 1983, 30면.

따라서 '노랫소리'를 풍요롭게 수련함과 동시에 그것의 내실과 완성도를 점검하는 성찰의 기회였던 셈이다. 그런 의미에서 상가수의 '노랫소리'는 주술성(종교성)과 예술성(시성)이 하나의 몸을 이루고 있는 태초이자 마지막인 언어, 곧 영원의 언어가 아닐 수 없다.

「상가수의 소리」는 따라서 『질마재 신화』의 「자화상」이라 해도 되겠다. 그는 「자화상」에서 "시의 이슬"을 맺을 수 있다면 죄의식과 수치는 물론 영원한 방랑의 삶을 마다하지 않겠다고 선언했다. '참다운 언어'에 이르기 위해서라면 도덕과 윤리를 포함한 제반의 현실원리에 결코 얽매이지 않겠다는 다짐이었다. 변두리 삶의 가장 밑자리에 위치했을 '상가수'가 겪었을 고독과, 그럼에도 사람과 신을 동시에 울리는 '노랫소리'를 위해 이웃의 따가운 눈총 따위는 아랑곳하지 않은 채 "헐덕어리며" 왔을 그의 처연한 모습을 상상하기란 어렵지 않다.

과연 미당에 따르면 '상가수'가 속한 심미파는 "유자(儒者)들보다 눈에 썩 곱게 그립고 다정한 것을 가지면서도, 자연파와 같이 남 꺼릴 것 없이 의젓하지를 못하고, 늘 무얼 숨기는 양, 딴 데 남몰래 눈맞춘 사람을 두고 사는 것 같"(『전집』 2, 29면)은 사람들이었다. 말하자면 일상현실에 통용되는 도덕과 윤리의식이 어딘가 부족했던 존재들인 것이다. 하지만 미당은 그들이 부르는 '노랫소리'의 주술성과 예술성이 그런 결여를 무색케 한다는 것을 경험적 진실로 승인한다.

이 지점에서 '상가수'와 미당은 한치의 어긋남도 없는 서로의 거울이 된다. 이런 연유들로 「상가수의 소리」는 예(藝) 혹은 미의 논리가 미당에게는 세계를 보는 눈이자 삶의 가치를 결정하는 '마지막 것'임을 다시 한번 입증하는 시로 위치 지을 수 있다.[10] 다음 시는 세계관의 지위를 획득한 미의 논리를 가장 첨예하게 보여주는 사례 가운데 하나이다.

---

10) '똥항아리의 거울화'를 '삶의 촉각으로서의 예(藝)'로 규정했던 김윤식의 발언 역시 이런 점을 높이 산 것이다(김윤식, 「서정주의 『질마재 신화』 고—거울화의 두 양상」, 255~256면 참조).

알뫼라는 마을에서 시집 와서 아무것도 없는 홀어미가 되어 버린 알묏댁은 보름사리 그뜩한 바닷물 우에 보름달이 뜰 무렵이면 행실이 궂어져서 서방질을 한다는 소문이 퍼져, 마을 사람들은 그네에게서 외면을 하고 지냈읍니다만, 하늘에 달이 없는 그믐께에는 사정은 그와 아주 딴판이 되었읍니다.

陰 스무날 무렵부터 다음 달 열흘까지 그네가 만든 개피떡 광주리를 안고 마을을 돌며 팔러 다닐 때에는 「떡맛하고 떡 맵시사 역시 알묏집네를 당할 사람이 없지」 모두 다 흡족해서, 기름기로 번즈레한 그네 눈망울과 머리털과 손 끝을 보며 찬양하였읍니다. 손가락을 식칼로 잘라 흐르는 피로 죽어가는 남편의 목을 추기었다는 이 마을 제일의 烈女 할머니도 그건 그랬었읍니다.

달 좋은 보름 동안은 外面당했다가도 달 안 좋은 보름 동안은 또 그렇게 理解되는 것이었지요.

앞니가 분명히 한 개 빠져서까지 그네는 달 안 좋은 보름 동안을 떡 장사를 다녔는데, 그 동안엔 어떻게나 이빨을 희게 잘 닦는 것인지, 앞니 한 개 없는 것도 아무 상관없이 달 좋은 보름 동안의 戀愛의 소문은 여전히 마을에 파다하였읍니다.

방 한 개 부엌 한 개의 그네 집을 마을 사람들은 속속들이 다 잘 알지만, 별다른 연장도 없었던 것인데, 무슨 딴손이 있어서 그 개피떡은 누구 눈에나 들도록 그리도 이쁘게 만든 것인지, 빠진 이빨 사이를 사내들이 못 볼 정도로 그 이빨들은 그렇게도 이쁘게 했던 것인지, 머리털이나 눈은 또 어떻게 늘 그렇게 깨끗하게 번즈레하게 이쁘게 해낸 것인지 참 묘한 일이었읍니다.

—「알묏집 개피떡」 전문

이 시는 전반부에서 과부 '알묏댁'의 간통이 그녀의 떡솜씨로 인해 '질마재' 사람들에게 그럭저럭 용인되었음을 화제로 삼고 있다. 마을 사람들의 관용을 이해하기 위해서는 '알묏댁'이 성욕을 주체하지 못해 난음을 일삼는 요부형 인물은 아니었다는 사실을 주목할 필요가 있다. '알묏댁'은 자기 몸의 리듬을 자연(달)의 리듬에 맞추려는 원초적 인간형을 대표한다. 그녀는 달이 차는 즈음에는 서방질을 하지만 달이 기우는 즈음에는 솜씨 좋은 떡을 만들어 마을사람들의 입('떡맛')과 눈('떡맵시')을 동시에 충족시킨다.

이런 사정은 보름사리 무렵의 신명난 성의 과잉이 그믐 무렵의 솜씨 있는 개피떡의 생산으로 자연스레 옮아가고 있음을 보여준다.[11] 말하자면 그녀는 풍요를 상징하는 대지모(大地母)의 형상을 띠고 있다. 그렇기 때문에 마을 사람들, 심지어는 열녀 할머니조차 그녀를 손가락질하면서도 이해하게 되는 것이다. 이를 통해서 '질마재'가 인간법보다는 자연법에 의해, 진리나 도덕적 가치보다는 미의 감각에 의해 지배되는 사회라는 사실이 여지없이 드러난다.

그러나 미당이 '알묏댁'을 통해 가장 말하고 싶었던 것은 그녀의 부정행위의 진상도, 그것을 용서하고 감싸안을 줄 아는 질마재 사람들의 관용과 지혜도 아니다. 후반부에서 보듯이, 그녀는 삶을 심미화할 줄 아는 능력의 소유자이기 때문에 회상의 대상으로 호명되는 것이다. 이것은 그녀의 부정한 행실이 가치판단의 대상에서 전혀 제외되고 있음을 뜻한다. 미당에게 삶의 심미성이 진리와 선, 도덕과 윤리마저 압도하는 최고의 가치체계로 내면화되어 있다는 말은 그래서 가능하다.

미당의 이런 태도는 세계를 오로지 심미적인 관점에서 이해하고 가치화하는 예술지상주의의 어떤 국면을 연상케 한다. 예술지상주의는 긍정적으로 보자면 모든 것이 분화되어 가고 파편화되어 가는 근대적 삶의 불모성을 예술적 삶의 형상화를 통해 비판적으로 성찰함으로써, 억압으로부터 해방된 '다른 세계'를 추구하는 정신이다.[12] 『질마재 신화』는 완고한 반근대의식을 앞세워 '질마재'란 오래된 미래를 '다른 세계'로 일으켜 세우려는 미학적 야심에 의해 건축된 것임에 틀림없다.

---

11) 김옥순, 「서정주 시에 나타난 우주적 신비체험」, 『이화어문논집』 12(이화여대 한국문학연구소 편), 1992, 253면.

12) 예술지상주의에 내포된 심미성을 역사적 근대성과 이성에 대한 적극적인 비판으로 읽음으로써 예술지상주의의 가치와 의의를 새롭게 재해석하는 대표적인 글로는, 최문규, 「예술지상주의의 비판적 심미적 현대성」(『탈현대성과 문학의 이해』, 민음사, 1996)을 들 수 있다.

그러나 『질마재 신화』를 포함한 이즈음의 미당 시는 예술지상주의의 그런 긍정성과 전복성을 온전히 소유하기에는 지나치게 주관적이며 탈현실적이다. '영원성'과 심미성만이 삶과 시의 위의(威儀)를 약속한다는 신념과 환상이 그를 역사현실로부터 어떻게 분리하는가를 다음 글은 뚜렷이 보여준다.

> 시인은 꼭 시장의 종종걸음꾼들 모양으로 현실을 종종걸음만 치고 살 필요는 없다. 어떤 혼란하고 저가(低價)한 과도기는(이건 사적(史的) 안목이 서면 알 수 있는 것이다.) 쉬엄쉬엄 황새걸음으로 껑충껑충 뛰어 넘어가버려도 좋은 것이다. (……) 그 대신에 시인의 현실은 영원 바로 그것이라야 하고, (……) 시인은 한 시대의 성인(成人)된 인류가 경향(傾向)되어 하는 짓 전부를 거부하고 젖먹이들만을 사귀고 가며, 또는 수천년전 옛 사범(師範) 하나나 둘만을 본보기로 하고 살면서 미래를 가설정(假設定)하다가 가도 좋다.[13]

현실을 괄호 친 채 유년기나 이상적 과거로 귀환함으로써 영원인의 면모를 되찾자는 것, 여기에 미당의 미래의식의 핵심이 존재한다. 이런 욕망이 심미적 삶을 특권화함으로써 실현되고 있음은 지금까지 보아온 대로이다. 하지만 그의 호방한 태도와 자신감에도 불구하고 현실을 구제불능의 상태로 간주한 채 서둘러 퇴각하는 역사적 허무주의나 패배주의의 기미를 쉽게 지나칠 수는 없다. 역사현실에 대한 자발적 소외가 강화되면 될수록 '영원'의 순수성과 절대성에 대한 맹목적 신뢰 또한 그에 비례하여 심화되기 마련이다.

이에 따른 자아의 주관성 강화는 구체적 현실에 내재하는 모순과 차이, 비동일성 등만이 아니라, '영원성'이 살아 숨쉬는 오래된 미래의 현실화 가능성에 대한 심사숙고마저 외면케 한다. 이야말로 '질마재'의 이상화와 심미화를 타락한 현실에 대한 위안과 보상의 의미를 확연히 뛰

---

13) 서정주, 「시인의 책무」, 『전집』 2, 282~283면.

어넘어, '다른 세계'에 대한 가없는, 그러나 현실성 강한 그리움으로 서슴없이 인정하기 어려운 까닭 가운데 하나이다.

2. 웃음의 두 차원과 변두리 삶의 성화

『질마재 신화』의 이야기(story)들은 '질마재'에 떠도는 동네 전설, 뜬소문, 마을의 해괴한 사건과 그에 관련된 인물, 기인(奇人) 따위를 주로 다룬다. TV극 『전설의 고향』의 주종을 이루는 괴담, 비극담, 지명 유래담이라든가, 민중의 소망을 대변하는 영웅의 호쾌한 활약상을 그린 영웅담 따위는 거의 등장하지 않는다.[14] 뜬소문이나 해괴한 사건들이라 해도 대개는 취식, 배설, 성 등 생리적 욕구나 일상생활과 밀접히 관련된 것들이며, 기인이라 해도 풍류와 잡기에 능한 한량 기질의 인물이나 현명한 바보인 경우가 많다.

이처럼 『질마재 신화』는 이미 사건과 인물 자체에 웃음의 요소를 풍부히 담고 있다. 사실 이런 이야기의 성격은 시인의 치밀한 계산과 의도를 통해 선택되고 형성된 것이다. 왜냐하면 '질마재'에 질박한 웃음의 이야기만 존재했다고 믿기는 어렵기 때문이다. 그러나 『질마재 신화』에서는 삶의 비극이나 오욕과 관련된 이야기들은 대체로 배제되고 은폐되어 있다. 아니 비록 그런 요소들이 끼어 있을지라도 궁극적으로는 웃음의 미학으로 승화되어 가난한 삶에 윤기와 여유를 제공하는 경우가 대

14) 『질마재 신화』의 서시(序詩)격인 「신부」만은 예외적으로 비극담이다. 신랑의 오해가 낳은 신부의 비극적 죽음을 이야기하는 이 결혼 초야담은 상당히 보편적인 전설에 속한다. 조지훈의 「석문(石門)」 역시 이런 결혼 초야담을 변용한 시라 할 수 있다. 미당의 「신부」가 특이한 것은 대개의 경우 신부의 원한과 복수가 강조되는 데 반해 기다림 끝의 재회와 원망의 해소가 부각되어 있다는 점이다.

부분이다.

『질마재 신화』의 웃음 편향은 어디서 비롯된 것일까. 미당 특유의 대긍정의 시선의 결과라거나, 독자의 흥미를 유발하기 위한 것이라는 대답은 너무도 평범하다. 그보다는 바흐찐의 웃음에 대한 견해가 훨씬 유익하고 적절한 참조가 된다. 바흐찐에 따르면, 웃음은 주체로 하여금 어떤 대상과 세계를 친숙하게 접촉하게 하며, 그럼으로써 그것들을 자유롭게 검토할 수 있는 공간을 제공한다.15) 이때의 검토란 기본적으로는 대상에 대한 의심과 분석을 통해 그것의 허위성을 폭로하거나 권위를 박탈하는 작업을 의미한다.

하지만 그것은 '현명한 바보' 이야기에서 보듯이 대상의 숨겨진 진면목을 찾아내 새로운 가치를 부여하는 작업 역시 포함할 수 있다. 이런 사실은 웃음이 궁극적으로는 삶의 개선이나 삶의 당위를 지향하는 매우 목적적인 행위임을 암시한다. 웃음은 이를테면 재미와 교훈 또는 표현과 계몽이란 쉽사리 융합될 수 없는 두 가지 욕구를 동시에 충족시킴으로써 그런 과제에의 자발적 참여를 유도한다.

『질마재 신화』에서 웃음은 이원적이다. 대상의 형상이나 행위에서 발생하는 웃음이 그 하나라면, 그 웃음이 전복되면서 발생하는 웃음이 다른 하나이다. 여기서는 잠정적으로 전자를 '표층 웃음'으로, 후자를 '심층 웃음'으로 부르기로 한다. '표층 웃음'에서는 대상의 비정상성이나 일탈 행위가 유발하는 희극적 웃음이 중심을 이룬다. '심층 웃음'에서는 비정상성과 일탈 행위 뒤에 숨겨진 대상의 참모습이 발견되고 인정되면서 발생하는 화해와 화합의 웃음이 중심을 이룬다. 이런 대비는 그러나 두 웃음이 완전한 대립 구조를 이루면서 직선적으로 배열되어 있다는 것을 뜻하지는 않는다. 이들은 오히려 서로가 맞물려 새로운 계기를 생성하는 일종의 아이러니 구조를 형성하고 있다. 이런 웃음의 반전을 통

15) M. Bakhtin, 「서사시와 장편소설」, 『장편소설과 민중언어』, 41면.

해 이야기의 효과는 훨씬 배가될 것이고, 이야기의 재미 역시 한층 강화될 것이다.

『질마재 신화』에서 '표층 웃음'은 대상, 곧 이야기 속 주인공의 비정상적인 형상이나 행위(사건)에서 발생한다. 이런 비정상성은, 주인공이 작게는 유별나고 기이한 행동을 벌임으로써, 크게는 공동체의 금기나 관습, 규약을 위반함으로써, '질마재'의 안정과 질서를 해치는 일탈행위의 원인으로 작용한다.

> ① 알뫼라는 마을에서 시집 와서 아무것도 없는 홀어미가 되어 버린 알묏댁은 보름 사리 그뜩한 바닷물 우에 보름달이 뜰 무렵이면 행실이 궂어져서 서방질을 한다는 소문이 퍼져, 마을 사람들은 그네에게서 외면을 하고 지냈읍니다만, 하늘에 달이 없는 그믐께에는 사정은 그와 아주 딴판이 되었습니다.
>
> (……)
>
> 앞니가 분명히 한 개 빠져서까지 그네는 달 안 좋은 보름 동안을 떡 장사를 다녔는데, 그동안엔 어떻게나 이빨을 희게 잘 닦는 것인지, 앞니 한 개 없는 것도 아무 상관없이 달 좋은 보름 동안의 戀愛의 소문은 여전히 마을에 파다하였습니다.
>
> —「알묏집 개피떡」 부분

> ② 마을에서도 제일로 무얼 못 먹어서 똥구녁이 마르다가 마르다가 찢어지게끔 생긴 가난한 늙은 寡婦의 외아들 黃먹보는 낫놓고 ㄱ字도 그릴 줄 모르는 無識꾼인 데다가 두 눈썹이 아조 찰싹 두 눈깔에 달라붙게스리는 미련하디 미련한 총각 녀석이라, 늙은 에미 손이 사철 오리발이 다 되도록 마을의 마른일 진일 다하고 다니며 누렁지 찌꺼기 사발이나 얻어다가 알리면 늘 항상 아랫목에서 퍼먹고 웃목 요강에 가 똥누는 재주밖에 더한 재주는 없던 녀석이었는데, 그래도 陰陽은 어찌 알았던지, 어느 날 저녁때 울타리 개구녁 사이로 옆집 長者네 집 딸 얼굴을 한 번 딱 디려다보고는 저쪽에선 눈도 거들떠보지도 않는데 그만 혼자 相思病에 걸리고 말았것다.
>
> —「김유신풍(金庾信風)」 부분

③小者 李 생원네 무우밭은요. 질마재 마을에서도 제일로 무성하고 밑둥거리가 굵다고 소문이 났었는데요. 그건 이 小者 李 생원네 집 식구들 가운데서도 이 집 마누라님의 오줌 기운이 아주 센 때문이라고 모두들 말했습니다.

(……)

(……) 마을의 아이들이 길을 빨리 가려고 이 댁 무우밭을 밟아 질러가다가 이 댁 마누라님한테 들키는 때는 그 오줌의 힘이 얼마나 센가를 아이들도 할수없이 알게 되었습니다. ─「네 이놈 게 있거라. 저놈을 사타구니에 집어넣고 더운 오줌을 대가리에다 몽땅 깔기어 놀라!」 그러면 아이들은 꿩 새끼들같이 풍기어 달아나면서 그 오줌의 힘이 얼마나 더울까를 똑똑히 잘 알 밖에 없었습니다.

─「소자(小者) 이(李) 생원네 마누라님의 오줌 기운」 부분

'알묏댁'과 '黃먹보'는 결여의 인물들이다. '알묏댁'의 경우 과부라는 조건, 그러니까 성욕의 억압 때문에 마을 사람보다도 "먼저 하늘은 아파야만"(「간통(姦通)사건과 우물」) 하는 간통사건의 주인공이 된다. '황먹보'는 지적인 능력과 노동력이 전무한, 먹고 싸는 것만을 재주로 갖고 태어난 기생형 인물이다. 이런 인물들은 건전하고 건강한 공동체의 유지를 위해서는 늘 경계되거나 비난받아야만 한다. 이들을 웃음거리로 전락시키는 행위는 가장 손쉽고도 효과적인 징벌이자 타인에 대한 계고가 된다.[16]

이와 반대로 '이 생원네 마누라님'은 과잉의 인물이다. 필시 음담의 단골 주인공으로 등장했을 그녀는 아이들이 공포의 대상으로 여길 만큼 아량이 적고 불같은 성격의 소유자이다. 그녀 역시 이웃은 멀고 따돌림은 가까웠을 것이다. 이처럼 이들의 비정상-일탈-배제는 긴밀한 연쇄관계를 이루고 있다. 비록 익살과 해학이 넘쳐흐르지만, 이런 연쇄 속에 자리한 웃음은 대상의 우스꽝스러움이나 부조리함을 주로 폭로하고 공

16) 이것은 '이야기꾼' 화자가 이야기를 서술하는 가운데 자연스럽게 드러나고 있다. 그가 선택한 어휘나 말투, 대상에 대한 태도는 그 자신을 넘어선 공동체의 것이라 할 수 있다. 대상들은 웃음거리가 됨으로써 광장에 발가벗겨진 존재가 된다.

식화하는 차가운 웃음의 성격을 띠게 된다.

그러나 이들의 비정상—일탈—배제라는 연쇄는 어디까지나 공동체의 규약과 질서에 익숙한 이른바 정상인들에 의해 주어진 것이다. 이들의 입장에서 보면, 그 "의젓하지를 못"한 모든 행위들은 자신의 결여를 보충하고 과잉을 해소하여 육체와 삶의 균형을 되찾으려는 정당한 행위의 일종이다. 바꿔 말해 자연의 리듬에 발맞추고 원초적 욕망에 충실함으로써 자아의 완미함을 회복하고 구가하려는 자기 목적적인 행위인 것이다.

그러고 보면 『질마재 신화』에는 위의 인물들 외에도 성적 욕망을 충족하거나 자신만의 신이한 능력을 발휘함으로써 자신의 결여를 보충하고 극복하는 인물이 다수 등장한다. 전자에는 「말피」의 '과부 어머니'와 「소×한 놈」의 '총각놈'이, 후자에는 신묘한 '웃음'으로 이웃들을 꼼짝 못하게 하는 「석녀 한물댁의 한숨」의 '한물댁'과 「단골 무당(巫堂)네 머슴 아이」의 '꼬마둥이 머슴'이 해당한다. 이들에게 정상이란 인간법을 어길지언정 자연법에 맞추어 자신의 원초적 욕망을 해방시키는 것인지도 모른다.

지금까지의 논의는 '표층 웃음'이 주로 성의 결여와 충족, 똥과 오줌의 배설 등과 같은 생리적 욕구와의 연관 속에서 유발되고 있음을 새삼 환기한다. 그런데 이것들은 우리가 파악한 대로 그 관점에 따라 전혀 상반된 가치를 표상하고 내포할 수 있다. 『질마재 신화』에서 이것들의 긍정성에 대한 정당한 인식은 대상의 가치와 웃음의 성격을 역전시킨다는 점에서 매우 중요하다.

미당은 성행위보다는 분뇨의 배설행위에서 그 긍정성을 확연하게 표현하고 있다. 이는 대상인물들의 성의 추구가 '질마재'의 결속과 안정을 해치는 도덕적 금기와 규약의 위반으로 연결되는 경우가 다반사였던 반면, 분뇨의 배설은 공동체의 긴장과 분열을 유발하는 일과는 비교적 무연했기 때문일 것이다. 그런 만큼 똥이나 오줌을 소재 삼아 변두리 인물들을 심미화하거나 영웅화하는 시인 자신의 어떤 책임과 부담은 가벼워진다.

① 아무리 집안이 가난하고 또 천덕구러기드래도, 조용하게 호젓이 앉아, 우리 가진 마지막껏 — 똥하고 오줌을 누어 두는 소망 항아리만은 그래도 서너 개씩은 가져야지. 上監녀석은 宮의 각장 장판房에서 白磁의 梅花틀을 타고 누지만, 에잇, 이것까지 그게 그 까진 程度여서야 쓰겠나. 집 안에서도 가장 하늘의 해와 달이 별이 잘 비치는 외따른 곳에 큼직하고 단단한 옹기 항아리 서너 개 포근하게 땅에 잘 묻어 놓고, 이 마지막 이거라도 실천 오붓하게 自由로이 누고 지내야지.

—「소망(똥간)」 부분

② 옛날에 新羅 적에 智度路大王은 연장이 너무 커서 짝이 없다가 겨울 늙은 나무 밑에 長鼓만한 똥을 눈 색시를 만나서 같이 살았는데, 여기 이 마누라님의 오줌 속에도 長鼓만큼 무우밭까지 鼓舞시키는 무슨 그런 신바람도 있었는지 모르지.

—「소자 이 생원네 ……」 부분

③ 邊山의 逆賊 具蟾百이가 그 벼락의 불칼을 분지러 버렸다고도 하고, 甲午年 東學亂 때 古阜 全琫準이가 그랬다고도 하는데, 그건 똑똑히는 알 수 없지만, 罰도 罰도 웬놈의 罰이 百姓들한텐 그리도 많은지, 逆賊 具蟾百이와 全琫準 그 둘 중에 누가 번개치는 날 일부러 우물 옆에서 똥을 누고 앉았다가, 벼락의 불칼이 내리치는 걸 잽싸게 붙잡아서 몽땅 분지러 버렸기 때문이라는 이야깁니다.

—「분지러 버린 불칼」 부분

프로이트는 성과 배설 기능을 핵심으로 하는 곤혹스런 '지상의 찌꺼기'에 대한 가장 현명한 태도를 "인간의 실존적 조건을 본성이 허락하는 그대로 복권시키고, 그에 고유한 위엄을 되찾아 주는" 일로 보았다.[17] 우연찮게도 미당의 작업은 프로이트의 지적과 신통하게 일치한다. 위의 시들에서 똥, 오줌, 그러니까 "우리 가진 마지막껏"은 대상 혹은

17) S. Freud, 「지그문트 프로이트의 서문」, 『신성한 똥』(J. Bourke, 성귀수 역), 까치, 2002, 10면.

옛이야기의 익살스런 서술과 평가 속에서 그 의미의 심화와 가치의 확장이 이루어진다. 그야말로 우리 몸의 '마지막 것'인 그것들은 외부의 그 어떤 힘에 의해서도 결코 침해될 수 없는 최후의 '자유'이자, 생명의 풍요를 부르는 건강하고 '즐거운 몸생명'[18] 자체이다. 나아가서는 기존 지배계급의 권위와 가치체계를 강력히 비판하고 조롱하는 도전과 저항의 표상이다.

그러나 이 '마지막껏'의 최종가치는 무엇보다도 '명경(明鏡)', 그러니까 "하늘의 별과 달도 언제나 잘 비치는 우리네 똥오줌 항아리"(「상가수의 소리」)의 기원이라는 점에 있다. '명경'은 이승과 저승, 천상과 지상, 성(聖)과 속(俗)의 소통과 융합을 매개하고 실현한다. 이것은 천상의 질서와 원리를 지상의 삶에 옮기는 일이자, 천상을 "욕망이나 정서의 푼수가 반영되는 친교적 하늘"로 인간화하는 일이기도 하다.

이처럼 『질마재 신화』에서 성과 분뇨는 기존의 세계상과 인간상을 타파하고 재구성하는 데에 결정적인 역할을 수행한다. 바흐찐의 말을 빌린다면, 그것들은 사물이나 현상들의 새로운 모형을 창조해냄으로써 기존의 가치체계를 파괴하며, 또한 세계를 물질화하고 구체화한다. 그런 가운데 기존의 인간상은 우리 삶의 '비공식적'이며 '언어외적인' 영역에 보탬이 되도록 재구성된다.[19] '육체적 삶의 영웅화'라 부를 수 있는 이런 재구성은 결국은 억압된 자유를 회복함으로써 인간의 본성과 인간에 내재하는 가능성들을 마음껏 발산하고 실현하기 위한 것이다.

이 작업은 그러나 미당에게는 심미적 삶의 실천과 밀접히 연관되어 있다는 점 때문에 한결 종요로운 것이다. 『질마재 신화』에서 육체적 삶의 영웅화는, 그것이 무엇이 되었건 대상인물의 심미적 능력에 대한 신뢰에서 비롯된다 해도 과언은 아니다. 가령 성의 일탈자들인 '알묏댁'과

---

18) 윤재웅, 『미당 서정주』, 205~219면 참조.
19) 이상은, M. Bakhtin, 「소설 속의 시간과 크로노토프의 형식」, 『장편소설과 민중언어』, 392면.

'총각놈'의 경우, 전자는 '개피떡'을 "누구 눈에나 들도록 그리도 이뿌게" 만들 줄 알기에, 후자는 "봄 진달래 꽃다발을 매어 달고" 다닐 줄 알기에 타자들의 신뢰를 회복하며 때로는 찬양의 대상이 되기까지 한다. '상가수'의 경우도, 분뇨가 가득 담긴 '똥항아리'의 가치를 아는 능력과 '노랫소리'를 이승과 저승에 두루 뻗치는 심미적 능력은 분리되어 있지 않다. 이런 결합 능력은 그들 자신의 위상 제고를 넘어, 민중적 삶의 활력과 건강성에 대한 신뢰를 강화하고 민중문화의 가치 확산에 크게 기여한다는 점에서 의미 깊다.

『질마재 신화』의 '심층 웃음'은 이 지점에서 완성된다고 할 수 있다. 통합과 화해, 허용과 긍정과 같은 결속력은 그 완성을 이루는 가장 주요한 자질이다. '심층 웃음'의 울타리 안에서 변두리 인물들의 오욕과 추문은 '질마재' 사람들이 "그렁저렁 웃기는 웃고"(「석녀 한물댁의 한숨」) 살아가는 힘이 되며, 그 속에서 '질마재'는 질서와 안정을 다시 회복한다. 어쩌면 이런 결속력에 힘입어 '질마재'는 발전이나 성장보다는 반복과 회귀를 특징으로 하는 주술적 세계로 계속 남게 되는 지도 모른다.

하지만 끝내는 결속의 원리로 기능하는 미당식 웃음은 그것이 지닌 활력과 가능성을 스스로 제한하는 약점에서 완전히 자유롭지는 못하다. 웃음, 특히 민중적 웃음은 세계에 상대성의 계기와 생성의 계기를 마련하는 것을 가장 중요한 임무로 삼는다. 보다 자세히는 보수적인 부동성과 초시간성의 요구를 거절하는 대신, 어떤 것도 영속화시키지 않는 시간 그 자체를 상연함으로써 시대를 늘 변화와 갱신의 소용돌이 속에 놓아두는 것을 목표한다. 이를 통해 새롭고, 조만간 다가오며, 갱생될 계기, 이른바 미래적 가치가 긍정적으로 강조된다.[20)]

『질마재 신화』에서 결속의 요구는 그러나 궁극적으로 웃음을 변화와 갱신보다는 안정과 지속 면에 서게 한다. 이런 경향이 단지 기억될 만한

20) M. Bakhtin, 이덕형 외역, 『프랑수아 라블레의 작품과 중세 및 르네상스의 민중문화』, 아카넷, 2001, 136~138면.

과거에 대한 가치부여나 옹호의 과정에서 어쩔 수 없이 빚어지는 것이라면 크게 우려할 만한 것이 못된다. 하지만 미당의 웃음은 종국에는 '질마재'란 역사현실 속의 대립과 갈등, 모순을 환상적으로 화해시켜 그것을 무갈등의 세계로 미화하고 신비화한다는 점에서 문제적이다. 다시 말해 '질마재'에 변화와 개방의 활력을 불어넣기보다는 보수적인 부동성과 초역사성을 깊이 각인하는 기제가 되고 있다는 것이다. 더군다나 『질마재 신화』에서 웃음의 성격 전환은 이야기 자체의 진행보다는 '이야기꾼' 화자의 적극적인 개입에 의해 이루어지는 경우가 많다. 몇몇 시의 화해와 통합이 꽤나 주관적이고 작위적이란 느낌은 이로 인한 것이다. 웃음의 경직화 속에서 비전의 축소와 개선 효과의 감소는 필연적이다.

3. 이야기꾼과 '질마재'의 가치화 양상

미당이 사적 공간에 불과한 '질마재'를 '영원성'이 편재하는 신화적 세계로 가치화하는 동안, 당시의 평단에서는 우려 섞인 비판의 목소리가 높았다. 그 내용을 정리하면 대략 다음과 같다. 첫째, '이야기'의 전면 도입이 시적 긴장을 크게 이완시켰다. 둘째, 마술적이고 주술적인 태도가 역사의 무방향성과 전통에 대한 맹목을 초래하고 있다. 셋째, 자신의 육성과 호흡, 그리고 시정신이 곧 시라는 태도가 어떤 형태적 제약에도 구애됨 없이 오만한 독보자(獨步者)로서 세계를 굽어보는 초월적 자세를 강화하고 있다.[21] 이런 지적은 시의 서사화가 꽤나 일반적인 현

21) 이 비판들은 황동규의 「두 시인의 시선」(『문학과지성』, 1975년 겨울), 김윤식의 「문학에 있어 전통계승의 문제」(『세대』, 1973.8; 「서정주의 『질마재 신화』 고-거울화의 두 양상」), 조창환의 「산문시의 양상」(『현대시학』, 1975.2)에서 중복된 내용을 피하면서 정

상이 되었으며, 또한 그것의 효용적 가치와 미학적 의미가 '이야기시'나 '서술시(narrative poem)'[22]라는 개념 아래 긍정되고 때로는 강조되는 오늘날에도 상당히 유효하다.

그런데 곰곰이 따져보면 두, 세 번째 비판은 당시의 시점에서도 그리 새로울 게 없다. 예컨대 미당은 1964년 초여름 문단을 뜨겁게 달구었던 김종길과의 논쟁에서 지성의 결여와 상징의 오용, 그에 따른 신비주의 경향의 강화를 이유로 영매(靈媒)나 접신술사(接神術師)가 되어버린 듯하다는 모욕적인 비판까지 받은 바 있다. 『동천』에 곧잘 가해졌던 앙상한 정신주의라는 혐의 역시 그런 시적 경향에 대한 불만과 무관치 않다.

사정이 이렇다면, 시의 본질을 위협할 만큼 산문성이 농후한, 게다가 어느 시집보다 사적 편향이 심한 『질마재 신화』에 쏟아질 비판을 미당이 예상 못했을 리 없다. 더군다나 『질마재 신화』는 자전 「내 마음의 편력」에서 이미 다루었던 내용들의 상당수를 재차 끌어들이고 있다. 동일한 대상을 반복해서 다룰 경우, 아무리 다른 형식을 취할지라도 정서의 상투화와 반응의 식상함을 피해가기란 여간 어렵지 않다. 이 때문에 우리는 때때로 『질마재 신화』를 무모하고도 위험성이 높은 모험의 형식으로 간주하고 싶어진다.

이런 점들을 감안하면, 『질마재 신화』의 서술(narrative) 충동은 단지 독자를 획득하기 위한 형식 실험[23] 이상의 어떤 것을 지향하고 있음이 뚜

리한 것이다.

22) '서술시'는 이야기(story)를 말하는 시 또는 이야기가 우세한 시를 가리키는 용어로, 김준오가 본격적으로 사용하기 시작했다. 'narrative poem'을 '이야기시'나 '서사시'라고 했을 때 초래될 여러 혼동을 피하기 쉽다는 점에서 적절한 선택으로 보인다. 보다 자세한 내용은, 김준오, 「서술시의 서사학」(『한국 서술시의 시학』(현대시학회 편), 태학사, 1998)을 참조.

23) 서정주는 김주연과의 대담에서 "액션이 없으니까 독자들이 떠나는 것 같아요. 그러니까 시에도 액션을 넣었지. 소설처럼 말이오. (……) 시도 액션이 있어야 독자를 끌거든—우리 액션을"이라고 말하고 있다. 김주연, 「이야기를 가진 시」, 『나의 칼은 나의 작품』(민음사, 1975), 11면.

렷해진다. 시의 서술화는, 모든 서술이 그러하듯이, 세계와 삶에 대한 전체성의 파악 및 질서화의 욕구에서 비롯된다. 가령 루이스 밍크는 서술을 "사건에 상상적인 일관성·전체성·완전성·종결성 등을 부여함으로써 사건을 가치화(moralize)하려는" 것으로 이해한다.[24] 이런 가치화는 서술이 어떤 사건이나 광경을 똑같이 재현하는 것이 아니라 그것들을 일반적으로 공유할 수 있는 '현실성' 높은 '의미'로 대체하거나 재구성하는 작업임을 새삼스레 환기한다.[25] 물론 그 의미의 질량과 밀도는 서술 주체의 세계관과 태도, 욕망 등에 따라 전혀 다른 양상을 띠게 될 것이다.

미당의 서술 충동은 『질마재 신화』에만 보이는 특별한 현상은 아니다. 그는 한국의 대표적 서술시인으로 자리매김 해도 좋을 만큼, 서술의 장점을 충분히 이용하면서 시세계의 심화와 갱신에 남다른 능력을 발휘했다. 예컨대 『시인부락』 창간호에 실린 「문둥이」부터가 향촌에 떠돌던 문둥이에 얽힌 고약한 소문의 변주였고, 「귀촉도」, 「추천사」를 포함한 '춘향의 말' 삼부작, 「꽃밭의 독백」·「노인헌화가」 등은 이른바 고전(古典)의 현대화를 대표하는 서정시들로 인정받고 있다. 특히 뒤의 시편들은 '영원성'의 탐구와 구축을 위해 씌어지고 있는 바, 이는 미당의 서술 충동이 깊이 혹은 사상의 추구와 밀접히 관련되어 있음을 시사하기에 충분하다. 이 시들은 그러나 이야기 자체의 전수보다는 시인 자신의 내밀한 정서 고백에 그 중심을 두고 있다는 점에서 여전히 서정시의 장르적 규약에 충실한 편이다.

이런 까닭에 『질마재 신화』는 미당의 서술 충동의 절정이자 집약체라 할 수 있다. 시적 변용이 거의 없는 대담한 산문, 즉 이야기체의 형식을

24) Louis Mink, 윤효녕 역, 「모든 사람은 자신의 연보 기록자」, 『현대 서술이론의 흐름』(G. Genette 외), 솔, 1997, 216면.

25) R. Barthes, 「이야기의 구조적 분석 입문」, 『구조주의와 문학비평』(김치수 편), 홍성사, 1980, 137면.

지향하고 있다는 점에 더해, 근현대시사에서 거의 유례가 없는 전통적 '이야기꾼'을 화자로 채용하고 있다는 점에서 특히 그러하다.[26] 미당은 전통적인 이야기체와 이야기꾼을 적극적으로 활용함으로써 『질마재 신화』에 구비 서술시의 속성인(물론 민중문화의 그것이기도 한) 단순성 · 소박성 · 유아성까지도 대폭 되살려내고 있다.[27] 이 점, 『질마재 신화』의 서술 충동이 단순히 과거와 관계를 맺고 과거를 추억하기 위한 것이 아니라, 지금은 사라진 역사적 · 문화적 존재형태들과 접촉함과 아울러 그것을 현재화하려는 매우 실제적인 욕망의 소산임을 잘 보여준다.

이런 『질마재 신화』의 성격은 이야기 자체보다는 그것을 서술하는 이야기꾼의 성격과 역할에 좀더 주목케 한다. 이야기꾼은 단순한 이야기의 전수자가 아니라 이야기가 목표하는 가치를 조정하고 실현하는 매우 능동적이며 창조적인 존재이다. 이야기꾼에게서 이런 역할은 처음부터 주어져 있는 권능이라 할 수 있다. 가령 판소리나 고소설에 존재하는 다양한 이본은, 이야기의 반복과 전달을 가능케 하는 기억력뿐만 아니라 이야기를 당대의 현실에 적합하게 변형하고 거기에 새로운 가치를 부여할 줄 아는 창조적 상상력이 이야기꾼에게는 반드시 필요했음을 말해준다. 아니 기억과 전달능력은 일종의 충분조건이라는 점에서, 이야기꾼의 진짜 능력은 창조적 상상력의 우열에서 판가름되었을지도 모른다.

벤야민에 따르면, 이야기꾼은 자기 경험의 원료(그것이 자신의 것이든 타인의 것이든 간에)를 튼튼하고 유용하며, 독특한 방법으로 가공하는 것을 임무로 한다. 그리고 이것의 전달을 통해 많은 사람들에게 도움을 주는

---

26) 1970년대 들어 한국 구비문학의 핵심 형식들인 민담과 설화, 판소리, 민요 등은 시의 새로운 형식 확장, 전통의 계승과 재창조 등을 목적으로 의식적으로 채용되기 시작한다. 서정주, 김지하, 신경림은 그런 모색을 대표하는 시인들이다. 이들의 모색이, 그 이데올로기적 지향과는 상관없이, 당시 이미 심각한 모순에 빠져있던 후진적 근대에 대한 비판과 반발에서 나온 것임은 널리 알려진 사실이다. 이에 대해서는 유종호, 「변두리 형식의 주류화」, 『사회역사적 상상력』, 민음사, 1987 참조.

27) 김준오, 「서술시의 서사학」, 35면.

교사와 현자의 역할을 하는 것이다.[28] 이야기꾼의 기본 자질이 가치실현 능력에 있음을 확인하고, 세계와 삶의 안내자요 조언자로서 이야기꾼의 효용성을 크게 사는 지적이다.

『질마재 신화』에서 이야기꾼의 존재방식은 크게 두 가지 형태로 나뉠 수 있다. 시인 자신의 경험을 서술하는 이야기꾼이 하나라면, 타자와 관련된 이야기를 서술하는 이야기꾼이 다른 하나이다. 대상이 다른 만큼 이야기를 질서화하는 방식에 어떤 차이가 있을 것이고, 그에 따라 이야기의 효과도 달라질 것이다. 이 경우, 시에서 서술이란 시인 자신의 담화(discourse)이자 작품세계에 대한 직접적 개입을 의미한다. 이런 개입은 특정 사건이나 대상에 새로운 의미와 가치를 부여하는 행위라는 점에서 전형적인 '저자 참여(authorial presentation)'의 일종이다. 따라서 두 이야기꾼의 역할을 검토하는 작업은 『질마재 신화』의 핵심적인 가치화 방식을 추출하는 일이기도 하다.

일인칭 화자 '나'가 직접 등장하여 '나' 혹은 가족에 얽힌 경험을 이야기하는 시는 5편이다.[29] '나'가 자신의 경험을 직접 고백하고 있다는 점에서 과연 이 일인칭 화자를 '이야기꾼' 화자 범주에 포함시킬 수 있겠는가 하는 의문이 들 수도 있다. 하지만 일단은 과거의 경험 혹은 사건을 현재의 시점에서 이야기하고 있다는 점에서 그리 무리한 규정은 아니라고 생각한다.

이 시들에서 오히려 중요한 것은 과거의 경험과 사건이 서술되는 방

---

28) W. Benjamin, 「얘기꾼과 소설가」, 『발터 벤야민의 문예이론』, 민음사, 1983, 194면. 다음과 같은 그의 또 다른 지적은 이야기꾼에게는 이야기를 가공하여 전달하는 과정이 곧 자기를 실현하고 보존하는 과정임을 명쾌하게 드러낸다. "이야기는 사건을 바로 그 이야기를 하고 있는 보고자의 생애 속으로 침투시키는데, 그것은 그 사건을 듣는 청중들에게 경험으로서 함께 전해주기 위해서이다. 그리하여 도자기에 도공의 손자국이 남아 있는 것과 마찬가지로 이야기에는 이야기하는 사람의 흔적이 따라다니는 것이다."(W. Benjamin, 같은 책, 123면)

29) 「해일」, 「그 애가 물동이의 물을 한 방울도 안 엎지르고 걸어왔을 때」, 「신발」, 「외할머니의 뒤안 툇마루」, 「내가 여름 학질에 여러 직 앓아 영 못 쓰게 되면」이 그것이다.

식, 특히 시제의 문제이다. 이야기의 외부에서 타자들의 사건과 행위를 다룬 시들은 거의 예외 없이 이야기의 특권적 시제인 완료시제를 채택하고 있다. 이에 비해 '나'가 등장하는 5편은 현재시제와 과거시제가 뒤섞여 쓰이거나, 아니면 오로지 과거시제나 현재시제만이 단독으로 쓰이는 경우 등 매우 복잡한 양상을 보이고 있다. 시제에 의해 서술주체의 개입양상이 달라지고 있는 것이다.

> 그때에는 왜 그러시는지 나는 아직 미처 몰랐읍니다만, 그분이 돌아가신 인제는 그 이유를 간신히 알긴 알 것 같습니다. 우리 외할아버지는 배를 타고 먼 바다로 고기잡이 다니시던 漁夫로, 내가 생겨나기 전 어느 해 겨울의 모진 바람에 어느 바다에선지 휘말려 빠져 버리곤 영영 돌아오지 못한 채로 있는 것이라 하니, 아마 외할머니는 그 남편의 바닷물이 자기집 마당에 몰려 들어오는 것을 보고 그렇게 말도 못 하고 얼굴만 붉어져 있었던 것이겠지요.
>
> —「해일」 부분

이 시는 현재의 '나'를 드러내는 "알 것 같습니다"와 "~것이겠지요"를 빼고는 모두 과거시제로 되어 있다. 전반부에서는 '넘치는 바닷물' 앞에서 얼굴을 붉히고 서있던 '할머니'의 모습이 회상되고 있고, 인용된 후반부에서는 할머니의 행위가 갖는 의미에 대한 깨달음과 이해가 직설적으로 제시되고 있다. 동일한 내용에 대한 회상이되 과거의 현재화에 주력하고 있는 「외할머니네 마당에 올라온 해일」과는 전혀 다른 구성인 것이다. 미당은 왜 이 시에 사건의 객관적 보고와 해석이라는, 무미건조할뿐더러 시의 치명적인 약점이 되기에 충분한 형식을 끌어들였을까.

「해일」에서 서술의 핵심은 할머니의 행위가 갖는 가치에 대한 '나'의 재발견에 있다. 이때 '나'의 재발견 자체보다는 재발견된 '가치'에 방점이 찍힘은 물론이다. 보고와 해석이란 형식을 빌려 행해지는 '회상'은 대상사건에 일관성과 종결성, 그리고 객관성을 부여한다. 사적 기억의 현재화에 들러붙게 마련인 '나'의 정서적 개입이 최소화되는 것이다.

'과거시제'는 그런 거리화가 외면화된 형식이라 할 수 있다.

이때 중요한 것은 이를 통해 하나의 완결된 '가상적 과거'가 창조된다는 점이다. '가상적 과거'의 창조란 존재하지 않는 과거의 허구적 창안이 아니라, "전적으로 객관화되고 비인격화된 하나의 동질적인 '기억'"[30]으로서의 과거 창조를 말한다. 이런 보편화를 통해 '나'의 사적 기억에 불과했던 할머니의 행위는 일종의 집단적 기억으로 승화되며, 그 행위가 가진 가치 역시 누구나 공유 가능한 것으로 재의미화 된다.[31] '나'가 깨닫는 가치의 핵심이 평생을 과부로 수절한 할머니의 완고한 윤리의식이 아니라, 죽은 외할아버지와의 은밀한 연애, 즉 '혼교'에 있음은 이미 본 대로이다.

> 외할머니네 집 뒤안에는 장판지 두 장만큼한 먹오딧빛 툇마루가 깔려 있읍니다. 이 툇마루는 외할머니의 손때와 그네 딸들의 손때로 날이날마닥 칠해져 온 것이라 하니 내 어머니의 처녀 때의 손때도 꽤나 많이는 묻어 있을 것입니다마는, 그러나 그것은 하도나 많이 문질러서 인제는 이미 때가 아니라, 한 개의 거울로 번질번질 닦이어져 어린 내 얼굴을 들이비칩니다.
>
> 그래, 나는 어머니한테 꾸지람을 되게 들어 따로 어디 갈 곳이 없이 된 날은, 이 외할머니네 때거울 툇마루를 찾아와, 외할머니가 장독대 옆 뽕나무에서 따다 주는 오디 열매를 약으로 먹어 숨을 바로 합니다. 외할머니의 얼굴과 내 얼굴이 나란히 비치어 있는 이 툇마루에까지는 어머니도 그네 꾸지람을 가지고 올 수 없기 때문입니다.
>
> —「외할머니의 뒤안 툇마루」 전문

이 시는 「해일」과는 정반대로 현재시제로만 되어 있다. 과거에 대한 회상임에도 불구하고 그때의 경험을 마치 지금 눈앞에서 벌어지는 일인 양 서술하고 있다. 그런데 가만 보면 대상으로의 완전 몰입 또는 동화

---

30) S. Langer, 이승훈 역, 『예술이란 무엇인가』, 고려원, 1993, 237~242면 참조.
31) 이것은 화자[작가]-이야기-청자[독자]라는 소통구조에 의해 현실화된다.

를 뜻하는 '서정적 거리의 결핍' 현상이 전면화되어 있는 상태는 아니다. 이야기 밖에 있는 현재의 '나'가 '툇마루'의 역사라든지 그곳을 찾는 이유 따위를 서술하면서 과거의 '나'를 부분적으로 재현하고 있다. 제한적인 과거의 현재화인 셈이다. 여기서 여실히 드러나는 것은 '툇마루'에서의 풍요로운 경험을 현재화하려는 서정시인의 욕구와 이야기 전달자로서 일인칭 화자의 역할이 일으키는 어떤 마찰이다.[32] 시인은 어쩌면 경험의 완결성과 지속성을 동시에 취하고 싶었는지도 모른다.

이런 모순적 욕망은 무엇보다 '툇마루'의 공간적 성격에서 발생하는 것으로 보인다. '툇마루'는 기본적으로는 누대에 걸친 일상의 공간이지만, '나'의 정체성 형성과 유지, 그리고 '나'의 기원인 '어머니들'과의 동일화를 가능케 한 원형적 공간이기도 하다. '툇마루'라는 '때거울'이 말 그대로의 거울이 아니라, 수시로 현실의 훼손된 '나'를 비춰보아야만 하는 이상적인 자아/내면의 거울로 기능하는 것은 그 때문이다. 요컨대 당시의 '툇마루'는 이미 잃어버린 것이지만 지금의 '나'의 내면에는 여전히 생생한 현실로 존재하는 것이다. 시인은 이런 경험의 지속성 때문에 '툇마루'의 기억을 과거의 일회적 경험으로 서술하는 대신 제한적이나마 지금 이 순간의 경험으로 보여주는 독특한 회상 방식을 구사했을 터이다.

결국은 『질마재 신화』 수록 시편들이 다 그렇겠지만, 미당은 '나'의 경험을 이야기 형태로 전달함으로써 여러 효과를 거두고 있다. 이야기 본래의 시제는 과거시제이다. 과거시제는 완결된 사실의 환영을 창조하고 유지한다. 이런 완결성 혹은 종결성은 이야기의 객관화와 사실화에 기여할뿐더러, 이야기 혹은 그것이 담은 가치의 고양이나 신성화에도 일조한다. '할머니'나 '툇마루'의 세계는 일상세계를 초월한 원형적 세계의 면모를 띠고 있다. 그것은 물론 삶과 세계에 대한 특정한 비전을 내면화

---

32) 나희덕, 「서정주의 『질마재 신화』 연구」, 연세대 석사논문, 1999, 35면.

한 화자의 서술, 즉 주석적 제시를 통해 허구적으로 생성된 것이다.

한편 이야기는 청자를 전제로 한 의사소통 행위이다. 청자는 단지 이야기를 듣는 데 그치지 않고, 이야기에 담긴 재미나 교훈을 나름대로 해석하고 재의미화 한다. 이것은 화자=이야기꾼이 생산한 어떤 가치가 일반화되고 나아가서는 일상 속으로 녹아 들어감을 의미한다. 미당의 회상 속에 담긴 신화적 비전은 "모든 개인의 객관적 인식과 공감을 요구하는 민족적 아이덴티티로 제시된 것"이란 지적[33)]은 그런 점에서 매우 적확하다. 왜냐하면 '나'와 '가족'의 경험이 확장되어 '질마재'의 경험을, '질마재'의 경험이 확장되어 민족의 경험을 형성할 것이기 때문이다.

타자나 외부세계에 대한 이야기는 '나'에 대한 이야기에 비해 주석적 개입의 방법이 훨씬 다양할 뿐더러 가치의 조작과 제시도 노골적인 경우가 많다. '나'의 경험 서술에는 내적 독백과 성찰의 요소가 얼마간 개입되는 반면, 타자의 그것에는 이야기 전수와 가치부여 능력이 좀더 요구되기 때문이겠다. 외부 이야기를 다룬 시들에서도 이야기꾼의 개입 양상은 크게 두 부류로 나뉜다.

첫 번째 유형은 그야말로 전통적인 이야기꾼의 특장, 예컨대 걸쭉한 입담과 능청맞은 어투, 이야기 구성력과 변형 능력 등이 넉넉히 발휘되고 있는 시들이다. 이야기꾼이 단순한 전수자가 아니라 탁월한 창조자임을 드러내는 대목인데, 이는 물론 토속어의 마술사로 지칭되는 미당의 창조적 재능의 결과이다. 두 번째 유형은, 이야기꾼이 이야기에 대한 해설과 논평을 평면적으로 붙여나가는 시들이다. 그런 만큼 대상세계에 대한 시인의 주관적 이해와 판단이 노골화되어 있고, 시로서의 매력과 가치도 떨어진다.[34)] 따라서 우리의 관심은 저절로 첫 번째 유형으로 모아진다.

---

33) 김준오, 「시와 설화」, 『시론』, 문장사, 1982, 315면.

34) 다시 언급되겠지만, 『삼국유사』·『삼국사기』·『제왕운기』 등에 수록된 설화를 끌어들여 '질마재'의 특이한 습속과 생활 방식의 기원 및 가치를 진술하는 「까치 마늘」, 「풍편의 소식」, 「죽창(竹窓)」이 특히 그렇다.

이들 시에서 이야기의 현장성과 사실성을 강화하는 데 크게 기여하는 다양한 입말 요소를 일단 젖혀둔다면, 역시 이야기의 구성과 변형에 관련된 것들이 크게 주목된다. 이야기의 효과적 제시를 위해 이야기꾼 화자가 적극 활용하는 것은 일종의 패러디적 요소이다. 패러디는 대개 권위 있는 원전을 왜곡 변형함으로써 원전의 가치와 권위를 공격하고 비판하거나 아니면 그 권위를 차용하려는 목적에서 행해진다. 『질마재 신화』에서의 패러디 역시 이 범주를 크게 벗어나지 않는다.

가령 「소망(똥간)」에서는 '상감녀석'의 '똥간'인 '장판방'에 들어앉은 '백자 매화틀'을 의도적으로 격하함으로써 민중들의 '똥간'("집 안에서도 가장 하늘의 해와 달이 별이 잘 비치는 외따른 곳에" 놓인 "큼직하고 단단한 옹기 항아리")의 권위와 가치를 새롭게 높인다. 이와 같은 패러디 미학은 가식과 허위로 가득 찬 지배문화에 맞서 솔직하고 건강하며 자유로운 민중문화의 우월성을 공식화하는 작업이란 의미를 갖는다.

> 이 땅 위의 場所에 따라, 이 하늘 속 時間에 따라, 情들었던 여자나 남자를 떼내버리는 方法에도 여러 가지가 있겠읍죠.
>
> 그런데 그것을 우리 질마재 마을에서는 뜨끈뜨끈하게 매운 말피를 그런 둘 사이에 쫘악 검붉고 비리게 뿌려서 영영 情떨어져 버리게 하기도 했읍니다.
>
> 모시밭 골 감나뭇집 薛莫同이네 寡婦 어머니는 마흔에도 눈썹에서 쌍긋한 제물香이 스며날 만큼 이뻤었는데, 여러해 동안 도깝이란 別名의 사잇서방을 두고 田畓 마지기나 좋이 사들인다는 소문이 그윽하더니, 어느 저녁엔 대사립 門에 인줄을 늘이고 뜨끈뜨끈 맵고도 비린 검붉은 말피를 쫘악 그 언저리에 두루 뿌려 놓았읍니다.
>
> 그래 아닌게아니라, 밤에 燈불 켜 들고 여기를 또 찾아 들던 놈팽이는 금방에 情이 새파랗게 질려서 「동네 방네 사람들 다 들어 보소…… 이부자리 속에서 情들었다고 예펀네들 함부로 믿을까 무섭네……」 한바탕 왜장치고는 아조 떨어져 나가 버렸다니 말씀입지요.
>
> 이 말피 이것은 물론 저 新羅적 金庾信이가 天官女 앞에 타고 가던 제 말의 목을 잘라 뿌려 情떨어지게 했던 그 말피의 效力 그대로서, 李朝를 거쳐 日政

初期까지 온 것입니다마는 어떨갑쇼? 요새의 그 시시껄렁한 여러 가지 離別의 方法들보단야 그래도 이게 훨씬 찐하기도 하고 좋지 안을갑쇼?

—「말피」 전문

『질마재 신화』에 『삼국유사』 등에 수록된 신화나 설화, 민담 등이 풍요롭게 차용되고 있음은 널리 알려진 사실이다. 「말피」·「김유신풍」·「소자 이 생원네 ……」·「죽창」·「풍편의 소식」·「까치 마늘」 등의 시편이 이에 해당한다. 뒤의 세 편은 기록적인 변형이 적을뿐더러 시인의 전언(傳言)에 권위를 세우기 위해 이야기를 끌어들인 것이라 해도 좋을 만큼 무미건조한 편이다. 그에 비해 앞의 세 편은 패러디의 맛을 살리면서도 이야기의 효과적 서술에 성공하고 있다. 이 시들에서 이야기의 주인공은 단연 '질마재'의 인물들이다. 문헌설화는 이야기의 도입이나 가치 부여, 대상인물의 특징과 성격 부각 등을 위해 부분적으로 인유, 차용되고 있을 따름이다.

가령 「말피」에서도 김유신과 천관녀의 비극적 사랑 이야기가 차용되고 있다. 하지만 이야기의 중심은 어디까지나 '설막동이네 과부 어머니'가 벌였던 괴이쩍은 서방질의 자초지종과 절연 방식이다. 관계 절연의 상징적 제물인 '말피'를 사이에 둔 두 이야기의 패러디적 교섭은 다음과 같은 효과를 낳는다. 점잖고 고상한 것에 속하는 김유신의 행위는 격하되고, 속되고 천한 것에 속하는 과부 어머니의 행위는 격상된다. 그러나 이들의 격하와 격상은 어떤 갈등이 수반된 가치 소모적인 것이 아니라, 양자 모두에 새로운 가치를 더하는 긍정적인 것이다.

이를테면 김유신의 고사(古事)는 민간의 주술 행위와 연결됨으로써 현재에도 여전히 유효한 삶의 원리로 살아남는다. '과부 어머니'의 경우, 그녀는 그 은밀한 행위가 이웃에게 불러일으키는 의혹과 불가사의함(특히 성의 일탈이 부의 축적으로 연결되는) 때문에 주술적 존재로 치부된 면이 없지 않다. 그런 점에서 그녀의 신이한 능력은 공동체의 안정과 질서를 해치는 부정적 주술에 해당한다.

그녀는 그러나 김유신 이래의 '말피'의 주술성을 지혜롭게 사용함으로써 '도깝이'와의 절연에 성공할 뿐더러 그간의 모든 추문마저 잠재우는 일거양득의 성과를 올린다. 이와 같은 그녀의 행위들은 여성의 역설적인 영웅화 과정, 즉 김유신이란 남성 영웅의 행위를 빌어다가 오히려 권력적이며 허위적인 남성문화를 조롱하고 질타하며, 결국은 통쾌한 여성 승리까지 거둬들이는 여성 영웅으로 거듭나는 과정이기도 하다.[35]

설화의 차용을 통해 일어나는 가장 큰 효과는 역시 서로 다른 시공간이 결속되면서 세계 혹은 삶의 새로운 모형이 창조된다는 것이다. 우리는 앞에서 성과 분뇨 배설의 담론이 수행하는 긍정적 역할을 검토한 바 있는데, 그때의 말은 여기에도 적용될 수 있다. 다만 부연되어야 할 것은 위를 향해 열려진 공간, 곧 "지평의 돌파가 상징적으로 보증되고 따라서 초월적 세계와의 교섭이 제의적으로 가능해지는 공간"[36]에 대한 기대가 좀더 강하게 투영되어 있다는 점이다. 물론 이런 기대는 『질마재 신화』 전반에 스며 있다고 보아야 할 것이다. 그러나 설화가 차용된 시들은 그런 기대를 상상적으로나마 현실화함으로써 '질마재'에 확실하게 원형적 공간의 이미지를 부여한다. 이처럼 역사현실 속의 질마재 / 질마재 사람들은 설화적 세계 / 인물과의 교섭 및 교류를 통해 현대인들이 의식적으로 추구해야할 이상적 / 원초적 삶의 기원으로 호명되고 완성된다.

---

35) 여성적 삶의 영웅화를 가장 유쾌하게 보여주는 시는 『떠돌이의 시』(1976)에 수록되어 있는 「당산(堂山)나무 밑 여자(女子)들」이다. 이 시는 '질마재' 여성들이 쉰 살 무렵 과부가 되고 나서 행하는 연애를 소재로 취하고 있다. 그녀들은 처녀 시절 이상의 아름다움과 왕성한 생식력으로 마을 남성들을 압도하는 바, 이는 칠백 살 먹은 "당산의 무성한 암느티나무"의 힘이 그녀들에게 뻗치기 때문이다. 그런 점에서 그녀들은 미당이 이상적 모성상으로 추구한 신과 인간, 그리고 자연이 하나된 '심오한 어머니'의 한 표상이다.

36) M. Eliade, 『성과 속—종교의 본질』, 학민사, 1983, 35면.

제 7 장

영원성 시학의 빛과 그림자

서정주는 『80소년 떠돌이의 시』(1997)를 이승에서의 마지막 시집으로 펴낸 바 있다. 불과 4년 전에 『늙은 떠돌이의 시』(1993)를 상자했던 것을 생각하면, 젊은 시인에 결코 뒤지지 않는 풍부한 생산력을 자랑하고 있는 셈이다. 그 지칠 줄 모르는 시적 화수분의 마력은 도대체 어디서 나온 것일까 하는 의문은 그래서 자연스럽다. 그는 '시의 집'을 짓는 주체를 '늙은 떠돌이'에서 '80소년 떠돌이'로 다시 고쳐 적고 있다. 여기에 미당이 생전 늘상 되뇌이던 120세 장수의 욕망이 투사되어 있지 않다고는 말할 수 없겠다. 그러나 20대 이래의 바람과 방랑의 삶을 여전히 기껍게 하는 '떠돌이 의식'을 빼놓고는 우리의 관심을 해명할 도리는 거의 없어 보인다. 도대체 무엇을 찾아 헤매는 '떠돌이'였던가.

이 글은 그에 대한 유력한 답의 하나로 우주적 무한과 시간적 영원을 본질로 하는 '영원성'이란 가치화된 시간범주를 주목해 왔다. 물론 미당에게 영원한 삶의 욕망은 시의 영원함에 대한 욕망과 전혀 등가의 것이다. 그는 시성과 종교성의 완미한 일치만이 그 불가능한 꿈을 실현할 수 있다고 믿었다. 그의 시적 갱신은 바로 그 꿈의 달성을 위한, 개인과 언어 차원 모두에서의 희생과 헌신의 제의였다. 이런 미당의 행보에서 주목할 만한 점은 그가 최초의 '발견' 자체를 신비화하거나 절대화하는 시적 안이함을 통해 '영원성'의 제국을 건설하지 않았다는 사실이다. 그는 아직은 불확실하며 빈약한 '영원성'의 씨앗에 의미심장한 보충을 반복적으로 제공함으로써 '영원성'의 질적 풍부성과 독자성, 그리고 현실에서의 적용 가능성을 꾸준히 제고해 갔을 따름이다. 이런 사실은 우리의 지난 논의를 되짚어 볼 때 보다 분명해진다.

미당의 초기시는 흔히 관능적 생명력의 열렬한 추구에 바쳐진 것으로 이해된다. 이를 통해 그는 인간의 발가벗은 원형을 탐문하는 한편, 존재의 한계와 결핍을 뛰어넘고자 했다. 그의 이런 욕망은 에로티시즘을 통한 존재의 치명적 도약으로 구체화된다. 그 전제조건으로서 원초적 생명에 대한 기대는 자아파괴와 자기창조 사이에서 자아를 끊임없이 진동케 하는 아이러니칼한 의식의 내면화 계기가 된다. 미당은 존재의 분열과 모순을 일탈적 도취와 위반의 과격성을 통해 봉합하고자 한다. 하지만 그것은 오히려 타자를 자아의 성취를 위한 도구로 징발하는 것과 같은 약점의 기원이 되기도 한다.

한편 '지귀도' 시편은 관능적 생명력의 한계를 '양(陽)의 육체성'에 기반한 인간적 신성으로 도약함으로써 극복하려는 야심 찬 기획이다. 이때 존재의 도약은 자아의 분신인 '애계(愛鷄)'를 십자가에 매달아 처형한 후 그 간을 섭취하는 신성 모독적인 희생제의를 통해 수행된다는 점에서 매우 충격적이다. 그러나 그에 의한 충만한 생명력은 순간적일뿐더러 "임우 다다른 절정"이라는 점에서 존재의 한계를 절감케 하는 새로운 니힐리즘의 씨앗이 된다.

미당에게 생명력 추구의 좌절은 자아의 불완전성에서 오는 수치와 죄의식뿐만 아니라 시 자체의 저조와 약점에 대한 불만을 심화시킨다.

하지만 미당은 이런 위기를 「자화상」에서 보듯이 현재의 가난과 불행, 수치와 죄의식 등을 당당하게 인정한 후 그것들을 시인이란 자기 '존재의 유일성과 독자성을 나타내는 표지'로 역전시킴으로써 극복한다. 이런 의식의 전도는 "이마우에 언친 시의 이슬"로 상징되는 절대적 '시성(詩性)'에 대한 의지와 신뢰 때문에 가능했다.

이를 통해 강화된 시의 절대성에 대한 의지는 미당 시의 방향에 큰 변화를 초래하게 된다. 생명력에 대한 추구보다는 '시의 이슬'을 구체화할 수 있는 방법에 대한 고민이 전경화되는 것이다. 그는 이런 과제를 자신을 둘러싼 모든 관계와 현실적 관심의 저편에 섬으로써, 그리고 잠시의 쉼과 머무름도 없는 고독한 편력을 자청함으로써 수행한다. 「바다」, 「역려」 같은 시편은 시의 정수를 향한 탐색과 '탈향'의 욕망을 대표한다. 이 시들은 '영원성'을 대변하는 이미지들인 '꽃' '피리소리' 등의 이미지를 최초로 등장시키고 있다는 점에서도 주목할 만하다.

그러나 보다 중요한 것은 '시의 이슬'이 편재하는 이토(異土)에 대한 열망이 가족과 애인, 심지어 조선어까지도 버리겠다는 생각을 강화한다는 것, 하지만 이런 유기의 욕망이 오히려 자신이 처한 식민지 현실을 제대로 인식하는 계기가 된다는 사실이다. 식민지 지식인의 패배와 좌절이 인상적인 「풀밭에 누어서」나 도시로 팔려온 농촌 소녀의 비극적인 삶과 죽음을 그린 「밤이 깊으면」은 그런 현실 각성을 대변한다. 그러나 이 시들이 식민지 현실을 비판하고 부정하기 위해서만 창작된 것은 아니다. 그보다는 치밀한 계산 아래, 참혹한 현실 저편에서 자아를 부르는 어떤 절대적인 것을 발견하기 위해 씌어진 작품들로 이해된다. 왜냐하면 '탈향' 시편이 집중적으로 창작되던 때에 조선적·동양적인 것의 가치에 대한 재인식 속에서 '영원성'을 발견하는 '순간'들을 그린 '귀향' 시편 역시 씌어지고 있기 때문이다.

작게는 태어난 곳으로의 돌아옴을 크게는 어떤 근원이나 본질에의 초월적 회귀를 의미하는 '귀향'의 서사가 미당 시에서 처음 등장하는 작품은 「문」이다. 그러나 이 시에는 귀향, 곧 '꽃'에 이르는 길이 자아의 희생과 헌신 없이는 결코 도달할 수 없다는 '문턱'의식이 강하게 노출되어 있다. 이 때문에 앞서 말한 '귀향'은 물론 자국어 / 향토어로의 귀향까지 담고 있는 「수대동시」는 단연 눈길을 끈다. 비록 상상적인 행위이지만, 그는 '수대동'으로 전격 귀향함으로써 '영원성'의 시간의식과 최초로 조우하며, 이를 통해 존재의 재생과 지속을 기약할 수 있게 된다. 이때 그의 귀향은 근대 내지 서양적인 것에 대한 결별과 부정을 동반한 동양적 · 조선적인 것의 재발견 속에서 이루어진다는 점에서 매우 흥미진진하다.

「수대동시」와는 달리, 종로 네거리에서 오래 전 죽은 '순아'와 '나'가 영적(靈的)으로 해후하는 순간을 그린 「부활」은 미당에게 '영원성'이 체험되고 내면화되는 공식을 제공한다. 주체가 타자를 향해 나아가는 대신 타자가 나를 향해 밀려드는 것으로 처리하는 이 시의 태도는 일면 수동적이며 소극적인 태도로 보인다. 그러나 미당에게 그것은 자신을 둘러싼 타자나 운명을 거역할 수 없는 어떤 것으로 확정하는 대단히 능동적인 동일화 전략이다. 이런 존재의 재생과 부활의식은 「무슨꽃으로 문지르는 (……)」에 이르면, 자아의 상상에 따른 신비적 경험이 아니라 뚜렷한 현실원리로 자리잡게 된다. 이것은 원이 설화에 기원을 둔 "정해 정해 정도령아"로 시작되는 주술요를 통해 병을 치유하던 어린 시절의 기억을 되살림으로써 성취된다.

1943년경 창작된 「꽃」은 미당이 '영원성'의 '크낙한 꽃그늘'에 완전히 귀향했음을 증거하는 시편이다. 여기서 미당은 '영원성'의 주요한 계기를 이루는 '혼교'의식의 경험을 하늘과 땅, 과거와 현재에 걸쳐 두루 편재된 '꽃'과 '노래'의 이미지를 통해 그려낸다. 사실 '꽃'은 「바다」 · 「문」 등에서 보았듯이 시의 극치로서 순수시를 표상하는 이미지이기도 하다. 이런 의미에서 「꽃」은 미당 자신이 염원한 바의 종교성과 시성이 온전히 결합된 시의 전형이랄 수 있다.

그런데 미당이 그 특유의 '영원성'을 발견하고 내면화하는 과정은 결코 당대 현실과 무관하지 않다. 1930년대 후반에 이르면, 서구적 근대에 대한 비판과 부정, 동아시아의 해방을 명분으로 내건 '근대의 초극론'과 '신체제론'이 당시 지식사회를 휩쓸게 된다. 문학에서 이런 분위기는 조선 및 동양문화에 대한 재발견과 회복에 대한 열망으로 나타난다. 미당의 '귀향' 행위는 이런 시대적 분위기와 결코 동떨어진 것이 아니며, 당시 조선적·동양적인 것에 대한 관심이 '영원성'의 발견과 내면화에 큰 역할을 담당했음은 비교적 분명하다.

「시의 이야기」는 그에 대한 구체적 증거물이다. 이 글은 일본 낭만파의 미요시 타츠지가 쓴 「國民詩について(국민시에 대하여)」의 영향이 다분하다. 여기서 미당은 '전선총후'의 일환으로서 '국민시'보다 미학적 동양주의의 완성으로서 '국민시'를, 그리고 '시는 무엇보다 언어여야 한다'는 사실을 지속적으로 강조한다. 그러나 그의 미학적 동양주의에 대한 욕망은 결국에는 천황 파시즘 체제에 봉사하는 전쟁동원 논리로 귀결될 수밖에 없었다. 일본적 정체성을 참칭함으로써 조선적 주체의 구원과 보존은 물론 근대의 초극까지 기도하던 허구적 욕망이 초래한 자기파탄이라 하겠다. 「꽃」과 비슷한 이미지들이 대거 등장하는 친일시 「航空日に(항공일에)」·「헌시」 등은 이런 재난의 여파가 겨우 싹을 틔운 '영원성'의 시학에도 미치고 있음을 여실히 보여준다.

많은 경우, 미당의 '영원성'에 대한 관심은 해방기 들어 본격화되며 그 성과를 모은 것이 『귀촉도』라는 평가를 내리곤 한다. 그러나 이즈음의 시들은 특히 '귀향' 시편들의 내용과 표현을 반복하거나 차용함으로써 '영원성'의 구체화를 시도하고 있다고 보아야 옳다. 다른 점이 있다면, '영원성'의식 또는 그것이 구현된 세계와의 접촉이 신비적 경험이 아니라 현재의 사건으로 직접 주어진다는 사실이다. 이런 변화를 극적으로 보여주는 것이 '열린 문'의 이미지이다. 「문열어라 정도령아」·「석굴관세음의 노래」 등에는 이전과는 달리 '문'이 신성한 공간이나 '영원성'의 세계에 이르는 통로로 서슴없이 제시되고 있다. 그러나 현재성이 강화되긴 했지만, 이전 시의 모티프를 차용하거나 약간 변용함으로써 표현되는 '영원성'의 세계는 여전히 자아의 주관적 경험 이상을 넘어서지 못한다.

미당은 이런 약점을 「춘향전」 같은 전통 서사의 도입을 통해 보충한다. 사실 미당은 이전에도 「통곡」·「춘향옥중가」 연작 등을 통해 춘향과 이도령의 만남과 이별, 재회라는 사랑의 서사를 '영원성'을 발견하고 내면화하는 존재론적·종교적 각성의 서사로 변용하고 있다. 「추천사」·「춘향유문」 등으로 구성된 '춘향의 말' 3부작은 그것들을 정제하여 내놓은 완성품인 셈이다. 중요한 것은 '춘향'이 "달처럼 서으로는" 가지 못하는 존재의 한계를 인연설/윤회설을 받아들임으로써 초극하고 있다는 사실이다. 이는 이전 시에서 단편적인 모티프 정도로만 등장하던 불교적 사유가 '영원성'의 내적 논리로 전격 수용되는 장면이라는 점에서 매우 의미심장하다.

그러나 미당의 인연설/윤회설 수용은 하나의 중요한 전도를 담고 있다. 이것들은 원래 자신이 지은 업에 따라 삶과 죽음을 반복해야하는 존재의 고통, 즉 영원히 회귀하는 시간의 고통을 표현하는 세계관이다. 하지만 미당은 그에 따른 번뇌는 슬며시 제쳐놓고, 인연설/윤회설을 존재의 영생을 보장하는 초월적 논리로 변용하여 이해한다. 이런 편의적인 개념의 전도 아래서 주체의 절대 주관성은 더욱 강화되기 마련이며, 그에 따라 자아와 현실의 신비화 경향 역시 가속화된다.

『서정주시선』은 주로 한국전쟁의 와중과 직후에 씌어진 시편들로 이루어져 있다. 이 시들은 전쟁 체험이 흔히 가져오는 허무나 분열의 감각을 노출하기는커녕 삶에 대한 전폭적인 긍정과 평정의 태도로 일관하고 있어 인상적이다. 「무등을 보며」·「광화문에서」·「학」 등에는 한국전쟁이 부과한 죽음 충동을 일거에 초극한 자아의 안정성이 가득하다. 이와 같은 자아의 안정성은 무엇보다 어떤 '타고난 것'에 대한 자각과 그것의 적극적 수용에서 비롯한 것인데, 자연과의 동일화 경험은 그 안정성의 중요한 토대를 이룬다.

미당은 한국전쟁의 와중에서도 여전히 푸르름과 자족성을 자랑하는 자연에서 삶의 이상적 모델을 발견한다. 그 본질에 비추어 볼 때 이 자연은 시간을 초월한 항구적인 연속체이자 모든 구성요소들이 내적으로 연결된 유기적 통합체로 간주되는 '낭만적 자연'이다. 미당은 원초적 자연을 상기함으로써 혹은 거기에 자신이 참여하고 있다고 상상함으로써 전쟁의 공포와 죽음의 니힐리즘으로부터 자아를 구원한다.

예컨대 그는 「산하일지초」에서 원초적 자연이 현재의 자아를 향해 내밀어지는 것으로, 즉 '안끼어 드는' 것으로 상상한다. 그런데 그것을 매개하는 요소들이 꽃 · 처녀 · 노래소리 · 금빛 그네 등이다. 그간 '영원성'을 표상하거나 그것의 매개로 주어진 이미지들이 고스란히 반복되고 있는 것이다. 이것은 미당의 자연의 재발견과 유추 행위가 근대적 이성에 의해 은폐되고 억압된 자연의 진면목을 새롭게 발굴하고 가치화하는 것이라기보다는, 자연을 '영원성'을 향한 자아의 의지와 희망에 맞추어 재구성하는 일종의 발명 행위에 가깝다는 것을 의미한다.

이처럼 미당은 '영원성'의 관념에 서사적 전통과 낭만적 자연관을 필요에 맞게 변용 · 보충함으로써 그것의 실재성과 현실성을 제고해 간다. 그러나 '영원성'의 신성불가침한 기원과 본질을 해명할 수 있는 역사적 증거는 여전히 공란으로 남아 있다. 미당은 '영원성'의 기원에 대한 보충의 계기를 신라의 '풍류도'에서 발견한다. '풍류도'는 고대신앙과 외래 종교들인 유교, 불교, 도교가 혼합되어 생성된 일종의 자연관, 우주관이다. 미당은 그중 현실주의적 면모가 강한 유교를 제외시키면서 그것을 신라정신의 핵심으로 재정립한다. 그러면서 그는 시공간을 초월한 영혼끼리의 대화와 교통을 믿는 고대의 혼교(영통) 신앙을 '영원성'의 내적 논리로 확립한다. 이로써 불교의 인연설과 윤회설, 그리고 혼교의식을 주요 계기로 갖는 미당 특유의 '영원성'은 완성되는 것이다.

그런데 우리는 '영원성'의 기원으로서 '풍류도'가 형성하는 전통의 성격을 따져볼 필요가 있다. '풍류도'와 그것이 지배하는 이상적 세계 '신라'는 근대에 들어서면서 민족의 이상적 기원과 절정의 증거이자, 새로운 민족 정체성 형성에 필요한 가치의 원천으로 급격히 부상된다. 하지만 그것들이 본격적으로 호명되는 것은 근대 민족국가의 건설이 실질적으로 시작되는 한국 전쟁 이후이다. 이런 점에서 1950년대 후반 이후 산출된 '신라'와 '풍류도'의 많은 부분은 근대국가의 필요성에 따라 그 내용과 형식이 보충, 변형되거나, 심지어는 창안된 전통에 해당한다.

미당의 '풍류도'와 '신라'에 대한 관심도 이런 범주를 크게 벗어나는 것은 아니다. 하지만 미당은 풍류도에서 민족의 재창조나 재구성보다 '영원성'과 심미적 삶의 계기를 이끌어내는 일에 주력한다는 점에서 여타의 담론들과 구별된다. 이런 사실은 신라 시편들이 '영원성'의 관념이나 그것을 실현하는 선덕여왕, 백결 선생, 사소 부인 등의 형상화에 주력하고 있는 점이 입증한다. 그런데 의미심장하게도 이들의 풍류적 삶은 여전히 꽃 · 노래 소리 · 금빛 등과 같은 '영원성'을 표상하는 기존의 이미지를 통해 조형된다. 신라 시편을 역사를 현재화한 것이기보다는 '영원성'의 관념을 문헌에 남아 있는 텍스트로서의 '신라'에 투사시킨 허구적 구성물로 이해할 수 있는 것은 이 때문이다.

『신라초』에서 신라적 영원성을 다룬 시편은 채 10편이 되지 않는다. 나머지 시편들은 『동천』에 수록된 시들과 함께 '영원성'을 존재의 일상을 심미화하는 절대적 가치체계로 확립하는 데 바쳐지고 있다. 이 시들의 현저한 특징은 자아와 세계의 모든 것이 '영원성'의 구현물로 편재되고 있다는 점이다. 미당은 이것들을 구체화하기 위해 은유와 아날로지(유추)라는 동일성의 상상력을 적극적으로 계발한다. 하지만 이것들은 시 일반에서 말하는 동일성의 시학이 아니다. 이른바 넌센스의 센스를 가능케 하는 불교적 상상력과 은유에서 힌트를 얻은 방법들이다. 가령 그는 「인연설화조」에서 보듯이 눈으로는 결코 확인할 수 없는 윤회전생의 현상에 영원한 생성을 낳는 '마음의 필연성'이란 의미를 부여함으로써 그것을 새로운 미의 영원한 원천으로 끌어올린다.

그런데 이때의 유추와 은유는 그동안 숨겨지고 억압되어온 '영원성'의 진정한 회복이라기보다는, 오히려 종교 교리를 시의 상상력으로 전유한 것에 불과하다는 회의를 자아낸다. 이즈음 시들에 제시된 '영원성'의 국면들이 혼교의식이나 불교적 사유를 통해 해석될 때만 이해되는 경우가 대부분이라는 사실은 그에 대한 유력한 증거이다. 말하자면 그는 '영원성'을 초월적이며 결코 파멸될 수 없는 최종 심급으로 상정함으로써, 대상들의 차이와 다양성을 제거하며 결국에는 그것들을 '영원성'의 이념적 보충물로 동질화시키는 한계를 초래하고 있다.

『질마재 신화』는 무엇보다 미당 자신의 고향인 '질마재'를 '영원성'이 편재하는 이상적 공간으로 재구성하려는 의지의 산물이다. 또 한편으로는 세간에서 제기된 '영원성'의 관념성과 주관성, 비현실성 등에 대한 비판을 '질마재'에서의 유년 체험을 회상, 시화함으로써 해소하려는 노력의 일환이다. 자신이 직접 체험한 과거의 회상은 '질마재'의 현실성 확보에 크게 기여한다. 그 현실성은 거꾸로 여전히 주술이 지배하는 '질마재'를 근대적 일상을 대체할 이상적 모델로 확립하는 든든한 버팀목이 된다.

우리는 미당 시 전체를 아우를 수 있는 핵심어 가운데 하나로 '인간적 신성'을 꼽은 바 있다. '질마재'는 이런 지향이 가장 자유롭고 완미하게 실현되는 신화적 공간이다. 『질마재 신화』에서는 인신(人神)의 면모를 띤 인물들이 대거 등장하는 것은 그래서이다. 그러나 이들은 성적 추문에 관련되어 있거나 뭔가 모자란 인물인 경우가 많다. 그럼에도 이들이 '영원성'의 진정한 구현자로 성별되는 까닭은 그들이 심미적 삶을 영위할 줄 아는 존재이거나 풍요로운 생산력의 주인공이기 때문이다.

『질마재 신화』에서 변두리 삶의 영웅화 혹은 성화에 결정적인 역할을 하는 것은 단연 '웃음'과 '이야기꾼' 화자이다. 우선 『질마재 신화』에서 웃음은 이원적이다. 대상의 비정상적 형상이나 일탈 행위에서 발생하는 웃음, 즉 '표층웃음'이 그 하나라면, 그 웃음이 전복되면서 발생하는 웃음, 즉 '심층웃음'이 다른 하나이다. '표층 웃음'은 인간의 가장 기초적인 욕망에 속하는 성과 배변에 관련된 경우가 많다. 그에 관련된 이상성과 일탈성이 조롱과 냉소 같은 차가운 웃음의 표적이 되는 것이다.

그러나 이들의 비정상성은 왕성한 생명력이나 심미적 능력의 원동력임이 '질마재' 사람들의 평가나 화자의 기억을 통해 밝혀진다. 그것은 오히려 변두리 삶의 건강성과 활력, 공식문화에 대한 비판과 전복을 보증하는 역설적 징표가 된다. 이런 '심층웃음'을 통해 변두리 삶의 진면목과 가치는 재발견되며, '질마재'와 그곳 사람들은 갈등과 분열을 뒤로 한 채 화해와 화합의 삶을 지속하게 된다.

이와 같은 '웃음'의 미학은 다뤄지는 이야기의 희극적 성격에 의해서만 발생하지는 않는다. 그 중심에는 그들의 행위를 새롭게 해석하여 새로운 권위와 가치를 부여하는 '이야기꾼' 화자가 자리잡고 있다. 이야기꾼은 단순한 이야기의 전수자가 아니라 이야기가 목표하는 가치를 조정하고 실현하는 매우 능동적인 존재이다. 가령 『질마재 신화』의 시편들은 대개 전반부와 후반부가 확연히 구분된다. 전반부에서는 사실의 제시, 즉 말하고자 하는 사건들이 회상된다. 후반부에서는 이야기꾼, 즉 성인인 현재의 자아가 그 사건들을 재해석하고 가치화하는 작업이 이루어진다. 이를 통해 그의 기억 깊은 곳에 묻혀 있던 '질마재'에서의 유년체험과 은폐되고 억압된 변두리 삶은 타락한 현재를 치유하고 아직 오지 않는 미래의 삶을 기획하는 데 없어서는 안될 영원하고도 오래된 미래로 승화된다.

이처럼 서정주는 '영원성'을 존재와 삶의 절대적인 가치체계로 정립하기 위해 세상과 시를 함께 떠돌았다. 그의 방랑과 모험은 한국 근현대시의 주요 관심사들인 자연과 역사, 종교적 사유, 전통과 과거 등에 두루 걸쳐 있다. 한국 근현대시의 주요 국면을 이루는 이 영역들에 대한 편력은 단순히 소재 발굴의 차원이 아니라, '영원성'이라는 종교적이고 시적인 존재의 구경적 삶에 다가서기 위한 방법적 관심이자 그것들에서 '영원성'의 현실성을 길어 올리기 위한 의식적인 행보였다.

그는 이 평생의 사업을 존재와 세계의 형이상성에 대한 관찰과 표현에 비교적 무연했던 기층어 내지 토속어를 통해 밀고 나갔다. 이 작업은 한편으로는 우리 의식의 저층에 깔려 있는 인간과 세계에 대한 토착적 사유에 재생의 숨결을 불어넣는 일이었다. 다른 한편으로는 그 사유와 때로는 교섭하고 때로는 길항하면서 이제는 우리 삶의 일부가 된 외래적 사유와 종교의식 등을 토속어로 새롭게 번역하는 과정이기도 했다. 이런 토속어의 역할 조정은 근대 문명에 의해 억압되고 타자화된 전근대적 가치들의 복권과 귀환을 중심으로 이루어지고 있다는 점에서 복고적이며 보수적이란 평가에서 완전히 자유로울 수는 없겠다.

그러나 토속어의 천착과 새로운 창안을 통한 '영원성'의 심미화 과정은 우리 삶의 곳곳에 스며든, 혹은 그것들을 식민화하는 역사적 모더니티의 부정성과 불모성에 대한 그 나름의 저항과 비판이었다. 그가 매 시집에서 천착한 주제들이 당대의 현실모순에 맞서 존재와 세계의 안정성과 연속성을 보장하기 위한 고투의 산물임은 본론에서 본 대로이다. 이런 연유로 우리는, 미당의 불철저한 현실인식과 역사의식, 그에 따른 정치적 판단착오와 친체제적 행위를 볼모 삼아, '영원성'의 시학에 내장된 미적 저항의 계기를 지나치게 가치절하하는 어떤 시각들에 대해서는 동의를 유보할 수밖에 없다.

만약 미당 시가 노정하고 있는 한계를 들라면, 오히려 다음과 같은 점이 주목되어야 할지도 모른다. 이를테면 '심미성'으로 수렴되는 '영원성'의 제국에 대한 열망은 인간존재나 역사현실 고유의 다양성과 복합성, 이질성과 차이성에 대해 쉽게 눈감게 한다. 이에 따른 시적 비전의 단일성과 동질성 강화는 시의 언어적 활력은 물론이거니와, 일상적인 것에서 비밀스러운 것을, 비밀스러운 것에서 일상적인 것을 발견하는

'범속한 트임'마저 크게 약화시킨다. 이는 오래된 미래로서의 '영원성'의 현실성과 잠재성이 더 이상 활성화될 수 없게 됨을 의미한다.

이를테면 『질마재 신화』 이후 현격히 감퇴하는 '영원성'에 대한 형이상학적 열정과 시적 긴장의 약화는 이에 대한 구체적인 물증이다. 우리는 거기서 미당이 인식하고 경험하는 모든 것들이 '영원성'의 단일체계 아래 수렴되고 번안되는 은유의 제국을 본다. 이 글에서 흔히 후기시에 속하는 것으로 분류되는 『떠돌이의 시(詩)』(1976)를 포함한 여러 시집들을 논의 대상에서 잠시 유보한 것도 실은 이 때문이다. 적어도 아직까지는 미당 시를 제외하고 한국시의 위대한 성취를 말할 수 없다는 점에서, 저런 약점들은 한국시의 어떤 가능성이 한껏 만개하지 못한 채 시들어 버렸음을 알려주는 표지에 해당한다.

2부

서정주 시의 숨겨진 차원

제 1 장

숨겨진 목소리의 진상 - 영향의 불안과 낭만적 격정

해방 이전 서정주의 시집 미수록 시 연구*

1. 서정주의 시집 미수록 시 연구의 필요성

한 시인의 총체적 면모를 살피기 위해서는 그 시인이 쓴 모든 시가 연구의 대상이 되어야 한다. 그럴 때만이 연구자는 개별시인의 독특한 시의식 및 미적 특질의 형성과 변모 과정, 더 나아가 그 시인 및 그의 시들에 암암리에 숨어 있는 문학사적 영향관계를 제대로 포착해내어 객관적인 해석과 평가를 내릴 수 있기 때문이다. 그러나 대개의 시인들은 시의 내용과 형식의 미숙함 혹은 시대사적 제약 등 여러 이유로 자신의 작품을 시집에서 종종 고의로 누락시키곤 한다. 불행한 우리 근현대사의 와중에서 문제의 소지가 있는 작품들을 그렇게 하는 일이야 시인들

* 이 글의 발표 당시 제목은 「서정주의 시집 미수록 시 연구 1—해방 이전 작품을 중심으로」였음.

이 궁핍한 시대를 견디기 위한 안전판이자 자구책으로서의 의미를 지닌다고 볼 수 있다.

그런데 시인 스스로가 정한 자기 규준 내지 자기 검열장치에 의해 시를 누락시키는 일은 좀더 숙고의 대상이 된다고 하겠다. 이 경우 대개의 시인들이 거론하는 가장 큰 이유는 시집 체계에서의 부적합성과 그가 만들어가고 있는 시세계와의 이질성에 대한 고려와 관련된다. 그러나 연구자의 입장에서 보자면 그렇게 버려지는 시들 가운데는 한 시인의 시세계(의식)의 형성 과정, 변모의 계기를 설명해줄 수 있는, 시인의 의지와는 무관하게 버려서는 안될 중요한 시들이 존재한다.

이런 이유로 연구자들 상당수는 한 시인의 전집을 편찬할 때 대개 어떠한 형식으로든 시집에 미수록된 시들 역시 같이 묶곤 한다. 이것은 때때로 해당 시인에게는 자신의 치부를 드러내는 일처럼 여겨질 수도 있다. 그러나 그의 시적 공과를 따져 묻거나 객관적인 문학사적 위치를 부여하기 위해서는 연구자가 놓지 말아야 할 중요한 임무 가운데 하나임은 부정하기 힘들다.

미당 서정주의 경우도 앞의 사정들로 인해 많은 시들을 그의 시집에서 누락시키고 있다. 앞으로 자세히 살펴보겠지만, 그의 미수록 시 가운데 상당수는 해방 이전 시기에 집중되어 있다. 내가 조사한 바로는, 친일시 4편[1]을 제외하고도 22편이나 된다.[2] 1941년 발간된 『화사집』에 24편이 수록되어 있다는 사실을 감안할 때 결코 적지 않은 수효이다. 더군다나 이 시들은 모두 『화사집』이 발간되기 전에 씌어졌고, 그중 등단 후인 1936년 이후에 씌어진 시가 12편이다.

---

1) 「航空日に[항공일에]」, 『국민문학』, 1943.10; 「獻詩」, 『매일신보』, 1943.11.16; 「無題」 『국민문학』,1944.8; 「松井伍長頌歌[마쓰이오장 송가]」,『매일신보』, 1944.12.9.

2) 엄밀히 따지면 24편이다. 하지만 나중에 개작되어 『조광』(1942.7)에 재수록된 「감꽃」(『동아일보』, 1936.8.9)과 「여름밤」(『시건설』, 1938.12)은 각각 한 편으로 처리했다. 미수록 시 22편의 전문 및 서지에 대해서는, 이 책의 '부록-1933~1955년 서정주의 시집 미수록 시(37편)' 참조

이러한 사정이 의미하는 바는 무엇일까? 무엇보다도 시인이란 존재에 대한 미당의 철저한 자의식을 엿볼 수 있다. 이를 잘 말해주는 사례로는, 1936년 동아일보 신춘문예 당선작인 「벽」 대신, 『화사집』의 미적 특질을 비교적 정확히 드러내고 있다고 스스로가 판단한 「화사」를 처녀작으로 취하는 완강한 태도를 들 수 있다.[3] 물론 이것은 그가 이미 대가의 반열에 서있던 1960년대에 이루어진 발언이다. 그렇다고 해도 『화사집』의 절반에 해당하는 등단 후의 시 12편을 고의적으로 누락시킨 그의 면면을 헤아려 보면, 충분히 수긍이 가는 발언이라 하겠다.

그 자의식의 또 다른 예로는, 1930년대 후반 등장한 신세대 문인들이 대개 그러하듯이,[4] 그의 전세대 문인들에 대한 대타적인 미의식과 극복 노력을 들어야겠다. 이는 『시인부락』(1936.11)의 창간 후기의 고고성인 “벌써 여기다가 꼭 무슨 빛깔있는 기폭을 달아야만 멋인가 (……) 우리 부락에 되도록이면 여러 가지의 과실과 꽃과 이를 즐기는 여러 가지의 식구들이 모여서 살기를 희망한다”[5]는 발언과, 『시인부락』 동인 결성을 회고하면서 그것의 목적이 “〈생명〉의 탐구와 이것의 집중적인 표현”에 있었고 “정지용씨류의 감각적 기교와 경향파의 이데올로기의 어느 면에도 안착할 수 없는 심정의 필연한 발현”[6]이었다고 회고하는 대목에 잘 드러나 있다.

이런 전세대에 대한 강렬한 대타의식은 전세대의 문학적 전통이 보

---

3) 서정주, 「고대 그리스적 육체성－나의 처녀작을 말한다」, 『서정주문학전집』 5, 일지사, 1972, 264면. 이하 『전집』으로 표기.

4) 1930년대 등장한 신세대 문인들의 전세대 문인들에 대한 노골적인 폄하와 극복의식은 상업적 대중잡지였던 『조광』이 1939년 초 마련했던 신진작가들의 좌담회(「신진작가 좌담회」, 1939.1)에서 잘 드러난다. 이로부터 세대론 논쟁이 비화되었음은 주지의 사실이다. 이때 김동리는 신인으로는 거의 유일하게 임화, 유진오 등의 신세대 비판에 맞서 「신세대의 정신」(『문장』, 1940.5)을 비롯한 일련의 평론을 발표함으로써 자기 세대의 인정투쟁에 적극 나섰다.

5) 서정주, 『시인부락』 창간호(1936.11) 후기.

6) 서정주, 「현대조선시약사」, 『현대조선명시선』, 온문사, 1950, 266면.

잘것 없다는 인식에서 나온 것일 수도 있다. 하지만 거꾸로 보자면 그들이 그만큼 전세대의 영향에서 자유롭지 못했다는 사실을 의미한다. 더군다나 근대시의 전통이 일천한 한국 시사에서 앞선 세대들의 영향은, 그 일천함과는 상관없이 신인들에게는 거목이 드리는 커다란 그늘과도 같았다.[7)]

그러나 문학에서의 세대론은 특히 신인들이 세상과 문단을 향해 자신들의 존재를 널리 각인시키려는 '인정받기' 싸움과 밀접한 연관이 있다. 그럴 때, 신인에게 무엇보다 필요한 것은 선배들에게 영향 받은 흔적들을 되도록 숨기면서, 그들이 미처 보지 못한 세계의 새로운 비의(秘意)를 '낯설게' 드러내는 작업이다. 신인에게 그 요청에 대한 첫 번째의 응답과 총화가 첫 시집을 묶는 일이고, 그 작업이 곧 그가 보여준 '낯설음'을 자신의 미적 개성으로 보편화시키는 일이라고 할 때, 일정한 기준에 입각한 미적 자기검열은 반드시 필요한 절차였을 것이다.

이런 점을 염두에 둔다면, 첫 시집을 내면서 기왕에 발표된 시일지라도 그것에 실릴 시의 주제와 형식의 밀도, 그리고 그가 나름대로 정한 시적 개성에 부합되지 않는 작품들을 골라내는 작업이 미당에게도 요구되었을 것이다. 미당의 경우는 『화사집』의 대체적인 특성과는 어느 정도 거리가 있는 시들을 먼저 누락시킨 듯하다. 특히 등단 이후의 작품 중에서는 대체로 『화사집』에 실린 시와 비슷한 이미지, 어조, 주제를 가진 것, 동시(童詩)풍의 시, 현실에 대한 환멸의식이 극단화되어 어조의 절제와 시어의 정제가 제대로 이루어지지 않은 시편들이 먼저 제외되었다.

하지만 이 시들은 어떤 측면에서는 수록시보다 오히려 미당의 시세계를 구체화하는 방법과 당대 현실에 대한 미적 대응 방식을 보다 상세

---

7) 이런 사실은 홍효민이 신진시인들을 검토하면서 그들에게 위대한 낭만정신을 고집하는 사이비 독일류의 임화적인 시풍과 지성의 고조를 일삼고 있는 사이비 영국류의 김기림적 시풍의 극복, 자의식에 입각한 시풍의 확립, 자국적인 이념으로의 귀환을 촉구하는 점에서도 엿볼 수 있다(홍효민, 「신진시인론」, 『조선문학』, 1938.3 참조).

히 추적할 수 있는 단서를 제공하기도 한다. 이 글이 씌어지는 이유도 궁극적으로는 여기에 있다. 그리고 등단 이전의 작품, 다시 말해 신문사나 잡지에 투고하기 위해 제작된 습작시들은 시의 완성도에서 보자면 보잘 것 없을 수도 있겠다. 하지만 그것들은 그 나름으로 전대의 문학적 전통이 미당 시에 스며드는 과정은 물론, 그런 영향의 극복 과정을 보여주며, 또한 시인으로서의 자의식을 키워 가는 이력을 확인시켜 준다는 점에서 연구자의 흥미를 유발하기에 충분하다.

2. 앞선 연구의 성과와 한계

『화사집』과 『귀촉도』(1948)에 미수록된 해방 이전의 미당 시에 대해서는 앞서 말한 이유들 때문에 몇몇 연구자에 의해 부분적으로나마 언급되어 왔다. 우선 주목되는 글은, 신문과 잡지에 흩어져 있던 미당의 시집 미수록 시 12편을 발굴·소개하는 한편, 그것들의 대략적인 특질을 『화사집』 수록 시편들에 견주어 해설한 송희복의 「서정주 초기시의 세계」이다.[8] 미당의 미수록 시에서 그가 읽어낸 미적 특질과 덕목은, '시대현실에의 증언적 메시지'란 소제목이 암시하듯이, 식민지의 모순에 대한 저항의식과 현실참여 의식이다. 사실 「바다」, 「자화상」을 비롯한 몇몇 시편들은 '망국의 젊은 시인의 고뇌하는 모습'[9]과 비극적 개인사의 민족의 보편적 그것으로의 승화[10]를 읽어낼 여지를 충분히 내포하고

---

8) 송희복, 「서정주 초기시의 세계」, 『현대시학』, 1991.7. 송희복은 미당의 시집 미수록 시 13편을 발굴하여 소개하고 있다. 하지만 「조금(干潮)」(『춘추』 1941.7)은 『귀촉도』에 「조금」이란 제목으로 실려 있으므로, 미수록 시에 해당되지 않는다.

9) 천이두, 「지옥과 열반」, 『서정주연구』(조연현 외), 동화출판공사, 1975, 201면.

10) 김우창, 「한국시의 형이상—하나의 관점」, 『궁핍한 시대의 시인』, 민음사, 1977, 61~

있다. 또한 현실과의 적극적인 교섭을 통해 시세계를 확충해간 미당의 면모를 일별할 수 있는 시의식을 보여주기도 한다.

그러나 송희복은, 연구자의 자의적인 목적, 곧 식민지 현실을 살아가는 지식인적 고뇌나 민중현실에 대한 관심의 취가 옅은 것으로 흔히 평가되는 『화사집』의 결락을 메꾸기 위해 몇몇 미수록 시가 보여주는 현실과의 불화의식 모두를 저항의식으로 환치시키는 오류에 빠져 있다. 이런 시각은 개개의 미수록 시가 보여주는 시의식의 다양성과 내적 갈등의 깊이를 현실모순에 대한 즉자적인 반응으로만 연역해내는 의미의 협소화 혹은 저급화에 봉사하기 십상이다. 또한 이런 식의 작업은, 미당 시의 탈역사적 성격에 대한 비판적 연구들을 '쌀롱비평'으로 매도하면서 그 성과를 무력화시키려는 은연 중의 전략에도 전혀 도움이 되지 않는다. 요컨대 미당의 초기시 혹은 미수록 시의 현실참여적 성격이 규명된다고 해서 집중적인 비판의 대상이 되고 있는 그의 일제 말기와 해방 이후의 행적이나 그의 시가 지닌 현실 초월적인 성격이 모두 부정될 수는 없는 노릇이다.

미당 시에 현실주의적 상상력의 논리를 과도하게 부여하려는 송희복의 의식적 노력은 미수록 원인에 대한 추측과 판단에서도 잘 드러난다. 그는 습작과 타작으로 인한 자기검열과 1941년 전시체제 하에서의 시대적 제약성을 주요 요인으로 꼽고 있다. 그러나 필자의 판단으로는 후자의 요소는 오히려 부차적인 것으로 보인다. 그보다는 오히려 전자와 함께 『화사집』의 체계 문제를 들고 싶다.

앞서도 말했듯이, 미당은 『화사집』을 어떤 하나의 일관된 체계와 주제를 염두에 두고 제작한 것으로 보인다. 『화사집』은 개별 시들의 발표 시기와는 무관하게 구성되어 있다. 더욱이 페이지도 매기지 않은 채, 24편의 시를 5개의 군별(群別) 소제목 아래 묶고 있을 따름이다. 구체적으

62면 참조

로 보아, 1939년 10월 『시건설』에 발표된 「자화상」을 서시(序詩)로, 같은 해 7월 19일 『조선일보』에 발표한 「부활」을 결시(結詩)로, 「자화상」의 뒷부분과 「부활」의 앞부분에는 관능적 생명력과 신성(神性)적 육체성에 대한 열망을 담은 시들을, 그리고 가운데에 시인으로서의 자의식이 표나게 드러난 시들을 배치하고 있다. 이런 배치는 '돌아온 탕자' 의식에 비유될 수 있는, 시인의 내적 성숙 혹은 귀향의 과정을 선명하게 드러내는 데 크게 기여한다. 이와 같은 시집 구성과 체계는 한국 근대시사에서 매우 예외적인 사례인데, 기존의 시집들과 구별되는 『화사집』의 독특한 개성 표출에 결정적인 역할을 담당한 것으로 생각된다. 이런 점을 감안할 때, 『화사집』 체계와 구도에 어긋나는 시들이 배제되는 것은 매우 자연스럽다.[11]

미당의 시적 선별과 배제에 대한 또 하나의 심증은 그가 이미 발표한 시들의 개작에 매우 열심이었다는 사실에서 찾아진다. 「자화상」·「귀촉도」·「부활」 등 초기의 대표작들 역시 여기서 예외는 아니다. 그런 점에서 미수록 시들은 개작의 손길조차 거치지 못한 채 버려진 시라 할 수 있다. 하지만 몇몇 시들은 검열의 문제와도 별로 무관할 뿐더러 시집 수록 시들보다 오히려 미적 성취가 뛰어나다는 점에서, 앞서의 나의 가정이 이치에 크게 어긋나지는 않을 것이다.

따라서 미당의 미수록 시에 대한 접근에서 근본적으로 중요한 것은 미수록 시가 제 현실과 맺는 관계의 특성이 무엇이고, 그것이 어떤 식의 시적 표현을 얻고 있으며, 궁극적으로 미당 시 최고/최후의 사업인 '영원성'의 시학을 향해 가는 내적 논리는 어떻게 내재화되고 있는가를 탐구하는 일이다. 이럴 때야 비로소 미수록 시를 미당의 전체 시세계는

---

11) 대표적인 예로 1937년 여름 무렵 창작된 「귀촉도」를 들 수 있다. 미당은 「귀촉도」가 『화사집』의 분위기와 동떨어져 있어 수록하지 않았다고 밝혔다(서정주, 「천지유정」, 『전집』 3, 186면). 「귀촉도」의 창작 상황과 배경에 대해서는, 이 책 제2부의 「서정주 시텍스트의 몇 가지 문제」, 324~325면 참조.

물론 한국 근현대시사와의 연관 아래 다루는 작업이 가능해질 것이다.

다음으로 김용직·최현식의 연구를 들 수 있다. 김용직[12]은 예의 글에서 미당의 신문, 잡지 투고시 가운데 "그 말이 지닌 동력학으로 우리 시단의 신선한 충격이 될 만한 것이 없지 않았다"고 하면서 「가을」(『동아일보』, 1934.11.3)의 전문을 실었다. 또한 미당의 시창작 과정을 논하면서 등단 이후의 몇몇 미수록 시의 서지를 소개하고 있다. 하지만 그의 연구는 투고시에 대한 평가에서 구체적인 해석을 결여한 채 위와 같은 선언적인 판단을 내리고 있을 따름이다. 또한 초기시에 대한 연구에서도 『화사집』 수록 시에 대한 분석과 평가에만 집중하고 있어, 미수록 시에 대한 본격적인 연구라고 하기에는 여러모로 미진하다.

미당의 투고시에 나타난 전대문학의 영향을 탐색하고 등단 뒤의 몇몇 시를 낭만적 아이러니와 관련해 분석한 나의 논문[13] 역시 본격적인 연구에는 이르지 못했다. 학위 논문의 체계와 그것의 연구목적 상 그에 적합한 시들을 골라 분석하다보니, 개개의 미수록 시들이 지닌 미적인 특질 전반을 세세히 규명하기에는 역부족이었다. 이런 연구의 미진함과 한계를 보완하고 극복하기 위해 미수록 시만을 대상으로 한 글의 필요성을 절실히 느꼈는데, 그에 대한 첫 번째 작업이 이 글이다.

3. 선배 시인들의 영향과 그것의 극복 욕망

미당을 문단이라는 제도적 영역에 공식적으로 편입시킨 「벽」(『동아일보』, 1936.1.3) 이전의 시, 다시 말해 문예란 투고를 위해 씌어진 습작시는

12) 김용직, 「직정미학의 충격파고—서정주론」, 『현대시』, 1992.2.
13) 최현식, 「서정주 초기시의 미적 특성 연구」, 연세대 석사논문, 1995.

모두 10편이다. 이 시들은 『화사집』 수록 시에 비해 시적 완성도나 자의식의 치열성이란 면에서는 꽤나 소박하게 느껴진다. 그러나 시적 대상이 지닌 독특한 미감의 포착과 그것의 정서화에서는 일정 수준에 올라 있다.

이 시들에서 무엇보다 흥미로운 점은 몇몇 시들에 배어 있는 선배 시인들의 영향이다. 이는 한 시인의 모든 시편들, 특히 초기시들이 시 전통의 맥락과 밀접히 연관된다는 문학사적 진리에서 미당 역시 예외가 아니었음을 적절히 증거한다. 사실 미당은 『시인부락』의 창간 계기를 카프의 이데올로기 편향과 정지용류의 언어기교적 편향의 극복을 내세웠다. 하지만 그런 자의식을 확충하기까지는 선행 시편들의 끊임없는 간섭을 수용하거나 거부함으로써 고유한 내면성을 얻는 자아 모색의 과정이 그에게도 필요했던 것이다.

우선 미당 시 가운데 처음으로 활자화된 「그 어머니의 부탁」(『동아일보』, 1933.12.24)을 살펴보자.

(열흘前에 日本간 내아들에게 편지를 써달라고 종남어머니가 封套를 가지고 왓다. —)

무사히 깟느냐고 그러케 써주소
진서는 쓰지말고 알기쉽게 써주소
그애글자 뻰받아서 쪼록쪼록 써주소

일본은 ××의땅 몸조심 하라고
그러고 또한줄은 이러케 써주소
하니나 하니나 싸움에 갈세라고

어머니는 밤낮으로 그것이 심해라고
불상하게 생각하게 정신들여 써주소

장터에서 하든말 잊지를 말래소

착실히 하래소 고닥새 나오라소
「네」가 심은 동백나무 머믈엇다 하이소
이늙은년 궁한말은 쓰지도 마아소

—「그 어머니의 부탁」 전문

글을 모르는 종남 어머니가 어떤 사정에 의해 일본에 품팔러 간 아들 종남에게 전할 편지의 대필을 시적 자아에게 부탁하는 광경을 그린 시다. 이 시에서 우선 주목되는 것은 시어의 운용 방법이다. 이 시는 일체의 형용 수식을 배제한 시어와 아들을 객지에 보낸 근심 많은 노모의 사연이 그대로 진술되는 방식으로 짜여져 있다. 자칫 평면적인 사실의 나열로 그칠 수 있는 어머니의 진술들은 연결어미 '고'와 종결어미 '소'의 교묘한 변주와 배치, 4음보격의 채택, 사투리의 자유자재한 구사[14]에 의해 풍부한 해조(諧調)를 얻고 있다.

이런 시의 구성과 시어의 특성들은 식민지 민중이 겪고 있는 아픔과 슬픔을 개별적이고 일회적인 정서로서가 아니라 보편적인 정서로 실감나게 환기시키는 데 기여한다. 특히 검열에 의해 삭제된 것으로 보이는 "일본은 ××의 땅 몸조심하라고"라는 구절은 식민지라는 당대 민족현실이 적나라하게 포착된 표현으로써, 이 시의 비극성을 더욱 고조시킨다.

그런데 엄밀히 말해, 이 시의 성과, 즉 개인사적 비극의 민족사적 비극으로의 고양과 보편화는 근본적으로 시적 자아의 기능에서 나온 것이라 하겠다. 시인은 자아의 주관적 개입을 엄격히 통제하고 사실의 객관성을 보장하기 위해 다음과 같은 서술 태도를 취한다. 시적 자아를 시적 형상화의 대상인 노모의 걱정거리라는 특정한 사건의 전면에서 물러

14) 이 시에 나온 사투리 가운데 '하니나'와 '고닥새'라는 단어는, 토속어휘가 가장 많이 실려 있다는 한글학회 편, 『우리말 큰사전』(1992)에도 실려있지 않다. 여러 사람의 조언에 따르면, 전자는 '혹시나', 후자는 '빨리 금방'이란 뜻이다.

나 그 전개 과정만을 진술하는 서술자로 설정하는 방식이 그것이다. 이와 같은 자아의 위치 설정은 자칫하면 노모의 목소리에 어정쩡하게 묻어 전달될 수 있는 젊은 시인의 감상의 과잉이나 절망적 어조를 통어하는 핵심적인 장치가 된다.

우리는 여기서 시적 자아의 그런 기능을 극대화하고 사건적 요소를 도입함으로써 복잡하게 분화될 뿐더러 날로 모순이 심화되어 가는 현실의 구조를 담아내려 노력했던 '단편 서사시'의 영향을 엿볼 수 있다. 특히 이 시는 식민지 현실에서 고난받는 민중이라는 형상화 대상과 서간체 형식의 도입이라는 측면에서 임화의 「우리 오빠와 화로」를 닮아 있다. 물론 「우리 오빠와 화로」에서처럼 오빠의 체포라는 사건에 대한 객관적 진술을 넘어 그것의 모순을 인식하고 새로운 각성에 이르는 적극적 인물을 볼 수는 없다. 하지만 이 시가 노모의 목소리만을 냉정히 전달함으로써 현실에 대한 감상적·낭만적 비전을 제시하는 대신, 독자들로 하여금 차분히 자신이 처한 현실을 반성케 하는 데에 어느 정도 성공하고 있음은 부인하기 어렵다.

그러나 모순된 현실에 대한 미당의 적극적인 관심은 지속적으로 추구되지는 않는다. 다음 시를 보자.

> 여기는 서울가는 車ㅅ속이 아닌가
> 곤히 힌 모래밭을 밟어야할 네 純한 가슴아
> 아모도 아니볼때 부르는 그 노래소리가 듣고 싶네
>
> 우리 누이야
> 汽車는 너-를 잘못실고 안왔나?
>
> —「서울가는 純이에게」(『동아일보』, 1934.5.8) 부분

이 시는 앞 연에서 "항내 그윽한 바다의 따님"으로 그려진 '순이'를 서울로 보내며 느끼는 자아의 착잡한 심정을 인상 깊게 묘파하고 있다.

마지막 연의 "잘못실고 안왔나"라는 구절을 통해 이 시 역시 '순이'로 대표되는 몰락해 가는 식민지 민중을 화제 삼고 있다는 사실을 알 수 있다. 그러나 순이가 서울로 가는 행위가 의미하는 삶의 비극성에 대한 표현보다는 그로 인한 상실감의 표현에 몰두해 있는 시인에게서 「그 어머니의 부탁」에 표현된 정도의 현실인식의 깊이는 보이지 않는다.

그렇기 때문에 전근대적 공동체로서 어촌의 밝은 이미지와 근대적 문물로서의 기차 이미지의 대비라는 간접화된 방식으로 드러난 자아의 현실인식은 "그 노래소리가 듣고 싶네"라는 막연한 그리움 혹은 추상적 의지 속에서 해결될 만한 것으로 남게 된다. 따라서 "갈매기 드나드는 조그마한 섬" "향내 그윽한 바다의 따님" 등과 같은 소멸되어 가는 것들에 대한 비유적 이미지 역시 간난한 삶 속에서도 지켜지던 어떤 원형적 삶의 이상화된 표현으로 읽히지 않는다. 그 보다는 오히려 막연한 애상감을 드러내기 위한 가공적 이미지로 볼 수 있다.

이런 추측은 미당의 습작시에서 바다나 어촌이 안정과 풍요로움을 상징하는 낭만적인 이미지로 채색되어 있다는 사실에서 타당성을 얻는다. 「어촌의 등불」(『학등』, 1934.8)에 나오는 "동해 맑은 물에 별들은 피고" "큰 고기 한배실고" "海神의 날개는 오늘밤도 평화스레 퍼더거리고" 등은 대표적인 예이다. 이것은 그가 「자화상」과 「수대동시」에서 보여준 횡포한 바다 혹은 신산스런 삶의 현장으로서의 이미지 — "바다에 나가서 도라오지 않는다하는 외할아버지"(「자화상」), "장수강 뻘밭에 소금 구어먹든" "오매는 남보단 조개를 잘 줍고"(「수대동시」) — 와는 근본적인 발상부터가 달라 보인다.

이런 식으로 변모되는 습작시가 의미하는 바는 미당이 현실모순에 대한 뚜렷한 인식을 바탕으로 미적 대응을 시도하지는 않았다는 것이다. 이 말은 오히려 그의 사상적·지적 편력으로 언급되곤 하는 톨스토이적 휴머니즘이나 사회주의 이념에 대한 일시적인 경사에 따른 즉자적인 미적 대응이었을 가능성이 크다는 것을 의미한다.[15] 아마도 위의 두 시에서 현실인식의 날카로움보다는 시적 대상에 대한 연민의 느낌을 더 받는 것도 이 때문일지도 모른다.

한 사상이나 현실에 대한 체험적 진실성이 허위에 불과했다는 사실을 스스로 깨달을 때, 그것들은 곧바로 용도 폐기될 수밖에 없다. 그 대신 들어서는 것은 신산한 현실과는 무관한 평화로운 시공간에 대한 추억으로의 경사와 그 세계를 신비스럽게 감쌀 시어를 조탁하려는 노력들이다. 이것은 다음과 같은 결과를 초래한다. 즉 시적 주제의 애매함과 빈곤을 시어의 세련성을 통해 극복하려는 욕망이 시의 전면에 출현하게 된다는 것이다.

① 가을은 水晶盞을 넘처흐르는 마알간 물이어니
우리는 제마닥 한위치를 지키고
너무도 깨끗한 이祝杯를 기우리기전에 어디가 숨은지도모르는 그어여뿐 손을 부르지 안으려나

—「가을」(『동아일보』, 1934.11.3) 부분

② 차고도 맑은 손의 손톱이 구을르는 줄의 소리의 마디
하늘 우러볼때 이는 찬 물거픔처럼 튀는 생각이여
빛의 끝이 동글동글 쪼각 뜬구름이냥 西으로 사라질때 ……

—「생각이여」(『학등』, 1935.1) 부분

두 시에서 시인의 주된 관심사는 단연 시적 대상에 대한 세련된 비유에의 의지와 실천에 있다. 미당은 자아가 사물을 관조하며 느낀 서정을 잔잔한 회화적 이미지로 표현하고 있다. '가을'을 '수정잔'을 넘쳐흐르는 '물'이나 '축배'에, '생각'을 '찬 물거품'에 비유하는 신선한 상상력이나 그 이미지들이 방출하는 정감을 나지막한 어조로 통어하는 솜씨는 수준급이다.

---

15) 그는 사회주의에 감염된 계기를 '무작정한 연민심 때문'이었다고 밝히고 있다(서정주, 「천지유정」, 『전집』 3, 169~171면 참조).

이 이미지들은 그러나 시적 자아가 전달하려는 주제나 정조를 뚜렷이 드러내기보다는 '과연 그것이 무얼까'하는 의문으로 독자를 이끈다. 개개의 이미지들은 파편적으로 나열되어 무언가 그럴듯한 몽상적·낭만적 분위기의 형성에 그치고 있을 뿐이다. 따라서 시적 대상에 대한 깊이 있는 표현의 힘을 보여주기에는 역부족이다. 이런 시적 경향은 영랑의 영향을 암시하는 것인데, 그러나 영랑 시에 대한 긍정적 계승만으로 보이지 않는다.

미당이 영랑 시에서 배우려한 것은 "우리말도 잘 가다듬어 쓰면 이렇게 고울 수 있다"[16]는, 한국어의 정감을 극대화하기 위한 조탁의 기교였다. 이런 기교에의 집중은 영랑에 대한 강도 높은 비판중의 하나인 "자신의 피상적인 감정만을 노래하는 자기 망각적 리리시즘"[17]이라는 굴레에서 이즈음의 미당을 구원할 수 없게 한다. 그러므로 「가을」의 '축배'를 '광복을 희구하는 애국적인 상징' 혹은 '일제에 대한 소박한 저항의식'으로 읽어내는 송희복의 견해[18]는 해석의 부적절성을 넘어선 작위적 오독이라 생각된다.

등단 이전의 미당 시는 선배 세대들의 창작방법을 자신의 시 속으로 끌어들이는 한편, 거기서 생겨나는 '영향의 불안'을 뛰어넘어 자신 고유의 시세계를 찾아가는 모색과 창조의 과정으로 이해된다. 그러나 거기서 시적 자의식이 부족했다는 인상을 지우기는 힘들다. 미당의 습작시에서는 시인이란 무엇인가 혹은 왜 시를 쓰는가에 대한 집요하고도 철저한 자기인식이 거의 엿보이지 않는다. 그런 점에서 그에게는 무엇보다 시적 자의식의 확충과 선배시인들의 영향에서 벗어나지 못하고 있던 시적 상황에 대한 반성이 필요했다.

이런 자기와의 고투는 미당 시에서 결국 다양한 시적 경향의 공존을

---

16) 서정주, 「내 시와 정신에 영향을 주신 이들」, 『전집』 5, 269면.
17) 김현·김윤식, 『한국문학사』, 민음사, 1973, 215면.
18) 송희복, 「서정주 초기시의 세계」, 87면.

모색하는 동시에, 인간의 구극적 운명과 생명력에 대한 집요한 탐색을 시의 내용으로 추구하는 작업으로 구체화된다. 우리는 그 작업의 일단을 「벽」에서 확인한다. 「벽」은 앞의 시들로부터 채 1년도 지나지 않아 발표되었다. 이 시의 가장 두드러진 특징은 자신을 벙어리로 인식하면서도 그것을 극복하겠다는 '저주받은 시인' 의식을 당당히 보여주고 있다는 점이다.[19] 이런 자의식의 확보가 선배시인들의 아류에서 벗어나겠다는 의지를 추동시킨 원동력의 하나였음은 앞서 살펴본 『시인부락』 창간 후기와 그에 대한 회고에서도 잘 나타나 있다.

4. 갇힌 자의 절망감과 환멸의식

등단 이후 씌어진 미수록 시는 대체로 다음의 네 가지 경향으로 나눌 수 있다. 첫째, 「감꽃」(『동아일보』, 1936.8.9), 「여름밤」(『시건설』, 1938.12)과 같은 동시풍의 시이다.[20] 「감꽃」에는 산나물 하러 간 어머니를 기다리는 아이의 외롭고도 두려운 심리가 민담의 시적 변용과 그 시간을 견디기 위한 놀이를 통해 잘 표현되고 있다. 「여름밤」에는 가난한 삶 속에서 평화로운 저녁 한때를 보내는 한 가족의 생활상이 여름밤 정경과의 어우러짐 속에서 포착되고 있다. 이 시들은 보통의 동시들이 보이는 아이들의 천진난만한 동심을 그리는 대신 구체적인 생활과 연관된 심리와 행위를 그림으로써 생생한 현실감을 전해주는 미덕이 있다.

---

19) '저주받은 시인' 의식이란 세속의 삶 속에서도 이상을 추구하고, 인간의 유한성 속에서 영원성을 갈망하며, 전달할 수 없는 것을 전달해야 하는 시인의 운명의식을 말한다 (J. Sartre, 김붕구 역, 『문학이란 무엇인가』, 문예출판사, 1993, 26~27면 참조).

20) 이 시들의 전문은, 이 책의 '부록—1933~1955년 서정주의 시집 미수록 시(37편)' 참조

두 시는 비록 시집에 실리지는 않았지만 미당이 꽤 애착을 가졌던 시들로 생각된다. 두 시 모두 몇 년 뒤 『조광』 1942년 7월호에 개작되어 재수록되고 있기 때문이다. 물론 이 때가 우리말로 어떤 사상적 깊이를 지닌 시를 쓴다는 것이 거의 불가능한 시기였다는 점에서, 이런 작업은 미당과 친일적 상업지였던 『조광』과의 일정한 타협의 산물로 볼 수도 있다. 그러나 한편으로는 그런 가운데서도 소품에 지나지 않던 시들에 시적 완결성을 부여함으로써 자신이 모국어로 시를 쓰는 시인이란 사실을 확인하려 한 자의식의 발로로 이해되기도 한다.

이제 보다 자세히 살펴볼 시들로, 둘째, 「벽」, 「문둥이」에서 표현된 바 있는 시간에 매인 인간 운명의 한계를 불구적인 자아의 모습을 통해 그린 시들, 셋째, 미당 초기시에서 주로 부정의 대상으로 그려졌던 어머니와의 화해를 그리는 시, 넷째, 식민지 현실에서 느낀 절망감과 환멸의식을 극단적으로 노출하고 있는 시가 있다. 이 가운데 둘째, 셋째 경향의 시들은 『화사집』의 세계에 대체로 포괄될 수 있다. 따라서 이 시들은 수록 시와 대비해서 읽을 때 보다 수월한 해석을 얻을 수 있다.

처음엔 나도 사랑햇노라
하늘과 그가운데 나르는새와
해볕아래 모든 아름다운 꽃
별아래 바람결에 사는기쁨에
끈힘없는 내노래를 노래햇노라

(……)

허나 그이는 귀양온 天使
날이 다하자 떠나갓느니
하늘은 금시 어두어지고
투색하야 떠러지는 머ㄴ별빛아래

구름처럼 스러지는 幸福을 전송햇네

이제 나는 暗黑의 使徒
모든 밝은것 咀呪하는 새(鳥)
머리는 흐터저 물鬼神처럼
우름으로 이러나는 피빛江물에
孤獨한 魂이 매처 피는 검은꽃
나는 우네 나는 우네 나의 서름을

—「絶望의 노래—부흥이」(『시건설』, 1936.11) 부분

이 시에는 「벽」·「문둥이」 등에서 익히 보아온 그로테스크적인 자기인식과 상실감, 그리고 그에 따른 설움의 정조가 잘 나타나 있다. 자아가 자신을 "암흑의 사도"로 규정하게 되는 까닭은 천사('에레나')와의 이별 때문이다. '에레나'는 "귀양온"에서 보듯이, 인간과의 근원적 거리감을 존재의 속성으로 하는 이상적인 대상 혹은 절대미의 상징으로 파악된다. 그러므로 이 시는 연인과의 이별에 의탁해 어떤 절대성('영원성')의 성취가 불가능해진 현실을 성찰하는 자아의 비극적 세계인식을 표현한 것으로 이해된다.

일반적으로 비극적 세계인식은 개인과 세계(사회)와의 관계가 상실되었다는 감각이나 자신의 향상심(向上心)·규범·야심 등을 살릴 희망이 원천 봉쇄되었다는 소외의식에서 발생한다.[21] 이 시에서 소외의식의 연원, 다시 말해 자아에게 세계의 무의미성을 폭력적으로 각인시키는 것은 동일화 대상의 부재와 관련이 깊다. 그 결과 자아는 스스로를 "암흑의 사도" "밝은 것 저주하는 새" "검은 꽃" 등 무명(無明) 속에 갇힌 수인으로 규정하게 된다. 그리고 새·꽃·별 등을 노래하는 대신 존재의 비극성에 대해 서러워할 뿐이다.

이 시와 유사한 정조를 가진 다른 시로는 「옥야」(『시인부락』, 1936.11)를

21) A. Hauser, 김진욱 역, 『예술과 소외』, 종로서적, 1981, 127면.

들 수 있다. 이 시 역시 제목이 암시하듯, 세계와의 소통 불가능성을 집중적으로 표현하고 있다. 여기서도 자아의 단절의식은 "千年 기다린다 차저 올 님은 없다"란 구절에서 보듯이, 절대적 대상과의 관계 상실 혹은 불가능성에서 연원한다. 이런 불가능성에 대한 인식은 여타의 시에서도 자아를 "덧없이 바래보든 벽"(「벽」), "어느 벽에도 문"이 없는 '방'(「방」 『시인부락』, 1936.12), "거리의 막다른 골목길"(「달밤」, 『시인부락』, 1936.12), "종신 금고 받은 페닉스의 집"(「옥야」) 등의 폐쇄된 공간에 유폐된 존재로 인식하게 한다. 그리고 단절의 비극성은 '문둥이'나 '안즌뱅이'(「안즌뱅이의 노래」, 『자오선』, 1937.1)에 비유되는 자아의 불구성과 결합되어 한층 고조된다.

그런데 주목할 만한 사실은 위의 시들에서 자아가 비극성을 해소할 계기를 온전하게 얻지 못하고 있다는 점이다. 이 시들에서 존재의 비극을 벗어나기 위한 자아의 몸부림은, "너는 물처럼 울다 가라"(「옥야」), "나는 우네 나의 서름을"(「절망의 노래」)처럼 설움의 내면화로, 또는 "벽차고 나가 목메어 울리라"(「벽」), "이러났으면 …… 이러났으면"(「안즌뱅이의 노래」)과 같은 불가능한 의지에 대한 절규로 드러날 따름이다.

정상성과 이상적인 세계로의 지향이 절제되지 않은 선언적 의지로 드러난다는 것은 두 가지 사실을 의미한다. 첫째, 자아가 지향하는 세계와의 간극을 메꿀 수 없는 데서 오는 낭만적 아이러니가 그의 의식 전반을 지배하고 있다는 것이다. 하지만 타락한 현실을 구원할 대안 세계의 추상성은 자아의 낭만적 아이러니를 존재의 불구성에 대한 진지한 성찰과 그것의 극복 노력으로 이끌지 못한다. 오히려 그런 비극적 운명을 타성적으로 받아들이게 할 뿐이다. 둘째, 보다 근본적인 문제로, 이런 방식의 잠재욕구 분출은 아직은 미당이 자기 시가 지향코자 하는 구체적 내용의 확보에 실패하고 있다는 사실을 반증한다. 이 시들은 대체로 「벽」과 유사한 정조를 보이고 있다. 미당이 「벽」을 처녀작으로 인정하지 않는 데서도 보듯이, 그는 이 시들의 결함을 스스로 인정하고 있었던 듯하다.[22] 이런 사정이야말로 미당이 『화사집』의 출판 과정에서 위의 시들을 대거 누락시킨 직접적인 원인으로 이해된다.

미당은 특히 시간에 갇힌 존재의 비극성을 '생명력'과 '영원성'의 지향을 통해 넘어서고자 했다. '생명력'이나 '영원성'은 물리적 시간이 지배하는 현실을 신적인 자기망각과 자기에의 몰입 등과 같은 낭만적 상상력을 통해 죽음(소멸)을 극복하려는 낭만주의적 인간관에 기반한 관념이다. 그것에의 지향은 한편으로는 이성에 대한 절대적 신뢰와 모든 것을 계량화해서 파악하려는 도구적 합리성에 대한 반성의 계기도 마련한다. 그러나 다른 한편으로는 낭만적 상상력에 의한 미적 가상을 절대화함으로써 역사현실에 대한 허무주의적 태도를 심화시키기도 한다.

하지만 세계에 편재된 무의미성을 극복하기 위한 하나의 방편인 '관능적 생명력'은 그것 특유의 육체적 성격 때문에 물리적 시간을 완전히 극복할 수는 없다. 이런 물리적 한계의 극복은 시간의 지배에서 자유로운 관념의 세계에서만 성취될 수 있다. 따라서 미당이 물리적 시간을 초극하는 절대적 시간 관념인 '영원성'의 세계로 나아가는 것은 매우 자연스러운 순서였다. 이 과정에서 바로 미당 초기시의 한 장관인 '탈향'과 '귀향' 모티프를 가진 시들이 출현한다.[23]

이런 시들이 보여주는 큰 특징 가운데 하나는 여성 이미지의 변화에서 찾을 수 있다. 「화사」류의 시에서 여성은 주로 관능적 생명력을 강렬하게 표현하기 위한 성적 메타포 혹은 환상물로 그려졌다. 그러나 '귀향' 시편에 이르면, 그녀들은 죽음을 통해 영원한 생명을 획득하거나(「수

---

22) 위의 시들의 발표 시기가 『시인부락』이 발간되던 때(1936.11~12, 통권2호)와 비슷하고, 『시인부락』 1~2집에 수록된 총6편 가운데 「화사」, 「문둥이」, 「대낮」 3편만이 『화사집』에 수록된다는 사실에서도 이를 알 수 있다.

23) 하이데거는 자기가 찾아야 할 것이 무엇인가를 경험하기 위한 방랑 끝에 자신에게 익숙한 것으로 회귀하는 행위를 '귀향'이라고 설명하면서, 시인의 시쓰기를 그런 작업의 일환으로 파악했다(M. Heidegger, 소광희 역, 『시와 철학』, 박영사, 1989, 제1장 참조). 미당 시에서 '영원성'으로의 '귀향' 모티프는 대체로 1938년 이후에 씌어진 시, 이를테면 「문」(1938.3), 「수대동시」(1938.6), 「부활」(1939.7) 등에서 구체화된다.

대동시」·「부활」) 한국의 전통미를 간직한 일종의 성녀(聖女)로 승화된다. '영원성'을 사는 여성의 창조와 표현은 『귀촉도』 이후 미당 시를 지배하는 중요한 테마 가운데 하나이다.[24)]

그런데 이제 살펴볼 「모(母)」(『맥』, 1938.10)의 어머니는 '영원성'의 화신으로 미화되고 찬양되는 예의 여성들과는 달리, 어려운 삶을 인내하며 살아가는 구체적인 생활인의 이미지로 등장하고 있어 눈길을 끈다.

오매는 무슨 맨드라미만한 벼슬을 하나 가져서가 아니라.
닭처럼 사시장철 목으로만 울더라.

구름 속에 별이 …… 石榴 꽃 나무 밑에 꽃 가마로 오실때도 서러웠다 하시나—

새벽이, 새벽이, 우리 모두 기쁜 해바라기의 天地.
우리의 누가 오매의 편이었나?

새빨간 모가지 하고 罪人처럼 울으시나, 울다가 울다가는 喪輿 나가시나—.

구름 속에 등불 달은 구름 속에 등불 달은 그 먼 사랑의
오매! 정말은 자랑이로다.

—「모」 전문

자아는 어머니의 전 생애를 지배한 설움을 2~4연에서 결혼, 남편의 죽음 등과 같은 특정한 상황과 결부시켜 압축적으로 제시한다. 이런 구성 덕분에 어머니의 설움에 동화되는 시적 자아의 정서적 내포는 한결 심화된다. 하지만 자아의 정서적 내포의 확장과 심화는 1행 1연으로 구성된 2, 4연의 어머니의 설움에 숨어 있는 이중적 의미에 의해 수행된

24) 대표적인 예로 「국화옆에서」의 누님, 「춘향유문」의 춘향(이상 『서정주시선』), 「선덕여왕의 말씀」의 선덕여왕, 「사소 두 번째의 편지 단상」의 사소(이상 『신라초』), 「내 영원은」의 여선생, 「동천」의 우리 님(이상 『동천』) 등을 들 수 있다.

다고 해도 과언은 아니다.

우선 2, 4연에서 자연의 평화로움과 풍성함과 대비되는 어머니의 설움과 "죄인처럼" 우는 울음은, 가장 보편적인 인간사로서 '이별', 자세히는 부모와의 잠정적인 이별 및 남편과의 사별에서 기인한 것이다. 그보다 심층적인 의미는 그런 상황들 사이에서 벌어지는 현실의 고통에서 파생된다. 다른 시들에 상징적으로 표현되어 있는, "달을두고 풋살구가 꼭하나만 먹고싶"(「자화상」)어 한다든가 "남보단 조개를 잘줍"(「수대동시」)는 어머니의 모습은 근대전환기를 전후한 하층 여성들의 생생한 생활상으로 무리가 없다. 그런 점에서 결혼은 오히려 자신의 책임이 강화되는 또 다른 가난으로의 편입에 지나지 않는다. 이처럼 누구도 "오매의 편"이 아닌 상태에서 남편의 죽음은 가난한 삶 속에서 형성된 애증이 덧없이 사라지는 것을 의미한다. 그런 복합적 심리의 표현이 4연이 아닐까 한다.

그리고 마지막 연에서 자아가 어머니의 희생을 재차 반복해서 "구름 속에 등불 달은 그 먼 사랑"으로 이해하고, 그것을 마침내 '자랑'으로 여기는 심리적 전환은 매우 중요한 의미를 지닌다. 자아가 어머니의 삶을 이해하고 포용할 수 있을 정도의 내적 성숙에 이르고 있다는 사실을 확연히 드러내기 때문이다.

하지만 어머니의 삶을 긍정하는 시인의 내적 성숙은 어머니의 삶 전체에 대한 전폭적인 수용을 의미하지는 않는다는 점에서 제한적이다. 「모」의 '어머니'에는 구체적인 생활인의 면모와 희생이나 영원한 사랑을 상징하는 대지적 모성의 면모가 하나로 결합되어 있다. 그 가운데서 어느 측면이 강조되느냐에 따라 어머니의 모습은 다음과 같은 양상으로 분열된다. 전자의 측면이 부각될 경우, 어머니(아내)는 식민지 현실의 모순을 증거하는 '종남 어머니'로 보다는, 「풀밭에 누어서」의 어머니(아내)처럼 부정되거나 버려야 할 대상으로 그려진다. 후자의 측면이 부각될 경우, 어머니는 대지적 모성을 넘어 모든 시간을 초극하여 '영원성'을 사는 인물로 신비화된다. 그 구체적 예가 죽음에서 재생하는 소녀의 이미지(「부활」)나, 각주 29에서 언급한 신화적 인물들이다.

이제 마지막으로 식민지 현실에서 느끼는 지식인의 절망감과 환멸의식이 극단적으로 노출되어 있는 「풀밭에 누어서」(『비판』, 1939.6)를 살펴볼 차례이다.

> 혹, 어쩌다가 담배나잇스면, 北向의窓에 턱을고이고 으레히 내가 바래보고잇는곳은 國境線박갓, 奉天이거나 外蒙古거나 上海로가는쪽이지 全羅道는 아니다.
>
> 내게 인제 단한가지 期待가 남은것은 아는사람잇는 곳에서 하로바삐 떠나서, 안해야 너와나사이의 距離를 멀리하야, 낯선거리에 서보고싶은것이지(成功하시기만) …… 아무리 바래여도 인제 내마음은 서울에도 시골에도 조선에는 업을란다.
>
> 차라리, 고등보통같은것 文科와같은것 도스터이엡스키 이와같은것 왼갖 飜譯物과같은것 안읽고 마럿스면 나도 그냥 正條植이나심으며 눈치나살피면서 石油호롱 키워노코 한代를 직혓을꺼나. 선량한나는 기어 무슨 犯罪라도 저즈릿슬것이다.
>
> 어머니의愛情을 모르는게아니다. 아마 고리키이作의 어머니보단 더하리라. 아버지의 마음을 모르는게아니다. 아마 그아들이 잘사는걸 기대리리라. 허나, 아들의知識이라는것은 고등관도 面小使도 돈버리도 그런것은 되지안흔것이다.
>
> 고향은 恒常 喪家와같드라. 父母와 兄弟들은 한결같이 얼골빛이 호박꽃처럼 누-러트라. 그들의 이러한體重을 가슴에언고서 어찌 내가 金剛酒도아니먹고 外上술도아니먹고 酒酊뱅이도 아니될수잇겟느냐!
>
> 안해야 너또한 그들과 비슷하다. 너의소원은 언제나 너의 껌정고무신과 껌정치마와 껌정손톱과 비슷하다. 거북표類의 고무신을 신은女子들은 대개 마음도 같은가부드라.
>
> (네, 네, 하로바삐 추직(就職)을 하세요)달래와 간장내음새가 皮膚에젖은안해. 한달에도 맷번식 너는 찌저진 白露紙쪽에 이러케 적어보내는것이나, 미안하다, 취직할곳도 성공할곳도 내게는 처음부터 업섯든걸 아러라.
>
> 미안하다 안해야. 미안하다. 미안하다.

(……)

안해야 너잇는 全羅道로向하는것은 언제나 나의背面이리라. 나는 내 등뒤에 다 너를 버리리라.

그러나

오늘도 北向하는 瞳孔을달고 내疲困한肉體가 풀밭에 누엇슬때, 내 등짝에 내 脊椎神經에, 담배불처럼 뜨겁게 와닷는것은 그 늘근어머니의 파뿌리 같은 머리털과 누―런잇발과 안해야 네 껌정손톱과 흰옷을입은무리조선말. 조선말.

―이저버리자!

―「풀밭에 누어서」 부분

이 시는 미당 시에서 보기 드물게 1930년대 말 사회현실에 대한 자아의 직접적인 심리적 반응이 산문적 진술로 토로되고 있다. 이런 류의 시로는 근대화의 와중에서 '숙(淑)'이 겪는 비극적 운명을 생생하게 포착하고 있는 「밤이 깊으면」(『인문평론』, 1940.5) 있을 따름이다. 우선 눈에 띄는 점은 형식의 파괴성이다. 산문시라 해도 무리가 없을 만큼 일정한 규칙에 의한 행과 연 구분, 그리고 띄어쓰기가 거의 무시되고 있다. 또한 다른 시에 비해 한자어도 남발되고 있는 편이다.

하지만 이런 형식의 파괴성은 오히려 그가 처했던 상황들을 별다른 수식 없이 직정(直情)적으로 드러내는 데 기여한다. 요컨대 이 시는 진술된 사실 정황에 대한 판단만으로도 자아가 지닌 환멸의식과 절망감을 단번에 느낄 수 있는 힘을 내장하고 있다. 그러므로 자아의 심정을 밝히는 별도의 산문적 해석은 따로 필요치 않을 듯하다.

다만 다음 이야기의 전개를 위해 두 가지 사항만 짚고 넘어가자. 첫째, 속악한 현실에 대한 환멸이 '조선어'에 대한 부정으로 곧장 비약되고 있다는 사실이다. 시인에게 언어란 세계를 인식하고 그것의 숨은 본질을 찾아내는 도구이자, 궁극적인 시성(詩性)을 위해 추구되어야 할 목적 자체이기도 하다. 결국 그것을 포기한다는 것은 시인으로서의 정체성을 버리겠다는 뜻이다. 둘째, 여기서 그려지는 여성과 부모의 이미지를 주목할 수 있다. 그들은 속물적 근성에 나포되어 생활의 안정과 세속적 성공만을 기대는 평범한 생활인의 모습을 하고 있다. 그들의 욕구에 부응할 수 없는 자아는 그들에게 연민을 보이기도 하지만, 내심으로는 그들로부터 벗어나기를 열망하고 있다. 가장 친근한 가족들이 자아의 모든 것을 감쌀 수 있는 사랑과 포용의 존재로서가 아니라, "병든 숫개만양 헐덕어리며" 추구해온 '시의 이슬'(「자화상」)을 포기토록 강요하는 방해자로 인식되고 있음을 보여주는 대목이다.

하지만 미당의 구체적 현실에 대한 부정의 시각은, 그것의 치열성에도 불구하고, '영원성'의 시학으로 가기 위한 하나의 포즈 내지 통과제의로 판단된다. 왜냐하면 불과 한 달 뒤 종로 네거리의 군중 속에서 죽은 '순아'가 환생하는 에피파니 체험을 그린 「부활」(『조선일보』, 1939.7.19)을 미당이 발표했기 때문이다. 이로부터 우리는 미당이 이즈음 커다란 정신적 위기에 봉착했으며, 어떤 식으로든 그것을 극복하기 위한 행위들, 이를테면 직접적인 현실 탈출이나 새로운 시세계의 개척을 요구받았을 것이란 추측이 가능하다.[25]

그런 점에서 '조선말'을 잊자는 말은 무엇보다 '생명력'의 추구에 집중해온 이전의 시세계에 대한 결별의 선언으로 이해된다. 그리고 어머니나 아내를 비롯한 근친(近親)들의 고통스런 삶은, 이미 '영원성'의 세계를 보기 시작한 시인을 지상의 현실에 얽매는 부정적 조건이 된다. 그런 간섭으로부터 새로이 발견한 '시의 이슬'을 지키기 위해서는 그들을 등뒤에 버려야만 하는 가혹한 자기부정을 시도할 수밖에 없었을 것이다.

결국 미당은 이 시에서 탈출 장소(봉천·외몽고·상해)로 거명했던 바로 그곳은 아니지만 만주행을 감행한다. 하지만 그는 "하르삔시와같은것은

---

25) 위의 시와 마찬가지로 가족 및 주변인과의 단절을 통한 현실탈출의 의지를 강하게 드러내고 있는 「바다」(『사해공론』, 1938.10), 「문」(『비판』, 1938.3), 「역려」(『조선일보』, 1938.8.13)에서도 미당 시의 내적 분열은 감지된다.

없었읍니다. 자네도 나도 그런것은 없었읍니다. 무슨 처음의 복숭아꽃 내음새도 말소리도, 병도, 아무껐도 없었습니다"(「만주에서」, 『인문평론』, 1941.2)에 표현된 것과 같은 현실의 무의미성과 시적 편력의 무상성을 조우했을 뿐이다. 이것이야말로 미당이 현실을 초월해서 '영원성'의 시학으로 달려가게 된 실존적 수정의 근본 계기였다. 그는 세계를 변화시키는 대신 세계에 대한 자신의 태도를 변화시킴으로써, 다시 말해 구체적 현실에의 개입을 자발적으로 중지함으로써 '영원성'이라는 '시의 이슬'에 다가서고자 했던 것이다.

따라서 「풀밭에 누어서」의 심층에는 표면에 드러난 현실부정만큼이나 강렬한, '영원성'의 시학을 향한 자기 수정의 논리가 잠복해 있는 것으로 보인다. 「풀밭에 누어서」는 그런 점말고도, 모든 탈출구가 봉쇄되어 있던 1930년대 후반 시인(지식인)들의 황폐화된 내면풍경을 증거하고 있다는 점에서 그 시사적 가치와 의의를 충분히 인정받을 수 있다.

5. 맺으며

지금까지 보아온 대로 미당의 시집 미수록 시에는 쉽사리 지나칠 수 없는 의미들을 지닌 것으로 판단된다. 그것을 간단히 정리하면 다음과 같다.

첫째, 등단 전의 습작시에서 선배시인들의 영향을 구체적으로 확인할 수 있었다. 그 영향은 1930년대 전반 우리 시사에서 주류적 위치를 점하고 있던 경향시와, 보다 주요하게는 시문학파의 이른바 순수시에서 온 것이었다. 이런 사실은 미당의 시세계에서 주요한 의미를 지니는 것으로 생각된다. 이들로부터 영향 받은 우리말의 특질에 대한 자각과 정감

어린 토속세계에 대한 관심은, 미당이 '관능적 생명력'을 한국인의 정서에 알맞게 표현하는 작업에 주요한 자양분이 되었다. 더불어 이 시들은 선배 시인들에 대한 영향의 불안과 그것의 극복 과정을 충실하게 보여준다. 따라서 미당 시의 위대성은 천재의 소산이 아니라 각고의 노력의 결과이다.

둘째, 미수록 시 가운데 몇 편은 미당의 시의식의 변천을 설명할 수 있는 단서를 풍부히 지니고 있다. 특히, 「풀밭에 누어서」가 그렇다. 이 시는 '영원성'의 시학으로 넘어가는 과정에서 미당이 겪은 내적 분열과 갈등을 잘 보여준다. 이런 내적 분열은 단순히 미당의 그것에 그치는 것이 아니라, 사실의 논리가 횡행하던 1930년대 말 지식인의 그것으로 보아도 무리가 없을 정도로 구체적이다. 그런데 그의 분열은 '탈향' 욕구와 '귀향' 의지가 역설적으로 결합되어 있다는 점에 그 특이함과 중대함이 존재한다. '조선어'에 대한 망각 욕구와 어머니, 아내 등의 유기(遺棄)로 상징되는 '탈향' 의지는, 당시 미당이 품고 있던 현실에 대한 절망과 환멸감의 극단적인 표현이라 해도 무리가 없다.

여기에 더해 이즈음 '영원성'의 관념을 이미 수용하고 있던 시들을 참조한다면, 세계와의 단절의지는 '관능적 생명력' 및 서양적 이원론과의 결별을 뜻하는 것이기도 하다. 이런 해석은 이후 미당 시가 동양적 '영원성'의 세계로 급격하게 경도되며 궁극적으로 그곳에서 '고향'의 진정성을 발견해 가는 장면에 의해 뒷받침될 수 있다. 그러므로 「풀밭에 누어서」는 미당이 '영원성'의 시학으로 나아가기 위해 감행해야 했던 자기부정의 한 결절점이랄 수 있다.

제 2 장

전통의 변용과 현실의 굴절

1. 들어가며

미당이 '생명'의 구경(究竟)을 향한 가혹한 열병 치레 후에야 가까스로 발견할 수 있었던 "넋의 시골"(「수대동시」)에 깃든 것은 남이, 춘향, 사소, 선덕여왕 등이었다. 이들은 「화사」 시절의 "설ㅅ고 괴로운 서울女子"와는 거리가 먼 여인들이었다. 우리는 고도의 상징성을 가슴에 품고 있는 이 여인들이 깃들기 시작한 그 시골을 '영원성'의 세계라 불러왔다. 그 세계가 단순히 지향해야할 어떤 '가치체계'에 그친 것이 아니라 미당의 현실인식을 규정짓는 하나의 '세계관'이었다는 사실은 "목전의 현대만을 상대하는 그것이 아니라, 인류사의 과거와 현대와 미래를 전체적으로 상대하는 역사의식"[1]이라는 규정 속에 잘 드러나 있다. 모든 시간이 동등하다는 순환적 시간의 '발견' 끝에 형성된 이 역사의식은 현실의 모든 갈등과 분열을 "괜, 찬, 타, ……"(「내리는 눈발속에서는」)는 자기긍정과 위안 속에서 잠재우는 미당 특유의 '평정의 시학'을 만들어 내었다.

그러나 우리가 정작 주목해야 할 것은 '영원성'이 세월의 두터운 더께가 만들어내고 '발견'한 원환(圓環)이라는 사실이다. 그래서 그 원환의 선은 동일한 두께로 이루어져 있지 않다. 그 선은 이미 미당이 20대에 자기 삶의 요체로 파악했던 '바람'의 세기에 따라 그 두께와 굴곡을 달리할 수밖에 없었다. 개인적 이력을 신화의 수준으로 끌어올린 『질마재 신화』(1975)라는 끝점을 통해서야 완성된 그 원환의 굴곡이 가장 두드러지는 지점은 『귀촉도』(1948)에서 『서정주시선』(1956)에 이르기까지이다.

이 기간 동안 미당은 연기설, 윤회설 등에 따라 한국을 포함한 동양의 고전적 전통을 새롭게 해석하고, 그것을 세계의 운행을 주재하는 하나의 질서원리로 정립하여 거기에 시적 육체성을 살찌워 나갔다. 비록 그것에 입각한 역사의 재해석과 변용이 결과적으로는 현실의 모순을 탈각시키는 어떤 정신적 경지의 등가물[2]로 고정되어간 측면이 있지만, 이 기간동안 그 속내에서 벌어진 현실과의 긴장을 통해 성취한 형이상적 높이는 한국시에서 일찍이 볼 수 없었던 장관임은 부정할 길이 없다. 그것이 최근에 이르러서야 주목받고 있는, '거인의 어깨 위에 올라탄 난장이'(근대인)의 시간의식을 포함한 근대성에 대한 미학적 대응이라는 관점[3]과 관련될 때, 그 구체적 함의는 더욱 세세히 고찰될 필요가 있다.

이 글에서는 1945~1955년 서정주의 시집 미수록 시 15편[4]을 대상으로 그 형이상의 폭과 깊이를 가늠해 보려 한다. 이들 가운데 시대의 영

---

1) 서정주, 「역사의식의 자각」, 『현대문학』, 1964.9, 38면.

2) 김우창, 「한국시와 형이상—하나의 관점」, 『궁핍한 시대의 시인』, 민음사, 1977, 43~67면.

3) 이에 대해서는 김윤식, 「문협정통파의 정신사적 소묘—서정주를 중심으로」(『펜문학』, 1993년 가을) 및 이광호, 「영원의 시간, 봉인된 시간—서정주 중기시의 〈영원성〉 문제」(『작가세계』, 1994년 봄)를 참조할 것.

4) 이 글에서 다룬 미수록 시 전문은, 이 책의 '부록—1933~1955년 서정주의 시집 미수록 시(37편)' 참조.

웅에 대한 찬가(讚歌)류의 시와, 그의 다른 시에 비해볼 때 시의식과 언어의 운용에 미달하는 몇 편의 시, 예컨대 「피」·「곰」·「팔월십오일에」 등을 제외하고는, 미당 시 연구에 일정한 기여 내지 새로운 해석의 여지를 제공할 수 있다고 판단된다. 15편의 미수록 시는 이 시기에 창작되어 『귀촉도』와 『서정주시선』에 수록된 40여 편 시의 절반에 가까운 분량에 해당한다. 게다가 누락 원인이 시적 완성도의 부족보다는 작품을 따로 스크랩하거나 모아두지 않던 시인의 습벽[5] 때문이란 점에서 이들 시는 주목할 만한 가치가 충분하다.

2. '딴 데'의 열망, 혹은 영원성으로의 길트기

「부활」과 「문」에서 이미 단초를 보인 바 있는, 미당이 '영원성'에 이르는 주요한 통로였던 혼교(魂交)의식은, 그가 찾아 나선 끝에 만난 것이라기보다는 차라리 병이 낫기만을 기다린 끝에 밀려드는 "홍수와 같"(「혁명」)은 것이었다. 거기서 미당은 옛사람의 노래가 하늘과 여기에 함께 있고(「꽃」), 내뿜는 숨결 마디마디에서 날개가 돋는(「서귀로 간다」) 희열의 신내림을 체험한다. 그러나 그것은 음습한 밤의 세계로부터 오롯이 벗어난 가운데 얻어진 것은 아니었다. 더군다나 이런 의식의 에피파니는 지속적인 것이 아니라 순간적이며 일회적인 양상을 띠는 성질의 것이었다. 따라서 그것을 질서화할 수 있는 방법의 수립이 미당에게는 무엇보

5) 미당은 필자가 임헌영 선생과 함께 미수록 시 문제로 찾아뵌 자리(1996.12.27. 미당 자택)에서 미수록의 주요한 이유로 이 버릇을 들었다. 그리고 이 시기가 우리 현대사에서 가장 비극적이고 혼란한 시기였다는 점에서, 그의 미수록 시가 실린 자료가 망실되었을 가능성은 매우 높다. 이후 상술하겠지만, 「춘향옥중가」 연작은 대표적인 예이다.

다 절실하게 요청되었다.

> 눈뚜겅 덮어 엎드리여 있으면
> 궂은비 나릴듯 무더운 침묵의
> 어두운, 어두운, 나는 항아리.
>
> 귀 기우리라 땅속의 벙어리
> 귀 기우리라. 귀 기우리라.
>
> 비닭이와 베암의 땀나는 혼인이
> 허락도없이 여기 이루어저 ……
>
> 소스라처 배여나는 눈물인들 차―ㅁ아
> 생기지도 않은별은 어데서 우러러봐!
>
> ―「밤」(『개벽』, 1946.1) 부분

이 시에서 무엇보다 눈에 띄는 점은, 혼교의 체험 속에서 현실의 갈등을 벗어버린 시인의 모습이 아니라, '영원성'의 상징이라 할 '별'의 체험이 여전히 유보되고 있는 현실에 대한 답답함이다. 물론 비둘기와 뱀으로 상징되는 땅과 하늘의 결합이 성취되고는 있지만, 그것은 아직 허락된 사태가 아니다. 더군다나 결합을 갈구하는 자아는 『화사집』 시절에 빈번히 등장했던 '벽' 속에 갇힌 수인(囚人) 이미지, 그러니까 '침묵의 무더운 항아리' '땅 속의 벙어리' 상태를 여전히 벗어나지 못하고 있다.

이는 '영원성'의 문턱에 다다른 이즈음의 미당이 여전히 '불행한 의식'에서 자유롭지 못하다는 증거이다. '불행한 의식'이란 자아가 불확실하고 유한한 세계 속에서 어떤 절대적인 것을 갈망하지만 그것이 제한된 수준에서밖에 성취되지 못할 때 생기는 아이러니를 말한다. 여기서 그것은 당연히 땅 속에서의 허락받지 못한 혼인 때문에 생겨나는 것이다. 그러나 '불행한 의식'의 체험은 어떤 영원한 것 혹은 불변의 질서에 대한 '발견'의 의지와 함께 '진정한 경험'[6]을 모색하는 자아성찰의 계기가 되고 있다는 점에서 매우 중요하다.

『귀촉도』에는 「자화상」이나 「수대동시」, 빼어난 미수록 시 「풀밭에 누어서」(『비판』, 1939.6) 등에 비견될 만한 자아의 치열한 내면 성찰을 직접적으로 보여주는 시가 거의 없다. 많은 경우 자아 성찰은 견우, 춘향, 누님 등과 같은 매개적 인물을 통해서 수행되곤 한다. 그런데 우연인지는 모르겠지만, 시집 미수록 시인 「밤」, 「저녁노을처럼」, 「눈」에서는 세계에 대한 새로운 이해를 구하는 '나'라는 시적 자아가 직접 등장한다.

시를 인용하지는 않지만, 자아 성찰의 양상을 「저녁노을처럼」을 통해 간단히 살펴보자. 이 시에서는 무엇보다 자연을 대하는 시적 자아의 태도가 주목된다. 자연은 시적 자아에게 "푸른 안개가 되야 / 자취도 없이 스며들어 오라"(산)거나, "왼통 눈물이 되야 / 살구꽃 닢처럼 져오라"(강)고 한다. 그러나 '나'는 "봄의 풀밭을 밟"고, "산접동새 우는 나룻목 가에 / 선연히 타는 저녁 놀 처럼 그다음에는 딴데로 가겠다"고 하면서 자연의 요청을 거부하고 있다. 이 거부의 의미를 따져 묻는 데에는 다음과 같은 비교가 많은 도움이 될 듯하다.

1946년 5월 『백민』에 발표된 「저녁노을처럼」은 시상(詩想)의 전개와 표현에서 박목월의 「산이 날 에워싸고」(『청록집』, 1946)와 매우 유사하다. 다른 점이 있다면, 목월에게서는 "산이 날 에워싸고" 있는 공간의 절대적 폐쇄성이 직접 드러나 있는 데 반해, 미당에게서는 산이나 강에 "가면"이라는 식으로 주체의 행위가 선택적인 상황과 결부되어 있다. '에워싸고'와 '가면'이란 동사는 동일한 자연 공간에 대한 두 시인의 인식 차

---

6) '진정한 경험'이란 문명화된 대중의 규범화되고 변질되어 버린 일상적 생활 속에서 쌓여진 경험과는 정반대되는 경험으로, 그것은 종종 의식조차 되지 않는 자료들이 축적되어 하나로 결합되는 종합적 기억(Gedächtnis)에서 발원한다(W. Benjamin, 반성완 편역, 『발터 벤야민의 문예이론』, 민음사, 1983, 119~130면 참조).

이를 선명히 보여줄뿐더러, 궁극적으로는 두 시의 의미 맥락을 정반대 방향으로 구조화하는 데 핵심적 역할을 한다.

목월은 폐쇄적인 공간이 부여하는 고립무원의 처지를 벗어나려고 크게 노력하지는 않는다. 그보다는 씨나 뿌리고 밭이나 갈며 아들 딸 낳고, 사위어 가는 그믐달처럼 살라는 자연의 요구에 순응함으로써 그 닫힌 공간을 자기 충족적 세계로 탈바꿈시킨다. 따라서 목월의 자연을 "자연과 인간의 진정한 혼융의 소산이 아니라 주관적인 욕구에 의해 꾸며낸 자기만족의 풍경"[7]으로 규정한 김우창의 통찰은 정곡을 찌른 것이다.

그러나 미당은 자연이 아닌 "딴데"로 표상되는 다른 세계로의 진입 욕망을 분명히 드러내고 있다. "딴데"란 어디일까? 그리고 과연 그곳은 이미 어떤 방향성에 의해 구체적인 육체성을 입고 있는 세계일까? 사실 미당에게 "딴데"를 향한 탈향의 욕구는 「바다」·「역려」·「풀밭에 누어서」 등과 같은 1930년대 후반의 시에서 이미 표출된 바 있다. 그러나 이즈음 탈향의식에는 어떤 뚜렷한 목적의식과 방향성이 자리잡고 있지는 않았다. 차라리 그것은 "지나치게 건강하고도 병적이었던 생명"[8]이 견디기 어려워진 심리 상태를 벗어나기 위한 맹목적이고 충동적인 성질의 것이었다. 그때 그를 갑자기 찾아든 것이 「부활」·「수대동시」·「꽃」 등에 표현된 에피파니(epiphany) 체험, 정확히 말해 현실의 구체적 시·공간을 초월하여 죽은 자와 산 자, 주체와 타자 등이 영혼을 교류하는 혼교의식이었다.

그렇다면 혼교의식에 따른 '진정한 경험'을 이미 마주하고 있던 해방기의 미당에게 "딴데"가 뚜렷한 실체를 갖춘 세계였으리라는 짐작은 그리 어렵지 않다. 그곳이 소멸과 순간의 운명을 살아야 하는 '푸른 안개'

---

7) 김우창, 「한국시와 형이상—하나의 관점」, 55면.
8) 서정주, 「나의 시인생활 약전」, 『백민』, 1947.1. 여기서는 『서정주문학전집』 4, 일지사, 1972, 199~200면.

나 '살구꽃'으로 대표되는 말 그대로의 자연세계가 아니었음은 물론이다. "딴데"의 공간적 본질은 동일한 자연사물을 다루면서도 거기에 연기설(緣起說)에 기반한 불변의 질서의식을 새겨놓은 「국화옆에서」·「상리과원」 등을 참조할 때 저절로 알게 된다.

3. 연기설(緣起說)과 『춘향전』의 시적 전유

나는 미당의 '영원성'이 홍수처럼 밀려드는 것이기도 하면서 발견된 것이기도 하다고 말했다. 어떻게 통제할 수 없이 밀려드는 홍수를 막기 위해서는 물이 빠지기를 기다리는 방법과 다른 곳으로 물길을 내어 난폭한 흐름을 분산시킴으로써 수위를 조절하는 방법이 있다. 미당은 후자의 방법을 택했다고 볼 수 있다. 그러니까 그는 영원성의 체험을 그대로 놓아두지 않고, 그것을 세계운행의 원리로 변용하는 능동적인 태도를 취했다. 그 가운데 하나의 물길은 자연에의 동화로, 또 다른 물길은 전통의 변용으로 흘러 들어갔다. 요컨대 자연과 전통의 시적 변용은 미당에게는 '영원성'의 내용을 구체화하는 동시에, 그 의미 역시 새롭게 발견·축적해 가는 과정이었다. 이 장에서는 '영원성'이 전통의 적극적 수용과 변용 과정에서 어떻게 의미화·가치화 되는지를 살펴본다.

해방 이후 미당 시에서 '영원성'의 수맥으로 재발견되는 동양적(한국적) 서사를 취한 대표적인 예로는 「견우의 노래」·「문 열어라 정도령아」(이상 『귀촉도』), '춘향의 말' 삼부작(『서정주시선』)을, 미수록 시에서는 「춘향옥중가(3)」, 「통곡」, 「곰」, 「선덕여왕찬」을 들 수 있다. 이 가운데 특히 주목되는 것은 '춘향'을 주인공으로 한 일련의 시편들이다. 미수록 시에서는 「춘향옥중가(3)」, 「통곡」이 여기에 속한다. 두 시는, 성격을 따진다면, 인간 운명의 한계에 대한 통찰을 그네의 상하운동을 통해 포착한 「추천사」보다는, 연기설의 수용이 도드라지는 「다시 밝은 날에」와 「춘향유문」에 좀더 가깝다.

사

가지 가지 시름으로 뻗은 버들가지에
오르나리든 근네ㅅ줄이 기척없이 서,
숨도 크게 쉬지못한
남달리 어리석은, 내눈에서
그대는 맨처음 무엇을 읽으셨나이까.

아

강물에 아른대는 하늬바람처럼
사랑은 오시여서 크으드란 슬픔이심.
한번 와선 아니가는 오롯한 슬픔이심.
애살픗이 그대 내게 처음 웃음 지우시든
그리움의 그뜻, 춘향은 아나이다.

—「춘향옥중가(3)」 부분[9]

이 시의 초점은 춘향의 이도령에 대한 사랑, 아니면 이도령과의 만남과 이별이 운명적인 일이었다는 식의 단순화된 연기설에 맞춰져 있지 않다. 물론 "내 산 영혼에 도장찍어"(이 시의 '바'연) 가는 듯한 느낌을 주는 만남의 기쁨과 황홀감이 표현되어 있기는 하다. 그러나 오히려 관심의 대상은 '춘향'이 그 만남에 어떠한 의미를 부여하고 있는가 하는 것

9) 『대조』 5호(1947.11)에 실린 이 작품은 제목에서 보듯이 연작시의 형태를 띠고 있다. 나머지 부분을 『대조』 4호(1947.8) 등 현재 한국에 남아 있는 해방기의 잡지들을 통해 찾아보았으나 발견할 수 없었다.

이다. 따라서 이 시에서는 시름 많고 어리석은 '춘향'의 눈에서 이도령이 읽어낸 '무엇'의 내용을 재구하는 작업이 무엇보다 중요하다.

'아'연에서 보듯, 하늬바람처럼 오는 사랑은 춘향에게는 오히려 커다랗고 오롯한 '슬픔'으로 비춰진다. 그것이 슬픔으로 전도되는 이유는 무엇일까? 해답은 '그리움의 그뜻'에서 찾을 수 있을 듯하다. 다른 시의 한 구절을 빌려 말한다면, 춘향과 이도령은 "아직도 눈물이 없든 날"(「그날」)에 만났었지만, 주어진 운명에 따라 긴 시간의 이별을 거쳐 현재 다시 만나게 된 것이다.

그런데 이 시에서 이별을 대하는 춘향과 이도령의 태도에는 적잖은 차이가 존재한다. 과도한 해석일 수도 있겠지만, 춘향은 이도령과의 만남을 "이리도 쉽게 헤어져야할 우리들의 사랑"(「통곡」)으로 보기 때문에 '슬픔'을 느낀다. 반면에 이도령은 시간의 격절을 불교적 시간관에 바탕한 연기설과 윤회설의 관점에서 해석하고 있기 때문에 언젠가는 다시 만날 것이라는 '그리움'의 관점에서 보게 된다. 이런 만남의 의미를 깨달을 때 비로소 어리석은 춘향은 늘 "도련님 곁"(「춘향유문」)에 있게 되는 것이다. 이런 논리 속에서 옛 소설 속의 사랑의 화신에 불과했던 춘향은 시간의 역사적 과정과는 무관한 어떤 불변적 동일성 내지 원형적인 것의 연속성('영원성')에 대한 깨달음을 전해주는 현재화된 인물로 재생된다.

결국 이런 점에서 미수록 시까지 포함한 일련의 '춘향' 연작은 춘향이 이도령의 사랑에 힘입어 연기설과 윤회설을 삶의 내적 논리로 받아들이는 과정을 시화하고 있는 것으로 이해된다. 또한 이 과정을 통해 미당 역시 '춘향'과 같이 어떤 논리로도 깰 수 없는 '영원성'의 의식을 자신의 세계관으로 내면화해 간 것으로 보아 무방하다.

하지만 연기설의 관점에서 질서화된 "눈물이 없든 날"을 보려는 미당의 욕망은 이즈음에 벌써 경험세계의 모순을 배제하는 정태성의 그림자를 드리기 시작한다. 대표적인 예로는 단군신화의 한 구절을 독특한 시적 울림 없이 그대로 직역하고 있는 「곰」이나 「선덕여왕의 말씀」(『신라초』)의 밑바탕이 되는 「선덕여왕찬」이 꼽힌다. 이 시들에는 세속적 현실의 표정은 전혀 없고, 이상화된 인물과 사건에 대한 무한한 동조와 감화의 표정만이 가득하다. 그 결과 미당은 그가 지향하는 이상적 세계에 대해 미적 거리를 전혀 두지 않게 되며, 끝내는 산문과 시의 경계를 무너뜨리는 지경에 이르게 된다. 그가 모색한 전통의 세계가 그 특유의 '신라'와 마찬가지로 미당 자신이 구상하고 있던 어떤 '정신적 경지의 등가물'로 손쉽게 변용되고 마는 것도 이 때문이다.

4. 낭만화된 자연—영원성의 또 다른 세계

이미 본 대로 미당은 "운명들이 모두 안끼어 드는 소리"(「내리는 눈발 속에서는」)를 과거와 현재가 동등한 무시간성의 경험을 통해 듣게 된다. 이 소리는 자연조차도 '영원성'의 잣대에 비추어 변용시키게 되며, 누이의 '수틀'에 놓인 "꽃밭을 보듯이 세상은 보자"(「학」)는 대긍정의 시선을 이끌어 낸다. 그리고 때로는 그의 '꽃'(시)을 "받어줄이가 땅위엔 아무도 없음"(「나의 시」)을 보게 되는, 절대적 위치로 그의 시와 삶을 견인하게 된다.

하지만 이 과정이 아무런 갈등 없이 순탄하게 진행된 끝에 얻어진 수직적 초월이 아니란 사실은 한국전쟁을 전후한 정신병적 증후에 관한 자전적 기록이 증거한다. 우리는 「풀리는 한강가에서」·「내리는 눈발속에서는」·「무등을 보며」·「상리과원」 등에서 위압감이 들 정도의 어떤 서늘한 정신을 마주치곤 한다. 이는 저 시들이 내용과 형식 모두에서 뛰어난 성취를 거둔 절창이기에 앞서, 주체의 심각한 위기 극복을 통해 걸러진 해맑은 영혼의 기록이기 때문일 것이다. 특히 한국 산문시 사상 손꼽히는 가편에 속한다고 해도 과언이 아닐 「상리과원」과 「산하일지초」, 미수록 시 「영도일지(일)」, 「산중문답」이 말문마저 막히게 하고 자신의 생명을 위협하는 끊임없는 환청의 고통을 가져온 한국전쟁의 와중에서 얻어졌다는 사실을 떠올려보면 더욱 그러하다.

그렇다면 「영도일지(일)」와 「산중문답」에서는 "운명들이 모두 안끼어드는" 대긍정과 포용의 시학은 어떻게 이루어지고 있을까. 「영도일지(일)」에서는 무엇보다 '소리'에 대한 관심으로 드러난다. 자아는 석류나무와 모과나무에서 "파다거리는 입사귀들"의 소리를 들어야 한다고 주장한다. 그 까닭은 바람에 휩싸여 나뭇잎들이 내는 소리가 그 자체로 진양조, 중머리, 자진머리가 되는 자기완결성을 갖추고 있기 때문이다. 그리고 거기 서 있는 '나무'들이 여러 지방에서 올라온 새들과 구면이라는 사실 역시 소리에 귀 기울여야 하는 중요 요인이다.

이 시에서 '나무'는 연기(緣起)의 세계가 구현된 세계일 뿐만 아니라 조화로운 질서를 가능하게 하는 근원적인 동력으로 표상되고 있다. 이런 자족적이며 완결적인 세계를 바라보는 자아가 새들의 소리를 "마음이 탁 — 뇌인 목청"이라고 상상하는 것은 지극히 당연하다. 거기에 감염된 시인의 목청과 가락 역시 지극한 평상심을 성취하게 되는 것 또한 이미 정해진 수순이다.

아들과 아버지의 대화로 구성된 「산중문답」에서 산과 바다라는 이질적 공간을 하나로 이어주는 역할은 '구름'이 맡고 있다. 「춘향유문」 등에서 보듯이, '구름'은 미당이 연기설에 시적 육체성을 부여할 때 맨 앞에 세우곤 하는 시적 상관물이다. 이와 같은 '구름'을 통해 아들의 일상을 구성하는 구슬놀이와 누이들, 꽃, 집들은 산해경 속에나 나올 법한 바다 속의 온갖 상상물들과 수평적 연관관계를 맺게 된다. 그 속에서 모든 사물들은 제 흥에 겨워 "마음 탁 놓인 목청"을 가다듬게 된다. 이에 대한 응시를 통해 시적 자아는 결국은 하나로 융합된 인간과 자연의 역사가 모든 시공간을 초월한 우주의 역사로 확장되는 것을 느끼는 '진정한 경험'에 이르게 되는 것이다. '구름'이 모두 아들의 것이라는 아버지의 목소리는 춘향에게 그리움의 뜻을 일깨워준 이도령의 그것이라는 연상은 그래서 매우 자연스럽다. 이처럼 미당의 지극한 평상심은 자연조차도 관조의 대상이나 현실초월의 장소에 그치지 않는 '영원성'의 등가물로 재창조해 내는 것이다.

5. 맺으며

해방 이후 시집 미수록 시는 그것들만으로 미당 시의 변천을 설명할 수 있을 정도로 다양한 면모를 지니고 있다. '영원성'에 겨우 접근했을 무렵의 미당의 내면을 잘 비춰주는 「밤」, 「저녁노을처럼」, 「눈」에는 '영원성'을 채 질서화하지 못한 자아의 갈등과 고뇌가 인상깊게 새겨져 있다. 그리고 「춘향옥중가(3)」와 「통곡」은 내용뿐만 아니라 다른 '춘향' 연작과의 연관성이 특히 주목되는 경우이다. 이 시들은 「추천사」에서 「춘향유문」으로 가면서 '춘향'이 '영원성'을 깨닫는 과정에 대한 서사화가 어떻게 진행될 지를 미리 엿보게 하는 창(窓)이 되고 있다. 이런 점에서 미당의 '영원성'은 '발견'의 과정이며, 미당은 그 과정과 결과를 설화나 고소설 등의 주인공을 통해 보편화시킨 것으로 이해된다.

또한 「영도일지(일)」이나 「산중문답」에서 보듯이, 미당은 자연에도 연기설이라는 형이상적 질서의식을 새겨 놓았다. 평상심의 극치에서 솟아오르는 이 산문적 가락은 매우 일상적인 자기고백의 언어로 이루어져 있다. 그러나 그 속에는 세상에 대한 대긍정과 더불어, 세계와 존재의 원리를 오로지 연기설의 관점에서 파악하고 표현하는 유일론적 위계체계가 자리잡고 있음을 알기란 어렵지 않다.

그러나 우리는 이렇듯 치열한 고투 끝에 이루어진 미당의 시적 성과를 그의 개인사와 연관시켜 지나치게 축소 평가하는 인색함을 보일 필요는 전혀 없다. 그보다는 그가 최고의 정점에서 봉착해야 했던 문제, 즉 영원성의 세계관화에 의해 획득된 평상심이 현실의 어떤 모순도 투영되지 못하게 가로막고 있다는 사실, 아니 블랙홀과 같이 그런 모순조차도 모두 빨아들여 실체도 없는 것으로 만들었다는 사실을 기억해두기로 하자.

왜냐하면 이 지점이 현실의 다양한 연관을 보게 하기보다는 그 연관들을 모두 연기설로 환원시키고 굴절시키는 단의성의 체계[10]였다는 여러 비판과, "반근대적 지향을 통해 한국문학의 자기정체성을 이룩하는 문학사의 모순과 비밀을 볼"[11] 수 있다는 적극적 평가를 가르는 분기점으로 작용하고 있기 때문이다. 물론 여기에 소개된 해방 이후의 미수록 시들 역시 이런 평가들에서 자유롭지 못할 것이다. 하지만 그 평가들의 내용을 더욱 풍부히 하는 데 기여할 것이란 점만큼은 부인할 수 없다.

---

10) '단의성의 체계'는 구모룡이 김동리의 문학관, '구경적 생의 형식'의 본질을 설명하기 위해 사용한 말이다. 김동리 문학에서 시공간을 초월한 보편적 인간성을 뜻하는 '구경적 생'은 삶의 가치의 정점을 이룬다(구모룡, 「생의 형식과 반근대주의 미학」, 『한국문학과 열린 체계의 비평담론』, 열음사, 1992, 76~92면 참조). 그와 더불어 '문협'의 쌍두로 군림했던 미당의 '영원성'의 시학 역시 시공간을 초월한 보편적이고 추상적인 가치를 지향하고 있다는 점에서, 그리고 그것이 세계의 연관을 해석하고 평가하는 유일론적 체계였다는 점에서 단의성의 구조를 지닌 미학으로 파악될 수 있다.

11) 이광호, 「영원의 시간, 봉인된 시간—서정주 중기시의 〈영원성〉 문제」, 『작가세계』, 1994년 봄, 380면.

제 3 장

서정주 시 텍스트의 몇 가지 문제

1. 들어가며

'역사가에게 사실의 정확성은 의무이지 미덕은 아니다'라는 역사학의 금언은 문학 연구에도 마찬가지로 해당된다. 혹자는 이를 낡은 실증주의 사관에 지나치게 얽매여 있는 태도로 볼 지도 모르겠다. 하지만 텍스트 및 그것과 관련한 제 사실의 정확성을 결여한 연구는 자칫 사상누각으로 끝나버릴 위험성이 적잖다. 대개의 비평이론서가 첫 장을 작품 혹은 텍스트의 생산 및 수용과 관련된 시대적·작가적 환경을 검토하고 확증하는 역사·전기비평으로 시작하는 이유도 이와 무관치만은 않겠다. 말하자면 텍스트의 정확성은 문학 연구의 전부는 아닐지라도, 그 텍스트에 관한 시각과 해석의 자유를 보장하는 필요조건이다.

현재의 근대문학연구는 해방 후로부터 따져도 반세기가 다 되어가고 있다. 그러나 연구자들 가운데 근대문학 텍스트의 정확성에 대한 부채에서 마냥 자유로울 수 있는 사람은 거의 없다. 대상이 누구이든 해당 작가에 대한 신뢰할 만한 전집 혹은 정교한 주석본은 여전히 미래에 속해 있다. 그래서 연구자들은, 많은 경우 대상 텍스트의 정확성과 사실성을 확인하기 위해 도서관 직원의 냉대를 견디면서 원본을 열람하거나, 아니면 글자가 뭉개져 있거나 인쇄 상태가 흐릿해 내용 확인이 어려운 때가 부지기수인 영인본을 뒤적여야만 한다. 그러나 이런 수고를 기꺼이 지불하는 연구자가 과연 얼마나 될까? 때로는 미심쩍어 하면서도 후대에 만들어진 잘못 투성이의 전집 혹은 선집을 슬며시 참조하는 경우가 더 많지는 않을까.

이 글은 미당 서정주(1915~2000)의 텍스트를 대상으로 필시 나 또한 무심히 넘겨왔을 저런 잘못과 직무유기를 반성하는 동시에 조금이라도 고쳐보자는 뜻에서 씌어진다. 2000년 현재 평론과 학위논문을 포함한 미당론은 420여 편을 상회하는 것으로 알려진다. 이는 시인으로 따져 세 번째, 근현대문학가 전체로 따져 일곱 번째에 해당하는 수치이다.[1)]그런데 참으로 기이한 일은 그 가운데 미당 시텍스트의 정확성과 사실성 여부를 화제 삼은 글이 거의 없다는 점이다.[2)] 그렇다면 그런 의심과 확인이 필요 없을 만큼 미당의 각종 전집과 선집들은 정확하고 완벽한가. 물론 전혀 그렇지 않다.

현재 통용되는 미당 전집과 선집에는 단순한 편집 착오로 보아 넘기기 어려운 오류들이 적잖다. 어떤 시전집의 경우, 시집 출간연보가 책날개, 사진 도록, 작품연보 세 곳에서 제각각이다. 이 전집에 원래 시집의 내용과 형태를 잘못 옮겨 적은 부분도 다수 존재함은 물론이다. 이런

1) 이선영, 「20세기 한국문학에 대한 전문가의 반응」, 『실천문학』, 2001년 겨울, 233~244면 참조.

2) 필자가 확인한 한에서 말하자면, 김화영이 『미당 서정주의 시에 대하여』(민음사, 1984)에서 소략한 대로나마 이 문제를 거론하고 있을 따름이다.

사소한(?) 잘못들이 개별 작품의 평가나 해석, 문학사적 위치 부여에 별다른 영향을 미치지는 못할 것이란 견해도 존재하리라. 그러나 이는 매우 안이하고 경솔한 판단에 지나지 않는다. 이런 연유로 미당 시에 대한 정확한 원전비평과 판본비교 작업이 시급히 요청된다. 이 글에서는 부족한 대로나마 첫째, 미당 시집의 발행연도에 대한 각종 전집 및 선집의 오류, 둘째 직접적인 텍스트 비평으로서 『화사집』 수록의 「자화상」과 「부활」에 게재된 몇 가지 문제를 검토한다.

2. 서지의 오류, 혹은 사실과 기억의 착종

1936년 『동아일보』 신춘문예에 「벽」으로 등단하여 2000년 12월 24일 영면하기까지 서정주는 시집만 해도 15권, 총 편수로는 900여 편을 상회하는 막대한 분량의 시적 유산을 남겼다. 이런 성취는 유종호의 지적대로 "타고난 천분과 그보다 비율 높은 뼈깎이 노력 이외에도" 지난한 한국현대사와 관련된 이데올로기적·경제적 강팍함에서 비교적 자유로웠던 '개인적 행운'이 작용한 결과일 것이다.[3] 그가 건축한 저 '말의 사원(詩)'들은 시인의 살아 생전에 벌써 세 차례에 걸쳐 전집으로 묶였다. 이를 통해 연구자나 독서대중들은 큰 수고 없이 그 웅장한 역사(役事)의 과정과 부피를 쉽사리 일별할 수 있게끔 되었다.

첫 번째 전집은 1972년 일지사에서 간행된 『서정주문학전집』(전5권)이다. 그러나 시에 한정해 말한다면, 이 전집은 당시까지의 미당 시 전체를 모아 놓았다는 점을 제외하곤 이렇다할 장점이 없다. 오히려 첫째, 시인

3) 유종호, 「소리지향과 산문지향」, 『작가세계』, 1994년 봄, 81면.

의 뜻을 따른 것이긴 하지만 발표연대의 역순으로 시집을 배치한 점, 둘째, 그간 간행된 시집의 원본을 따르지 않고 모두 현대어 표기법에 맞추어 편집한 점, 셋째, 뒤의 [표]에서 보듯이 시집의 출간연도를 잘못 제시한 점 등 연구에 혼란을 초래할 만한 커다란 단점들이 자리잡고 있다.[4)]

두 번째 전집은 1983년에 1권이, 1991년에 2권이 간행된 민음사판 『미당서정주시전집』이다. 이 전집은 현재 정본의 지위를 구가하고 있다고 보아 무방할 정도로 대개의 연구자들이 참조하는 텍스트이다. 그것은 이 전집이 첫째, 모든 시집을 간행연대 순으로 배열함으로써 미당 시의 변화와 흐름을 충실히 파악할 수 있도록 배려했고, 둘째, 각 시집 출간 당시의 원문을 있는 그대로 복원했으며, 셋째, 작품연보를 세심하게 제시함으로써 시집 수록시와 미수록 시, 주요한 변화의 지점과 계기 등 미당 시의 전체상을 뚜렷이 조감할 수 있게끔 해놓았기 때문이다.

세 번째 전집은 ①『미당시전집』 3권과 ②『미당자서전』 2권을 합쳐 총 5권으로 1994년 민음사에서 간행되었다. ①은 『미당서정주시전집』에 『늙은 떠돌이의 시』(1993)와 그 후의 시편을 추가한 것이고, ②는 그의 문학적 자전을 수록한 『서정주문학전집』 2권에 여기저기 흩어져 있던 8편의 자전적 수필을 합한 것이다. 이런 안이한 편집은 1994년판 전집이 이전 판본들의 오류들을 전혀 수정하지 않은 채 고스란히 떠 안고 답습하는 결과를 낳는다. 따라서 1994년판을 새롭고 독립된 전집으로 간주하기는 어렵다. 뒤의 [표]에서 이 전집을 따로 적지 않은 이유도 그래서이다.

김화영은 『미당서정주시전집』의 획기적인 면모를 인정하면서도 다음과 같은 결점 내지 아쉬움을 지적했다. 첫째, 처음의 목차를 제외하고는 본문에서 각 시집의 제목 구분은 물론, 개별시집에 존재하던, 단위시편들을 군별(群別)로 묶은 소제목을 없애버렸다는 점, 둘째, 일지사판에 실린 몇몇 시편들이 누락되거나 순서가 뒤바뀌어 수록된 점, 그리고 제목

---

4) 이에 대한 보다 자세한 지적은 김화영, 『미당 서정주의 시에 대하여』, 민음사, 1984, 12~13면 참조

이 달라진 점 등을 들었다. 두 번째 문제는 그의 짐작대로 원래의 시집을 충실하게 복원·편찬하는 과정에서 일어난 일이다.[5)] 사실 기왕에 출간된 시집 중심으로 전집을 구성하다보면, 여러 사정에 의해 시집에 수록되지 못하는 시들이 생겨나기 마련이다. 『미당서정주시전집』 2권 말미에 수록된 작품연보만 보아도 그런 시들이 상당히 존재한다. 이는 작가의 철저한 미의식의 작용 이외에도 우리 근현대사의 혼란이 더해진 결과라 하겠다. 그래서일까. 필자가 확인한 바로는, 물론 태작이 많긴 하지만, 미수록 시 중에는 미당의 시의식을 규명하는 데 큰 도움을 주거나 그 자체로 매우 빼어난 시편들도 여럿 된다.[6)] 그러므로 진정한 전집이라면, 그것이 시인과 다른 작품의 이해에 새로운 빛을 던져주든 아니면 작가의 치부가 되든 간에, 있는 사실에 즉해 모든 시편들을 가감없이 모아 거두어야 한다고 생각한다.

필자가 서정주 시의 텍스트에 관한 몇 가지 문제를 검토함에 있어, 그간 간행된 세 종류의 시전집을 먼저 살펴본 까닭은 무엇보다 이들이 거의 정본 구실을 했거나 하고 있기 때문이다. 이 전집들은 대부분의 선집들은 물론 미당 연구의 저본으로 채택되고 있는 실정이다. 그런 만큼 이들에 게재된 오류가 미칠 영향은 결코 가볍지 않다. 때로는 문학사적 사실을 잘못 파악하고 왜곡케 할 정도의 검은 마법을 발휘하니 말이다. 그런데 그 오류는 비단 전집의 편집자나 그것을 별 의심없이 준용하는 연구자의 탓만이 아니라, 시인 자신이 원인 제공자인 경우도 적잖다는 점에서 문제적이다. 이제부터 미당 전집과 대표적인 선집들을 중심으로 거기에 또아리를 틀고 있는 천태만상의 문제들을 들여다보자.

---

5) 김화영, 『미당 서정주의 시에 대하여』, 민음사, 1984, 15~16면. 이는 그의 원본 비평이 『미당서정주시전집』을 개별 시집들이 아니라 『서정주문학전집』과 비교 대조하는 수준에서 이루어졌음을 시사한다.

6) 이에 대해서는, 이 책 제2부의 「숨겨진 목소리의 진상 : 영향의 불안과 낭만적 격정-해방 이전 서정주의 시집 미수록 시 연구」 및 「전통의 변용과 현실의 굴절-1945~1955년 서정주의 시집 미수록 시 연구」 참조.

판본 \ 시집명	화사집 남만서고 1941.2.10.	귀촉도 선문사 1948.4.1	서정주시선 정음사 1956.11.30.	신라초 정음사 1961.12.25.	동천 민중서관 1968.11.15.
① 서정주문학전집 (일지사, 1972)	1938	1946	1955	1960	
② 미당서정주시전집 (민음사, 1983 · 1991)		[책날개] 1946	[책날개] 1955	[책날개 / 연보] 1960	
③ 서정주문학앨범 (웅진출판, 1993)			1955	1960	
④ 국화옆에서 (민음사, 1997)		1946	1955	1960	
⑤ 푸르른 날 (미래사,2001[신판])					1969
⑥ 미당서정주 (문학사상사, 2002)				1960	

[표] 판본별 서정주 시집 작품연보 중 오류 부분

이 [표]는 시전집 두 종류와, 최근 10여 년간 출간된 대표적 시선집(이하 괄호숫자로 지시)에 표기된 작품연보 가운데 잘못된 부분을 드러낸 것이다. 원본의 서지와 비교할 때 가장 큰 오류를 범하고 있는 책은 ①이다. 그리 된 연유는 미당 개인의 기억 착오와 연관되는 바, 이에 대해서는 잠시 뒤에 논한다. [표]에서 드러나듯이, ①의 오류는 다른 전집과 선집에까지 지속적인 영향을 미치고 있다.[7] 처음에 잘못 그린 지도가 후대의 길마저 오도하고 왜곡하는 단적인 예라 하겠다.

그런데 더 큰 문제는, 이런 오류가 ① 이후의 책들에서는 작품연보로만 그치지 않고, 책날개, 사진도록, 그리고 연구자들이 쓴 해설에서 다른 형태로 반복되는 경우가 적잖다는 사실이다. 다시 말해 같은 책에서로 다른 작품연보가 뒤섞여 공존하는 난맥상이 펼쳐진다는 것이다.

7) 위의 시집들은 유난히도 『신라초』의 발행연도를 잘못 적고 있다. 이런 오류는 "1960－제4시집 『신라초』 출간(정음사 간), 1961－시집 『신라초』로 5 · 16 문예상 본상 수상"(① <작가연보>, 다른 시집들도 이 사항을 그대로 따르는 경우가 많다)에서 보듯이, 『신라초』의 수상경력과 연관이 깊은 듯하다. 그러나 5 · 16 문예상, 즉 박정희 정권이 5 · 16 쿠데타(1961)를 기념하기 위해 제정한 5월문예상이 처음 수여된 때는 1962년 5월 22일이다. 이 당시 미당(문학) 외에 김홍수(미술), 김기수(음악), 백성희(연예)가 5월문예상 본상을 수상했다(『서울신문』, 1962.5.8, 3면. '5월문예상수상자결정').

이를테면 ②의 경우, [표]에서 보듯이 책날개의 연보와 작품연보의 그것이 서로 다르다. 게다가 사진도록에서 『서정주시선』[8]과 『신라초』의 발행연도를 1955년과 1960년으로 잘못 적고 있다. 하나의 전집에 무려 세 가지의 다른 연보가 제시되는 어처구니없는 상황인 것이다. 이런 사태는 그러나 여전히 현재진행형인데, 『미당시전집』에서 그 잘못이 전혀

---

8) 『서정주시선』은 초판 서지 부분에서 심사숙고해야 할 문제를 안고 있다. 왜냐하면 어느 것이 진짜 초판인지를 판가름해야 할 두 종류의 『서정주시선』이 존재하기 때문이다. 하나는 1956년 11월 30일을 발행일로 하는 『서정주시선』(이하 a)이다. 미당은 이 책의 〈자서〉를 11월 2일에 작성하고 있다. 가격은 오백환(圜), 그리고 판권란 뒤 페이지에는 '정음사의 시와 시론'이라는 광고가 존재한다. 다른 하나는 1956년 6월 30일을 발행일로 하는 『서정주시선』(이하 b)이다. 이 책의 〈자서〉 작성일은 같은 해 1월 2일로 되어 있으며, 가격은 육백환, 그리고 앞의 책과는 달리 출판사의 광고가 없다. 물론 a와 b에는 초판과 재판의 표시가 따로 존재하지 않으며, 책의 지형(紙型)과 체재, 분량 등은 전혀 동일하다. 만약 두 책의 서지를 그대로 존중한다면, 초판의 지위는 b가 차지해야 할 것이다. 하지만 필자는 『서정주시선』의 진짜 초판은 a로 보는 것이 타당하다고 생각한다. 그 이유는 다음과 같다. 첫째, 상식적으로 보아 초판이 재판보다 값이 비싼 경우는 없기 때문이다. 물론 『화사집』처럼 특제본과 보급본의 이원제작을 했을 수도 있다. 그러나 두 책을 비교해보면 그럴 가능성은 매우 희박하며, 한국전쟁이 끝난 직후의 사회경제적 상황을 고려해 보아도 결론은 마찬가지이다. 둘째, b의 경우, 〈자서〉 작성일과 발행일의 격차가 무려 6개월이나 난다는 점 역시 의아스럽다. 〈자서〉는 대체로 출간에 즈음하여 작성되는 것이 관례이기 때문이다. 셋째, 미당이 『서정주문학전집』 1권 〈후기〉에서 밝힌 다음의 말 때문인데, 이는 가장 결정적인 증거이다. "특히 이 시전집의 출판에 당해 한마디 첨가해 말해 두어야 할 것은, 내 세 번째 시집 『서정주시선』에 수록되었던 시편 「귀촉도」, 「석굴암 관세음의 노래」, 「견우의 노래」의 세 편 시 속의 몇 줄씩들이 이 시집의 재판(再版)인가 삼판(三版) 때에 출판사에서 간직한 지형(紙型)의 뒤범벅 때문에 원래 놓여 있던 자리를 떠나서 서로 딴 시 속에 가서 억울하게 자리잡아 살아 왔던 걸 이번에 다시 겨우 제자리를 찾아 옮겨 준 일이다. 즉, 잘못된 『서정주시선』에서 ①「견우의 노래」, 13, 14행은 「석굴암 관세음의 노래」의 8, 9행 대신에 들어가야 되며, ②「석굴암 관세음의 노래」의 8, 9행은 「귀촉도」의 7행과 8행 사이에 삽입되어야 옳음을 밝혀둔다."(원 숫자는 인용자) 이 가운데 b에는 ②의 오류가 게재되어 있다. 그런데 ①과 ②의 오류를 모두 범하고 있는 판본이 있으니, 모든 것이 b와 같되 가격이 7백환으로 되어 있고 인지의 도장이 다른 『서정주시선』(이하 c)이 그것이다. 이상의 사실들을 참조한다면, a가 초판, b가 재판, c가 삼판이라는 추론이 가능해진다. 하지만, 왜 b와 c의 발행일과 〈자서〉 집필일이 a보다 앞서게 되었는지, 이런 오류가 시인 측의 것인지 출판사 측의 것인지, 그리고 초판과 재판 여부를 따로 밝히지 않은 것은 어떤 연유에서인지 등의 문제는 앞으로 세밀하게 밝혀져야 할 문제이다.

수정되지 않았기 때문이다.

또 다른 난맥상으로는, 특히 선집에서 주로 벌어지는데, 선집 자체의 작품연보와 비평가 혹은 연구자의 해설에 제시된 작품연보가 상이한 경우가 있다. 예컨대 ⑥의 해설은 김재홍이 쓰고 있다. 선집의 연보와는 다르게 그는 『귀촉도』와 『서정주시선』 그리고 『신라초』의 발행연도를 각각 1946년, 1955년, 1960년으로 잘못 적고 있다.[9] 이는 아무래도 ①을 기준으로 작품연보를 작성했기 때문인 듯하다.[10]

하지만 더욱 이해하기 어려운 일이 ④에서 벌어지고 있다. ④는 이남호가 대표시의 선정과 해설을 모두 맡아 간행되었다. 이 선집의 저본은, 〈일러두기〉에 따른다면, 『미당시전집』(1994)이다. 이 전집이 1991년 완간된 『미당서정주시전집』의 오류를 고스란히 물려받은 양적 증보판에 불과하다는 사실은 이미 지적했다. 그런데 놀랍게도 이남호는, 그런 오류에 대한 인식은 차치하고라도, ②의 책날개에 적힌 잘못된 작품연보를 ④의 '연보'에서 그대로 따르고 있다. 『미당시전집』 3권 뒤에 실린 '서정주작품연보'만 제대로 참조했어도 이런 실수는 면했을 테다. 누구나 인정하는 미당 시의 열렬한 애호가이자 옹호자인 이남호의 뜻밖의 안이함은 그가 올해 초 펴낸 『서정주의 『화사집』을 읽는다』(열림원, 2003)에서도 엿보인다. 그는 이 책의 말미에 실린 '서정주 연보'를 『미당시전집』을 토대로 작성했다고 밝히고 있다. ④에서 범한 잘못을 또 한번 저지르고 있음은 두말할 나위 없다.

이 선집들의 해설자들은 대체로 여러 학교제도에서 시교육을 직접 담당하거나 아니면 상당한 영향력을 발휘할 수 있는 위치에 있는 사람들이다. 그런 만큼 이들의 안이함과 무심함은 단순한 미필적 고의 이상

---

9) 김재홍, 「대지적 삶과 생명에의 비상」(해설), 『미당서정주』(서정주), 문학사상사, 2002, 303면.

10) 이는 그가 1970년대 전반기에 미당론 2편, 곧 「하늘과 땅의 변증법」(『월간문학』, 1971.5)과 「대지적 사랑과 우주적 조응」(『현대문학』, 1975.5)을 발표하고 있다는 사실에서 추론할 수 있다.

의 폐해로 이어질 가능성이 크다. 가령 텍스트의 사실이 실종되는 대신 역사에 부재하는 허위의 텍스트가 교실과 세상을 배회하는 광경을 떠올려 보라.[11] 이런 현실이 더욱 심화된다면 사실의 편에 선 자가 오히려 거짓으로 몰리는 일도 없지는 않으리라.

그런데 이남호는 다음과 같이 말한다. "또 한가지 문제점은 서정주 시에 대한 수많은 연구에도 불구하고 가장 기초적이고 일차적인 개별작품에 해석이 부족하다는 점이다.(……) 개별 작품에 대한 충분한 이해가 없는 논리의 축적은 모래 위의 집짓기이기 쉬우며, 실제로 그런 연구가 많다."[12] 매우 일리 있고 기억해 두어 마땅한 시 연구의 태도를 지적한 말이다. 그러나 시 연구에 있어 "가장 기초적이고 일차적인" 작업은 비평가 혹은 독서대중의 손에 쥐어질 텍스트의 정확성과 사실성을 확보하는 일이다. 비록 비평가의 해석과 논리가 아무리 탁월할지라도, 가장 기초적인 서지의 오류는 그것을 "모래 위의 집짓기"로 추락시키기에 충분한 이유가 될 수 있다. 극단적인 상상이지만, 과연 시집 원본을 무엇하나 빠트림 없이 충실히 읽었는가 라는 의심을 자아낼 수도 있기 때문이다. 텍스트의 사실에 대한 확인이 미덕이 아니라 의무인 까닭이 여기에 있다.

아래의 두 글은 사실에 근거하지 못한, 혹은 그 과정을 생략한 텍스트의 자의적 활용이 불러들이는 문학사적 왜곡을 선명히 보여준다. 머지 않은 장래에 누군가가 잘못된 시집의 연보를 참조하고 인용하는 과정에서도 이런 허위와 날조는 얼마든지 불거져 나올 수 있다.

---

11) 참고로 말해, 미당연구 반세기를 대표하는 평론들을 수록하고 있는 『미당연구』(민음사, 1994)는 서로 다른 연구자들이 범하고 있는 작품연보 오류의 난맥상을 한눈에 보여준다. 학위논문 역시 여기서 예외는 아니다. 최근의 성과로 꼽을 수 있는 윤재웅의 「서정주 시 연구」(동국대 박사논문, 1996), 김수이의 「서정주 시의 변천 과정 연구」(경희대 박사논문, 1997), 엄경희의 「서정주 시의 자아와 공간 · 시간 연구」(이화여대 박사논문, 1999), 허윤회의 「서정주 시 연구」(성균관대 박사논문, 2000) 등도 『서정주시선』과 『신라초』의 발행연도를 잘못 적고 있다.

12) 이남호, 『서정주의 『화사집』을 읽는다』, 열림원, 2003, 38면.

활자화된 것을 기준으로 할 때 서정주의 첫 작품은 「자화상」(『시건설』, 7월호, 1935.10)이라고 할 수 있다. 『동아일보』 신춘문예에 「벽」이 당선되기 한 해 전이다. 1935년이라고 하면 흔히 현대시의 선각적 위치로 삼고자 하는 『정지용시집』이 출판된 해라는 점에서 재미있다. 정지용은 이미 고등학생 시절부터 서구적인 시 재능을 발휘했고 그의 서정성은 일본의 대가들도 절찬해 마지않았는데 그러한 명성을 모아놓은 것이 『정지용시집』이다. 그러한 대가적 명성의 그늘에서 이름도 없는 애숭이가 마치 독버섯처럼 불쑥 「자화상」을 내민 것이다. 그러나 이 무명의 「자화상」은 마침내 『화사집』(1941)의 서두를 장식하게 되고 그야말로 빨간 독사가 되어 한국 시단을 독들이기 시작한다.[13)]

「벽」이 지닌 관념성이랄까 억압된 열정의 탈출 의지의 역설적 표현이란 그 자체로 성립되기에는 뭔가 미흡하다고 볼 수도 있었겠지요. 그러니까 선생이 하고 싶은 말은 이보다 먼저 발표된 「자화상」(『시건설』, 1935.10)에 관해서겠지요. 「자화상」이 원점인 만큼 「벽」은 「자화상」의 다음 단계랄까, 행동화의 제일보로 보일 수 있다는 것. 폭발 직전의 단계랄까.[14)]

두 논자의 「자화상」에 대한 미적 판단을 시비의 대상으로 삼을 필요는 없겠다. 하지만 이들은 「자화상」의 창작과 발표 시점 모두에 대해 착오를 저지르고 있다. 우선 「자화상」은 정확히 말해 1939년 10월 『시건설』 제7집에 처음 발표되었다. 사실에 대한 확인 미비가 「자화상」 자체는 물론, 미당 시의 출발과 역사마저 왜곡(「벽」 이전 창작 운운)하는 결과를 낳은 것이다. 더구나 원형갑은 잘못된 사실을 기초로 한국근대시사 전체의 구도까지 은연중 흐트러트리고 있다. 『시건설』 발표 당시에는 안 그

13) 원형갑, 「서정주의 일탈(逸脫)과 시인의 신성한 매춘(賣春)」(해설), 『푸르른 날』(서정주), 미래사, 2001(신판), 137면.

14) 김윤식, 『미당의 어법과 김동리의 문법』, 서울대 출판부, 2002, 89면. 그는 이 책에서 「자화상」의 창작시점을 일관되게 잘못 파악하고 있다. "서정주의 저 제주도(지귀도)행은 처녀작 「자화상」에서 벌써 예견된 것이었다"(36면), "미당 시집(민음사판) 첫머리에 실린 것이 「자화상」(1935)이기에"(129면) 등이 그렇다. 또 다른 서지 착오로는, "『귀촉도』(1946)"(1면), "동인지 『시인부락』(1936.11~**1937.12, 통권3호**)"(36면. 강조부분은 '1936.12, 통권2호'가 맞음) 등을 들 수 있다.

랬지만,[15] 미당은 『화사집』에 「자화상」을 수록하면서 "此一篇昭和十二年(1937년－인용자)丁丑歲中秋作. 作者時年二十三也"라는 주(註)를 덧붙임으로써 창작시점을 분명히 밝혀놓았다. 『화사집』 원본은커녕 『미당서정주시전집』만 펼쳐봤어도 그들의 과오는 미연에 방지될 수 있었다. 이미 미당론을 여러 편 써온 경험과 그에 기댄 기억에의 과신이 그들의 엄청난 착오를 빚어내지는 않았을까.[16]

그러나 우리는 미당의 작품연보의 난맥상이 그 자신에 의해 생산되고 증폭되기도 했음을 지적하지 않을 수 없다. 한국근현대시사에서 미당만큼 자서전이나 여러 형태의 산문을 통해 스스로의 생애 및 작품에 대한 충실한 고백과 친절한 해설을 남긴 시인은 거의 없다. 위에서 기술한 출판사와 연구자들의 오류는, 실상은 상당부분 그런 고백과 해설을 참조한 결과물이라 해도 과히 그르지 않다.

> ① 여기 1938년 남만서고(南蠻書庫)에서 낸 내 첫 시집 『花蛇』 이래 1972년 여름까지에 낸 『歸蜀途』(1946년), 『徐廷柱詩選』(1955년), 『新羅抄』(1960년), 『冬天』(1968년) 등의 시집과, 그밖에 지상에 발표해 온 시편들을 전부 정리해 수록했다.[17]

> ② 이 「귀촉도」는 내 불전(佛傳; 현재의 동국대－인용자) 동기 최금동(崔琴桐)이 1937년에 동아일보 신춘현상문예에 당선한 시나리오 「애련송(哀戀頌)」 속에 넣겠다고 해서 써준 것이라, 1938년에 낸 내 처녀시집 『화사』에는 그것의 가앉은 푼수를 생각해 넣지 않고 빼놓았다가 1946년에 낸 둘째 시집 『귀촉도』 때

---

15) 『시건설』에 발표된 「자화상」 원문은 본고의 3장 참조. 참고로 말해, 『시건설』 제1집은 1936년 11월 5일 중강진에서 발행되었다. 미당은 여기에 시집 미수록작인 「절망의 노래－부흥이」를 싣고 있다.

16) 김윤식은 「역사의 예술화－신라정신이란 괴물을 폭로한다」(『현대문학』, 1963.10)를 시작으로 『미당의 어법과 김동리의 문법』에 실린 글들에 이르기까지 어림잡아도 10여편은 족히 되는 미당론을 써왔다. 원형갑은 「서정주의 신화」(『현대문학』, 1965.7)이래 쓴 서정주론을 모아 250면 분량의 『서정주의 세계성』(들소리, 1982)을 간행했다.

17) 서정주, 「후기」, 『서정주문학전집』 1, 일지사, 1972, 481면. 이하 『전집』으로 표기.

다시 생각해 보고 여기에 넣기로 했다. 「귀촉도」는 레코오드판 속에도 들어가 있는 모양이니, 여기 다시 옮겨 놓지 않는다.[18)]

③ 일정 말기에 쓴 그 10편의 창작연대와 게재지를 독자의 편리를 위해 여기서 잠시 살펴보자면, 「귀촉도」라는 작품은 1935년 여름에 써서 그해 10월에 발행한 『시건설』이란 시잡지에 발표했던 것을 뒤에 내 전문학교 때의 동기인 최금동이 그의 시나리오 「애련송(哀戀頌)」의 주제가로 사용했던 것이고, (……)[19)]

①은 『서정주문학전집』 「후기」에서 미당이 밝혀놓은 작품연보이다. 물론 『미당서정주시전집』의 작품연보에서 『신라초』를 제외하고는 오류가 수정되었다. 하지만 책날개 부분에 그 그림자가 여전히 남아 있음은 이미 본 대로이다. 몇몇 기록들을 참조하면, 그가 시집 원고를 정리하여 출판사에 넘긴 때를 출간연도와 혼동하고 있다는 생각도 든다. 이를테면 『화사집』의 경우, 그는 오장환이 경영하던 남만서고에 시집 원고를 건넨 때를 1938년으로 기억하고 있다.[20)] 이를 받아들인다면, 미당은 지상에 발표하지 않은 시편을 포함한 완성고를 출판사에 직접 건넨 것이 된다.

『화사집』에 수록된 24편의 시 가운데 1939~1940년에 발표된 시들이 10여 편 존재한다. 그 가운데 「자화상」과 '지귀도' 연작 4편 등은 1937년 여름 무렵에 이미 창작된 것이다. 미당이 시집 발간이 지연되면서 기존의 창작품을 각종 매체에 발표했을 가능성을 말해주는 대목이다. 그러나 1938년 당시까지의 시풍과는 상당한 변별점이 있는 1939년 7월 19일 『조선일보』에 발표되는 「부활」, 1940년 10월에 발표되는 「도화도화」(『인문평론』)와 「서풍부」(『문장』) 등의 존재는 1938년 그가 건넸다는 『화사

18) 서정주, 「천지유정」, 『전집』 3, 186면.
19) 서정주, 「내 인생 공부와 문학표현의 공부」, 『서정주문학앨범』(서정주 외), 웅진출판, 1993, 175면.
20) "1941년에야 발행된 내 첫 시집 『화사집』의 원고를 출판사에 전한 건 1938년 가을이었으니까. (……)"(서정주, 위의 글, 175면)

집』 원고가 어떤 형태로든 변형·보완되었을지도 모른다는 추측을 낳게 한다. 이에 대한 사실 확인 역시 추후에 보강되지 않으면 안될 과제라 하겠다.

②와 ③은 씌어진 시간편차만 해도 거의 20여 년에 달한다. 미당은 ③에서 ②의 잘못된 『화사집』과 『귀촉도』의 연보를 제대로 돌려놓고 있다. 하지만 「귀촉도」 창작배경에 대해서는 ②와 사뭇 다르게 설명함으로써 읽는 이들의 혼란을 가중시킨다. 과연 어느 글이 사실에 부합할까. 여러 정황으로 볼 때 ②의 진술이 보다 신빙성이 높은 듯싶다. ③의 경우, 서지 자체가 잘못되었다. 이미 말했듯이 『시건설』 1집이 간행된 것은 1936년 11월의 일이다. 김윤식과 원형갑이 「자화상」에 대해 범한 오류를 「귀촉도」에 옮겨놓은 형국이다.

그러나 2)에도 오류는 있다. 최금동과 관련된 사항이 주로 그러하다. 하지만 이 역시 「귀촉도」의 창작시점을 가늠해볼 수 있다는 점에서 가벼이 넘길 수는 없다. 최금동의 「애련송(愛戀頌)」[21]이 당선된 것은 1937년 동아일보 신춘문예 시나리오 부문이 아니라, 같은 신문이 그 해 6월 3일에 현상공모한 '영화소설' 부문에서이다.[22] 계급적·신분적 차이 때문에 사랑을 이루지 못하는 남녀의 비극적 사랑을 다룬 「애련송」의 원래 제목은 「환무곡(幻舞曲)」이었다. 그런데 "지상에 발표하면서 그 내용에 더욱 부합하도록 제목을" 「애련송」으로 바꿨다.[23] 이 작품은 1937년 10월 5일부터 12월 14일까지 50회에 걸쳐 연재되었다. 그런데 필자가 확인한 바로는, 「애련송」에 「귀촉도」가 시의 형태로 직접 삽입되지는

---

21) 미당은 「애련송」의 한자를 '哀戀頌'으로 적고 있으나, '愛戀頌'의 잘못이다.

22) '영화소설' 현상공모는 1936년에 처음 시행되었다. 그러나 그 해 8월 『동아일보』가 손기정 선수 일장기 말소사건에 연루되어, 공모 마감일이던 9월 10일 이전에 정간됨으로써 무산되었다.

23) '「애련송」 연재 알림', 『동아일보』, 1937.10.1 참조. 「애련송」 및 그와 관련된 영화사적 맥락에 대한 자세한 고찰은 김려실, 「영화소설연구」, 연세대 석사논문, 2001, 100~113면 참조.

않았다. 다만 48~49회에 걸쳐 여주인공(남숙)이 죽을 때 뻐꾸기 울음이 창 밖 가득 들려오며, 또한 그녀가 그 소리를 '내 혼령'으로 받아들이는 부분이 있다. 정황 상, 이 장면 쯤에서 미당의 기억대로 「귀촉도」가 「애련송」의 주제가로 울려 퍼졌을 가능성이 높다.

이런 사실을 종합할 때, 「귀촉도」의 창작 시점은, 멀리는 1936년 여름 이후, 가깝게는 1937년 6월 초순 이후가 된다.[24] 전자는, 1936년 봄에서 여름까지 해인사에서 머물며 들은 소쩍새 소리에서 느낀 "맑은 슬픔의 소나기"를 고창으로 귀향해 창작했다는 기억을 존중하거나,[25] 최금동이 같은 해 「애련송」의 주제곡 창작을 부탁했을 때 가능한 추측이다. 물론 후자는 전자의 기억이 틀릴 때 해당되는 사항이다.

미당의 자전적 기록 혹은 자작 해설들은 연구자들이 특히 작품 해석이나 평가에 객관성을 더하고 싶을 때 강력한 매혹의 대상이 되곤 한다. 물론 그의 기억과 고백은 매우 정확하고 진실하리라는 암묵적인 믿음과 기대를 전제로 해서 말이다. 그러나 위에서 확인한 대로 미당의 진술들은 그 기대와 믿음을 완전히 충족시키지는 못하는 실정이다. 그런 점에서 앙드레 지드(André Gide)의 "회고록이 아무리 열심히 진실을 말하려고 노력한다 해도 그것은 언제나 절반만 성실할 뿐이다. 모든 것은 사람들

---

24) 이와는 별도로, 「귀촉도」는 해방 이전에 이미 두 차례나 발표되었다. 첫 번째는 『여성』 1940년 5월호에서이고, 두 번째는 『춘추』 1943년 10월호에서이다. 두 판본의 큰 차이로는, 『여성』본이 3연 구성인데 비해 『춘추』본은 단연 구성이라는 점, 『여성』본의 "이승에선 못뵈올 님이시라면"(2연 3행)이 『춘추』본에서는 "은장도 푸른날로 이냥 베혀서"로 수정된 점, 그리고 『여성』본에는 없던 '육날 메투리'와 '귀촉도'에 대한 설명이 『춘추』본에 덧붙여졌다는 점을 들 수 있다. 이로부터 『귀촉도』에 수록된 「귀촉도」가 연 구분에서는 『여성』본을, 내용에서는 『춘추』본을 취했음을 알 수 있다.

25) 서정주, 「천지유정」, 186면. 이런 느낌을 '뻐꾹새'에 대해서도 가졌음은 "그러곤 나는 또 어쩔 수 없이 이 적지 않은 인류의 공동 숙명 속에 말려들어 마음의 상복을 입고 와서 있음을 느꼈다. 그러고는 '할 수 없다'는 생각을 하고, 또 여기 아주 잘 들어맞는 뻐꾸기 소리를 들었다. 내 시 속에 꽤 많은 그 '할 수 없는 것'들은 이런 데서 형(型)이 잡힌 것이다. 뻐꾸기니 소쩍새 소리 같은 것도 ……."에서 알 수 있다(같은 글, 174면). 「애련송」과 그런 대로 맞아떨어지는 정서이다.

이 말하는 것보다 훨씬 복잡하다"[26]는 통찰은 미당에게도 잘 들어맞는다. 이때 '절반의 성실' 뒤에 가려진 사실과 정황을 가능한 한 정확하고 세심하게 밝혀 복원하는 일은 연구자의 당연한 권리이자 의무이다. 그렇지 않을 때 우리는 시인이 때로는 의식적으로 때로는 무의식적으로 가공한, 삶과 시의 허구적 텍스트에 포획되어, 사실의 날조와 왜곡에 깊이 빠져들게 될지도 모른다. 이에 대한 경계 역시 의무이지 미덕은 아니다.

3. 원본과 옮겨 적기, 혹은 텍스트의 균열과 귀환

"글자 하나의 더함과 빼먹음이 전 세계의 파멸을 의미할 수 있다"는 탈무드의 금언은 텍스트 비평, 특히 판본 비교에서 하나의 금과옥조가 될 만하다. 더욱이 시의 경우, 리듬과 이미지, 압축과 비유 등 그 형식적·언어적 특성상 저 금언이 제기하는 바의 엄밀성과 정확성이 필수적이다. 이미 지적한 대로, 단위시집을 제외할 때 서정주 시의 정본 역할을 담당하는 텍스트는 민음사판 『미당서정주시전집』(이하 『시전집』)이다. 그러나 이런 관행과는 별도로, 이 전집은 원본과 비교 대조할 때 수정을 요하거나 쟁점이 될만한 지점이 여럿 있다.

여기서는 이 문제들을 일단은 『화사집』의 「자화상」과 「부활」을 중심으로 살펴본다. 물론 그 과정에서 다른 작품의 오류나 검토가 필요한 부분에 대한 언급 역시 간단하게나마 이뤄질 것이다. 그런 점에서 이 작업은 『화사집』 원본의 충실한 복구이자, 그 과정에서 논의될만한 쟁점 제기의 성격을 띤다.

---

26) André Gide, *Si le grain ne meurt*, coll. 'Folio', 1972, p.278. 여기서는 P. Lejeune, 윤진 역, 『자서전의 규약』(문학과지성사, 1998), 61면에서 재인용.

1) 「자화상」의 경우

『시전집』본 「자화상」은 2연 16행의 구성을 취하고 있다. 그러나 시를 읽다보면 2연 구성은 무언가 균형이 맞지 않는 듯한 느낌이 든다. 시적 자아의 생애와 자의식을 표나게 드러내는 이 시는 시간의 추이에 따라 구성되어 있다. 이를 고려하면, "스물세햇동안~"부터 새롭게 연을 나누는 게 오히려 자연스럽다. 다시 말해 3연 구성이 자연스럽다는 얘기이다. 따라서 『시전집』 편찬 과정에서 연갈이의 문제가 생긴 게 아닌가 하는 추정이 가능하다. 이런 혼란과 의심은 무엇보다 『화사집』의 편집과 인쇄 체제의 어떤 곤란이 제공하는 듯하다.

잘 아는 대로 『화사집』 원본에는 페이지가 매겨져 있지 않다. 총 24편의 시가 5개의 군별(群別) 소제목 아래 묶여 있을 따름이다. 그런데 『화사집』 시절 미당은 연과 행이 뚜렷이 구분되는 정련된 형태의 시보다는, 산문과 운문이 뒤섞인 형태의 시를 많이 창작했다. 이런 자유분방한 형식의 추구는 끓어오르는 생명의 열정과 모순으로 가득 찬 내면을 직정적(直情的)으로 표현하기 위해서였다. 하지만 이 때문에 시집 제작시 특히 줄글 부분의 연과 행갈이 문제를 발생시킬 소지가 남게 되었다.

『화사집』은 오늘날처럼 행의 구분이 가능한 들여쓰기 편집이 안 되어 있는 관계로, 길이 여부로 행의 구분이 가능할 따름이다. 「자화상」의 행 구분이 전형적인 예이다. 「자화상」이 3연일 수도 있는 가능성은 "스물세햇동안~"이 공교롭게도 새 페이지의 첫 행에 걸려 있기 때문이다. 즉 『시전집』의 편집자가 연 대신 행갈이로 처리했을 가능성이 있다는 것이다. 이 가설의 타당성은 「자화상」이 처음 발표된 『시건설』본을 참조할 때 보다 선명해진다.

> 애비는 종이었다. 밤이기퍼도 오지않었다.
> 파뿌리같이 늙은할머니와 대추꽃이 한주 서 있을뿐이었다.

어매는 달을두고 풋살구가 꼭하나만 먹고 싶다하였으나…… 흙으로 바람벽 한 호롱불밑에

손톱이 깜한 에미의아들.

甲午年이라든가 바다에 나가서는 도라오지 않는다하는 外할아버지의 숯많은 머리털과

그 크다란눈이 나는 닮었다한다.

스믈세햇동안 나를 키운건 八割이 바람이다.

세상은 가도가도 부끄럽기만하드라

어떤이는 내눈에서 罪人을 읽고가고

어떤이는 내입에서 天痴를 읽고가나

나는 아무것도 뉘우치진 않을란다.

찰란히 티워오는 어느아침에도

이마우에 언친 詩의 이슬에는

멫방울의 피가 언제나 서꺼있어[27]

볓이거나 그늘이거나 혓바닥 느러트린

병든 숫개만양 헐덕어리며 나는 왔다.

—「自畵像」(『미당서정주시전집』) 전문

애비는 종이었다. 밤이 깊어도 오지를 않았다. 파뿌리같이 늙은 할머니와 대추꽃이 한주 서있을뿐이었다. 어머니는 달을두고 풋살구가 꼭하나만 먹고싶다고 하였으나…… 흙으로 바람벽 한 호롱불밑에[28] 손톱이 깜한 에미의아들. 甲戌年이라든가 바다에 나가서는 오지않는다는 外할아버지의 숫많은 머리털과 그커다란 눈이 나는닮었다 한다.

27) '서꺼있어'는 '서껴있어'의 잘못이다. 또한 1연의 "먹고 싶다하였으나"와 "도라오지 않는다하는"은 "먹고싶다하였으나"와 "도라오지않는다하는"의 잘못이다. 『시전집』의 『화사집』 부분에서 범해진 오기(誤記)는 문장부호나 띄어쓰기를 제외하고 글자만을 따진다 해도 여럿이다. 「바다」 4행의 '반딪불만한'(원래는 '반딧불만한'), 「서풍부」 6행의 '상채기가'(원래는 '상채기와')가 대표적이다.

28) 원래는 "호로불밑에"로 되어 있으나, '로'를 오자로 간주하여 "호롱불밑에"로 수정했다.

스물세해동안 나를 키운건 八割이 바람이다. 세상은 가도 가도 부즈럽기만 하드라. 어떤이는 내눈에서 罪人을 읽고 가고 어떤이는 내입에서 天痴를 읽고 가나 나는 아무것도 뉘우치진 않으련다.

찬란히 티워오는 어느 아침에도
이마우에 얹힌 詩의 이슬에는
몇방울의피가 언제나 맺혀있어 —
볕이거나 그늘이거나 혓바닥 느러트린 病든 숫개만양 헐덕어리며 나는 왔다.

—「自畵像」(『시건설』 제7집, 1939.10) 전문

표기의 문제를 제외하고 『시건설』본과 『화사집』본의 큰 차이점을 정리하면 다음과 같다. ①"어머니는"→"어매는" ②"甲戌年이라든가"→"甲午年이라든가"[29] ③"세상은 가도 가도 부즈럽기만 하드라"→"세상은 가도가도 부끄럽기만하드라" ④"몇방울의 피가 언제나 맺혀있어"→"몇방울의 피가 언제나 서껴있어"로 수정되었다. 그리고 『시건설』본의 대담한 산문체가 『화사집』본에서 운문의 형식으로 정제된 측면도 눈에 띈다. 이 역시 『시전집』의 2연 처리 문제를 곰곰이 뒤집어보게 하는 요인 가운데 하나이다.

시에서 행갈이나 연갈이는 단순한 형태상의 구분이 결코 아니다. 그것은 의미와 호흡 혹은 내용과 리듬의 휴지를 뜻하는 바, 그런 점에서 시적 정서의 구현에 없어서는 안될 근간에 해당한다. 그 누구보다 내면정서의 흐름과 그것의 외적 실현으로서 리듬의 쾌미에 민감했던 미당이, 형태의 불균형과 결합의 어색함을 무릅쓰고 최초의 3연 구성을 2연

29) '갑술년'(1874)을 '갑오년'(1894)으로 고친 것은 외할아버지의 실종시기를 바로잡기 위한 조치로 이해된다. 미당의 외할아버지는 그의 어머니가 얼굴을 기억 못할 정도로 어려서 실종되었다고 한다. 미당은 장남으로 1915년 생이다. 이때의 그녀의 나이를 20대 전반쯤으로 본다면, 20년 전인 갑오년이 외조부의 실종시기와 보다 부합한다. 따라서 왕왕 그런 것처럼 '갑오년'에 지나치게 큰 역사적 의미를 부여할 필요는 없다. 그렇게 하지 않아도, 「자화상」은 시 자체로 가난과 오욕으로 점철된 근대 이전의 농촌현실을 핍진하게 환기한다.

구성으로 수정했다고는 쉽게 믿기지 않는다.[30] 만약 미당이 처음 자선(自選)한 『서정주시선』에 「자화상」을 실었다면 이런 혼돈은 비교적 쉽게 해결되었을지도 모른다. 그러나 어찌된 일인지 「자화상」은 실리지 않았다.[31] 하지만 이상의 형태적 대비와 개작의 측면을 고려한다면, 『화사집』본 「자화상」은 3연으로 파악함이 보다 타당할 듯하다.

2) 「부활」의 경우

「부활」은 『화사집』의 마지막 시이다. 미당은 생명의 열정을 뒤로하고 영원성의 세계로 귀향하기 시작한 자아의 내면을 신비하면서도 실감 있는 에피파니(epiphany) 체험을 통해 부조하고 있다.[32] 그런 점에서 「부활」은 이후 미당 시의 향방을 지시하는 일종의 '서시'라 해도 무방하다. 「부활」에 대한 텍스트 비평시 쟁점이 될 만한 문제는 여기 등장하는 여성의 이름을 어떻게 볼 것인가 하는 점이다. 이것은 『시전집』의 옮겨 적기 오

---

30) 『시전집』본에서 연 구분이 문제될만한 다른 시로는 「화사」와 「바다」가 있다. 「화사」의 "꽃다님 같다"는 『시인부락』(1936.12)에서 독립된 연을 이룬다. 그러나 『시전집』에서는 2연의 1행으로 되어 있다. 1연의 "징그라운 몸둥아리냐"는 뱀의 모습을 생각하면, "꽃다님 같다"는 1연에 귀속될 수 있을지언정, "너의 할아버지가 이브를 꼬여내든 (……) 물어뜯어라. 원통히 무러뜯어"와 한 연을 이루기는 어려울 듯하다. 공교롭게도 『화사집』과 『서정주시선』 모두 "징그라운 몸둥아리냐"가 마지막 행인 관계로 연 구분이 모호한 실정이다. 그러므로 『시인부락』본을 준용하는 편이 나을 듯하다. 「바다」의 경우, 최초 발표본(『사해공론』, 1938.10)과 『화사집』본, 『서정주시선』본의 연 구분 및 수효가 서로 달라 좀더 숙고가 필요한 관계로 자세한 논의는 후일의 과제로 넘겨둔다. 참고로 말해, 후대의 『화사집』 가운데 원전의 복원에 세심한 주의를 기울여 오류를 거의 해결한 판본으로는 문학동네본 『화사집』(2001)을 들 수 있다. 하지만 이 책에도 띄어쓰기와 문장부호를 잘못 처리한 곳이 두어 군데 있다.

31) 이는 무엇보다 비평가나 독자들이 "애비는 종이었다"를 일종의 가면(persona)을 쓴 시적 자아의 진술이 아니라 시인의 태생에 관한 객관적 사실의 고백으로 받아들이는 태도를 곤혹스럽게 생각했기 때문인 듯하다. 이를테면 그는 「오해에 대한 변명」(『전집』 5, 313~314면)에서 백철을 위시한 몇몇 사람들의 그런 태도를 강하게 비판하고 있다.

32) 보다 자세한 내용은, 이 책의 제1부 '서정주와 영원성의 시학', 106~110면 참조.

류와는 무관한 『화사집』 자체의 문제이다. 먼저 「부활」의 원문을 보도록 하자.

> 내 너를 찾어왔다 臾娜. 너참 내앞에 많이있구나 내가 혼자서 鍾路를 거러가면 사방에서 네가 웃고오는구나. 새벽닭이 울때마닥 보고싶었다…… 내 부르는소리 귓가에 들리드냐. 臾娜, 이것이 몇萬時間만이냐. 그날 꽃喪皐 山넘어서 간다음 내눈동자속에는 빈하늘만 남드니, 매만저볼 머릿카락 하나 머릿카락 하나 없드니, 비만 자꾸오고…… 燭불밖에 부흥이우는 돌門을열고가면 江물은 또 몇천린지, 한번가선 소식없든 그어려운住所에서 너무슨 무지개로 네려왔느냐. 鍾路네거리에 뿌우여니 흐터저서, 뭐라고 조잘대며 햇볓에 오는애들. 그중에도 열아홉살쯤 스무살쯤되는애들. 그들의눈망울속에, 핏대에, 가슴속에 드러앉어 臾娜! 臾娜! 臾娜! 너 인제 모두다 내앞에 오는구나.
>
> —「復活」(『화사집』) 전문[33]

시적 자아의 신비한 교감의 대상이 되고 있는 여인의 이름은 '유나(臾娜)'이다. 그런데 문제는, 미당이 해방 후 이 시의 창작동기를 해설할 때[34]는 물론, 『서정주시선』에 수록하면서 '臾娜' 대신 '순아'로 일관되게 적고 있다는 사실이다. 그 결과 어떤 곳에서는 '순아'로, 또 어떤 곳에서는 '유나'로 표기하는 혼돈이 종종 생겨나게 되었다. 대체로 미당의 견해와 한글 표기를 선택한 측은 전자를, 원문에 충실을 기하는 측은 후자를 선택하고 있다.[35] 이것은 연구자에게도 예외는 아니어서 서로의 주장과 선택이 엇갈리고 있다. 가령 이남호는 미당의 회고와 이름에 담

33) "내 너를 찾어왔다" "부흥이우는" "그어려운住所에서" "스무살쯤되는애들"은 『시전집』에서 "내 너를 찾어왔다……" "부흥이 우는" "그어려운 住所에서" "스무살쯤 되는 애들"로 잘못 옮겨졌다.

34) 서정주, 「일종의 자작시 해설―「부활」에 대하야」, 『상아탑』 6호, 상아탑사, 1946.5. 여기서는 서정주 외, 『시창작법』(선문사, 1949) 수록본을 참조. 이 글에서는 '꽃喪皐'도 '꽃喪輿'로 고쳐 적고 있다. 『서정주시선』도 마찬가지이다.

35) 2절의 [표]에서 본 시집들은 한자를 노출시킨 경우든 괄호 처리를 한 경우든 모두 '臾娜'를 취하고 있다.

긴 의미, 그리고 시의 분위기를 두루 고려해, '순아'의 연음인 '수나(叟娜)'를 '유나'로 잘못 인쇄했을 가능성을 제기하고 있다. 허윤회 역시 미당의 해설과 『서정주시선』을 근거로 '순아'로 읽어야 한다고 본다.[36)]

이에 반해 유종호는 『화사집』본을 존중해 '유나'를 취해야 한다고 주장한다. 이를 위해 그는 세 가지 근거를 제시한다. 첫째, '유나'가 그 짤막한 시편에 무려 다섯 번이나 나오는데 이를 전부 오자로 보기는 힘들다. 둘째, 소재의 충격성을 통해 시적 개성을 강렬하게 부각시키던 이즈음의 미당의 시풍에도 '수나'보다는 '유나'가 어울린다. 셋째, 이전에 '잠깐'을 뜻하는 '수유(須臾)'라는 한자말이 있고 자주 쓰였는 바, 이 말에 익숙했던 독자들이 무의식중에 '유나(臾娜)'를 '수나(須娜)'로 바꿔 읽었을 가능성이 크다.[37)] 그의 이런 추론과 주장의 앞뒤에는 무엇보다 "『화사집』의 원문에 있는 대로 시인은 당초 '유나'라고 적었다고 생각한다"는 대전제가 깔려 있다. 그러나 당초 '유나'라고 적었을 것이란 가정이 그를 수도 있음을 우리는 「부활」의 최초 발표본에서 본다.

내 너를 차저왔다 순아. 너 참 내아페 만히 잇구나.
내가 혼자서 鍾路를 걸어가면 사방에서 네가웃고 오는구나.
순아 이것이 멧萬시간만이냐!
새벽닭이 울때마다 보고시펏다. 내 부르는소리 귀ㅅ가에 들리더냐
그날 꼿喪阜 山넘어서 간다음 내 눈동자속에는 빈하눌만 남더니
매만저볼 머리카락하나 머리카락하나 업더니
비는 자꾸 오고 …… 燭불박게 부흥이 우는 돌門을 열고가면 江물은 또 멧천린지
한번가선 소식업던 그어려운住所에서 너 무슨 무지개로 네려왔느냐
鍾路네거리에 뿌우여니 흐터저서

36) 이남호, 『서정주의 『화사집』을 읽는다』, 90~92면. 그는 '유나'를 '잠깐의 아름다움'이란 뜻으로, '수나'를 '쌀 씻는 소리의 아름다움'이란 뜻으로 새긴다. 허윤회, 「서정주 시 연구」, 성균관대 박사논문, 2000, 34면.

37) 유종호, 「유나와 수나와 김동석」, 『조선일보』, 2003.2.22.

무어라고 조잘대며 햇벼테 오는애들, 그중에도 열아홉살쯤 스무살쯤 되는애들, ─그들의 눈망울속에 핏대에 가슴속에 들어안저

순아! 순아! 순아! 너 인제 모두다 내아페 오는구나.

—「復活」(『조선일보』, 1939.7.19) 전문

11행 단연의 자유시가 단연 산문시로, 한 두 구절의 순서를 뒤바꾸고 몇몇 단어를 소리나는 대로 바꿔 적은 것을 빼고는 『화사집』에서 크게 수정된 곳은 없다. 이 정도의 개작이라면, '순아'를 '臾那(유나)'로 바꿀 만한 특별한 이유가 있다고 보기는 어렵다. 이 때문에 필자 역시 인쇄 과정에서 '叟那(수나)'를 '臾那(유나)'로 오식(誤植)했을 가능성에 무게를 둔 바 있다.[38]

이를 뒷받침하는 다른 증거로는 김동리가 『귀촉도』의 「발사(跋辭)」에 쓴 "電光 輝煌한 鍾路 네거리에서도 해빛이 눈부시는 산마루 위에서도, '叟娜'는 얼마든지 '참 많이 오는' 것이어서 (……)"라는 대목을 들 수 있다.[39] 『시인부락』 결성 이전에 이미 "문학적으로나 인간적으로나 가장 귀중한 시기에 있어 서로 사귀인 친구"(김동리) 사이였던 미당과 동리의 우정은 널리 알려진 대로이다. 「엽서－동리에게」(『비판』, 1938.8)를 통해 "솟작새같은 게집"과의 결별 및 '생명'에서 '영원'으로의 시적 전향을 제일 먼저 동리에게 전했던 미당이고 보면, 그 자신의 '부활' 내지 '갱생'의 표정 역시 동리에게 전달했을 가능성이 매우 크다. 이 말은 동리가 『조선일보』본에 그치지 않고 『화사집』본의 최종원고를 보았을 가능성이 높다는 추론을 포함한다. 그래서 동리는 '순아'도 '臾娜'도 아닌 '叟娜'로 단박에 적었는지도 모른다.

하지만 미당이 일부러 '유나'라고 적었을 개연성이 전혀 없지는 않다. 미당에게 건잡을 수 없는 사랑의 열병과 혹독한 좌절을 동시에 안긴

38) 이에 대해서는, 이 책의 제1부 '서정주와 영원성의 시학', 106~107면의 각주 101 참조.
39) 김동리, 「발사(跋辭)」, 『귀촉도』(서정주), 선문사, 1948, 66면.

‘임유라(任幽羅)’라는 여성의 존재가 있기 때문이다.[40] 그러나 1936년에 이미 결말지어진 일을 몇 년 지나, 그것도 시와 삶의 새로운 ‘부활’을 예감하고 표현한 시에 ‘임유라’의 잔영을 새겨 넣는다는 것은 얼른 납득이 가지 않는다. 따라서 필자는 “「속(續)방랑기」에 나온 임유나(任幽羅)와의 시적 결별이 臾娜로 변형되어 시적 변모를 보이고 있다”고 하면서 “서정주는 실연 사건을 시적으로 전위시킴으로써 시인으로 구제될 수 있었”다고 본 김윤식의 추론[41]보다는 미당의 다음 고백에 손을 들어줄 수밖에 없다.

“지금 이 글을 쓰고 있는 필자 자신이, 그 애인을 사별한 환상자(幻想者) 당자(當者)는 아니어도 괜찮다는 점입니다. 말하자면 필자로서의 자격은 그 환상객(幻想客)의 제일의 친우의 자격을 자처하는 것만으로도 충족한 때문입니다.”[42] 시인과 시적 자아를 분리하는 현대시의 보편적 문법을 강조하는 말인데, 이는 독자에 대한 주문이기도 하다. 「부활」 창작 당시에도 이를 몰랐을 리 없는 미당이 최초의 ‘순아’를 뒤늦게 짝사랑의 지독한 상처를 헤집으면서까지 ‘臾娜’로 바꿔 넣었을까.

물론 필자의 추정들이 아무리 타당해도 지금 당장 ‘臾娜’를 ‘叟娜’로 수정하여 「부활」을 인용하거나 가르칠 수는 없는 노릇이다. 심증만으로 사실을 확정지을 수는 없기 때문이다. 그러나 이후 미당 시에 대한 텍스트 비평이 보다 본격화된다면, 검토해볼 만한 가능성의 하나로 남겨두기에는 충분할 듯하다.

---

40) 미당의 ‘임유라’에 대한 짝사랑과 좌절의 전모는, 「속(續) 나의 방랑기」, 『인문평론』, 1940.4, 68~70면 참조.

41) 김윤식, 『미당의 어법과 동리의 문법』, 23면. 이 책 1~2장에서 그는 줄곧 「부활」의 ‘유나’와 현실의 ‘임유나’를 동일시하고 있다.

42) 서정주 외, 『시창작법』, 107면.

4. 맺으며

아마도 대부분의 연구자들은, 아니 일반대중 역시 미당에 대해서는 무언가 한마디쯤은 얘기할 수 있다고 생각할 것이다. 물론 그 화제나 평가의 향방은 개인들의 문학사적 체험이나 세계관에 따라 다양한 양상을 보일 것이다. 그러나 한마디 얘기를 거들 수 있다는 것과 그의 시나 삶에 얽힌 사실을 정확하게 인지한다는 것은 별개의 문제이다. 아니 때로는 그 '한마디'의 가능성이 사실성과 정확성에 대한 고려를 은연중 가로막는 악조건이 되는 경우도 있다. 이런 우려는 본문에서 살펴본 대로 뚜렷한 현실로 출현하고 있다.

한국의 근대문학사가 보여주듯이, 텍스트의 사실은 시간의 흐름과 함께 아예 실종되거나 아니면 이런저런 변질을 겪게 되는 경우가 많다. 이제 미당도 그런 존재가 되었다. 그러므로 우리가 시간과의 싸움에서 이기려면 하루빨리 미당의 텍스트 하나하나에 꼼꼼한 수고를 지불하지 않으면 안 된다. 이 작업은 다시금 강조하거니와 훼손된 텍스트의 사실 확인과 복원을 넘어 문학사의 진실과 왜곡을 바로잡는 문제이기도 하다. 물론 이것은 한 개인의 노력으로, 그리고 짧은 시간에 해결될 수 있는 성질의 것이 아니다. 결코 쉽지만은 않을 최초 발표본의 확보, 개작에 대한 성실한 검토, 시집 원본과 다양한 판본의 비교와 대조 같은 텍스트 확정에 직접 관련된 분야뿐만 아니라, 그가 남긴 방대한 문학적 유산, 이를테면 자서전·수필·문학이론서 등과의 겹쳐 읽기 역시 필요하다. 그를 통해 사실은 거두고, 오류는 고치거나 버림으로써 미당 문학 전체의 온전한 면모를 건축해야 할 것이다. 이것이 전제되지 않는 한, 미당 연구는 그 성과와는 별도로 영원히 '절반의 성실'로 남을 수밖에 없다. 이 글이 나 자신을 포함한 미당 연구자들에게 나머지 '절반의 성실'을 채우는 작업을 독려하는 데 조금이나마 소용되길 바란다. 덧붙여,

여러 연구자의 글에 대한 인용이나 해석의 잘못이 있다면 전적으로 필자의 책임임을 밝혀둔다.

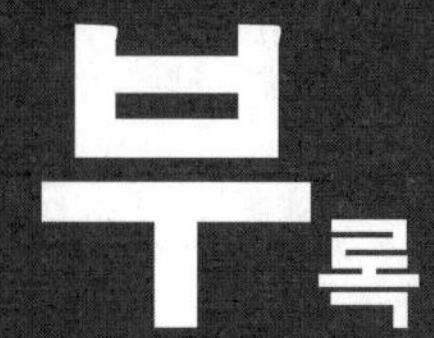

부록

1933~1955년 서정주의 시집 미수록 시(37편)

1935~1950년 서정주의 전집 미수록 산문(6편)

일러두기

1. 명백한 오자나 탈자의 수정 외에는, 발표 당시의 원문을 그대로 따랐다. 다만 산문의 경우, 띄어쓰기는 현재의 원칙에 맞게 고쳐 쓰되, 원문 제시가 필요한 부분은 그대로 두었다.
2. 서정주가 시 말미에 밝힌 창작 시기나 주(註) 등의 표지들도 그대로 드러냈다.
3. 각 시의 말미에 게재지와 발표시기를 밝혔다.
4. 시에서 엮은이 주석은 작품 아래에 *표를 하여 처리했다.
5. 각 산문의 말미에 발표지와 발표일자, 그리고 수록지면을 따로 밝혀두었다.
6. 산문에서 판독할 수 없는 글자는 □로, 불분명한 단어나 구절은 (?)로 표시했다.
7. 산문에서 보충설명이 필요한 곳에는 [ ] 안에 엮은이 주(註)를 달았다.

1933~1955년 서정주의 시집 미수록 시(37편)

그 어머니의 부탁

(열흘前에 日本간 내아들에게 편지를 써달라고 종남어머니가 封套를 가지고왓다—)

무사히 깟느냐고 그러케 써주소
진서는 쓰지말고 알기쉽게 써주소
그애글자 뻰받아서 쪼록쪼록 써주소

일본은 ××의땅 몸조심 하라고
그러고 또한줄은 이러케 써주소
하니나 하니나 싸움에 갈세라고

어머니는 밤낮으로 그것이 심해라고
불상하게 생각하게 정신들여 써주소
장터에서 하든말 잊지를 말래소

착실히 하래소 고닥새 나오라소
「네」가 심은 동백나무 머믈엇다 하이소
이늙은년 궁한말은 쓰지도 마아소

『동아일보』, 1933.12.24.

서울가는 純이에게

수집은 누이야 그대나라는 어느 강변인가
그 빛나는눈이 어느파아란 바다를 말하느니
나는 알겠다, 너 사는곳은 갈매기 드나드는 조그마한 섬
네 冬栢나무그늘에서 아버지돌아오는 배를 기두리고
붉은풀 어른거리는 물우에 그 하얀 손을 잠것을라
나를 보아라, 그대 머리는 香내그윽한 바다의 따님아

여기는 서울가는 車ㅅ속이 아닌가
곤히 힌 모래밭을 밟어야할 네 純한 가슨아
아모도 아니볼때 부르는 그 노래소리가 듣고 싶네

우리 누이야
汽車는 너-를 잘못실고 안왓나?

(註)가슨은 「계집애」의 鄕土語

『동아일보』, 1934.5.8

冬栢

이슬 먹음은 새빩안 冬栢꽃이
바람도 없는 어두운 밤
그 웅에서 떠러지고 있읍니다.
깊은 江물에 떠러지고 있읍니다……

註 웅—낭떠러지(崖)

(四月)

『학등』, 1934.6.

* 이 시는 30여 년 뒤 몇몇 단어만 수정되어 「삼경(三更)」이란 제목으로 『동천』(1968)에 수록된다.

漁村의 등불

東海 맑은 물에 별들은 피고
바닷가에 사는 집에 등불이 키어졌네
아버니는 하마 돌아 왔을가
큰고기 한배실고 아버니는 하마 돌아 왔을가

아직도 새로운 이야기 — 저 珊瑚의 龍宮은
波濤 일어나지 않는 고요한 海底에 빛나고
붉은 海草 우북이 돋은 곳 고기들은 모이어
하루날의 壯快하던 放浪을 말하려니

海神의 날개는 오늘밤도 평화스레 퍼더거리고
바다는 아직도 잔잔하네
아들과 딸들에게로 아버니는 하마 돌아 왔을까
바닷가에 사는집에 등불이 키어졌네

『학등』, 1934.8.

님

허리 굽이어 헤쳐가는
이 숲이 끝나는 곳에

피빛 꽃들이 피는
거기 그이는 아직도 오히려 살아 계실가?

『학등』, 1934.8.

西쪽 하늘을 맡겨두고 왔건마는

해가 저므르오 임이여

저 蓮꽃이 사그라진 湖水가에 왼하루를 그렇게 우고있던 어린염소가 이제 곧 牧童에게 끌리워서 콩밭 모솔길로 돌아감을 보오

山 마을의 煙氣는 기슭을 맴돌고 비들기들은 나란이 처마로 돌아오오

부헝이는 하마 숲으로 나라들겠소

이만 때가 되면 그대는 어머니 불을뗏는 아궁이에 밥밋을 놓기위하야 마룻가에 앉어서 동부팥을 까겠지요

내 떠나올때 그대에게 西쪽하늘을 맡겨두고 왔건마는

임이여 그대는 시방도 귀여워 하십니까?

『학등』, 1934.9.

가을

흰 구름 두웅둥 떠 돌아다니는 하늘밑에 저 염치없는 참새들처럼 포르르 포르르 들로 날러오지 안으려나

가림없이 나려오는 해볓을 향해 그대들의 죄인가슴 쪼여도 보며
어덕에서 어덕으로 구을러다니며 네 숨김없는 재롱을 부려보라

가을은 水晶盞을 넘처흐르는 마알간 물이어니
우리는 제마닥 한위치를 지키고
너무도 깨끗한 이祝杯를 기우리기전에 어디가 숨은지도모르는 그어여뿐 손을 부르지 안으려나

(三三年 十月)

『동아일보』, 1934.11.3.

비나리는 밤

이러케 비가 나려쌋는밤 杜鵑이는 어느 골작에서 노래를 부릅니까.
해지기전 내 회파람으로서 궁장을 마추엇든 그 이름모를 山새들은 또 어데가잇습니까.
하늘의 별들은 모조리 죽어버렷습니다.
念佛외우든 老僧이 잠든지오래고 처마끝에 풍경이 뎅그랑 우는 이밤—

어머니여 기인 이밤을 어찌하오리까.
당신은 머언옛날 옛이애기 들려주며 아들을 재웟지요
그러면 오늘밤도 아들은 어머니이애기 듣겟습니다.
당신은 지금 아득한 山들을넘어서 비나리는 이밤을 내숲속으로 날러오시겟습니까?.

(雲門庵)

『동아일보』, 1934.11.23.

생각이여

차고도 맑은 손의 손톱이 구을르는 줄의 소리의 마디
하늘 우러볼때 이는 찬 물거픔처럼 튀는 생각이여
빛의 끝이 동글동글 쪼각 뜬구름이냥 西으로 사라질때 ……
龍살던 검은 물이여 찬 바람이 소스랍고
아직 새벽이 멀었다 널 부르는 눈이 두려우냐
물방울 떨듯 네려저 드러 고향같이 안온할 때 ……

『학등』, 1935.1.

새벽 誦呪

부엉은 밤이라야 어둠 바래보며 울고
귀또린 달이뜨면 찬이슬에 우나니

새벽을 잊어버리지못하는 안씨라운 마음이
이제 또 촛불하나 간절히 도다노코
눈 감고 꿇앉아서 呪文 외우느니
받어들이소서 내 願이 조촐하매 現身 하소서
修里修里 摩訶修里
修修里 娑婆訶……

내가 중노릇을 떠나온것은 어느 바람찬 새벽이엇노니
안해를 共同墓地에 묻고 돌아온날 밤이새여
그러나 이제 十年이 흘러가고

마슬의모양이 내다뵈지안는 山中庵子
이제는 나이도 지긋 하여
새벽마닥 새벽마닥 익훈것은
촛불아래 외우는 呪文
받어들이소서 내 願이 조촐하매 現身 하소서
修里修里 摩訶修里
修修里 娑婆訶……

『동아일보』, 1935.3.30.

獄夜

하나 호롱불로 네壁이 히미 할뿐
밤내 밖앗은 바람만 어지러워
靈魂 있는 서름은 물鬼神 처럼
千年 기다린다 차저 올 님은 없다.

누어서 우러러 보는 天井上梁의 거미줄은
子正 넘어 진정 슬프구나.

終身 禁錮 받은 페닉스의 집
언제 여기 牧丹꽃이 돌아……

五月 종다리의 우름이 슴여 오나

쓰레기통 옆에다 누이는 버렸느니
겨운 서름에 목이야 끊어 지건
어둠이다…… 너는 불 처럼 울다 가라!

『시인부락』, 1936.11.

絶望의 노래— 부흥이—

처음엔 나도 사랑햇노라
하늘과 그가운데 나르는새와
해볕아래 모든 아름다운 꽃
별아래 바람결에 사는기쁨에
끈힘없는 내노래를 노래햇노라

그다음 내사랑은 오직 에레나
꾀꼬리도 시냇물도 고흔 音樂도
그에게만 잇섯느니 모든보람이
그이를 님이라 나는 부르리

그이 머리털에 어리인 香氣
가벼이 나부끼는 南녁 수풀이여
그이 게심으로 빛나는 大地우에
나는 얼마나 자랑에 떠럿든가

허나 그이는 귀양온 天使
날이 다하자 떠나갓느니
하늘은 금시 어두어지고
투색하야 떠러지는 머ㄴ별빛아래
구름처럼 스러지는 幸福을 전송햇네

이제 나는 暗黑의 使徒
모든 밝은것 咀呪하는 새(鳥)
머리는 흐터저 물鬼神처럼
우름으로 이러나는 피빛江물에
孤獨한 魂이 매처 피는 검은꽃
나는 우네 나는 우네 나의 서름을

낮이면 덤풀속에 눈을 감으나
원수의 종달리새 비르 비르르
나러나는 에레나의 푸른 스카트……
괴로워 몸부림친 쭉지가 꺽여
우두머니 앉어잇는 겨운봄이면
山나무온 樵童아희 피리를 불며
던지는 돌팔매가 나를 겨누나
아희야 우리 아희 내 지낸날의
너도 크면 알리라 너의 슬픔을

처음엔 나도 사랑햇노라
해바래기 타오르듯 엉키는 歡喜
님의 音聲으로 東트는 나의하늘
그리고 에레나, 나의 에레나!

(昭和十一年六月)

『시건설』, 1936.11.

달밤

푸른 달빛 쯤 먹어도 안질리고
肝덩이 하나쯤 씹어도 안 질린다.

이 문둥이처럼 징그러운 것
오히려 무슨 슬픔에……

電信쇠줄 칼날가치 번쩍이는
거리의 막다른 골목에 서

잘 우는 自轉車링―하나
통으로 삼키리니

달밤이다……
박달나무 굳은 망치로 나―ㄹ 絞首臺에 몯박어 달라.

『시인부락』, 1936.12.

房

房밑엔 언제나 검은 江물이 흐르고
房밑엔 언제나 싸늘한 구렝이가 사렸다.
소스라처 깨여나 나는 차젔으나
어느 壁에도 門은 없었고

나는 임이 먹키웠었다.

『시인부락』, 1936.12.

안즌뱅이의 노래

이러났으면…… 이러났으면……
나도 또한 이새벽을 젊은 나흰걸
이 풀섭 이 개고리 이 荒蕪地여
안즌뱅이 목우름을 누가 듯는가

深夜의 殺戮은 보리밭 머리
오오 太極의 하눌은 다시 푸르러도
피 묻은 齒骨 가즈러-ㄴ이
애비로 원통이 어듸로 나러 갔나

花郎이의 시름은 巴蜀으로 통한다고
가야琴 줄을 골라 시나위를 뜯든 무리
상기도 우는 솟작새 잇다
그 후줄근한 흰옷자락을 나풀거리며
너이는 어느구석에서 웅크리고만 있는거냐

콤소몰카의 노래소리 들린다고
아라스카의 해를 말하여도
고개 썰레 썰레 호박꽃처럼 누-래 간
어미야 네무덤은 黃土 흙으로

머릿기름 냄새밖에 풍길줄 모르는
계집은 호롱불 밑 눈만 훠-ㄴ하야
가느라케 가느라케 여웨게만 가고

抑庄의 中天井에 어른거리는 紋義
꼴뚝각씨처럼 흔들리는 傳統이여.

이어인 地暗의 나일江변인가
소리 마저 빼앗긴 스핑스의 坐像—
이러났으면 …… 이러났으면 …… 오오 이러났으면 ……

『자오선』, 1937.1.

慶州詩

1 雁鴨池

蓮塘맑은물에 배ㅅ줄은 매어놓고
홀로서서 우르시든 달밤이 곻았겠네.
가슴에 한아름 사랑을 안꼬
新羅 가시내 聯珠詩 읽든 자태
상기도 푸르른 雁鴨池하늘이어.
紫朱 붉은 댕기 안씨랍구랴.
가슴이 질려 미여지는양
玉女蜂 봉오리 피는 매추 꽃
매추꽃 매추 꽃만 잘라가오리

2 始林

鷄林 옛수풀에 누어서 우러러보는
별 하눌이사 왼통 자랑이로구나
언제 흰 숱닭이 홰처 울것이라
또다시 東方에 새벽을 눈녁일까
역구 雜풀속에 개고리 우름우네
新羅도 이제는 모다 눈물이야!
古人이 살든 수풀 魂이 다만 조촐하이
차라리 버러지되야 청신이나 뽑을것가.

3 石氷庫

수집은듯 내가 고개 숙으리고
石氷庫 아가리로 기어 드러가면
南녁 하늘 한아금 물고

石氷庫 아가리는 길게 하품한다
늙은 怪物이여 내게 말하라
너는 오늘도 기다렸는지 —
차거운 어름보담도 花郎이를 조와하든
키 크신 公主, 기다렸는지……
石氷庫 窟속에 잊은듯 눈감으면
옷속 슴여드는 千年前로맨스여
오란이도 가란이도 나는 없노라
멋으로 흘러가는 「코스모폴리탄」
무안한 회파람이나 날리며 가리

4 瞻星臺 (一)

雁鴨池 못가에서 꺾은 갈피리
瞻星臺 올라가 불자 하였드니
少女처럼 우러버리는 벋은 慶州사람
沈相健이 키워내인 全羅道멋 모르는
벋은 慶州 사람.

瞻星臺 (二)

적삼 버서놓고 알발로 기어올라간
瞻星臺 다락웋에 慶州는 로맨티스트
오 하늘보담 아름다운 浪漫의王國이여
慶州사람은 「로맨티스트」라야 하오
千年 별하늘에 센 머리 흩날리든
늙은 星占師의 아들
慶州사람은 「로맨티스트」라야 하오

『사해공론』, 1937.4.

*기행시(紀行詩)라는 장르명이 제목 앞에 부기되어 있음.

흐르는 불

꽃과 바람이 아슬한 太古……
무엇이라 그것은 스러움 인가.

흐름우에 등대인 나의 婚姻을
눈 감어 오히려 울고 가다니

물과 섬둘레 무르녹은 별.
고향은 고향은 버리었는걸

저즈러 뛰여든 치운 河床에
식어도 식어도 죽지않는불.

『시건설』, 1937.9.

母

오매는 무슨 맨드라미만한 벼슬을 하나 가져서가 아니라.
닭처럼 사시장철 목으로만 울더라.

구름 속에 별이 …… 石榴 꽃 나무 밑에 꽃 가마로 오실때도 서러웠다 하시나—

새벽이, 새벽이, 우리 모두 기쁜 해바라기의 天地.
우리의 누가 오매의 편이었나?

새빨간 모가지 하고 罪人처럼 울으시나, 울다가 울다가는 喪輿 나가시나—

구름 속에 등불 달은 구름 속에 등불 달은 그 먼 사랑의
오매! 정말은 자랑이로다.

『맥』, 1938.10.

풀밭에 누어서

오늘도 할수업이 못가고 마럿다, 내일은 어떠케 떠나야할텐데……. 우선 入質헌 옷이나 찾어입고, 이원오십전 주고 고무바닥헌 白短靴나 하나 사신고, 理髮이나 좀허고 沐浴이나 좀하고…….

오늘도 내가 풀밭에 누어서 혼자 생각하는 것은—

(우리 둘의 행복을위하야) 그런것은 아니다 불상한 안해야

혹, 어쩌다가 담배나잇스면, 北向의窓에 턱을고이고 으레히 내가 바래보고잇는곳은 國境線박갓, 奉天이거나 外蒙古거나 上海로가는쪽이지 全羅道는 아니다.

내게 인제 단한가지 期待가 남은것은 아는사람잇는 곳에서 하로바삐 떠나서, 안해야 너와나사이의 距離를 멀리하야, 낯선거리에 서보고싶은것이지(成功하시기만)…… 아무리 바래여도 인제 내마음은 서울에도 시골에도 조선에는 업을란다.

차라리, 고등보통같은것 文科와같은것 도스터이엡스키 이와같은것 왼갖 飜譯物과 같은것 안읽고 마럿스면 나도 그냥 正條植이나심으며 눈치나살피면서 石油호롱 키워노코 한代를 직혓을꺼나. 선량한나는 기어 무슨 犯罪라도 저즈렷슬것이다.

어머니의愛情을 모르는게아니다. 아마 고리키이作의 어머니보단 더하리라. 아버지의 마음을 모르는게아니다. 아마 그아들이 잘사는걸 기대리리라. 허나, 아들의知識이라는것은 고등관도 面小使도 돈버리도 그런것은 되지안흔것이다.

고향은 恒常 喪家와같드라. 父母와 兄弟들은 한결같이 얼골빛이 호박꽃처럼 누―러트라. 그들의 이러한體重을 가슴에언고서 어찌 내가 金剛酒도아니먹고 外上술도아니먹고 酒酊뱅이도 아니될수잇겟느냐!

안해야 너또한 그들과 비슷하다. 너의소원은 언제나 너의 껌정고무신과 껌정치마와 껌정손톱과 비슷하다. 거북표類의 고무신을 신은女子들은 대개 마음도 같은가부드라.

(네, 네, 하로바삐 추직(就職)을 하세요)달래와 간장내음새가 皮膚에젖은안해. 한달에도 맷번식 너는 찌저진 白露紙쪽에 이러케 적어보내는것이나, 미안하다, 취직할곳도 성공할곳도 내게는 처음부터 업섯든걸 아러라.

미안하다 안해야. 미안하다. 미안하다.

아직까진 시골에 버꾹새도 울꺼니까, 대추나무 밑에 麻布적삼이나 다듬든지, 親庭에 가잇든지, 또다른데 가잇든지, 그러케하여라.

그럼 너와 나사이에는 만흔山川과 歲月로 가리우고 서로의 記憶속에서 그림자처럼 열버저가자. 그러한 공부를하자. 비록 애정같은게 잇다해도 그건, 時間문제니까.

잘잇거라. 그럼 인제 나는 奉天으로 갈라니까. …… 유면이氏가 이십원만 꾸어주면 —(氏는 이번에 나와裵君에게 약酒를 二원어치 멕여주엇으니까) — 洋服을차저입고, 二원五十전짜리 (白短靴)를 하나 사신고 茶ㅅ갑슬 삼십錢만 애껴가지고 조선舘으로 朴炳日君을찾어가서 —(君은 나의 중학의同窓이니까) — 한五十원만 어더가지고 고하꾸(合百)를 한번해야할텐데 …… 유면히氏도炳日君도 고하꾸도 이것도저것도 다 틀리는 날이면 거러가야겟다. 거러가야겟다. 거러가야겟다.

안해야 너잇는 全羅道로向하는것은 언제나 나의背面이리라. 나는 내 등뒤에다 너를 버리리라.

그러나

오늘도 北向하는 瞳孔을달고 내疲困한肉體가 풀밭에 누엇슬때, 내 등짝에 내 脊椎神經에, 담배불처럼 뜨겁게 와닷는것은 그 늘근어머니의 파뿌리 같은 머리털과 누런잇발과 안해야 네 껌정손톱과 흰옷을입은무리조선말. 조선말.

— 이저버리자!

(무인八月)

『비판』, 1939.6.

살구꽃 필때

숫돌이 나빠서 날이 잘 서지않는것이었다. 안해의 便利를 위하여서 진終日 食刀를 갈고 있는것이었다. 김치가 꽤 잘써러지겠지.

안보아도 四方에선 쑥니풀같은것이 오손도손 오손도손 생겨나고 있는것이었다. 그건 오히려 확실한 發音이었다.

보면, 눈앞에는 살구꽃도 한주 서있는것이었다. 내가 포이엘바흐를 읽든것보다는 소얼찬히 讀書를 잘하는구나, 벌이여 벌이여 꿀벌들이여

사실은 딴생각을 하고있는 것이었다. 潮水는 들어왔다 그냥 왜 써버렸냐. 발톱이 빩안 농발이란 거이들, 그것은 멋이다.

무척은 많이 울었든것같다. 다듬이돌에다 뺨을 부비며, 고사리가 한광우리면 멫兩이나 받는것이기, 어매는 발벗고 쇠山가서 안오는가.

깨끗히 두눈이 먼 장님이었다. 少女야 네音聲이 아름다웠었다. 나를 너혼자만 용서한다 하였지

네가 부는 피릿소리도 사실은 들리는 것이었다. 瀟湘江이 흐르는 소리도, 너의 臣下들의 숨소리도, 너의 숨소리도, 똑똑히 똑똑히 들리는 것이었다.

소슬한 巴蜀 — 작은놈아, 작은놈아, 네가 呼吸하는것도 정말은 하늘같은 새파란 空氣니라.

흙바람은 또 어찌도 많이 불었든지, 안해는 미련하게 배만 자꾸 불러오고, 정말이지 나는 미안하여서 안해의 食刀를 갈아주는 것이었다. 아무래도 날이 안서는것이었다.

「다 갈았어요?」

「들 갈았어요」

「다 갈았어요?」

「들 갈았어요!」

「다 갈았어요?」

「들 갈았어요!」

진終日 나는 땀이 흐르는것이었다. 돌아다보는 西쪽에는 벌서 해가 없었다. 못난 빌어먹을것! 버꾹새도 새로 나온놈이 벌서 氣盡이었다.

이러헌때는 무엇을하나. 이러헌때는 무엇을하나.

潮水는 왜 들어왔다. 그냥 써버렸냐. 나룻배 한척을 가지고싶다는 생각이었다. 아

니, 그것도 차라리 숭거웁다는 생각이었다.

원수도 하나 없는가.

없다. 없었다. 저녁은 굶는게 무방하니라.

却說

落日이 비쳐보니까, 김치를 썰기에는 과연 좀 아까운 칼날이었다. 별 고향생각이 다 나는것이었다. 擊劍을 하였든가.

妻가 誤解다. 왜 우는것이냐.

살구꽃도 피는날밤엔 杜子美와같이 燭불도 하나 돗구고, 나는 먼저 저고리를 벗어본다. 할일이 없다.

바지를 벗어본다 할일이없다.

란닝구, 사쓰를 벗어본다. 할일이없다.

사루마다를 벗어본다. 할일이 없다…….

아! 양말을 벗어본다. 벗어본다.

食刀로 기이다란 발톱을 깎어본다. 발톱열개를 어둠속에 던져본다.

올빼아, 올빼아, 살구꽃나무에도 앉어서 우는 암놈올빼아. 시장하건 네려와서 주서 먹어라.

『문장』, 1941.4.

여름밤

흙으로 만든 바람벽에 기대여서
우리 서로 바래보고 앉었는
가이없는 여름밤의 한때 있느니

호롱불밑에 무더운 밤을
엄마는 보고,
아빠는 웃어,
돗자리우에 우리 거룩한때여.

숨ㅅ소리 엮으며 밤은 깊어가고
흘리는 땀의냄새 땀의냄새여.

푸른 별이 날러드는 모기장 새이새이
다만 개고리 소리,
열길 방죽물에 …….

『조광』, 1942.7.

* 이 시는 『시건설』(1938.12)에 처음 발표되었으나, 약간의 개작을 거쳐 『조광』에 다시 발표되었다.

감꽃

잠자는 동생아이 등에다 업고
감나무 그늘에 고개 숙이며
자장가 자장가 부르고 있노라면
山나물간 어머니는 오지도 않읍네.

동생의 흘리는땀이 등짝에 혹근하고
멀리가는 엿장사소리 아렴풋이 들리면
건네山 중이와서 어머니 업어간다든
이웃집 어룬의말슴도 유심히 생각하고

감낭게 피인꽃 헤여도 보면서
떨어지는 감꽃 집홰기에 꿔이며
자장가 자장가 부르고 있노라면
山나물간 어머니는 오지도 않읍네.

『조광』, 1942.7.

* 이 시는 『동아일보』(1936.8.9)에 처음 발표되었으나, 약간의 개작을 거쳐 『조광』에 다시 발표되었다.

밤

눈뚜겅 덮어 업드리여 있으면
궂은비 나릴듯 무더운 침묵의
어두운, 어두운, 나는 항아리.

귀 기우리라 땅속의 벙어리
귀 기우리라. 귀 기우리라.

비닭이와 베암의 땀나는 혼인이
허락도없이 여기 이루어저……

소스라처 배여나는 눈물인들 차－ㅁ아
생기지도 않은별은 어데서 우러러봐!

옳다 그르다 대답못하는양
밤은 깊어, 깊어만 가느니

『개벽』, 1946.1 복간호.

피—尹奉吉義士의날에

머언 異域의 하늘ㅅ가에 뿌려진
이피는
인제 波濤치는 바다가되여
우리에게로 돌아왔도다.

우리의 영혼을 물드리고
우리의 키를 넘어서
출렁이며 출렁이며 돌아왔도다.
이 랑랑히도 맑은 조선의 피는
충청도 두뫼山골, 우지 가지가 열리는곳
靑靑히 얼크러진 머루 다래 넌출미테서 비롯한것이 아니라
참으로 먼 檀君의 옛날로부터
저 金春秋와 論介와 鄭夢周들의 가슴 속을 흐르든 이 血脈을,
어쩌면 그만 끈허젓을 이 血脈을,
젊은 尹奉吉이 이었을뿐이로다.

아, 尹奉吉
그대 아니었으면 영 끈허저버렷을 지도 모를
이 훈훈한 피의바다속에
우리는 인제 새로 誕生해야할 來生의 아들 딸들이로다.

『동아일보』, 1946.4.30.

저녁노을처럼

山 밑에 가면
山 골째기는
나보고 푸른 안개가 되야
자최도 없이 스며들어 오라 하고

江 가에 가면
흐르는 물은
나보고 왼통 눈물이 되야
살구꽃 닢처럼 져오라 한다.

그러나 나는 맨발을 벗고
먼저 이 봄의 풀밭을 밟겠다.
그리고 그다음엔 딴데로 가겠다.

저,
산접동새 우는 나룻목 가에
선연히 타는 저녁 놀 처럼
그다음에는 딴데로 가겠다.

『백민』, 1946.5.

白玉樓賦

여기 처음 빨러지는 가을바람속에서
다섯빗의 구름 모아 잔치를 열었어라

우리 옷곳에 바람은 쉬지않코
우리 향기마자 앗어가려 하는도다

난새 타고 드나드는 자지(紫城)둘레
달빗만 흔들리는 허연 이서울

여기 있는것은 침묵하는 무리와
구름 네려다니는 발자취별소리뿐

푸른龍아 네길은 玉으로 닦었어도
새벽엔 黃土로 도라가리

눈이 너무 밝어서 홀로 내다본
사람사는 곳으로 연기나는 곳으로

(玉樓몽의 詩)

『수산경제신문』, 1946.6.10.

慟哭

서 있을것을…… 서 있을것을……
구부러져 내리는 나무 그늘에
맨발 벗고 서 있을것을

푸른 知慧의 잎사귀들이
하늘에서 처럼 소근거리는
나무 그늘에 서 있을것을

오르 내리는 脈搏을 세며
높았다 낮아지는 숨결을 세며
물이랑 위에 떠서 있듯이
호수운 사람으로 서 있을것을

金줄의 근네위에 서 있을것을

누었을것을…… 누었을것을……
어둡고 무거운 밤하늘 아래
누른 소같이 누어 있을것을

입에다 너을 여물도 풀도 없이
아귀 삭이고 누었을것을

이리도 쉽게 헤어져야할
우리들의 사랑이었더라면
만나서 반가워 소리쳐 우던 날의
慟哭을 慟哭을 그치지말것을!

『해동공론』, 1946.12.

春香獄中歌(3)

바

도령님. 그날이 바로 단오였나봅니다.
광한루 초록게와 물결친 집웅우에
혼령같은 제비가 미끄러저 나부끼든
그날은 그저 아득하였나이다.
언덕 넘어 말방울소리 찬란히 ……
그대, 내 산령혼에 도장찍어 가옵시는
기쁨이랄지 황홀이랄지 가슴이 항만하야
향그러운 어느 바닷속같은
그대, 그저 아득하였나이다.

사

가지 가지 시름으로 뻗은 버들가지에
오르나리든 근네ㅅ줄이 기척없이 서,
숨도 크게 쉬지못한
남달리 어리석은, 내눈에서
그대는 맨처음 무엇을 읽으셨나이까.

아

강물에 아른대는 하늬바람처럼
사랑은 오시여서 크으드란 슬픔이심.
한번 와선 아니가는 오롯한 슬픔이심.
애살픗이 그대 내게 처음 웃음 지우시든
그리움의 그뜻, 춘향은 아나이다.

『대조』, 1947.11.

그날

그날
너와 내가 둘이서 들길을 갈 때에는
신발아래 풀닢들도
유난히 더 푸르렀다.

질갱이도
쑥닢풀도
유난히 더 푸르렀다.

山은
강물에서 인제 새로 솟은듯이
물방울을 흘리며 우리를 에워싸고
순이
네몸에서도 안뵈이는 물방울이
듣는듯하였었다.

바람과
구름의
머언 먼 옛날.
우리 눈에 아직도 눈물이 없든날.

하늘이 우리에게 주신 그 눈부신날을
순이 그대는 시방도 생각는가.
우리들의 사랑이 처음으로 생기든날을
순이는 잊지않고 시방도 생각는가.

『예술조선』, 1948.2.

곰

太初에 곰 한마리
꽃 같은 곰 한마리
회오리 바람 속에
업드리어 있었것다.

앞에는 얼럭바위.
형제 같은 참나무들.
코 밑엔 누른 黃土
몇포기 들 마늘 뿐

아으 머리 위엔
눈 부신 神市……
즘생 위에 처음 열린
눈 부신 神市여.

버러지도 나븨 되야
하나 둘 나르는데,
神明이여 神明이여 굽어 살이사
인제는 나도 그만 일어서게 합소서

곰은 업드리어
빌고만 있었것다.
마늘 먹고 마늘 먹고
빌고만 있었것다.

『새한민보』, 1948.2 중순호.

싼듸頌歌

侵略과 掠奪과 憎惡의 銃彈에 쓰러진
聖 마하트마 · 싼듸의 屍身은
印度의 四億萬 民衆에게 주라.
그리하여 그들의 손으로서 그들 인디스
江물에 뭇게하고,
江가에 업드러져 慟哭케 하라.

그들의 눈물때문에 江물이 불어
全印度 地域을 汎濫케 하라!
外禍와 內亂위에 汎濫케 하라!

허나 마하트마 · 싼듸 ……
언제나 虐待밧고 빼앗기는者의 편이엇던
마하트마 · 싼듸 ……
그의 靈魂만은 모ㅡ든 弱小民族의 하늘위에
遍滿케 하라.

아푸리카에서도, 中國에서도, 朝鮮에서도,
모조리 일어나 그를 우러러 두손을
치여들게 하라.

맨발 벗고 굶음으로서 大英帝國에 抗拒하던
그를 본바다 우리도 맨발 벗고,
自由 아니면 차라리 굶어 죽으려던
그 氣慨를 거울삼게 하라!

聖 마하트마 · 싼듸 ……
이 物力과 戰爭과 原子彈의 世紀에

호올로 끗까지 그의 사랑의 하늘을 지킨
武器업는 民族의 領導者, 우리들의 스승이여.

내, 인디스江이잇는 南녁을 향해
眞心으로서 그대에게 또한번 절하노니
이 窒息할 二十世紀의 混濁속에서
그래도 다시 한번 우리를 숨쉬게하는것은
그대가튼이의 그 거-찬 사랑때문이로다.

『평화신문』, 1948.2.17.

눈

그때에도 나는 눈을 보고 잇섯다.
솔나무 나막신에 紅唐木 조끼 입고
생겨나서 처음으로 歲拜가는 길이엿다.

그때에도 나는 눈을 보고 잇섯다.
萬歲부르다가 채찍으로 어더 맛고
학교에서 쪼껴나서 帽子 벗어 팽개치고
홀로 고향으로 돌아가는 길이엿다.

그때에도 나는 눈을 보고 잇섯다.
風月 팔아 술 마시고
좁쌀도 쌀도 업는 주린 안해 겨트로
黃土재의 언덕을 넘어가는 길이엿다.

시방도 나는 눈을 보고잇다.
거느린것은 한쩨의 바람과
形體도 업는 몃사람의 亡靈뿐,
인제는 갈데도 올데도 업는
미련한 미련한 韻律의 實務書長이여.

눈을 보러 눈을 보러 온것이다. 나는
해마다 내려서는 내아페 싸히는
하이얀 하이얀 눈을보려고
까닭업는 이짱을 다니러 온것이다.

『평화신문』, 1948.2.24.

八月十五日에

民族이여

우리모두 끝끝내 환장해버리고 말까? 때리고 부시고 불지르고 서로죽여 祖國은 그만 쑥대밭을 만들고 우리 모두 환장하여 미처버리고 말까?

아우보단도 兄이 잘 먹어야 되겠으니
아우 몰래 아우의것 훔쳐서먹고,
아들은 애비보단 잘 입어야 되겠으니
애비의 옷 버껴서 제 몸에 걸치고,
弟子는 스승보단 똑똑해야 되겠으니
스승의 얼골에 돌을 던지고,
이웃은 이웃보다 잘 살아야 하겠으니
속이고 모함하고 원수를 만들고,
阿鼻叫喚의 地獄과 같이 서로 할퀴고 싸우고 맞부디쳐!
우리 모두다 쓰러지고 말까

民族이여

저 모진매에 쪼껴다니든 倭政 三十六年間 기맥히면 우러러 보든 저 도라지꽃빛 우리의 하늘밑에

저기는 白頭山
저기는 智異山
저기는 豆滿江 저기는 漢江
저기는 대추나무선 자네의집
여기는 우리집 박꽃도 피였네!
民族이여.

그 환장한 마음으로 치켜든 두주먹으로 차라리 환장한 제가슴을 쳐 그깐놈이 共産主義같은것 팽개쳐버리고 못울겠는가…… 못 울겠는가……

아버지와 할아버지가 모두 무쳐계시는 이나라 땅일세!
여기 쓰러져서 못울겠는가…… 못 울겠는가

『경향신문』, 1949.8.15.

善德女王讚

뭇 벌과 나비들이 어우러져 날라드는
新羅山野의 자욱한 꽃 밭위에
언제나 이를 구버보고 게시던 크낙한
꽃 한송이가 피어있었다고 생각하는것은
얼마나 큰 기쁨인가.

그 지닌 향기는 너무도 높아, 어느
벌 나비도 다을수없는 곳에
으젓한 꽃 한송이가 호올로 피어있었다고 생각하는것은
얼마나 큰 기쁨인가.
自身의 사랑을 위하여서는
그 서러운 영혼의 位置에
다만 별 바래기 瞻星臺를 이룩했을 뿐이면서도……

한낱 풀꽃같은 게집애의 외오침에도
늘 귀 기우려 救援의 손을 뻬치시고,

나라 안의 홀어미와 홀애비들에게는
그들의 외로움을 달래여 柴糧도 보내시고

당신은 그가 누군줄도 모르면서도
당신이 그리워 미쳤다는 志鬼와 같은 사내에게는
당신의 수레 뒤를 따르라고 하시고,
또 그가 石塔아래 잠이 들어 누었으면 그 混濁한 가슴위에
그 尊嚴한 聖骨王者의 팔찌도 벗어 놓으시고

항시 빙그레 웃으시고,
유─모러스 하시고,

맨 뒤에 이승을 하직하실 날도, 묻히실 하늘도,
미리 미리 유리속처럼 환하게 아시던 님!

오 一千三百年은 오히려 가까웁네.
善德女王같은이가 이나라에 살고있었다고 생각하는것은
얼마나 큰 기쁨인가.

『문예』, 1950.6.

影島日誌 (壹)

나는 어느날 이 섬 아래 마을로 移徒를 왔다. 섬의 꼴은 물론 山도 밉상이요 모든 것이 다 밉상이었지만 어쩔수없는 일이었다.

섬이라야 뭐 어수선헌것이 오랫동안 문허져네리다가 잠깐동안 쉬여있는 커드란 바윗돌처럼 고스란히 앉져있을뿐. 차라리 나는 뜰아래 한 그루의 石榴나무나 바래보는수 밖에는 별 道理가 없었다. 次次 여물이 들어가는듯한 石榴열매와 石榴입사귀와 그近處에 어리는 하늘 — 또 누가 있어 그 아래서 소리치면 금시에 그 피빛의 물을 하늘에 드릴듯한 石榴열매들의 上氣, 그런것이나 바래보고있는수밖에는 별 道理가 없었다.

이튼날

나는 또 그 石榴나무에서 그리 멀지 않은곳에 한그루의 모과나무가 서있는것을 보았다.

모과나무는 보면 볼수록 그 울툭불툭한 몸둥아리나 누르무레한 열매보단은 오히려 그 파다거리는 입사귀들을 보아야할 나무다. 아니, 보는것보단도 그것을 드러야할 나무다. 바람이 부는대로 그소리는 바로 진양調요, 중머리요, 자진머리다.

한참동안 그소리를 듣고 있자면 어느새인지 새들도 와서 거기 엉긴다. 새들은 낱낱이 사투리를 쓰고 있지만 그前부터도 이나무를 알기는 아는 모양이다. 聞慶새재에서나 온듯한 音聲을 쓰는놈도있고, 全羅道 근방에서 바로 날러온듯한 소리를 하는놈도 있지만 그들은 모두가 오랫동안 그리던 舊面을對한듯 그입사귀에 뺨들을 문지르며 무어라고 지줄댄다. 마음이 탁 — 뇌인 목청이다. 그중에 어떤놈은 아무래도 못견디겠는지 입사귀들속에 송두리째 몸을 묻고는 오래 — 오래 나오지않기도한다.

『문예』, 1950.12 戰時版.

一線行車中에서

『고향이 어디신가요?』 무르면

『충청돕니다』 빙그레 웃으며 대답하고는 軍用車 승강대에 少年처럼 걸터앉아서 明朗한 음성으로

『이몸이 죽어서 나라가 선다면』도 부르고

『울밑에선 鳳仙花』도 부르고

『바다로 가자』도 소리높이 부르는 젊은

그대의 고향은 어느山水 푸르른 忠淸道 山골인가

목청 고운 꾀꼬리 뻐꾸기들 많이 모여사는 이름모를 山꽃들 들꽃들 많이 모여사는

어느 하늘아래 마을인가?

한 點의 憂鬱 한 點의 티끌도 없이 가즈런이 흰 이빨 맑은 두 눈방울이

늘 웃으며 一線으로 前進하는 이 敗할수 없는 젊은 精神이여

이러한 小隊長의 옆에 또한 나란히 느러앉아 小隊長을 따라 無時로 노래하며 웃으며 一線으로 前進하는 小隊와 小隊들의 滅할수없는 젊은 精神이여!

내 그대들의 싱싱하고 애띤 祖國愛의 薰香속에 젖어앉아

문득 祖國의 蒼天과 그대들의 얼굴을 번갈아 보노니

역시 지금 이 版局에 하늘이 가장 어여삐 보시는것

그대들의 그 辱을 모르는 얼굴이리라.

『전시문학독본』(김송 편), 계몽사, 1951.

山中問答

『아들아. 네 발맡에 민들레꽃, 머리 위에 나뭇가지, 춤추는 나뭇가지, 거기 우는 꾀꼴새 — 마치 우리 기쁜 마을의 心臟의 소리 같이 울렁대는 꾀꼴새, 첩첩히 둘러싸인 초록과 연두와 자지와 水墨빛의 山둘레들을 보아라. 저것이 왼통 다아 네것이다 …….』

『아들아. 저 산둘레들을 넘어 가면, 한없는 바다위에 갈매기들이 사는 것을 아느냐. 아버지의 키를 百곱절 한것 보단 바다는 훨씬 더 깊고, 그 깊고 푸른 끝없이 출렁이는 물속에서는 저 꾀꼴새 같은 고기, 그 열곱절 百곱절 만큼식한 고기들이, 우리들 사람들 보단도 더 많이 살고, 또 날라다니는 고기들도 사느니라. 아들아. 하이연 새, 더없이 하이연 새 — 갈매기들은 꼭 너와같은 소리를하며, 마치 네가 어느날 저 뒤안의 풀시밭에 구슬을 빠트리고 찾어 다니듯이 기웃둥거리며 바람에 흔들리는 풀밭과 같이 항시 흔들리는 바닷물살을 잠도 안자고 따라다니느니라. 아들아. 갈매기들은, 또 그속에 그의 꽃밭과 그의 兄弟와 그의 草堂과 그의 엄마를 잃어버린 것인지도 모른다.』

『아들아. 저기 저 구름을 보아라. 저 연두빛의 山 다음에 초록의 山을 넘어, 초록의 山 다음에 보라빛의 山을 넘어, 자짓빛, 水墨빛의 山을 넘어, 떠나가는 名節날의 종이 鳶같이, 가오리, 꼭두성이, 네눈백이, 鳶들과 같이 너를 두고 떠나가는 구름덤이들을 보아라 …… 아들아. 저 구름들의 어떤것은 바다로 가니느라 ……』

『아버지. 아버지. 그럼 내 구름은 어디에 있어요? 내 바다 내 갈매기들을 만나러 가는 내 구름은 어디 있어요? 내가 빠트린 하늘빛 구슬, 나와 같이 놀던 이쁜누나, 작년에 보던 민들레와 오랑캐꽃, 바람에 허무러진 山밑에 외딴집들은 다 어디 있어요?』

『아들아. 그것들은 다아 저 구름속에 있다. 구름 속에 묻히고, 구름 속에 살고, 구름 속에 피고, 구름 속에 섰느니라. 그리고 아들아. 저 구름들은 모두 다 네것이다 …….』

(舊稿에서)

『현대문학』, 1955.1 창간호.

竹房雜草 (上)*

房

아무도 만나보고 싶지 안흔 때가 우리에겐 잇다. 肉親도, 벗도, 勿論 모든 知人들, 一가장 親近하다는 사람들과 接觸함에서도 우리는 一種의 窒息을 느끼는 때가 잇다. 이러한 때 우리는 일즉이 아모에게도 펴본 적이 없는 제 가슴의 海底를 고요히 굽어보며 혼자만 앉어 잇고 싶은 것이니 가장 無罪한 訪問客까지를 우리는 이 한 時分을 爲하야 擯斥할 수 잇는 것이다.

제 孤獨을 享樂하고 싶을 때 아무런 支障이[없이-엮은이] 숨으러 갈 수 잇는 한 개의 房을 가진 사람은 얼마나 幸福스러운 일일까. 諸君은 이러한 房의 하나를 가지지 못함으로서 차운 들길에 우두커니 섯든 겨울이 過去에도 없는가.

勿論, 우리는 一의 共同宿所로서의 房을 가젓으므로써 벼개 맞대고 한 이불 밑에 누워 잇는 저 겨울밤의 長閑한 親和와, 모기불 노코 마루ㅅ전에 앉어 도란그리는 여름 저녁의 꿈을 우리의 幼年時代가 가지고 잇는 자랑을 잊어버릴 수는 없다.

그러나 우리의 心情은 爐邊의 團欒을 가짐과 同時에 獨居의 한때를 必要로 하는 것이다.

西洋에 哲人 思索家가 많음은 그들이 마음껏 靜寂을 지킬 수 잇는 한 개의 房을 가질 수 잇는 데 큰 原因이 잇는 것이 아닐까.

짙은 그늘과 맑은 물이 잇는 外所에 한 개의 素朴한 獨居를 가진 사람은 얼마나 幸福스러운 일일까.

---

* 이 산문은 『미당서정주시전집』 2(1991) 말미의 '서정주작품연보'에서는 『동아일보』 1935년 8월 30일~9월 3일 사이에 상·중·하 3회에 결쳐 게재되었다고 나와 있다. 그러나 필자가 확인한 바로는, 8월 31일에 상편, 9월 3일에 하편 해서 2회로 나뉘어 게재되고 있다.

午睡 깨인때

나는 午睡를 作定하고 자리에 누엇을 때 나를 찾어오는 모든 訪問客을 미워한다. 나는 한 때의 午睡를 爲하야는 모든 用務와 親切까지를 拒否하는 내 心情을 妥當하다 생각한다.

나는 일즉이 나를 爲하야 한 마리의 씨암닭을 잡어노코 나를 찾어와서 흔들어 깨우든 우리 어머니에게 역정을 내든 어느 여름을 記憶하거니와, 大體 자네들의 그, 남의 午睡를 侵入하는 自由를 容納하는바 用務라는 것은 무엇인가?

내 六官이 境界에 疲勞할 대로 疲勞하고 헝쿠러진 理性을 다시 붓잡을 蠻勇이 생기지 않을 때, 미리부터 準備해 잇든 木枕 우에 내 너무나 적은 머리ㅅ박을 노하버리느니, 모든 不快한 表象을 쫓고 저 죽엄과 같은 原始的 忘却의 世界로 들어가는 非夢似夢의 소로(小路)를 더듬어갈 때, 그러나 우리는 어느 때 完全히 저 忘却의 城門을 들어섯든지 그것을 알지 못하고, 몇 時間 後에는 너무나 意外인 覺醒의 浸入앞에 우리의 눈은 놀랜 듯이 띠는 것이니 이 瞬間, 우리는 時間과 時間을 完全히 沒却하고 自己의 位置를 짐작할 수 없어 무어라 理由를 부칠 수 없는 虛고픔을 느낀다. 이는 우리가 벌서 形容은 일혓을망정 일즉이 떠나온 일이 잇는 어느 故鄕에 온 것 같은 느낌을 주지 안는가.

午睡를 作定하고 자리에 눕든 일을 생각하게 될 때(完全한 理性이 도라오기 前) 아무리 생각해도 그것은 몇 時間 前의 일 같지 않은 것이다. 不過 數時間의 午睡가 깨인 때 그것이 무척 悠久한 歲月이나 經過한 것처럼 느끼어지는 것은 어찌한 일인가?

(이 瞬間이 지내갈 때 우리는 다시 境界의 錯雜 앞에 서는 것이다.)

『동아일보』, 1935.8.31, 학예면.

竹房雜草 (下)

○

거룩한 飛躍의 出現 앞에서는 時間과 空間이 沒却되는 것이다. 時計의 秒針을 헤아리며 周圍를 靜觀하고 잇든 우리는 뜻밖에 沸騰하는 感情의 絶頂 앞에 설 때 저 時間과 空間의狹窓을 忘却하는 崇嚴한 光榮에 싸이는 것이다. 歷史 우에 이루어지는 一의 高峯—저 모든 英雄的 事實은 時間과 空間의 範疇를 沒却하는 一의 飛躍의 記錄이 아닐까.

○

칸트

四方 六尺의 監房 天井에 가까운 窓틈으로 내여다 뵈는 하늘을 칸트는 오늘도 우럴어보고 잇다.

(不思惟, 不可認識 ……)

監房에 사는 사람에게도 하늘이 잇다.

○

나는 아직 極惡의 人을 본 일이 없다. 勿論 極善의 人을 본 일도 없다.

○

善의 假面이 存在하는 날 惡의 假面의 必要가 생긴다.

惡의 假面을 즐겨 쓴 사람—뽀드레-르. 그러기에 톨스토이의 藝術論 가운대는 뽀드레-르의 詩를 非라 한 곳이 잇다.

○

니체는 말하엿다—世界에 對해서 疲困할대로 疲困한 者의 입에도 若干의 地上享樂이 숨여 잇다고. 그러나 極히 地上的인 人間도 때로는 하늘을 우럴어보는 黃昏을 가지는 것이다.

○

원수를 사랑하라. 그러나—너무도 矮小柔弱한 俗人 유대를 容恕하기에는 예수 그는 아직도 年歲方壯한 詩人이엇다.

○

일즉부터 우리는 壯年 衛生家 釋迦의 像을 가지는 榮光이 잇거니와 또한 이스라엘의 쎈치멘탈이슴을 물리칠 아무 理由도 없다.

○

人間이 生活을 비롯하는 날

執着性과 放浪性의 어느 하나만 가지고도 살 수 없는 것이다.

○

主義는 한 개의 固執이다.

너그러운 사람도 固執을 가지는 일이 잇다.

○

무엇 하러 가시나요,

이러한 물음 앞에 그대들은 낯 붉힌 적이 없는가(逍遙하러 나왓다가……).

○

平丸,

人間은 닭이 아닌限 母子相姦을 許諾할 수는 없다.

—孔子의 偉大하다는 點은 結局 여긔 잇지 않을까.

○

또스터에브스키.

괴테의 하늘을 보아오든 우리는 그에게서 어느 새이 몇 萬길 땅 속으로 떠러짐을 느낀다. 그러나 우리는 땅 속의 하늘을 또 하나 보는 것이다.

○

늪(沼)과 湖水,

또스터에브스키와 괴테

(엘리아의 두 아들……)

참아 湖畔으로 울러가지 못할 서름을 가진 사람이 잇는 것이다.

또스터에브스키와 늪(沼)……

○

사람이란 畢竟 하늘밑에 땅 밟고 살다갈 것이 아닐까. (얼마나 단순한 일인가)

『동아일보』, 1935.9.3, 학예면.

畢波羅樹抄 (上)

秘密

누구에게도 펴볼 수 없는 秘密이 사람에게는 잇읍니다. 아무리 親한사람에게도 이얘기할 수 없는 秘密이 잇읍니다. 나는 흔히 「이 사람은 秘密이 없는 사람 潔白한 사람」이라는 사람을 볼 때마닥 異常하다 생각하거니와 사람이 秘密을 가지지 안흘 수 없다는 것은 한 개의 큰 悲劇인 同時에 또 자랑이기도 합니다. 秘密이 없는 사람을 나는 想像할 수 없읍니다. (적어도 사람인 限)누군지 붓들고 가슴 속에 끄러오르는 秘密을 말하고 싶은 차마 견디기 어려울 瞬間이 올 때 우리는 먼저 周圍를 살펴봄니다. 그러나 누구와 더부러 이야기하기에도 우리는 너무나 深刻한 秘密을 가젓고, 이를 克服하고 웨처볼 수 도 없는바 우리는 어데까지 人間일 뿐입니다. 秘密의 무게를 안고 人間을 避해 가는 때가 잇읍니다. 가까운 숲의 어디, 우리는 자리 잡어 업디려저서 다시 한 번 解放된 自己 앞에 설때, 或은 혼자ㅅ말이 되고 或은 부르지즘이 되고 或은 우름이 되야 일즉이 우리가 아무에게도 펴볼 수 없는 秘密은 여기密語眞言처럼 읇어지는 것이니 이미 일곱 개의 封印은 떼여지고 刹那나마 그는 神과 比肩하는 位置에 서는 것입니다.

日記에까지 우리가 秘密을 記錄할 수 없는 것은 어찌한 일입니까.

나는 일즉이 어느 친구에게서 이러한 이얘기를 듯고 느낀 바가 잇습니다. …… 畢竟은四大(地水火風)로 도라갈 屍體의 墳墓를 만들지 말고 사람마닥, 갖이고 잇는 바 저 一生의 秘密을 刻하도록 해서 風趣 조흔 山間地에 무더라도 두엇으면 조켓다고 ……

『동아일보』, 1935.10.30, 학예면 수상(隨想)란.

畢波羅樹抄 (中)

길거리

문득 사람들의 얼골이 그리워질 때 몬지 안진 房을 暫間 비여 두고 길거리로 나갑니다. 오고가는 人波 속에 석겨 잇는 내 自身을 보는 것은 나에게 한정 없는 기쁨이 됩니다. 지내가는 사람들의 얼골을 될 수만 잇으면 나는 빼노치 안코 바래봅니다. 때로 나의 눈은 새캄아케 끄을린 煙突 掃除夫의 얼골에 머믈기도 합니다. 무척 아름다운 눈을 갓인 어느 少女의 얼골에 넉없이 쏠리는 적도 잇읍니다.

하야 어느 때는 눈과 눈이 서로 마조치는 일이 잇읍니다. 未知에 對한 無限한 好奇와 渴望을 안코 마치 무엇을 더듬는 듯이 눈과 눈이 서로 交錯하는 瞬間 우리의 눈은 生 以前과 가치 不可思議한 것을 나는 압니다.

그것은 勿論 秋波가 아닙니다. 敵視 卑下 阿諛 勿論아닙니다. 그러타고 肉親이나 戀人 親舊 새이의 情다운 一瞥 그것과도 性質이 달릅니다. 나는 어느 날 光化門通네거리를 지내다가 서로 처다본 일이 잇는 어느 女人의 얼골과 눈을 몟달 지낸 오늘에도 오히려 記憶하고 잇습니다.

勿論 내가 여기 이러케 말하는 것은 헐벗은 사람이 自己의 헐벗음과 對照해서 奢侈한 사람을 우러러 보는 또는 奢侈한 사람이 自己의 奢侈함과 對照해서 헐벗은 사람을 네려다 보는 그러헌 種類의 길거리의 悲劇을 말하는 것은 아닙니다. 우리가 길거리에 나설 때 우리는 적으나마 階級과 差別을 超越할 수도 잇읍니다. 自己의 衣裝과 地位를 關心하지 안는 鈍한 心情을 우리는 길거리에서 暫時나마 가질 수가 잇읍니다.

몰려가고 몰려오는 人波속에 석기여 그들의 얼골을 바래보며 定處없이 거러갈 때 언듯 말이라도 거러보고 싶은 사람과 만나는 일이 當身들에겐 없읍니까. 우리는 勿論 姓과 이름과 住所를 모릅니다. 그러면서도 無限 親함을 느끼는, 그 자리서 손이라도 붓드러 잡고 싶어지는 사람을 或은 길거리에서 보는 일이 잇읍니다. 그러나 이를 敢行하기에는 어찌하야 우리는 이처럼 弱합니까.

世上에는 서로 만나서 幸福스러울 사람이 반듯이 잇을 것입니다. 이러한 사람끼리 서로 길거리에서 만날는 지도 몰릅니다. 或은 그것을 서로 느낄는 지도 모릅니다.

이러한 確信을 가젓으므로써 길거리에 나설 때 나의 마음은 新大陸 發見의 航路

에 오른 컬럼버스와 다를 것이 없읍니다. 그러나 아모 말없이 나왔다가 아모 말없이 도라가는 나. 그러므로서 나는 다시 길거리에 나설 機會를 기다리며 人間에 對한 絶望의 誘惑을 물리치기로 합니다.

『동아일보』, 1935.11.1, 학예면 수상란.

畢波羅樹抄 (下)

畢波羅樹

午前 네時 半.

새벽 參禪을 끝마추고 菩提樹 밑에 서서 새벽 明星을 바래봅니다.

三十歲의 釋迦가 尼連禪 河畔의 畢波羅樹 밑에서 새벽 明星을 보고 忽然 悟道하엿다는 것은 十二月八日 曉朝의 일입니다.

砂漠, 四十日間의 沈思冥想의 끝에, 내가 하늘의 아들이로라고 웨치고 나온 耶蘇 그는 아직 三十고개를 갓 넘은 靑年이엇습니다.

어디서 이처럼 큰 情熱이 솟아나오는 것일까요. 어떠케 이처럼 큰 確信이 생기는 것일까요.

이런 이애기가 잇습니다 ― 어느 砂漠에 가까운 地帶에 사는 사람이 偶然히 한 마리의 獅子새끼를 잡아다가 마침 自己 집에 生産된 여러 개새끼와 같이 길럿읍니다. 獅子새끼는 개새끼들과 함께 아무 일없이 몇 달을 살엇읍니다. 개새끼와 한 통의 밥을 먹고 때로는 개새끼의 흉내를 내는 獅子새끼는 形容 以外에 개새끼와 다를 것이 없엇습니다. 어느 날 그날은 日氣가 무척 淸朗한 날이엇읍니다. 뜻밖에 砂漠 멀리서 뭇獅子의 우름소리가 들렷읍니다. 개새끼와 가치 잇는 獅子는 귀를 기우리고 듣고 잇엇읍니다. 그러고는 쏜살같이 砂漠萬里를 다라나 버렷읍니다.

또 이런 이얘기가 잇습니다 ― 海岸을 걸어가는 靑年이 잇엇습니다. 보통 사람들은 그를 시원찬은 靑年이라 하엿습니다. 그는 무슨 일이 하고 싶엇습니다. 人類를 爲한 무슨 일이 하고 싶엇습니다. 그러나 自己에 對한 確信이 도모지 생기지 안엇습니다. 靑年은 海岸의 길을 걸어가고 잇엇습니다. 이때 어린아이 하나 언덕에서 떠러젓습니다. 어린애의 우름소리는 靑年의 耳膜을 울렷습니다. 靑年은 바다를 向해 뛰여 들엇습니다. 다시 언덕 우에 나온 그는 어느새 神과 同列에 잇는 自己를 보앗고, 비로소 첫 下降을 始作하여 足할 自己를 알엇습니다.

耶蘇거나 釋迦거나 莫大한 歲月의 懷疑焦思한 끝에 그날이 이르럿겟지만 自己의 할 바를 비로소 알고, 이를 確信하고, 이를 肯定하고, 法悅에 陶醉하여 처음 起立하는 瞬間과, 그 情熱이 없엇든들 永久히 그들은 꾸러앉은 채 飛躍할 날이 없엇을 것입니다.

언제 어디서 이러헌 瞬間이 다시 無數한人間들 가운데 하나 둘을 찾아올른지 모릅니다. 그것은 오늘일는지도 모릅니다. 來日일는지도 모릅니다. 이러헌 기다림을 가질 수 잇다는 것은 우리들의 幸福이 아닐 수 없습니다.

午前 네時 半 菩提樹 밑에 서서 새벽 明星을 바래봅니다.

『동아일보』, 1935.11.3, 학예면 수상란.

續畢波羅樹抄

○

絶對로 存在할 수 없는 것이 잇을 수 잇을까.

없다, ―宇宙 全體에서 볼 때.

잇다, ―個我 個體에서 볼 때.

○

存在의 全部를 肯定해도 살 수 없고, 全部를 否定해도 살 수 없다.

이 사람을 보라, ―(니체)

○

善이다. 美다. 鬪爭이다. 扶助다.

一面的 可能의 學說, ―우리는 이것을 眞理라 할 수 없다.

○

實在, 善인가. 實在, 惡인가. 靈인가. 物인가.

善이요, 惡이요, 靈이요, 物, 아닌가.

○

弱한者 眞理를 알고 살 수 없다.

○

어디로 가든지 畢竟 우리는 人間이다. 五官과 情과 慾을 가진……

○

모든 西洋的인 天才의 肖像畵는 不滿 아니면 憎惡, 적으나마 一種의 焦燥를 表現하고 잇다.

그러나 釋迦만은 아무러치도 안타는 듯이 圓滿하게 앉엇다.

○

自己가 무척 天才나 된 것처럼 느껴지는 때가 잇다. 自己가 限없이 白痴와 같이 뵈이는 때가 잇다.

○

나는 아직 한 그루의 나무와, 한 개의 湖面을 바래보듯이 서로 처다보는 眞實한 눈(目)을 보지 못하엿다.

○

哲學史.

舊學說의 誤謬와 新學說의 創建 新學說의 創建, 永遠의 新과 永遠의 舊 …… 史家는 이것을 進步라고 한다. 時間의 作亂.

○

史上의 모든 哲學者를 한 房에 모아 앉쳐 봣으면, 칸트와 풀라톤과 데모크리터스, 헤겔과 포이엘바하, 스피노사와 에피규라스 ……

그들의 이야기의 結末이 어떠케 나나.

○

메레쥬곱흐스키의 톨스토이論을 보면 靑年時代의 톨스토이는 勳章이 부러웟다고 한다.

愛妻와 家庭을 버리고 西伯利亞를 流浪하는 晩年 杜翁의 질머진 걸망(布袋)은 勳章과 같이 빛나지 안는가. 이것을 말하지 안는 點에 畢竟 그의 偉大는 잇는 것이다.

『동아일보』, 1935.11.5, 학예면 수상란.

高敞記

(一) 房의 悲劇

最初에 누가 잇어 흙으로 바람벽을 싸아 房을 마련햇느뇨

아마도 凍死體되기 실혀서 酷寒을 避하야 또 뭇毒蟲과 毒蛇와 猛獸를 避하야 이루어진 것이라 우리는 生覺하는도다.

우리는 오랜 歲月을 房에 길들어 살어왓도다. 溫突房에서 사는 사람은 板子房에서 살 수 없고 寢臺에서 자는 사람은 溫突房에서 잘 수가 없도록까지 길들어 왓도다. 이리하야 罪人을 罰하기 爲하야서 板子房을 마련하는 制度까지 생기지 안헛느뇨

呾呪할지로다 너, 房을 太初에 마련한 者여. 이제 나는 充分히 房의 悲劇을 覺하고 外界를向해 房門을 열어 재치며 이러케 부르짓느니 생각건대 룻소와 같은 自然을 사랑한다 하야 散步하기 조와 하는 모든 사람들의 反逆은 너에게 向하는 것이엇도다 房아.

우리는 房에 질리기 始作하면서부터 이를 裝飾하기 비롯햇으니, 或은 花柳文匣을 웃목에 노아 보기도 햇고 或은 名畵雜畵를 壁 우에 부치기도 하엿으며 때로는 花瓶을 또는 魚沆을 몇 번 고처서 드리고 가라서 내 갓엇는가. 壁畵의 位置를 變하여도 보고 각금 冊床 뇌인 자리를 옴겨도 본다. 그러나 도모지 不滿足한 것은 房이다.

사람들은 房의 가깝함을 견디지 못하야 窓을 琉璃로 만드는 걸 生覺해 냇으리라. 조이[종이-엮은이]로 窓을 바르고 살어오든 우리들도 미다지에다가나마 琉璃 쪼각을 부처 본다. 事實 카라일은 하늘을 보기 爲하야 그의 書齋의 天井을 유리로 꾸미엇다고 하지 안는가. 우리도 언제는 카라일을 본받어서 天井이나마 유리로 할는지도 모른다.

우리는 어찌하야 이처럼 房에 蟄居해서 살게 되엇는가. 끝끝내 房을 마련하지 말고 밖에서 살엇든들, 우리는 좀더 勇猛햇을는지는 모르지만 至今과 같이 無力하고 陰惡하지는 안헛을 것이다.

모든 消極的인 自殺行爲와 倦怠와 假面과 不安과 우울이 어데서 胚胎하느냐?— 나는 오늘도 壁을 바래보고 누엇다가 드디어 外界를 向해 窓을 열어 재치며 敢히 이러케 對答한다—그것은 太陽과 外界의 洗練을 拒否하는 너, 房이 나아논 悲劇이라고……

『동아일보』, 1936.2.4, 학예면 수상란.

(二) 장(市)

닷새마다 한번씩 장(市)이 서는 制度는 滋味잇게 되엇도다. 우리 땅의 山과 들 가운데 無數히 散在해 잇는 村落들 中에 百戶 以上의 大村을 골라 한 개의 장을 세우는 制度는 썩 滋味잇게 되엇도다.

或은 山 속에 或은 들녁에 파묻처서 勤農에 疲勞하고 蟄居에 심심해진 우리 百姓들에게 하로 동안 의관을 쓰게 하고 두루마기를 입혀서 장터에 모이게 하야 서로 처다보며 來往하게 하는 그것만으로도 장은 훌륭히 意味잇는 存在로다.

장에 가면 우리들의 아담스러운 生活을 裝飾하기에는 充分한 物品들이 구석구석 陳列되어 잇느니 가령 우리들의 안해의 한 감 치마를 만들 수가 잇는 廣唐木이며, 가령 先祖들 墓 前에 供養할 수도 잇는 왼갓 新鮮한 果實이 잇고 생선과 고기도 주머니만 許諾하면 大小를 不拘하고 사다먹을 수도 잇게 되여서 우리들의 心情을 마추기에는 至極히 足하도다.

또 장(市)에는 왼갓 얼골과 性格을 가진 사람들이 다 모이나니 각금 볼만한 求景도 이러나는도다. 그대들은 어느 고무신 店앞에서 色다른 채림을 한 거지들의 滋味스럽게 부르는 장타령소리를 들으며 웃을 수도 잇을 것이요, 醉하여 도라다니는 친구의 노래가락이며, 때로는 한바탕의 滋味스런 程度에서 그치는 싸움과 是非, 또한 求景할 수가 잇도다.

거기다가 볼일이나 다 끝나서 도라갈 무렵이 되거든 십전이나 이십전만 餘裕가 잇는 사람이면 구석구석 幕을 처 노코 厚히 待接을 하는 더러는 밉살스럽지 안흔 게집들이 잇느니 떠주는 뜨근뜨근한 국물에다 두어 잔만 한다면 이날 하로는 完全히 그대의 世上이 될 수도 잇을 것이다.

이리하야 해어스럼 醉하야 돌아가는 길에는 高談放歌의 興을 누릴 수도 잇고 드디어 집에 돌아가서는 사 가지고 간 것을 안해 子息들 앞에 펴 노흐며 하로 동안 求景하고 온 바 滋味스러운 장의이야기와 장의 事件을 燈잔불 앞에서 이야기해 들려주며 團欒할 수도 잇는 일이니 우리의 장(市)은 이 얼마나 祝福할 存在인고.

우리의 百姓들은 가령 미쓰고시(三越)의 商店이 자네들의 마을마다 서서 자네들을 부르는 날이 잇다 할지라도 우리의 장을 死守한다 할 지로다.

『동아일보』, 1936.2.5, 학예면 수상란.

徘徊

徘 徊

徘徊將何見
憂思獨傷心
—阮籍

肺장에 피가 아조 말라버리지 안는 限 나는 아직도 비바람 속에 사는 기쁨을 찬미하는 사람이어야 하리라.

마음이 傷채기로 에리는 날이라도 언제나 詩의 바탕은 日光에 저즌 꼿이요 꼿노래여야 하리라.

나는 대체 무엇으로 마음을 傷하엿고 傷햇다 해야 하는가.

스물네햇동안 내가 記憶해온 五百 개쯤 되는 얼골, 가깝다면 가까운 스무 개쯤 되는 얼골, 그 中에서도 父母兄弟, 竹馬故友, 단 하나뿐인 나의 愛人 — 그들의 까닭인가 나의 傷心은?

마지막 愛人마자 나는 흔연히 離別햇다. 그 餘는 물론…….

오오 父母兩位 兄弟간과 나의 愛人. 愛人이란 무엇이냐. 솟작새의 山脈처럼 내 눈아페 가리여서 넘을래야 넘을 수 업는 不治의 檣壁이냐.

그러나 나의 視線은 언제나 目前의 現實에선 저쪽이다. 그대가 만일 이러한 規則을 違反하고 내 瞳孔 아페 밧작 다가설 때는 그대는 누구거나 나에겐 絶壁이다. 문어트리거나 넘어서거나 안 되면 도라서 가야할 絶壁인 것이다. 그걸 아러라. 五百 개쯤 되는 知人의 얼골을 내 머릿속에서 削除한 다음 이제 내 生覺의 空中은 참으로 너릅구나.

오 永遠의 日曜日과 가튼 내 純粹詩의 春夏秋冬을 나는 혼자 어느 方向으로 거러가면 조흔가.

내 눈 아펜 이제 生疎한 山川과 晝夜만이 가리여라. 生硬한 岩石 우에 (그 無機體의 虛無 우에) 증 끄틀[정 끝을-엮은이] 휘날리는 至極한 技巧의 工人처럼 나는 내 暗黑과 日月을 헤치고 내 純粹詩의 形體를 색이며 거러갈 뿐이리라.

낫선 거리 우에 낫선 사람들 — 그들은 나와 가튼 空氣를 呼吸할 뿐 나에게 한 번의 握手를 請하는 일도 업시 지내가고 지내가선 다시 못볼 사람들 — 그들의 이 끈임 업는 人波 속에 나는 내 孤獨과 體溫을 維持하고 그들을 내 衣裝처럼 가춰입고 거러가고 거러가고 거러갈 뿐이러라.

이제 나의 孤獨은 完全히 나의 멋이다. 결국 사람이란 제 아무리 늙을 때라도 회파람 날리거나 하—모니카 부러야할 부끄러운 少女처럼 淸明할 것 안일까? (그러나 이 點 나는 너무 아는 척하는가 부다) 하여간—

나는 이 끗업는 徘徊의 中心에 한 개의 巴蜀을 두리라. 이걸 浪漫이라 부르건 地軸이라 부르건 그건 그대들의 自由다.

오늘도 하로의 彷徨 끗테 내가 疲困한 다리를 끌고 어느 빈터의 풀밧이거나 下宿집 뒷 房에 도라와 쓰러저 잇슬 때 왼갓 倦怠와 絶望과 暗黑한 것 가운데 자빠저 잇슬 때 문득 어덴지 먼 — 地域에서 지극히 고은 님이 손 저어 나를 부르는 듯한 氣味. 귀 기우리면 바로 거기 잇는 듯한 氣味 내 彷徨의 中心에 내 絶望과 暗黑의 中心에 결국은 내 心臟의 中心에 그 中心의 中心에 七香水海의 內圓의 江물처럼 고여서 잇는 듯한…… 그 沈默하는 것 그 誘引하는 것 내 心臟에 더워오는 것 그것을 나는 便宜上 내 靈魂의 巴蜀이라 하리라 詩의 고향이라 하리라 나는 언제나 이 附近을 徘徊할 뿐이리라.

○

샛길로 샛길로만 헤매이다가 한바탕 가시밧을 휘젓고나서면 다리는 홀처 肉膾처노흔듯 핏방울이 네려저 바위ㅅ돌을 적시고

아무도 업는곳이기에 고이는눈물이면 손아귀에닷는대로 떱고씨거운산열매를 따먹으며 나는 함부로 줄다름질 친다.

山새 우는 歲月속에 붉게 물든 山열매는
먹고가며 해보면 눈이 금시 밝어오드라.
이저버리자 이저버리자
히부얀 조이[종이—엮은이] 등불미테 애비와 에미와 게집을
慟哭하는 고을 喪家와가튼 나라를
그들의 슬픈習慣 서러운言語를
찌긴 힌옷과가티 버서 던저버리고
이제 사실 나의 胃腸은 豹범을 닮어야한다.
거리 거리 쇠窓살이 나를 한때 가두어도
나오면 다시 한결 날카로워지는 망자!
열번 붉은옷을 다시이핀대도

나의 趣味는 赤熱의 砂漠저편에 불타오르는바다!
오ㅡ가리다 가리로다 나의 무수한 罪惡을
무수한 果實처럼 행락하며
옴기는 발길마닥 똑아리
감은毒蛇의눈알이 별처럼 총총히 무처잇다는
모래언덕너머 …… 모래언덕너머 …… 그어디 한포기 크낙한 꼿그늘 부즐업시 푸르른 바람결에씨치우는 한낫骸骨로 노일지라도
언제나 나의 念願은 끗가는 悅樂이어야한다.

『조선일보』, 1938.8.13, 학예면 상화(想華)란.

램보오의 頭蓋骨

램보오 끗끗내 歸鄕할 일이 아니엇다. 에미와 누이의 품으로 도라갈 일이 아니엇다.

半쯤 부지러진 다리를 끌고 그래도 그대는 그 敗殘의 最後를 故鄕에서 마치려고 도라가는가. 弱한 人間.

그가 臨終의 寢床에서 누이의 손목을 붓드러 잡고 부들부들 떨리는 음성으로 『너는 神의存在를 밋느냐?』고 무럿슬 때 그는 벌서 한낫 平凡한 十九世紀 佛蘭西人이요 그 누이의 불상한 오래비에 不過하엿다.

정말로 어린애처럼 흐렁흐렁 울면서 카토릭의 聖油를 발바닥에 발리우며 한낫 無知한 시골 중의 呪文 속에 사라지는 이 無力한 屍體를 보라. 이것이 램보온가? 분명히 그 붸르렌[베를렌느-엮은이]의 피스톨 彈丸을 살 속에 박은 詩稿를 불사루고 뒤도라서 다름질 치든 그 모든 人間 劣性우에 匕首를 겨누는 틀림업는 램보오, 램보의 肉體인가?

그의 시골다운 무덤은 행용 寂寞하리라. 그 안씨러운 누이와 그 누이와 가치 無罪한 村女子의 며츤 더러 그의 무덤 우에 들꼿츨 삐우기도 하리라. 多幸히도 發表된 詩稿의 몃篇이 詩人 램보오를 後世에 傳하리라.

…… 그러나 램보오! 나의 로맨티시즘은 오히려 그대를 責하려 한다.

一切의 過去를 休紙처럼 불사루고 그대가 그 無와 가튼 砂漠만을 가즐 때 不絶히 分解하며 달릴 때 한 개의 制限된 아라비아砂漠은 正히 한 개의 神의 道路의 無限에 彷彿햇고 그대의 피투성된 正午의 肉體는 能히 一의 꿰닉스에 該當햇다. 램보오! 靑

年들의 먼 — 視線은언제나 그대를 노치는 일이 업스리라.

하여간 그대는 休息할 일이 아니엇다.

趣味는 이 얼마나 좁은 것인가.

極端 — 그러타. 램보오의 길은 컬럼버스의 것과 가티 圓形이여서는 안 된다. 永久히 到達할 수 업는 完成할 수 업는 直線이여서 조앗슬 것이다.

램보오는 이 自由 아페 回歸點을 두어야만 할 일인가? 出發點으로 回歸한다는 思想의 晩覺이 무엇이 그리 갑진 것이냐!

램보오의 歸鄕은 自覺이 아니엇다. 그냥 疲困하고 늙엇고 挫折햇슬 뿐이었다. 歸鄕하는 램보오는 임우 死灰의 屍體에 不過하다.

屍體 —. 그럼으로 나는 이러헌 그의 晩年 — 改宗과 悔恨과 老衰의 傳記를 모른다 하리라.

나의 瞳孔이 먼 — 天涯에 集中할 때 언제나 나의 머릿속에는 放浪하는 램보오의 現實이 잇다. — 인제는 背囊이나 신발까지도 버서 던저버린 지 오래인 램보오. 왼갓 풀 냄새와 山 냄새와 돌 냄새와 砂漠의 냄새가 나는 램보오. 짐승과 人間과 天地의 냄새가 나는 램보오. 손아귀에 닷는 대로 野生의 씨거운 열매를 따먹으며 점점 밝어오는 眼光과 心臟으로만 그는 거러간다. 그는 一切에 挑戰하고 微笑하고 獲得하고 抛棄한다. 그는 한 군데도 오래 머무는 일이 업다. 그는 愛人을 가지지 아니하리라. 親友를 가지지 아니하리라. 물론 故鄕과 過去를 가지지 아니하리라.

孤獨한 램보오……. 그의 意義는 다만 그의 現在의 步行과 그 流血과 克服과 蘇生에만 잇다. 참으로 情熱적인 어느 새와 가티 그 不絶의 飛翔 속에 自己를 燃燒하며 …… 統一하며, 分解하며, 忘却하며, 收入하며, 날러가는 情熱로만 存在하는 情神. 아조 죽어버리는 일이 업는 퀘닉스. 孤獨한 램보오.

土耳其와 印度와 아라비아와 아라스카의 좁고 너룬 山中이나 모랫벌을 헤매는 동안에는 女子도 만코 男子도 만코 사람이사 참 만키사 하엿으리라 或은 어느 椰子樹 욱어진 우물가에서 그의 뒤를 따르려 하는 막다아레에나의 兄弟를 만낫을런지도 모른다 그러나 그는 한번 微笑하고 도라서선 그의 길을 가고 또 갓을 뿐이리라.

아즉도 나는 그의 죽엄을 모른다. 그러나 아무래도 그가 別世한 것만은 事實인 모양이니까 나도 어쩔 수 업시 그건 그러타고 하지만 오히려 내 머리 속에 그의 墓地는 故鄕엔 잇지 안다. 내 至極한 趣味는 그를 屍體로도 故鄕엔 보내지 아니하리라.

램보오는 아직도 砂漠 우에 잇다. 아무도 찻어가는 이 업는 無人의 砂漠 우에 다만 靑山과 太陽熱에 젓어서 오래인 春秋에 잔뼈마자 다 녹고 어제는 하나 남은 램보오의 頭蓋骨. 그 유달리 하이얀 頭蓋骨. 樂園傳說의 禁斷의 나무 우에 스스로히 언치여 스스로히 나붓긴다는秘密의 書冊처럼, 바람과 하눌빗에만 젖어 잇는 頭蓋骨. …… 이 얼마나 嚴肅한 人間 苦悶의 象徵이냐?

이 변두리엔 아무런 꼿씨도 뼤우지 마라.

『조선일보』, 1938.8.14, 학예면 상화란.

질마재 近洞 夜話

비가 나리시는 날은
콩□[콩알?–엮은이]을 복고 ……

曾雲이와 가치

日前에 소조하여서 西江에 나가 배를 타고 밤섬(栗島)이라는 데 나리니 쬐그만 木船을 만드는 걸 보고 잇다가 나도 문득 배 한 척이 가지고 시퍼젓다. 얼마냐고 무르니까 三百圓가량이란다.

되도록이면 水溽이 기픈 곳에서 三百圓짜리 木船에 드러누어 自己와 人情 等을 생각해 보는 것은 얼마나 마지막가치 호수운 일일까.

배를 생각할 때마다 언제나 머릿속에 떠오르는 것은 春香傳이요 曾雲이라는 친구다.

그게 벌서 언제든지 내가 스무 살이나 스무한 살 때이니까 벌서 八, 九年 前일이다. 이리저리 가 딩구러 다니다가 고향에 도라와서 뒤房 구석에 백혀 잇스려니까 하로는 曾雲이가 차저와서 심심한데 배타고 바다에나 한번 나가보지 안켓느냐는 것이엇다. 물론 曾雲이는 배ㅅ사람이엇고 그때 나이는 나보다 세 살인가 네 살 손우이엿다고 記憶된다.

두 말할 것업시 나는 卽席에서 승락하고 쑥구미를 잡으러 가는 木船에 그날 해질무렵 同乘하엿다.

쬐그만 돗을 달고 생전 도라오지도 안흘 것처럼 배가 바다에 解放되는 것 — 마을의 輪廓도 개짓는 소리도 밥짓는 煙氣도 다 업서진 후 밤중이 이슥해서 우리는 中江에 떳다.

그 때 우리가 탓든 배는 한 六百圓짜리는 되엿든지 소얼찬이 커서 처음에는 나도 소라껍질들을 無數히 단 그 기이다란 줄을 海心에 집어넣는 工作을 짐작하는 대로 도와주고 잇다가 그것도 질려 船창 안에 드러가 늘펀이 자빠젓다.

사랑이라는 것 異端이라는 것 가령 生命이라는 것 — 그런 것들을 아무 頭序도 업시 二十歲의 머릿박으로 感傷허면서 아마 터문이 업시 호수웟든 것 가트다.

한참을 그렁그렁하다가 마악 잠이 올라고 하는데 曾雲이가 내 여페와 어깨를 흔드는 것이엇다. 지금도 분명히 記憶하거니와 그는 그때 먼저 나에게 어지렵지 안흐냐

춥지 안흐냐고 무슨 尊長이나 되는 것처럼 다짐을 바드러 들기에 절대로 안 그러 노라고 사실인즉 나는 좀 억지로 대답하엿드니 滿足한 듯이 씽긋이 우서 보여섯다.

그러고는 조끼 안호주머니를 두적두적 하드니 쓰내놋는 것이 흔이 장에서 파는 그 春香傳 一名 獄中花엿다.

나처럼 曾雲이도 압니빨 새이가 좀 벙그러젓섯다고 記憶이 되는 데 대체 어디서 그날 밤의 그 浪浪한 音聲은 發音되엿든 것인지 …… 구즌 조으름으로 감기려든 눈이 점점 띄워저 오면서 나는 참 奇異한 세상에도 와서 잇섯다.

좀 誇張일른지도 모르지만 눈이 極度로 밝어지는 瞬間이라는 것이 現實로 잇슬 수 잇는 것이라면 그때 나는 아마 그 비슷하엿섯다. 그리도 고리다고 생각햇든 春香傳의 宿命 속에서 春香이는 生生한 血液의 香내를 풍기우며 바다에 그득히 사러나는 것이엿다.

「「븨이너스」는 바다의 水深과 波濤에 살찌고 鍊磨되야 誕生햇느니라」는 「로당」의 一句가 比較的 온전히 내게 意□[意解?–엮은이] 된 건 이날 밤의 曾雲이의 德이엿다고 나는 지금도 感謝하고 잇다.

그 이튼날 멧 十뭇의 쑥구미를 실고 배는 「질마재」로 도라와서 우리는 멧 잔식의 막걸리를 나누고 서로 헤여젓다.

그 후 나는 또 나대로 도라다니느라고 오래 고향엘 가지 못하다가 再昨年 여름 잠깐 집에 들럿슬 째 偶然히 생각이 나서 曾雲이의 安否를 무럿드니 丁丑年 늣봄의 큰 暴風 째 질산바다에 조기잡이를 나가서는 어찌 되엿는지 아직 도라오지 안는다는 것이다. 이건 가치 조기잡이를 나갓다가 요행이 사러온 내 五寸叔의 말이니까 틀림은 업슬 것이다.

『매일신보』, 1942.5.13, 가정·문화면.

曾雲이는 나처럼 한번 장가도 가보지 못하고 간 셈이다. 그 숫만흔 머리털이며 瞳子가 크으다란 눈깔 해 가지고 血脈이 싱싱이 가라안즐 째 …… 오 — 壯하다 壯할진저 曾雲이는 壯하엿다

昨年 여름에도 잠깐 「질마재」에 들럿다가 아무래도 망둥이 낙시질을 그만두고 올 수가 업서서 비가 아조 개이지 안음에도 不拘하고 나는 란닝구 사쓰에 사루마다만 입고 압바다에 나갓다.

비는 머즐 듯하드니 다시 쏘다지며 개울이 숨해 흘러네리는 陸水 째문에 망둥이는 한 마리도 내 낙시를 물지도 안코 할 일업시[하릴없이–엮은이] 비에 척척히 저저

잇슬려니까 어느 새이 밀려오는 滿潮 때가 되엿슴인지 멀리서 바다가 高喊을 치는 것이엿다.

우―우―우―우― 曾雲이 가치 고함을 치는 것이엿다.

이 크으다란 歡迎 아프로, 스스로의 멧 거름을 나는 거러나가는 것을 생각한다. 그러나 오래지 안어 나는 卑怯히도 너무나 卑怯히도 되도라 서서는 後面으로 後面으로 다라낫든 것이다.

밋며누리와 覲親

우리 從兄嫂가 시집을 온 것은 아마 그분의 나이 열네 살 때 일게다. 밋며누리엿다.

꼿가마 하나도 타보지 못하고 겨우 나루ㅅ배를 타고 건네와서는 또 近十里나 거러서 새 각씨라고 媤家에 드러오니 처음 대접하는 건 農軍에게 주는 그 텁텁한 막걸리 한 사발이엿다.

나는 그때 뒤 안 대추나무 미트로 뱅뱅 도라다니며 각금 새로온 兄嫂의 눈치를 살피러 와보앗지만 이 집에 참 오래 만의 더운 점심을 하여서 도라지나물이랑 한 접시 노코 床을 보아다 주니까 멧수깔 쓰지도 안고 웩○웩○ 吐하러 박그로 나오는 것이엿다.

그 이튼 날 저이 어머니가 (그러나 우리집 사돈댁이)가겟다고 하니까 붓드러 잡고 우러싸드니 사돈댁이 간 후에는 날마닥 내가 뱅뱅 도는 그 대추나무 미테 와서 南쪽 나룻목만 바래보고는 울고 바래보고는 울고 하엿다. 인제 생각하니 그 情景이 마치 억지로 젓떠러진 송아지 비슷하엿다.

그럴 때마닥 할머니는 옷고름 끄트로 눈곱을 닥그시면서 「석 사쿠어라 아가 석 사쿠어라」하고 권고하셧다. 할머니도 그런 경험이 잇섯든지.

하여간 그 勸告의 效力이 잇섯든지 가슴 속에 드러잇든 석이 무슨 肝덩이가 燒酒에 삭듯이 삭엇슴인지 두어달 지낸 후부터는 그러케 심히 울지는 안헛스나 안해다웁게 우리 從兄님에게 한 번 우서 보이는 일이 업기는 그만 두고 진땀을 흘리며 山에 가서 나무를 한 짐식 해 가지고 와도 兄의 얼골만 보이면 쏙 무슨 불에나 데인 사람처럼 부억으로 넹큼 도망가는 것이엿다.

『매일신보』, 1942.5.14, 가정·문화면.

나물도 만이는 캐날럿고 늘 맨발 벗고 배 골고 지내면서 退學마진 小學生처럼 行

色은 대개 혼자엿슬 모양인 이러한 二三年을 兄嫂는 대체 어쩌케 지내엿슬까. 어느 해 三月인지 키도 채 다자라나지 못한 兄嫂가 애기를 낫앗다. 해가 겹치는 동안에 나도 별 신기할 것도 업서서 注意를 안 햇든 모양이지만 아마 애기를 날 무렵 쯤하여서는 兄의 얼골이 보인다고 어디로 다라나지는 안 햇든 것 가트다(욕봣슬 것이다. 먼저 情神이)

아무리 밋며누리지만 애기를 하나 나케쯤 되면 이건 벌서 밋며누리는 아니다.

조카의 誕生日에는 兄이 三十里 박 장에 가서 미역을 멧 줄거리 사다 쓰린다. 집을 한 움큼 쯤 짤고 맑은 물을 담은 옴배기 속에 박아지를 업퍼 놋코 그러고는 단골 巫堂을 불르러 간다. 불르러는 내가 갓섯다.

콩도 밧고 쌀도 밧는 허이연 자루를 허리에 찬 단골 巫堂이 登場하면 이건 天使다. 醫師요 釋迦요 天神인 것이다. 옴백이에 뜬 박아지를 동동동동 두드리면서는 仙樂과 가튼 音聲으로 읍조리는 것이다.

「비나이다 비나이다 성주님ㅅ전 비나이다

福은 石崇이 福을 점지하옵시고 命은 三千甲子 東方朔이 命을 점지하옵소서」

이러케 난 아들 낫낫히 또 無病히 잘 크는것은 또한 하늘의 점지하심이라. 한 달이 가고 두 달이 가고 해가 박귀여서 어머니 아부지 소리쯤 하게 되고 秋夕名節이나 되고 豊年이나들면은 이 얼마나 조흔 일인가 이 얼마 조흔 일인가.

쓰더다간 말리고 쓰더다간 말리고 하여 두엇든 쑥을 느어 썩을 한 석씩 만들고 廣木적삼을 빠라서 입고 집신 한 켜레 닷돈 주고 사 신ㅅ고 兄嫂는 시집온 지 四年만엔가 親庭에 아버지 어머니를 뵈오러 갓섯다. 그 쑥썩이 든 석짝은 兄嫂가 머리에 이고 홀로 가는 건 안 되엿다 하야 내가 짜라 갓섯다. 나도 쏫다님을 치고 갓섯다.

나루를 건네여서 한 十里나 거러 갓슬까 다리가 팍팍햇든지 兄嫂는 길 가에 넘적바위를 보자 되름(도련님) 쉬여 가자고 하엿다. 쑥썩을 석짝에서 한 개 쓰내여 주면서 自己도 하나 쎄여서 물고

「에이쑤 그놈의 쑥국새소리 팍팍도 허네……」

아닌게 아니라 仔細히 드러보니 三面의山에서 쑥국새들이 쩨지여 울고 잇는 것이엿다. 무심코 아즈머니의 신발 쓰테 눈을 옴기니 모다 팍팍한 黃土흙에 노-라케 물드러 잇는 것이엿다. 나도 팍팍하다고 그째에 생각하엿섯다.

『매일신보』, 1942.5.20, 가정 · 문화면.

東彩와 그의妻

고향 사람들을 생각할 때 역시 이즐 수 업는 것은 朴東彩다. 東彩의 어디를 이즐 수 업느냐 하면 빨리 대답하기는 좀 어려운 일이나 내가 東彩한테서 배운 건 참으로 만헛든 것이다.

아직도 陰陽을 가리기 전의 어렷슬 때에 쓸 데 업시 백인 인(因)이 나에게 그러케 命令하는 것인지는 모르겟스나 十七戶를 넘지 못하는 「질마재」에서 제일 어진 사람은 역시 朴東彩엿다고 생각한다.

마을 안에서 제일 인심이 고약한 건 내 외三寸의 집이엿다. 비가 조케 와서 모를 심으러 가는 일ㅅ군들에 고등어 한 마리를 구어 주어 보는 일이 업섯고 밥은 언제나 곱쌀미 보리밥. 三寸은 자나깨나 金剛酒만 마시고는 마을 사람들을 함부루 처눕히니 그 집에 일가는 건 누구나 쓰리엿다. 그러나 朴東彩만은 그런 것을 가리지 안 헛든 것 가트다. 곱쌀미도 소곰 반찬도 남이 실여하는 것도 東彩는 도모지 몰랏든 것인지 알고도 모르는 척 하엿든 것인지 아무도 일을 가주지 안는 내 外三寸의 열몃斗落 되는 논배미 속에 항상 혼자 누러부터서 모도 심어주고 김도 매여주고 피도 뽑아주는 건 언제나 그 善良한 朴東彩엿다.

東彩의 外廓을 그릴 必要가 잇슬가. 매양 原色과 가치 누른 얼골이 매양 부어 가지고만 다니는 사람 눈을 한 번도 (한 번도) 우에를 쳐본 일이 업는 사람 눈을 우에로 쳐보지 못하든 東彩가 요새는 웬일인지 각금 생각난다.

大正 十一年度[1922년-엮은이]에 朴東彩는 우리집 머슴이엿다. 三食 멕여 주고 새경(年給)은 十二圓. 아까도 말햇지만 大正十一年度에 내가 朴東彩에게 배운 건 참으로 만타.

그해에 나는 개울 하나 건네서 「아년」이란 마을로 書堂엘 다녓는데 그 쌍冠을 쓴 訓長에게서 배운 『推句』[『趣句』-엮은이] 보단은 朴東彩氏가 내게 가르친 게 훨신 더 만헛다고 지금도 생각하고 잇다.

별이 똥을 싸서 바테 누어노면 그게 누깔사탕이 된다는 이야기라든가(나는 그 해에 東彩가 장에 가서 사다주는 누깔사탕을 처음 먹어 보앗스므로)

우렁은 二千五百年식 잔다는 이야기라든가

뻘경 병(甁)을 깨트리면 뻘경 바다가나오고 누런 병을 깨트리면 누런 바다가 나오고 푸른 병을 깨트려야 비로소 푸른 바다가 나온다는 이야기라든가(芝溶의 詩) 진달래꼿은 솟작새(子規)하고 서로 무슨 아는 새이라든가 논바닥에 기는 거이[게-엮은이]를 항상 나한테 잡어주어서 소사리를 식혓고 山에 가면 머루다래 토끼똥 찔알들을 늘 어더다 주면서 그 멀고도 아득한 이애기들을『推句』읽는 틈틈이 들리여 주든 東彩는 確實히 하눌이 나한테 마련한 先生님이엿다.

이러헌 東彩에게 悲運은 또 하늘에서 어쩌케 해 네려오는 것인가?

그 이듬해 가을인지 이듬해의 이듬해 가을인지—

東彩의 안해가 엽집 고막니네 광에 드러가서 白晝에 고구마를 한 소쿠리 퍼 내오다가 고막니에게 들킨 배 되여 미련하게도 고막니의 목아지를 치마끈으로 졸라매 氣絶케 한 事件은 아무래도 解得이 되지 안는다.

東彩와 가치 善한 스승에게는 그러케 惡毒한 예편네가 잇스란 마련이엇는가. 그리도 별의 이애기는 잘하든 東彩가 妻를 공부 식히는 데는 그처럼 무메[무지몽매?-엮은이] 하엿든가.

東彩 예편네는 五年 懲役의 宣告를 밧고 服役하러 全州로 갓다.

妻가 服役하러 간 후 봄은 또 연다러와서 우리집에서 나간 東彩는 또 마짱이 내外三寸의 집 머슴이 되엿다.

趙子龍傳이라든가 朴氏傳이라든가 이애기冊 박게는 아무 껏도 모르는 내 外할머니가 샛밥을 이고 들에 나가면 아무도 업시 혼자 업드려 잇는 논 가운대에서 朴東彩는 약간 名唱調의 濁音이 석긴 목소리로

「님아 님아 정든님아

날버리고 가신님아」하고 구슬피 노래하는 버릇이 생기엿다.(이건 물론 後에 外할머니한테서 秘密히 드른말이나)

『매일신보』, 1942.5.21, 가정 · 문화면.

毛允淑 先生에게*

안녕하십니까.

「慧星」이라는 雜誌社에서 당신에게 보내는 편지를 한 장 써 달라고 하여서 붓을 들기는 하였읍니다마는 무얼 썼으면 좋을런지요. 처음 생각엔 그건 아주 容易한 일일 것 같드니만, 막상 종이를 펴놓고 보니 이것 또한 決코 손쉬운 일은 아닙니다 그려. 더구나 처음부터 衆人앞에 내놓을 것을 前提로 하는 이러한 따위의 公開書翰이란, 참으로 쑥스럽고 無理한 것임을 처음 經驗합니다.

대개 편지라는 것은 서로의 安否를 傳하고 서로의 心中을 呼訴하는 것이거나, 或은 무슨 부탁을 하거나 또는 거기 對한 回答을 하는 類일텐데, 衆人環視裏에 傳하는 安否말씀이란 한두 마디면 足할 것이며, 지금 당장엔 편지로 여쭐 緊急한 부탁도 없고 보니 무얼 써야 좋을런지요. 드르면 西歐의 詩人 「라이너·마리아·릴케」와 같은 사람은 「싸로메」라는 女子친구에게 늘 長文의 편지로 自己의 心情을 告白하고 呼訴한 일도 있다고는 합니다만은, 弟[저-엮은이]로 말하면, 東洋사람이 되여서 그런지 近者 十餘年 男子친구나 女子친구나 間에 緊急한 用務 外엔 心中呼訴類의 편지라는 것을 도모지 하지 않고, 제 心中에 이러나는 大小事件은 제 心中에서만 써켜온 爲人이 되고 보니, 이것은 한층 더 어려운 일이 되어 있읍니다.

그러니 여기에서는, 弟가 요즘 생각하고 있는 弟의 詩心에 關한 것이랄까, ― 그런 것이나 한두 가지 적어 이 公開書信을 삼을 수밖에는 없는 노릇이겠읍니다. 깊은 諒察이 있으시기를 바랍니다.

弟에겐 지금 潮水처럼 干滿하는 몇 가지의 病痛이 있음에도 不拘하고 原稿著作類를 市井에 팔아 糊口의 料를 거둬가는 類의 行動만은 아직도 不得已 계속하고 있읍니다만, 그 밖엔 別다른 行動이라 할 行動도 없이 冊床가에 앉었거나 자리에 누어

---

* 이 글이 실린 『慧星』의 지면이름은 '공개장(公開狀)'이다. 잡지사의 청탁을 받은 문인이 최근의 관심 있는 문학의 내용과 주제 등을 다른 문인에게 편지 형식으로 소개·전달하는 마당이다. 서정주의 편지에 대한 답으로 모윤숙은 옆 지면에 「詩人徐廷柱氏에게」를 싣고 있다. 그는 "(……) 廷柱氏의 詩가 살어야 할時代는 역시 李朝末葉 그보다도 더퇴폐한 왜정 四十年末葉이 아니라 신라 벗꽃時代에 풍성한 화랑의 옷자락 밑이여야 할것입니다. 그러기에 나는 언제나 내理想을 신라에두고 살지요, 무슨 조화를 피여서라도 이 대한민국을 신라라고 하고싶어요. 거기 生이 있읍니다. 우슴과 理解가 있읍니다. (……)"라고 하여, 미당의 생각에 전폭적인 동의와 긍정을 보내고 있다.

있을 뿐입니다. 그러나 「생각」이라 하오면 弟에게도 弟 自身에게는 매우 重大한 생각이 몇 가지 계속되고 있기는 합니다.

뭐라 할까. 그 하나는 저 新羅라는 것인데요. 그것을 요즘은 어떤 小學生들도 모두 좋다고 하고 있지만, 弟도 벌서 相當히 오래 前부터 그렇게 생각이 되여서 그걸 우리의 現代에 再顯해 보고 시픈 志向이고, 또 하나는, ―이것 넋두리 같은 소리를 느러놓아 참으로 未安합니다만, 그것은 現在도 나를 에워싸고 있는 꽤 오랜 歲月을 累積해온 이 나라 同胞들의 소리입니다. 그 中에서도 定型化되고 音律化된 놈, ―일테면 李東伯이라든지 宋萬甲이라든지 李花中仙이라든지 金南洙라든지 하는 類의 소리들입니다.

그러나 毛선생. 累代 썩어온 이 나라의 소리가 소리로나마 내 周圍에서 나를 울리는 데 比해서는 新羅는 참 아직도 五里霧中이로군요.

分明히 틀림없이 나의 現狀과 가장 가까웁기 때문에 나를 울리는―, 李東伯이나 李花中仙 等이 代表的인 목아지와 心襟을 通해 울려오는 이 나라의 소리는 新羅의 흔적이 담긴 것은 아닐 것입니다. 아무리 닦어도 벌서 그 본바탕으로는 좀처럼 도라갈 수 없는 녹이 잡뿍 낀 金屬器나, 아니면 이끼가 자욱이 앉은 岩石과 같이만 느끼여지는 ―이 소리들은 新羅의 것은 아닐 것입니다. 靑山別曲類와도 近似한 點으로 보아서 그 根源을 찾는다면 高麗에서나 찾어볼 수 있을까요? 하여간 이 소리―이놈은 恒時 나보고 서리 나리는 夜三更에 홀로 이러나라 하고, 보퉁이나 하나 꾸려들고 홀로 떠나라 하고, 離別하라 하고, 늘 울라 하고, 술을 마시라 하고, 恨을 품으라 하고, 살아도 別일은 없다 하고, ―늘 속삭이는 놈입니다. 어찌 이놈이 내게만 그렇게 속삭일 뿐일까요? 아무리 생각하여도 역시 내 恨스러운 過去 詩作의 밑바탕이 되든 이놈―이저버리고 시푸면서도 무슨 魅力때문인지 거기로부터 손쉽게 떠날 수가 없는 이놈이 내게 뿐만 아니라 많은 이 나라 男女들에게 아직도 作用하고 있는 일을 생각하니 참으로 暗澹할 뿐입니다.

그러나 新羅는 이런 것은 아니겠지요. 勿論, 그렇지만 이건 내가 新羅라는 것은 무엇이라고 똑똑히 벌서 數個月 前부터 「新羅」라는 것이 可能한 雰圍氣를 내 속에 모아보기 爲하여 三國遺事와 三國史記 其他 新羅에 關한 이야기가 한 쪼각이라도 남아 있다는 것은 손이 닿는 대로 모조리 주었다가 읽어보고 있는 中입니다만, 新羅는 아직도 概念이요, 아지랑이처럼 그 周圍가 아물아물할 뿐, 어떠한 正體도 보이지 않고, 아무 소리도 들리지 않는 채로 있을 뿐입니다. 新羅는 생각건대 저 西歐의 上代인 希臘과 비슷한 것일까요? 希臘神話의 저 기름진 潤氣흐르는 五月과 같은 것일까요? 아마 그 비슷하겠지요. 그러나 神話 한卷만 通해서도 希臘은 우리 눈에 뵈이는 게 있지만, 新羅는 아무 것도 똑똑히 보여주는 것이 없읍니다.

다만 있다면, 三國遺事 等에 傳해오는 몇 쪼각의 이야기들입니다. 저 金春秋의 씨를 處女의 뱃속에 지니고 장작덤이 불 위에 언저져서도 오히려 한결 같았든 金庾信 妹氏의 이얘기는 요새 新聞에 傳해지는 情話보단은 너무나 큽니다. 저 先生의 뒤를 이어 三國을 統一한 文武王 法敏이 「내가 죽으면 護國龍이 되야 이 나라를 또 한번 지킨다」고 臨終에 遺言하였다는 이얘기도 現代人의 臨終에서는 있을 수 없는 이얘기 같습니다. 저 聰明한 知慧의 사람인 善德女王이, 自己를 짝사랑하다가 미쳐버린 志鬼란 사내를 行幸하는 自己의 수레 뒤에 따르라 하고, 잠든 그의 가슴 위에 王者로서 그 팔찌를 벗어 얹어주었다는 이얘기도 물론 李朝나 高麗朝의 一般 倫理로선 測定도 해볼 수 없는 佳話이긴 합니다.

—이런 것들이 그러나 珠玉인 채 그대로 왼갖 雜土 속에 무쳐서 우리들 속에 아무런 빛도 再生하지 못하고 있음은 웬일일까요. 그것은 다름이 아닙니다. 一의 「호-머」에 該當할 만한 詩人도 이 나라엔 일즉이 高麗에도 李朝에도 없어서 그것을 再顯하지 못한 때문이라 봅니다. 勿論, 文獻의 煙滅이 甚한 이곳이고 보니 或是 그런 것이 있다가도 모두 타버렸는지는 모르지요만.

하여간, 우리의 先人들이 일즉이 우리에게 보여준 일이 없는 「新羅情神」의 集中的인 現代的 再顯이 切實히 必要한 줄은 弟도 알겠읍니다. 詩로 小說로 戱曲으로 이것들은 現代的으로 再形成되여서, 저 歐美人들이 近代에 再活한 希臘情神과 같이 우리가 늘 依據할 한 典統으로 化해야할 것만은 알겠읍니다. 要컨대 이지러지지 않은 우리의 모습을 찾어봐야 되겠읍니다.

그러나…… 이 新羅에의 志向에 比해, 아직도 周圍의 소리들은 너무나 切實히 내게 다시 이끼와 녹을 얹고 있을 뿐이로군요. 저 서럽고 恨스러운 金南洙나 李東伯이나 李化中仙이 같은 사람들의 「夕陽판」을 「가자 가자 가자」고만 하는 것 같은 소리. …… 新羅가 半넘어 槪念인代身, 이 褪落한 것들은 아직도 오히려 나를 더 많이 이끄는 魂力[魅力?-엮은이]임에 틀림없읍니다.

쓰다보니 벌서 指定枚數가 훨신 넘었읍니다. 頭序도 없는 소리를 느러놓아 罪송합니다만, 弟가 무슨 말을 하고 싶었는지 賢明하신 先生께서는 잘 아실 줄 믿읍니다.

지금 弟에겐 어디 地球의 끝간 곳에 草幕을 얽고싶은 생각뿐입니다. 한번 떠나면 先生이 最近 美國을 다녀오시듯 그렇게 쉽게 아니오고 거기서 「祖國이 가진 사랑의 뜻」이 무엇인가를 오래오래 생각해보고 싶습니다. 그럼 오늘은 위선 이만큼 주립니다.

(庚寅四月八日)

『慧星』 제1권 3호, 1950.5.

텍스트 및 기초자료

서정주, 『花蛇集』, 남만서고, 1941.
_____, 『歸蜀途』, 선문사, 1948.
_____, 『徐廷柱詩選』, 정음사, 1956.
_____, 『新羅抄』, 정음사, 1961.
_____, 『冬天』, 민중서관, 1968.
_____, 『질마재 神話』, 일지사, 1975.
_____, 『떠돌이의 詩』, 민음사, 1976.
_____, 『徐廷柱文學全集』 1~5, 일지사, 1972.
_____, 『未堂徐廷柱詩全集』 1~2, 민음사, 1983 · 1991.
_____, 『未堂산문』, 민음사, 1993.
_____ 편, 『現代朝鮮名詩選』, 온문사, 1950.
_____ 외, 『서정주 문학앨범』, 웅진출판, 1993.
_____ 외, 『詩創作法』, 선문사, 1949.

그 외 『시인부락』, 『시건설』, 『학등』, 『자오선』, 『여성』, 『비판』, 『인문평론』, 『문장』, 『조광』, 『시학』, 『사해공론』, 『맥』, 『춘추』, 『국민문학』, 『민심』, 『백민』, 『대조』, 『해동공론』, 『예술조선』, 『문예』, 『현대문학』, 『조선일보』, 『동아일보』, 『매일신보』, 『경향신문』, 『새한민보』, 『평화일보』 등.

국내 논문 및 평론

강경화, 「미당의 시정신과 근대문학 해명의 한 단서」, 『반교어문연구』 7(반교어문학회 편), 1996.
고석규, 「현대시와 비유」, 『여백의 존재성』, 책읽는사람, 1993.
김수이, 「서정주 시의 변천 과정 연구—욕망의 변화 양상을 중심으로」, 경희대 박사논문, 1997.
김신정, 「시적 순간의 체험과 영원성의 성(性)」, 『여성문학연구』 6(한국여성문학학회 편), 2001.

김옥순, 「서정주 시에 나타난 우주적 신비체험」, 『이화어문논집』 12(이화여대 한국문학연구소 편), 1992.

김우창, 「한국시와 형이상－하나의 관점」, 『궁핍한 시대의 시인』, 민음사, 1977.

김윤식, 「역사의 예술화－신라정신이란 괴물을 폭로한다」, 『현대문학』, 1963.10.

_____, 「문학에 있어 전통 계승의 문제」, 『세대』, 1973.8.

_____, 「서정주의 『질마재 신화』 고(攷)－거울화의 두 양상」, 『현대문학』, 1976.3.

_____, 「문협정통파의 정신사적 소묘－서정주를 중심으로」, 『펜문학』, 1993년 가을.

김재용, 「전도된 오리엔탈리즘으로서의 친일문학」, 『실천문학』, 2002년 여름.

김준오, 「서술시의 서사학」, 『한국서술시의 시학』(현대시학회 편), 태학사, 1998.

_____, 「시와 설화」, 『시론』, 문장사, 1982.

김　철, 「김동리와 파시즘」, 『국문학을 넘어서』, 국학자료원, 2000.

김현자, 「서정주시의 은유와 환유」, 『은유와 환유』(한국기호학회 편), 문학과지성사, 1999.

나희덕, 「서정주의 『질마재 신화』 연구－서술시적 특성을 중심으로」, 연세대 석사논문, 1999.

남기혁, 「1950년대 시의 전통지향성 연구」, 서울대 박사논문, 1998.

남진우, 「남녀양성의 신화」, 『바벨탑의 언어』, 문학과지성사, 1989.

_____, 「집으로 가는 먼 길－서정주의 「자화상」을 중심으로」, 『그리고 신은 시인을 창조했다』, 문학동네, 2001.

_____, 「미적 근대성과 순간의 시학 연구」, 중앙대 박사논문, 2000.

도정일, 「문학적 신비주의의 두 형태」, 『시인은 숲으로 가지 못한다』, 민음사, 1994.

문혜원, 「서정주 초기시에 나타나는 신체 이미지에 관한 고찰」, 『한국현대문학연구』 6(한국현대문학회 편), 1998.

박광현, 「언어적 민족주의의 형성과 전개」, 『한국문학과 근대의식』(동국대 한국문학연구소 편), 이회, 2001.

박기현, 「보들레르와 팬터지」, 『포에지』, 2002년 여름.

박수연, 「절대적 긍정과 절대적 부정」, 『포에지』, 2000년 겨울.

변해숙, 「서정주 시의 시간성 연구」, 이화여대 석사논문, 1987.

손진은, 「서정주 시의 시간성 연구」, 경북대 박사논문, 1995.

송희복, 「서정주 초기시의 세계」, 『현대시학』, 1991.7.

신범순, 「반근대주의적 魂의 詩學에 대한 고찰—서정주를 중심으로」, 『한국시학연구』 4(한국시학회 편), 2001.
심재휘, 「1930년대 후반기 시와 시간」, 『한국 현대시와 시간』, 월인, 1998.
엄경희, 「서정주 시의 자아와 공간·시간 연구」, 이화여대 박사논문, 1999.
염무웅, 「서정주 소론」, 『민중시대의 문학』, 창작과비평사, 1979.
유성호, 「서정주 『화사집』의 구성원리와 구조」, 『상징의 숲을 가로질러』, 하늘연못, 1999.
유종호, 「한국적이라는 것」, 『사상계』(문예특별증간특대호), 1962.11.
_____, 「변두리 형식의 주류화」, 『사회역사적 상상력』, 민음사, 1987.
_____, 「소리지향과 산문지향」, 『작가세계』, 1994년 봄.
_____, 「서라벌과 질마재 사이」, 『서정적 진실을 찾아서』, 민음사, 2001.
윤대석, 「일본의 그늘」, 『내일을 여는 작가』, 2002년 여름.
이경훈, 「『근대의 초극』론—친일문학의 한 시각」, 『다시 읽는 역사문학』(한국문학연구회 편), 평민사, 1995.
_____, 「몸뻬와 야미, 총후(銃後)의 풍속」, 『내일을 여는 작가』, 2002년 여름.
이광호, 「영원의 시간, 봉인된 시간—서정주 중기시의 〈영원성〉 문제」, 『작가세계』, 1994년 봄.
_____, 「『춘향전』 현재화의 의의와 한계」, 『현대시의 전통과 창조』(박노준 외), 열화당, 1998.
이명찬, 「1930년대 후반 한국시의 고향의식 연구」, 『1930년대 한국시의 근대성』, 소명출판, 2000.
이선영, 「20세기 한국문학에 대한 전문가의 반응」, 『실천문학』, 2001년 겨울.
이영희, 「서정주 시의 시간성 연구」, 『국어국문학』 95(국어국문학회 편), 1986.
이철범, 「신라정신과 한국전통론비판」, 『자유문학』, 1959.8.
임재서, 「서정주 시에 나타난 세계 인식에 관한 연구」, 서울대 석사논문, 1996.
_____, 「서정주 시의 은유 고찰—『동천』을 중심으로」, 『한국근대문학연구의 반성과 새로운 모색』(문학사와비평연구회 편), 새미, 1997.
임형택, 「18·19세기의 〈이야기꾼〉과 소설의 발달」, 『고전문학을 찾아서』(김열규 외), 문학과지성사, 1976.
정현종, 「식민지 시대 젊음의 초상—서정주의 초기시 또는 여신으로서의 여자들」, 『작가세계』, 1994년 봄.

조창환, 「산문시의 양상」, 『현대시학』, 1975.2.
천이두, 「지옥과 열반-서정주론」, 『시문학』, 1972.6~9.
최문규, 「독일 낭만주의와 "아이러니" 개념」, 『문학이론과 현실 인식』, 문학동네, 2000.
_____, 「예술지상주의의 비판적 심미적 현대성」, 『탈현대성과 문학의 이해』, 민음사, 1996.
_____, 「자연철학에 기초한 독일낭만주의의 자연관 및 문학관」, 『독문학과 현대성』(정규화 외), 범우사, 1996.
최하림, 「체험의 문제-서정주에게 있어서의 시간성과 장소성」, 『시문학』, 1973, 1~2.
최현식, 「서정주 초기시의 미적 특성 연구」, 연세대 석사논문, 1995.
_____, 「서정주의 시집 미수록 시 연구 1-해방이전 작품을 중심으로」, 『1950년대 남북한문학연구』(한국문학연구회 편), 국학자료원, 1996.
_____, 「전통의 변용과 현실의 굴절-1945~1955년 서정주의 시집 미수록 시 연구」, 『한국문학평론』, 1997년 봄.
_____, 「타락한 역사의 구원과 '질마재'-서정주의 『질마재 신화』론」, 『한국언어문학』 41(한국언어문학회 편), 1998.
_____, 「민족, 전통, 그리고 미-서정주의 중기문학」, 『말 속의 침묵』, 문학과지성사, 2002.
_____, 「웃음과 이야기꾼-서정주의 『질마재 신화』론(II)」, 『한국근대문학연구』 5 (한국문학연구회 편), 2002.
한수영, 「근대문학에서의 '전통' 인식」, 『소설과 일상성』, 소명출판, 2000.
허윤회, 「서정주 시 연구-후기시를 중심으로」, 성균관대 박사논문, 2000.
홍효민, 「신진시인론」, 『조선문학』, 1938.3.
황동규, 「탈의 완성과 해체」, 『미당연구』(조연현 외), 민음사, 1994.
황현산, 「서정주, 농경사회의 모더니즘」, 『미당연구』(조연현 외), 민음사, 1994.
_____, 「서정주 시세계」, 『창작과비평』, 2001년 겨울.
황종연, 「한국문학의 근대와 반근대」, 동국대 박사논문, 1991.
_____, 「신들린 시 떠도는 삶」, 『작가세계』, 1994년 봄.

국내 단행본

김규동 편, 『친일문학작품선집』 2, 실천문학사, 1986.

김규영, 『시간론』, 서강대 출판부, 1987.
김성기 편, 『모더니티란 무엇인가』, 민음사, 1994.
김용직, 『한국현대시사』 1~2, 한국문연, 1996.
김욱동, 『은유와 환유』, 민음사, 1999.
김윤식, 『한국근대문예비평사연구』, 일지사, 1976.
______, 『미당의 어법과 김동리의 문법』, 서울대 출판부, 2002.
김정설, 『풍류정신』, 정음사, 1986.
김준오, 『시론』, 삼지원, 1982.
김 철 외, 『문학 속의 파시즘』, 삼인, 2001.
김현·김윤식, 『한국문학사』, 민음사, 1973.
김형효, 『베르그송의 철학』, 민음사, 1991.
김화영, 『미당 서정주의 시에 대하여』, 민음사, 1984.
선한용, 『시간과 영원-성 오거스틴에 있어서』, 대한기독교서회, 1998.
소광희, 『시간의 철학적 성찰』, 문예출판사, 2001.
손세일 편, 『한국논쟁사-문학·어학 편』, 청람문화사, 1976.
송기한, 『한국 전후시의 시간의식』, 태학사, 1996.
송영배 외, 『인간과 자연』, 철학과현실사, 1998.
신형기, 『해방직후의 문학운동론』, 화다, 1988.
유종호, 『비순수의 선언』, 신구문화사, 1962.
______, 『시란 무엇인가』, 민음사, 1995.
윤재웅, 『미당 서정주』, 태학사, 1998.
이경훈, 『이광수의 친일문학연구』, 태학사, 1998.
이남호, 『서정주의 『화사집』을 읽는다』, 열림원, 2003.
이선영 편, 『1930년대 민족문학의 인식』, 한길사, 1990.
이승훈, 『문학과 시간』, 이우, 1983.
이어령, 『지성의 오솔길』, 동양출판사, 1960.
이진경, 『근대적 시·공간의 탄생』, 푸른숲, 1997.
임종국, 『친일문학연구』, 평화출판사, 1988.
전광식, 『고향』, 문학과지성사, 1999.
정현종 외, 『시의 이해』, 민음사, 1983.
조연현 외, 『서정주연구』, 동화출판공사, 1975.

______ 외, 『미당연구』, 민음사, 1994.
최남선, 『조선상식문답』, 삼성문화재단, 1972.
최원식 외편, 『동아시아인의 '동양' 인식』, 문학과지성사, 1997.
한국기호학회 편, 『은유와 환유』, 문학과지성사, 1999.
현대시학회 편, 『한국서술시의 시학』, 태학사, 1998.

번역서 및 국외 저서

강상중(姜尙中), 이경덕 외역, 『오리엔탈리즘을 넘어서』, 이산, 1997.
A. Giddens, 권기돈 역, 『현대성과 자아정체성』, 새물결, 1997.
A. Hauser, 김진욱 역, 『예술과 소외』, 종로서적, 1981.
A. Megill, 정일준 외역, 『극단의 예언자들-니체, 하이데거, 푸코, 데리다』, 새물결, 1996.
B. Anderson, 윤형숙 역, 『민족주의의 기원과 전파』, 사회비평사, 1991.
D. Harvey, 구동회 역, 『포스트모더니티의 조건』, 한울, 1994.
D. Lamping, 장영태 역, 『서정시 : 이론과 역사』, 문학과지성사, 1994.
D. Mueke, 문상득 역, 『아이러니』, 서울대 출판부, 1980.
E. Husserl, 이종은 역, 『시간의식』, 한길사, 1996.
E. Levinas, 강영한 역, 『시간과 타자』, 문예출판사, 1996.
E. Shils, 김병서 외역, 『전통』, 민음사, 1992.
E. Steiger, 이유영 외역, 『시학의 근본개념』, 삼중당, 1978.
F. Kermode, 조초희 역, 『종말의식과 인간적 시간』, 문학과지성사, 1993.
F. Nietzche, 김대경 역, 『비극의 탄생』, 청하, 1992.
G. Bachelard, 정영란 역, 『공기와 꿈』, 민음사, 1993.
G. Bataille, 조한경 역, 『에로티즘』, 민음사, 1989.
G. Deleuze, 신범순 외역, 『니체, 철학의 주사위』, 인간사랑, 1993.
G. Genette 외, 석경징 외역, 『현대서술이론의 흐름』, 솔, 1997.
G. Poulet, 조종권 역, 『인간적 시간의 연구』, 동인, 1994.
H. Bergson, 홍경실 역, 『물질과 기억』, 교보문고, 1991.
________, 김진성 역, 『희극의 의미에 관한 시론』, 종로서적, 1983.
H. Bloom, 윤호병 역, 『시적 영향에 대한 불안』, 고려원, 1991.

H. Friedrich, 장희창 역, 『현대시의 구조』, 한길사, 1996.
H. Jauß, 장영태 역, 『도전으로서의 문학사』, 문학과지성사, 1983.
______, 김경식 역, 『미적 현대와 그 이후』, 문학동네, 1994.
H. Lefebvre, 박정자 역, 『현대세계의 일상성』, 세계일보사, 1990.
H. Marcuse, 김인환 역, 『에로스와 문명』, 나남출판, 1989.
H. Meyerhoff, 김준오 역, 『문학과 시간 현상학』, 삼영사, 1987.
J. Bourke, 성귀수 역, 『신성한 똥』, 까치, 2002.
J. Goudsblom, 천형균 역, 『니힐리즘과 문화』, 문학과지성사, 1988.
J. Sartre, 김붕구 역, 『문학이란 무엇인가』, 문예출판사, 1993,
K. Bohrer, 최문규 역, 『절대적 현존』, 문학동네, 1998.
K. Hübner, 이규영 역, 『신화의 진실』, 민음사, 1991.
K. Kosik, 박정호 역, 『구체성의 변증법』, 거름, 1985.
L. Rouner ed., 이정배 외역, 『자연－그 동서양적 이해』, 종로서적, 1989.
M. Bakhtin, 전승희 외역, 『장편소설과 민중언어』, 창작과비평사, 1988.
________, 이덕형 외역, 『프랑수아 라블레의 작품과 중세 및 르네상스의 민중문화』, 아카넷, 2001.
M. Berman, 윤호병 외역, 『현대성의 경험』, 현대미학사, 1994.
M. Calinescu, 이영욱 외역, 『모더니티의 다섯 얼굴』, 시각과언어, 1993.
M. Eliade, 정진홍 역, 『우주와 역사－영원회귀의 신화』, 현대사상사, 1976.
_______, 이동하 역, 『성과 속－종교의 본질』, 학민사, 1983.
_______, 이은봉 역, 『종교형태론』, 한길사, 1996.
_______, 이윤기 역, 『샤마니즘』, 까치, 1992.
M. Heidegger, 소광희 역, 『시와 철학』, 박영사, 1975.
__________, 전광진 역, 『하이데거의 시론과 시문』, 탐구당, 1981.
M. Horkheimer & T. Adorno, 김유동 역, 『계몽의 변증법』, 문학과지성사, 2001.
N. Berdyaev, 이 신 역, 『노예냐 자유냐』, 인간, 1979.
O. Paz, 김홍근 외역, 『활과 리라』, 솔, 1998.
_____, 김은중 역, 『흙의 자식들』, 솔, 1999.
O. Pöggeler, 이기상 역, 『하이데거 사유의 길』, 문예출판사, 1993.
P. Brooks, 이봉지 외역, 『육체와 예술』, 문학과지성사, 2000.
P. Bürger, 김경연 역, 『미학 이론과 문예학 방법론』, 문학과지성사, 1987.

P. Lejeune, 윤진 역, 『자서전의 규약』, 문학과지성사, 1998.
P. Ricœur, 김한식 외역, 『시간과 이야기』 1~2, 문학과지성사, 1999 · 2000.
________, 양명수 역, 『악의 상징』, 문학과지성사, 1994.
P. Wheelwright, 김태옥 역, 『은유와 실재』, 문학과지성사, 1982.
R. Barthes, 「이야기의 구조적 분석 입문」, 김치수 편, 『구조주의와 문학비평』, 홍성사, 1980.
R. Bultmann, 서남동 역, 『역사와 종말론』, 대한기독교서회, 1993.
R. Girard, 김진식 역, 『희생양』, 1998. 민음사.
R. Koselleck, 한 철 역, 『지나간 미래』, 문학동네, 1998.
R. Williams, 이일환 역, 『이념과 문학』, 문학과지성사, 1982.
S. Freud, 김석희 역, 『문명 속의 불만』, 열린책들, 1997.
S. Langer, 이승훈 역, 『예술이란 무엇인가』, 고려원, 1993.
T. Adorno, 홍승용 역, 『미학이론』, 문학과지성사, 1984.
Tuan Yi - Fu, 정영철 역, 『공간과 장소』, 태림문화사, 1995.
T. Moi, 임옥희 외역, 『성과 텍스트의 정치학』, 한신문화사, 1994.
T. Tzara 외, 송재영 역, 『다다 / 쉬르레알리슴 선언』, 문학과지성사, 1987.
W. Benjamin, 차봉희 편역, 『현대사회와 예술』, 문학과지성사, 1980.
_________, 반성완 편역, 『발터 벤야민의 문예이론』, 민음사, 1983.
W. Ong, 이기우 외역, 『구술문화와 문자문화』, 문예출판사, 1995.
C. Kinney, *Strategies of Poetic Narrative*, Cambridge uni., 1992.
E. Hobsbawm & T. Ranger edi., *The Invention of Tradition*, Cambridge uni., 1983.
F. Kermode, *Romantic Image*, Fonntana, 1976.
P. de Man, *Blindness and Insight*, Methuen & Co. Ltd, 1983.
S. Vlastos ed., *Mirror of Modernity*, California uni., 1998.
T. Eagleton etc., *Nationalism, Colonialism, and Literature*, Minnesota uni., 1990.
三枝壽勝, 심원섭 역, 「굴복과 극복의 말」, 『사에구사 교수의 한국문학 연구』, 베틀북, 2000.
柄谷行人, 박유하 역, 『일본 근대문학의 기원』, 민음사, 1997.
______ 외, 송태욱 역, 『현대일본의 비평』 2, 소명출판, 2002.
今村仁司, 이수정 역, 『근대성의 구조』, 민음사, 1999.
西川長夫, 윤대석 역, 『국민이라는 괴물』, 소명출판, 2002.

柄谷行人, 「近代の超克」, 『戰前の思考』, 文藝春秋, 1994.
三好達治, 「國民詩について」, 『文藝春秋』, 1942.4.
吉本隆明, 「『四季』派の本質」, 『吉本隆明全著作集』 5, 勁草書房, 1970.
鈴木登美 外, 『創造された古典－カノン形成・國民國家・日本文學』, 新曜社, 1999.
竹内好 編, 『近代の超克』, 富山房, 1979.
橋川文三, 『(增補)日本浪漫派批判序說』, 未來社, 1965.
日本文學硏究資料刊行會 編, 『近代詩』, 有精堂, 1984.
廣松涉, 『〈近代の超克〉論－昭和思想史への一視角』, 講談社, 1989.
眞木悠介, 『時間の比較社會學』, 岩波書店, 1997.
三好達治, 『三好達治全集』 2, 筑摩書房, 1976.
K. Doak, 小林宜子 譯, 『日本浪漫派とナショナリズム』, 柏書房, 1999.